全本全注全译丛书

中华经典名著

杜书瀛◎译注

闲情偶寄 上

中华书局

图书在版编目（CIP）数据

闲情偶寄/杜书瀛译注. —北京：中华书局，2014.2（2025.3
重印）
（中华经典名著全本全注全译丛书）
ISBN 978-7-101-09806-8

Ⅰ.闲… Ⅱ.杜… Ⅲ.①杂文集-中国-清代②《闲情偶寄》
-译文③《闲情偶寄》-注释 Ⅳ.I264.9

中国版本图书馆 CIP 数据核字（2013）第 257679 号

书　　名	闲情偶寄（全二册）	
译 注 者	杜书瀛	
丛 书 名	中华经典名著全本全注全译丛书	
文字编辑	宋凤娣	
责任编辑	张　敏　舒　琴	
装帧设计	毛　淳	
责任印制	韩馨雨	
出版发行	中华书局	
	（北京市丰台区太平桥西里 38 号　100073）	
	http://www.zhbc.com.cn	
	E-mail：zhbc@zhbc.com.cn	
印　　刷	北京中科印刷有限公司	
版　　次	2014 年 2 月第 1 版	
	2025 年 3 月第 13 次印刷	
规　　格	开本/880×1230 毫米　1/32	
	印张 27⅛　字数 800 千字	
印　　数	75001-79000 册	
国际书号	ISBN 978-7-101-09806-8	
定　　价	72.00 元	

目 录

上册

前言

一

　　李渔生活的时代是明末清初。他原名仙侣,字谪凡,号天徒,后改名渔,字笠鸿,号笠翁。其著作上常署名随庵主人、觉世俾官、湖上笠翁、伊园主人、觉道人、笠道人等等。他生于明万历三十九年(1611),卒于清康熙十九年(1680),一生跨明、清两代,饱受时代动荡和战乱之苦。中年家道败落,穷愁坎坷半世,靠卖诗文和带领家庭剧团到处演戏维持生计。他一生著述甚丰,作为文学家、戏剧理论家和美学家,主要著作有《笠翁一家言全集》,包括文集四卷,诗集三卷,词集一卷,史论两卷,《闲情偶寄》六卷;作为戏剧作家,李渔著有传奇十几种,常见的有《笠翁十种曲》(又名《笠翁传奇十种》)传世;作为小说家,他写过平话小说《无声戏》、《十二楼》,长篇小说《肉蒲团》;有人认为,长篇小说《回文传》也可能是他的手笔,但被多数学者否定。而他自己则把《闲情偶寄》视为得意之作。

二

　　《闲情偶寄》包括《词曲部》、《演习部》、《声容部》、《居室部》、《器玩部》、《饮馔部》、《种植部》、《颐养部》等八个部分,内容丰富,涉及面很广。其中相当大的篇幅论述了戏曲、歌舞、服饰、修容、园林、建筑、花卉、器玩、颐养、饮食等艺术和生活中的美学现象和美学规律。他撰写此书确实下了很大功夫，运用了大半生的生活积累和学识库存。他在《与龚芝麓大宗伯》的信中有这样一段话："庙堂智虑，百无一能。泉石经纶，则绰有余裕。惜乎不得自展，而人又不能用之。他年赍志以没，俾造物虚生此人，亦古今一大恨事。故不得已而著为《闲情偶寄》一书，托之空言，稍舒蓄积。"《闲情偶寄》不但是一部内容厚实的书，而且是一部力戒陈言、追求独创的书。在《闲情偶寄》的卷首《凡例》中，李渔说："不佞半世操觚，不攘他人一字。空疏自愧者有之，诞妄贻讥者有之，至于剿窃袭白，嚼前人唾余，而谓舌花新发者，则不特自信其无，而海内名贤亦尽知其不屑有也。"最初镌刻并发行此书的"翼圣堂主人"也在该书扉页写下这样一段话："先生之书，充塞宇宙，人谓奇矣、绝矣，莫能加矣，先生自视蔑如也，谓平生奇绝处尽有，但不在从前剞劂中，倘出枕中所秘者公世，或能见真笠翁乎？因授是编，梓为后劲。"对于李渔这部倾半生心血的力作，他的朋友们评价甚高，并且预计此书的出版必将受到人们的欢迎。余怀在为《闲情偶寄》所作的序中说："今李子《偶寄》一书，事在耳目之内，思出风云之表，前人所欲发而未竟发者，李子尽发之；今人所欲言而不能言者，李子尽言之；其言近，其旨远，其取情多而用物闳。潺潺乎！俪俪乎！汶者读之旷，僿者读之通，悲者读之愉，拙者读之巧，愁者读之忭且舞，病者读之霍然兴。此非李子偶寄之书，而天下雅人韵士家弦户诵之书也。吾知此书出将不胫而走，百济之使维舟而求，鸡林之贾辇金而购矣。"此书出版后的情况，恰如余怀所料，世人争相阅读，广为流传。不但求购者大有人在，而且盗版翻刻也时有发生。可以说，这部书的出版，在当时逗起了一个小小的热潮，各个阶层的人都从自己的角度发生阅读兴趣，有人甚至到李渔府上来借阅。

此书自康熙十一年(1672)付梓(余怀序虽写于康熙十年，但那时并未立即刊刻，正式印行大约是第二年的事情)，三百多年来，一直受到人们的注目。在有清一代，凡是谈到李渔的，一般都会提到他的《闲情偶寄》，并加以称道。直到现代，《闲情偶寄》也不断被人提起。例如，大家很熟悉鲁迅在《且介亭杂文二集·从帮忙到扯淡》和《集外集拾遗·帮忙文学和帮闲文学》中谈到李渔及帮闲文学的一些话，在那里，鲁迅称李渔等人为"帮闲"文人。但鲁迅对李渔批评中有肯定。鲁迅说，历史上的"帮闲文学"和"帮闲文人"并不都是"一个恶毒的贬词"，文学史上的一些重要作家如宋玉、司马相如等，就属帮闲文人之列，而文学史上"不帮忙也不帮闲的文学真也太不多"，如果"不看这些，就没有东西看"；而且，"清客，还要有清客的本领的，虽然是有骨气者所不屑为，却又非搭空架者所能企及。例如李渔的《一家言》，袁枚的《随园诗话》，就不是每个帮闲都做得出来的"，因为李渔等人确有真才实学。林语堂在《吾国与吾民》中说："十七世纪李笠翁的著作中，有一重要部分，专事谈论人生的娱乐方法，叫作《闲情偶寄》，这是中国人生活艺术的指南。自从居室以至庭园，举凡内部装饰，界壁分隔，妇女的妆阁，修容首饰，脂粉点染，饮馔调治，最后谈到富人贫人的颐养方法，一年四季，怎样排遣忧虑，节制性欲，却病，疗病，结束时尤别立蹊径，把药物分成三大动人的项目，叫做'本性酷好之药'，'其人急需之药'，'一心钟爱之药'。此最后一章，尤富人生智慧，他告诉人的医药知识胜过医科大学的一个学程。这个享乐主义的剧作家又是幽默大诗人，讲了他所知道的一切。"林语堂大段引述李渔的文字，并赞道："他的对于生活的艺术的透彻理解，可见于下面所摘的几节文字，它充分显出中国人的基本精神。"此外，文学家梁实秋、周作人、孙楷第、胡梦华、顾敦鍒、朱东润等，园林学家和建筑学家童寯、陈植、陈从周等，也对《闲情偶寄》十分推崇。

《闲情偶寄》之历来受欢迎、受关注，还可以从它一版再版、不断刊行的情况加以印证。不但有清一代有许多版本行世——最早也最著名的是康熙十一年(1672)翼圣堂十六卷单行本(又收入翼圣堂《笠翁一家言》二集)，以及雍正八年(1730)芥子园刊《笠翁一家言全集》本(将十六卷并为六卷,标为《笠翁偶集》)。此后翻刻、伪刻者无法统计。直到 20 世纪和 21 世纪,不断有新整理本以及各种各样的选本和注释本发行。我所知道的,20 世纪 20 至 30 年代有普益书局、会文堂书局、宝文堂书局石印本;1936 年有贝叶山房发行、张静庐校点、施蛰存主编、郁达夫题签的《中国文学珍本丛书》本;1985 年浙江古籍出版社单锦珩校点本(浙江古籍出版社随后出版的《李渔全集》第三卷《闲情偶寄》也是这个本子);1996 年作家出版社立人校订"明清性灵文学珍品"本;1998 年学苑出版社杜书瀛评点"历代笔记小说小品丛书"本;2000 年上海古籍出版社江巨荣、卢寿荣校注《明清小品丛刊》本;2002 年时代文艺出版社吴兆基、武春华主编"中国古典文化精华"本——以上是全本。选本有:《李笠翁曲话》(录《闲情偶寄》之《词曲部》、《演习部》),1925 年曹聚仁校订、上海梁溪图书馆《文艺丛书》本;《李笠翁曲话》,上海启智书局排印本;《笠翁剧论》,1940 年上海中华书局《新曲苑》本;《闲情偶寄》,1959 年中国戏剧出版社《中国古典戏曲论著集成》本(仅取《词曲部》、《演习部》);《李笠翁曲话》,1959 年中国戏剧出版社《戏剧研究》编辑部编选本;《李笠翁曲话》,1980 年湖南人民出版社陈多注释本;《李笠翁曲话注释》,1981 年安徽人民出版社徐寿凯注释本;《笠翁秘书》(选《声容部》、《居室部》、《器玩部》、《饮馔部》、《种植部》、《颐养部》),1990 年重庆出版社赵文卿等笺注本;《闲情偶寄》(选《词曲部》、《演习部》、《声容部》之全部及其他各"部"之部分),2007 年中华书局杜书瀛点评插图"中华经典随笔"本;《闲情偶寄》,2011 年中华书局杜书瀛译注评点"中华养生经典"本;此外,还有 1993 年天津古籍出版社李瑞山等编《白话闲情偶寄》等。

三

《闲情偶寄》是李渔的一部所谓寓"庄论"于"闲情"的"闲书"。作者在该书卷首《凡例七则》中自述道:"风俗之靡,犹于人心之坏,正俗必先正心。近日人情喜读闲书,畏听庄论,有心劝世者正告则不足,旁引曲譬则有余。是集也，纯以劝惩为心，而又不标劝惩之目，名曰《闲情偶寄》者，虑人目为庄论而避之也。"又说："劝惩之意，绝不明言，或假草木昆虫之微，或借活命养生之大以寓之者，即所谓正告不足，旁引曲譬则有余也。"我看，李渔的这段表白，半是矫情，半是真言。

所谓矫情者，是指李渔出于自我保护的目的，故意说给当政者和正人君子者流听。因为李渔的著作文章在当时已经受到某些人的指责。李渔的友人余怀在为《闲情偶寄》作序时就说："而世之腐儒，犹谓李子不为经国之大业，而为破道之小言者。"所以，李渔预先就表白：我这本书虽名为"闲情"，可并不是胡扯淡，也无半点"犯规"行为；表面看我说的虽是些戏曲、园林、饮食、男女，可里面所包含的是微言大义，有益"世道人心"。李渔这么说，对于当时的统治者和满口"仁义道德"，"非礼勿视"、"非礼勿听"的"腐儒"们，不无讨好之意。当然，《闲情偶寄》中所言，也并非没有出于真心维护封建思想道德者；但是，书中大量关于观剧听曲、赏花弄月、园林山石、品茗饮酒、服饰修容、选姬买妾、饮食男女、活命养生等等的论述描绘，难道其中真有那么多微言大义吗？明眼人一看便知，李渔所说的，大半是些"聪明人"的"聪明话"而已。正如李渔的另一友人尤侗在为《闲情偶寄》所作的序中说的："所著《闲情偶寄》若干卷，用狡狯伎俩，作游戏神通。"不管作序者这几句话的原意如何，但用"狡狯伎俩"来形容我们在《闲情偶寄》中所看到的李渔，还是贴切的。在统治者对舆论钳制得比较紧、时有文字狱发生的清代，李渔以及像李渔那样的文人要点小聪明，是完全可以理解的。

所谓真言者，除了上面所说李渔确有自觉维护封建思想道德的一面之外，从艺术形式和文章的审美作用的角度来看，我认为李渔也真想避免"庄论"、"正告"而采用轻松愉快的"闲情"笔调来增加文章的吸引力。也就是说，李渔在《闲情偶寄》中大谈"草木昆虫"、"活命养生"的"闲情"是他的真心话。他深知那些正襟危坐、板着面孔讲大道理的文章，令人望而生畏，令人厌倦，不会有多少打动人的力量。所以，李渔有意识地寓"庄论"于"闲情",使这本书变得有趣、有味,可读性强。单就这个方面而言,李渔的确获得了成功。从总体上说,他的文章,他的书,绝不枯燥、乏味。只是有的地方世俗气太重,有的地方略显油滑,有的地方有点媚俗。此其不足。然而,优点是,绝不板着面孔教训人、讲大道理。即使本来十分枯燥的理论问题,如《闲情偶寄》的《词曲部》和《演习部》等专讲戏曲理论的部分,他也能讲得有滋有味,风趣盎然,没有一般理论文字的那种书卷气,更没有道学气,这是《闲情偶寄》的一个突出特点。

　　读《闲情偶寄》还有一个突出感受,即它的平易近人的人情味和浓重的"市井"气、"江湖"气。而且,在李渔那里,这两者是融合在一起的:他文章中的"人情"不是隐逸在山林中的冰清玉洁的"逸情",也不是窗明几净的书斋里的"雅情",而往往是世俗的"市井"情、"江湖"情。如果说不是全部文章都这样,那么至少相当多的文章是如此。在一定意义上可以说,李渔是一个"江湖"文人、"市井"文人,或者说,是旧社会里常说的那种"跑码头"的文人。

　　李渔继承了明代"性灵"小品的传统。大家知道,明代晚期以袁氏三兄弟(袁宏道和他的哥哥袁宗道、弟弟袁中道)为代表的文学家,无视道学文统,不像以往那样大讲"文以载道",而是倡导"独抒性灵",把"情"放在一个突出位置上来。袁氏稍前的李贽、汤显祖,袁氏稍后的"竟陵"诸人(钟惺、谭元春等),都是如此。受他们的影响,李渔的包括《闲情偶寄》在内的许多散文,多与"性灵"小品的格调相近,不着意于"载道",而努力于言事、抒情。不过,比起他的前辈,李渔多了一些"市井"气、"江湖"气,少了一些"雅"气、"文"气;多了一些圆滑、媚俗,少了一些狂狷、尖锐。之所以如此者,不是或主要不是个人性情所致,乃时代、社会使然。

　　《闲情偶寄》作为一部用生动活泼的小品形式、以轻松愉快的笔调写的艺术美学和生活美学著作,其精华和最有价值的部分是谈戏曲创作和舞台表演、导演,谈园林美的创造和欣赏,谈仪容美的创造和欣赏(服饰和修容等)的文字。把李渔看作中国古代最杰出的戏剧美学家、园林美学家和仪容美学家之一,是符合实际的。《闲情偶寄》的绝大部分文字,既可以作为理论文章来读,也可以作为情趣盎然的小品文来读。当然,李渔和他的《闲情偶寄》也不可避免地有着历史局限,如其中个别地方散发着封建腐朽的气味,有些东西不科学,有些东西已经过时。

四

　　李渔早就走出国门,发生世界性的影响。有关材料表明,最早译介李渔的是日本。在李渔去世后九十一年,即日本明和八年、清乾隆三十六年(1771),日本有一本《新刻役者纲目》问世("役者",日语"优伶"之意),里边译载了李渔《蜃中楼》中的《结蜃》、《双订》。据日本青木正儿《中国近世戏曲史》介绍,李渔《蜃中楼》中的这两出戏,在八文舍自笑所编的这本《新刻役者纲目》中"施以训点,而以工巧之翻译出之";青木正儿还说,德川时代(1603—1876)"苟言及中国戏曲,无有不立举湖上笠翁者"。日本明治三十年也即清光绪二十三年(1897)出版的《支那文学大纲》,分十六卷介绍中国文学家,李渔独成一卷,该书将李渔同屈原、司马迁、李白、杜甫等并称为二十一大"文星"。此后,李渔的《风筝误》和《夺锦楼》、《夏宜楼》、《萃雅楼》、《十丞楼》、《生我楼》等作品陆续翻译出版。李渔的《三与楼》英译本和法译本也分别于1815年和1819年出版。此后,英、法两种文字翻译的李渔其他作品也相继问世。19世纪末,A.佐托利翻译的拉丁文本《慎鸾交》、《风筝误》、《奈何天》收入他编著的《中国文化教程》出版。20世纪初,李渔的《合影楼》、《夺锦楼》等德文译本也载入1914年出版的《中国小说》。此外,由莫斯科大学副教授沃斯克列先斯基(汉名华克生)翻译的俄文本《十二楼》也介绍给俄国读者。近年来,李渔越来越成为世界性的文化、文艺研究对象。著名汉学家、美国哈佛大学东方文化系主任、新西兰人韩南教授认为,李渔是中国古代文学中难得的可以进行总体研究的作家,李渔的理论和作品具有一致性,形成一套独特的见解。20世纪末他曾来中国数月之久以完成一部有关李渔的专著。德国的H.马丁博士也发表过数篇研究李渔的论文,并出版了专著《李笠翁论戏剧,中国17世纪戏剧》;1967年马丁到台湾继续研究中国古典文学,并编辑了《李渔全集》(包括《一家言》十卷、《闲情偶寄》六卷、《笠翁十种曲》、《无声戏》、《十二楼》等共十五册),由台北成文出版社于1970年出版。美国波士顿特怀恩出版社于1977年出版了华人学者茅国权和柳存仁著的《李渔》。当然,李渔最被今人看重的是他的戏剧作品和戏剧美学理论。

五

　　本次整理《闲情偶寄》,以翼圣堂本(藏中国国家图书馆)为底本,校以芥子园本(藏中国国家图书馆),并参校其他各本进行比较对照而取优;对所选各本个别刊刻相异或舛错字句之校勘,在注释中予以说明,不出校记。为了便于读者阅读和理解,本书除了把原文译为白话文之外,还对有关人名、地名、掌故、术语、难懂的字句作了尽量详细的注释,个别不太常见的字作了注音,并根据自己的阅读体会对各个章节作了题解。全书重排目录。不当之处,欢迎广大读者批评指正。

杜书瀛

2013年于北京安华桥寓所

余怀序

【题解】

康熙十年(1671),李渔写作《闲情偶寄》接近完稿的时候,请他的朋友余怀为之作序,序文很快写成,大约第二年(1672),该书付梓。

余怀(1616—1696),字澹心,一字无怀,号曼翁,一号广霞,又号壶山外史、寒铁道人。原籍福建莆田,长期寓居南京。著有《味外轩文稿》、《研山堂集》、《板桥杂记》、《三吴游览志》等。余怀这篇序文,对李渔大加赞赏,说"李子《偶寄》一书,事在耳目之内,思出风云之表,前人所欲发而未竟发者,李子尽发之;今人所欲言而不能言者,李子尽言之;其言近,其旨远,其取情多而用物闳",评价基本允当;也许出于友情,个别话褒扬过甚也在情理之中。细品余序,实在并非"哥们"之间(余怀小李渔五岁,二人均为清初享有盛名的布衣文人)不着边际的好话,而是说出了许多为文的真道理。譬如,余怀突出"人情"对作文的重要性,就是至理名言。"情"乃为文的根本,无情即无文。文章之所以感人,全在有真情。余怀之所以突出"人情",也是他从自己的创作实践中得来。你读一读余怀的名篇《板桥杂记》,看看三百多年前他所记述的秦淮妓女和名士的故事,那些遭遇不同、性格各异,却闪耀着人性光辉的可歌可泣的人物,常常使三百年后的今人为之潸然泪下。为什么?里面有真情在。顺便说一句,余怀《板桥杂记》是清初笔记小说的精品,其描摹人物,状写情事,用一句人们说滥了的话:真的是"栩栩如生"! 他记了那么多妓女、狎客、名士、艺人,借用金圣叹对《水浒》人物的评语:"人有其性情,人有其气质,人有其形状,人有其声口!"其功力不在蒲松龄之下。今天的许多作家,也没有几个能够达到余怀那样高的刻画人物的水平——他往往几笔就能创造出一个性格鲜明的艺术形象。可惜,以往的文学史很少提到余怀,更没有对《板桥杂记》作充分的肯定。

　　《周礼》一书①,本言王道,乃上自井田军国之大,下至酒浆扉屦之细,无不纤悉具备,位置得宜,故曰:王道本乎人情。然王莽一用之于汉而败②,王安石再用之于宋而又败者③,其故何哉? 盖以莽与安石,皆不近人情之人,用《周礼》固败,不用《周礼》亦败。《周礼》不幸为两人所用,用《周礼》之过,而非《周礼》之过也。苏明允曰④:"凡事之不近人情者,鲜不为大奸慝⑤。"古今来大勋业、真文章,总不出人情之外;其在人情之外者,非鬼神荒忽虚诞之事,则诪张伪幻狝猭之辞⑥,其切于男女饮食日用平常者,盖已希矣。余读李子笠翁《闲情偶寄》而深有感也。昔陶元亮作《闲情赋》⑦,其间为领、为带、为席、为履、为黛、为泽、为影、为烛、为扇、为桐,缠绵婉娈,聊一寄其闲情,而万虑之存、八表之憩,即于此可类推焉。今李子《偶寄》一书,事在耳目之内,思出风云之表,前人所欲发而未竟发者,李子尽发之;今人所欲言而不能言者,李子尽言之;其言近,其旨远,其取情多而用物闳。滃滃乎⑧! 缅缅乎⑨! 汶者读之旷⑩,僿者读之通,悲者读之愉,拙者读之巧,愁者读之忻且舞,病者读之霍然兴。此非李子《偶寄》之书,而天下雅人韵士家弦户诵之书也。吾知此书出将不胫而走，百济之使维舟而求，鸡林之贾辇金而购矣⑪。而世之腐儒，犹谓李子不为经国之大业，而为破道之小言者。余应之曰：唯唯否否。昔谢文靖高卧东山⑫，系天下苍生之望，而游必携妓，墅则围棋。谢玄破贼⑬，桓冲初忧之，郗超曰⑭："玄必能破贼。吾尝共事桓公府，履屐间皆得其用，是以知之⑮。"白香山道风雅量⑯，为世所钦，而谢好、陈结、紫绡、菱角，惊破《霓裳羽衣》之曲⑰；罢刑部侍郎时，得臧获之习管磬弦歌者指百以归⑱。苏文忠秉心刚正⑲，不立异，不诡随，而琴操、朝云、螃头、鹊尾⑳，有每闻清歌辄唤奈何之致。韩昌黎开云驱鳄㉑，师表朝廷，而每当宾客之会，辄出二侍女合弹琵琶筝。故古今来能建大勋业、作真文章者，必有超世绝俗之情、磊落嵚崎之韵，如文靖诸公是也。今李子以雅淡之才、巧妙之思，经营惨淡，缔造周详，即经国之大业，何遽不在是，而岂破道之小言也哉？往余年少驰骋，自命江左风流，选妓填词，吹箫跕屣㉒，曾以一曲之狂歌，回两行之红粉，而今老矣，不复为矣！独是冥心高寄，千载相关，深恶王莽、王安石之不近人情，而独爱陶元亮之闲情作赋，读李子之书，又未免见猎心喜也㉓。王右军云㉔："年在桑榆，正赖丝竹陶写。"余虽颓然自放，倘遇洞房绮疏，交鼓迭瑟，宫商迭奏，竹肉竞陈，犹当支颐郭袖㉕，倾耳而听之。

　　时康熙辛亥立秋日建邺弟余怀无怀氏撰

【注释】

①《周礼》:乃儒家经典"三礼"(《周礼》、《仪礼》、《礼记》)之一,或称《周官》、《周官经》,记周代职官礼法、物名制度。古文经学家认为,它是周公旦所作;今文经学家认为,它出于战国;也有人认为它成于汉初。

②王莽(前45—23):西汉末年外戚专权,王莽篡汉称帝,于公元8年建立新朝,后在农民起义战乱中为商人杜吴所杀。

③王安石(1021—1086):字介甫,号半山,临川(今属江西)人。北宋著名政治家和文学家,曾推行变法,然最终失败。

④苏明允:即苏洵(1009—1066),字明允,号老泉,眉山(今属四川)人。北宋文学家,与其子苏轼、苏辙同为"唐宋八大家",并被称为"三苏"。

⑤"凡事"二句:语见苏洵《辨奸论》,文中一段说:"凡事之不近人情者,鲜不为大奸慝,竖刁、易牙、开方是也。以盖世之名,而济其未形之患,虽有愿治之主、好贤之相,犹将举而用之。则其为天下患,必然无疑者。"《左传·昭公十四年》:"诘奸慝,举淹滞。"孔颖达疏:"奸,邪;慝,恶。"人们认为苏洵乃暗讽王安石。

⑥诪(zhōu)张伪幻:以欺骗迷惑别人。诪张,欺诳。《尚书·周书·无逸》:"古之人犹胥训告,胥保惠,胥教诲,民无或胥诪张为幻。"

⑦陶元亮:陶潜(约376—427),一名渊明,字元亮,东晋文学家,浔阳(今江西九江)人。其《闲情赋》见《陶渊明集》。

⑧潺潺(liáo):形容清澈的样子。

⑨缡缡(lí):形容连绵的样子。

⑩汶:昏暗。

⑪"百济之使"以下二句:形容李渔的书受人喜爱,波及远方。"百济"和"鸡林"都是古代的国名,在朝鲜半岛,两国相邻。

⑫谢文靖:东晋名相谢安(320—385),字安石,陈郡阳夏(今河南太康)人,死后追赠太傅,谥文靖。《晋书·谢安传》说谢安长期"高卧东山"不肯出,所以后来把他重新出来做官这样的事称为"东山再起"。

⑬谢玄(343—388):字幼度;宰相谢安之侄,东晋著名军事家。谢玄善于治军,招募北方难民,组建并训练了一支精锐部队,取名为"北府兵"。在淝水之战中,指挥军队,以少胜多,并乘胜收复了今陕西、河南、山东南部等地区。

⑭郗超(336—378):字景兴,一字嘉宾,高平金乡(今属山东)人,东晋大臣。

⑮"玄必能破贼"以下几句:语见《晋书·谢玄传》。

⑯白香山:唐代大诗人白居易(772—846)晚年自号香山居士。文中提到的"谢好、陈结、紫绡、菱角"是跟随白居易的歌妓。

⑰《霓裳羽衣》:乃唐明皇时著名舞曲,杨贵妃善舞之。白居易《长恨歌》中有"渔阳鼙鼓动地来,惊破《霓裳羽衣》舞"句。

⑱臧获:奴婢。

⑲苏文忠:即苏轼(1037—1101),字子瞻,号东坡居士,死后谥文忠。

⑳琴操、朝云:乃苏轼侍妾。螭头、鹊尾:经刘扬忠先生查遍苏轼作品,未见苏轼侍妾中有此二人,疑非人名,而其《瑞鹧鸪》词中有"映山黄帽螭头舫,夹岸青烟鹊尾炉",故螭头是舫,而鹊尾是炉。

㉑韩昌黎:即韩愈(768—824),河南河阳(今河南孟州)人,祖籍昌黎,世称韩昌黎。唐代诗人、古文家。他任潮州刺史时,因恶溪鳄鱼为害,曾作《祭鳄鱼文》,以驱鳄鱼。

㉒跕屣(dié xǐ):挟妓冶游。

㉓见猎心喜:看到打猎心里就高兴。比喻看见别人在做的事正是自己过去所喜好的,不由得心动,跃跃欲试。猎,打猎。三国魏

曹丕《典论自序》:"和风扇物,弓燥手柔,草浅兽肥,见猎心喜。"

㉔王右军:东晋大书法家王羲之(321—379,或 303—361),字逸少,号澹斋,原籍琅琊(今山东临沂),后迁居山阴(今浙江绍兴),曾做过右军将军,所以人们又称他为"王右军"。文中所引见《世说新语·言语》。

㉕支颐郸袖:支颐,手支腮帮子静听或沉思,唐司空曙《风筝》有"坐与真僧听,支颐向寂寥"句。郸袖,害羞状,宋陆游《长干行》有"郸袖庭花下,东风吹鬓斜"句。

【译文】

《周礼》这本书,本是论说王道大业的,所以上自农耕征战之军国大事,下至引车卖浆、穿鞋戴帽之人情细节,无不细致入微、面面俱到而得当体贴,所以说:王道以人情为本。然而王莽一将它用之于汉而汉朝败亡,王安石再将它用之于宋而宋朝又衰微,原因何在?乃因王莽和王安石,都是不近人情之人,其用《周礼》固然失败,其不用《周礼》也要失败。《周礼》不幸被这两个人所用,此乃运用《周礼》之过,而非《周礼》本身之过。苏洵说:"凡行事之不近人情者,很少不是大奸大恶之人。"古往今来,凡能成就大勋业、写出真文章者,总不会越出人情之外;而那些在人情之外者,若不是做鬼神荒诞之事以欺世,就是用虚假狰狞的言辞来诳人,其切于日常生活男女饮食的真正道理者,非常稀少。我读李笠翁先生《闲情偶寄》而深有所感。过去陶渊明作《闲情赋》,其中写领、写带、写席、写履、写黛、写泽、写影、写烛、写扇、写桐,缠绵柔媚,聊且以此寄托闲情,而思绪万虑之所存、神思八荒之所寄,也即可以于此类推。现在李笠翁先生《闲情偶寄》一书,所述之事尽在耳目之内,而其思绪所至则出风云之表,前人所想要抒发而未能完全抒发出来的,李先生尽情抒发出来了;今人所想要言说而叙说不出来的,李先生也尽情吐露出来了;他的语言浅近而旨趣深远,他表达的情思丰富而运用的物事阔阔。思维多么清晰!理路多么缜密!心绪昏昧者读之而旷达明畅,思路堵塞者读之而通顺敏捷,悲苦者读之而愉快,拙笨者读之而灵巧,愁闷者读之而欢舞,生病者读之而霍然病愈。这本《闲情偶寄》哪里是李先生一本寻常之书,简直是天下雅人韵士家弦户诵之奇书啊。我深信此书一出将会不胫而走,外方的使节将会驾舟求购,异国的商贾也将挈金来买。而世间某些腐儒,却还在指责李先生不为经国之大业,而作叛道之小言。我回应这些指责说:你们所论似乎对而实则差矣。从前谢安高卧东山,心系天下百姓之期望,而出游必携歌妓,住在别墅则下围棋娱乐。谢玄到前线破贼,桓冲初为之担忧,郗超说:“谢玄必能破贼。我曾与他在桓公府共事,深知他举手投足皆得其用,因此他出征必胜无疑。”白居易道风雅量,为世人所钦佩,而他身边的歌妓谢好、陈结、紫绡、菱角,以《霓裳羽衣》之曲而惊破俗世;在他被罢刑部侍郎的时候,携得熟谙管磬弦歌的上百奴婢以归。苏轼秉心刚正,不标新立异,不追随俗流,而每每听到琴操、朝云、蠏头、鹊尾等侍妾轻歌曼舞,总是感叹其动人心魄。韩愈撰《祭鳄鱼文》驱鳄鱼,以此师表朝廷,而每当与宾客聚会,总是请出两个侍女合弹琵琶与筝。所以古今以来能建大勋业、做真文章者,一定会有超世绝俗之情感、磊落潇洒之韵致,如谢安诸公即是如此。今李先生以雅淡之才、巧妙之思,惨淡经营,缜密构思,缔造周详,那所谓“经国之大业”,何尝不在这里面呢,难道是什么“叛道之小言”吗?往昔我年少心盛、意气驰骋,自命为江南风流文士,选妓填词,挟妓吹箫,曾以一曲之狂歌,感动得妙龄女郎流下两行红泪,而今我老了,再不能有那些风流倜傥的作为了!然而唯独心气依然高远,心系千载情事,深恶王莽、王安石之不近人情,而独爱陶渊明之闲情作赋,读李先生之书,又未免见猎心喜、跃跃欲试了。王羲之说:“人到晚年,正应该赖音乐以陶冶性情。”我虽然颓然老迈而放任自流,倘若遇到洞房美艳、雕窗绮疏,急鼓缓瑟交错而鸣,宫商迭奏而丝竹与歌喉竞相悦耳,还是要手支腮帮而倾耳恭听。

时康熙辛亥立秋日建邺弟余怀无怀氏撰

尤侗序

【题解】

尤侗此序，载于翼圣堂本《闲情偶寄》，而芥子园本则无。他同样对李渔评价很高，说李渔"所著《闲情偶寄》若干卷，用狡狯伎俩，作游戏神通。入公子行以当场，现美人身而说法。洎乎平章土木，勾当烟花，哺啜之事亦复可观，屐履之间皆得其任。虽才人三昧，笔补天工，而镂空绘影，索隐钓奇，窃恐犯造物之忌矣。乃笠翁不徒托诸空言，遂已演为本事"；又对李渔之所处环境以及活动氛围作了解读，说李渔"家居长干，山楼水阁，药栏花砌辄引人著胜地。薄游吴市，集名优数辈，度其梨园法曲，红弦翠袖，烛影参差，望者疑为神仙中人。若是乎笠翁之才，造物不惟不忌，而且惜其劳，美其报焉。人生百年，为乐苦不足也，笠翁何以得此于天哉"。这些都是实情。

尤侗（1618—1704），字同人，更字展成，别字悔庵，又曰艮斋，晚自号西堂老人，长洲人。康熙己未（1679）召试博学鸿词，授检讨，历官侍讲。有《西堂集》。尤侗小余怀2岁，小李渔7岁。余怀活了80岁，而尤侗更高寿，活了86岁，他俩都可算得上是清初文坛上的寿星。李渔、余怀、尤侗虽是文友，但三人又有某些不同：李渔、余怀是布衣，作为明之遗民，其思想倾向也有某些不完全合于清代统治者的"异调"，用今天的话说是"体制外"的人；而尤侗则是"体制内"的人。在明朝末年，尤侗就是诸生,入清,他又成为副榜贡生,那是顺治三年(1646)的事情。到康熙十八年(1679),他又举博学鸿儒,授翰林院检讨,参与修《明史》,并且受到顺治帝、康熙帝赏识——先是以《怎当他临去秋波那一转》制义以及《读离骚》乐府流传禁中,受顺治帝赏识;后又在史馆时进呈《平蜀赋》,受康熙帝赏识,颇受恩礼。细品三位清初才子的作品,也许约略感受到些许差别:尤侗究竟是体制内的人,故其思想更收敛一些;而余怀、李渔,为生存计,虽然也不得不对清代统治者说了许多顺耳的话;但是他们(尤其是余怀)也常有"出格"之处,这在充满明代遗民情结的《板桥杂记》中表现得相当明显。但是尤侗《西堂杂俎》,在乾隆时被列为禁书,所以尤侗的思想也并非完全驯服。

　　声色者,才人之寄旅;文章者,造物之工师。我思古人,如子胥吹箫①,正平挝鼓②,叔夜弹琴③,季长弄笛④,王维为"琵琶弟子"⑤,和凝称"曲子相公"⑥,以至京兆画眉⑦,幼舆折齿⑧,子建傅粉⑨,相如挂冠⑩,子京之半臂忍寒⑪,熙载之纳衣乞食⑫,此皆绝世才人,落魄无聊,有所托而逃焉。犹之行百里者,车殆马烦,寄宿旅舍已尔,其视宜春院里画鼓三千,梓泽园中金钗十二⑬,雅俗之别,奚翅径庭哉⑭!然是物也,虽自然之妙丽,借文章而始传。前人如《琴》、《笛》、《洞箫》诸赋⑮,固已分刌节度⑯,穷极幼眇;乃至《巫山》陈兰若之芳⑰,《洛浦》写瑶碧之饰⑱,东家之子比其赤白⑲,上宫之女状其艳光⑳,数行之内若拂馨香,尺幅之中如亲巧笑,岂非笔精墨妙,为选声之金管,练色之宝镜乎? 抑有进焉,江淹有云㉑:"蓝朱成彩,错杂之变无穷;宫商为音,靡曼之态不极。"蛾眉岂同貌而俱动于魄? 芳草宁共气而皆悦于魂?

【注释】

①子胥：伍员字子胥，春秋时楚人。与父兄俱仕楚，后楚王听谗言杀其父兄，员逃亡吴国佐吴伐楚报仇。史载，伍子胥曾吹箫乞食，元杂剧《伍员吹箫》以此而演义。

②正平：汉末文学家祢衡（173—198）字正平，曾被曹操召为鼓史，刚烈不阿，恃才傲物，被杀。

③叔夜：嵇康（223—263）字叔夜，谯郡铚县（今安徽宿州）人，魏晋著名思想家、文学家、音乐家，"竹林七贤"第一人，善鼓琴，工书画。

④季长：马融（79—166）字季长，东汉经学家，扶风茂陵（今陕西兴平东北）人，善吹笛，曾作《长笛赋》，有《马季长集》。

⑤王维（701—761）：字摩诘，唐代诗人，文艺全才，工诗、文、书、画，又精通音乐，善弹琴、琵琶。

⑥和凝（898—955）：字成绩，郓州须昌（今山东东平）人，才思敏捷，雅善音律，少年时好为曲子词，多写男女艳情，流传到异国，契丹称之为"曲子相公"。

⑦京兆：西汉京兆尹张敞深爱妻子，有时夫人早晨端坐梳妆时，张敞亲自为她描眉。唐诗人朱庆馀《近试上张水部》："洞房昨夜停红烛，待晓堂前拜舅姑。妆罢低声问夫婿：画眉深浅入时无？"

⑧幼舆：谢鲲（约280—323）字幼舆，陈郡阳夏（今河南太康）人，东晋儒臣，名士，好《老》、《易》，能歌，善鼓琴。《晋书·谢鲲传》："邻家高氏女有美色，鲲尝挑之，女投梭，折其两齿。时人为之语曰：'任达不已，幼舆折齿。'"后用为调戏妇女被拒而受惩罚。

⑨子建：三国文学家曹植（192—232）字子建，《三国志·魏书·王粲传》注引《魏略》载他暑天取水自澡，傅粉。

⑩相如：西汉辞赋大家司马相如（约前179—前117），字长卿，蜀郡成都（今属四川）人，善鼓琴，少时好读书、击剑，汉景帝时为"武

骑常侍",借病辞官。后与临邛富豪卓王孙之女卓文君相爱,双双私奔。

⑪子京:北宋文学家宋祁(998—1061)字子京,据说有一次宴于锦江,偶感风寒,诸婢送他十多件半臂(背心),为避厚此薄彼之嫌,一件不穿,忍寒而归。

⑫熙载:五代时南唐中书舍人韩熙载(902—970)字叔言,擅长诗文书画,博学多闻,才高气逸,他放荡嬉戏不拘名节,蓄有爱妓王屋山,尝自击鼓,让屋山舞"六幺",以此为乐;或言其著衲衣"于诸姬院乞食,以为笑乐"(见郑文宝《南唐近事》)。

⑬"其视宜春院"以下二句:宜春院,乃唐歌妓居所。梓泽园,乃晋石崇别墅,又叫金谷园。此处泛指古时歌舞场。

⑭奚翅:即"奚啻",何止,岂但。《孟子•告子下》:"取食之重者与礼之轻者而比之,奚翅食重?"径庭:径,指门外的路。庭,指门里的庭院。《庄子•逍遥游》:"大有径庭,不近人情焉。"后来用"大相径庭"表示彼此相差很远。

⑮《琴》、《笛》、《洞箫》诸赋:《琴》赋,乃嵇康作。《笛》赋,乃宋玉作。《洞箫》赋,乃王褒作。

⑯分刌(cǔn):划分,分切。《汉书•元帝纪赞》:"(元帝)鼓琴瑟,吹洞箫,自度曲,被歌声,分刌节度,穷极幼眇。"颜师古注引韦昭曰:"刌,切也,谓能分切句绝,为之节制也。"

⑰《巫山》陈兰若之芳:乃指宋玉《神女赋》。

⑱《洛浦》写瑶碧之饰:乃指曹植《洛神赋》。

⑲东家之子:宋玉《登徒子好色赋》中的美女。

⑳上官之女:上官地方的美女。上官,陈国的一个地方,《诗经•鄘风•桑中》有"云谁之思,美孟姜兮;期我乎桑中,要我乎上官"句。

㉑江淹(444—505):字文通,济阳考城(今河南兰考)人,南朝梁文

学家,历仕宋、齐、梁三代,梁时官至金紫光禄大夫,封醴陵侯。文中所引江淹的话待查。

【译文】

　　所谓声与色,不过是才子寄居之旅舍;而被称为文章者,也好似大自然造物之工匠。我想,那些古人,如伍子胥吹箫,祢衡擂鼓,嵇康弹琴,马融吹笛,王维被誉为“琵琶弟子”,和凝被称为“曲子相公”,以至张敞画眉,谢鲲为美色而折齿,曹植傅粉以自容,司马相如弃官与文君私奔,宋祁为避厚此薄彼之嫌弃半臂而忍寒,韩熙载穿破旧衣服乞食取乐,这都是那些绝世才子,因落魄无聊,有所寄托而作逃逸之态的表现。犹如行百里之路的人,车损而马乏,寄宿在旅舍而已,它们比之宜春院歌舞场里画鼓锦瑟的艳俗表演,梓泽园豪华别墅中金钗银饰的夸富展示,其雅与俗的区别,相差何止十万八千里!但是这些东西,即使有自然之妙丽,仍须借文章才能得以传播。前人所作的《琴》、《笛》、《洞箫》诸赋,固然已经字斟句酌、节制有度,极其微妙;乃至宋玉《神女赋》陈述兰花杜若之芬芳,曹植《洛神赋》写琼瑶碧玉之妆饰,宋玉《登徒子好色赋》描绘东家之子“著粉则太白,施朱则太赤”之赤白有度,《诗经·鄘风·桑中》状写上宫之女光彩艳丽之恰到好处,字里行间仿佛馨香扑鼻,尺幅之中好像巧笑迎面,这难道不是它们笔精墨妙的表现吗?这真是音乐场上的“金管”高手,敷彩练色描山画水中如宝镜般之神奇画面啊!再进一步说,江淹有云:“蓝色与红色相配成彩,错杂组合变化无穷;宫声与商声组成乐音,华美妙曼之态无所不极。”美丽的女子难道面貌相同就都能打动人的心魄?芳草奇葩难道同声共气就皆可取悦于人的灵魂?

　　故相其体裁,既家妍而户媚;考其程式,亦日异而月新。假使飞燕、太真生在今时①,则必不奏《归风》之歌②,播《羽衣》之舞③;文君、孙寿来于此地④,则必不扫远山之黛,施堕马之妆。何也？数见不鲜也。客有歌于郢中者，《阳春》、《白雪》，和者不过数人。非曲高而和寡也，和者日多，则歌者日卑，《阳春》、《白雪》，何异于《巴人》、《下里》乎⑤？西子捧心而矉，丑妇效之，见者却走⑥。其妇未必丑也，使西子效矉，亦同嫫姆矣。由此观之，声色之道千变万化。造物者有时而穷，物不可以终穷也。故受之以才，天地炉锤，铸之不尽；吾心橐籥⑦，动而愈出。三寸不律⑧，能凿混沌之窍⑨；五色赫蹄⑩，可炼女娲之石⑪。则斯人者，诚宫闺之刀尺而帷簿之班输⑫。天下文章，莫大乎是矣。读笠翁先生之书，吾惊焉。所著《闲情偶寄》若干卷，用狡狯伎俩，作游戏神通。入公子行以当场，现美人身而说法。洎乎平章土木，勾当烟花，哺啜之事亦复可观，屐履之间皆得其任。虽才人三昧，笔补天工，而镂空绘影，索隐钓奇，窃恐犯造物之忌矣。乃笠翁不徒托诸空言，遂已演为本事。家居长干，山楼水阁，药栏花砌辄引人著胜地。薄游吴市，集名优数辈，度其梨园法曲⑬，红弦翠袖，烛影参差，望者疑为神仙中人。若是乎笠翁之才，造物不惟不忌，而且惜其劳，美其报焉。人生百年，为乐苦不足也，笠翁何以得此于天哉！仆本恨人，幸逢良宴，正如秦穆睹《钧天》之乐⑭，赵武听孟姚之歌⑮，非不醉心，仿佛梦中而已矣。

　　　　　　吴门同学弟尤侗拜撰

【注释】

①飞燕：赵飞燕，汉成帝皇后。太真：唐明皇的贵妃杨玉环曾出家为道士，号太真。

②《归风》：汉成帝皇后赵飞燕曾歌《归风送远》曲。

③《羽衣》：即杨贵妃所舞《霓裳羽衣》舞。

④文君：卓文君，汉代才女，善鼓琴，看中能弹琴作诗的穷书生司马相如，随他私奔后，开酒铺，当垆卖酒，相如则做打杂，不怕人讥笑。《西京杂记》说她"眉色如望远山"。孙寿：东汉权臣梁冀之妻，美貌而善妒。梁冀惧内，《后汉书·梁冀传》中言孙寿"色美而善为妖态，作愁眉啼妆、堕马髻"。

⑤《阳春》、《白雪》以下二句：宋玉《对楚王问》中提到的《阳春》、《白雪》是高雅的乐曲，而《巴人》、《下里》则是粗俗的乐曲。

⑥"西子捧心而颦(pín)"以下三句：西子即越国美女西施。美女西施心痛而皱眉，丑妇东施乃效仿之，愈丑。《庄子·天运》："故西施病心而矉(通"颦")其里，其里之丑人见而美之，归亦捧心而矉其里。其里之富人见之，坚闭门而不出；贫人见之，挈妻子而去之走。"成玄英疏："西施，越之美女也，貌极妍丽。既病心痛，嚬眉苦之。而端正之人，体多宜便，因其嚬蹙，更益其美。是以间里见之，弥加爱重。邻里丑人见而学之，不病强嚬，倍增其丑。"

⑦橐籥(tuó yuè)：古代的一种鼓风吹火器。橐，以牛皮制成的风袋。籥，原指吹口管乐器，这里借喻橐的输风管。

⑧三寸不律：即三寸之笔。《尔雅·释器》："不律谓之笔。"

⑨能凿混沌之窍：《庄子·应帝王》中说，中央之帝"混沌"无七窍，他的朋友南海之帝"儵"和北海之帝"忽"为报其德而为其凿窍，"日凿一窍，七日而混沌死"。

⑩五色赫蹄：汉代一种彩色的薄而小的纸。赫蹄，是一种纸的名称。

⑪可炼女娲之石：此处所用乃女娲炼五色石以补苍天的典故，典出《淮南子·览冥训》。

⑫班输：即鲁班，姓公输，名般(亦作班)，鲁国人，古代有名的工匠。

《墨子·公输》:"公输盘(班)为楚造云梯之械,成,将以攻宋。子墨子闻之,起于齐,行十日十夜而至于郢,见公输盘(班)。"

⑬法曲:一种古代乐曲。东晋南北朝称作法乐。因其用于佛教法会而得名。原为含有外来音乐成分的西域各族音乐,后与汉族的清商乐结合,并逐渐成为隋朝的法曲。其乐器有铙钹、钟、磬、幢箫、琵琶。至唐朝又掺杂道曲而发展至极盛阶段。著名的曲子有《赤白桃李花》、《霓裳羽衣》等。唐白居易《江南遇天宝乐叟》诗:"能弹琵琶和法曲,多在华清随至尊。"此处"法曲"指古典曲目。

⑭秦穆:即秦穆公,名任好,嬴姓,秦国历史上一位有作为的君主。他在位期间(前659—前621),内修国政,外图霸业,秦国开始崛起。张衡《西京赋》云:"昔者大帝说秦穆公而觐之,飨以钧天广乐。"

⑮赵武:又称赵孟(前597—前541),春秋时代晋国的执政大夫,即屠岸贾消灭赵氏势力时幸存的"赵氏孤儿"。据《史记·赵世家》记载,赵武灵王梦见处女鼓琴而歌,醒后屡屡显现梦境,后即纳美女孟姚为后。

【译文】

所以,看它们的体裁,已是家家美妍而户户媚好;考究它们的程式,也是日异而月新。假若赵飞燕、杨玉环生在今天,则必然不会奏汉代的《归风送远》之歌,不会跳唐代的《霓裳羽衣》之舞;卓文君、孙寿来到此地,则必然不会如当年那样画远山之黛眉、像当年那样作堕马髻之妆梳。为什么?因为屡见而不鲜。宋玉《对楚王问》中所谓客有歌于楚国京都郢城之中者,唱《阳春》、《白雪》,和者不过数人。不是因为曲高而和寡,而是因为和者日渐增多,歌者也即日渐卑微,《阳春》、《白雪》,与《巴人》、《下里》哪里有什么不同?美女西施捧心而矉眉,丑妇东施效而仿之,见者避而离去。其实这个妇人未必丑,假使西施也摹仿人家的样子效颦，应同嫫姆一样显出丑态。由此看来，声色之道千变万化。即使造物者有穷尽之时，事物也不可能最终穷尽。因此，造物授之以才华，天地如熔炉加以锤炼，铸造不尽；我们的心就像个风箱，愈动而才气愈外露。三寸之笔，能够凿得"混沌"之七窍；五色彩纸，可以熔炼女娲之彩石。如此，则这些人真可谓宫闱中之刀尺能手、建筑上公输班那样的巧匠了。天下文章，没有比这更博大的了。读笠翁先生的书，我为之惊异。他所著《闲情偶寄》若干卷，用奇谲狡狯之手法，发游戏神通之妙想。当场即可进入才子相公之间，立刻让美人佳丽现身说法。不论掌握土木园林，还是论说烟花勾当，以至谈饮馔哺啜之事也都可观，而说服饰修容也入情入理。虽是才人三昧皆通，妙笔可补缀天工，而凭空镂刻、绘声绘影、索隐钓奇，窃以为恐怕触犯了造物之忌讳了。笠翁先生不只是空发议论，而且付诸实践。他家居南京，山楼水阁，雕栏画砌，花草林木，总是能够引人亲临胜地。漫游苏州，召集许多著名优伶，演唱梨园之古典曲目，舞台之上，红弦翠袖曼舞于烛影参差之中，令观看者疑为神仙下凡。像笠翁这样的杰出之才，造物不但不忌惮，而且爱惜其辛劳，给予丰美的报答。人生百年，为乐的时间实在太短，而笠翁何以如此得天独厚！我本来就是一个多愁善感之人，有幸逢此美好的宴会，正如秦穆公观看《钧天》之乐，赵武听孟姚之歌，不是不醉心，而是仿佛在梦中而已。

　　　　　　　　　　　　　　　吴门同学弟尤侗拜撰

凡例七则　四期三戒

【题解】

"凡例"者，作者自叙该书编写的体例、宗旨、期望和要求也。

此"凡例"，一方面谈该书主旨之有益社会。李渔说，他的《闲情偶寄》要寓"庄论"于"闲情"，表面看来说的是"闲情"，但内容是有益教化，也就是他所说的"点缀太平"、"崇尚俭朴"、"规正风俗"、"警惕人心"，这几点，在当时都是守规矩的"良民"所为。清代统治者动不动就对"不守规矩"的知识分子施行"文字狱"，李渔也心怀悸怕，因此说上述这些话，有自我保护的意图。当然，作为生活于那个时代的文士，也有维护当时伦理道德的自觉意识。

另一方面，李渔谈自己要求该书力戒陈言，崇尚独创，所谓"不攘他人一字"，"不借前人之只字"——这确是李渔一贯的追求和良好的作风。

一期点缀太平

圣主当阳，力崇文教。庙堂既陈诗赋①，草野合奏风谣②，所谓上行而下效也。武士之戈矛，文人之笔墨，乃治乱均需之物：乱则以之削平反侧，治则以之点缀太平。方今海甸澄清③，太平有象，正文人点缀之秋也，故于暇日抽毫，以代康衢鼓腹④。所言八事无一事不新，所著万言无一言稍故者，以鼎新之盛世，应有一二未睹之事、未闻之言以扩耳目，犹之美厦告成，非残朱剩碧所能涂饰榱楹者也⑤。草莽微臣，敢辞粉藻之力！

【注释】

①庙堂：古代帝王祭祀、议事的地方，借指朝廷。

②草野：乡野，民间。与"朝廷"相对。

③海甸：天子治下的海内土地。海，海内，天下。甸，本意是郊外。

④康衢(qú)鼓腹：通衢大道鼓腹而歌。衢，大路。

⑤榱(cuī)：架屋承瓦的木头，方形的木头叫榱。楹(yíng)：厅堂前屋的柱子。

【译文】

圣明之主面南当政，用力推崇文教事业。朝廷既已布陈推广诗赋，民间自应随之奏诵歌谣，这就是所谓上行而下效啊。武士的戈矛，文人的笔墨，乃是治世和乱世都需要的两样东西：乱世用它平定反叛，治世则用它点缀太平。当今海内清明，天下太平，正是文人点缀太平的时候，所以在闲暇之日抽毫挥笔，用以代替通衢大道的鼓腹而歌。本书所述八样事情之所以没有一样不新，所撰数万之言之所以没有一言稍嫌陈旧，就是因为处于革故鼎新之盛世，应该有一二样人们未见过的事情、未听说的言论以扩充和广大耳目，如同一座美丽的大厦告成之时，并不是可以用那些残朱剩碧之色即能涂饰屋椽廊柱的。我乃一介草莽微臣，哪敢推辞这粉藻太平盛世的力气！

一期崇尚俭朴

创立新制，最忌导人以奢①。奢则贫者难行，而使富贵之家日流于侈，是败坏风俗之书，非扶持名教之书也。是集惟《演习》《声容》二种为显者陶情之事②，欲俭不能，然亦节去靡费之半③；其余如《居室》《器玩》《饮馔》《种植》《颐养》诸部，皆寓节俭于制度之中，黜奢靡于绳墨之外④，富有天下者可行，贫无卓锥者亦可行⑤。盖缘身处极贫之地，知物力之最艰，谬谓天下之贫皆同于我，我所不欲，勿施于人，故不觉其言之似吝也。然靡荡世风，或反因之有裨⑥。

【注释】

①奢：过分享受。

②是：此，这。

③靡：浪费，奢侈。

④黜（chù）：免除。

⑤贫无卓锥：穷得无立锥之地。

⑥有裨（bì）：有益。

【译文】

创立一种新体制，最忌讳引导人们奢靡。奢靡则让贫困的人们难以施行，而使富贵之家日渐流于侈费，这是败坏风俗之书，而不是帮助推行名教之书啊。本书只有《演习》《声容》二种述说显贵之人陶冶情性之事，要节俭不易做到，然而也俭省了所费钱财之一半；其余如《居室》《器玩》《饮馔》《种植》《颐养》诸部，皆寓节俭之意于各种规制之中，避免奢靡于所划界限之外，富可敌国的人可行，贫穷而无立锥之地的人也可行。其原因在于身处极贫之地的人，知道物力之最艰难，误以为天下之贫者都与我一样，我所不欲，勿施于人，所以不觉得这些言论好像有些吝啬。而奢靡浪荡的世风，或许反而因此而有所裨益。

一期规正风俗

风俗之靡,日甚一日。究其日甚之故,则以喜新而尚异也。新异不诡于法^①,但须新之有道,异之有方。有道有方,总期不失情理之正。以索隐行怪之俗^②,而责其全返中庸^③,必不得之数也。不若以有道之新易无道之新,以有方之异变无方之异,庶彼乐于从事^④,而吾点缀太平之念为不虚矣。是集所载,皆极新极异之谈,然无一不轨于正道;其可告无罪于世者,此耳。

【注释】

①诡:怪异,出乎寻常。

②索隐:探求隐微奥秘的道理。

③责:要求。

④庶:大概,差不多。

【译文】

风俗之侈靡,一天比一天厉害。推究它日甚一日的原因,则是因为喜欢新奇和崇尚怪异。新奇、怪异不违法理,但必须新奇得有理,怪异得有度。有理有度,总是要求它不失情理之正道。以穷追极索之法搜寻怪异之流俗,强行责求它完全返回中庸之道,必然得不到预期的效果。还不如用有理之新代替无理之新,用有度之异代替无度之异,这样才会使人乐意践行,而我所谓点缀太平的理念才不致落空。本书所载内容,都是极新极异的言论,但是没有一点违反正道的思想;我之能够告诉人们笠翁无罪于世,正在于此。

一期警惕人心

风俗之靡,犹于人心之坏,正俗必先正心。然近日人情

喜读闲书,畏听庄论。有心劝世者,正告则不足,旁引曲譬则有余①。是集也,纯以劝惩为心②,而又不标劝惩之目。名曰《闲情偶寄》者,虑人目为庄论而避之也。劝惩之语,下半居多,前数帙俱谈风雅。正论不载于始而丽于终者③,冀人由雅及庄④,渐入渐深,而不觉其可畏也。劝惩之意,绝不明言,或假草木昆虫之微、或借活命养生之大以寓之者,即所谓正告不足、旁引曲譬则有余也。实具婆心,非同客语,正人奇士,当共谅之。

【注释】

①旁引曲譬:委婉曲折地引证、举例、打比方。

②劝惩:劝善惩恶。

③丽:附着,附丽。

④冀:希望。

【译文】

　　风俗之奢靡,犹如人心之颓败,匡正风俗必先匡正人心。然而近日人情所好是喜欢阅读轻松休闲之书,怕听庄重严肃之论。有心劝世的人,严正劝告则不足以打动读者,委婉曲折地引证、举例、打比方则收到意想不到的成效。这本书,完全出于劝善惩恶之心,却又不标出劝善惩恶之名目。题曰《闲情偶寄》,是怕人把它看成庄严之论而避之不读。劝善惩恶的话语,下半部分居多,前面数部都是谈论风雅之事。正论之所以不载于起始而附丽于后部,是希望读者由风雅到庄严,有一个渐入渐深的过程,而不觉得它可怕。劝善惩恶之意,绝不明言,或者假借草木昆虫之小事、或者寄寓活命养生之大事来表现,这就是所谓"严正劝告则不足以打动读者,委婉曲折地引证、举例、打比方则收到意想不到的成效"。实实在在是苦口婆心,并非客套之语,尚希正人奇士,多多见谅。

一戒剿窃陈言

不佞半世操觚^①，不攘他人一字^②。空疏自愧者有之，诞妄贻讥者有之，至于剿窠袭臼，嚼前人唾余，而谓舌花新发者，则不特自信其无，而海内名贤亦尽知其不屑有也。然从前杂刻，新则新矣，犹是一岁一生之草，非百年一伐之木。草之青也可爱，枯则可焚；木即不堪为栋为梁，然欲刈而薪之，则人有不忍于心者矣。故知是集也者，其初出则为乍生之草，即其既陈既腐，犹可比于不忍为薪之木，以其可斫可雕而适于用也。以较邺架名编则不足^③，以角奚囊旧著则有余^④。阅是编者，请由始迄终验其是新是旧。如觅得一语为他书所现载，人口所既言者，则作者非他，即武库之穿窬、词场之大盗也^⑤。

【注释】

①不佞（nìng）：旧时谦称自己。佞，巧智，善辩，多用贬义。操觚（gū）：原指执简写字，后指写文章。觚，古代用来书写的木简。

②攘（rǎng）：侵夺，偷窃。

③邺架：这里形容使用特殊的书架保藏丰富的书籍。典出《邺侯家传》：唐邺侯李泌父承休藏书万卷，别架置之。

④奚囊：谓诗囊。据李商隐《李贺小传》，唐代诗人李贺每早骑驴外出，小奚奴背一破旧锦囊随其后，得句即投囊中。

⑤穿窬（yú）：偷盗。《论语·阳货》有"譬诸小人，其犹穿窬之道与"句。

【译文】

鄙人写了大半辈子文章，不袭他人一字。写得空疏而自感愧疚者有之，写得荒诞虚妄而贻笑方家者有之，至于剿袭别人而落入窠臼，嚼前人唾余而自称舌花新发这种事，则不但自信没有，而且海内名士贤人也都知道我是不屑于做这些事情的。然而从前杂著，新虽然新了，还只是一年一生之草，而非百年一伐之木。草在青翠时可爱，到枯萎时则可焚烧；木即使不能为栋为梁，然而要是砍了当柴烧，则人总有不忍之心。因此可以知道这本书，最初面世时像是乍生之草，等它随岁月增长而陈腐，也还可比之于不忍心当柴烧的树木，因为它可琢可雕而适于人用。比起藏家放在珍贵书架上的名著可能略嫌不足，较之普通人放在布袋里的旧著则绰绰有余。阅读这本书的人，敬请自始至终检验它是新是旧。假如找出一句话是其他书中已刊载，别人口中已说过，那么作者不是别的，就是武库的穿窬窃贼、词场的抄袭大盗。

一戒网罗旧集

数十年来，述作名家皆有著书捷径，以只字片言之少，可酿为连篇累牍之繁；如有连篇累牍之繁，即可变为汗牛充栋之富。何也？以其制作新言缀于简首①，随集古今名论附而益之。如说天文，即纂天文所有诸往事及前人所作诸词赋以实之②；地理亦然，人物、鸟兽、草木诸类尽然。作而兼之以述，有事半功倍之能，真良法也。鄙见则谓著则成著，述则成述，不应首鼠二端③。宁捉襟肘以露贫④，不借丧马以彰富⑤。有则还吾故有，无则安其本无。不载旧本之一言，以补新书之偶缺；不借前人之只字，以证后事之不经。观者于诸项之中，幸勿事事求全，言言责备。此新耳目之书，非备考核之书也。

【注释】

①缀(zhuì)：缝，连接。

②纂(zuǎn)：搜集材料编书。

③首鼠二端：一般用"首鼠两端"，谓顾前而又担心于后，两边都不放心。《史记·魏其武安侯列传》：武安已罢朝，出止车门，召韩御史大夫载，怒曰："与长孺共一老秃翁，何为首鼠两端！"

④捉襟肘：用"捉襟见肘"意。形容衣服破烂。比喻顾此失彼，穷于应付。

⑤借丧马：借死去的马。丧，死。

【译文】

数十年来，有名的作家都有著书捷径，从少数只言片语，可以敷衍为连篇累牍之繁冗话语；如果有连篇累牍之繁冗话语，即可变为汗牛充栋之长篇巨制。何以能够如此？因为他把所作新言缀于篇首，接着就搜罗古今名论附在后面而扩充篇幅。假如说天文，即搜集与天文相关的诸种往事及前人所作相关词赋填塞在自己的书里；若说地理，也是如此，说人物、鸟兽、草木等等，无不尽然。自己写作而兼之引述他人他著，有事半功倍之能效，真是一个好法子。以愚见，著作是著作，引述是引述，不应首鼠二端，鱼目混珠。宁肯捉襟见肘以露出自己的贫穷，也不借死马以彰显自己的富有。有就写出我之本有的样子，假如没有，那就老老实实安于本来没有的状态。不重复刊载旧著之一言，以补新书之偶然缺失；不借前人之片言只字，以论证后事之不经典。读者于本书诸项之中，请勿对每件事和每句话求全责备。这是一本令人耳目一新之书，而不是准备供人考核之书。

一　戒支离补凑

有怪此书立法未备者，谓既有心作古，当使物物尽有成规，胡一类之中止言数事？予应之曰：医贵专门，忌其杂也，杂则有验有不验矣。史贵能缺，"夏五"、"郭公"之不增一字、不正其讹者^①，以示能缺；缺斯可信，备则开天下后世之疑矣。使如子言而求诸事皆备，一物不遗，则支离补凑之病见，人将疑其可疑，而并疑其可信。是故良法不行于世，皆求全一念误之也。予以一人而僭陈八事，由词曲、演习以及种植、颐养，虽曰多能鄙事，贱者之常，然犹自病其太杂，终不得比于专门之医，奈何欲举星相、医卜、堪舆、日者之事^②，而并责之一人乎？其人否否而退。八事之中，事事立法者只有六种，至《饮馔》、《种植》二部之所言者，不尽是法，多以评论间之，宁以支离二字立论，不敢以之立法者，恐误天下之人也。然自谓立论之长，犹胜于立法。请质之海内名公，果能免于支离之诮否^③？

湖上笠翁李渔识

【注释】

①夏五：《春秋·桓公十四年》书"夏五"，下缺"月"字，不增一字。
　郭公：《春秋·庄公二十四年》书"郭公"，无下文，不补缺。
②堪舆：东汉许慎曾谓："堪，天道；舆，地道。"堪舆是谓天地之道。
　堪舆术在汉代甚为流行，占卜日辰吉凶是其主要内容。日者：
　《史记》卷一百二十七《日者列传》第六十七："古人占候卜筮，通
　谓之'日者'。"所以卜筮占候时日通名"日者"。
③诮（qiào）：责备。

【译文】

有人责怪此书建立法度不够完备，说既然有心开创新制，即应使事事都立成规，为什么一类之中只说几种事？我回应说：医贵在专门，忌其庞杂，庞杂则有的灵验有的不灵验。史贵在能有缺漏，《春秋·桓公

十四年》书"夏五"下缺"月"字，《春秋·庄公二十四年》书"郭公"无下文，它们之所以不增一字、不正其讹者，是以此表示它们能有缺漏；有缺漏，这才可信，倘若太完备，就会开启天下后世之疑窦了。假使如你所说事事都追求完备，一件事都不遗漏，那就会使得本书出现支离补凑的毛病，人们不但将要怀疑其可疑之处，而且连带怀疑其可信之处。因此良法之所以不能在世上通行，都是追求完备这种观念作祟。本书我以一人之力而僭越自身所能陈述八事，由词曲、演习以至种植、颐养，虽说能做多种鄙俗之事，乃卑贱者的常态，然而自己还是嫌其太杂，终究比不得专门之医，怎么能够把星相、医卜、看风水、观察天象等诸种事情，全都让一人承担呢？听我这些话，那人连称"不不"而退。本书所述八事之中，事事立法者只有六种，至《饮馔》《种植》二部所陈述的，不全是法，中间多夹杂评论，我之所以宁愿以支离二字立论，不敢用它来立法，恐怕误导了天下之人。但是我自以为立论之长，还是胜于立法。请允许我请教海内名家，看它是否能够免于支离之讥诮？

　　　　　　　　　　　　　　　　　湖上笠翁李渔识

卷一

词曲部上

【题解】

《词曲部》是《闲情偶寄》专论传奇创作问题的文字,是李渔戏曲美学中理论性最强的部分。李渔在继承前人特别是明代王骥德《曲律》等理论思想的基础上,加以创造性的发展、深化和系统化,形成独具特色的中国古典戏曲美学的完整体系,功莫大焉。《闲情偶寄》原书卷一是《词曲部上》,包括《结构第一》、《词采第二》、《音律第三》,分别论述了传奇的"结构"、"词采"和"音律"等最基本的理论问题;卷二是《词曲部下》,包括《宾白第四》、《科诨第五》、《格局第六》以及《填词余论》。《词曲部》乃李渔"曲论"的主干,向被学者所重。

结构第一 计七款

【题解】

传奇的结构问题,在李渔戏剧美学体系中占有十分重要的地位,他花了大量篇幅加以论述。其中包括"戒讽刺"、"立主脑"、"脱窠白"、"密针线"、"减头绪"、"戒荒唐"、"审虚实"七款;而《格局第六》那一部分,着重谈戏剧的开端、结尾等问题,也是属于戏剧结构范围里的问题。李渔总结我国古典戏剧创作的实践经验,第一个提出"结构第一"的观点,

说:"至于结构二字,则在引商刻羽之先,拈韵抽毫之始。如造物之赋
形,当其精血初凝,胞胎未就,先为制定全形,使点血而具五官百骸之
势。倘先无成局,而由顶及踵,逐段滋生,则人之一身,当有无数断续之
痕,而血气为之中阻矣。"在李渔看来,戏剧结构,不论是就其在组成戏
剧的各种基本成分(除结构之外,其他如词采、音律、科诨、宾白等等)之
中所占位置的重要性来说,还是就其在创作过程中一定阶段上的先后
次序而言,都应该是"第一"。这一思想,是他整个戏剧美学理论中最精
彩的部分之一。

　　开头这段文字是《结构第一》的小序,所谈内容分两个部分。第一
部分(自"填词一道"至"必当贯予"约1500字)是全书劈头第一段文字,
其实可看作全书的总序。在这里,李渔首先要为戏曲争得一席地位。
大家知道,在那些正统文人眼里,戏曲、小说始终只是"小道末技",上不
得大雅之堂。而李渔则反其道而行之,把"元曲"同"汉史"、"唐诗"、"宋
文"并列,提出"填词"(戏曲创作)也可名垂千古,"帝王国事,以填词而
得名",实际上也把戏曲归入"经国之大业,不朽之盛事"(曹丕《典论·
论文》)的范畴。其次,李渔提出,必须寻求戏曲艺术的特殊规律,即他
所谓戏曲之"法脉准绳",显出李渔作为艺术理论家和美学家的深刻洞
察力和出色悟性。第二部分(自"填词首重音律,而予独先结构者"至
"事有极细而亦不可不严者,此类是也"约700字),才专谈结构问题。
李渔吸收了他的前辈的某些优秀论点而加以发展、创造。他不是像前
人那样摆脱不掉诗文抒情"情结",而是高举着戏曲独立(不同于诗文)
的大旗,自觉而充分地考虑到戏曲作为舞台叙事艺术的特点,要求戏曲
作家从立意、构思的时候起即煞费苦心,在考虑词采、音律等问题之前
首先就特别讲究结构、布局,所谓"独先结构"也。

　　填词一道①,文人之末技也。然能抑而为此,犹觉愈于
驰马试剑,纵酒呼卢②。孔子有言:"不有博弈者乎? 为之犹

贤乎已。"③博弈虽戏具，犹贤于"饱食终日，无所用心"；填词虽小道，不又贤于博弈乎？吾谓技无大小，贵在能精；才乏纤洪，利于善用；能精善用，虽寸长尺短亦可成名。否则才夸八斗，胸号五车④，为文仅称点鬼之谈⑤，著书惟供覆瓿之用⑥，虽多亦奚以为？填词一道，非特文人工此者足以成名，即前代帝王，亦有以本朝词曲擅长，遂能不泯其国事者。请历言之：高则诚、王实甫诸人⑦，元之名士也，舍填词一无表见；使两人不撰《琵琶》《西厢》，则沿至今日，谁复知其姓字？是则诚、实甫之传，《琵琶》《西厢》传之也。汤若士⑧，明之才人也，诗、文、尺牍，尽有可观，而其脍炙人口者，不在尺牍、诗文，而在《还魂》一剧。使若士不草《还魂》，则当日之若士，已虽有而若无，况后代乎？是若士之传，《还魂》传之也。此人以填词而得名者也。历朝文字之盛，其名各有所归，"汉史"、"唐诗"、"宋文"、"元曲"，此世人口头语也。《汉书》《史记》，千古不磨，尚矣⑨。唐则诗人济济，宋有文士跄跄⑩，宜其鼎足文坛，为三代后之三代也⑪。元有天下，非特政刑礼乐一无可宗，即语言文学之末，图书翰墨之微，亦少概见；使非崇尚词曲，得《琵琶》《西厢》以及《元人百种》诸书传于后代⑫，则当日之元，亦与五代、金、辽同其泯灭，焉能附三朝骥尾⑬，而挂学士文人之齿颊哉？此帝王国事以填词而得名者也。由是观之，填词非末技，乃与史传诗文同源而异派者也。近日雅慕此道，刻欲追踪元人、配飨若士者尽多⑭，而究竟作者寥寥，未闻绝唱。其故维何？止因词曲一道，但有前书堪读，并无成法可宗。暗室无灯，有眼皆同瞽目，无怪乎觅途不得，问津无人，半途而废者居多，差毫厘而谬千里者，亦复不少也。尝怪天地之间有一种文字，即有一种文字之法脉准绳载之于书者，不异耳提面命；独于填词制曲之事，非但略而未详，亦且置之不道。揣摩其故，殆有三焉：一则为此理甚难，非可言传，止堪意会；想入云霄之际，作者神魂飞越，如在梦中，不至终篇，不能返魂收魄；谈真则易，说梦为难，非不欲传，不能传也。若是，则诚异诚难，诚为不可道矣。吾谓此等至理，皆言最上一乘，非填词之学节节皆如是也，岂可为精者难言，而粗者亦置弗道乎？一则为填词之理变幻不常，言当如是，又有不当如是者。如填生旦之词贵于庄雅，制净丑之曲务带诙谐，此理之常也；乃忽遇风流放佚之生旦反觉庄雅为非，作迂腐不情之净丑转以诙谐为忌。诸如此类者，悉难胶柱⑮。恐以一定之陈言，误泥古拘方之作者，是以宁为阙疑，不生蛇足⑯。若是，则此种变幻之理，不独词曲为然，帖括诗文皆若是也⑰，岂有执死法为文而能见赏于人、相传于后者乎？一则为从来名士以诗赋见重者十之九，以词曲相传者犹不及什一，盖千百人一见者也。凡有能此者，悉皆剖腹藏珠⑱，务求自秘，谓此法无人授我，我岂独肯传人。使家家制曲，户户填词，则无论《白雪》盈车，《阳春》遍世⑲，淘金选玉者未必不使后来居上，而觉糠秕在前⑳；且使周郎渐出，顾曲者多㉑，攻出瑕疵，令前人无可藏拙，是自为后羿而教出无数逢蒙㉒，环执干戈而害我也，不如仍仿前人，缄口不提之为是。吾揣摩不传之故，虽三者并列，窃恐此意居多。以我论之：文章者，天下之公器，非我之所能私；是非者，千古之定评，岂人之所能倒？不若出我所有，公之于人，收天下后世之名贤悉为同调，胜我者我师之，仍不失为起予之高足㉓；类我者我友之，亦不愧为攻玉之他山㉔。持此为心，遂不觉以生平底里，和盘托出，并前人已传之书，亦为取长弃短，别出瑕瑜，使人知所从违，而不为诵读所误。知我，罪我，怜我，杀我，悉听世人，不复能顾其后矣。但恐我所言者，自以为是而未必果是；人所趋者，我以为非而未必尽非。但矢一字之公，可谢千秋之罚。噫，元人可作，当必赏予㉕。

【注释】

①填词：词本为中国古典诗歌的体裁之一，又称诗余或长短句。作词要求按词调所规定的字数、声韵和节拍填上文字，谓之填词。但在本书中"词"则是指戏曲而言，"填词"指编写戏曲剧本，"词人"或"词家"指戏曲作家。

②呼卢：赌博。古人掷骰子赌博时，常常口呼"卢、卢"，后人即以"呼卢"为赌博。

③"不有博弈者乎"以下二句：孔子的这两句话见于《论语·阳货》："子曰：饱食终日，无所用心，难矣哉！不有博弈者乎！为之犹贤乎已！"是说玩游戏（下棋等等）也比什么事儿都不干强。"为之犹贤乎已"的"已"，是结束、停止的意思，即"饱食终日，无所事事"，啥也不干。之，指"博弈"。贤乎，是说"比……好"或"比……强"。

④才夸八斗，胸号五车：形容才华横溢，学识渊博。谢灵运曾说"天下才有一石，曹子建独占八斗"（见宋无名氏《释常谈·八斗之才》）。《庄子·天下》有"惠施多方，其书五车"句。

⑤点鬼之谈：指堆砌人名。人们讥笑唐代杨炯作文好引古人姓名，称之为"点鬼簿"。

⑥覆瓿（bù）之用：用之盖罐子。瓿，盛酱醋的罐子。覆，盖。此处是说，所写的书无人看，只能用来当罐子盖儿。《汉书·扬雄传》中引刘歆的话说，扬雄的书难懂，"吾恐后人用覆酱瓿也"。

⑦高则诚：名明，则诚是他的字，元末南戏作家，主要作品是《琵琶记》。王实甫：名德信，元代前期杂剧作家，其代表作《西厢记》在中国文学史和戏剧史上占有重要地位。

⑧汤若士：汤显祖（1550—1616），字义仍，号若士，临川（今属江西）人，明代戏曲作家，代表作《还魂记》（即《牡丹亭》）等，历来被人们称道。其诗、文、尺牍亦精。有《汤显祖集》。

⑨尚：久远。

⑩跄跄（qiàng）：形容人才众多。

⑪为三代后之三代：儒家称赞夏、商、周三代为文化"盛世"。李渔认为"汉史、唐诗、宋文"亦文坛"盛世"，故说"三代后之三代"。

⑫《元人百种》：明臧懋循编《元曲选》收杂剧百种，被称为《元人百种》或《百种》。

⑬骥尾：千里马的尾巴。"附骥尾"意谓"苍蝇附骥尾而致千里"，苍蝇沾了千里马的光。

⑭配飨（xiǎng）：指后死的人附于先祖接受祭献。飨，祭献。

⑮胶柱："胶柱鼓瑟"的省语，典出《史记》。比喻拘泥成规，不知灵活变通。

⑯蛇足："画蛇添足"的省语。比喻做了多余的事，非但无益，反而不合适。

⑰帖括：科举考试文体之名，创之于唐，《资治通鉴·代宗广德元年》载杨绾议科举改革，云："其明经则诵帖括以求侥幸。"胡三省注谓："帖括者，举人应试帖，遂括取粹会为一书，相传习诵之，谓

之帖括。"唐宋科举士子以"帖括"形式读书来应付科举考试。明清八股文也称之。

⑱剖腹藏珠：剖开肚子珍藏宝珠。《资治通鉴·唐太宗贞观元年》："上谓侍臣曰：'吾闻西域贾胡得美珠，剖身而藏之。'"李渔借此形容某些人"自秘"其戏曲经验和方法。

⑲《白雪》、《阳春》：古代楚国的高雅歌曲，与此相对，《巴人》、《下里》为古代楚国的流俗歌曲。宋玉《对楚王问》："客有歌于郢中者，其始'下里'、'巴人'，国中属而和者数千人……其为'阳春'、'白雪'，国中属而和者数十人。"

⑳糠秕在前：比喻微末无用的人物在前面。《晋书·孙绰传》："尝与习凿齿共行，绰在前，顾谓凿齿曰：'沙之汰之，瓦石在后。'凿齿曰：'簸之扬之，糠秕在前。'"

㉑周郎渐出，顾曲者多：古谚云："曲有误，周郎顾。"顾，回头看。据《三国志·吴书·周瑜传》说，周瑜精通音乐，演奏有错，"瑜必知之，知之必顾"。后以"顾曲"为鉴赏音乐和戏曲的代称。

㉒后羿：夏之善射者。逢蒙：后羿的学生，学成后，为了成为天下第一而射杀了他的老师。

㉓起予之高足：起予，启发了我。高足，得意门生。《论语·八佾》："子曰：起予者商（子夏）也，始可与言诗已矣。"

㉔攻玉之他山：借助外力，改善自己。《诗经·小雅·鹤鸣》："它山之石，可以攻玉。"

㉕贳（shì）：宽容，原谅。

【译文】

　　填词一事，向被视为文人之小道末技。然而倘能屈尊做这件事，还是觉得强于驰马试剑，纵酒赌博。孔子曾说："不是有掷彩博弈的游戏吗？做这些事也比闲着没事强啊。"博弈虽是游戏，还强于"饱食终日，无所用心"；填词虽是小道，不又强于博弈吗？我说，技艺无论大小，贵在能够精微；才能不管强弱，利在善于使用；能精善用，虽然寸之长、尺之短也可成就名家。不然，才夸八斗，胸富五车，作文仅仅能够引述些古人之名，著书只能用来覆盖罐子之用，写得再多，又有什么用处？填词一道，不只是文人工于此者足以成名，即使前代帝王，也有擅长那个朝代的词曲而不泯灭他的国事的人。请允许我为读者历述：高则诚、王实甫诸人，是元代的名士，除了填词一无所能；假使两人不撰《琵琶》、《西厢》，那么时至今日，谁又能知道他们姓甚名谁？这就是说，高则诚、王实甫之名能够传下来，赖《琵琶》、《西厢》传扬。汤显祖，明代的才子，诗、文、尺牍，都有成就，而他脍炙人口的作品，不在尺牍、诗文，而在《还魂》一剧。假使汤显祖不写《还魂》，那么当日的汤显祖，虽然曾有其人也像没有一样，后代还有谁能知道其名呢？这就是说汤显祖之名能够传下来，赖其《还魂》为之流传。这是人以填词而得以传名的。历朝历代文字之盛，它们的名各有其归属，"汉史"、"唐诗"、"宋文"、"元曲"，这是世人常说的口头语。《汉书》、《史记》，千古不磨，很久远了。唐代诗人济济，宋代文士也很多很多，它们名副其实为文坛鼎盛时期，它们在"夏商周"三代后可以称为"汉唐宋"三代了。元代之统治天下，不只是政刑礼乐没有什么可宗法、学习的东西，就拿语言文学、图书翰墨等微末细事来说，也很少有什么出色表现；假使它不是崇尚词曲，创作出《琵琶》、《西厢》以及《元人百种》等书籍传于后代，那么当日之元朝，也同五代、金、辽一样泯灭无闻，哪能附"汉唐宋"三朝之骥尾而沾光，得以挂在学士文人的口头上呢？这是帝王国事因填词而得以传名的。由此看来，填词不是小道末技，其实是与史传诗文同一源头而不同支派。近来倾慕填词、竭力想要追随元人脚步、效法汤显祖成为填词名手的人很多，但是实际上作者寥寥，没有听到有什么名家杰作出现。这是什么缘故？这是因为填词作曲这件事，只是有以前的书籍可供阅读，并没有成规可以宗法。暗室无灯，有眼也同瞎子一样什么都看不见，难怪找不到路径，没有人为你指出迷津，所以半途而废者居多，差之毫厘而谬以千里者，也很不少。曾经奇怪：天地之间有一种文字、即有一种文字之法脉准绳记载于书中，无异于耳提面命；独独对于填词制曲之事，不但略而未详，而且置之一边不予论说。揣摩其中缘故，大概有三条：一是因为此中道理非常难，不可言传，只能意会；思绪高入云霄之际，作者神魂飞越，如在梦中，不到终篇，不能返魂收魄；谈真实的事情容易，说虚无缥缈之梦就很难了，因此不是不想传，而是不能传。如果真是这样，那么的确是真的奇异，真的困难，真的说不出来。我认为这种至深之理，说的都是最上一乘的道理，并非填词的学问节节都是如此，难道因为至精的道理难言，而粗浅的道理也置之不说？一是因为填词之理变幻无常，按理说应当如此，可实际上有时候又并非如此。例如，写生旦之戏贵于庄雅，写净丑之戏就须带些诙谐，这是常理；但是忽然遇到性格风流放佚的生旦，反而觉得庄雅不对了，遇到性格迂腐不情的净丑，倒是应该以诙谐为忌。诸如此类的事情，都难以胶柱于死板的成规。恐怕用固定的陈言老套，会误导某些泥古拘方、循规蹈矩的作者，因此宁肯付之阙疑，也不说些画蛇添足的赘言。假若这样，那么这种种变幻之理，不只词曲如此，帖括、诗文都是这样，难道有固执于死法做文章而能被人们所赏识、流传于后世的吗？一是因为从来名士以诗赋被重视者有十分之九，而以词曲相传者还不及十分之一，大概千百人中只有一个。凡有能以词曲传名的人，都是像宝贝似的珍藏着，不肯向外泄露，所谓此法无人传授给我，我岂能独独传给别人。假使家家制曲，户户填词，那么无论《白雪》盈车，《阳春》遍世，有志于在填词制曲中淘金选玉者未必不后来居上，而无能之辈留在前面；而且，假使善于顾曲的周郎多了，一眼就能看出此中瑕疵，令前人无可藏拙，这就像是后羿教出逢蒙一样，教出无数超过老师的学生，反过来手执干戈而把老师杀害，还不如仍然效仿前人，缄口不提自己的秘诀为好。我揣摩所以不传的缘故，虽然上述三者并列，窃以为这一条居多。依我来说：文章这东西，乃天下之公器，不是我所能私有的；其中之是非，千古自有定评，难道是人所能随意颠倒的？还不如尽出我之所有，公之于人，把天下后世之名贤都收为同调，比我强的，我把他当老师看待，仍不失为给我启示的高足；同我差不多的，我把他当成朋友，也不愧为攻玉之他山。持这种心态，就不会觉得以生平积蓄经验，和盘托出，并且把前人已传之书，也加以取长弃短，分别瑕瑜，使人们知道该遵从什么、避免什么，而不为庸常议论所误。知我，罪我，怜我，杀我，悉听世人尊便，不再顾忌后来如何了。但是，恐怕我之所言，自以为是而未必果然如此；别人所追求的，我以为不对而未必都不对。只是以公心陈述一得之见，可谢千秋之罪。噫，我乃凭人之良心所作，人们当必宽容我。

　　填词首重音律，而予独先结构者，以音律有书可考，其理彰明较著。自《中原音韵》一出①，则阴阳平仄画有塍区②，如舟行水中，车推岸上，稍知率由者③，虽欲故犯而不能矣。《啸余》、《九宫》二谱一出④，则葫芦有样，粉本昭然。前人呼制曲为填词，填者，布也，犹棋枰之中画有定格，见一格，布一子，止有黑白之分，从无出入之弊，彼用韵而我叶之⑤，彼不用韵而我纵横流荡之。至于引商刻羽，戛玉敲金⑥，虽曰神而明之，匪可言喻，亦由勉强而臻自然，盖遵守成法之化境也。至于结构二字，则在引商刻羽之先，拈韵抽毫之始。如造物之赋形，当其精血初凝，胞胎未就，先为制定全形，使点血而具五官百骸之势。倘先无成局，而由顶及踵，逐段滋生，则人之一身，当有无数断续之痕，而血气为之中阻矣。工师之建宅亦然。基址初平，间架未立，先筹何处建厅，何方开户，栋需何木，梁用何材，必俟成局了然，始可挥斤运斧。倘造成一架而后再筹一架，则便于前者，不便于后，势必改而就之,未成先毁,犹之筑舍道旁,兼数宅之匠资,不足供一厅一堂之用矣。故作传奇者⑦,不宜卒急拈毫,袖手于前,始能疾书于后。有奇事,方有奇文,未有命题不佳,而能出其锦心、扬为绣口者也。尝读时髦所撰,惜其惨淡经营,用心良苦,而不得被管弦、副优孟者⑧,非审音协律之难,而结构全部规模之未善也。

【注释】

①《中原音韵》:元代散曲作家周德清(1277—1365)撰,是我国出现最早的一部专谈戏曲(北曲)曲韵的论著,对后世影响深远。周德清,字日湛,号挺斋,高安(今属江西)人。

②画有塍(chéng)区:指画出分明的界路,有所遵循。塍,田间的土埂子。

③率由:意思是照成规行事。

④《啸余》:明程明善所辑《啸余谱》。《九宫》:明沈璟所编《南九宫十三调曲谱》。

⑤叶(xié):即协韵,押韵。

⑥引商刻羽,戞玉敲金:指讲求音韵、协调声律。语出宋玉《对楚王问》。商、羽,我国古代五声音阶中的两个音阶名。玉、金,指磬和钟等石属和金属乐器。

⑦传奇:唐宋文言短篇小说和明清的南曲等戏曲作品,都称传奇。本书指后者。

⑧优孟:指演员。优孟本是春秋时楚国的乐人。

【译文】

通常填词首重音律,而我则独以结构为先,因为音律有书可以查核,其道理彰显于外明白可见。自周德清《中原音韵》一面世,阴阳平仄界路分明，犹如在水中划船，岸上推车，稍微知道遵循章法办事的人，即使想故意违犯也不能够。程明善《啸余谱》、沈璟《南九宫十三调曲谱》两部书一出来，填词制曲者可依样画葫芦，有明明白白的粉本可为依据。前人称制曲为填词，填，就是布置，犹如棋盘之中按固定规则画的格子，见一格，布一子，只有黑白之分，从无出入格子之外的弊病，别人用某韵而我则据此而与之相叶，别人不用韵而我则可以纵横流荡。至于依照规则制曲作乐、协调声律，虽说神奇难言，不可言喻，也可由勉强操作而渐臻自然，大约可以遵守成法而达到化境。至于结构两个字，则在制曲作乐之先、提笔挥毫之始就要谋划。如同大自然赋予某物之形态，当其精血初凝、胞胎未成之时，先为之制定整体形态，使得点滴骨血而具有五官百骸之体势。倘若事先心无成局，而从头到脚，逐段滋生，那么人之一身，就会有无数断断续续的痕迹，其血气因此而出现中间阻断的情况。工匠建造宅院也是一样。当地基初步平整，总体间架尚未确立的时候，要先筹划何处建厅堂，哪里开窗户，栋需要用什么木头，梁需要用哪种材料，必须等到成局在胸、一目了然，才可挥斤运斧开始工作。倘若建成一架房子而后再筹划另一架房子，那就会方便于前而不方便于后，势必进行修改而作些迁就，宅院没有建成就先毁掉，就好像在道旁建筑房舍，把数座宅院的匠资合在一起，还不足以供一厅一堂之用。因此创作传奇的人，不应该草率挥笔，袖手于前构思清楚，才能在后面奋笔疾书。有奇事，才会有奇文，未有命题还没有想好，而能够展示其美妙心思、发扬其流利言词的。我曾经阅读时髦的撰著，很可惜其惨淡经营、用心良苦所写出来的作品，却不能够在舞台上付诸演出，不是因为审音协律困难，而是因为结构全部规模还没有完善到位。

　　词采似属可缓，而亦置音律之前者，以有才技之分也。文词稍胜者即号才人，音律极精者终为艺士。师旷止能审乐[①]，不能作乐；龟年但能度词[②]，不能制词；使与作乐制词者同堂，吾知必居末席矣。事有极细而亦不可不严者,此类是也。

【注释】

①师旷:字子野,目盲而善辨音乐,春秋时晋国的乐师。

②龟年:李龟年,唐玄宗时的宫廷音乐家。

【译文】

词采好像属于可缓之列,而我也把它放到音律之前,是因为这里有才华、技艺之分。文词稍胜者即叫作才人,音律极精者终究不过是艺士。春秋时晋国的乐师师旷只能审乐,不能作乐;唐玄宗时的宫廷音乐家李龟年只能度词,不能制词;假使与作乐制词者同堂,我知其必居末席了。事有极细而又不可不严密的,这类事情就是。

戒讽刺

【题解】

"戒讽刺",主旨是谈"文德"——反对不讲道德,任意讽刺。中华民族是道德文明之邦。如果说古代西方文明最突出的是讲求一个"真"字,那么,古代中国文明最突出的则是讲求一个"善"(道德)字。所以,按照中华民族的传统,无论哪行哪业,为人处世首先要讲的就是"德"。写史的,要有"史德";作文的,要有"文德";唱戏的,要有"戏德";经商的,要有"商德";为官的,要有"政德";甚至,连很难同道德二字联系起来的小偷,都有他们那个"行业"的"道德"规范。李渔反对以"文"(包括戏曲)为手段来"报仇泄怨",达到私人目的,"心之所喜者,处以生旦之位;意之所怒者,变以净丑之形"。他提出,"凡作传奇者,先要涤去此种肺肠,务存忠厚之心,勿为残毒之事";"以之劝善惩恶则可,以之欺善作恶则不可"。中国古代历来将"道德"与"文章"连在一起,并称为"道德文章",这实际上是对"文德"的提倡和遵从。李渔说:"凡作传世之文者,必先有可以传世之心,而后鬼神效灵,予以生花之笔,撰为倒峡之词,使人人赞美,百世流芳。传非文字之传,一念之正气使传也。《五经》《四书》《左》《国》《史》《汉》诸书,与大地山河同其不朽,试问当年作者有一不肖之人、轻薄之子厕于其间乎?"

　　武人之刀,文士之笔,皆杀人之具也。刀能杀人,人尽知之;笔能杀人,人则未尽知也。然笔能杀人,犹有或知之者;至笔之杀人较刀之杀人,其快其凶更加百倍,则未有能知之而明言以戒世者。予请深言其故。何以知之? 知之于刑人之际。杀之与剐①,同是一死,而轻重别焉者。以杀止一刀,为时不久,头落而事毕矣;剐必数十百刀,为时必经数刻,死而不死,痛而复痛,求为头落事毕而不可得者,只在久与暂之分耳。然则笔之杀人,其为痛也,岂止数刻而已哉! 窃怪传奇一书,昔人以代木铎②,因愚夫愚妇识字知书者少,劝使为善,诫使勿恶,其道无由,故设此种文词,借优人说法,与大众齐听。谓善者如此收场,不善者如此结果,使人知所趋避,是药人寿世之方,救苦弭灾之具也③。后世刻薄之流,以此意倒行逆施,借此文报仇泄怨。心之所喜者,处以生旦之位;意之所怒者,变以净丑之形,且举千百年未闻之丑行,幻设而加于一人之身,使梨园习而传之④,几为定案,虽有孝子慈孙,不能改也。噫,岂千古文章,止为杀人而设? 一生诵读,徒备行凶造孽之需乎? 苍颉造字而鬼夜哭⑤,造物之心,未必非逆料至此也。凡作传奇者,先要涤去此种肺肠,务存忠厚之心,勿为残毒之事。以之报恩则可,以之报怨则不可;以之劝善惩恶则可,以之欺善作恶则不可。

【注释】

①剐(guǎ)：古代酷刑，即凌迟。

②木铎：古代传布命令、施行政教时使用的一种木舌铃。后来以之为宣扬教化的代称。

③弭(mǐ)灾：消灾。

④梨园：唐玄宗曾在"梨园"教乐工、宫女演习乐、舞，后称戏院或演艺界为梨园。

⑤苍颉造字：传说仓颉是黄帝时造字的人。《淮南子·本经训》："苍颉作书而天雨粟，鬼夜哭。"苍颉，一般作"仓颉"。

【译文】

　　武人之刀，文士之笔，都是杀人的工具。刀能杀人，尽人皆知；笔能杀人，人们则未必全知道。并且，笔能杀人，有的人或许知道；至于笔之杀人比刀之杀人，更加快百倍、凶狠百倍，则未必有人能知道而且能明白说出来以警戒世人。请允许我详细说说其中的缘故。凭什么知道？是从刑场杀人之情形知道的。"杀"之与"剐"，同是一死，而轻重则有区别。因为杀只一刀，持续的时间不长，头落下来事情也就完了；剐则要数十百刀，持续的时间必经数刻，死而不死，痛而又痛，想求得像杀那样头落事毕却不可得，这就存在长久与短暂的不同。那么笔之杀人，其造成的疼痛，哪里只是数刻而已！我心里奇怪，传奇一书，过去人们是用来帮助宣扬教化的，因为愚夫愚妇识字读书的少，劝他们为善，告诫他们不要作恶，没有别的门路，所以设置此种文词，借优人说法，与大众齐听，告诉人们，为善者如此这般收场，作恶者如此这般结果，使人们知道该做什么不该做什么，因此这是叫人得到长寿的药方子，是救苦消灾的工具啊。然而后世刻薄之人，假用此意而倒行逆施，借这种文字报仇泄怨。他心里喜欢的，就给予生旦角色；他心里怨恨的，就将其变换为净丑之形，并且把千百年来闻所未闻的丑行，通过虚构而集于一人之身，使得梨园弟子演习传播，几乎成为定案，即便此人有孝子慈孙，也不能更改。唉，难道千古文章，只为杀人而设吗？难道一生诵读，只是准备行凶造孽的需要吗？仓颉作书造字而感动得鬼夜哭，造物之心，当初未必预料到这种情况。凡是作传奇的人，先要把这种肺肠洗涤干净，务必保存忠厚之心，不要做残毒之事。用它报恩可以，用它报怨则不可；用它劝善惩恶可以，用它欺善作恶则不可。

　　人谓《琵琶》一书，为讥王四而设。因其不孝于亲，故加以入赘豪门，致亲饿死之事。何以知之？因"琵琶"二字，有四"王"字冒于其上，则其寓意可知也。噫，此非君子之言，齐东野人之语也①。凡作传世之文者，必先有可以传世之心，而后鬼神效灵，予以生花之笔②，撰为倒峡之词③，使人人赞美，百世流芬。传非文字之传，一念之正气使传也。《五经》、《四书》、《左》、《国》、《史》、《汉》诸书④，与大地山河同其不朽，试问当年作者有一不肖之人、轻薄之子厕于其间乎？但观《琵琶》得传至今，则高则诚之为人，必有善行可予，是以天寿其名，使不与身俱没，岂残忍刻薄之徒哉！即使当日与王四有隙，故以不孝加之，然则彼与蔡邕未必有隙⑤，何以有隙之人，止暗寓其姓，不明叱其名，而以未必有隙之人，反蒙李代桃僵之实乎⑥？此显而易见之事，从无一人辩之。创为是说者，其不学无术可知矣。

【注释】

①齐东野人之语：乡下人的无稽之谈。《孟子·万章上》："此非君子之言，齐东野人之语也。"

②生花之笔：五代后周王仁裕《开元天宝遗事·梦笔头生花》载：李

太白少时,梦所用之笔头上生花,后天才赡逸,名闻天下。

③倒峡之词:杜甫《醉歌行》有"词源倒流三峡水,笔阵独扫千人军"句。

④《五经》:汉后以《易》、《诗》、《书》、《礼记》、《春秋》为《五经》。《四书》:宋朱熹把《大学》、《中庸》、《论语》、《孟子》编在一起为《四书》。《左》:《左传》。《国》:《国语》。《战国策》亦可称之。《史》:《史记》。《汉》:《汉书》。

⑤蔡邕(132—192):字伯喈,汉末文学家、书法家,《琵琶记》主人公假名于他。

⑥李代桃僵:相互替代。古乐府《鸡鸣》中有"李树代桃僵"句。

【译文】

有人说《琵琶》一书,为讥讽王四而作。因王四对双亲不孝,所以加上他入赘豪门,以致发生双亲饿死之事。凭什么知道?因为"琵琶"二字,有四个"王"字冒于其上,则可知其寓意所在。噫,这不是君子之言,而是齐东野人的无稽之谈。凡是作传世之文者,必须先有可以传世之心,而后感动得鬼神显灵,给他以生花妙笔,写出可以"倒倾三峡水"般的文词,使得人人赞美,百世流芳。所谓流传,并不是文字之流传,而是一念正气使之流传啊。《五经》、《四书》、《左传》、《国语》、《史记》、《汉书》诸书,与大地山河同样不朽,试问当年作者有一个不肖之人、轻薄之子混杂在其间吗?只要看一看《琵琶》得以流传至今,那么高则诚之为人,必有善行可说,因此老天让他的名字长寿,使之不与其肉身一起泯没,他哪里是残忍刻薄之徒呢!即使当日他与王四有过节,故意把不孝之事加于其上,然而他与蔡邕未必有过节,为什么有过节之人,仅仅暗寓其姓,不明叱责其名,而以未必有过节之人,反而李代桃僵蒙受骂名?这是显而易见的事情,却从无一人为之辩护。最先提出这种说法的人,其不学无术明显可知矣。

　　予向梓传奇①，尝埒誓词于首②，其略云：加生旦以美名，原非市恩于有托；抹净丑以花面，亦属调笑于无心；凡以点缀词场，使不岑寂而已。但虑七情之内，无境不生，六合之中，何所不有。幻设一事，即有一事之偶同；乔命一名③，即有一名之巧合。焉知不以无基之楼阁，认为有样之葫芦？是用沥血鸣神，剖心告世，倘有一毫所指，甘为三世之暗，即漏显诛，难逭阴罚④。此种血忱，业已沁入梨枣⑤，印政寰中久矣。而好事之家，犹有不尽相谅者，每观一剧，必问所指何人。噫，如其尽有所指，则誓词之设，已经二十余年，上帝有赫，实式临之⑥，胡不降之以罚？兹以身后之事，且置勿论，论其现在者：年将六十，即旦夕就木，不为夭矣。向忧伯道之忧⑦，今且五其男、二其女，孕而未诞、诞而待孕者，尚不一其人，虽尽属景升豚犬⑧，然得此以慰桑榆⑨，不忧穷民之无告矣⑩。年虽迈而筋力未衰，涉水登山，少年场往往追予弗及；貌虽癯而精血未耗，寻花觅柳，儿女事犹然自觉情长。所患在贫，贫也，非病也；所少在贵，贵岂人人可幸致乎？是造物之悯予，亦云至矣。非悯其才，非悯其德，悯其方寸之无他也。生平所著之书，虽无裨于人心世道，若止论等身，几与曹交食粟之躯等其高下⑪。使其间稍伏机心，略藏匕首，造物且诛之夺之不暇，肯容自作孽者老而不死，犹得佯狂自肆于笔墨之林哉？吾于发端之始，即以讽刺戒人，且若嚣嚣自鸣得意者，非敢故作夜郎⑫，窃恐词人不究立言初意，谬信"琵琶王四"之说，因谬成真。谁无恩怨？谁乏牢骚？悉以填词泄愤，是此一书者，非阐明词学之书，乃教人行险播恶之书也。上帝讨无礼，予其首诛乎？现身说法，盖为此耳。

【注释】

①梓：在木板上刻字。此处指印行书籍。

②埒(liè)誓词于首：可当"镌刻誓词于书卷之首"讲。埒，原指田埂、堤防。

③乔命：假命。乔，假。

④逋(bū)：逃逸。

⑤梨枣：书版之代称。古代多用梨木和枣木刻书。

⑥上帝有赫，实式临之：显赫的上帝有眼，时时在监视着。《诗经·大雅·皇矣》："皇矣上帝，临下有赫。"赫，显赫，权威。

⑦伯道之忧：无子之忧。晋代邓攸，字伯道，战乱中为保全侄子而丢弃了儿子，终老无子。

⑧景升豚犬：指没出息的儿子，多为谦辞。汉末刘表，字景升，死后，儿子降曹。曹操曾说刘景升儿子若豚犬耳。

⑨桑榆：落日的余晖照在桑榆树梢，比喻老年的时光。

⑩穷民之无告：《孟子·梁惠王下》："老而无妻曰鳏，老而无夫曰寡，老而无子曰独，幼而无父曰孤。此四者，天下之穷民而无告者。"

⑪几与曹交食栗之躯等其高下：著作之多，几乎与曹交之身等高。战国时人曹交曾说"交九尺四寸以长，食栗而已"，语见《孟子·告子下》。

⑫夜郎：夜郎国人，妄自尊大。有"夜郎自大"的成语。

【译文】

我以往刊刻传奇，曾将誓词刻于卷首，大体是说：给生旦以美名，原非为了有事相托而故意对之讨好；给净丑抹上花面，也只是开个无心的玩笑;总之是点缀词场,使舞台上不致寂静而已。但是应该考虑到人的七情之内,什么情境不能发生,天地六合之中,什么巧事没有。虚构一件事情,就会有一件事情的偶然相同;假设一个人名,也会有一个人名的巧合。怎能料到不把没有根茎的虚幻之楼阁,认作是有样之葫芦?因此泣血向神发誓,剖出心来以示世人,倘若我传奇中有一毫所指,甘愿三世成为哑巴,即使阳间逃脱诛杀,也难免阴间受到惩罚。此种泣血之誓,业已沁入我的著作之中,验证大千世界很久了。而好事之徒,还是不能完全谅解,每观一剧,必问所指是何人。唉,如果都有所指,那么我所刊出的誓词,已经二十多年,上帝明鉴,时时莅临,何不降之以惩罚?这里且把身后之事,置之勿论,只说现的事情:我年将六十,就是说很快就进棺材,也不算不寿了。一向曾有无儿之忧,但是现在我有五个儿子,两个女儿,怀孕而尚未诞生、或已经生了而尚待怀孕的,还不止一人,虽然孩子都没有什么大出息,然而他们可以慰藉晚年,不用忧愁成为穷民老而无告了。我虽年迈而筋力未衰,涉水登山,年轻人往往追不上我;我面貌虽然癯瘦而精血未耗,寻花觅柳,犹然能够儿女情长。我之所患在贫穷,但是贫穷,不是病;我所缺少的是富贵,但是富贵哪里是人人都可有幸得到的?造物怜悯我,也可说很到家了。不是怜悯我的才,不是怜悯我的德,而是悯怜我方寸之间没有什么歪心眼儿。生平所著之书,即使无所裨益于人心世道,若只说其数量,几乎与曹交九尺四寸长的身躯等其高下了。假使其间稍稍潜伏歪心眼儿,暗藏杀器,造物想诛我杀我时间尚且不够,岂肯容我作孽、老而不死,还得以张扬自肆于笔墨之林吗?我在开始写作的时候,就以讽刺戒人,并且以此而嚣嚣嚷嚷自鸣得意,不敢故意自作夜郎,心里暗暗担心词人不追究立言的最初之意,谬信"琵琶王四"之说,因谬成真。谁没有恩怨?谁没有牢骚?若都以填词泄愤,那么这种书,不是阐明词学之书,而是教人行险播恶之书了。上帝讨伐无礼之徒,我岂不是第一个该诛杀吗?我之现身说法,原是为此之故。

立主脑

【题解】

"主脑"这个术语,在中国古典剧论中为李渔第一个使用,明王骥德《曲律》、徐复祚《三家村老委谈》中有"头脑"一词,与笠翁之"主脑"虽有联系而不相同。李渔的创建之功,不可磨灭。李渔之"主脑",有两个意思:一是"作者立言之本意"(今之所谓"主题"、"主旨");一是选择"一人一事"(今之所谓中心人物、中心事件)作为主干。这符合戏曲艺术的本性。众所周知,中国戏曲和外国戏剧都要受舞台空间和表演时间的双重限制,单就这一点而言,远不如小说那般自由。正如狄德罗在《论戏剧诗》中所说:"小说家有的是时间和空间,而戏剧作家正缺乏这些东西。"而中国戏曲咿咿呀呀一唱就是半天,费时更多,也就更要惜时。所以,戏曲作家个个都是"吝啬鬼",他们总是以寸时寸金的态度,在有限的时空里,在小小的舞台上,十分节省、十分有效地运用自己的艺术手段,最大限度地发挥自己的艺术魅力。在戏曲结构上,就要求比小说更加单纯、洗练、凝聚、紧缩。李渔"立主脑"、"一人一事"的主张于是应运而生。李渔此论,真真是"中国特色"。西方古典剧论也有自己的主张,与中国的戏曲理论可谓异曲同工,这就是"古典主义"的"三一律"。

　　古人作文一篇,定有一篇之主脑。主脑非他,即作者立言之本意也。传奇亦然。一本戏中,有无数人名,究竟俱属陪宾,原其初心,止为一人而设。即此一人之身,自始至终,离合悲欢,中具无限情由,无穷关目,究竟俱属衍文①,原其初心,又止为一事而设。此一人一事,即作传奇之主脑也。然必此一人一事果然奇特,实在可传而后传之,则不愧传奇之目,而其人其事与作者姓名皆千古矣。如一部《琵琶》②,

止为蔡伯喈一人,而蔡伯喈一人又止为"重婚牛府"一事,其余枝节皆从此一事而生。二亲之遭凶,五娘之尽孝,拐儿之骗财匿书,张大公之疏财仗义,皆由于此。是"重婚牛府"四字,即作《琵琶记》之主脑也。一部《西厢》③,止为张君瑞一人,而张君瑞一人,又止为"白马解围"一事,其余枝节皆从此一事而生。夫人之许婚,张生之望配,红娘之勇于作合,莺莺之敢于失身,与郑恒之力争原配而不得,皆由于此。是"白马解围"四字,即作《西厢记》之主脑也。余剧皆然,不能悉指。后人作传奇,但知为一人而作,不知为一事而作。尽此一人所行之事,逐节铺陈,有如散金碎玉,以作零出则可,谓之全本,则为断线之珠,无梁之屋。作者茫然无绪,观者寂然无声,无怪乎有识梨园,望之而却走也。此语未经提破,故犯者孔多,而今而后,吾知鲜矣。

【注释】

①衍文:多余的文字。

②《琵琶》:元末南戏《琵琶记》,写汉代书生蔡伯喈与赵五娘悲欢离合的故事。作者高明(1305?—1370?),字则诚,一字晦叔,号菜根道人,人称为东嘉先生。瑞安(今属浙江)人,一云永嘉(今属浙江)人,元至正五年(1345)进士。

③《西厢》:元杂剧《西厢记》,作者王实甫(约1260—约1336),大都(今北京)人。他一生写作了十四种剧本,《西厢记》大约写于元贞、大德年间(1295—1307),是他的代表作。

【译文】

古人每作一篇文章,定会有一篇文章的主脑。主脑不是别的,就是作者立言的本意。传奇也是这样。一本戏中,有无数人名,终归大都属于陪宾,考索作者之最初用心,只为一人而设。就是说这一人之身,自始至终,离合悲欢,中间具有无限情由,无穷关目,归根到底都属于敷衍文字,考索作者之最初用心,也是只为一事而设。这一人一事,就是作传奇的主脑。然而,这一人一事必须真的奇特、实在值得传播而后加以传播,这才不愧传奇之名,从而其人其事与作者姓名都千古不朽了。譬如一部《琵琶》,只为蔡伯喈一人,而蔡伯喈一人又只为"重婚牛府"一事,其余枝节都从这一事而生发出来。他的双亲之遭遇凶险,赵五娘之恪尽孝心,拐子之骗财藏书,张大公之仗义疏财,都由此事而起。就是说"重婚牛府"四字,就是作《琵琶记》的主脑。一部《西厢》,只为张君瑞一人,而张君瑞一人,又只为"白马解围"一事,其余枝节都从这一事而生发出来。老夫人之许婚,张生之盼娶,红娘之勇于撮合,崔莺莺之敢于失身,以及郑恒之力争同莺莺原配而不得,都由此事而起。就是说"白马解围"四字,就是作《西厢记》的主脑。其余剧作都是如此,不能一一述说。后人创作传奇,只知为一人而作,不知为一事而作。尽力把这一人所做的事情,逐节铺陈下去,有如散金碎玉,拿它作零出可以,若说全本,则如断线之珠,无梁之屋。作传奇者茫然无绪,观传奇者寂然无声,无怪乎有见识的梨园行家,一看就赶快离开了。这话未经说破,所以犯此毛病者很多,而今而后,我知道可能就少有了。

脱窠臼

【题解】

"脱窠臼"一款是谈创新的。李渔说"窠臼不脱,难语填词"!窠臼就是老俗套、旧公式、陈芝麻、烂谷子,或者用人家用了八百遍的比喻,讲一个令人耳朵起茧的老掉牙的故事。人们常说,第一个用花比喻女人的是天才,第二个是庸才,第三个是蠢材。那"第二个"(庸才)和"第三个"(蠢材)的问题,就在于蹈袭窠臼,向为真正的艺术家所不为。艺术家应该是"第一个"(天才),在艺术大旗上写着的,永远是"第一"!这就是说,真正的艺术家(天才),创造性、独创性是他的"第一特性"、本性;而"摹仿"(更甭说蹈袭窠臼了)同他"完全对立",是他的天敌。艺术家必须不断创新,不但不能重复别人,而且也不能重复自己。在艺术家的眼里,已经存在的作品,不论是别人的还是自己的,都是旧的。李渔说:"非特前人所作,于今为旧;即出我一人之手,今之视昨,亦有间也。"于是,艺术创作就要"弃旧图新"。但是,新奇又绝非"荒唐怪异",而须"新而妥,奇而确",即符合"人情物理"。关于这一点,李渔在《戒荒唐》一款中有相当透辟的论述。

　　"人惟求旧,物惟求新"①。新也者,天下事物之美称也。而文章一道,较之他物,尤加倍焉。戛戛乎陈言务去②,求新之谓也。至于填词一道,较之诗赋古文,又加倍焉。非特前人所作,于今为旧;即出我一人之手,今之视昨,亦有间焉。昨已见而今未见也,知未见之为新,即知已见之为旧矣。古人呼剧本为"传奇"者,因其事甚奇特,未经人见而传之,是以得名,可见非奇不传。"新"即"奇"之别名也。若此等情节业已见之戏场,则千人共见,万人共见,绝无奇矣,焉用传之?是以填词之家,务解"传奇"二字。欲为此剧,先问古今院本中③,曾有此等情节与否,如其未有,则急急传之,否则枉费辛勤,徒作效颦之妇④。东施之貌未必丑于西施,止为效颦于人,遂蒙千古之诮。使当日逆料至此,即劝之捧心,知不屑矣。吾谓填词之难,莫难于洗涤窠臼,而填词之陋,亦莫陋于盗袭窠臼。吾观近日之新剧,非新剧也,皆老僧碎补之衲衣,医士合成之汤药。取众剧之所有,彼割一段,此割一段,合而成之,即是一种"传奇"。但有耳所未闻之姓名,从无目不经见之事实。语云"千金之裘,非一狐之腋"⑤,以此赞时人新剧,可谓定评。但不知前人所作,又从何处集来? 岂《西厢》以前,别有跳墙之张珙?《琵琶》以上,另有剪发之赵五娘乎? 若是,则何以原本不传,而传其抄本也? 窠臼不脱,难语填词,凡我同心,急宜参酌。

【注释】

①人惟求旧,物惟求新:见《尚书·盘庚上》:"人惟求旧,器非求旧,惟新。"

②戛戛(jiá)乎陈言务去:戛戛,困难状。韩愈《答李翊书》:"惟陈言之务去,戛戛乎其难哉。"

③院本:宋金元南戏、杂剧演剧的脚本。

④效颦(pín):模仿。颦,皱眉。

⑤千金之裘,非一狐之腋:价值千金的裘衣,不是一只狐狸腋下皮毛就能制成的。见《史记·刘敬叔孙通列传》。

【译文】

《尚书·盘庚》说"人惟求旧,物惟求新"。所谓新,乃天下事物的美称。而做文章一事,比起其他事情,尤其要加倍求新。韩愈所谓戛戛乎陈言务去,就是说的求新。至于填词这类事,比起诗赋古文,又要求加倍求新。不只是前人的作品,到今天已经是旧的;即使出之我一人之手,今天之视昨日,也有不同。昨日已见之物而今天尚未见到,即可知未见之物是新的,而已见之物就是旧的。古人之所以称剧本为"传奇",因为它所述之事甚为奇特,人们未曾见过而传播,因此而得名,可见非奇不传。"新"就是"奇"的别名。倘若这类情节已经在戏场上演出过,那么千人共见,万人共见,绝无奇特可言了,还用得着传播吗? 因此填词之家,务必要理解"传奇"二字的含义。要想写作某剧,先看看古今院本之中,是否曾有这类情节,如果没有,就赶快传播,否则白费辛勤,枉作效颦之东施。东施之貌未必丑于西施,只因为效颦于西施,才蒙受千古之讥笑。假使当日预料今天这种情况,就是劝她效仿西施作捧心状,她也知道不屑去做。我认为填词之困难,没有比洗涤窠臼更困难的,而填词之卑陋,也没有比盗袭窠臼更卑陋的。我看近日之新剧,那不是新剧,都是像老和尚用各种布片补缀的衲衣,医士用各种草药合成的汤药。袭取众剧之所有,这里割一段,那里割一段,合而成之,就是一种"传奇"。只有耳所未闻的姓名,却没有未曾见过的情事。俗话说"千金之裘,非一狐之腋",用它称赞时下的新剧,可谓定评。只不知前人所创作的传奇,又从哪里搜集来的呢?难道《西厢》以前,另外有跳墙的张珙?《琵琶》以前,另外有剪发的赵五娘吗?假若是这样,那么为什么原本不传,而传那抄本呢?若不摆脱窠臼,就难说填词,凡与我有同样心思者,请赶快参酌。

密针线

【题解】

　　"密针线"是对戏曲创作中进行布局结构、情事连接的一个极妙的比喻。一切叙事艺术作品,其结构得精不精,布局得巧不巧,情节发展转换是否自然,人物相互关系是否入理……最终表现在针线是否紧密上。按照李渔的说法,"编戏有如缝衣",其间有一个"剪碎"、"凑成"的过程,"凑成之工,全在针线紧密",不然"一节偶疏,全篇之破绽出矣";"一笔稍差便虑神情不似,一针偶缺即防花鸟变形"。这里还需要"顾前"、"顾后":"顾前者欲其照映,顾后者便于埋伏。"其实,这个道理,古今中外普遍适用。亚里士多德《诗学》中就批评卡耳喀诺斯的剧本"有失照顾","剧本因此失败了"。狄德罗《论戏剧诗》中要求戏剧作家"更要注意,切勿安排没有着落的线索:你对我暗示一个关键而它终不出现,结果你会分散我的注意力"。李渔也对戏曲创作提出明确要求:"一出接一出,一人顶一人,务使承上接下,血脉相连,即于情事截然绝不相关之处，亦有连环细笋伏于其中，看到后来方知其妙，如藕于未切之时，先长暗丝以待，丝于络成之后，才知作茧之精。"元杂剧的成就，被公认为是中国古典戏曲史上最高的。但李渔指出，元剧"独于埋伏照映处"粗疏，无论"大关"还是"小节"，纰漏甚多。王国维在《宋元戏曲史》第十二章《元剧之文章》中，对"元剧关目之拙"及其原因作了中肯的分析，说："元剧之佳处何在？一言以蔽之，曰：自然而已矣。古今之大文学，无不以自然胜，而莫著于元曲。盖元剧之作者，其人均非有名位学问也。其作剧也，非有藏之名山，传之其人之意也。彼以意兴之所至为之，以自娱娱人。关目之拙劣，所不问也；思想之卑陋，所不讳也；人物之矛盾，所不顾也。彼但摹写其胸中之感想与时代之情状，而真挚之理与秀杰之气，时流露于其间。故谓元曲为中国最自然之文学，无不可也。若其文字之自然，则又为其必然之结果，抑其次也。"这就是说，元剧率意而为，不精心于关目，故其疏也。这个思想明显继承于李渔。

　　编戏有如缝衣，其初则以完全者剪碎，其后又以剪碎者凑成。剪碎易，凑成难，凑成之工，全在针线紧密。一节偶疏，全篇之破绽出矣。每编一折，必须前顾数折，后顾数折。顾前者，欲其照映；顾后者，便于埋伏。照映埋伏，不止照映一人、埋伏一事，凡是此剧中有名之人、关涉之事，与前此后此所说之话，节节俱要想到。宁使想到而不用，勿使有用而忽之。吾观今日之传奇，事事皆逊元人，独于埋伏照映处，胜彼一筹。非今人之太工，以元人所长全不在此也。若以针线论，元曲之最疏者，莫过于《琵琶》。无论大关节目背谬甚多，如子中状元三载，而家人不知；身赘相府，享尽荣华，不能自遣一仆，而附家报于路人；赵五娘千里寻夫，只身无伴，未审果能全节与否，其谁证之？诸如此类，皆背理妨伦之甚者。再取小节论之，如五娘之剪发，乃作者自为之，当日必无其事。以有疏财仗义之张大公在，受人之托，必能终人之事，未有坐视不顾，而致其剪发者也。然不剪发，不足以见五娘之孝。以我作《琵琶》，《剪发》一折亦必不能少，但须回护张大公，使之自留地步。吾读《剪发》之曲，并无一字照管大公，且若有心讥刺者。据五娘云："前日婆婆没了，亏大公周济。如今公公又死，无钱资送，不好再去求他，只得剪发"云云。若是，则剪发一事乃自愿为之，非时势迫之使然也，奈何曲中云："非奴苦要孝名传，只为上山擒虎易，开口告人难。"此二语虽属恒言，人人可道，独不宜出五娘之口。彼自不肯告人，何以言其难也？观此二语，不似怼怨大公之词乎①？然此犹属背后私言，或可免于照顾。迨其哭倒在地②，大公见之，许送钱米相资，以备衣衾棺椁，则感之颂之，当有不瞀口出者矣③，奈何曲中又云："只恐奴身死也，兀自没人埋④，谁还你恩债？"试问公死而埋者何人？姑死而埋者何人？对埋殓公姑之人而自言暴露，将置大公于何地乎？且大公之相资，尚义也，非图利也，"谁还恩债"一语，不几抹倒大公，将一片热肠付之冷水乎？此等词曲，幸而出自元人，若出我辈，则群口讪之，不识置身何地矣。予非敢于仇古，既为词曲立言，必使人知取法，若扭于世俗之见，谓事事当法元人，吾恐未得其瑜，先有其瑕。人或非之，即举元人借口，乌知圣人千虑，必有一失；圣人之事，犹有不可尽法者，况其他乎？《琵琶》之可法者原多，请举所长以盖短。如《中秋赏月》一折，同一月也，出于牛氏之口者，言言欢悦；出于伯喈之口者,字字凄凉。一座两情,两情一事,此其针线之最密者。瑕不掩瑜,何妨并举其略。然传奇一事也,其中义理分为三项:曲也,白也,穿插联络之关目也。元人所长止居其一,曲是也⑤,白与关目皆其所短⑥。吾于元人,但守其词中绳墨而已矣。

【注释】

①怼(duì):怨恨。

②迨(dài):等到。

③啻(chì):止于,限于。

④兀自:仍然,还是。

⑤曲:戏曲的演唱部分。

⑥白:宾白,或叫念白。关目:戏曲中关键情节的连接、处理,结构、布局的巧妙安排。

【译文】

编戏好比缝衣,开始时,将一块整布剪碎,后来又把剪碎的布缝在一起。剪碎容易,缝在一起难,这缝纫的功夫,全在针线紧密。一个细节偶有疏忽,整篇的破绽就露出来了。每编一折,必须前看数折,后顾数折。看前,是想要与前面有所照映;顾后,是便于后头有所埋伏。照映埋伏,不只照映一个人、埋伏一件事,凡是这部剧中有名之人、相关之事,与前前后后所说的话,节节都要想到。宁可使想到的东西而没有用上,不要使有用的东西而被忽略掉。我看现在的传奇,事事都不如元人,唯独在埋伏照映方面,胜过元人一筹。不是今人太工巧,而是因为元人的强项不在此处。若以针线而论,元曲之最粗疏的,莫过于《琵琶》。无论大关、小节,背理谬误很多,譬如儿子中了状元三年,而家人竟然不知;入赘宰相之府,享尽荣华,却不能派遣一个仆人,请路人捎封信给家里；赵五娘千里寻夫，一个女子只身无伴，没有考虑她是否能够保全贞节，这谁能证明？诸如此类，都十分违背情理、有妨人伦道德。再拿小节来说，譬如赵五娘之剪发，这其实是作者自己杜撰，当日必然不会有这种事情。因为有疏财仗义的张大公在，受人之托，必然能够帮人帮到底，不会坐视不管，而使赵五娘落到剪发的地步。然而不剪发，不足以表现赵五娘之尽孝。假使我作《琵琶》，《剪发》一折也必不能少，但必须维护张大公，使他留有回旋余地。我读《剪发》之曲，并没有看到一个字照管张大公，反倒觉得好像有心讥刺他。据赵五娘说："前日婆婆没了，亏大公周济。如今公公又死，无钱资送，不好再去求他，只得剪发"云云。若真是这样，则剪发一事乃是她自愿做的，而不是当时的情势逼迫她所为，为什么曲中还说："非奴苦要孝名传，只为上山擒虎易，开口告人难。"这两句话虽是常言，人人可道，却独独不宜从五娘口里说出来。她自己既然不肯告人，为什么还说如何如何困难呢？看这两句话，不是像在埋怨张大公吗？当然，这还属于背后私语，或者可说免于照顾。等到她哭倒在地，张大公见了，答应资助钱米，为之准备衣衾棺椁，这样赵五娘对张大公，应当有说不出口的感佩称颂，为什么曲中又说："只恐奴身死也，兀自没人埋，谁还你恩债？"试问，公公死了而帮助埋的是何人？婆婆死了而帮助埋的又是何人？面对帮助埋殓公婆的人而说出这种话，将置张大公于何地呢？而且，张大公之相助，是弘扬义，而非贪图利，"谁还恩债"一语，不是几乎抹倒大公好心，将一片热心肠付之冰水之中吗？这等词曲，亏得出自元人，倘若出之我辈，则会引得群口讪笑，不知该置身何地了。不是我敢于挑古人之短，既然为词曲立言，必须使人知道如何取法，若碍于世俗之见，说事事都应当取法元人，我恐怕未得元人的精华，先得元人的糟粕了。可能会有人举出元人当作借口非难我，哪里知道圣人千虑，必有一失；圣人之事，还有不可全部取法的，况且其他人呢？《琵琶》之可取法者原是很多的，请允许我举其所长以盖其所短。如《中秋赏月》一折，同一个月亮，出于牛氏之口者，句句都现出欢悦之情；出于伯喈之口者，字字都现出凄凉之意。一座现出两情，两情表现一事，这是它针线之最紧密的地方。瑕不掩瑜，何妨略举其失误之处。然而传奇一事，其中义理分为三项：曲，白，穿插联络之关目。元人所长只居其一，就是它的曲，白与关目都是它的短项。我们对于元人，只是持守它的词中绳墨就行了。

减头绪

【题解】

　　读者可把"减头绪"一款与前面"立主脑"一款参照阅读。"立主脑"与"减头绪"实则是一体两面：从正面说是"立主脑"，从反面说则是"减头绪"。李渔说："头绪繁多，传奇之大病也。《荆》、《刘》、《拜》、《杀》（《荆钗记》、《刘知远白兔记》、《拜月亭》、《杀狗记》）之得传于后，止为一线到底，并无旁见侧出之情。三尺童子观演此剧，皆能了了于心，便便于口，以其始终无二事，贯串只一人也。"显然，"减头绪"是"立主脑"的必要条件，不减头绪，无以立主脑。当然，立主脑、减头绪，也不能绝对化。一绝对化，变成公式，则成谬误。

　　李渔的"立主脑"、"减头绪"及其他有关戏曲结构的主张，与他之前传统文论的重大不同在于，这是地地道道的戏曲叙事理论。中国古典文论有三个发展阶段：明中叶以前，主要是以诗文为主体的抒情文学理论，此为第一阶段；明中叶以后，自李贽、叶昼起到清初的金圣叹诸人，建立并发展了叙事艺术理论，但那主要是叙事文学（小说）理论，此为第二阶段；至李渔，才真正建立和发展了叙事戏曲理论，此为第三阶段。此后，这三者同时发展，并互相影响。

　　头绪繁多，传奇之大病也。《荆》、《刘》、《拜》、《杀》之得传于后[1]，止为一线到底，并无旁见侧出之情。三尺童子观

演此剧,皆能了了于心,便便于口,以其始终无二事,贯串只
一人也。后来作者不讲根源,单筹枝节,谓多一人可增一人
之事。事多则关目亦多,令观场者如入山阴道中,人人应接
不暇②。殊不知戏场脚色,止此数人,便换千百个姓名,也只
此数人装扮,止在上场之勤不勤,不在姓名之换不换。与其
忽张忽李,令人莫识从来,何如只扮数人,使之频上频下,易
其事而不易其人,使观者各畅怀来③,如逢故物之为愈乎?
作传奇者,能以"头绪忌繁"四字,刻刻关心,则思路不分,文
情专一,其为词也,如孤桐劲竹,直上无枝,虽难保其必传,
然已有《荆》、《刘》、《拜》、《杀》之势矣。

【注释】

①《荆》、《刘》、《拜》、《杀》:宋元时的四大南戏。《荆》,即《荆钗记》,
　传为柯丹丘作。《刘》,即《刘知远白兔记》,作者待考。《拜》,即
　《拜月亭》,或叫《幽闺记》,传为施惠作。《杀》,《杀狗记》,传为徐
　畖作。

②如入山阴道中,人人应接不暇:《世说新语·言语》王羲之语:"从
　山阴道上行,山川自相映发,使人应接不暇。"

③各畅怀来:《史记·司马相如列传》有"于是诸大夫茫然丧其所怀
　来,而失厥所以进"的话,此处变换用之,意思是使怀着不同兴趣
　而来看戏的观众得到各自的满足。怀来,有所怀而来。

【译文】

　　头绪繁多,是传奇的一大毛病。《荆钗记》、《刘知远白兔记》、《拜月
亭》、《杀狗记》之得以传于后世,只因为它一线到底,并无旁见侧出的情
节。三尺童子观演此剧,都能了了于心,便便于口,因为它始终无二事,
贯串只一人。后来作者不讲究根源,单筹划枝节,说多一人可增一人之

事。事多则关目也多，使看戏的人如入山阴道中，人人应接不暇。殊不知戏场上的脚色，只这几个人，就是变换千百个姓名，也只这几个人的装扮，只在上场之勤不勤，不在姓名之换不换。与其忽张忽李，令人不知其从何而来，还不如只扮几个人，使他们勤上勤下，变易其事而不变易其人，使看戏的人各自畅怀而来，如同遇见自己的旧相识，不是更好吗？作传奇的人，能把"头绪忌繁"四字时时刻刻记在心间，如果思路不分，文情专一，所写出来的词曲，如孤桐劲竹，直上无枝蔓，即使难以保证它必然流传，但是它已经具有《荆钗记》、《刘知远白兔记》、《拜月亭》、《杀狗记》之势了。

戒荒唐

【题解】

"戒荒唐"说的是创作传奇必须"既出寻常视听之外，又在人情物理之中"，即合情合理而不能荒诞不经。在这里，新奇与寻常、"耳目之前"与"闻见之外"，既是对立的，又是统一的。因为"世间奇事无多，常事为多；物理易尽，人情难尽"。而那"奇事"就包含在"常事"之中；那"难尽"的"人情"就包含在"易尽"的"物理"之中。若在"常事"之外去寻求"奇事"，在"易尽"的"物理"之外去寻求"难尽"的"人情"，就必然走上"荒唐怪异"的邪路。真真切切、实实在在的寻常生活本身永远会有"变化不穷"、"日新月异"的奇事。戏曲作家就应该寻找那些"寻常"的"奇事"、"真实"的"新奇"。明末清初在戏曲创作和理论上存在着要么蹈袭窠白、要么"一味趋新"的两种偏向。李渔的前辈也多有论述，如张岱《答袁箨庵（袁于令）书》就批评某些传奇"怪幻极矣，生甫登场，即思易姓；旦方出色，便要改装。兼以非想非因，无头无绪。只求热闹，不论根由；但要出奇，不顾文理"；他认为"布帛菽粟之中，自有许多滋味，咀嚼不尽，传之久远。愈久愈新，愈淡愈远"。周裕度《天马媒题辞》也说："尝谬论天下，有愈奇则愈传者，有愈实则愈奇者。奇而传者，不幽之事是也。实而奇者,传事之情是也。"李渔正是吸收了前人思想而加以发展和系统化。

　　昔人云:"画鬼魅易,画狗马难。"①以鬼魅无形,画之不似,难于稽考;狗马为人所习见,一笔稍乖,是人得以指摘。可见事涉荒唐,即文人藏拙之具也。而近日传奇,独工于为此。噫,活人见鬼,其兆不祥,矧有吉事之家②,动出魑魅魍魉为寿乎? 移风易俗,当自此始。吾谓剧本非他,即三代以后之《韶》、《濩》也③。殷俗尚鬼,犹不闻以怪诞不经之事被诸声乐、奏于庙堂,矧辟谬崇真之盛世乎? 王道本乎人情,凡作传奇,只当求于耳目之前,不当索诸闻见之外。无论词曲,古今文字皆然。凡说人情物理者,千古相传;凡涉荒唐怪异者,当日即朽。《五经》、《四书》、《左》、《国》、《史》、《汉》,以及唐宋诸大家,何一不说人情? 何一不关物理? 及今家传户颂,有怪其平易而废之者乎?《齐谐》④,志怪之书也,当日仅存其名,后世未见其实。此非平易可久、怪诞不传之明验欤? 人谓家常日用之事,已被前人做尽,穷微极隐,纤芥无遗,非好奇也,求为平而不可得也。予曰:不然。世间奇事无多,常事为多;物理易尽,人情难尽。有一日之君臣父子,即有一日之忠孝节义。性之所发,愈出愈奇,尽有前人未作之事,留之以待后人,后人猛发之心,较之胜于先辈者。即就妇人女子言之,女德莫过于贞,妇愆无甚于妒⑤。古来贞女守节之事,自剪发、断臂、刺面、毁身,以至刎颈而止矣。近日矢贞之妇⑥,竟有刲肠剖腹⑦,自涂肝脑于贵人之庭以鸣不屈者;又有不持利器,谈笑而终其身,若老衲高僧之坐化者⑧。岂非五伦以内⑨，自有变化不穷之事乎？古来妒妇制夫之条，自罚跪、戒眠、捧灯、戴水，以至扑臀而止矣。近日妒悍之流，竟有锁门绝食，迁怒于人，使族党避祸难前，坐视其死而莫之救者；又有鞭扑不加，囹圄不设，宽仁大度，若有刑措之风⑩，而其夫慑于不怒之威，自遣其妾而归化者。岂非闺阃以内，便有日异月新之事乎？此类繁多，不能枚举。此言前人未见之事，后人见之，可备填词制曲之用者也。即前人已见之事，尽有摹写未尽之情、描画不全之态。若能设身处地，伐隐攻微，彼泉下之人，自能效灵于我，授以生花之笔，假以蕴绣之肠，制为杂剧，使人但赏极新极艳之词，而竟忘其为极腐极陈之事者。此为最上一乘，予有志焉，而未之逮也。

【注释】

① 画鬼魅易，画狗马难：典出《韩非子·外储说左上》。

② 矧（shěn）：何况。

③《韶》、《濩》：传为虞舜和商汤时的乐舞。

④《齐谐》：齐国人专门记录神奇怪异事情的笔记小说，最早见于《庄子·逍遥游》："齐谐者，志怪者也；谐之言曰：'鹏之徙于南冥也，水击三千里，抟扶摇而上者九万里，去以六月息者也。'"成玄英疏："姓齐名谐，人姓名也；亦言书名也。"古时志怪之书多以"齐谐"为名。

⑤ 愆（qiān）：罪过。

⑥ 矢贞：发誓坚守贞节。

⑦ 刲（kuī）：割。

⑧ 坐化：高僧临终，端坐而逝，称为"坐化"或"坐脱"。

⑨五伦：封建宗法社会以君臣、父子、夫妇、兄弟、朋友为五伦。

⑩刑措：刑罚废弃不用。措，废置。

【译文】

古人说："画鬼魅易，画狗马难。"因为鬼魅无形，画得不像，难以稽考；狗马是人们常见的东西，一笔稍有偏差，人人都可指摘。可见事情一涉及荒唐，就是文人藏拙的工具。而近来的传奇，独独在这鬼魅上下功夫。唉，活人见鬼，不是好兆头，况且有吉祥之事的人家，以出现魑魅魍魉而拜寿吗？移风易俗，应当从这里开始。我说剧本不是别的，就是夏商周三代以后的《韶》乐和《濩》乐。殷朝的风俗崇尚鬼魅，还没听说以怪诞不经之事制作声乐、奏于庙堂，何况辟谬崇真的盛世呢？王道以人情为本，凡作传奇，只应当抓住那些耳目之前的常见事物，不应当追索那些视听之外的荒诞情节。漫说词曲，就是古今文字都如此。凡是述说人情物理的，千古相传；凡是涉荒唐怪异的，立刻即朽。《五经》、《四书》、《左传》、《国语》、《史记》、《汉书》，以及唐宋诸大家，哪一个不说人情？哪一个不关物理？至今家传户颂，有怪它平易而废弃不取的吗？《齐谐》，是一本记载鬼魅的书，当时仅存其名，后世未见其实。这不就是平易可久、怪诞不传的明确验证吗？有人说，家常日用之事，已经被前人做尽，连极细微、极隐蔽的东西都穷尽了，丝毫没有遗漏，不是喜欢怪奇，而是求为平常之物而不可得。我说：不然。世间怪奇之事不多，而平常之事居多；物理容易穷尽，而人情难以穷尽。有一日之君臣父子，就有一日之忠孝节义。事物依其本性的生发，愈出愈奇，尽有前人未作的情事，留待后人创造；而后人突然生发出来的心思，更胜先辈一筹。就拿妇人女子来说，女子之道德莫过于贞节，妇人之罪愆无甚于嫉妒。古来贞女守节之事，自剪发、断臂、刺面、毁身，以至于割脖子，到头了。近日矢志贞节的妇女，竟有割肠剖腹，在贵人庭堂自涂肝脑以表示绝不屈服的；又有不持利器，于谈笑中而终其贞洁之身，如同老衲高僧的坐化。这不就是在五伦以内，自有变化无穷的事情吗？古来妒妇制

夫的办法,自罚跪、戒眠、捧灯、戴水,以至打屁股而到头了。近日一些
妒悍的妇人,竟有锁门绝食,迁怒于别人,使得家族乡党为避祸而难于
近前,坐视其死而不能救助的事情;又有不加于鞭扑殴打,不设图圄禁
闭,宽仁大度,大有废弃刑罚之古风,而她的丈夫慑于不怒之威,乖乖地
自遣其妾而归顺。这不就是闺阃以内,就有日异月新之事吗?此类事
情很多很多,不能一一列举。这是说前人未见之事,后人见之,可供填
词制曲之用。即使前人已见之事,尽有摹写未尽之情、描画不全之态。
倘若作传奇者能够设身处地,探索隐秘之事,攻求细微之情,那逝去的
先人,自能在我们身上显灵,授以生花妙笔,给以蕴绣之肠,制作成杂
剧,使人们只赏识极新极艳之词,而竟然忘记它是极腐极陈之事。这
是最上一乘,我有这志向,而没有达到。

审虚实

【题解】

"审虚实"谈传奇创作的真实与虚构。李渔说"传奇无实,大半皆寓
言耳",一语道破传奇的"天机"!传奇,"戏"也。《说文解字》上把"戏"
解作"三军之偏也"。"偏"与"正"相对。"正"当然是很严肃的,相对而
言,"偏"是否可以"轻松"一点,甭老那么"正襟危坐"、一本正经呢?所
以,"戏"总包含着游戏、玩笑、逸乐,有时还带点嘲弄;而且既然是游戏、
玩笑、甚至嘲弄,那就不能那么认真,常常是"无实"的"寓言",带点假定
性、虚幻性、想象性。传奇,作为戏,总有它不"真实"、不"正经"的一面,
即"无实"性、"寓言"性、游戏性、玩笑性、愉悦性、虚幻性、假定性、想象
性。倘若把传奇中所写的人和事,都看作实有其人、实有其事,那真是
愚不可及。可中外古今,却偏偏有不少这样的人,即李渔当年所说"凡
阅传奇而必考其事从何来、人居何地者,皆说梦之痴人"。然而,我们在
看传奇的不"正经"、不"真实"一面的同时,还必须看到传奇的十分正
经、严肃,十分真实、可信的一面。原来,传奇的不"正经"中包含着正

经，不"真实"中包含着真实。传奇的正经是艺术的正经，传奇的真实是艺术的真实。这艺术的正经，往往比生活的正经还正经；这艺术的真实，往往比生活的真实还真实。为什么艺术的真实比生活的真实还要真实？这是因为艺术的真实是经过披沙淘金所淘出来的黄金，是经过冶炼锻打所造出来的钢铁，是生活真实之精，这就是典型化过程。李渔当年还不懂"典型化"这个词，但他所说的一些话，却颇合今天我们所谓典型化之意："欲劝人为孝，则举一孝子出名，但有一行可纪，则不必尽有其事，凡属孝亲所应有者，悉取而加之，亦犹纣之不善，不如是之甚也，一居下流，天下之恶皆归焉。其余表忠表节，与种种劝人为善之剧，率同于此。"

传奇所用之事，或古或今，有虚有实，随人拈取。古者，书籍所载，古人现成之事也；今者，耳目传闻，当时仅见之事也；实者，就事敷陈，不假造作，有根有据之谓也；虚者，空中楼阁，随意构成，无影无形之谓也。人谓古事多实，近事多虚。予曰不然。传奇无实，大半皆寓言耳。欲劝人为孝，则举一孝子出名，但有一行可纪，则不必尽有其事，凡属孝亲所应有者，悉取而加之，亦犹纣之不善①，不如是之甚也，一居下流，天下之恶皆归焉。其余表忠表节，与种种劝人为善之剧，率同于此。若谓古事皆实，则《西厢》、《琵琶》推为曲中之祖，莺莺果嫁君瑞乎？蔡邕之饿莩其亲②，五娘之干蛊其夫③，见于何书？果有实据乎？孟子云："尽信书，不如无书。"④盖指《武成》而言也。经史且然，矧杂剧乎？凡阅传奇而必考其事从何来、人居何地者，皆说梦之痴人，可以不答者也。然作者秉笔，又不宜尽作是观。若纪目前之事，无所考究，则非特事迹可以幻生，并其人之姓名亦可以凭空捏造，是谓虚则虚到底也。若用往事为题，以一古人出名，则满场脚色皆用古人，捏一姓名不得；其人所行之事，又必本于载籍，班班可考，创一事实不得。非用古人姓字为难，使与满场脚色同时共事之为难也；非查古人事实为难，使与本等情由贯串合一之为难也。予既谓传奇无实，大半寓言，何以又云姓名事实必须有本？要知古人填古事易，今人填古事难。古人填古事，犹之今人填今事，非其不虑人考，无可考也；传至于今，则其人其事，观者烂熟于胸中，欺之不得，罔之不能⑤，所以必求可据，是谓实则实到底也。若用一二古人作主，因无陪客，幻设姓名以代之，则虚不似虚，实不成实，词家之丑态也，切忌犯之。

【注释】

①纣之不善：《论语·子张》："子贡曰：纣之不善，不如是之甚也。是以君子恶居下流，天下之恶皆归焉。"纣，商（殷）末代君主，相传为暴君。

②饿莩（piǎo）其亲：让亲人成为饿莩。莩，通"殍"，一般用"饿殍"，即饿死的人。

③干蛊：原为担当应做之事。《周易·蛊》："干父之蛊。"王弼注曰："干父之事，能承先轨，堪其任者也。"此处干蛊，似指五娘干预、冒犯她丈夫。干，触犯，冒犯，冲犯。蛊，事。

④尽信书，不如无书：《孟子·尽心下》："孟子曰：尽信书，则不如无书。吾于《武成》，取二三策而已矣。"孟子认为《尚书·武成》记武王伐纣，流血漂杵，不实。

⑤罔：蒙蔽。

【译文】

　　传奇所用之本事，或古或今，有虚有实，随人去选取。所谓古，即书籍所载，古人现成的事情；所谓今，耳目传闻，眼下仅见的事情；所谓实，就真事而敷陈，不假虚构，说得有根有据；所谓虚，空中楼阁，随意虚构而成，说得无影无形。有人说，古事多实，近事多虚。我说不然。传奇无实，大半都是寓言。想劝人尽孝，就找出一个孝子，给他一个名字，只要有一点相关的事情，则不必真有其事，凡属于孝亲者所应有的品行，都拿来汇聚在他身上，就好像殷纣王之不善，未必如此厉害，一旦居于下流之位，天下之恶都归之于他。其余的，如表忠表节的戏剧，以及种种劝人为善的戏剧，大都是这样。若说古事都实有，那么《西厢》、《琵琶》被推崇为曲中之祖，莺莺果真嫁给张君瑞了吗？蔡邕使双亲饿死、赵五娘之干预、触犯她丈夫，见于哪本书？果真有确实的依据吗？孟子说："尽信书，不如无书。"是指《尚书·武成》记载武王伐纣"流血漂杵"不可信。经史尚且如此，何况杂剧呢？大凡阅读传奇而必考证其事从何而来、人居何地的人，都是说梦的痴人，可以不答理他。然而作者秉笔写作，又不宜都这样看。假若写的是目前的事情，没有什么考究，则不但事迹可以想象，并且连这人的姓名也可以凭空捏造，这就叫作虚则虚到底。假若以往事为题材，用一个有名有姓的古人，则满场脚色都用古人，不得捏造一个姓名；这人所行之事，又必须根据书所载籍，班班皆可考证，不得虚构一件事实。不是使用古人姓名困难，而是使他与满场脚色同时共事困难；不是查考古人事实困难，而是使他与这个情节所述事由贯串合一困难。我既然说传奇无实，大半是寓言，为什么又说姓名事实必须有依据？要知道，古人填古事容易，今人填古事困难。古人填古事，就像今人填今事，不是不顾虑人家稽考，而是无可考也；流传到今天，则其人其事，观众烂熟于胸中，欺骗不得，蒙蔽不得，所以必求有据可考，这就是实则实到底。倘若有人用一二古人作主要角色，因没有陪客，就虚构某个姓名以代之，这就虚不似虚，实不成实，是词家之丑态，切忌不要犯这种毛病。

词采第二 计四款

【题解】

"词采"者,说的是词章的文采或词藻。李渔"词采第二"谈的主要是传奇唱词的文采和词藻,包括"贵显浅"、"重机趣"、"戒浮泛"、"忌填塞"四款,把自己有关词采的思想阐述得十分充分,且有独到见解。下面这段文字是《词采第二》的小序,着重谈写曲(传奇)与写词(诗余)在语言上的区别,亦颇有新意。李渔所谓"结构第一"、"词采第二"、"音律第三"等等,不全是就"价值大小"、"地位显卑"的意义上来说的,恐怕在很大程度上是就"时间先后"、"程序次第"的意义而言。因为,艺术中的各个组成因素和环节,都是不可缺少的有机成分,牵一发而动全身,少了哪一个都成不了"一桌席"。对于艺术中的各个因素,倘若按所谓"价值"、"意义"分出"一"、"二","高"、"低","优"、"劣",恐怕害多益少,甚至是有害无益。打一个比方。一个大活人,你说他眼睛更重要、还是耳朵更重要?手更重要、还是脚更重要?心脏更重要、还是肝脏更重要?同样,戏曲中的结构、词采、音律等等,也不好就价值高低作类似的比较。明代后期临川(汤显祖)与吴江(沈璟)关于词采与音律孰轻孰重的争论,针尖对麦芒,闹得沸沸扬扬,震动了整个曲坛。王骥德《曲律》中曾评曰:"临川之于吴江,故自冰炭。吴江守法,斤斤三尺,不欲令一字乖律,而毫锋殊拙。临川尚趣,直是横行,组织之工,几与天孙争巧,而屈曲聱牙,多令歌者龃舌。"当时或稍后一些时候,有的曲论家就指出汤显祖和沈璟他们各自的偏颇。孟称舜《古今名剧合选序》就指出"沈宁庵(沈璟)专尚谐律,而汤义仍(汤显祖)专尚工辞,二者俱为偏见"。

曲与诗余①,同是一种文字。古今刻本中,诗余能佳而曲不能尽佳者,诗余可选而曲不可选也。诗余最短,每篇不过数十字,作者虽多,入选者不多,弃短取长,是以但见其美。曲文最长,每折必须数曲,每部必须数十折,非八斗长才,不能始终如一。微疵偶见者有之,瑕瑜并陈者有之,尚有踊跃于前懈弛于后,不得已而为狗尾貂续者亦有之②。演者观者既存此曲,只得取其所长,恕其所短,首尾并录。无一部而删去数折、止存数折,一出而抹去数曲、止存数曲之理。此戏曲不能尽佳,有为数折可取而挈带全篇,一曲可取而挈带全折,使瓦缶与金石齐鸣者③,职是故也。予谓既工此道,当如画士之传真,闺女之刺绣,一笔稍差便虑神情不似,一针偶缺即防花鸟变形。使全部传奇之曲,得似诗余选本,如《花间》、《草堂》诸集④,首首有可珍之句,句句有可宝之字,则不愧填词之名,无论必传,即传之千万年,亦非徼幸而得者矣。吾于古曲之中,取其全本不懈、多瑜鲜瑕者,惟《西厢》能之。《琵琶》则如汉高用兵⑤,胜败不一,其得一胜而王者,命也,非战之力也。《荆》、《刘》、《拜》、《杀》之传,则全赖音律。文章一道,置之不论可矣。

【注释】

①诗余:指词,或称长短句。

②狗尾貂续:《晋书·赵王伦传》有"每朝会,貂蝉盈坐,时人为之谚曰:貂不足,狗尾续"句。典由此来。后喻指拿不好的东西补接在好的东西后面,前后两部分非常不相称。

③瓦缶(fǒu)与金石齐鸣:劣与优并陈。瓦缶,指劣质乐器。金石,指优等乐器。《楚辞·卜居》:"黄钟毁弃,瓦釜雷鸣。"

④《花间》：即《花间集》，录晚唐、五代温庭筠、韦庄等词五百余首，五代后蜀赵崇祚编。《草堂》：即《草堂诗余》，选两宋兼唐五代词，南宋何士信编。

⑤汉高：汉高祖刘邦。垓下一战，大败项羽。羽曰："此天之亡我也，非战之力也。"

【译文】

曲与词，同是一类文字。古今刻本之中，常常是词能写得好而曲不能完全写得好，词作可选而曲作不可选。词最短，每篇不过数十字，作者虽然多，入选者却不多，弃短取长，因此只见到那些美的篇什。曲文最长，每折必有数支曲子，每部必有数十折，非具有八斗长才者，不能始终贯彻如一。有的偶然出现微小瑕疵，有的瑕瑜互见而并陈，还有的前面紧凑活跃而后面却懈怠滞缓，不得已而作狗尾续貂之举。表演者、观看者既然保存这样的曲子，只得取其所长，原谅其所短，首尾一起保留下来。没有整部戏可以删去数折、止存数折，一折戏可以抹去数曲、只存数曲的道理。这就是为什么戏曲不能尽善尽美的缘故：有的只有数折可取而携带全篇，有的只有一曲可取而携带全折，使得粗糙的瓦罐与精美的金石一齐鸣响，原因即在于此。我说，既然工于填词制曲，就应当如画家之传真，闺女之刺绣，倘若一笔稍有偏差就要考虑所写形象神情不真切，一针偶然缺失就要防止所画花鸟变形走样。应使得整部传奇之曲，做得好像词的选本，如《花间》、《草堂》诸集，每一首都有可宝贵的句子，每一句都有可珍视的字词，这样才不愧善于填词制曲之名，作品倘能如此，不要说必然会流传，即使流传千年万年，也不是徼幸而得的事情。我在古曲之中，寻找那些全本不懈怠、优点多而缺点少的作品，唯有《西厢》是如此。《琵琶》则如汉高祖用兵，有胜有败、胜败不一，那打了一次胜仗而称王的，是天命使然，而不是他打仗打得好。《荆钗记》、《刘知远白兔记》、《拜月亭》、《杀狗记》之流传，则全赖音律好。至于其文章一道，可以置之不论。

贵显浅

【题解】

"贵显浅"是李渔对戏曲语言最先提出的要求。此款与后面的"戒浮泛"、"忌填塞"又是一体两面,可以参照阅读。李渔说:"曲文之词采,与诗文之词采非但不同,且要判然相反。何也? 诗文之词采,贵典雅而贱粗俗,宜蕴藉而忌分明。词曲不然,话则本之街谈巷议,事则取其直说明言。"这就是"显浅"。李渔的"显浅"包含着好几重意思:其一,"显浅"是指让普通观众,即读书的与不读书的男女老幼一听就懂的通俗性。"凡读传奇而有令人费解,或初阅不见其佳,深思而后得其意之所在者,便非绝妙好词"。汤显祖《牡丹亭》作为案头文字可谓"绝妙好词",可惜许多段落太深奥、欠明爽,"止可作文字观,不得作传奇观"。其二,"显浅"不是"粗俗"、满口脏话,也不是"借浅以文其不深",而是"以其深而出之以浅",也就是"意深"而"词浅"。"能于浅处见才,方是文章高手"。其三,"显浅"就是"绝无一毫书本气"、"忌填塞"。无书本气不是要戏曲作家不读书,相反,无论经传子史、诗赋古文、道家佛氏、九流百工等等都当读。但是,读书不是叫你掉书袋,不是"借典核以明博雅,假脂粉以见风姿,取现成以免思索";而是必须胸中有书而笔下不见书,"至于形之笔端,落于纸上,则宜洗濯殆尽",即使用典,亦应做到"信手拈来,无心巧合,竟似古人寻我,并非我觅古人",令人绝无"填塞"之感。李渔论"词采",尤其在谈"贵显浅"时,处处以"今曲"(李渔当时之戏曲)与"元曲"对比,认为元曲词采之成就极高,而"今曲"则去之甚远,连汤显祖离元曲也有相当大的距离,此乃明清曲家公论。臧懋循在《〈元曲选〉序二》中就指出元曲"事肖其本色,境无旁溢,语无外假","本色"几乎成了元曲语言以至一切优秀剧作的标志。徐渭《南词叙录》中赞扬南戏时,就说"句句是本色语",认为"曲本取于感发人心,歌之使奴童妇女皆喻,乃为得体"。王骥德《曲律》中也说"曲之始,止本色一家"。

"本色"的主要含义是要求质朴无华而又准确真切、活泼生动地描绘人物场景的本来面目。李渔继承了前人关于"本色"的思想，而又加以发展，使之具体化。"贵显浅"就是"本色"的一个方面。

　　曲文之词采，与诗文之词采非但不同，且要判然相反。何也？诗文之词采，贵典雅而贱粗俗，宜蕴藉而忌分明。词曲不然，话则本之街谈巷议，事则取其直说明言。凡读传奇而有令人费解，或初阅不见其佳，深思而后得其意之所在者，便非绝妙好词，不问而知为今曲，非元曲也。元人非不读书，而所制之曲，绝无一毫书本气，以其有书而不用，非当用而无书也。后人之曲则满纸皆书矣。元人非不深心，而所填之词，皆觉过于浅近，以其深而出之以浅，非借浅以文其不深也，后人之词则心口皆深矣。无论其他，即汤若士《还魂》一剧，世以配飨元人，宜也。问其精华所在，则以《惊梦》、《寻梦》二折对。予谓二折虽佳，犹是今曲，非元曲也。《惊梦》首句云："袅晴丝，吹来闲庭院，摇漾春如线。"以游丝一缕，逗起情丝，发端一语，即费如许深心，可谓惨淡经营矣。然听歌《牡丹亭》者，百人之中有一二人解出此意否？若谓制曲初心并不在此，不过因所见以起兴[①]，则瞥见游丝，不妨直说，何须曲而又曲，由晴丝而说及春，由春与晴丝而悟其如线也？若云作此原有深心，则恐索解人不易得矣。索解人既不易得，又何必奏之歌筵，俾雅人俗子同闻而共见乎？其余"停半晌，整花钿，没揣菱花，偷人半面"及"良辰美景奈何天，赏心乐事谁家院"，"遍青山，啼红了杜鹃"等语，字字俱费经营，字字皆欠明爽。此等妙语，止可作文字观，不得作传奇观。至如末幅"似虫儿般蠢动,把风情扇"与"恨不得肉儿般团成片也,逗的个日下胭脂雨上鲜",《寻梦》曲云"明放着白日青天,猛教人抓不到梦魂前","是这答儿压黄金钏匾"此等曲,则去元人不远矣。而予最赏心者,不专在《惊梦》《寻梦》二折,谓其心花笔蕊,散见于前后各折之中。《诊祟》曲云:"看你春归何处归②,春睡何曾睡,气丝儿,怎度的长天日。""梦去知他实实谁,病来只送得个虚虚的你。做行云,先渴倒在巫阳会"③。"又不是困人天气,中酒心期,魆魆的常如醉"。"承尊觑,何时何日,来看这女颜回"④?《忆女》曲云:"地老天昏,没处把老娘安顿。""你怎撇得下万里无儿白发亲"。"赏春香还是你旧罗裙"。《玩真》曲云:"如愁欲语,只少口气儿呵。""叫的你喷嚏似天花唾。动凌波,盈盈欲下,不见影儿那。"此等曲,则纯乎元人,置之《百种》前后⑤,几不能辨,以其意深词浅,全无一毫书本气也。

【注释】

①起兴:作诗手法。兴,起。清黄宗羲说:"凡景物相感,以此言彼,皆谓之兴。"

②看你:冰丝馆重刻《还魂记》作"看他"。

③巫阳会:典出宋玉《高唐赋》,说楚怀王在梦中与住在巫山之阳的美女相会。

④女颜回:杜丽娘对塾师陈最良以女弟子自称。颜回,字子渊,是孔子的弟子。

⑤《百种》:即元臧懋循所编《元曲选》。

【译文】

曲文的词采，与诗文的词采，不但不同，而且要截然相反。为什么？诗文的词采，以典雅为贵而以粗俗为贱，宜于含蓄蕴藉而忌讳显露分明。词曲则不然，说话就像街谈巷议那样自然，叙事则取其直说明言、晓畅易懂。凡是阅读传奇而有令人费解，或初读看不见它的好处，待深思之后才理解它的意思之所在的，就不能算是绝妙好词，不用问就知道它是今曲，而非元曲。元人不是不读书，但其所制之曲，绝无丝毫书本气，这是因为他们有书而不用，而不是要用的时候而没有书；后人所作的曲子，则满纸都是书。元人不是不深于用心，而他们所填之词，都觉得十分浅近，他们是深入而浅出，而不是借浅以文饰其不深。后人之填词，则心与口，都深。不说其他，就拿汤显祖《还魂》这部剧来说吧，世人认为它可以与元人之剧媲美，是合适的。人问，它的精华在哪里，则举出《惊梦》《寻梦》二折来应对。我看这两折虽然好，仍然是今曲，而不是元曲。《惊梦》首句云："褭晴丝，吹来闲庭院，摇漾春如线。"以一缕游丝，逗起情丝，开头这一句，就花费这么深的心思，可以说是惨淡经营了。然而听演唱《牡丹亭》的，一百人之中有一两个人能理解它的意思吗？若说制曲的初心并不在此，不过是因所见之物用以起兴，那么，瞥见游丝，不妨直说，还需要曲而又曲，由晴丝而说到春，由春与晴丝而悟出它如线吗？若说创作这段文词原有深刻的用心，那恐怕索解它的人就不容易懂得它的意思了。索解它的人既然不容易懂，又何必在歌筵上演奏，使得雅人与俗子同闻而共见呢？其余，如"停半晌，整花钿，没揣菱花，偷人半面"及"良辰美景奈何天，赏心乐事谁家院"，"遍青山，啼红了杜鹃"等语，字字都费尽苦心经营，而字字都欠明白清爽。这样的妙语，只可作文字来看，不得作传奇来看。至于到末一段"似虫儿般蠢动，把风情扇"与"恨不得肉儿般团成片也，逗的个日下胭脂雨上鲜"，《寻梦》曲说的"明放着白日青天，猛教人抓不到梦魂前"，"是这答儿压黄金钏匾"这样的曲子，就离元人不远了。而我最赏心悦目的，不是专在《惊梦》、《寻梦》二折，而是说它心花笔蕊，散见于前后各折之中。《诊祟》曲道："看你春归何处归，春睡何曾睡，气丝儿，怎度的长天日。""梦去知他实实谁，病来只送得个虚虚的你。做行云，先渴倒在巫阳会"。"又不是困人天气，中酒心期，魆魆的常如醉"。"承尊觑，何时何日，来看这女颜回"？《忆女》曲云："地老天昏，没处把老娘安顿。""你怎撇得下万里无儿白发亲"。"赏春香还是你旧罗裙"。《玩真》曲云："如愁欲语，只少口气儿呵。""叫的你喷嚏似天花唾。动凌波，盈盈欲下，不见影儿那"。这样的曲子，就纯粹是元人，置之《元人百种》前后，几乎不能辨认，因为它意深词浅，全无一毫书本气。

若论填词家宜用之书，则无论经传子史以及诗赋古文，无一不当熟读，即道家佛氏、九流百工之书，下至孩童所习《千字文》、《百家姓》①，无一不在所用之中。至于形之笔端、落于纸上，则宜洗濯殆尽。亦偶有用着成语之处，点出旧事之时，妙在信手拈来，无心巧合，竟似古人寻我，并非我觅古人。此等造诣，非可言传，只宜多购元曲，寝食其中，自能为其所化。而元曲之最佳者，不单在《西厢》、《琵琶》二剧，而在《元人百种》之中。《百种》亦不能尽佳，十有一二可列高、王之上，其不致家弦户诵，出与二剧争雄者，以其是杂剧而非全本，多北曲而少南音，又止可被诸管弦②，不便奏之场上。今时所重，皆在彼而不在此，即欲不为纨扇之捐③，其可得乎？

【注释】

①《千字文》：古代儿童读的启蒙课本，拓取王羲之遗书中一千个字编为四言韵语，梁周兴嗣编。《百家姓》：亦是启蒙课本，北宋时

编,当时皇帝姓赵,故赵姓居首。

②止可被诸管弦:只能清唱,不能在舞台演出。

③纨扇之捐:纨扇在秋天被放置一旁。汉班婕妤美而能文,初为汉
　成帝所宠爱,后失宠,作赋及《纨扇诗》以团扇夏用秋弃自伤悼,
　此"纨扇之捐"由来。

【译文】

　　若说到填词家宜用之书,那么无论经传子史以及诗赋古文,没有一种不应当熟读,就是道家佛氏、九流百工之书,下至孩童所学习的《千字文》、《百家姓》,没有一种不在所应采用的书籍之中。但是,到了形之笔端、落于纸上进行创作的时候,则应该把书本气洗濯干净。也偶然会有用着成语之处,点出旧事之时,妙在信手拈来,无心巧合,竟然好似古人寻找我,并非我去觅求古人。这样的造诣,不是可用言语传授的,只靠多读元曲,时时浸淫其中,自然能够为其所化。而元曲之最佳者,不单在《西厢》、《琵琶》二剧,而在《元人百种》之中。《元人百种》也不能说都好,十有一二可以列在高则诚、王实甫之上,它们之所以不能家弦户诵,而与《西厢》、《琵琶》二剧争雄,因为它们是杂剧而非全本,多是北曲而很少南音,又只可配上管弦清唱,却不便在舞台上演出。今天所重视的,都在文字优雅而不在场上演出,即使不想如秋天之纨扇被抛在一边,可能吗?

重机趣

【题解】

李渔解"机趣"说："机者，传奇之精神；趣者，传奇之风致。"今天看来，"机"是机智、智慧；"趣"是风趣、趣味、笑。如果用一句话来说，"机趣"就是：智慧的笑。"机趣"乃与"板腐"相对，"机趣"就是不"板腐"。什么是"板腐"？即如老年间的穷酸秀才，满脸严肃，一身死灰，不露半点笑容，犹如"泥人土马"。书读得不少，生活懂得不多，口中一本正经说出来的话，陈腐古板，就叫"板腐"。"机趣"乃与"八股"相对，"机趣"就是不"八股"。八股就是死板的公式、俗套、无机、无趣。"机趣"不讨厌"滑稽"，但更亲近"幽默"。如果说它和"滑稽"只是一般的朋友，那么它和"幽默"则可以成为亲密的情人。因为"机趣"和幽默都是高度智慧的结晶，而"滑稽"只具有中等智力水平。"滑稽"、"机趣"、"幽默"中都有笑；但如果说"滑稽"的笑是"三家村"中村人的笑，那么"机趣"和"幽默"的笑则是"理想国"里哲人的笑。因此，"机趣"和"幽默"的笑是比"滑稽"更高的笑，是更理性的笑、更智慧的笑、更有意味的笑、更深刻的笑。

"机趣"二字，填词家必不可少。机者，传奇之精神；趣者，传奇之风致。少此二物，则如泥人土马，有生形而无生气。因作者逐句凑成，遂使观场者逐段记忆，稍不留心，则看到第二曲，不记头一曲是何等情形，看到第二折，不知第三折要作何勾当。是心口徒劳，耳目俱涩，何必以此自苦，而复苦百千万亿之人哉？故填词之中，勿使有断续痕，勿使有道学气。所谓无断续痕者，非止一出接一出，一人顶一人，务使承上接下，血脉相连，即于情事截然绝不相关之处，亦有连环细笋伏于其中①，看到后来方知其妙，如藕于未切之时，先长暗丝以待，丝于络成之后，才知作茧之精，此言机之不可少也。所谓无道学气者，非但风流跌宕之曲、花前月下之情，当以板腐为戒，即谈忠孝节义与说悲苦哀怨之情，亦当抑圣为狂，寓哭于笑，如王阳明之讲道学②，则得词中三昧矣。阳明登坛讲学，反复辨说"良知"二字，一愚人讯之曰："请问'良知'这件东西，还是白的？还是黑的？"阳明曰："也不白，也不黑，只是一点带赤的，便是良知了。"照此法填词，则离合悲欢，嬉笑怒骂，无一语一字不带机趣而行矣③。予又谓填词种子，要在性中带来，性中无此，做杀不佳。人问：性之有无，何从辩识④？予曰：不难，观其说话行文，即知之矣。说话不迂腐，十句之中，定有一二句超脱，行文不板实，一篇之内，但有一二段空灵，此即可以填词之人也。不则另寻别计，不当以有用精神，费之无益之地。噫，"性中带来"一语，事事皆然，不独填词一节。凡作诗文书画、饮酒斗棋与百工技艺之事，无一不具夙根，无一不本天授。强而后能者，毕竟是半路出家，止可冒斋饭吃，不能成佛作祖也。

【注释】

①其中：芥子园本作"其心"，翼圣堂本作"其中"。

②王阳明：王守仁（1472—1529），字伯安，余姚（今属浙江）人，因筑室读书于阳明洞，别号阳明子，世称阳明先生，我国古代著名的哲学家、教育家、政治家和军事家。

③行：翼圣堂本作"行"，芥子园本作"止"。

④何从：翼圣堂本作"何从"，芥子园本作"何处"。

【译文】

"机趣"这两个字，填词家必不可少。所谓机，就是传奇的精神；所谓趣，就是传奇的风致。少了这两样东西，就像泥人土马，有生形而无生气。因为作者写作时逐句凑成，遂使观众看戏时逐段记忆，稍不留心，则看到第二曲，不记头一曲是什么样的情形，看到第二折，不知第三折将作何种勾当。这样心与口白白劳碌，耳与目都觉艰涩不畅，何必以此自讨苦吃，而又把这种苦加于百千万亿人身上呢？所以填词之中，不要使它有断续的痕迹，不要使它带有道学气。所谓无断续痕，不只是一出接一出，一人顶一人，务必使它承上接下，血脉相连，就是在情事截然绝不相关之处，也要有连环细笋隐伏在里面，看到后来才知道它的妙处，如同藕在没有切开的时候，先在里面滋长暗丝以待，当丝络形成之后，才知道作茧之精，这是说机之不可缺少。所谓无道学气，不但风流跌宕之曲、花前月下之情，也应当以板腐为戒，就是谈忠孝节义和说悲苦哀怨之情，也应当抑制严肃之貌而变为狂放之态，将哭形寓于笑貌之中，如王阳明之讲道学，则得填词制曲的真谛了。王阳明登坛讲学，反复辨说"良知"二字，有一愚人问他说："请问'良知'这件东西，是白的？还是黑的？"王阳明答道："也不白，也不黑，只是一点带赤的，便是良知了。"照这种方法填词，那么离合悲欢，嬉笑怒骂，没有一语一字不带机趣而行于其中了。我又认为填词种子，要在性中带来，性中没有这种东西，硬去做，到死也做不好。有人问：性有没有，如何辨识？我说：不难，观察他的说话行文，就能知道。假如他说话不迂腐，十句之中，一定有一二句超脱，行文不板实，一篇之内，只要有一二段空灵，这就成为可以填词之人。不然，就另寻别的营生，不应当以有用的精神，浪费在无益之地。唉，"性中带来"一语，事事都是如此，不独填词这一样事情。凡是创作诗文书画、饮酒斗棋和百工技艺之事，没有一种不具有生就的根苗，没有一种不来自天授。勉强而作、后学而能者，毕竟是半路出家，只可冒充僧人吃些斋饭，终不能成佛作祖。

戒浮泛

【题解】

　　此款标题虽是"戒浮泛"，所论中心却是戏曲语言的个性化。这是李渔所关注的焦点问题之一。明代著名选家臧懋循在《〈元曲选〉序二》中谈到戏曲的"当行"问题，其中就包含着如何用个性化的语言刻画人物的意思。他说："行家者，随所妆演，无不摹拟曲尽，宛若身当其处，而几忘其事之乌有；能使人快者掀髯，愤者扼腕，悲者掩泣，羡者色飞，是惟优孟衣冠，然后可与于此。故称曲上乘首曰当行。"李渔曲论的重要成就之一就是对戏曲语言个性化问题做了很精彩的阐述。李渔论戏曲语言个性化的高明之处，不仅在于他指出戏曲语言必须个性化，所谓"说何人，肖何人，议某事，切某事"；"说张三要像张三，难通融于李四"；"生旦有生旦之体，净丑有净丑之腔"等等，而且特别指出戏曲语言如何个性化。方法有多种，但关键的一条，是先摸透人物的"心"，才能真正准确地写出他的"言"。李渔说："言者，心之声也，欲代此一人立言，先宜代此一人立心。"这里的"心"，指人物的精神风貌，包括人物的心理、思想、情感等等一切性格特点。只有掌握人物的性格特点，才能写出符合其性格特点的个性化语言；反过来，也只有通过个性化语言，才能更好地表现出人物的性格特点。

　　词贵显浅之说，前已道之详矣。然一味显浅而不知分别，则将日流粗俗，求为文人之笔而不可得矣。元曲多犯此病，乃矫艰深隐晦之弊而过焉者也。极粗极俗之语，未尝不入填词，但宜从脚色起见。如在花面口中，则惟恐不粗不俗，一涉生旦之曲，便宜斟酌其词。无论生为衣冠仕宦，旦为小姐夫人，出言吐词当有隽雅春容之度①。即使生为仆从，旦作梅香，亦须择言而发，不与净丑同声。以生旦有生旦之体，净丑有净丑之腔故也。元人不察，多混用之。观《幽闺记》之陀满兴福②，乃小生脚色，初屈后伸之人也。其《避兵》曲云："遥观巡捕卒，都是棒和枪。"此花面口吻，非小生曲也。均是常谈俗语，有当用于此者，有当用于彼者。又有极粗极俗之语，止更一二字，或增减一二字，便成绝新绝雅之文者。神而明之，只在一熟。当存其说，以俟其人。

【注释】

①春(chōng)容：语出《礼记·学记》，形容声调宏大响亮而又舒缓不迫。又，韩愈《送权秀才序》中有"寂寥乎短章，春容乎大篇"句。

②《幽闺记》：即《拜月亭》。

【译文】

词贵显浅之说，前面已经说得很详细了。然而一味显浅而不知有所分别，那将会一天天流于粗俗，求为文人之笔而得不到了。元曲多犯这种毛病，是由于矫正艰深隐晦之弊而过了头的缘故。极粗极俗的话语，未尝不能进行填词，但应服从脚色的需要。如花面口中语言，则惟恐不粗不俗，一涉及生旦之曲，就需要斟酌其词。不论生扮为衣冠仕宦的脚色，旦扮为小姐夫人的脚色，出言吐词应具有隽雅春容的风度。即使生扮为仆从的脚色，旦扮为丫鬟梅香，也需要选择合适的语言，不得与净丑说同样的话。因为生旦有生旦之体，净丑有净丑之腔的原故。元人对此多不明察，常常混用。请看《幽闺记》中的陀满兴福，乃是小生脚色，是一个开始受委屈后来得伸张的人。他的《避兵》曲中说："遥观巡捕卒，都是棒和枪。"这是花面口吻，而不是小生之曲。都是日常通俗的言谈话语，有的应当在这里使用，有的则应当在那里使用。又有的时候，极粗极俗之语，只变更一两个字，或增减一两个字，便成为绝新绝雅的文词。达到神而明之的地步，只在运用得是否纯熟。现在故存其说于此，以待有识之人。

　　填词义理无穷，说何人，肖何人，议某事，切某事，文章头绪之最繁者，莫填词若矣。予谓总其大纲，则不出"情景"二字。景书所睹，情发欲言。情自中生，景由外得，二者难易之分，判如霄壤。以情乃一人之情，说张三要像张三，难通融于李四。景乃众人之景，写春夏尽是春夏，止分别于秋冬。善填词者，当为所难，勿趋其易。批点传奇者，每遇游山玩水、赏月观花等曲，见其止书所见、不及中情者，有十分佳处，只好算得五分，以风云月露之词，工者尽多，不从此剧始也。善咏物者，妙在即景生情。如前所云《琵琶·赏月》四曲，同一月也，牛氏有牛氏之月，伯喈有伯喈之月。所言者月，所寓者心。牛氏所说之月可移一句于伯喈，伯喈所说之月可挪一字于牛氏乎？夫妻二人之语，犹不可挪移混用，况他人乎？人谓此等妙曲，工者有几，强人以所不能，是塞填词之路也。予曰：不然。作文之事，贵于专一。专则生巧，散乃入愚；专则易于奏工，散者难于责效。百工居肆，欲其专也①；众楚群咻②，喻其散也。舍情言景，不过图其省力，殊不知眼前景物繁多，当从何处说起？咏花既愁遗鸟，赋月又想兼风。若使逐件铺张，则虑事多曲少；欲以数言包括，又防事短情长。展转推敲，已费心思几许，何如只就本人生发，自有欲为之事，自有待说之情，念不旁分，妙理自出。如发科发甲之人③,窗下作文,每日止能一篇二篇,场中遂至七篇。窗下之一篇二篇未必尽好,而场中之七篇,反能尽发所长,而夺千人之帜者,以其念不旁分,舍本题之外,并无别题可做,只得走此一条路也。吾欲填词家舍景言情,非责人以难,正欲其舍难就易耳。

【注释】

①百工居肆,欲其专也:众多工匠聚在作坊,欲使其专心致志。化用《论语·子张》"百工居肆,以成其事"意。

②众楚群咻:《孟子·滕文公下》中说,楚大夫请齐人教儿子学齐语,一齐人傅之,众楚人咻之,虽日挞而求其齐也,不可得矣。咻,喧嚣。

③发科发甲:指科举考试。古时科举,亦称科甲。

【译文】

填词的义理无穷无尽,说何人,肖何人,议某事,切某事,文章头绪之最繁杂的,没有比填词更厉害的了。我认为总的说来,则不出"情景"二字。景,写眼睛所看见的东西;情,抒发心中想要吐露的情感。情自心中而生,景由外界得来,二者难易的分别,判如霄壤。因为情乃一人之情,说张三要像张三,难通融于李四。景则是众人之景,写春夏就都是春夏,只不同于秋冬。善于填词的人,当知难而上,不要避难求易。批点传奇的人,每遇游山玩水、赏月观花等曲,见它只写所见的东西、而不涉及心中之情,有十分优点,只得算他五分,因为风云月露之词,写得好的很多,不是从这个剧开始的。善于咏物的人,妙在即景生情。如前面所说《琵琶·赏月》四曲,同是一个月亮,牛氏有牛氏之月亮,伯喈有伯喈之月亮。所说的是月亮,寓于其中的是心境。牛氏所说之月亮可移一句到伯喈身上吗?伯喈所说之月亮可挪一字到牛氏身上吗?夫妻二人的话,尚且不可挪移混用,何况他人呢?有人说,这样的妙曲,没有几个人能写得出来;勉强人以其所不能,是堵塞填词之路。我说:不然。作文这种事情,贵在专一。专就能生巧,散即陷入愚钝;专则容易见效,散就难于成功。众多工匠聚在作坊,就是要使其专心致志;孟子所说"众楚群咻"的故事,比喻其散。舍弃抒情而只是写景,不过是贪图省力,殊不知眼前景物繁多,应当从哪里说起?咏花既怕忘了写鸟,赋月又想兼顾写风。假使逐一将每件事物都铺张开来,则顾虑事多而曲少;要想用几句话加以概括,又要防止事短情长。反复推敲,已费去许多心思,还不如只就本人生发开去,自然有欲做之事,自然有待说之情,思绪专一、念不旁分,美妙的理念自然会冒出来。如攻取功名、参加科举考试的人,平时在家里作文,每日只能作一篇二篇,而科考场中可以做到七篇。平时之一篇二篇未必都好,而科考场中的七篇,反能尽情发挥其所长,而能够在千人之中拔得头筹,是因为他念不旁分,除本题之外,并无别题可做,只得走这一条路。我想让填词家舍景而言情,不是责人以难,正是想让他舍难就易。

忌填塞

【题解】

此款主旨同"贵显浅"一样,亦是提倡戏剧语言的通俗化、群众化。但"贵显浅"重在正面倡导,而"忌填塞"则从反面告诫。所以此款一上来即直点病状及病根:"填塞之病有三:多引古事,迭用人名,直书成句。其所以致病之由亦有三:借典核以明博雅,假脂粉以见风姿,取现成以免思索。"李渔对"词采"的要求,是台词一定要通俗易懂,晓畅顺达,而不可"艰深隐晦"。显然,李渔此论是发扬了明人关于曲的语言要"本色"的有关主张而来。然而,细细考察,李渔的"贵显浅"与明人的提倡"本色",虽相近而又不完全相同。明人主张"本色",当然含有要求戏剧语言通俗明白的意思在内,例如徐渭在《南词叙录》中赞扬南戏的许多作品语言"句句是本色语，无今人时文气"；但是，所谓"本色"还有另外的意思，即语言的质朴和描摹的恰当。王骥德在《曲律》中是把"本色"与"文词"、"藻绘"相对而言的，说"自《香囊记》以儒门手脚为之，遂滥觞而有文词家一体"。他还指出："夫曲以模写物情，体贴人理，所取委曲宛转，以代说词，一涉藻绘，便蔽本来。"臧懋循在《〈元曲选〉序二》中，也要求"填词者必须人习其方言，事肖其本色"。相比之下，李渔适应舞台表演的需要，更重视和强调戏曲语言的通俗、易懂、晓畅、顺达。他认为曲文之词采则要"其事不取幽深，其人不搜隐僻，其句则采街谈巷议。即有时偶涉诗书，亦系耳根听熟之语，舌端调惯之文，虽出诗书，实与街谈巷议无别者"。为什么非如此不可呢？因为"传奇不比文章。文章做与读书人看，故不怪其深；戏文做与读书人与不读书人同看，又与不读书之妇人小儿同看，故贵浅不贵深"。传奇要"借优人说法与大众齐听"，包括与那些"认字知书少"的"愚夫愚妇"们"齐听"。因此，戏剧艺术的这种广泛的群众性，不能不要求它的语言的通俗化、群众化。

　　填塞之病有三：多引古事，迭用人名，直书成句。其所以致病之由亦有三：借典核以明博雅①，假脂粉以见风姿，取现成以免思索。而总此三病与致病之由之故，则在一语。一语维何？曰：从未经人道破；一经道破，则俗语云"说破不值半文钱"，再犯此病者鲜矣。古来填词之家，未尝不引古事，未尝不用人名，未尝不书现成之句，而所引所用与所书者，则有别焉：其事不取幽深，其人不搜隐僻，其句则采街谈巷议。即有时偶涉诗书，亦系耳根听熟之语，舌端调惯之文，虽出诗书，实与街谈巷议无别者。总而言之，传奇不比文章。文章做与读书人看，故不怪其深；戏文做与读书人与不读书人同看，又与不读书之妇人小儿同看，故贵浅不贵深。使文章之设，亦为与读书人、不读书人及妇人小儿同看，则古来圣贤所作之经传，亦只浅而不深，如今世之为小说矣。人曰：文人之作传奇与著书无别，假此以见其才也，浅则才于何见？予曰：能于浅处见才，方是文章高手。施耐庵之《水浒》②，王实甫之《西厢》，世人尽作戏文小说看，金圣叹特标其名曰"五才子书"、"六才子书"者③，其意何居？盖愤天下之小视其道，不知为古今来绝大文章，故作此等惊人语以标其目。噫，知言哉！

【注释】

①典核：用典丰富翔实。典，典故。核，翔实考察。

②施耐庵：《水浒传》作者。大概是元末明初人。

③金圣叹（1608—1661）：名采，字若采，明亡后改名人瑞，字圣叹。吴县（今江苏苏州）人。清初文学家、文学批评家，评点《水浒传》、《西厢记》、《离骚》、《庄子》、《史记》、杜诗等，称之为"六才子书"。

【译文】

填塞的毛病有三条：一是过多引征古事，二是频繁使用人名，三是直接书写成句。造成这种毛病的根由也有三条：一是借典故以表明博雅，二是借脂粉以现出风姿，三是取现成之句以省得自己思索。而总结这三条毛病与三条致病之根由，就是一句话。一句话是什么？曰：从未经人说破；一经说破，则像俗话说的"说破不值半文钱"，再犯这种毛病的人就少了。古来填词之家，未尝不征引古事，未尝不使用人名，未尝不书写现成之句，而其所引所用与所书的，则有所不同：他所引之事不取其幽深难解，他所用之人不取其隐僻难寻，他所用的成句则采之街谈巷议。即使有时偶然涉及诗书，也是耳根听熟了的话语，舌端调惯了的文词，虽然出之诗书，实际上与街谈巷议没有什么分别。总而言之，传奇不比文章。文章做给读书人看，所以不怪其深；戏文做给读书人与不读书人同看，又与不读书之妇女小孩同看，所以贵浅不贵深。假使文章之设置，也为了与读书人、不读书人及妇女小孩同看，那么古来圣贤所作的经传，也只浅而不深，就像今天之作小说了。有人说：文人之作传奇与著书没有区别，都是借此以表现他的才能，若浅，才能如何表现得出来？我说：能在浅处见才，才是文章高手。施耐庵的《水浒》，王实甫的《西厢》，世人都作戏文小说看，金圣叹则独独标其名为"五才子书"、"六才子书"，其用意何在？原是不满天下人小看了它们之中的道理，不知其为古今以来之绝大文章，故意说出此等惊人之语以标其目。唉，他真是个知言之人啊！

音律第三　计九款

【题解】

《音律第三》包括"恪守词韵"、"凛遵曲谱"、"鱼模当分"、"廉监宜避"、"拗句难好"、"合韵易重"、"慎用上声"、"少填入韵"、"别解务头"共计九款,主要谈传奇的音律问题。所谓"音律"者,实则含有两个内容:其一是音韵,即填词制曲的用韵(按照字的韵脚押韵)问题;其二是曲律,即填词制曲的合律(符合曲谱规定的宫调、平仄、词牌、句式)问题。这里涉及戏曲音律学的许多非常专门的学问,然而李渔以其丰富的实践经验,从应用的角度,把某些高深而又专门的学问讲得浅近易懂、便于操作,实在难得,非高手不能达此境界。

开头这段近五千言的文字是《音律第三》的长篇序言,无异于一篇总论传奇音律的学术论文,内容丰富,且很生动。首先,李渔从音律角度不无矫情地诉说着填词之"苦"——无非是说创作传奇要受音律之"法"的限制,而且强调传奇的音律之"法"比其他种类(诗、词、文、赋)更为苛刻,是"戴着镣铐跳舞"。而"填词"越难,就越能显出戏曲家才能之高,所谓"能于此种艰难文字显出奇能,字字在声音律法之中,言言无资格拘挛之苦,如莲花生在火上,仙叟弈于橘中,始为盘根错节之才,八面玲珑之笔"者也。其实,填词、写诗、制曲、作文、画画,没有一件不是戴着镣铐跳舞。

李渔此文还以亲身经历谈了对名著的翻改或续书问题,认为这大多费力不讨好。李渔那个时候有改《西厢》、续《水浒》者;今天有续《红楼》、续《围城》者。我赞同李渔的意见,认为《水浒》、《西厢》不可续。这倒不是李渔所谓"续貂蛇足",而是因为它不符合艺术创作的规律。艺术是创造,是"自我作古",是"第一次"。"续"者,沿着别人走过的路走,照着别人的样子描,与艺术本性相背。这样的人,如李渔所说,"止可冒斋饭吃，不能成佛作祖"，成不了大气候。

　　作文之最乐者，莫如填词，其最苦者，亦莫如填词。填词之乐，详后《宾白》之第二幅，上天入地，作佛成仙，无一不随意到，较之南面百城[1]，洵有过焉者矣[2]。至说其苦，亦有千态万状，拟之悲伤疾痛、桎梏幽囚诸逆境，殆有甚焉者[3]。请详言之。他种文字，随人长短，听我张弛，总无限定之资格。今置散体弗论，而论其分股、限字与调声叶律者。分股则帖括时文是已。先破后承，始开终结，内分八股[4]，股股相对，绳墨不为不严矣；然其股法、句法，长短由人，未尝限之以数，虽严而不谓之严也。限字则四六排偶之文是已[5]。语有一定之字，字有一定之声，对必同心，意难合掌[6]，矩度不为不肃矣；然止限以数，未定以位，止限以声，未拘以格，上四下六可，上六下四亦未尝不可，仄平平仄可，平仄仄平亦未尝不可，虽肃而实未尝肃也。调声叶律，又兼分股限字之文，则诗中之近体是已。起句五言，则句句五言，起句七言，则句句七言，起句用某韵，则以下俱用某韵，起句第二字用平声，则下句第二字定用仄声，第三、第四又复颠倒用之，前人立法亦云苟且密矣。然起句五言，句句五言，起句七言，句句七言，便有成法可守。想入五言一路，则七言之句不来矣；起句用某韵，以下俱用某韵，起句第二字用平声，下句第二字定用仄声，则拈得平声之韵，上去入三声之韵皆可置之不问矣；守定平仄、仄平二语，再无变更，自一首以至千百首皆出一辙，保无朝更夕改之令，阻人适从矣。是其苛犹未

甚,密犹未至也。至于填词一道,则句之长短,字之多寡,声
之平上去入,韵之清浊阴阳⑦,皆有一定不移之格。长者短
一线不能,少者增一字不得,又复忽长忽短,时少时多,令人
把握不定。当平者平,用一仄字不得;当阴者阴,换一阳字
不能。调得平仄成文,又虑阴阳反复;分得阴阳清楚,又与
声韵乖张。令人搅断肺肠,烦苦欲绝。此等苛法,尽勾磨
人。作者处此,但能布置得宜,安顿极妥,便是千幸万幸之
事,尚能计其词品之低昂,文情之工拙乎?予襁褓识字,总
角成篇⑧,于诗书六艺之文⑨,虽未精穷其义,然皆浅涉一过。
总诸体百家而论之,觉文字之难,未有过于填词者。予童而
习之,于今老矣,尚未窥见一斑。只以管窥蛙见之识,谬语
同心;虚赤帜于词坛⑩,以待将来。作者能于此种艰难文字
显出奇能,字字在声音律法之中,言言无资格拘挛之苦,如
莲花生在火上⑪,仙叟弈于橘中⑫,始为盘根错节之才,八面
玲珑之笔,寿名千古,衾影何惭⑬!而千古上下之题品文艺
者,看到传奇一种,当易心换眼,别置典刑⑭。要知此种文字
作之可怜,出之不易,其楮墨笔砚非同己物⑮,有如假自他
人,耳目心思效用不能,到处为人掣肘,非若诗赋古文,容其
得意疾书,不受神牵鬼制者。七分佳处,便可许作十分,若
到十分,即可敌他种文字之二十分矣。予非左祖词家,实欲
主持公道,如其不信,但请作者同拈一题,先作文一篇或诗
一首,再作填词一曲,试其孰难孰易,谁拙谁工,即知予言之
不谬矣。然难易自知,工拙必须人辨。

【注释】

①南面：古以面南而坐为尊。

②洵：诚然，实在。

③殆：大概，恐怕，几乎。

④八股：明清科举八股文有固定的格式。每篇八段：破题、承题、起讲、入手、虚比、中比、后比、大结。由虚比到大结四段，各须由两股排比对偶的文字组成，共八股。

⑤四六排偶之文：简称四六文。是一种以四、六字句排比对偶的骈体文。

⑥对必同心，意难合掌：同心，指作文其语句依规则相对应。合掌，指作文的声律、联意重复。

⑦清浊阴阳：通常，阴阳多指声调，清浊多指音韵，清声母的字为阴调，浊声母的字为阳调。但说法不一。

⑧总角：古时小孩头发梳成小髻，故称儿时为总角。

⑨六艺：《诗》、《书》、《礼》、《易》、《乐》、《春秋》称六艺。或以礼、乐、射、御、书、数为六艺。

⑩赤帜：原指秦汉之际韩信与赵军大战时，汉军所用的赤色旗帜。典出《史记·淮阴侯列传》。此处借用之。

⑪莲花生在火上：佛家多有火中莲花的故事，表示历险而能自在存活。

⑫仙叟弈于橘中：东晋干宝《搜神记》中有故事说，某人园中大橘内有仙叟对弈。

⑬衾影何惭：用《宋史·蔡元定传》"独行不愧影，独寝不愧衾"意，表示无所愧疚。

⑭典刑：范型。刑，通"型"。

⑮楮（chǔ）：纸。

【译文】

作文之使人最乐的,莫如填词,其使人最苦的,也莫如填词。填词之乐,详见后面《宾白》之第二款"语求肖似",上天入地,作佛成仙,没有一样不随意达到,比那南面之尊、百城之威,实在有过之而无不及。至于说到它的苦,也有千态万状,比之悲伤疾痛、桎梏幽囚等各种逆境,大概也是有过之而无不及。请听我详细言之。其他的文字,随个人之愿或长或短,听我的安排或张或弛,总之没有什么限定的死硬规格。现在放下散体不说,而论其分股、限字与调声叶律。分股就是帖括时文。先破后承,始开终结,里面分为八股,股股相对,它的规则不能说不严;然而它的股法、句法,长短由各人而定,未尝限制它一定的字数,虽然严而又算不上太严。它的限字,也只是四六排偶之文而已。语有一定之字,字有一定之声,语句依规则相对应,音律、联意难免重复,其规则不可谓不严;然而只限定其数,未限定其位,只限制其声,未拘束其格,上句四字下句六字可以,上句六字下句四字也未尝不可,仄平平仄可以,平仄仄平也未尝不可,虽严而实则未尝严。调声叶律,再加上分股限字之文,这可谓诗中之近体了。起句五言,则须句句五言,起句七言,则须句句七言,起句用某韵,则以下都要用某韵,起句第二字用平声,则下句第二字一定用仄声,第三、第四又要颠倒用之,前人所立章法也可以说苛刻而且严密了。然而起句五言,句句五言,起句七言,句句七言,就有成法可以遵守。要入五言一路,那么七言之句就不会来了;起句用某韵,以下都用某韵,起句第二字用平声,下句第二字定用仄声,那么拈得平声之韵,上去入三声之韵都可以置之不问了;守定平仄、仄平两句话,再没有什么变更,自一首以至千百首同出一辙,保证没有朝更夕改之令,使人无所适从了。就是说它的苛刻还不怎么厉害,它的严密还未达极致。至于说到填词,则其句之长短,字之多少,声之平上去入,韵之清浊阴阳,都有一定不移之格。长的不能短一线,少的不得增一字,又有时忽长忽短,时少时多,令人把握不定。应当用平声字就表现是平声字,不得用一仄声字;当用阴字即必须用阴字,不能换一阳字。其声调须平仄成文,还得考虑阴阳反复;必须分得阴阳清楚,又需要与声韵乖张。简直叫你搅断肺肠,烦恼悲苦得痛不欲生。这样的苛法,尽够磨人。作者处在这种情况之下,只要能布置得宜,安顿妥当,就是千幸万幸之事,还能顾虑他的词品之高低,文情之工拙吗?我尚在襁褓就开始识字,儿时就能写满篇文章,对于诗书六艺之文,虽然没有精穷其义,但是都浅涉一过。总括诸体百家而论说,觉得文字之难,没有超过填词的。我孩童时就学习它,现在老了,还没有窥见其一斑。只是以管窥蛙见的知识,姑且说给同道听听;虚立旗帜于词坛,以待将来有识之士。作者能够在这种艰难文字的写作中显出奇特能力,字字都在声音律法之中,言言没有资格拘挛之苦,如同莲花生在火上,仙叟博弈于橘中,这才可称为有盘根错节之才,八面玲珑之笔,名垂千古,无愧于世!而千古上下之品鉴文艺的人,看到传奇这种文体的时候,当换一种眼光和心气来对待,另置一种范型来衡量。要知道,这种文字作之可怜,出之不易,它的纸墨笔砚好像不是自己之物,而是如同假自他人,耳目心思不能随心而用,到处为人掣肘,不像诗赋古文,容你得意疾书,不受神牵鬼制。七分好处,便可以做到十分,若到十分,就可敌上他种文字之二十分了。我不是偏袒词家,实在是想要主持公道,如果你不信,只需请作者同用一题,先作文一篇或诗一首,再填词一曲,试看孰难孰易,谁拙谁工,就知道我说的不错了。然难与易,自己知道,而工与拙,必须别人分辨。

词曲中音律之坏,坏于《南西厢》[①]。凡有作者,当以之为戒,不当取之为法。非止音律,文艺亦然。请详言之。填词除杂剧不论,止论全本,其文字之佳,音律之妙,未有过于《北西厢》者。自南本一出,遂变极佳者为极不佳,极妙者为极不妙。推其初意,亦有可原,不过因北本为词曲之豪,人人赞羡，但可被之管弦，不便奏诸场上，但宜于弋阳、四平等俗优②，不便强施于昆调③，以系北曲而非南曲也。兹请先言其故。北曲一折，止隶一人④，虽有数人在场，其曲止出一口，从无互歌迭咏之事。弋阳、四平等腔，字多音少，一泄而尽，又有一人启口，数人接腔者，名为一人，实出众口，故演《北西厢》甚易。昆调悠长，一字可抵数字，每唱一曲，又必一人始之，一人终之，无可助一臂者，以长江大河之全曲，而专责一人，即有铜喉铁齿，其能胜此重任乎？此北本虽佳，吴音不能奏也。作《南西厢》者，意在补此缺陷，遂割裂其词，增添其白，易北为南，撰成此剧，亦可谓善用古人，喜传佳事者矣。然自予论之，此人之于作者，可谓功之首而罪之魁矣。所谓功之首者，非得此人，则俗优竞演，雅调无闻，作者苦心，虽传实没。所谓罪之魁者，千金狐腋，剪作鸿毛，一片精金，点成顽铁。若是者何？以其有用古之心而无其具也。今之观演此剧者，但知关目动人，词曲悦耳，亦曾细尝其味，深绎其词乎？使读书作古之人，取《西厢》南本一阅，句栉字比，未有不废卷掩鼻，而怪秽气熏人者也。若曰：词曲情文不浃⑤，以其就北本增删，割彼凑此，自难贴合，虽有才力无所施也。然则宾白之文，皆由己作，并未依傍原本，何以有才不用，有力不施，而为俗口鄙恶之谈，以秽听者之耳乎？且曲文之中，尽有不就原本增删，或自填一折以补原本之缺略，自撰一曲以作诸曲之过文者⑥，此则束缚无人，操纵由我，何以有才不用，有力不施，亦作勉强支吾之句，以混观者之目乎？使王实甫复生，看演此剧，非狂叫怒骂，索改本而付之祝融⑦，即痛哭流涕，对原本而悲其不幸矣。嘻！续《西厢》者之才⑧，去作《西厢》者，止争一间⑨，观者群加非议，谓《惊梦》以后诸曲，有如狗尾续貂。以彼之才，较之作《南西厢》者，岂特奴婢之于郎主，直帝王之视乞丐！乃今之观者，彼施责备，而此独包容，已不可解；且令家尸户祝⑩，居然配飨《琵琶》，非特实甫呼冤，且使则诚号屈矣！予生平最恶弋阳、四平等剧，见则趋而避之，但闻其搬演《西厢》，则乐观恐后。何也？以其腔调虽恶，而曲文未改，仍是完全不破之《西厢》，非改头换面、折手跛足之《西厢》也。南本则聋瞽、喑哑、驼背、折腰诸恶状，无一不备于身矣。此但责其文词，未究音律。从来词曲之旨，首严宫调，次及声音，次及字格。九宫十三调，南曲之门户也。小出可以不拘，其成套大曲，则分门别户，各有依归，非但彼此不可通融，次第亦难紊乱。此剧只因改北成南，遂变尽词场格局：或因前曲与前曲字句相同，后曲与后曲体段不合，遂向别宫别调随取一曲以联络之，此宫调之不能尽合也；或彼曲与此曲牌名巧凑，其中但有一二句字数不符，如其可增可减，即增减就之，否则任其多寡，以解补凑不来之厄，此字格之不能尽符也；至于平仄阴阳与逐句所叶之韵，较此二者其难十倍，诛之将不胜诛，此声音之不能尽叶也。词家所重在此三者，而三者之弊，未尝缺一，能使天下相传，久而不废，岂非咄咄怪事乎？更可异者，近日词人因其熟于梨园之口，习于观者之目，谓此曲第一当行⑪，可以取法，用作曲谱；所填之词，凡有不合成律者，他人执而讯之，则曰："我用《南西厢》某折作对子，如何得错!"噫,玷《西厢》名目者此人^⑫,坏词场矩度者此人,误天下后世之苍生者,亦此人也。此等情弊,予不急为拈出,则《南西厢》之流毒,当至何年何代而已乎!

【注释】

①《南西厢》:明李日华等多人都曾将杂剧《西厢记》改为传奇剧本,称为《南西厢》,在曲牌上易北为南,且"增损字句以就腔",受到许多词曲作家批评。下面所说《北西厢》即指王实甫的杂剧《西厢记》。

②弋阳、四平:弋阳腔、四平腔乃当时地方戏曲声腔,粗犷清越,但不被文人重视。

③昆调:即昆山腔,或称昆曲,明末清初流行于江浙一带的曲种。今仍存在,并被联合国教科文组织列为非物质文化遗产。

④隶:附属。

⑤不浃(jiā),不周全。浃,周全,湿透。

⑥过文:过渡性的文字。

⑦祝融:传说中的火神。

⑧续《西厢》者:或曰王《西厢》只有四本,第五本乃关汉卿续。此说不可靠。

⑨间:距离,差别。

⑩家尸户祝:家家户户祭拜。尸,祭祀时代表死者受祭的人。祝,司祭礼的人。

⑪当行:内行,合乎要求。臧懋循《〈元曲选〉序二》:"故称曲上乘者首曰当行。"

⑫玷(diàn):白玉上面的污点。

【译文】

词曲中音律之坏,坏在《南西厢》。所有作者,应当以此为戒,不应当取以为法。不只是音律，文艺也如此。请允许我详细说说。填词除去杂剧不论，只说全本，其文字之佳，音律之妙，没有超过《北西厢》的。自从南本一出，于是变极佳者为极不佳，极妙者为极不妙。推测其初意，也情有可原，不过是因为北本的词曲之豪，人人赞美，只可配上管弦清唱，不便于场上演出，只宜于弋阳、四平等世俗优伶，不便于勉强用于昆曲，因为它是北曲而不是南曲。这里请允许我先说说个中缘故。北曲一折，只付与一人演唱，虽然有数人在场，其曲只出一人之口，从没有互歌迭咏之事。弋阳、四平等唱腔，字多音少，一泄而尽，又有一人开口，数人接腔，名义上是一个人，实际上出之众口，所以演《北西厢》很容易。昆曲腔调悠长，一字可抵得上数字，每唱一曲，又必定由一人开始，一人终结，没有别人可助一臂，如长江大河那样长的全曲，而专靠一人演唱，即使有铜喉铁齿，他能胜此重任吗？这就是说，北本虽佳，昆曲不能演奏。作《南西厢》的人，意在弥补这个缺陷，于是割裂其唱词，增添其宾白，易北曲为南曲，撰成此剧，也可说是善用古人，好传佳事了。然而在我看来，这个人作为戏曲作家，可说是功之首而罪之魁。所谓功之首，若没有这个人，则俗常优伶竞相扮演，高雅之调默默无闻，作者的苦心，虽传下来了实际上等于没有流传。所谓罪之魁者，千金之贵的狐腋，剪作细碎的鸿毛，一片精金，点成顽铁。这像什么呢？可以说他有学习采用古人传统之心而没有恰切的工具。今天观演这部戏的人，只知其关目动人，词曲悦耳，但是，他曾经细细品尝其味，深深捉摸它的文词吗？假使有善于读书、善于学习传统的人，拿来《西厢》南本一阅，考察其句其字一比较，没有不废卷掩鼻，而怪它秽气熏人的。若有人说：词曲情文不周全，将它依照北本增删，割取那里凑在这里，自然难以贴合，虽有才力也没有施展的地方。但是，宾白的文词，都由自己所作，并未依傍原本，为什么有才不用，有力不施，而作那些俗口鄙恶的言谈，以污秽听者之耳呢？况且曲文之中，很多是不依照原本进行增删，或者自填一折以补原本之缺略，自撰一曲以作诸曲之过渡的，这里没有人为的束缚，全由自己操纵，为什么有才不用，有力不施，也作勉强支吾的词句，以混淆观者之耳目呢？假使王实甫复生，看演此剧，不是狂叫怒骂，索取改本而付之一炬，就是痛哭流涕，面对原本而悲其不幸了。嘻！续《西厢》者之才，离作《西厢》者，只差一步之遥，观者群起而非议，说《惊梦》以后诸曲，犹如狗尾续貂。以他的才能，比起《南西厢》作者，两相对照岂止是奴婢之于郎主，简直是帝王之视乞丐！而今天的观者，对别的施以许多责备，而对此却如此包容，已经令人不可理解；而且还使它得到家家户户祭拜，居然跟着《琵琶》一起受到崇拜，这不只让王实甫呼冤，且使高则诚叫屈了！我生平最讨厌弋阳、四平等剧，一见就逃离避开，但听到以它搬演《西厢》，则争先恐后、高高兴兴去看。为什么？因为它的腔调虽然不好，但曲文未改，仍然是完整无缺的《西厢》，而不是改头换面、缺胳膊少腿的《西厢》。而南本《西厢》，则聋聱、喑哑、驮背、折腰种种恶状，没有一样不现于其身。这里只是指出其文词的毛病，没有考究它的音律。从来词曲的要旨，首先严审其宫调，其次涉及声音，再次涉及字格。九宫十三调，是南曲的门户。小出可以不予约束，而它的成套大曲，则分门别户，各有依归，不但彼此不可通融，其先后顺序也不能紊乱。这部剧只因改《北西厢》为《南西厢》，于是变尽剧场格局：或者因为前曲与前曲字句相同，后曲与后曲体段不合，就向别宫别调随意取一曲以将它们联络起来，这是宫调之不能完全切合；或者因为那支曲与这支曲牌名巧凑，其中但凡有一二句字数不符，如它可增可减，就增之减之，否则，任其字数多寡，以解除补凑不来的困难，这是字格之不能完全相符；至于平仄阴阳与逐句所叶之韵，比起刚才说的这两点困难十倍，诛之将不胜诛，这是声音之不能完全相叶。词家所重在这三者，而三者之弊病，未曾缺一，却能使天下相传，久而不废，岂不是咄咄怪事吗？更奇怪的是，近日词人既熟习梨园的口吻，又熟习观众的眼光，还说这部《南西厢》为第一当行，可以取法，可以用作曲谱；所填之词，凡有不合成律的，他人若加以质问，就说："我用《南西厢》某折作对子，哪里会错！"唉，玷污《西厢》名目者是此人，毁坏词场矩度者是此人，误天下后世之苍生者，也是此人。这样的弊病，我若不赶快指出来，则《南西厢》之流毒，当至何年何代而止呢！

　　向在都门，魏贞庵相国取崔郑合葬墓志铭示予①，命予作《北西厢》翻本，以正从前之谬。予谢不敏②，谓天下已传之书，无论是非可否，悉宜听之，不当奋其死力与较短长。较之而非，举世起而非我；即较之而是，举世亦起而非我。何也？贵远贱近，慕古薄今，天下之通情也。谁肯以千古不朽之名人，抑之使出时流下？彼文足以传世，业有明征；我力足以降人，尚无实据。以无据敌有征，其败可立见也。时龚芝麓先生亦在座③，与贞庵相国均以予言为然。向有一人欲改《北西厢》，又有一人欲续《水浒传》，同商于予。予曰："《西厢》非不可改，《水浒》非不可续，然无奈二书已传，万口交赞，其高踞词坛之座位，业如泰山之稳、磐石之固，欲遽叱之使起而让席于予，此万不可得之数也。无论所改之《西厢》，所续之《水浒》，未必可继后尘，即使高出前人数倍，吾知举世之人不约而同，皆以'续貂蛇足'四字，为新作之定评矣。"二人唯唯而去。此予由衷之言，向以诫人，而今不以之绳己，动数前人之过者，其意何居？曰：存其是也。放郑声者④，非仇郑声，存雅乐也；辟异端者，非仇异端，存正道也；予之力斥《南西厢》，非仇《南西厢》，欲存《北西厢》之本来面目也。若谓前人尽不可议，前书尽不可毁，则杨朱、墨翟亦是前人⑤，郑声未必无底本，有之亦是前书，何以古圣贤放之辟之，不遗余力哉？予又谓《北西厢》不可改，《南西厢》则不可不翻。何也？世人喜观此剧，非故嗜痂⑥，因此剧之外别无善本，欲睹崔张旧事，舍此无由。地乏朱砂，赤土为佳，《南西厢》之得以浪传，职是故也。使得一人焉，起而痛反其失，别出新裁，创为南本，师实甫之意，而不必更袭其词，祖汉卿之心，而不独仅续其后，若与《北西厢》角胜争雄，则可谓难之又难。若止与《南西厢》赌长较短，则犹恐屑而不屑。予虽乏才，请当斯任，救饥有暇，当即拈毫。

【注释】

①魏贞庵：即魏裔介（1616—1686），号贞庵，清顺治进士，官至保和殿大学士，清直隶柏乡（今属河北）人。

②不敏：不聪明。多为谦称。《孟子·梁惠王上》："我虽不敏，请尝试之。"

③龚芝麓：即龚鼎孳（1615—1673），字孝升，号芝麓，合肥（今属安徽）人，历官刑、兵、礼部尚书，善诗文，与李渔有交往。

④放郑声：孔子认为郑声"淫"（淫靡，过分），故"放"之。《论语·卫灵公》："乐则韶舞，放郑声，远佞人；郑声淫，佞人殆。"放，逐。郑声，春秋时郑国的音乐。

⑤杨朱、墨翟：战国时的思想家。孟子视之为"异端"，主张"距杨墨"。

⑥嗜痂：一种怪癖。南朝刘邕喜吃病人身上的疮痂，人称"嗜痂"。

【译文】

过去在京城时，魏贞庵相国拿崔郑合葬墓志铭给我看，希望我作《北西厢》翻本，以纠正从前之谬误。我谢绝了，理由是天下已经流传之书，无论是非可否，都应听其便，不应拼命与它比较短长。比较之后而我不是，举世起来非难我；即使比较之后我有理，举世也起来非难我。

为什么？贵远贱近，慕古薄今，这是天下的通情。谁肯将千古不朽的名人，贬抑得连时下之流都不如？他的文章足以传世，这已有明征；我的能力足以降人，还没有实据。以我之无据敌他之有征，其失败可以立即见到。当时龚芝麓先生也在座，与贞庵相国都说我言之有理。过去曾有一个人想改《北西厢》，又有一个人要续《水浒传》，同我商量。我说："《西厢》不是不可改，《水浒》不是不可续，然而无奈这两部书已经流传，万口交赞，它们高踞词坛之座位，就已经如同泰山之稳、磐石之固，要想很快赶它们出去让座位给我，这是万万不可预期的事情。无论所改之《西厢》，所续之《水浒》，未必可以继其后尘而传，即使你高出前人数倍，我预期举世之人不约而同，都会以'续貂蛇足'四字，作为你新作的定评。"二人连称是是而去。这是我的由衷之言，向来以它告诫别人，而今不以它衡量自己，老是看前人之过失，居意何在？我是这样认为的：保存其间的道理而已。孔子所谓"放郑声"，不是仇视郑声，目的在于要保存雅乐；所谓"辟异端"，不是仇视异端，目的在于要保存正道；我之所以力斥《南西厢》，不是仇视《南西厢》，而是要保存《北西厢》的本来面目。若说前人完全不可非议，前书完全不可攻毁，那么杨朱、墨翟也是前人，郑声未必没有底本，若有也是前书，为什么古代圣贤要"放"之"辟"之，而且不遗余力呢？我又说《北西厢》不可改，而《南西厢》则不可不予翻订。为什么？世人喜欢看这部剧，不是故意嗜痂，因为除此剧之外别无善本，要了解崔莺莺张君瑞旧事，除了它别无路由。一个地方若缺乏朱砂，赤土也就被当成好东西，《南西厢》之得以浪传，就是这个缘故。假使有一个人出来，痛击其失，别出新裁，创造一个南本，师从王实甫之意，而不必更袭其词，祖述关汉卿之心，而不只是为其后续，想与《北西厢》角胜争雄，那可称得上难之又难。若只是与《南西厢》赌长较短，则恐怕十分不屑。我虽乏才，请求担当此任，如果温饱有保障而有时间，可以马上动笔。

　　《南西厢》翻本既不可无，予又因此及彼，而有志于《北琵琶》一剧。蔡中郎夫妇之传，既以《琵琶》得名，则"琵琶"二字乃一篇之主，而当年作者何以仅标其名，不见拈弄其实？使赵五娘描容之后，果然身背琵琶，往别张大公，弹出北曲哀声一大套，使观者听者涕泗横流，岂非《琵琶记》中一大畅事？而当年见不及此者，岂元人各有所长，工南词者不善制北曲耶？使王实甫作《琵琶》，吾知与千载后之李笠翁必有同心矣。予虽乏才，亦不敢不当斯任。向填一折付优人，补则诚原本之不逮，兹已附入四卷之末①，尚思扩为全本，以备词人采择，如其可用，谱为弦索新声。若是，则《南西厢》、《北琵琶》二书可以并行。虽不敢望追踪前哲，并辔时贤，但能保与自手所填诸曲（如已经行世之前后八种，及已填未刻之内外八种）合而较之，必有浅深疏密之分矣。然著此二书，必须杜门累月，窃恐饥来驱人，势不由我。安得雨珠雨粟之天，为数十口家人筹生计乎？伤哉！贫也。

【注释】

①四卷之末：指《闲情偶寄》翼圣堂十六卷本卷四"演习部"之末，芥子园六卷本则在卷二《变旧为新》之后。

【译文】

　　《南西厢》翻本既然不可无，我又由此及彼，而有志于关注《北琵琶》一剧。蔡中郎夫妇的传奇故事，既然以《琵琶》得名，那么"琵琶"二字即是一篇之主，为何当年作者仅标其名，不见他把"琵琶"二字的实在内容展现出来？假使赵五娘描容之后，果然身背琵琶，去同张大公告别，弹

出北曲哀声一大套,使得观者听者涕泗横流,难道不是《琵琶记》中一大
畅事?而当年并没有见到这种场面,岂不是元人各有所长,工南词者不
善制北曲吗?假使王实甫作《琵琶》,我知道他与千载之后的李笠翁一
定有同心。我虽乏才,也不敢不担当此任。以前我填过一折交给演员
去演,以弥补高则诚原本之不足,现在已经附入四卷之末,还要考虑扩
为全本,以备词人采择,如果它可用,就请谱为弦索新声。若是这样,那
么《南西厢》、《北琵琶》二书可以同时行于世。虽然不敢奢望追踪前哲,
与时贤并辔而行,只要能够保证与我自己亲手所填诸曲(如已经行世的
前后八种,及已填未刻的内外八种)放在一起,会有浅深疏密之分就可
以了。然而要撰写这两部书,必须关起门来好几个月,我恐怕为饥食所
驱,情势由不得我。哪里能得雨珠雨粟之天,为我数十口家人筹划生计
呢?伤感啊!都是贫穷的原因。

恪守词韵

【题解】

　　《音律第三》中有五款是谈音韵的,即"恪守词韵"、"鱼模当分"、"廉
监宜避"、"合韵易重"、"少用入韵"。若仍然借用"戴着镣铐跳舞"的比
喻,那么音韵就是一种"脚镣"。因为中国的诗词歌赋曲文押韵,极少句
首或句中押韵,而主要是句末押韵,即押脚韵,故可称之为"脚镣"。"戴
着镣铐跳舞",是十分别扭的事,但又是必需的事,跳得好,即表现了艺
术的高超。

　　"恪守词韵"强调制曲应依《中原音韵》用韵,他批评一些传奇作家
不守规则,"一折之中,定有一二出韵之字,非曰明知故犯,以偶得好句
不在韵中,而又不肯割爱,故勉强入之,以快一时之目者也",结果,"致
使佳调不传,殊可痛惜"。

　　一出用一韵到底,半字不容出入,此为定格。旧曲韵杂

出入无常者，因其法制未备，原无成格可守，不足怪也。既有《中原音韵》一书①，则犹畛域画定②，寸步不容越矣。常见文人制曲，一折之中，定有一二出韵之字，非曰明知故犯，以偶得好句不在韵中，而又不肯割爱，故勉强入之，以快一时之目者也。杭有才人沈孚中者③，所制《绾春园》、《息宰河》二剧④，不施浮采，纯用白描，大是元人后劲。予初阅时，不忍释卷，及考其声韵，则一无定轨，不惟偶犯数字，竟以寒山、桓欢二韵，合为一处用之，又有以支思、齐微、鱼模三韵并用者，甚至以真文、庚青、侵寻三韵，不论开口闭口，同作一韵用者。长于用才而短于择术，致使佳调不传，殊可痛惜！夫作诗填词同一理也。未有沈休文诗韵以前⑤，大同小异之韵，或可叶入诗中。既有此书，即三百篇之风人复作⑥，亦当俯就范围。李白诗仙，杜甫诗圣，其才岂出沈约下？未闻以才思纵横而跃出韵外，况其他乎！设有一诗于此，言言中的，字字惊人，而以一东、二冬并叶，或三江、七阳互施，吾知司选政者，必加摈黜，岂有以才高句美而破格收之者乎？词家绳墨，只在《谱》、《韵》二书⑦，合谱合韵，方可言才，不则八斗难克升合，五车不敌片纸，虽多虽富，亦奚以为？

【注释】

①《中原音韵》：我国第一部专讲戏曲音韵的著作，元周德清撰。

②畛(zhěn)域：界限。畛，田地里的小路。

③沈孚中：即沈嵊(？—1645)，字孚中，一字菴(ǎn)庵，钱塘(今属浙江)人，明末戏曲作家。

④《绾春园》：传奇，有《古本戏曲丛刊本》。《息宰河》：传奇，存万历

间且居刊本。

⑤沈休文：即沈约（441—513），字休文，南朝宋诗人，创"四声八病"之说。

⑥三百篇：指《诗经》，收三百零五篇，后人称之为"三百篇"。风人：即诗人，因《诗经》中有"国风"。

⑦《谱》：即沈约《四声韵谱》。《韵》：即周德清《中原音韵》。

【译文】

一出戏用一韵到底，半个字不容许有出入，这是定格。旧曲之所以用韵杂乱出入无常，是因为其法制尚未完备，本来没有成格可守，这不足怪。已经有了《中原音韵》一书，那就好像把地界划定了，寸步不容许超越。常见文人写作传奇，一折之中，必定有一二个出韵之字，并非明知故犯，而是因为偶然得一好句不在韵中，而又不肯割爱，所以勉强写下来，以快一时之目。杭州有位才人沈孚中，所作《绾春园》、《息宰河》二剧，不加浮华采绘，纯用白描，真是元人后劲。我最初阅读时，不忍放下手稍息，等到考察它的声韵，却发现它一无定轨，不仅偶然违犯数字，竟然把"寒山"、"桓欢"二韵，合为一处使用，还有的地方把"支思"、"齐微"、"鱼模"三韵加以并用，甚至还把"真文"、"庚青"、"侵寻"三韵，不论开口闭口，都作一韵使用。他的长处是才气横溢，但在用韵这些小地方却不精细，以至于使得他那么好的曲子得不到流传，真可痛惜！作诗填词是同一个道理。在没有沈约诗韵以前，大同小异之韵，或者可以叶入诗中。既有这部书，即使《诗经》的作者们重新作诗，也应当遵循规范。李白乃诗仙，杜甫乃诗圣，他们的才华难道在沈约之下？但没有听说以其才思纵横而跃出韵外，何况其他人呢！假设这里有一首诗，每句诗意都写得很准确，每个字都能打动人，却以"一东"、"二冬"并叶，或者"三江"、"七阳"互换用韵，我想选诗的人，一定弃之不用，岂能因其才高句美而破格收入集子里面去？词家的规矩，只在沈约《四声韵谱》和周德清《中原音韵》二书，合谱合韵，才说得上有才能，不然八斗之才难以胜过升合之能，五车之富不敌片纸之微，即使又多又富，又有什么用？

凛遵曲谱

【题解】

"凛遵曲谱"、"拗句难好"、"慎用上声"三款是谈曲律的。曲律是在长期艺术实践中形成的模式，凝聚为"曲谱"，李渔所谓"凛遵曲谱"，即严格遵循曲谱。诚如李渔所说："束缚文人而使有才不得自展者，曲谱是也；私厚词人而使有才得以独展者，亦曲谱是也。"具体讲，曲律是许多因素包括音、律、宫、调、平、仄等等的有序组合模式。那么，何谓音、律、宫、调、平、仄？曲学大师吴梅先生《词学通论》论之甚详。其第四章《论音律》云："音者何？宫、商、角、徵、羽、变宫、变徵七音也。律者何？黄钟、大吕、太簇、夹钟、姑洗、中吕、蕤宾、林钟、夷则、南吕、无射、应钟之十二律也。以七音乘十二律，则得八十四音。此八十四音，不名曰音，别名曰宫调。何谓宫调？以宫音乘十二律，名曰宫。以商、角、徵、羽、变宫、变徵乘十二律，名曰调。故宫有十二，调有七十二。"其第二章《论平仄四声》中，把汉语四声平、上、去、入，分为"两平"（阴平、阳平）、"三仄"（上、去、入）。黄九烟论曲的诗句云："三仄应须分上去，两平还要辨阴阳"。实际上，"平仄之道，仅止两途"，即四声只是平、仄而已。各种曲牌、词调，就是上述诸种因素的不同组合。

李渔在"凛遵曲谱"中说："曲谱者，填词之粉本，犹妇人刺绣之花样也，描一朵，刺一朵，画一叶，绣一叶，拙者不可稍减，巧者亦不能略增。"又说："曲谱则愈旧愈佳，稍稍趋新，则以毫厘之差而成千里之谬。"这里他说得太绝对。曲谱一般说应该遵循，但为了内容的需要，破"规"也是常有的事，绝对不破"规"是很难做到的事情。

曲谱者①，填词之粉本，犹妇人刺绣之花样也，描一朵，刺一朵，画一叶，绣一叶，拙者不可稍减，巧者亦不能略增。

然花样无定式，尽可日异月新；曲谱则愈旧愈佳，稍稍趋新，则以毫厘之差而成千里之谬。情事新奇百出，文章变化无穷，总不出谱内刊成之定格。是束缚文人而使有才不得自展者，曲谱是也；私厚词人而使有才得以独展者，亦曲谱是也。使曲无定谱，亦可日异月新，则凡属淹通文艺者，皆可填词，何元人、我辈之足重哉？"依样画葫芦"一语，竟似为填词而发。妙在依样之中，别出好歹，稍有一线之出入，则葫芦体样不圆，非近于方，则类乎扁矣。葫芦岂易画者哉！明朝三百年，善画葫芦者，止有汤临川一人，而犹有病其声韵偶乖、字句多寡之不合者。甚矣，画葫芦之难，而一定之成样不可擅改也。

【注释】

①曲谱：指规定曲子字数、句数、四声、协韵的《啸余》、《九宫》等谱。

【译文】

所谓曲谱，乃是填词的粉本，就像是妇人刺绣的花样，描一朵，刺一朵，画一叶，绣一叶，笨拙的不可稍减，灵巧的也不能略增。然而花样虽无定式，却完全可以日异月新；而曲谱却是愈旧愈好，稍稍趋新，就会因毫厘之差而造成千里之谬。世上的事情新奇百出，世上的文章变化无穷，总归不出谱内写成的定格。这样，束缚文人而使他有才不得自展的，是曲谱；授惠于词人而使他有才得以独展的，也是曲谱。假使曲无定谱，也可日异月新，那么凡属稍通文艺的人，都可填词，还有什么元人、我辈之足以重视的呢？"依样画葫芦"这句话，竟好像为填词而说的。妙在依样之中，应分出好歹，稍有一星半点儿的出入，就会使葫芦的体样不圆，不是近于方，就是类乎扁了。葫芦哪里是容易画的呢！明朝三百年，善画葫芦的，只有汤显祖一个人，尚且还有人挑他声韵偶尔乖离、字句多寡不合的毛病。太难了，画葫芦之难，因为一定之成样不可擅自改动。

曲谱无新，曲牌名有新。盖词人好奇嗜巧，而又不得展其伎俩，无可奈何，故以二曲三曲合为一曲，熔铸成名，如【金索挂梧桐】、【倾杯赏芙蓉】、【倚马待风云】之类是也。此皆老于词学、文人善歌者能之；不则上调不接下调，徒受歌者揶揄。然音调虽协，亦须文理贯通，始可串离使合。如【金络索】、【梧桐树】是两曲，串为一曲，而名曰【金索挂梧桐】，以金索挂树，是情理所有之事也。【倾杯序】、【玉芙蓉】是两曲，串为一曲，而名曰【倾杯赏芙蓉】，倾杯酒而赏芙蓉，虽系捏成，犹口头语也。【驻马听】、【一江风】、【驻云飞】是三曲，串为一曲，而名曰【倚马待风云】，倚马而待风云之会，此语即入诗文中，亦自成句。凡此皆系有伦有脊之言①，虽巧而不厌其巧。竟有只顾串合，不询文义之通塞，事理之有无，生扭数字作曲名者，殊失顾名思义之体②，反不若前人不列名目，只以"犯"字加之。如本曲【江儿水】而串入二别曲，则曰【二犯江儿水】；本曲【集贤宾】而串入三别曲，则曰【三犯集贤宾】。又有以"摊破"二字概之者，如本曲【簇御林】、本曲【地锦花】而串入别曲，则曰【摊破簇御林】、【摊破地锦花】之类，何等浑然，何等藏拙。更有以十数曲串为一曲而标以总名，如【六犯清音】、【七贤过关】、【九回肠】、【十二峰】之类，更觉浑雅。予谓串旧作新，终是填词末着。只求文字好，音律正，即牌名旧杀，终觉新奇可喜。如以极新极美之名，而填以庸腐乖张之曲，谁其好之？善恶在实，不在名也。

【注释】

①有伦有脊：意思是有根有据、有模有样。《诗经·小雅·正月》：

"维号斯言，有伦有脊。"毛传："伦，道；脊，理也。"

②殊：很，极。

【译文】

曲谱没有新的，曲牌名则有新的。这是因为词人好奇嗜巧，而又不得施展他的伎俩，无可奈何，因此以二曲三曲合为一曲，熔铸成名，如【金索挂梧桐】、【倾杯赏芙蓉】、【倚马待风云】之类就是如此。这都是那些老于词学、文人善歌者能够如此；不然上调不接下调，白受歌者嘲笑。然而音调虽协，也须文理贯通，这才能够将使离者串合在一起。如【金络索】、【梧桐树】是两曲，串为一曲，而名曰【金索挂梧桐】，因为金索挂树，是情理之中应有之事。【倾杯序】、【玉芙蓉】是两曲，串为一曲，而名曰【倾杯赏芙蓉】，倾杯酒而赏芙蓉，虽系捏合而成，还是口头语啊。【驻马听】、【一江风】、【驻云飞】是三曲，串为一曲，而名曰【倚马待风云】，倚马而待风云之会，这话就是入于诗文之中，也自成句。这些都是有根有据之言，虽巧而不厌其巧。竟然有只顾串合，不问文义是否通顺，也不管是否合于事理，生硬地扭合几个字作为曲名的，这实在有失顾名思义之体，反而不如前人不列名目，只加上一个"犯"字。如本曲【江儿水】而串入两个别的曲子，就叫【二犯江儿水】；本曲【集贤宾】而串入三个别的曲子，就叫【三犯集贤宾】。又有以"摊破"二字概括的，如本曲【簇御林】、本曲【地锦花】而串入别的曲子，就叫【摊破簇御林】、【摊破地锦花】之类，何等浑然，何等藏拙。更有用十几个曲串为一曲而标以总名，如【六犯清音】、【七贤过关】、【九回肠】、【十二峰】之类，更令人觉得浑雅。我说串旧作新，终究是填词的末着。只求文字好，音律正，即使牌名非常旧，终会觉得新奇可喜。如果以极新极美之名，而填上庸腐乖张之曲，谁能喜欢它？善恶在实，而不在名啊。

鱼模当分

【题解】

　　"鱼模当分"说的是"鱼"韵与"模"韵,不能合而为一,应该断然分别为二。李渔认为周德清《中原音韵》把"鱼"与"模"合为十三元之一韵,是个失误,因为"鱼"之与"模",相去甚远;若将二韵合而为一,"无论一曲数音,听到歇脚处,觉其散漫无归,即我辈置之案头,自作文字读,亦觉字句聱牙,声韵逆耳"。所以,李渔坚决主张"鱼"自"鱼"而"模"自"模",两不相混,这才妥当。退一步,若不能整出戏都将"鱼""模"分得清楚,那么简便可行的办法是,每一曲各为一韵,即:假如前曲用"鱼",则用"鱼"韵到底,后曲用"模",则用"模"韵到底。

　　词曲韵书,止靠《中原音韵》一种,此系北韵,非南韵也。十年之前,武林陈次升先生欲补此缺陷①,作《南词音韵》一书,工垂成而复辍,殊为可惜。予谓南韵深渺,卒难成书。填词之家即将《中原音韵》一书,就平上去三音之中,抽出入声字,另为一声,私置案头,亦可暂备南词之用。然此犹可缓。更有急于此者,则鱼模一韵,断宜分别为二。鱼之与模,相去甚远,不知周德清当日何故比而同之,岂仿沈休文诗韵之例,以元、繁、孙三韵,合为十三元之一韵②,必欲于纯中示杂,以存"大音希声"之一线耶③?无论一曲数音,听到歇脚处,觉其散漫无归,即我辈置之案头,自作文字读,亦觉字句聱牙,声韵逆耳。倘有词学专家,欲其文字与声音媲美者,当令鱼自鱼而模自模,两不相混,斯为极妥。即不能全出皆分,或每曲各为一韵,如前曲用鱼,则用鱼韵到底,后曲用模,则用模韵到底,犹之一诗一韵,后不同前,亦简便可行之法也。自愚见推之,作诗用韵,亦当仿此。另钞元字一韵,区别为三,拈得十三元者,首句用元,则用元韵到底,凡涉繁、孙二韵者勿用。拈得繁、孙者亦然。出韵则犯诗家之忌,未有以用韵太严而反来指谪者也。

【注释】

①武林陈次升:武林,指今浙江杭州。陈次升,清初词曲论家。梁廷枏《曲话》说:"顺治末,武林陈次升作《南曲词韵》,欲与周韵并行,缘事中辍。"

②十三元:有人认为十三元即十三韵辙。元代周德清《中原音韵》分"东钟"、"江阳"、"支思"、"齐微"、"鱼模"……等等十九韵辙。到明末,音韵又有些变化,逐渐形成十三韵辙,文人们进行诗词曲赋的创作,大体上按十三韵辙也即李渔所说十三元押韵。但是对"十三元"之意,有不同看法,需进一步讨论。

③大音希声:最大最美的声音是一种无声无音。出自《老子》:"大音希声,大象无形,道隐无名。"

【译文】

词曲的韵书,只靠《中原音韵》一种。这是北韵,而非南韵。十年之前,武林陈次升先生想弥补这个缺陷,作《南词音韵》一书,差不多完成的时候而又停了下来,实在可惜。我认为南韵很深渺,终究难以成书。填词之家就把《中原音韵》一书,在平上去三音之中,抽出入声字,另外作为一声,置之案头,也可暂且当作南词之用。但这还可以缓一缓。还有比它更急的,就是"鱼模"一韵,断然应该分别为二。"鱼"之与"模",相去甚远,不知周德清当日为什么将它们混同在一起,难道说是仿照沈约诗韵之例,以"元"、"繁"、"孙"三韵,合为十三元之一韵,想必是要在纯中见杂，以保存"大音希声"之一线遗留？不论一曲多少个音，听到歇脚的地方，总觉得它散漫无归，即使我们将它放在案头，自作文字阅读，也觉得字句聱牙，声韵逆耳。倘若有词学专家，想让文字与声音相媲美，就应当使"鱼"自"鱼"而"模"自"模"，两不相混，这才极妥。即使不能全部分清，或可使每曲各为一韵，如果前曲用"鱼"，那就用"鱼"韵到底，后曲用"模"，则用"模"韵到底，就像一诗一韵，后不同前，也是简便可行的办法。依我的这个看法推想，作诗用韵，也应仿此而行。另举出"元"字一韵，将其区别为三，拈得十三元者，首句用"元"，则用"元"韵到底，凡是涉及"繁"、"孙"二韵的，不要用。拈得"繁"、"孙"的，也如此。出韵，就犯了诗家的忌讳，没有因用韵太严反而招来指摘的。

廉监宜避

【题解】

"廉监宜避"说的是"监咸"、"廉纤"韵脚的用法。他认为"监咸、廉纤二韵"这类"闭口韵"，在某种情况下如何避免使用，即"以作急板小曲则可，若填悠扬大套之词，则宜避之"，因为这是"险僻艰生"之韵，若误用此韵，可能导致全篇无有好句；甚至做不到终篇，不得不另用他韵，所以初学作曲者应该慎用。

　　侵寻、监咸、廉纤三韵①，同属闭口之音，而侵寻一韵，较之监咸、廉纤，独觉稍异。每至收音处，侵寻闭口，而其音犹带清亮，至监咸、廉纤二韵，则微有不同。此二韵者，以作急板小曲则可，若填悠扬大套之词②，则宜避之。《西厢》"不念《法华经》，不理《梁王忏》"一折用之者③，以出惠明口中，声口恰相合耳。此二韵宜避者，不止单为声音，以其一韵之中，可用者不过数字，余皆险僻艰生，备而不用者也。若惠明曲中之"撂"字、"搀"字、"燂"字、"臜"字、"馅"字、"蘸"字、"彪"字,惟惠明可用,亦惟才大如天之王实甫能用,以第二人作《西厢》,即不敢用此险韵矣。初学填词者不知,每于一折开手处,误用此韵,致累全篇无好句;又有作不终篇,弃去此韵而另作者,失计妨时。故用韵不可不择。

【注释】

①侵寻、监咸、廉纤:这三个当属所谓"十三元"中的韵辙,周德清《中原音韵》称它们为闭口韵,李渔认为是险韵。尤其是监咸,应该避免使用。

②急板小曲、悠扬大套:小曲与大套都是昆曲中的曲调,前者急促短小,有板无眼或一板一眼,后者则舒缓悠长。

③"《西厢》不念"以下二句:此段是《西厢记》第二本"惠明下书"中惠明的一段唱。后面所举惠明唱词中的韵脚,都是李渔所谓"监咸"险韵。不理《梁王忏》,上海古籍出版社1978年版《西厢记》作"不礼《梁皇忏》"。

【译文】

侵寻、监咸、廉纤三韵,都属于闭口之音,而唯独"侵寻"一韵,比起"监咸"、"廉纤",觉得稍微不同。每到收音的地方,"侵寻"闭口,而它的音还带着清亮,至于"监咸"、"廉纤"二韵,则小有差别。这两个韵,用作急板小曲可以,倘若填悠扬大套之词,则应该避开。《西厢》"不念《法华经》,不理《梁王忏》"一折用它,因为出自惠明口中,声口恰相切合。之所以说这两个韵应该避开,不仅仅因为声音,而且因为一韵之中,可用的不过数字,其余都是属于险僻艰生、备而不用的。譬如惠明曲中之"撂"字、"搀"字、"燂"字、"臜"字、"馅"字、"蘸"字、"彪"字,只有惠明可用,也只有才大如天的王实甫能用,假如第二人作《西厢》,就不敢用这种险韵了。初学填词的人不知此情，每在一折开手处，误用这个韵，以至拖累得全篇没有好句；还有的人不能终篇，丢开这个韵而另作别的，以至失计妨时。所以用韵不可不选择。

拗句难好

【题解】

"拗句难好"亦谈曲律。所谓"拗句"，或称拗体，指不合平仄格律的句子。李渔认为，那些"佶屈聱牙之句"，因为拗口，难以达到令人满意的效果。李渔举出一些常常拗口的词牌，以自己填词的经验，传授处理之法："凡作佶屈聱牙之句，不合自造新言，只当引用成语。成语在人口头，即稍更数字，略变声音，念来亦觉顺口。"

音律之难，不难于铿锵顺口之文，而难于佶屈聱牙之句。铿锵顺口者，如此字声韵不合，随取一字换之，纵横顺逆，皆可成文，何难一时数曲。至于佶屈聱牙之句，即不拘音律，任意挥写，尚难见才，况有清浊阴阳，及明用韵，暗用韵①，又断断不宜用韵之成格，死死限在其中乎？词名之最易填者，如【皂罗袍】、【醉扶归】、【解三酲】、【步步娇】、【园林好】、【江儿水】等曲，韵脚虽多，字句虽有长短，然读者顺口，作者自能随笔。即有一二句宜作拗体，亦如诗内之古风②，无才者处此，亦能勉力见才。至如【小桃红】、【下山虎】等曲，则有最难下笔之句矣。《幽闺记》【小桃红】之中段云③："轻轻将袖儿掀，露春纤，盏儿拈，低娇面也。"每句只三字，末字叶韵④；而每句之第二字，又断该用平，不可犯仄。此等处，似难而尚未尽难。其【下山虎】云："大人家体面，委实多般，有眼何曾见！懒能向前，弄盏传杯,恁般腼腆。这里新人忒杀虔,待推怎地展?主婚人,不见怜,配合夫妻,事事非偶然。好恶姻缘总在天。"只须"懒能向前"、"待推怎地展"、"事非偶然"之三句,便能搅断词肠。"懒能向前"、"事非偶然"二句,每句四字,两平两仄,末字叶韵。"待推怎地展"一句五字,末字叶韵,五字之中,平居其一,仄居其四。此等拗句,如何措手?南曲中此类极多,其难有十倍于此者,若逐个牌名援引,则不胜其繁,而观者厌矣;不引一二处定其难易,人又未必尽晓;兹只随拈旧诗一句,颠倒声韵以喻之。如"云淡风轻近午天",此等句法自然容易见好,若变为"风轻云淡近午天",则虽有好句,不夺目矣。况"风轻云淡近午天"七字之中,未必言言合律,或是阴阳相左,或是平仄尚乖,必须再易数字,始能合拍。或改为"风轻云淡午近天",或又改为"风轻午近云淡天",此等句法,揆之音律则或谐矣,若以文理绳之,尚得名为词曲乎?海内观者,肯曰此句为音律所限,自难求工,姑为体贴人情之善念而恕之乎?曰:不能也。既曰不能,则作者将删去此句而不作乎?抑自创一格而畅我所欲言乎?曰:亦不能也。然则攻此道者,亦甚难矣!变难成易,其道何居?曰:有一方便法门,词人或有行之者,未必尽有知之者。行之者偶然合拍,如路逢故人,出之不意,非我知其在路而往投之也。凡作倔强聱牙之句,不合自造新言,只当引用成语。成语在人口头,即稍更数字,略变声音,念来亦觉顺口。新造之句,一字聱牙,非止念不顺口,且令人不解其意。今亦随拈一二句试之。如"柴米油盐酱醋茶",口头语也,试变为"油盐柴米酱醋茶",或再变为"酱醋油盐柴米茶",未有不明其义、不辨其声者。"东边日出西边雨,道是无情却有情",口头语也,试将上句变为"日出东边西边雨",下句变为"道是有情却无情",亦未有不明其义、不辨其声音。若使新造之言而作此等拗句,则几与海外方言无别,必经重译而后知之矣。即取前引《幽闺》之二句,定其工拙。"懒能向前"、"事非偶然"二句,皆拗体也。"懒能向前"一句,系作者新构,此句便觉生涩,读不顺口;"事非偶然"一句,系家常俗语,此句便觉自然,读之溜亮。岂非用成语易工、作新句难好之验乎? 予作传奇数十种,所谓"三折肱为良医"⑤,此折肱语也。因觅知音,尽倾肝膈。孔子云:"益者三友:友直,友谅,友多闻。"⑥ 多闻,吾不敢居,谨自呼为直谅。

【注释】

①暗用韵:一般押韵是在句末,但有时也在句中押韵,即李渔所谓"暗用韵"。

②古风:形成于六朝时期,相对比较自由的一种诗体形式。如李白之《古风》("大雅久不作"等五十九首)、《蜀道难》,杜甫之《兵车行》等等。

③《幽闺记》【小桃红】:查今汲古阁本《幽闺记》,未见此曲。

④末字:各本皆作"未句",依文意应为"末字"。

⑤三折肱为良医:实践出真知、出技能。肱,由肘至肩的臂骨,若折断三次,自己就会得到医治的经验了。语出《左传·定公十三年》:"二子将伐公,齐高强曰:'三折肱知为良医。唯伐君为不可,民弗与也。我以伐君在此矣。三家未睦,可尽克也。克之,君将谁与? 若先伐君,是使睦也。'弗听,遂伐公。国人助公,二子败,从而伐之。"

⑥"益者三友"以下数句：出于《论语·季氏》。

【译文】

音律之难，不是难在铿锵顺口之文，而是难在佶倔聱牙之句。铿锵顺口的，譬如这个字声韵不合，另取一字替换，纵横顺逆，都可成文，一时而填数曲不难。至于佶倔聱牙之句，即使不拘束于音律，任意挥写，尚且难以呈现其才思，何况有清浊阴阳，以及明用韵，暗用韵，还有断断不宜用韵之成格，死死限制在其中呢？词名之最容易填的，如【皂罗袍】、【醉扶归】、【解三酲】、【步步娇】、【园林好】、【江儿水】等曲，韵脚虽多，字句虽有长短，然而读者顺口，作者自然能够随笔挥写。即使有一二句宜作拗体，也像诗中的古风，没有才气的人遇到，也能够勉力而表现出某种才气。至于像【小桃红】、【下山虎】等曲，就有最难下笔的句子了。《幽闺记》【小桃红】的中段云："轻轻将袖儿掀，露春纤，盏儿拈，低娇面也。"每句只三字，最后那个字叶韵；而每句的第二字，又断该用平声字，不可犯仄声字。这样的地方，似乎难而还不算十分难。其【下山虎】云："大人家体面，委实多般，有眼何曾见！懒能向前，弄盏传杯，恁般腼腆。这里新人忑杀虔，待推怎地展？主婚人，不见怜，配合夫妻，事事非偶然。好恶姻缘总在天。"只须这"懒能向前"、"待推怎地展"、"事非偶然"三句，就能搅断你的词肠。"懒能向前"、"事非偶然"二句，每句四字，两平两仄，最后一字叶韵。"待推怎地展"一句五字，最后一字叶韵，五字之中，平声字一个，仄声字有四个。这样的拗句，怎么下手？南曲中这种情况很多很多，比它还要难上十倍，倘若逐个牌名援引，则不胜其繁，而看的人也厌烦；不引出一两个地方定其难易，人们又未必都明白；这里只随意拈出旧诗一句，颠倒声韵以比喻它。如"云淡风轻近午天"，这样的句法自然容易见好，倘若变为"风轻云淡近午天"，则虽有好句，不能夺人眼球。况且"风轻云淡近午天"七字之中，未必字字合律，或者是阴阳相左，或者是平仄尚乖，必须再变易几个字，才能合拍。或者改为"风轻云淡午近天"，或者又改为"风轻午近云淡天"，这样的句法,揣摩它的音律可能谐和,假若以文理来衡量它,还能称之为词曲吗?海内观者,肯说这个句子为音律所限,自难求工,姑且为体贴人情之善心而宽恕吗?回答是:不能。既然不能,那么作者将删去这个句子而不作吗?或自创一格而痛痛快快说我要说的话吗?回答是:也不能。这样说来干这件事,也真难哪!变难成易,途径在哪里?回答是:有一方便法门,词人或者有那么做的,而未必尽知其理。那么做,偶然合拍,如同路上遇见老友,出于意外,不是我知道他在路上而去见他。凡作倔强聱牙之句,不应自造新言,只应引用成语。成语在人口头,即使稍变更几个字,略微变化声音,念起来也觉得顺口。新造的句子,一字聱牙,不仅念不顺口,而且令人不解其意。现在也随意拈出一二句试一下。如"柴米油盐酱醋茶",是句口头语,试变为"油盐柴米酱醋茶",或再变为"酱醋油盐柴米茶",没有不明其义、不辨其声的。"东边日出西边雨,道是无情却有情",也是口头语,试将上句变为"日出东边西边雨",下句变为"道是有情却无情",也没有不明其义、不辨其声音的。假使新造之言而作这样的拗句,则差不多与海外方言一样,必须经过翻译而后才能明白。即取前面所引《幽闺》的两句,定其工拙。"懒能向前"、"事非偶然"二句,都是拗体。"懒能向前"一句,系作者新造之语,这句就觉得生涩,读起来不顺口;"事非偶然"一句,系家常俗语,这句就觉得自然,读起来溜亮。这不就是用成语易工、作新句难好的验证吗?我作了数十种传奇,所谓"三折肱为良医",刚才说的就是折肱语。因寻觅知音,尽倾吐肺腑之言。孔子说:"有益的朋友三种:与正直者交友,与诚实者交友,与博闻多见者交友。"博闻多见,我不敢以之自居,谨可自称为正直、诚实。

合韵易重

【题解】

　　"合韵易重"讲的是"合前"的数句之韵脚容易重复,应避免之。何为"合前"? 李渔解释说:"同一牌名而为数曲者,止于首只列名其后,在南曲则曰'前腔',在北曲则曰'幺篇',犹诗题之有其二、其三、其四也。末后数语,有前后各别者,有前后相同,不复另作,名为'合前'者。"李渔还详细说明了"合前之韵"重复运用的弊病,以及避免的方法。李渔不愧制曲的行家,在这些细微处也指点得十分精到,真可谓"词奴"也。

　　句末一字之当叶者,名为韵脚。一曲之中,有几韵脚,前后各别,不可犯重。此理谁不知之? 谁其犯之? 所不尽知而易犯者,惟有"合前"数句。兹请先言合前之故。同一牌名而为数曲者,止于首只列名其后,在南曲则曰"前腔",在北曲则曰"幺篇",犹诗题之有其二、其三、其四也。末后数语,有前后各别者,有前后相同,不复另作,名为"合前"者。此虽词人躲懒法,然付之优人,实有二便:初学之时,少读数句新词,省费几番记忆,一便也;登场之际,前曲各人分唱,合前之曲必通场合唱,既省精神,又不寂寞,二便也。然合前之韵脚最易犯重。何也? 大凡作首曲,则知查韵,用过之字不肯复用,迨做到第二、三曲,则止图省力,但做前词,不顾后语,置合前数句于度外,谓前曲已有,不必费心,而乌知此数句之韵脚在前曲则语语各别①,凑入此曲,焉知不有偶合者乎? 故作前腔之曲,而有合前之句者,必将末后数句之韵脚紧记在心,不可复用;作完之后,又必再查,始能不犯此病。此就韵脚而言也。韵脚犯重,犹是小病,更有大于此者,则在词意与人不相合。何也? 合前之曲既使同唱②,则此数句之词意必有同情。如生旦净丑四人在场,生旦之意如是,净丑之意亦如是,即可谓之同情,即可使之同唱;若生旦如是,净丑未尽如是,则两情不一,已无同唱之理;况有生旦如是,净丑必不如是,则岂有相反之曲而同唱者乎? 此等关窍,若不经人道破,则填词之家既顾阴阳平仄,又调角徵宫商③,心绪万端,岂能复筹及此? 予作是编,其于词学之精微,则万不得一,如此等粗浅之论,则可谓知无不言、言无不尽者矣。后来作者,当锡予一字④,命曰"词奴",以其为千古词人,尝效纪纲奔走之力也⑤。

【注释】

①乌知:哪里知道。乌,何,哪里。"乌知"与后面的"焉知"相近。

②合前之曲既使同唱:李渔强调的是,在场的演员在"合前之曲"进行"同唱"时,众演员同唱的词意必须相同。

③角徵宫商:中国古代音乐术语。宫商角徵羽,代表五声音阶中的五个音级,又指发音部位。

④锡(cì):赐予。

⑤纪纲:统领仆隶之人,后泛指仆人。《左传·僖公二十四年》:"秦伯送卫于晋三千人,实纪纲之仆。"杜预注:"诸门户仆隶之事,皆秦卒共之,为之纪纲。"

【译文】

句末一个字应当叶韵的,叫作韵脚。一曲之中,有几个韵脚,前后各不一样,不可犯重复的毛病。这个道理谁不知道? 谁会违犯? 那不尽知道而容易违犯的,只有"合前"数句。这里请让我先说说"合前"的道理。同一牌名而有数曲的,只在开头一支曲子列上名字,在南曲就叫"前腔",在北曲则叫"幺篇",犹如诗题之有其二、其三、其四。末后数语,有前后各有区别的,有前后相同的,不再另作,名为"合前"。这虽是词人躲懒的方法,但交给优人演出,实在有两种方便:初学的时候,少读数句新词,省费几番记忆,这是一便;登场之际,前曲各人分唱,"合前"之曲必须通场合唱,既省精神,又不寂寞,这是二便。但是"合前"之韵脚最易犯重复的毛病。为什么?大凡作首曲时,知道查韵,用过之字不肯再用,等做到第二、三曲,就只图省力,光做前词,不顾后语,置"合前"数句于考虑之外,认为前曲已有,不必费心,而哪里知道这几句的韵脚在前曲则语语各别,凑入这支曲子,哪里知道不会有偶然合于以前的呢?所以前腔之曲而有"合前"之句的,必须把末后数句的韵脚牢牢记在心,不可重复使用;作完之后,又必须再检查,才能不犯这种毛病。这是就韵脚而言。韵脚犯重复的毛病,还是小毛病,还有比这更大的毛病,就是词意与人物不相合。为什么?"合前"之曲既然使各个演员同唱,那么这几句的词意必有同情。如生旦净丑四人在场,生旦之意是这样,净丑之意也是这样,就可说是同情,即可使他们同唱;如果生旦是这样,净丑未必都是这样,那么两情不一,已经没有同唱之理;况且有时生旦如此,净丑一定不如此,那么岂有相反之曲而同唱的呢?这样的关窍之处,假若不经人道破,那么填词之家既要顾及阴阳平仄,又要调和角徵宫商,心绪万端,哪里能够同时顾及这些?我写这一编,对于词学的精微之处,则是万不得一,像这样的粗浅之论,可以说是知无不言、言无不尽了。后来的作者,应当赐给我一个字,叫作"词奴",因为曾经为千古词人效奴仆奔走之力。

慎用上声

【题解】

"慎用上声"是从"上声"字的特性出发,谈传奇创作如何慎用上声字而使曲调和谐动听。李渔深谙四声，他发现平上去入四声，只有"上声"最特别：用之词曲，它比别的音低；而用之宾白，又较他音高。传奇作家每用此声，更须斟酌。口说时，上声之字出口最亮，入耳极清；唱曲时遇到上声字，不求低而自低，不低则此字唱不出口。传奇作家必须掌握这个特性，以使曲子听起来悦耳。

　　平上去入四声，惟上声一音最别。用之词曲，较他音独低；用之宾白，又较他音独高。填词者每用此声，最宜斟酌。此声利于幽静之词，不利于发扬之曲；即幽静之词，亦宜偶用、间用，切忌一句之中连用二三四字。盖曲到上声字，不求低而自低，不低则此字唱不出口。如十数字高而忽有一字之低，亦觉抑扬有致；若重复数字皆低，则不特无音，且无曲矣。至于发扬之曲，每到吃紧关头，即当用阴字[1]，而易以阳字尚不发调[2]，况为上声之极细者乎？予尝谓物有雌雄，字亦有雌雄。平去入三声以及阴字，乃字与声之雄飞者也；上声及阳字，乃字与声之雌伏者也。此理不明，难于制曲。初学填词者，每犯抑扬倒置之病，其故何居？正为上声之字入曲低，而入白反高耳。词人之能度曲者[3]，世间颇少。其握管捻髭之际，大约口内吟哦，皆同说话，每逢此字，即作高声；且上声之字出口最亮，入耳极清，因其高而且清，清而且亮，自然得意疾书。孰知唱曲之道与此相反，念来高者，唱出反低，此文人妙曲利于案头，而不利于场上之通病也。非笠翁为千古痴人，不分一毫人我，不留一点渣滓者，孰肯尽出家私底蕴，以博慷慨好义之虚名乎？

【注释】

①阴字:阴声字,大都尾韵为元音。

②阳字:即阳声字,大都尾韵为辅音。

③度曲:作曲,或按曲谱唱曲。

【译文】

平上去入四声,唯有上声这一音最为特别。把它用之于词曲,与其他音比起来只有它低;把它用之于宾白,又只有它比其他音高。填词者每用上声,最应该斟酌。上声利于幽静之词,不利于发扬之曲;即使幽静之词,也应该偶然用、间或用,切忌一句之中连用二三四个字。原来曲唱到上声字,不求低而自然低,若不低,那么这个字就唱不出口。如十几个字高而忽然有一个字低,也觉得抑扬有致;假若重复数字都低,那么不但没有音,而且没有曲了。至于发扬之曲,每到吃紧的关头,应该用阴声字,而换成阳声字还不能发调,何况用上声之极细的字呢?我曾经说物有雌雄,字也有雌雄。平去入三声以及阴声字,这是字与声的雄飞者;上声及阳声字,这是字与声的雌伏者。不明白这个道理,难于制曲。初学填词的人,总是犯抑扬倒置的毛病,问题在哪里?正是因为上声字入唱曲低,而入宾白反而高。词人之能够按曲谱唱曲的,世间颇少。他据笔捻髭写作时,大约口内吟哦,都同说话一样,每遇到这个字,就作高声;而且上声字出口最亮,入耳极清,因为它高而且清,清而且亮,自然得意疾书。哪里知道唱曲之道与此相反,念起来高的,唱出来反而低,这就是文人妙曲利于案头而不利于场上的通病。若不是我李笠翁是个千古痴人,不分一毫人我,不留一点渣滓,谁肯把自己的家私底蕴全部拿出来,以博得慷慨好义的虚名呢?

少填入韵

【题解】

“少填入韵”从南北曲发音不同的比较之中,谈制南曲时入声韵如何用才得当。李渔认为,入声韵脚,宜于北而不宜于南。但是入声韵脚,最易见才,而又最难藏拙。工于入韵,即是词坛祭酒。以入韵之字,雅驯自然者少,粗俗倔强者多。填词老手,用惯此等字样,始能点铁成金。

　　入声韵脚,宜于北而不宜于南。以韵脚一字之音,较他字更须明亮,北曲止有三声,有平上去而无入,用入声字作韵脚,与用他声无异也。南曲四声俱备,遇入声之字,定宜唱作入声,稍类三音,即同北调矣。以北音唱南曲可乎? 予每以入韵作南词,随口念来,皆似北调,是以知之。若填北曲,则莫妙于此,一用入声,即是天然北调。然入声韵脚,最易见才,而又最难藏拙。工于入韵,即是词坛祭酒^①。以入韵之字,雅驯自然者少,粗俗倔强者多。填词老手,用惯此等字样,始能点铁成金。浅乎此者,运用不来,熔铸不出,非失之太生,则失之太鄙。但以《西厢》、《琵琶》二剧较其短长。作《西厢》者,工于北调,用入韵是其所长。如《闹会》曲中"二月春雷响殿角"^②,"早成就了幽期密约","内性儿聪明,冠世才学;扭捏着身子,百般做作"。"角"字,"约"字,"学"字,"作"字,何等雅驯! 何等自然!《琵琶》工于南曲,用入韵是其所短。如《描容》曲中"两处堪悲,万愁怎摸"。愁是何物,而可摸乎? 入声韵脚宜北不宜南之论,盖为初学者设,久于此道而得三昧者^③,则左之右之,无不宜之矣。

【注释】

　　①祭酒:本是祭祀或宴席举酒祭神的人,后来指学官,即学界领袖,

如六经祭酒、博士祭酒、国子祭酒等等,隋唐称国子监祭酒,即国子监的领袖,犹如现在的大学校长。

②《闹会》:《西厢记》第一本第四折,又叫《斋坛闹会》。

③三昧:佛教用语,来自于梵文,也译作"三摩地"、"三摩提"。后用三昧指事物之精义或秘诀。

【译文】

入声作韵脚,适宜于北曲而不宜于南曲。因为韵脚这一字的音,比起其他字更须明亮,北曲只有三声,有平上去而没有入,用入声字作韵脚,与用其他声没有区别。南曲四声俱备,遇到入声字时,一定要唱作入声,稍微类同其他三音,就像北调一样了。用北音唱南曲可以吗?我每次以入声韵作南词,随口念来,都似北调,因此知道。假若填北曲,则没有比这更妙的,一用入声,就是天然的北调。然而入声韵脚,最容易见才,而又最难于藏拙。善于用入声韵,就是词坛领袖。因为入声韵的字,雅驯自然者少,粗俗倔强者多。填词老手,用惯了这样的字,才能点铁成金。对此不甚了解的人,运用不来,熔铸不出,不是失之太生,就是失之太鄙。这里只以《西厢》、《琵琶》二剧比较其短长。作《西厢》的人,工于北调,用入声韵是其所长。如《闹会》曲中"二月春雷响殿角","早成就了幽期密约","内性儿聪明,冠世才学;扭捏着身子,百般做作"。"角"字、"约"字、"学"字、"作"字,何等雅驯!何等自然!《琵琶》工于南曲,用入声韵是其所短。如《描容》曲中"两处堪悲,万愁怎摸"。愁是何物,而可以摸呢?入声韵脚宜北不宜南的理论,原是为初学者而设,至于那些熟于此道而得其三昧者,则左右逢源,无不适宜。

别解务头

【题解】

关于"务头"之说,向来众说纷纭。"务头"较早见于元代周德清《中原音韵》。该书《作词十法》之第七法即"务头":"要知某调、某句、某字是务头,可施俊语于其上,后注于定格各调内。"关于"务头"是什么,这里等于什么也没说;所谓"后注于定格各调内",是指在《作词十法》的第十法"定格"中,举出四十首曲子作为例证,点出何为"务头"。其中,有的曲子某几句是"务头",有的曲子某一句是"务头",有的曲子某一词或一字是"务头",有的曲子某一字的平仄声调是"务头",等等。此后,明代程明善《啸余谱》一书的《凡例》中也说"以平声用阴阳各当者为务头"。具体说,即"盖轻清处当用阴字,重浊处当用阳字";王骥德《曲律》之《论务头》中认为务头是"调中最紧要句子,凡曲遇揭起其音,而婉转其调,如俗之所谓做腔处,每调或一句、或二三句,每句或一字、或二三字,即是务头"。但是,正如李渔所批评的,单指出某句某字为"务头","俊语可施于上"云云,"嗫嚅其词,吞多吐少,何所取义而称务头,绝无一字之诠释",仍然是糊里糊涂。倒是李渔以"不解解之"的方法解说务头,更实在。务头是什么?就是"曲眼"。棋有"棋眼",诗有"诗眼",词有"词眼",曲也有"曲眼":"一曲有一曲之务头,一句有一句之务头。字不聱牙,音不泛调,一曲中得此一句,即使全曲皆灵,一句中得此一二字,即使全句皆健者,务头也。"换句话说,"务头"就是曲中"警策"(陆机语)之句,句中"警策"之字;或者说是曲中发光的句子、句中发光的词或字。但是,需要特别指出的是,"务头"绝不是可以离开整体的孤零零的发光体,而是整体的一个有机组成部分。有了"务头",可以使"全句皆健","全曲皆灵"。如果作为"务头"的某句、某字,可以离开"全曲"或"全句"而独自发光,那就只能是孤芳自赏,那也就不是该曲或该句的"务头";而且,一旦离开有机整体,它自身也必然枯萎。

　　填词者必讲"务头",然"务头"二字,千古难明。《啸余谱》中载《务头》一卷,前后胪列①,岂止万言,究竟务头二字,未经说明,不知何物。止于卷尾开列诸旧曲,以为体样,言某曲中第几句是务头,其间阴阳不可混用,去上、上去等字,不可混施。若迹此求之，则除却此句之外，其平仄阴阳，皆可混用混施而不论矣。又云某句是务头，可施俊语于其上。若是，则一曲之中，止该用一俊语，其余字句皆可潦草涂鸦②，而不必计其工拙矣。予谓立言之人，与当权秉轴者无异③。政令之出，关乎从违，断断可从，而后使民从之，稍背于此者，即在当违之列。凿凿能信，始可发令，措词又须言之极明，论之极畅，使人一目了然。今单提某句为务头，谓阴阳平仄，断宜加严，俊语可施于上。此言未尝不是，其如举一废百，当从者寡，当违者众，是我欲加严，而天下之法律反从此而宽矣。况又嗫嚅其词④，吞多吐少，何所取义而称为务头，绝无一字之诠释。然则"葫芦提"三字⑤，何以服天下？吾恐狐疑者读之，愈重其狐疑，明了者观之，顿丧其明了，非立言之善策也。予谓"务头"二字，既然不得其解，只当以不解解之。曲中有务头，犹棋中有眼，有此则活，无此则死。进不可战，退不可守者，无眼之棋，死棋也；看不动情，唱不发调者，无务头之曲，死曲也。一曲有一曲之务头，一句有一句之务头。字不聱牙，音不泛调，一曲中得此一句，即使全曲皆灵，一句中得此一二字，即使全句皆健者，务头也。由此推之，则不特曲有务头，诗词歌赋以及举子业，无一不有务头矣。人亦照谱按格，发舒性灵，求为一代之传书而已矣，岂得为谜语欺人者所惑，而阻塞词源，使不得顺流而下乎？

【注释】

①胪(lú)列：列举。

②涂鸦：胡乱涂写。唐卢仝《添丁诗》："忽赖案上翻墨汁，涂抹诗书如老鸦。"

③秉轴：掌握轴心，比喻执政。

④嗫嚅(niè rú)：吞吞吐吐。

⑤葫芦提：糊里糊涂。乃宋元口语。

【译文】

　　填词的人必讲"务头"，然而"务头"二字，千古难明。《啸余谱》中载有《务头》一卷，前后胪列的文字，岂止万言，然而务头二字终究没有阐释明白，不知务头为何物。只在卷尾开列出各种旧曲，作为体样，说某曲中第几句是务头，其间阴阳字不可混用，去上、上去等字，不可混施。若按这说法探究，那么除了这句之外，其平仄阴阳，都可以混用混施而不论了。又说某句是务头，可施俊语于其上。如果是这样，那么一曲之中，只该用一句俊语，其余字句都可以潦草涂鸦，而不必计较其工拙了。我认为立言的人，与当权执政者无异。政令的发出，关乎遵从或是违背，断断可以遵从，而后使民众遵从，稍有相悖的，即在当违之列。确凿能信，才可发令，措词又必须言之极为明确，论之极为通畅，使人一目了然。现在单提某句为务头，说阴阳平仄，一定应该加严，俊语可以加在上面。这话未尝不对，如同举一废百，应当是遵从者少，而违背者多，这就是我欲加严，而天下之法律反从此而宽了。况且言词又吞吞吐吐，吞多吐少，到底什么可以称为务头，绝没有一个字的诠释。这样"葫芦提"三字，怎能服天下？我恐怕狐疑者读了，越加重其狐疑，明了者看了，顿时丧失其明了，这不是立言的好策略。我认为"务头"两个字，既然不得其解，只应当用不解解之。曲中有务头，犹如棋中有眼，有它就活，无它则死。进不可战，退不可守的，是无眼之棋，是死棋；看不动情，唱不发调的，是无务头之曲，是死曲。一曲有一曲的务头，一句有一句的务头。

字不聱牙，音不泛调，一曲之中得到这一句，就使得全曲皆灵，一句之中得到这一两个字，就使得全句皆健的，就是务头。由此推论，那么不仅曲有务头，诗词歌赋以及举子的时文，没有哪一个没有务头的。人也照谱按格，抒发性灵，求为一代的流传之书而已，岂能为谜语欺人者所迷惑，而阻塞词源，使它不得顺流而下呢？

卷二

词曲部下

宾白第四　计八款

【题解】

　　"宾白"即传奇中之"念白"或"介白",乃与"曲文"相对。如果说"曲文"是"唱"出来的,那么"宾白"就是"说"("念")出来的。中国戏曲中"宾白"与"曲文"并现,是我们的民族特色,为西洋戏剧所无。《宾白第四》专论"念白",包括"声务铿锵"、"语求肖似"、"词别繁减"、"字分南北"、"文贵洁净"、"意取尖新"、"少用方言"、"时防漏孔"等八款。李渔对"宾白"高度重视,认为"宾白一道,当与曲文等视"。"念白"何以叫作"宾白"? 有三种说法:其一,《戒庵漫笔》曰:"两人对说曰宾,一人自说曰白。"就是说,宾是对话,白是自白。其二,凌濛初不同意这种说法。他在《谭曲杂札》中引了《戒庵漫笔》上面那句话后,说"未必确。古戏之白,皆直截道意而已;惟《琵琶》始作四六偶句,然皆浅浅易晓";还说"白谓之'宾白',盖曲为主也",即宾乃"宾客"之"宾",也就是说曲为主,白为宾。其实,早凌濛初约六十年的徐渭也是这样主张。他在《南词叙录》中说:"唱为主,白为宾,故曰宾白,言其明白易晓也。"其三,李渔所持的是第三种意见。他不同意凌濛初等人"曲"("唱")、"白"的主次之分,而是认为"传奇一事也,其中义理,分为三项:曲也,白也,穿插联络之关目也",三项并重:"故知宾白一道,当与曲文等视。有最得意之曲文,即当有最得意之宾白。"

　　自来作传奇者,止重填词,视宾白为末着①,常有《白雪》、《阳春》其调,而《巴人》、《下里》其言者②,予窃怪之。原其所以轻此之故,殆有说焉。元以填词擅长,名人所作,北曲多而南曲少。北曲之介白者,每折不过数言,即抹去宾白而止阅填词,亦皆一气呵成,无有断续,似并此数言亦可略而不备者。由是观之,则初时止有填词,其介白之文,未必不系后来添设③。在元人,则以当时所重不在于此,是以轻之。后来之人,又谓元人尚在不重,我辈工此何为?遂不觉日轻一日,而竟置此道于不讲也。予则不然,尝谓曲之有白,就文字论之,则犹经文之于传注④;就物理论之,则如栋梁之于榱桷⑤;就人身论之,则如肢体之于血脉,非但不可相无⑥,且觉稍有不称,即因此贱彼,竟作无用观者。故知宾白一道,当与曲文等视,有最得意之曲文,即当有最得意之宾白,但使笔酣墨饱,其势自能相生。常有因得一句好白,而引起无限曲情,又有因填一首好词,而生出无穷话柄者。是文与文自相触发,我止乐观厥成⑦,无所容其思议。此系作文恒情,不得幽渺其说⑧,而作化境观也。

【注释】

　①宾白:通常所说戏曲中"唱念做打"之"念",即说白。"介白"亦是。

　②《白雪》、《阳春》、《巴人》、《下里》:均为楚国歌曲。《白雪》、《阳

春》，为古代楚国的高雅歌曲。《巴人》、《下里》，为古代楚国的通
俗歌曲。

③介白之文，未必不系后来添设：臧懋循《元曲选序》说，宾白或谓
"演剧时伶人自为之"。

④传注：经文的注释解说。

⑤榱桷(cuī jué)：榱，即椽子，放在檩子上架着屋面板和瓦的木条。
桷，方形的椽子。

⑥不可相无：翼圣堂本、芥子园本作"不可相无"；有的本子作"不可
相轻"，亦通。

⑦乐观厥成：高兴地视其自我完成。厥，其。

⑧幽渺其说：把它说得虚无缥缈。

【译文】

从来作传奇的人，只重视填词，把宾白看成末着，常常有传奇的曲调
是《白雪》、《阳春》，而其宾白却是《巴人》、《下里》的，我对此暗暗感到奇
怪。追索其所以轻视宾白，还是有其说法的。元人擅长填词，名人所作，
北曲多而南曲少。北曲的宾白，每折不过几句话，就是抹去宾白而只读
填词，也都可以一气呵成，没有断续，好像连宾白这几句话也可以略而不
备。由此看来，开始的时候只有填词，那宾白之文，未必不是后来增添上
去的。在元人那里，是因为当时所重不在这里，所以轻视它。后来之人，
又以为元人尚且不重视，我辈何必在这里下功夫？于是不觉日轻一日，
而后来竟然放下宾白不讲。我则不然，曾说曲之有白，就文字而言，犹如
经文之于传注；就事理而言，则像栋梁之于榱桷；拿人的身体作比喻，则似
肢体之于血脉，不但不可缺少，而且觉得稍有不称，就会因此而贱视它，以
致最后将它看作是无用的东西。由此可知，宾白一道，应当与曲文同等
看待，有最得意的曲文，就应当有最得意的宾白，只要使得笔酣墨饱，势必
自能相生。常常有因为得到一句好的宾白，而引起无限曲情，又有因为填
一首好词，而生出无穷话柄。这就是文与文自相触发，我只是乐观其成，不

用费多少思考。这是作文常常有的情况，不得把它说得虚无缥缈，而作为幻化之境看待。

声务铿锵

【题解】

汉语的音韵声调，奇妙无穷。在组合一个句子的时候，字的四声、平仄、清浊、轻重等等不同，读出来，不但意思大不相同；而且听起来或逆耳或顺耳，美感享受判然有别。字、词、句子的读音"轻重"、"清浊"，这在外国语言如英语、俄语中也有；但"四声"、"平仄"，则纯属中国特色。在"声务铿锵"中，李渔正是谈如何运用"四声"、"平仄"使得宾白铿锵动听，所谓"世人但以音韵二字用之曲中，不知宾白之文，更宜调声协律。世人但知四六之句平间仄，仄间平，非可混施迭用，不知散体之文亦复如是。'平仄仄平平仄仄，仄平平仄仄平平'二语，乃千古作文之通诀，无一语一字可废声音者也"。

宾白之学，首务铿锵。一句聱牙，俾听者耳中生棘；数言清亮，使观者倦处生神。世人但以音韵二字用之曲中，不知宾白之文，更宜调声协律。世人但知四六之句平间仄，仄间平，非可混施迭用，不知散体之文亦复如是。"平仄仄平平仄仄，仄平平仄仄平平"二语，乃千古作文之通诀，无一语一字可废声音者也。如上句末一字用平，则下句末一字定宜用仄，连用二平，则声带暗哑，不能耸听。下句末一字用仄，则接此一句之上句，其末一字定宜用平，连用二仄，则音类咆哮，不能悦耳。此言通篇之大较，非逐句逐字皆然也。能以作四六平仄之法，用于宾白之中，则字字铿锵，人人乐听，有"金声掷地"之评矣①。

【注释】

①金声掷地:形容语言文字铿锵有力。《晋书·孙绰传》:"尝作《天台山赋》,辞致甚工,初成,以示友人范荣期,云:'卿试掷地,当作金石声也。'"

【译文】

宾白的学问,首先追求铿锵。一句聱牙,就使得听者耳中生刺;数言清亮,就使得观众倦处生神。世人只是把音韵二字用在曲中,不知道宾白之文,更应该调声协律。世人只知道四六之句平间仄,仄间平,不可混施迭用,不知道散体之文也是如此。"平仄仄平平仄仄,仄平平仄仄平平"这两句话,乃是千古作文的通诀,没有一语一字可以废弃声音的道理。譬如上句最后一字用平声,那么下句最后一字一定应用仄声,如果连用两个平声字,则声音就带出喑哑,不能聋人之听。下句最后一字用仄声,则接这一句的上句,它最末一字定应用平声字,连用两个仄声字,则声音就类似咆哮,不能悦耳。这里说的是通篇的大致情况,不是逐句逐字都如此。把用之于四六平仄的方法,用于宾白之中,就会字字铿锵,人人喜欢听,就能得到"金声掷地"的评价。

声务铿锵之法,不出平仄、仄平二语是已。然有时连用数平,或连用数仄,明知声欠铿锵,而限于情事,欲改平为仄、改仄为平,而决无平声、仄声之字可代者。此则千古词人未穷其秘,予以探骊觅珠之苦①,入万丈深潭者,既久而后得之,以告同心。虽示无私,然未免可惜。字有四声,平上去入是也。平居其一,仄居其三,是上去入三声皆丽于仄②。而不知上之为声,虽与去入无异,而实可介于平仄之间,以其别有一种声音,较之于平则略高,比之去入则又略低。古人造字审音,使居平仄之介,明明是一过文③,由平至仄,从此始也。譬如四方声音，到处各别，吴有吴音，越有越语，相去不啻天渊，而一至接壤之处，则吴越之音相半，吴人听之觉其同，越人听之亦不觉其异。晋、楚、燕、秦以至黔、蜀，在在皆然。此即声音之过文，犹上声介于平去入之间也。作宾白者，欲求声韵铿锵，而限于情事，求一可代之字而不得者，即当用此法以济其穷。如两句三句皆平，或两句三句皆仄，求一可代之字而不得，即用一上声之字介乎其间，以之代平可，以之代去入亦可。如两句三句皆平，间一上声之字，则其声是仄，不必言矣；即两句三句皆去声入声，而间一上声之字，则其字明明是仄而却似平，令人听之不知其为连用数仄者。此理可解而不可解，此法可传而实不当传，一传之后，则遍地金声，求一瓦缶之鸣而不可得矣。

【注释】

①探骊觅珠：喻做文章紧扣主题，抓住要领。骊珠，传说出自骊龙颔下的一种珍贵的珠。《庄子·列御寇》："河上有家贫恃纬萧而食者，其子没于渊，得千金之珠。其父谓其子曰：'取石来锻之。夫千金之珠，必在九重之渊，而骊龙颔下，子能得珠者，必遭其睡也。使骊龙而寤，子尚奚微之有哉？'"

②丽于：附于，属于。丽，附。

③过文：过渡文字。

【译文】

声务铿锵的方法，不外乎平仄、仄平两句话。然而有时连用几个平声字，或连用几个仄声字，明明知道声欠铿锵，而限于情事，想要改平为仄、改仄为平，却没有平声字、仄声字可以替代。这是千古词人没有穷尽的隐秘，我以探骊觅珠之苦，潜入万丈深潭，经历长时间寻索之后有了心得，告诉同道。虽然表示了我的无私，但未免可惜。每个字都有四声，即平上去入。平声居其一，仄声居其三，就是说上去入三声都属于仄声。而人们不知道作为上声，虽然与去声、入声无异，而实际上可以介于平声、仄声之间，因为它别有一种声音，比平声略高，比去声、入声则又略低。古人造字审音的时候，使它居于平声、仄声的中介地位，明明是一个过文，由平声到仄声，即从此起始。譬如四方声音，各地都不一样，吴有吴音，越有越语，相差何止天渊之别，而一到两地接壤的地方，就会吴越之音各占其半，吴人听了觉得与他们的的发音相同，越人听了也不觉得与他们的发音有什么差别。晋、楚、燕、秦以至黔、蜀，都是如此。这就是声音的过文，犹如上声介于平声、去声、入声之间。写宾白的人，当他想要求得声韵铿锵，而限于情事，寻求一个可替代的字而得不到的时候，就可以用这个方法解困。如两句三句都是平声，或两句三句都是仄声，寻求一个可替代的字而得不到，就用一个上声字介乎其间，用它替代平声可以，用它替代去声、入声也可以。如果两句三句都是平声，中间是一个上声字，它的声是仄声，这不必说了；即使两句三句都是去声、入声，而中间是一个上声字，那么这个字明明是仄声而却好似平声，令人听了觉不出是连用了几个仄声字。其中道理可解而又不可解，这个方法可传而实在不应当传，因为一传之后，则会遍地金声，求一声瓦缶之鸣而不可得了。

语求肖似

【题解】

　　标题"语求肖似"，字面意思是语言逼真，说什么像什么；而实际上这是一篇谈艺术想象的妙文。妙在哪里？妙在李渔不但能把艺术家进行创造性想象时"为所欲为"、"畅所欲言"的自由驰骋的状态描绘得活灵活现；而且，还特别妙在李渔揭示出艺术家进行想象时必须具有自觉控制的意识，所谓"设身处地"，代人"立心"。艺术想象，看似无拘无束、绝对自由，"精骛八极，心游万仞"（陆机），"思接千载"，"视通万里"（刘勰），好像艺术家在想象时完全处于一种失去理智的、不清醒的、疯狂的、无意识状态；实则"自由"并非"绝对"，"疯狂"却又"清醒"，"无意识"中有"理智"在，即刘勰所谓"神居胸臆，而志气统其关键；物沿耳目，而辞令管其枢机"。艺术想象是"醉"与"醒"的统一，是"有意识"与"无意识"的融合。艺术想象好像作家放到空中的一只风筝，人们看到那风筝伴着蓝天白云，自由自在、随意飘弋；但是，在放那只"风筝"时，始终有一根线攥在作家手里，那"线"就是自觉的"意识"和"理智"。艺术想象正如有位作家所言，有点像"打醉拳"，亦醉亦醒，半醉半醒，醒中有醉，醉中有醒，表面醉、内里醒。全醉，会失了拳的套数，打的不是"拳"；全醒，会失掉醉拳的灵气，醉意中"打"出来的风采和意想不到的效果丢失殆尽。李渔既看到"醉"的一面，所谓"梦往神游"；也看到"醒"的一面，即作家对"梦往神游"的有意识控制。他认为作家必须清醒地为人物"立心"："立心端正者"，要"代生端正之想"；"立心邪辟者，我亦当舍经从权，暂为邪辟之思"。

　　文字之最豪宕、最风雅，作之最健人脾胃者，莫过填词一种。若无此种，几于闷杀才人，困死豪杰。予生忧患之中，处落魄之境，自幼至长，自长至老，总无一刻舒眉，惟于制曲填词之顷，非但郁藉以舒①，愠为之解②，且尝僭作两间最乐之人③，觉富贵荣华，其受用不过如此，未有真境之为所欲为，能出幻境纵横之上者。我欲做官，则顷刻之间便臻荣贵④；我欲致仕⑤，则转盼之际又入山林；我欲作人间才子，即为杜甫、李白之后身；我欲娶绝代佳人，即作王嫱、西施之元配⑥；我欲成仙作佛，则西天蓬岛即在砚池笔架之前⑦；我欲尽孝输忠，则君治亲年，可跻尧、舜、彭篯之上⑧。非若他种文字，欲作寓言，必须远引曲譬，蕴藉包含，十分牢骚，还须留住六七分，八斗才学，止可使出二三升，稍欠和平，略施纵送，即谓失风人之旨，犯佻达之嫌⑨，求为家弦户诵者难矣。填词一家，则惟恐其蓄而不言，言之不尽。是则是矣，须知畅所欲言亦非易事。言者，心之声也⑩，欲代此一人立言，先宜代此一人立心，若非梦往神游，何谓设身处地？无论立心端正者，我当设身处地，代生端正之想；即遇立心邪僻者，我亦当舍经从权⑪，暂为邪僻之思。务使心曲隐微，随口唾出，说一人，肖一人，勿使雷同，弗使浮泛，若《水浒传》之叙事，吴道子之写生⑫，斯称此道中之绝技。果能若此，即欲不传，其可得乎？

【注释】

①郁：闷。

②愠（yùn）：怒。

③僭（jiàn）：越，超过自己的本分。两间：天地之间。

④臻（zhēn）：达到。

⑤致仕：辞官。致，交还。仕，做官。《公羊传·宣公元年》："退而致仕。"

⑥王嫱：即王昭君，汉元帝时出嫁匈奴。西施：春秋时越国美女。

⑦西天：佛祖居住之地。蓬岛：蓬莱仙岛。

⑧跻：登上。彭篯（jiān）：传说中活到八百岁的长寿者，姓篯名铿，颛顼玄孙，封于彭城，故称为"彭篯"或"彭祖"。

⑨佻（tiāo）达：轻薄。

⑩言者，心之声也：《吕氏春秋·淫辞》："凡言者以谕心也。"《礼记·乐记》："凡音之起，由人心生也。"扬雄《法言·问神》："故

言,心声也。"

⑪舍经从权:舍去正经的做法而取权宜之计。

⑫吴道子:唐玄宗时著名画家,亦名道玄,被称为画圣,阳翟(今河南禹州)人。

【译文】

　　文字之中最豪宕、最风雅,撰写它最能健人脾胃的,莫过于填词这一种了。倘若没有填词,几乎要闷杀才人,困死豪杰。我生在忧患之中,处于落魄之境,自小到大,自大到老,总没有一刻舒心的时候,唯有制曲填词的那一刻,不但郁闷借此以舒释,怒气借此而消解,而且升迁为天地之间最快乐的人,觉得富贵荣华,其受用不过如此,没有真境之中的为所欲为,能够超出幻境之中纵横驰骋之上的。我想做官,则顷刻之间便达到荣华富贵;我想辞官,则转眼之际又入山林;我想做人间才子,马上就成为杜甫、李白的后身;我想娶绝代佳人,马上就是王嫱、西施的元配;我想成仙作佛,则西天蓬岛就在砚池笔架之前;我想尽孝尽忠,则君治可跻尧、舜,亲年可在彭篯之上。不像其他文字,想写寓言,必须远引曲譬,蕴藉包含,有十分牢骚,还须留住六七分,有八斗才学,只可使出二三升,稍微欠缺平和,略微施展手脚,就会让人说有失风雅之人的主旨,有轻薄佻达之嫌,要想求得家弦户诵,难着呢。而作为填词一家,则唯恐其蓄而不言,言之不尽。说是这样说,但须知道,畅所欲言也不是件容易的事。言,是心之声,想代这个人立言,先要代这个人立心,若不能梦往神游,怎么叫设身处地?无论立心端正的,我应当设身处地,代他生出端正之想;即使遇到立心邪僻的,我也应当舍去正经的做法而取权宜之计,暂且作邪僻之思。务必使得人物的隐微心理,随口说出来,说一个人,就要像一个人,不能雷同,不能浮泛,就像《水浒传》的叙事,吴道子的写生,这才能称得上填词之中的绝技。真能如此,就是你不想流传,能够吗?

词别繁减

【题解】

"词别繁减"和后面的"文贵洁净",这两款前后照应,谈宾白如何做到"繁"、"减"得当。其中道理也适用于整个戏曲和一切文章的写作。

何为"繁",何为"减"? 这不能简单地以文字多少而论。李渔有一句话说得特别好:"多而不觉其多者,多即是洁;少而尚病其多者,少亦近芜。"譬如,由"诗三百"一般四言数句之"减",到"楚辞",特别是屈原《离骚》一般六言、七言,数十句、数百句之"繁";由《左传》、《国语》每事数行、每语数字之"减",到《史记》、《汉书》一事数百行,洋洋千言、万言之"繁",人们既不感到前者太"少",也并不觉得后者太"多",这就是它们写得都很"洁净"、精粹,话说得得当,恰到好处,没有多余的东西。必须学会以"意则期多,字惟求少"的标准删改文章。李渔说:"每作一段,即自删一段,万不可删者始存,稍有可删者即去。""凡作传奇,当于开笔之初,以至脱稿之后,隔日一删,逾月一改,始能淘沙得金……"修改和删节的结果,就是使得每个字、每个词、每句话,都用得是地方,即李渔所谓"犬夜鸡晨,鸣乎其所当鸣,默乎其所不得不默"。

传奇中宾白之繁,实自予始。海内知我者与罪我者半。知我者曰:从来宾白作说话观,随口出之即是,笠翁宾白当文章做,字字俱费推敲。从来宾白只要纸上分明,不顾口中顺逆,常有观刻本极其透彻,奏之场上便觉糊涂者,岂一人之耳目,有聪明聋聩之分乎①? 因作者只顾挥毫,并未设身处地,既以口代优人,复以耳当听者,心口相维②,询其好说不好说,中听不中听,此其所以判然之故也。笠翁手则握笔,口却登场,全以身代梨园,复以神魂四绕,考其关目,试其声音,好则直书,否则搁笔,此其所以观听咸宜也③。罪我者曰:填词既曰"填词",即当以词为主;宾白既名"宾白",明言白乃其宾,奈何反主作客,而犯树大于根之弊乎?笠翁曰:始作俑者④,实实为予,责之诚是也。但其敢于若是,与其不得不若是者,则均有说焉。请先白其不得不若是者。前人宾白之少,非有一定当少之成格。盖彼只以填词自任,留余地以待优人,谓引商刻羽我为政⑤,饰听美观彼为政⑥,我以约略数言,示之以意,彼自能增益成文。如今世之演《琵琶》、《西厢》、《荆》、《刘》、《拜》、《杀》等曲,曲则仍之,其间宾白、科诨等事,有几处合于原本,以寥寥数言塞责者乎?且作新与演旧有别。《琵琶》、《西厢》、《荆》、《刘》、《拜》、《杀》等曲,家弦户诵已久,童叟男妇皆能备悉情由,即使一句宾白不道,止唱曲文,观者亦能默会,是其宾白繁减可不问也。至于新演一剧,其间情事,观者茫然;词曲一道,止能传声,不能传情。欲观者悉其颠末,洞其幽微,单靠宾白一着。予非不图省力,亦留余地以待优人。但优人之中,智愚不等,能保其增益成文者悉如作者之意,毫无赘疣蛇足于其间乎?与其留余地以待增,不若留余地以待减,减之不当,犹存作者深心之半,犹病不服药之得中医也⑦。此予不得不若是之故也。至其敢于若是者,则谓千古文章,总无定格,有创始之人,即有守成不变之人;有守成不变之人,即有大仍其意,小变其形,自成一家而不顾天下非笑之人。古来文字之正变为奇,奇翻为正者,不知凡几,吾不具论,止以多寡增益之数论之。《左传》、《国语》,纪事之书也,每一事不过数行,每一语不过数字,初时未病其少;迨班固之作《汉书》,司马迁之为《史记》,亦纪事之书也,遂益数行为数十百行,数字为数十百字,岂有病其过多,而废《史记》《汉书》于不读者乎?此言少之可变为多也。诗之为道,当日但有古风,古风之体,多则数十百句,少亦十数句⑧,初时亦未病其多;迨近体一出,则约数十百句为八句;绝句一出,又敛八句为四句,岂有病其渐少,而选诗之家止载古风,删近体绝句于不录者乎?此言多之可变为少也。总之,文字短长,视其人之笔性。笔性遒劲者,不能强之使长;笔性纵肆者,不能缩之使短。文患不能长,又患其可以不长而必欲使之长。如其能长而又使人不可删逸,则虽为宾白中之古风《史》《汉》,亦何患哉?予则乌能当此,但为糠粃之导,以俟后来居上之人。

【注释】

① 聩(kuì):聋。

② 维:联系。

③ 咸:全,都。

④ 始作俑者:即开先例者。语出《孟子·梁惠王上》:"仲尼曰:始作俑者,其无后乎!"

⑤ 引商刻羽我为政:引商刻羽,指填词作曲。为政,指主持政务,负责者。

⑥ 饰听美观彼为政:即舞台表演是演员的事儿。听、观,指观众的观赏表演。饰、美,指演员"装饰"和"美化"自己的表演,以使观众更好地观赏。

⑦ 病不服药之得中医:古成语"有病不治,恒得中医",是说不去看

病有不看病的好处，医生有好有坏，不看病至少不会碰到坏的医生，得其中也。《汉书·艺文志》："有病不治，常得中医。"

⑧十数：翼圣堂本作"十数"，芥子园本作"数十"，亦通。

【译文】

传奇之中宾白之繁多，实在是从我开始的。海内把我引为知己的与归罪于我的，各占一半。把我引为知己的人说：从来宾白都是作为说话来看，随口说出的就是，笠翁的宾白当作文章来做，字字都经过推敲。从来宾白只要纸上写得分明，不顾口中说得顺还是不顺，常有看剧本极其透彻，场上演奏就觉得糊涂的，难道一个人的耳目，有聪明聋聩之分吗？因为作者只顾挥毫书写，并没有设身处地，既以口代表优人，又以耳当作听众，心与口相互联系，考虑它好说不好说，中听不中听，这就是为什么判然两分的缘故。我李笠翁不然，手则握笔书写，口却登临戏场，完全以我的身体代表梨园，又加以神魂四绕，考察其关目，试听其声音，好就直接写下去，否则就停笔，这就是我的传奇能够观和听都觉得好的原因。归罪于我的人说：填词既然叫作"填词"，就应当以词为主；宾白既然名叫"宾白"，明明说它乃是词的宾客，怎能反主作客，而犯树大于根的弊病呢？笠翁说：始作俑者，实实在在是我，你责备得不错。但是我敢于这样，并且不得不这样，这里面都有它的道理在。请让我先说为什么不得不这样。前人宾白之少，并非有一定应当少的成规。原来他只以填词自任，留余地以待优人发挥，认为引商刻羽我做主，饰听美观则由优人做主，我以简单几句话，表示出大体意思，优人自然能够增益成文。如今天的演出《琵琶记》《西厢记》《荆钗记》《刘知远白兔记》《拜月亭》《杀狗记》等剧，唱词仍依原作，而其间的宾白、科诨等事，有几处合于原作，用寥寥几句话来搪塞的呢？而且演新剧与演旧剧有别。《琵琶记》《西厢记》《荆钗记》《刘知远白兔记》《拜月亭》《杀狗记》等剧，家弦户诵已经很久，男女老幼都能熟悉情由，即使一句宾白不说，只唱曲文，观者也能默会，因此其宾白繁减可以不问。至于新演的剧目，其间情事，观众茫然不识；词曲一道，只能传声，不能传情。想让观众都明白它的始末，洞悉其幽微，就仅仅靠宾白一着。我不是不想省力，也想留余地以待优人完善。但优人之中，聪明愚钝不等，怎能保证其增益成文都能如作者之意，其中毫无赘疣蛇足呢？与其留余地以待优人增添，不如留余地以待优人削减，削减的不当，还能保存作者深心的一半，犹如有病不服药至少比吃药而加重病情更好。这就是我不得不如此的原因。至于我敢于这样做，是说千古文章，总没有定格，有创始的人，就有守成不变的人；有守成不变的人，就有大的方面依照原意，小的方面略变其形，自成一家而不顾天下非笑的人。古来文字，其正变为奇，奇翻为正者，不知有多少，我不具体说了，只拿多寡增益之数来讨论。《左传》、《国语》，是纪事之书，每一件事不过几行，每一句话不过数字，最初的时候没有人嫌它少；等到班固作《汉书》，司马迁写《史记》，也是纪事之书，于是把数行增加为数十百行，数字增加为数十百字，哪有人嫌它过多，而废弃《史记》、《汉书》不读的呢？这是说少可变为多。诗这类文字，当日只有古风，古风之体，多则数十百句，少也有十几句，最初的时候也未嫌它多；等到近体诗一出来，则把数十百句简约为八句；绝句一出来，又把八句收敛为四句，哪有人嫌它渐少，而选诗之家只刊载古风，把近体绝句删而不录的呢？这是说多可变为少。总之，文字短长，要看作者的笔性。笔性遒劲的，不能勉强使他长；笔性纵肆的，不能硬缩减使他短。文章怕不能长，也怕它可以不长而硬使它长。如果它能长而又使人不可删逸，那么即使是宾白中的古风《史记》、《汉书》，又有什么可怕呢？我哪能当此之任，只是为糠秕之前导，以等待后来居上之人。

　　予之宾白，虽有微长，然初作之时，竿头未进①，常有当俭不俭，因留余幅以俟剪裁，遂不觉流为散漫者。自今观之，皆吴下阿蒙手笔也②。如其天假以年，得于所传十种之外③,别有新词,则能保为犬夜鸡晨④,鸣乎其所当鸣,默乎其所不得不默者矣。

【注释】

①竿头未进:未达顶点。《景德传灯录》:"百尺竿头须进步,十方世界是全身。"

②吴下阿蒙:喻学习不努力,学问粗浅。据说三国时吴人吕蒙少小不喜读书,经孙权劝说才知努力,鲁肃见此状曰:"吾谓大弟但有武略耳,至于今昔,学识英博,非复吴下阿蒙。"(《三国志·吴书·吕蒙传》裴松之注引《江表传》)。

③十种:李渔有《笠翁十种曲》传世。但是他自己在另外的地方说,他有前后八种传奇,约十六种之多。

④犬夜晨鸡:犬守夜,鸡报晓。

【译文】

我写的宾白,虽然有一点儿长,然而开始写的时候,没有达到完美程度,常有应当俭约而没有俭约,以留余幅等待剪裁,于是不知不觉流为散漫的。今天看来,都是吴下阿蒙的手笔。如果老天爷给我时间,使得我在已经留传的十种曲之外,另外写作新词,则能保证它们如犬夜鸡晨,鸣乎它所应当鸣,默乎它所不得不默。

字分南北

【题解】

"字分南北"一款,说的是传奇宾白与唱词,语言风格须保持一致。他特别提到"北曲"与"南曲",人物说话、称呼,皆不同,唱词中人物用"北曲"语言,则宾白亦用"北曲"语言;若是"南曲",亦如此。不能混用,成为所谓"两头蛮"。这其实是讲艺术的统一性。

北曲有北音之字，南曲有南音之字，如南音自呼为"我"，呼人为"你"，北音呼人为"您"，自呼为"俺"为"咱"之类是也。世人但知曲内宜分，乌知白随曲转，不应两截。此一折之曲为南，则此一折之白悉用南音之字；此一折之曲为北，则此一折之白悉用北音之字。时人传奇多有混用者，即能间施于净丑，不知加严于生旦；止能分用于男子，不知区别于妇人。以北字近于粗豪，易入刚劲之口，南音悉多娇媚，便施窈窕之人①。殊不知声音驳杂，俗语呼为"两头蛮"，说话且然，况登场演剧乎？此论为全套南曲、全套北曲者言之，南北相间，如《新水令》、《步步娇》之类，则在所不拘。

【注释】

①窈窕：常指女子文静而美好。《诗经·周南·关雎》有"窈窕淑女，君子好逑"句。

【译文】

北曲有北音之字，南曲有南音之字，譬如南音自呼为"我"，呼人为"你"，北音呼人为"您"，自呼为"俺"为"咱"之类就是如此。世人只知曲内应分南北，哪里知道宾白也要随曲而行，不应成为两截。这一折的曲为南，那么这一折的宾白都要用南音之字；这一折的曲为北，那么这一折的宾白也都应该用北音之字。时人的传奇多有混用的，能够间或施于净丑，不知道更应严格用于生旦；只能分用于男子，不知道要区别于妇人。因为北字近于粗豪，容易入刚劲之口，南音更多的是娇媚，便于用在窈窕女子身上。殊不知声音驳杂，俗话称为"两头蛮"，说话尚且如此，何况登场演剧呢？这是说的全套南曲、全套北曲，南北相间的，如《新水令》、《步步娇》之类，那就在所不拘。

文贵洁净

【题解】

"文贵洁净",说的是传奇语言一定要干净简洁,不啰哩啰嗦,不拖泥带水。李渔说得好:"洁净者,简省之别名也。洁则忌多,减始能净。"作者往往舍不得割爱,"常有人以为非,而自认作是者;又有初信为是,而后悔其非者。文章出自己手,无一非佳;诗赋论其初成,无语不妙"。李渔劝作者一定要克服此种心理,把所有杂芜的东西全都删去,以洁净为贵。

　　白不厌多之说,前论极详,而此复言洁净。洁净者,简省之别名也。洁则忌多,减始能净,二说不无相悖乎?曰:不然。多而不觉其多者,多即是洁;少而尚病其多者,少亦近芜。予所谓多,谓不可删逸之多,非唱沙作米、强凫变鹤之多也①。作宾白者,意则期多,字惟求少,爱虽难割,嗜亦宜专。每作一段,即自删一段,万不可删者始存,稍有可削者即去。此言逐出初填之际②,全稿未脱之先,所谓慎之于始也。然我辈作文,常有人以为非,而自认作是者;又有初信为是,而后悔其非者。文章出自己手,无一非佳;诗赋论其初成,无语不妙。迨易日经时之后,取而观之,则妍媸好丑之间,非特人能辨别,我亦自解雌黄矣③。此论虽说填词,实各种诗文之通病,古今才士之恒情也。凡作传奇,当于开笔之初,以至脱稿之后,隔日一删,逾月一改,始能淘沙得金,无瑕瑜互见之失矣。此说予能言之不能行之者,则人与我中分其咎④。予终岁饥驱,杜门日少,每有所作,率多草草成篇,章名急就,非不欲删,非不欲改,无可删可改之时也。每成一剧,才落毫端,即为坊人攫去,下半犹未脱稿,上半业已灾梨⑤;非止灾梨,彼伶工之捷足者,又复灾其肺肠,灾其唇舌,遂使一成不改,终为痼疾难医⑥。予非不务洁净,天实使之,谓之何哉!

【注释】

①唱沙作米、强凫变鹤:以少充多、强短为长。《南史·檀道济传》载,南朝(宋)檀道济领军,唱沙作米,以示粮足;《庄子·骈拇》:"长者不为有余,短者不为不足,是故凫胫虽短,续之则忧;鹤胫虽长,断之则悲。"

②出:芥子园本作"出",有的本子作"齣",有的作"齝"。

③雌黄:古人校书,常用雌黄涂改文字,故雌黄有涂改推敲文字之意。

④咎(jiù):过错。

⑤灾梨:灾及梨木,即以梨木为板刻印发表。

⑥痼疾:芥子园本作"痼疾",有的本子作"锢疾",今从芥子园本。

【译文】

宾白不厌其多之说,前面论述得极为详细,而这里再说洁净。所谓洁净,就是简省的别名。洁则忌多,减才能净,二者不是有些相悖离之处吗?回答是:不然。多而不觉得它多的,多就是洁;少而还嫌它多的,少也近乎芜杂。我所谓多,是说的不可删逸之多,而不是唱沙作米、强凫变鹤之多。写作宾白的人,表达的意思希望多,而用的字句却追求少,爱虽难以割舍,嗜好也应该专一。每写一段,就自己删改一段,万不可删改的才保留,稍有可以删削的地方就去掉。这些话说的是起手填词之际,全稿未完之前,所谓在做事开始的时候要谨慎。然而我们这些人写文章,常常有人以为非、而自以为是的毛病;又有最初自信为是,到后来悔其为非的。文章出于自己之手,没有一篇不好;诗赋看它初次成稿,没有一语不妙。等过了一些时日之后,再拿来看看,那么它的妍媸好丑之间,不但别人能够辨别长短,我自己也能够看出优劣来了。这里虽然说的是填词,实际上是各种诗文的通病,是古今才士的常情。凡是创作传奇,应当在开笔之初,以至脱稿之后,隔日一删,逾月一改,才能淘沙得金,不致存在瑕瑜互现的毛病。这些话,之所以我能说而不能实行,则人与我的责任各占一半。我一年到头为生计所驱使,杜门撰著的日子少,每有所作,大多草草成篇,是急就章,不是不想删节,不是不想修改,而是没有进行删改的时间啊。每写成一部剧,才刚刚放下笔,就被书商作坊拿了去,下半部还没有脱稿,已经写好的上半部就已经刊刻了;不只是刊刻,那些捷足先登的优伶,又已经记在肺肠里,念在唇舌间,以至于造成了作品一成不改、终为痼疾的难医之病。我不是不求洁净,实在是老天爷使之如此,还能说什么呢!

意取尖新

【题解】

　　"尖新",按李渔自己的解释,与"纤巧"意思相同,"传奇之为道也,愈纤愈密,愈巧愈精"。"尖新",又是对"老实"而言,"词人忌在老实,老实二字,即纤巧之仇家敌国也"。其实,依李渔一贯的思想,"尖新"还有一个重要意思,即新鲜而不陈腐,生动活泼,富有表现力、吸引力和感染力。李渔之"尖新",含有王骥德《曲律·论句法第十七》之"溜亮"、"轻俊"、"新采"、"芳润"等意思在内,趣味十足,令人眉扬目展。好的戏剧,不论唱词还是宾白,都应该是"机趣"、"尖新"的。例如老舍《茶馆》第二幕中一段台词:唐铁嘴对王利发说:"我已经不抽大烟了!"王利发对此很惊讶:"真的? 你可要发财了!"接下去唐铁嘴的台词可谓"尖新"、"机趣":"我改抽'白面'啦。你看,哈德门烟又长又松,一顿就空出一大块,正好放'白面儿'。大英帝国的烟,日本的'白面儿',两大强国侍候着我一个人,这点福气还小吗?"

纤巧二字,行文之大忌也,处处皆然,而独不戒于传奇一种。传奇之为道也,愈纤愈密,愈巧愈精。词人忌在老实,老实二字,即纤巧之仇家敌国也。然纤巧二字,为文人鄙贱已久,言之似不中听,易以尖新二字,则似变瑕成瑜。其实尖新即是纤巧,犹之暮四朝三①,未尝稍异。同一话也,以尖新出之,则令人眉扬目展,有如闻所未闻;以老实出之,则令人意懒心灰,有如听所不必听。白有尖新之文,文有尖新之句,句有尖新之字,则列之案头,不观则已,观则欲罢不能;奏之场上,不听则已,听则求归不得。尤物足以移人②,尖新二字,即文中之尤物也。

【注释】

①暮四朝三:喻指只是换一个说法,实质未变。《庄子·齐物论》中讲一个人用"芧"喂猕猴,说"朝三而暮四",众猴皆怒;说"朝四而暮三",则众猴皆喜。

②尤物:特美之女子。《左传·昭公二十八年》:"夫有尤物,足以移人。"

【译文】

纤巧两个字,是作文的大忌,处处都如此,而唯独创作传奇是例外。创作传奇的道理,是愈纤愈密,愈巧愈精。词人之忌在于老实,老实两个字,就是纤巧的仇家敌国啊。然而纤巧两个字,已经为文人所鄙贱很久了,说起来似乎不中听,若改成尖新两个字,则好像变缺点成优点。其实尖新就是纤巧,就如同《庄子·齐物论》中把"朝三而暮四"改成"朝四而暮三"一样,没有什么差别。同一句话,用尖新之语说出,就令人眉扬目展,有如闻所未闻;用老实之语说出,则令人意懒心灰,有如听所不必听。宾白有尖新之文,文有尖新之句,句有尖新之字,那么把它放在案头,不看则已,一看则欲罢不能;在戏场上演奏,不听则已,一听想回家都不能够了。尤物足以移人,尖新二字,就是文中的尤物啊。

少用方言

【题解】

使用方言,的确是一个值得讨论的问题。李渔当年不主张使用方言,是为了便于戏曲能够让不同地区的观众都听得懂:"凡作传奇,不宜频用方言,令人不解。近日填词家,见花面登场悉作姑苏口吻,遂以此为成律,每作净丑之白,即用方言,不知此等声音,止能通于吴越,过此以往,则听者茫然。传奇天下之书,岂仅为吴越而设?"

令人感兴趣的还有李渔在这一款无意中触及到了创作的一个重要问题,用我们今天的话来说就是:生活是创作的源泉。他是从对《孟子》中"褐"字如何释义悟出这个道理来的。李渔认为连博学如朱熹者,对"褐"字也未能甚解,原因何在? 在于朱熹生活在南方而不了解北方的生活。李渔游历西北,见"土著之民,人人衣褐",才知道《孟子》"自反而缩,虽褐宽博,吾不惴焉"中"褐"之真义。原来,当地土著,以此一物而总"衫裳襦裤","日则披之当服,夜则拥以为衾",是以"宽博"。由此,李渔幡然大悟:"太史公著书,必游名山大川,其斯之谓欤!"创作无诀窍,生活是基础。大约古今中外概莫能外。

填词中方言之多,莫过于《西厢》一种,其余今词古曲,在在有之。非止词曲,即《四书》之中,《孟子》一书亦有方言,天下不知而予独知之,予读《孟子》五十余年不知,而今知之，请先毕其说。儿时读"自反而缩，虽褐宽博，吾不惴焉"①，观朱注云："褐，贱者之服；宽博，宽大之衣。"心甚惑之。因生南方，南方衣褐者寡，间有服者，强半富贵之家，名虽褐而实则绒也。因讯蒙师，谓褐乃贵人之衣，胡云贱者之服？既云贱衣②，则当从约，短一尺，省一尺购办之资，少一寸，免一寸缝纫之力，胡不窄小其制而反宽大其形，是何以故？师默然不答。再询，则顾左右而言他③。具此狐疑，数十年未解。及近游秦塞，见其土著之民，人人衣褐，无论丝罗罕觏④，即见一二衣布者，亦类空谷足音。因地寒不毛，止以牧养自活，织牛羊之毛以为衣，又皆粗而不密，其形似毯，诚哉其为贱者之服，非若南方贵人之衣也！又见其宽则倍身，长复扫地。即而讯之，则曰："此衣之外，不复有他，衫裳襦裤，总以一物代之，日则披之当服，夜则拥以为衾，非宽不能周遭其身，非长不能尽覆其足。《鲁论》'必有寝衣⑤，长一身有半'，即是类也。"予始幡然大悟曰："太史公著书，必游名山大川，其斯之谓欤！"盖古来圣贤多生西北，所见皆然，故方言随口而出。朱文公南人也⑥，彼乌知之？故但释字义，不求甚解，使千古疑团，至今未破，非予远游绝塞，亲觏其人，乌知斯言之不谬哉？由是观之，《四书》之文犹不可尽法，况《西厢》之为词曲乎？凡作传奇，不宜频用方言，令人不解。近日填词家，见花面登场悉作姑苏口吻⑦，遂以此为成律，每作净丑之白，即用方言，不知此等声音，止能通于吴越，过此以往，则听者茫然。传奇天下之书，岂仅为吴越而设？至于他处方言，虽云入曲者少，亦视填词者所生之地。

如汤若士生于江右⑧，即当规避江右之方言，粲花主人吴石渠生于阳羡⑨，即当规避阳羡之方言。盖生此一方，未免为一方所囿。有明是方言，而我不知其为方言，及入他境，对人言之而人不解，始知其为方言者。诸如此类，易地皆然。欲作传奇，不可不存桑弧蓬矢之志⑩。

【注释】

①"自反而缩"以下三句：见《孟子·公孙丑上》。原文是"自反而不缩，虽褐宽博，吾不惴焉"。杨伯峻译文：反躬自问，正义不在我，对方纵是卑贱的人，我不去恐吓他。不惴焉，不使他惧怕。

②贱衣：有的本子作"贱矣"。

③顾左右而言他：躲避正面回答问题。语见《孟子·梁惠王下》。

④觏(gòu)：遇见。

⑤《鲁论》：鲁派《论语》。寝衣：语见《论语·乡党》："必有寝衣，长一身有半。"寝衣，即被，长度是身长的一又二分之一。

⑥朱文公南人也：朱文公，即朱熹(1130—1200)，字元晦，号晦庵，徽州婺源(今属江西)人，南宋理学家，宋代理学的集大成者，绍兴十八年(1148)中进士，历仕高宗、孝宗、光宗、宁宗四朝，嘉定二年(1209)诏赐遗表恩泽，谥曰文，故称朱文公。

⑦姑苏：即江苏吴县，今属江苏苏州。

⑧江右：长江之右。汤显祖是临川人，故称江右。

⑨吴石渠：即吴炳(1595—1645)，号粲花主人，江苏阳羡(今江苏宜兴)人，明末戏曲家，著有传奇《画中人》、《西园记》、《情邮记》、《绿牡丹》、《疗妒羹》等，称为《粲花五种》。

⑩桑弧蓬矢之志：古代诸侯生子仪式，桑做弓，蓬做箭，射向四方，象征志在四方。

【译文】

填词中方言之多，没有超过《西厢记》的，其余今词古曲之中，也有好多。不只是词曲，就是《四书》之中，《孟子》一书也有方言，天下人不知而唯独我知，我读《孟子》五十多年不知，而今天方知，请让我先说完这个意思。儿时读《孟子·公孙丑》"自反而缩，虽褐宽博，吾不惴焉"，看见朱熹注道："褐，贱者之服；宽博，宽大之衣。"心中甚感疑惑。因为生在南方，南方穿褐衣者少，间或有穿的，大半是富贵之家，名虽叫褐而实际上则是绒。因而请教蒙师：蒙师说褐乃贵人之衣，为什么说是贱者之服呢？既然说是贱衣，就应当俭约，短一尺，省一尺购办之资金，少一寸，免一寸缝纫之力气，为什么它的样子不做得窄小一点儿而反要做得很宽大，这是什么原因呢？老师默然不答。再问，蒙师就顾左右而言他了。怀着这个疑问，数十年没有解开。直到近日游历秦塞，看见那里的土著之民，人人衣褐，不要说丝罗是罕见之物，就是看见一两个穿布衣的，也好像空谷足音。因为身处严寒不毛之地，只以放牧牛羊养活自己，织牛羊之毛做成衣服，又都粗而不密，它的形状像毯子，的确是贱者之服，不是像南方那种贵人之衣啊！又看见褐宽的是身体的一倍，而其长则又拖地。既而问他们，答道："这件衣服之外，不再有其他衣服，衫裳襦裤，总用这一件东西来代替，白天披着它当衣服，夜晚则盖着它当被子，不宽不能把身子围起来，不长不能完全把脚也遮盖住。《鲁论》所谓'必有寝衣，长一身有半'，就是说的这类东西。"我这才恍然大悟，说："太史公著书，一定游历名山大川，说的就是这一点啊！"原来古代圣贤多生在西北，所见都是这样，所以方言随口而出。朱文公是南方人，他哪里知道这些？因此只解释字义，不求甚解，使得千古疑团，至今未破，若不是我远游绝塞，亲见其人，哪里知道这话说得不错呢？由此看来，《四书》之文尚且不可完全效法，何况《西厢记》这种词曲呢？凡作传奇，不宜于频繁使用方言，令人不解。近日填词家，见花面登场都作姑苏人的口吻，于是以它作为成规，每写净丑之宾白，就用方言，不知这种声音,只能通于吴越,越过此地到了别处,则听者茫然。传奇乃是天下之书,岂能仅为吴越而设？至于其他地方的方言,虽说入曲者少,也要看填词者所生之地。如汤显祖生于江右,就应当规避江右的方言,粲花主人吴石渠生于阳羡,就应当规避阳羡的方言。因为生在这一个地方,未免为这个地方所圈限。有的明明是方言,而我不知它是方言,等到进入其他地界,对人说它而人不理解,才知它是方言。诸如此类,不同地方都是如此。要想作传奇,不可不存四方之志。

时防漏孔

【题解】

　　"时防漏孔"一款,是李渔特别提请传奇作家注意防止各种纰漏:譬如,前后不一致,有呼不应;或者发生常识性的错误,如把《玉簪记》之"道姑"陈妙常,误作"尼僧",等等。这就需要作者提高修养,广博知识,增强责任感,以对社会、对读者负责的态度进行写作。

　　一部传奇之宾白,自始至终,奚啻千言万语[①]。多言多失,保无前是后非,有呼不应,自相矛盾之病乎？如《玉簪记》之陈妙常,道姑也,非尼僧也,其白云"姑娘在禅堂打坐",其曲云"从今孽债染缁衣","禅堂"、"缁衣"皆尼僧字面,而用入道家,有是理乎？诸如此类者,不能枚举。总之,文字短少者易为检点,长大者难于照顾。吾于古今文字中,取其最长最大,而寻不出纤毫渗漏者,惟《水浒传》一书。设以他人为此,几同笊篱贮水、珠箔遮风,出者多而进者少,岂止三十六个漏孔而已哉！

【注释】

①奚啻(chì)：哪里止于。奚，疑问词。啻，仅仅，只有。

【译文】

一部传奇的宾白，自始至终，何止千言万语。多言多失，能保证没有前是后非，有呼不应，自相矛盾的毛病吗？如《玉簪记》中的陈妙常，是一个道姑，而不是尼僧，其宾白道"姑娘在禅堂打坐"，其词曲云"从今葺债染缁衣"，"禅堂"、"缁衣"都是尼僧说的话，而用在道家身上，有这个道理吗？诸如此类的情况，不能枚举。总之，文字短小的容易检点，而文字又长又多的则难于照顾。我在古今文字之中，取其最长最大，而找不出纤毫渗漏的，唯有《水浒传》一书。假设别的人写这书，大概如同筘篱贮水、珠箔遮风一样，出的多而进的少，岂止是三十六个漏孔就完了呢！

科诨第五　　计四款

【题解】

"科诨"即"插科打诨",说的是传奇演员在舞台表演的时候穿插进去许多引人发笑的动作和语言。这个术语来自明代高明《琵琶记·报告戏情》:"休论插科打诨,也不寻宫数调,只看子孝与妻贤。"戏曲中插科打诨并非"小道",也非易事。李渔《科诨第五》"贵自然"款中把它比作"看戏之人参汤",乃取其"养精益神"之意。这个比喻虽不甚确切,却很有味道。科诨是什么?表面看来,就是逗乐、调笑;但是,往内里想想,其中有深意存焉。人生有悲有喜,有哭有笑。悲和哭固然是免不了的,喜和笑也是不可缺少的。试想,如果一个人不会笑、不懂得笑,那将何等悲哀、何等乏味?会笑乃是人生的一种财富。戏剧的功能之一就是娱乐性;娱乐,就不能没有笑。戏曲中的笑(包括某部戏中的插科打诨,也包括整部喜剧),说到底也是基于人的本性。但是,它有一个最低限,那就是经过戏曲家的艺术创造,它必须是具有审美意味的、对人类无害有益的。这是戏曲中笑的起跑线。从这里起跑,戏曲家有着无限广阔的创造天地,可以是低级的滑稽,可以是高级的幽默,可以是正剧里偶尔出现的笑谑(插科打诨),可以是整部精彩的喜剧……当然,不管是什么情况,观众期盼着的都是艺术精品,是戏曲作家和演员的"绝活"。

插科打诨,填词之末技也,然欲雅俗同欢,智愚共赏,则当全在此处留神。文字佳,情节佳,而科诨不佳①,非特俗人怕看,即雅人韵士,亦有瞌睡之时。作传奇者,全要善驱睡魔,睡魔一至,则后乎此者虽有《钧天》之乐②,《霓裳羽衣》之舞③,皆付之不见不闻,如对泥人作揖、土佛谈经矣。予尝以此告优人,谓戏文好处,全在下半本。只消三两个瞌睡,便隔断一部神情,瞌睡醒时,上文下文已不接续,即使抖起精神再看,只好断章取义,作零出观。若是,则科诨非科诨,乃看戏之人参汤也。养精益神,使人不倦,全在于此,可作小道观乎?

【注释】

①科诨:科,古代戏曲剧本指示角色动作的用语。诨,诙谐逗趣的话。

②《钧天》:神话中天上的音乐《钧天广乐》的简称。

③《霓裳羽衣》:唐代著名歌舞,白居易《长恨歌》曾写及,已见前注。

【译文】

插科打诨,算是填词的末技,然而要想雅俗同欢,智愚共赏,那就应当全在此处留神。文字佳,情节佳,而科诨不佳,不但俗人怕看,就是雅人韵士,也有打瞌睡的时候。作传奇的人,全要善于驱赶睡魔,因为睡魔一到,则此后虽有《钧天》之乐,《霓裳羽衣》之舞,都令人不见不闻,如同对泥人作揖、土佛谈经了。我曾把这话告诉优人,说戏文的好处,全在下半本。只消三两个瞌睡,就会隔断一部剧的神情,瞌睡醒来的时候,上文下文已经不能接续,即使抖起精神再看,也只好断章取义,当作零出来看。若是这样,那么科诨不是科诨,乃是看戏的人参汤啊。养精益神,使人不倦,全在这里,能把它当作小道来看吗?

戒淫亵

【题解】

"戒淫亵"和下一款"忌俗恶",是从反面对科诨提出的要求,即戏曲应该避免低级下流和庸俗不堪。李渔认为,戏曲不能用些"脏话"和"脏事"(不堪入目的动作)来引人发笑,这实在是应该禁戒的恶习。

戏文中花面插科,动及淫邪之事,有房中道不出口之话,公然道之戏场者。无论雅人塞耳,正士低头,惟恐恶声之污听,且防男女同观,共闻亵语,未必不开窥窃之门[1],郑声宜放,正为此也。不知科诨之设,止为发笑,人间戏语尽多,何必专谈欲事?即谈欲事,亦有"善戏谑兮,不为虐兮"之法[2],何必以口代笔,画出一幅春意图,始为善谈欲事者哉?人问:善谈欲事,当用何法?请言一二以概之。予曰:如说口头俗语,人尽知之者,则说半句,留半句,或说一句,留一句,令人自思。则欲事不挂齿颊,而与说出相同,此一法也。如讲最亵之话虑人触耳者,则借他事喻之,言虽在此,意实在彼,人尽了然,则欲事未入耳中,实与听见无异,此又一法也。得此二法,则无处不可类推矣。

【注释】

①窥窃:男女情爱之事。

②善戏谑(xuè)兮,不为虐兮:善于开玩笑,不过分。语出《诗经·卫风·淇奥》:"善戏谑兮,不为虐兮。"戏谑,开玩笑。虐,过分。

【译文】

戏文之中花面插科打诨,触及淫邪之事,有房中说不出口的话,公然在戏场之中说出来。不论雅人塞耳,还是正士低头,都惟恐这种令人厌恶的声音污染了耳朵;而且须防止男女一同看戏,共同听那些猥亵之语,未必不开男女苟且之门,郑声应该放逐,正是为此。不知设计科诨,只为发笑,人间戏语很多,何必专谈淫欲之事?就是谈淫欲之事,也有"善戏谑兮,不为虐兮"的方法,何必以嘴代笔,画出一幅春意图,才算是善谈淫欲之事呢？有人问：善谈淫欲之事，应当用何种方法？请说一二来概括它。我说：如说口头俗话，人人尽知的，则说半句，留半句，或说一句，留一句，令人自己去想。那么淫欲之事不挂在嘴上，而与说出来相同，这是一种方法。如讲最淫亵之语而顾虑刺人耳朵，那就借其他事来比喻，说的虽然在这里，意思实际在那里，大家都知道，这样淫欲之事未入耳中，实在与听见无异，这又是一种方法。有这两种方法，则无处不可以类推了。

忌俗恶

【题解】

"忌俗恶"这一款，李渔要求科诨语言既要"近俗"，又不要"太俗"，二者之间有一个"度"。优秀的戏曲家总是能够恰如其分地掌握这个"度"，某些戏曲家的毛病则在于失"度"而流于下流和庸俗，这是科诨之忌。

科诨之妙，在于近俗，而所忌者，又在于太俗。不俗则类腐儒之谈，太俗即非文人之笔。吾于近剧中，取其俗而不俗者，《还魂》而外，则有《粲花五种》①，皆文人最妙之笔也。《粲花五种》之长，不仅在此，才锋笔藻，可继《还魂》，其稍逊一筹者，则在气与力之间耳。《还魂》气长，《粲花》稍促；《还魂》力足，《粲花》略亏。虽然，汤若士之"四梦"②，求其气长力足者，惟《还魂》一种，其余三剧则与《粲花》并肩。使粲花主人及今犹在，奋其全力，另制一种新词，则词坛赤帜③，岂仅为若士一人所攫哉？所恨予生也晚，不及与二老同时。他日追及泉台④，定有一番倾倒，必不作妒而欲杀之状，向阎罗天子掉舌，排挤后来人也。

【注释】

①《粲花五种》：晚明戏曲家吴炳(1595—1648)所作传奇五种《画中人》、《疗妒羹》、《绿牡丹》、《西园记》和《情邮记》，合称《粲花五种》或《粲花斋五种曲》。

②汤若士之"四梦"：汤显祖之《牡丹亭》、《邯郸记》、《南柯记》、《紫钗记》四剧都写到梦，世称"四梦"。

③赤帜：《史记·淮阴侯列传》中韩信与赵王战，"拔赵帜立汉赤帜"，因而"赤帜"表示胜利的旗帜。

④泉台：九泉之下，坟墓。

【译文】

科诨之妙，在于近俗，而所忌讳的，又在于太俗。不俗则类似于腐儒的谈吐，太俗则不是文人的笔触。我在近来的剧中，寻找俗而不俗的剧目，《还魂》而外，则有《粲花五种》，都是文人最妙之笔啊。《粲花五种》之长，不仅在这里，其才气之锋芒和笔墨之文藻，可追《还魂》，其稍逊一筹的地方，就在气与力之间。《还魂》气长，《粲花》稍嫌短促；《还魂》力足，《粲花》略微亏欠。即使这样，汤显祖"四梦"之中，求其气长力足的，唯有《还魂》一种，其余三剧则与《粲花》差不多。假使粲花主人现在依然健在，奋其全力，另外创制一种新词，那么词坛之赤帜，难道仅为汤显祖一人所扛吗？所恨我生得晚，没有赶上与二老同时。他日在泉台之下相见，定然诉说一番倾倒之情，绝不会作妒而欲杀之状，向阎罗天子饶舌，排挤后来之人。

重关系

【题解】

"重关系"和下一款"贵自然"，是从正面对科诨提出的要求。他所谓"重关系"，是要求"于嘻笑诙谐之处，包含绝大文章；使忠孝节义之心，得此愈显"，嬉笑之中含有深意。

科诨二字，不止为花面而设，通场脚色皆不可少。生旦有生旦之科诨，外末有外末之科诨，净丑之科诨则其分内事也。然为净丑之科诨易，为生旦外末之科诨难。雅中带俗，又于俗中见雅；活处寓板，即于板处证活。此等虽难，犹是词客优为之事。所难者，要有关系。关系维何？曰：于嬉笑诙谐之处，包含绝大文章；使忠孝节义之心，得此愈显。如老莱子之舞斑衣①，简雍之说淫具②，东方朔之笑彭祖面长③，此皆古人中之善于插科打诨者也。作传奇者，苟能取法于此，是科诨非科诨，乃引人入道之方便法门耳。

【注释】

①老莱子之舞斑衣：传说老莱子年七十，为娱双亲而着五彩斑衣、作婴儿状，戏舞于父母面前。

②简雍之说淫具：简雍是三国时刘备的谈客，据其《传记》说，刘备拜简雍为昭德将军。时天旱禁酒，凡酿酒者处以刑罚。简雍与刘备游观，路上见一男女，简雍对刘备说："他们要行淫，为什么不抓起来？"刘备曰："你怎么知道他们行淫？"简雍对曰："他们有行淫之具，与欲酿者同。"刘备大笑，而原谅"欲酿"者。

③东方朔之笑彭祖面长：东方朔（前154—前93），汉武帝之臣属，本姓张，字曼倩，善词赋，颇有政治才能，但汉武帝始终把他当俳优看待，不得重用。他性格诙谐，言词敏捷，滑稽多智，常在武帝前谈笑取乐。

【译文】

科诨二字，不只是为花面而设，通场脚色都不可少。生旦有生旦的科诨，外末有外末的科诨，净丑的科诨则是他们的分内之事。然而作净丑的科诨容易，作生旦外末的科诨困难。雅中带俗，又在俗中见雅；活处寓板,就于板处证活。这样的科诨虽然难,还是词客擅长的事情。所困难的地方,在于要有关系。关系是什么? 回答是:在嘻笑诙谐之处,包含着绝大文章;使忠孝节义之心,叫它愈发彰显。如老莱子之舞斑衣,简雍之说淫具,东方朔之笑彭祖面长,这都是古人之中善于插科打诨的人。作传奇的人,如果能够取法于此,这样科诨就不是简单的科诨,而成为引人入道的方便法门了。

贵自然

【题解】

"贵自然",是提倡科诨要自然天成,"我本无心说笑话,谁知笑话逼人来"。他所举"简雍之说淫具"和"东方朔之笑彭祖面长",意味深长,雅俗共赏,非常有趣,的确是令人捧腹的好例子。

科诨虽不可少,然非有意为之。如必欲于某折之中,插入某科诨一段,或预设某科诨一段,插入某折之中,则是觅妓追欢,寻人卖笑,其为笑也不真,其为乐也亦甚苦矣。妙在水到渠成,天机自露。"我本无心说笑话,谁知笑话逼人来",斯为科诨之妙境耳。如前所云简雍说淫具,东方朔笑彭祖,即取二事论之。蜀先主时,天旱禁酒,有吏向一人家索出酿酒之具,论者欲置之法。雍与先主游,见男女各行道上,雍谓先主曰:"彼欲行淫,请缚之。"先主曰:"何以知其行淫?"雍曰:"各有其具,与欲酿未酿者同,是以知之。"先主大笑,而释蓄酿具者。汉武帝时,有善相者,谓人中长一寸①,寿当百岁。东方朔大笑,有司奏以不敬。帝责之,朔曰:"臣非笑陛下,乃笑彭祖耳。人中一寸则百岁,彭祖岁八百,其人中不几八寸乎？人中八寸，则面几长一丈矣，是以笑之。"此二事，可谓绝妙之诙谐，戏场有此，岂非绝妙之科诨？然当时必亲见男女同行，因而说及淫具；必亲听人中一寸寿当百岁之说，始及彭祖面长，是以可笑，是以能悟人主。如其未见未闻，突然引此为喻，则怒之不暇，笑从何来？笑既不得，悟从何有？此即贵自然、不贵勉强之明证也。吾看演《南西厢》，见法聪口中所说科诨，迂奇诞妄，不知何处生来，真令人欲逃欲呕，而观者听者绝无厌倦之色，岂文章一道，俗则争取，雅则共弃乎？

【注释】

①人中：面部上唇正中的一个穴位。

【译文】

科诨虽然必不可少，但并非有意为之。如果必想在某折之中，插入某一段科诨，或预设某一段科诨，插入某折之中，那就是觅妓追欢、寻人卖笑，这样，他笑的不真，乐的也太苦了。妙在水到渠成，天机自己显露出来。"我本无心说笑话，谁知笑话逼人来"，这才是科诨的妙境啊。如前面所说的简雍说淫具，东方朔笑彭祖，就拿这两件事情来说吧。蜀先主刘备的时候，天旱禁酒，有官吏在一个人家搜索出酿酒之具，论者想依法处置。简雍与先主出游，看见一男一女各自走在路上，简雍对先主说："他们想行淫，请把他们绑了。"先主说："怎么知道他们行淫？"简雍说："他们各有那东西，与欲酿未酿者一样，因此而知道。"先主大笑，释放了那些蓄藏酿具的人。汉武帝时候，有善于相面的，说人中长一寸，能活百岁。东方朔大笑，有关官员上奏皇帝说他不敬。皇帝问责，东方朔说："臣不是笑陛下，而是笑彭祖。人中一寸则能活百岁，彭祖八百岁，他的人中不是几乎八寸了吗？人中八寸，那么他的脸面差不多要一丈长了,因此而笑。"这两件事,可说是绝妙的诙谐,戏场有了这样的诙谐,岂不是绝妙的科诨? 然而当时必须亲见男女同行,因而说及淫具;必须亲听人中一寸寿当百岁之说,才说到彭祖面长,这才可笑,因此能够启悟人主。如果他们未见未闻,突然引此为比喻,那么皇帝发怒还没功夫呢,哪里来的笑? 笑既不得,启悟又从哪里来? 这就是贵自然、不贵勉强的明证。我看《南西厢》的演出,见法聪口中所说的科诨,迂奇诞妄,不知从哪里产生出来,真是令人欲逃欲呕,而观者听者绝无厌倦之色,难道文章一道,俗则争相攫取,雅则共同抛弃吗?

格局第六　计五款

【题解】

　　"格局"即一部传奇整体布局,属于"结构"范畴。谈到"格局",中国戏曲与西洋戏剧虽有某些相近的地方,但又显出自己的民族特色。一部完整的戏剧,总是有"开端""进展""高潮""结尾"等几个部分,无论中国戏曲还是西洋戏剧大致都如此。但是如何"开端",如何"进展","高潮"是怎样的,"结尾"又是何种样态,中、西又有明显的不同。李渔《格局第六》中所谈五款"家门""冲场""出脚色""小收煞""大收煞",总结的纯粹是中国戏曲的艺术经验。与西洋戏剧相比,不但这里所用的术语很特别,而且内涵也大相径庭。我们不妨将二者加以对照。西洋戏剧的所谓"开端",是指"戏剧冲突的开端",而不是中国人习惯上的那种"故事的开端"。开端之后随着冲突的迅速展开和进展很快就达到高潮,而高潮是冲突的顶点,也就意味着冲突的很快解决,于是跟着高潮马上就是结尾。例如古希腊著名悲剧《俄狄浦斯王》,开端是忒拜城发生大瘟疫,冲突很快展开并迅速进展,马上就要查出造成瘟疫的原因——找到杀死前国王的凶手,而找到凶手(俄狄浦斯王自己),也就是高潮,紧接着就是结尾,全剧结束,显得十分紧凑。至于故事的全过程,冲突的"前史",如俄狄浦斯王从出生到弑父、娶母、生儿育女……则在剧情发展中通过人物之口补叙。易卜生的《玩偶之家》更是善于从收场处开幕,然后再用简短的台词说明过去的事件。全剧从开端到结尾,写了两天多一点时间,冲突展开得很迅速,高潮后也不拖泥带水。一部西洋戏剧,其舞台时间一般都只有两三个小时,戏剧家就要让观众在这两三个小时内,看到一个戏剧冲突从开端到结尾的全过程。所以,西方戏剧家写戏,认为关键在于找到戏剧冲突,特别要抓住冲突的高潮。而高潮又总是连着结尾。找到冲突的高潮和冲突的解决(结尾),一部戏剧自然也就瓜熟蒂落。因此，西方戏剧家往往从结尾写起。但是，中国人的审美习惯则不同。中国人喜欢看有头有尾的故事。所以，中国戏曲作家写戏，往往着重寻找一个有趣的、有意义的故事，而不是像西方戏剧家那样着眼于冲突。中国戏曲当然不是不要冲突，而是让冲突包含在故事之中；西洋戏剧当然也不是不要故事，而是在冲突中附带展开故事。由此，中国戏曲的开端往往不是像西洋戏剧那样从戏剧冲突的开端开始，而是从整个故事的开端开始。中国戏曲，特别是宋元南戏和明清传奇，叙述故事总是从"开天辟地"讲起，而且故事情节进展较慢，开端离高潮相当远，结尾又离高潮相当远，一部传奇往往数十出，还要分上半部、下半部，整部戏演完，费时十天半月是常事，这就像中国数千年的农业社会那样漫长。所以，看中国戏，性急不得，你得慢悠悠耐着性子来。

　　传奇格局，有一定而不可移者，有可仍可改、听人自为政者。开场用末[①]，冲场用生；开场数语，包括通篇，冲场一出，蕴酿全部，此一定不可移者。开手宜静不宜喧，终场忌冷不忌热，生旦合为夫妇，外与老旦非充父母即作翁姑，此常格也。然遇情事变更，势难仍旧，不得不通融兑换而用之，诸如此类，皆其可仍可改，听人为政者也。近日传奇，一味趋新，无论可变者变，即断断当仍者，亦加改窜，以示新奇。予谓文字之新奇，在中藏，不在外貌，在精液，不在渣滓，犹之诗赋古文以及时艺，其中人才辈出，一人胜似一人，一作奇于一作，然止别其词华，未闻异其资格。有以古风之局而为近律者乎？有以时艺之体而作古文者乎？绳墨不改，斧斤自若，而工师之奇巧出焉。行文之道，亦若是焉。

【注释】

①末：元杂剧和明清传奇的角色行当，主要有生、末、净、旦、丑，还有外，末扮演中年男子，生主要扮演青年男子，外主要扮演老年男子。

【译文】

传奇的格局，有一定而不可挪移的，有可遵从可改动、听人自为做主的。开场用末角儿，冲场用生角儿；开场几句话，包括通篇内涵，冲场一出来，酝酿全部主旨，这是一定不可改移的。开手的时候宜静不宜喧，终场的时候忌冷不忌热，生旦合为夫妇，外与老旦不是充父母就是作公婆，这是常格。然而遇到情事变更，势必难以仍旧如此，不得不通融变换而使用它，诸如此类，都是可仍可改，听人自为做主的。近日的传奇，一味趋新，无论可变的要变，即使断断应当遵从的，也加改窜，以示新奇。我认为文字的新奇，在里面的蕴藏，不在外貌，在其精华，不在渣滓，犹如诗赋古文以及时艺，其中人才辈出，一人胜过一人，一作奇于一作，然而只是区别它的词华，没有听说变异它的资格。难道有用古风的格局而写近体律诗的吗？有用时艺之体而作古文的吗？规则不改，挥斧运斤自若，而工师之奇巧表现出来了。行文之道，也如此。

家门

【题解】

李渔所谈"家门"和"冲场"，即戏曲的"开端"。"家门"就是通过演员出场自报家门，以引起故事的开头。李渔认为"家门"很重要，"虽云为字不多，然非结构已完、胸有成竹者，不能措手"，"此折最难下笔"，"开卷之初，能将试官眼睛一把拿住，不放转移，始为必售之技"；而且"务使开门见山，不当借帽覆顶"。

开场数语，谓之"家门"①。虽云为字不多，然非结构已完、胸有成竹者，不能措手。即使规模已定，犹虑做到其间，势有阻挠，不得顺流而下，未免小有更张，是以此折最难下笔。如机锋锐利，一往而前，所谓信手拈来，头头是道，则从此折做起；不则姑缺首篇，以俟终场补入。犹塑佛者不即开光②，画龙者点睛有待③，非故迟之，欲俟全像告成，其身向左则目宜左视，其身向右则目宜右观，俯仰低徊，皆从身转，非可预为计也。此是词家讨便宜法，开手即以告人，使后来作者未经捉笔，先省一番无益之劳，知笠翁为此道功臣，凡其所言，皆真切可行之事，非大言欺世者比也。未说家门，先有一上场小曲，如《西江月》、《蝶恋花》之类，总无成格，听人拈取。此曲向来不切本题，止是劝人对酒忘忧、逢场作戏诸套语。予谓词曲中开场一折，即古文之冒头④，时文之破题⑤，务使开门见山，不当借帽覆顶。即将本传中立言大意，包括成文，与后所说家门一词相为表里。前是暗说，后是明说，暗说似破题，明说似承题⑥，如此立格，始为有根有据之文。场中阅卷，看至第二三行而始觉其好者，即是可取可弃之文；开卷之初，能将试官眼睛一把拿住，不放转移，始为必售之技。吾愿才人举笔，尽作是观，不止填词而已也。元词开场，止有冒头数语，谓之"正名"⑦，又曰"楔子"⑧，多则四句，少则二句，似为简捷。然不登场则已，既用副末上场，脚才点地，遂尔抽身，亦觉张皇失次。增出家门一段，甚为有理。然家门之前，另有一词，今之梨园皆略去前词，只就家门说起，止图省力，埋没作者一段深心。大凡说话作文，同是一理，入手之初，不宜太远，亦正不宜太近。文章所忌者，开口骂题,便说几句闲文,才归正传,亦未尝不可,胡遽惜字如金,而作此卤莽灭裂之状也? 作者万勿因其不读而作省文。至于末后四句,非止全该⑨,又宜别俗。元人楔子,太近老实,不足法也。

【注释】

①家门:明清戏曲(如传奇)一般先以副末登场说的几句话,简述写作缘起和剧情,称为家门。

②开光:佛像雕塑完成后,举行仪式,开始供奉。

③画龙者点睛有待:南朝梁武帝时画家张僧繇在金陵安乐寺画四龙,其中两龙点睛后飞走,未点睛者仍留在壁上。(见唐张彦远《历代名画记》)

④冒头:作古文时的开端、引子之类。

⑤破题:作时文(应科举试)的起首数语,点破题目。

⑥承题:作时文,第二部分承接破题而往下写,谓之承题。

⑦正名:元杂剧开首用以总括全剧的或一联或两联的对句,末句即剧名全称。

⑧楔子:元杂剧结构中四折之外的情节段落,或在剧首,或在剧中。李渔把正名与楔子等同,不妥。

⑨全该:概括完备。该,通"赅",兼备。

【译文】

开场几句话,叫作"家门"。虽说字数不多,然而非结构已完、胸有成竹,不能下手写。即使规模已定,还顾虑做到其间,势必有什么阻挠,不能顺流而下,未免小有更改,因此,这一折最难下笔。如果构思的机锋锐利,一往而前,所谓信手拈来,头头是道,那就从这一折做起;不然,姑且暂缺首篇,等到终场再补入。犹如塑佛像不马上开光,画龙等待适宜之时而点睛,不是故意迟疑,而是想要等到全像告成,它的身子向左则眼睛也应左视，它的身子向右则眼睛也应右观，俯仰低徊，都要服从身子的转动，不是可以预先就计划好的。这是词家讨便宜的法子，开手就把它告诉人们，使得后来作者未经捉笔，先省却一番无益之劳，知道我李笠翁乃是此道的功臣，凡我所言，都是真切可行的事情，非大言欺世者可比。未说家门，先有一个上场小曲，如《西江月》《蝶恋花》之类，总没有成格，听人各自拈取。这曲子向来不切本题，只是劝人对酒忘忧、逢场作戏的诸种套语。我认为词曲中开场一折，即古文的"冒头"，时文的"破题"，务必使它开门见山，不应当借顶帽子覆盖头上。就是要把本传中的立言大意，包括成文，与后所说家门一词相为表里。前面是暗说，后面是明说，暗说好似"破题"，明说好似"承题"，这样立格，才称得上是有根有据之文。科考场中阅卷，看到第二三行而才觉得它好的文章，就是可取可弃之文；开卷之初，能够将试官眼睛一下吸引住，不让它转移，这才是必须推销出去的技巧。我希望才人举笔写作，都要这样，不仅是填词而已。元剧之开场，只有冒头几句话，叫作"正名"，又叫"楔子"，多则四句，少则二句，好像甚为简捷。但不登场则罢了，既用副末上场，他的脚才点地，马上就抽身走开，也觉得仓促失次。增加了家门这一段，非常有道理。但家门之前，另有一首词，现在演艺界都略去前面这首词，只从家门说起，光图省力，埋没了作者一段深心。大凡说话作文，同是一个道理，入手之初，不应太远，但也不宜太近。文章所忌讳的，开口骂题，就说几句闲文，才归正传，这也未尝不可，为什么如此惜字如金，而作这种卤莽灭裂之状呢？作者万万不要因人们不读而作省文。至于末后四句，不仅要概括全剧，又应区别于流俗。元人楔子，太过老实，不足取法。

冲场

【题解】

李渔认为，"冲场"就是人未上而我先上；人物上来，唱引子，继以定场白,把所演何剧,以数语而明其下落,为全剧定位。冲场往往放在第二折。"家门"与"冲场"的区别在于:前者可以明说,而后者全用暗射。李渔说,"冲场"比"家门"更难措手:它必须"以寥寥数言,道尽本人一腔心事,又且蕴酿全部精神"。

开场第二折,谓之"冲场"。冲场者,人未上而我先上也,必用一悠长引子①。引子唱完,继以诗词及四六排语,谓之"定场白",言其未说之先,人不知所演何剧,耳目摇摇,得此数语,方知下落,始未定而今方定也。此折之一引一词,较之前折家门一曲,犹难措手。务以寥寥数言,道尽本人一腔心事,又且蕴酿全部精神,犹家门之括尽无遗也。同属包括之词,而分难易于其间者,以家门可以明说,而冲场引子及定场诗词全用暗射②,无一字可以明言故也。非特一本戏文之节目全于此处埋根,而作此一本戏文之好歹,亦即于此时定价。何也? 开手笔机飞舞,墨势淋漓,有自由自得之妙,则把握在手,破竹之势已成,不忧此后不成完璧。如此时此际文情艰涩,勉强支吾,则朝气昏昏,到晚终无晴色,不如不作之为愈也。然则开手锐利者宁有几人? 不几阻抑后辈,而塞填词之路乎? 曰:不然。有养机使动之法在:如入手艰涩,姑置勿填,以避烦苦之势;自寻乐境,养动生机,俟襟怀略展之后,仍复拈毫,有兴即填,否则又置,如是者数四,未有不忽撞天机者。若因好句不来,遂以俚词塞责,则走入荒芜一路,求辟草昧而致文明不可得矣③。

【注释】

①引子：人物上场所唱之曲，常为散板，唱腔悠长，故曰"悠长引子"。

②暗射：暗里点破。

③草昧(mèi)：未开化的状态。

【译文】

开场第二折，叫作"冲场"。所谓"冲场"，就是人未上而我先上，须用一段悠长的引子。引子唱完，继之以诗词及四六排语，叫作"定场白"，是说在没有演出之先，人们不知道所演何剧，耳目茫然，听得这几句话，才知下落，起头未定而现在定下来了。这一折的一引一词，比起前一折家门一曲，还难下手。务必用寥寥几句话，说尽本人的一腔心事，而且又要酝酿全剧的主要精神，犹如家门之括尽无遗。它们同属包括全剧之词，而其间又有难易之分，因为家门可以明说，而冲场引子及定场诗词则全要暗里点破，没有一字可以明言的缘故。不但一本戏文的节目全要在这里埋根，而且创作这部戏的戏文之好歹，也就在这时定其价值。为什么？开手的时候笔机飞舞，墨势淋漓，有挥洒自由、心机自得之妙，这就会将要旨把握在手，破竹之势已成，不怕此后不成完璧。如果这个时候文情艰涩，勉强应付，那么早上就昏昏沉沉，到晚终究没有晴色，不如不作此剧为好。然而开手锐利的能有几人？这不几乎要阻抑后辈才人，而堵塞填词之路吗？回答是：不然。有培养灵机使它活动起来的办法在：如果入手艰涩，就姑且停笔不写，以避开烦苦的势头；自己寻求乐境，培养生机使它活动起来，等到襟怀略微舒展之后，再拿起笔来写作，若有灵感就写下去，否则还是放下，就像这样反复三四次，没有不忽撞天机的。倘若因为好句不来，于是以俚词塞责，那就走入荒芜一路，想要求得辟尽草昧而开出文明就不可得了。

出脚色

【题解】

"出脚色"涉及戏曲"进展"的问题。脚色的出场是有讲究的,李渔认为一部戏的主要脚色,不宜出之太迟,不然,先有其他脚色上场,观者反认为主,及至主要脚色上场,势必反认为客了。即使其他脚色之关乎全局者,也不宜出之太迟。

本传中有名脚色,不宜出之太迟。如生为一家,旦为一家,生之父母随生而出,旦之父母随旦而出,以其为一部之主,余皆客也。虽不定在一出二出,然不得出四五折之后。太迟则先有他脚色上场,观者反认为主,及见后来人,势必反认为客矣。即净丑脚色之关乎全部者,亦不宜出之太迟。善观场者,止于前数出所见,记其人之姓名;十出以后,皆是枝外生枝,节中长节,如遇行路之人,非止不问姓字,并形体面目皆可不必认矣。

【译文】

本传之中有名的脚色,不应出场太迟。譬如生角为一家,旦角为一家,生角之父母随生角而出,旦角之父母随旦角而出,以生角或旦角为一部传奇之主要角色,其余的都是次要角色。生角或旦角的出场虽不定在第一出第二出,但是不得在四五折之后才出场。若太迟,则先有其他脚色上场,观众反认为那是主要角色,等见到后来出场的人,势必反认为是次要角色。即使净丑脚色之关乎全局的,也不宜出场太迟。善于看戏的人,只在前面几出所见的,记住那些人的姓名;十出以后,都是枝外生枝,节中长节,如同遇见路人,不但不问姓字,并且他的形体面目也都可以不必认清了。

小收煞

【题解】

"小收煞"和"大收煞"谈戏曲的"结尾"。中国戏曲之情节进展慢，故事长，一部戏往往数十出，要分上半部、下半部，所以，在上半部之末，有一个小结尾，"暂摄情形，略收锣鼓，名为'小收煞'"。通过"小收煞"留下一个"悬念"、"扣子"，"令人揣摩下文"，增加吸引力。

　　上半部之末出，暂摄情形，略收锣鼓，名为"小收煞"①。宜紧忌宽，宜热忌冷，宜作郑五歇后②，令人揣摩下文，不知此事如何结果。如做把戏者，暗藏一物于盆盎衣袖之中，做定而令人射覆③，此正做定之际，众人射覆之时也。戏法无真假，戏文无工拙，只是使人想不到、猜不着，便是好戏法、好戏文。猜破而后出之，则观者索然，作者赧然④，不如藏拙之为妙矣。

【注释】

①小收煞：传奇结构分为上下部，上部结尾告一段落，为"小收煞"。

②郑五歇后：唐人郑綮作诗多用歇后语，时称"郑五歇后体"。

③射覆：古代游戏。置物于覆器之下"令暗射之"，即令人猜度。《汉书·东方朔传》颜师古注："于覆器之下而置诸物，令暗射之，故云射覆。"

④赧（nǎn）然：难为情的样子。

【译文】

上半部的最末一出，暂且摄视情形，略收锣鼓，名之为"小收煞"。

"小收煞"宜紧忌宽，宜热忌冷，宜于像唐人郑綮作诗那样多用歇后语，令人揣摩下文，不知这件事后来如何结果。如同变戏法，暗藏一件东西在盆盏衣袖之中，做定之后而令人猜测，"小收煞"正是做定之际，众人猜测之时。戏法无真假，戏文无工拙，只是让人想不到、猜不着，就是好戏法、好戏文。若是猜破而后拿出来，那就使得看传奇的人索然无味，作传奇的人赧然自羞，还不如藏拙之为妙。

大收煞

【题解】

中国戏曲在全剧终了时，有一个总的结尾，叫做"大收煞"。中国人喜欢看大团圆的结局，因此，"大收煞"如李渔所说要追求"团圆之趣"，所谓"一部之内，要紧脚色共有五人，其先东西南北各自分开，至此必须会合"。这种大团圆结局一般是一种喜剧收场，即使是悲剧，也往往硬是来一个喜剧结尾。这也许是因为中国人的心太善，看不得悲惨场面，最向往美好结局；也许与中国传统中一贯追求的"中和"境界有关。不管怎样，在这一点上，中国戏曲与西洋戏剧讲究对立斗争、喜爱悲剧又有明显不同。中国戏曲多喜剧、多喜剧结尾，而西洋戏剧多悲剧、多悲剧结尾。

全本收场，名为"大收煞"。此折之难，在无包括之痕，而有团圆之趣。如一部之内，要紧脚色共有五人，其先东西南北各自分开，至此必须会合。此理谁不知之？但其会合之故，须要自然而然，水到渠成，非由车戽①。最忌无因而至，突如其来，与勉强生情，拉成一处，令观者识其有心如此，与恕其无可奈何者，皆非此道中绝技，因有包括之痕也。骨肉团聚，不过欢笑一场，以此收锣罢鼓，有何趣味？水穷山尽之处,偏宜突起波澜,或先惊而后喜,或始疑而终信,或喜极信极而反致惊疑,务使一折之中,七情俱备,始为到底不懈之笔,愈远愈大之才,所谓有团圆之趣者也。予训儿辈,尝云:"场中作文,有倒骗主司入彀之法^②:开卷之初,当以奇句夺目,使之一见而惊,不敢弃去,此一法也;终篇之际,当以媚语摄魂,使之执卷留连,若难遽别,此一法也。"收场一出,即勾魂摄魄之具,使人看过数日,而犹觉声音在耳、情形在目者,全亏此出撒娇,作"临去秋波那一转"也^③。

【注释】

①车戽(hù):用水车汲水。戽,汲。

②入彀(gòu):进入射程范围之内。彀,使劲张弓。彀中,射程范围之内。

③临去秋波那一转:语出《西厢记》第一本张生初见莺莺,莺莺临走回头一望,使张生觉得收魂摄魄,唱词中有"临去秋波那一转"。

【译文】

全剧收场,名为"大收煞"。这一折之难处,在于使它无包括之痕,而有团圆之趣。譬如一部传奇之内,要紧的脚色共有五人,其是先东西南北各自分开,到大收煞必须会合。这个道理谁不知道?但他们会合的原因,必须要自然而然,水到渠成,而不是人为做作而成。最忌讳无因而至,突如其来,以及勉强生情,硬拉在一处,令观众一看就知道有心如此,或者原谅作者乃无可奈何之举,这都不是填词中的绝技,因为这样有包括之痕。骨肉团聚,不过是欢笑一场,以此收锣罢鼓,有什么趣味?水穷山尽之处,偏偏宜于突起波澜,或者先惊而后喜,或者始疑而终信,或者喜极信极反而导致惊疑,务必使得一折之中,七情俱备,这才是到底不懈之笔,愈远愈大之才,所谓有团圆之趣啊。我教训孩子们,曾说："科考场中作文，有倒骗主考官进入你所设机关之法：开卷之初，应当以奇句抓住他的眼球，使他一见而惊，不忍弃之而去，这是一种方法；终篇的时候，应当以媚语摄取他的魂魄，使他拿着卷子留连不舍，似乎难以遽然离开，这是一种方法。"收场这一出，就是勾魂摄魄之具，使人看过数日，而还觉得声音在耳、情形在目，全亏得这一出撒娇，作"临去秋波那一转"啊。

填词余论

【题解】

　　《填词余论》是李渔觉得话犹未尽，补充申说的几点意见。在此节中，李渔一方面赞扬金圣叹，说"读金圣叹所评《西厢记》，能令千古才人心死"，"自有《西厢记》以迄于今，四百余载推《西厢》为填词第一者，不知几千万人，而能历指其所以为第一之故者，独出一金圣叹"。这话并非溢美之词，金圣叹的确堪称大家，尤其是在中国特有的"评点"文字方面，他是名副其实的第一把手。金圣叹的评点，高就高在富于深刻的哲学意味，这一点远在李渔之上。你看他评《水浒》、评《西厢》，你会看到他对人生、对社会、对自然、对宇宙、对生、对死的深刻思考。然而，另一方面李渔也批评金圣叹，说"圣叹所评，乃文人把玩之《西厢》，非优人搬弄之《西厢》也"，这也符合实际。若论"优人搬弄"，李渔又在金圣叹之上。明至清初数百年间，在戏曲方面既懂创作又懂理论的、尤其是深知戏曲的舞台性特点的，当推李渔为第一人，李渔之后以至清末数百年间，亦鲜有过其右者。你看，李渔是这样写戏的："笠翁手则握笔，口却登场，全以身代梨园，复以神魂四绕，考其关目，试其声音，好则直书，否则搁笔，此其所以观听咸宜也。"这使我想起徐渭《南词叙录》中所记高明（则诚）写《琵琶记》的情形："相传：则诚坐卧一小楼，三年而后成。其足按拍处，板皆为穿。"如果徐渭所说真是如此，那么高明在写戏方面的确是十分高明的。然而，我认为李渔比高明更胜一筹。高明写戏，注意了音律（以足按拍）；而李渔，不但注意音律、关目等等，而且还特别注意了"隐形演员"和"隐形观众"（姑且借用接受美学中"隐形读者"的"隐形"这个术语）。他写戏，完全把自己设身于"梨园"之中，"既以口代优人"（隐形演员），"复以耳当听者"（隐形观众），这样，作家、演员、观众三堂会审，"考其关目，试其声音"，"询其好说不好说，中听不中听"，哪有写不出"观听咸宜"的好戏来的道理呢？李渔的这个写戏理论，即使拿到今天，也是十分精到的，值得现在的戏剧作家借鉴。此外，李渔在这一节中还谈到作家"心不欲然，而笔使之然"的情形。这的确抓住了创作中常常出现的一个相当普遍的奇妙现象。这真是作家的折肱之言。李渔所谓"心不欲然，而笔使之然"，也即艺术创作的无意识问题，三百年后弗洛伊德从心理学角度进行了详细论说。

　　读金圣叹所评《西厢记》，能令千古才人心死。夫人作文传世，欲天下后代知之也，且欲天下后代称许而赞叹之也。殆其文成矣，其书传矣，天下后代既群然知之，复群然称许而赞叹之矣，作者之苦心，不几大慰乎哉？予曰：未甚慰也。誉人而不得其实，其去毁也几希①。但云千古传奇当推《西厢》第一，而不明言其所以为第一之故，是西施之美，不特有目者赞之，盲人亦能赞之矣。自有《西厢》以迄于今，四百余载推《西厢》为填词第一者，不知几千万人，而能历指其所以为第一之故者，独出一金圣叹。是作《西厢》者之心，四百余年未死，而今死矣。不特作《西厢》者心死，凡千古上下操觚立言者之心②，无不死矣。人患不为王实甫耳，焉知数百年后，不复有金圣叹其人哉！圣叹之评《西厢》，可谓晰毛辨发，穷幽极微③，无复有遗议于其间矣。然以予论之，圣叹所评，乃文人把玩之《西厢》，非优人搬弄之《西厢》也。文字之三昧，圣叹已得之；优人搬弄之三昧，圣叹犹有待焉。如其至今不死，自撰新词几部，由浅入深，自生而熟，则又当自火其书而别出一番诠解。甚矣，此道之难言也。圣叹之评《西厢》，其长在密，其短在拘，拘即密之已甚者也。无一句一字不逆溯其源，而求命意之所在，是则密矣，然亦知作者于此有出于有心，有不必尽出于有心者乎？心之所至，笔亦至焉，是人之所能为也；若夫笔之所至，心亦至焉，则人不能尽主之矣。且有心不欲然，而笔使之然，若有鬼物主持其间者，此等文字，尚可谓之有意乎哉？文章一道，实实通神，非欺人语。千古奇文，非人为之，神为之、鬼为之也，人则鬼神所附者耳。

【注释】

①几希：很少。

②操觚（gū）：即写文章。觚，古代写字用的木板。

③极：《中国文学珍本丛书》本作"极"，翼圣堂本和芥子园本作"晰"。

【译文】

读金圣叹所评《西厢记》，能够使得千古才人心死。人之作文传世，是想叫天下后代知道，而且想叫天下后代称许并且赞叹他。等到他的文章写成了，他的著作流传了，天下后代已经都知道了，又都群起称许并且赞叹了，作者之苦心，是不是大大得以安慰了呢？我说：尚未完全得到安慰。赞誉人而不切合其实际，那离诋毁也差不了多少。只说千古传奇当推《西厢记》为第一，而说不出它所以为第一的缘故，这就像西施之美，不光有眼睛的人称赞她，盲人也能称赞她了。自有《西厢记》以至今天，四百多年推崇《西厢记》为填词第一的，不知有几千万人，而能历数其所以为第一的缘故，独有一个金圣叹。这就使得《西厢记》作者之心，四百余年未死，而今死了。不仅《西厢记》作者心死，千古上下一切写文章立言者之心，没有不死的。人人担心自己不能成为王实甫，哪里知道数百年后，不再出来一个叫金圣叹的人呢！金圣叹之评《西厢记》,可谓晰毛辨发,穷幽极微,不再有什么遗议之处留于其间了。然而在我看来,圣叹所评,乃是文人把玩之《西厢记》,而不是优人搬演之《西厢记》。文字的三昧,圣叹已经得到了;优人搬演的三昧,圣叹还差点儿火候。如果他至今不死,自撰几部新词,由浅入深,自生而熟,大概又会自焚其书而作出另外一番诠解。真的啊,此中之道理太难说了。圣叹之评《西厢记》,其长处在密,其短处在拘,拘即密之太过。没有一句一字不递溯其源,而索求命意之所在,这当然密了,然而是否也应知道作者在这里有的出于有心,有的不必尽出于有心呢?心之所想到的,笔也到了,这是人所能做到的;若是笔到了,心也到了,那么人就不能完全主使它了。并且有时心不想这样,而笔却使他这样,好像其间有鬼物控制着,这样的文字,还可说是有意作的吗?文章一道,确实通神,这不是欺人之语。千古奇文,不是人作的,乃是神作的、鬼作的,人则是鬼神附体而已。

演习部

【题解】

《演习部》的全部篇幅都是谈"登场之道"的,即对表演和导演的艺术经验进行总结。李渔说:"登场之道,盖亦难言之矣。词曲佳而搬演不得其人,歌童好而教率不得其法,皆是暴殄天物。"即使搬演得其人、教率得其法,仍然不是演出成功的充足条件。戏剧是名副其实的综合艺术,剧本、演员、伴奏、服装、切末(道具)、灯光……都是演好戏的必要条件。而上述所有这些因素,在戏剧演出中必须组合成一个有机整体,这个组合工作,是由导演来完成的。

选脚色、正音韵等事,载在《歌舞》项下。男优女乐,事理相同,欲习声乐者,两类互观,始无缺略。

【译文】

选脚色、正音韵等事,记载于《歌舞》项下。男优女乐,事理相同,想学习声乐的人,这两类互相参照,才没有缺略。

选剧第一 计二款

【题解】

《选剧第一》主要论述导演之事——中国古代虽无导演之名,却有导演之实,宋代乐舞中的"执竹竿者",南戏中的"末泥色",元杂剧中的"教坊色长"、戏班班主,明清戏曲中的一些著名演员和李渔说的"优师",都做着或部分做着类似于导演的工作。元代陶宗仪《南村辍耕录》中说:"教坊色长魏、武、刘三人,鼎新编辑。"此处"编辑"者,即指舞台演出的组织、设计。魏、武、刘三人,也都有各自的"绝活":"魏长于念诵,武长于筋斗,刘长于科泛。"明末著名女演员刘晖吉导排《唐明皇游月宫》,也曾轰动一时。导演是舞台艺术的灵魂,是全部舞台行动的组织者和领导者。一部戏的成功演出,正是通过导演独创性的艺术构思,对剧本进行再创造,把舞台形象展现在观众面前。李渔自己就充当了优师和导演的工作。他是个多面手,自己写戏,自己教戏,自己导戏,造诣高深。正因为此,李渔才能在继承前人成果的基础上,总结出自己的艺术经验,对表演和导演问题提出许多至今仍令人叹服的精彩见解。《闲情偶寄》的《词曲部》再加上其他谈导演的有关部分,就是我国乃至世界戏剧史上最早的一部导演学。按照现代导演学的奠基者之一、俄国大导演斯坦尼拉夫斯基的说法,导演学的基本内容分三部分:一是跟作者一起钻研剧本,对剧本进行导演分析;二是指导演员排演;三是跟美术家、作曲家以及演出部门一起工作,把舞美、音乐、道具、灯光、服装、效果等等同演员的表演有机组合起来,成为一个完美的艺术整体。早于斯坦尼拉夫斯苦二百多年,李渔对上述几项基本内容就已有相当精辟的论述,例如《选剧第一》、《变调第二》谈对剧本的导演处理;《授曲第三》、《教白第四》谈如何教育演员和指导排戏;《脱套第五》涉及服装、音乐(伴奏)等许多问题。尽管今天看来有些论述还嫌简略,但在当时是难能可贵的。

　　填词之设，专为登场；登场之道，盖亦难言之矣。词曲佳而搬演不得其人，歌童好而教率不得其法，皆是暴殄天物，此等罪过，与裂缯毁璧等也①。方今贵戚通侯②，恶谈杂技③，单重声音，可谓雅人深致④，崇尚得宜者矣。所可惜者：演剧之人美，而所演之剧难称尽美；崇雅之念真，而所崇之雅未必果真。尤可怪者：最有识见之客，亦作矮人观场⑤，人言此本最佳，而辄随声附和，见单即点⑥，不问情理之有无，以致牛鬼蛇神塞满氍毹之上⑦。极长词赋之人，偏与文章为难，明知此剧最好，但恐偶违时好，呼名即避，不顾才士之屈伸，遂使锦篇绣帙，沉埋瓴甓之间。汤若士之《牡丹亭》、《邯郸梦》得以盛传于世，吴石渠之《绿牡丹》、《画中人》得以偶登于场者，皆才人侥幸之事，非文至必传之常理也。若据时优本念，则愿秦皇复出，尽火文人已刻之书，止存优伶所撰诸抄本，以备家弦户诵而后已。伤哉，文字声音之厄⑧，遂至此乎！吾谓《春秋》之法⑨，责备贤者，当今瓦缶雷鸣，金石绝响，非歌者投胎之误，优师指路之迷⑩，皆顾曲周郎之过也。使要津之上⑪，得一二主持风雅之人，凡见此等无情之剧，或弃而不点，或演不终篇而斥之使罢，上有憎者，下必有甚焉者矣。观者求精，则演者不敢浪习，黄绢色丝之曲，外孙齑臼之词⑫，不求而自至矣。吾论演习之工而首重选剧者，诚恐剧本不佳，则主人之心血，歌者之精神，皆施于无用之地。使观者口虽赞叹，心实咨嗟⑬，何如择术务精，使人心口皆羡之为得也。

【注释】

①裂缯（zēng）：撕绸子。传说夏桀宠妃妺喜爱听"裂缯"之声。缯，古代丝绸总称。

②通侯：秦代的爵位有二十等级，其最高者为通侯。

③杂技：杂艺，即各等技艺。

④致：情趣。

⑤矮人观场：朱熹《朱子语类》："如矮子看戏相似，见人道好，他亦道好。"

⑥单：戏单。

⑦氍毹（qú shū）：地毯，指演出的舞台。

⑧厄：灾，险，受困。

⑨吾谓《春秋》之法：《新唐书·太宗本纪》："《春秋》之法，常责备于贤者。"

⑩优师：优伶的老师，排演戏曲时以扮演如今导演脚色。

⑪要津之上：指身在重要岗位上的达官要员。要津，水陆要冲。

⑫黄绢色丝之曲，外孙齑臼之词："绝妙好辞"的隐语。《世说新语·捷悟》："魏武尝过曹娥碑下，杨修从。碑背上见题作'黄绢幼妇，外孙齑臼'八字……修曰：'黄绢，色丝也，于字为绝。幼妇，少女也，于字为妙。外孙，女子也，于字为好。齑臼，受辛也，于字为辞。所谓绝妙好辞也。'"

⑬咨嗟（zī jiē）：因疑惑而询问嗟叹。咨，商量于人。嗟，叹息。

【译文】

填词这门艺术，专为登场演出而设；登场之中的道理，原是非常难说的。词曲好而得不到合适的演员搬演，歌童好而没有正确的方法去教育，都是暴殄天物，这样的罪过，与裂缯毁璧这类破坏珍宝的行为是一样的。现在达官贵人，厌恶谈论杂艺，只重视声音类艺术，可说得上是雅人的高深情趣，这种爱好是合于时宜的。所可惜的是：演剧的人美，而所演的剧目难说尽美；崇尚高雅的理念真，而所崇尚的雅事未必果然真。尤其奇怪的是：最有识见的贵客，也像矮子看戏似的，别人说这部戏最好，他就随声附和，见戏单即点，不问有没有情理，以致牛鬼蛇神塞满戏台之上。非常擅长词赋的人，偏偏与文章过不去，明知这部剧最好，只怕偶然违逆时尚，一说剧名就立即回避，不顾是否委屈了才士，于是使锦绣篇章，沉埋在庸俗作品之间。汤显祖的《牡丹亭》《邯郸梦》得以盛传于世，吴石渠的《绿牡丹》《画中人》得以偶登戏场，都是才人侥幸的事情，而不是文章极好而必能流传的常理。若按照世俗优人的本来想法，则愿秦始皇再生，尽焚文人已刻之书，只保存优伶所撰刻的各种抄本，以备家弦户诵才算完。可悲啊，文字声音之厄运，竟达到这等地步！我说《春秋》之法，责备贤者，当今庸俗之声雷鸣，而金声玉振绝响，不是歌者投胎当世之误，也非优师指路之谜，而都是顾曲周郎的过错。假使关键位置之上，得到一两个主持风雅的人，凡是见到这种无情之剧，或者弃而不点，或者不等它演完就强行终止，上面有憎恨它的，下面必有更甚于此者。看的人追求精美，那么演的人就不敢随便应付，绝妙好辞，不求而自至了。我之所以说演习之工首重选剧，实在是怕剧本不好，则主人的心血，歌者的精神，全都浪费在无用之地了。假使看的人口头上虽然赞叹，而内心实际上在嘀咕疑惑，何不在当初选剧的时候就精益求精，使人内心口头都觉得它好呢。

别古今

【题解】

　　"别古今"首先从教率歌童的角度着眼，提出要选取那些经过长期磨炼、"精而益求其精"、腔板纯正的古本作为歌童学习的教材。这也是由中国戏曲特殊教育方式和长期形成的程式化特点所决定的。一方面,中国古代没有戏曲学校,教戏都是通过师傅带徒弟的方式进行,老师一招一式、一字一句地教,学生也就一招一式、一字一句地学,可能还要一面教学、一面演出,因此,就必须找可靠的戏曲范本。另一方面,中国戏曲的程式化要求十分严格,生、旦、净、末,唱、念、做、打,出场、下场,服装、切末(道具),音乐、效果等等,都有自己的"死"规定,一旦哪个地方出点差错,内行的观众就可能叫倒好。这样,也就要求选择久经考验的"古本"作为模范。但是,李渔认为,旧曲既熟,必须间以新词。切勿听拘士腐儒之言,谓新剧不如旧剧,一概弃而不习。盖演古戏,如唱清曲,只可悦知音数人之耳,不能娱满座宾朋之目。听古乐而思卧,听新乐而忘倦。所以,倘若真正演出,不可弃新剧而不选。

选剧授歌童,当自古本始。古本既熟,然后间以新词,切勿先今而后古。何也?优师教曲,每加工于旧而草草于新,以旧本人人皆习,稍有谬误,即形出短长;新本偶尔一见,即有破绽,观者、听者未必尽晓,其拙尽有可藏。且古本相传至今,历过几许名师,传有衣钵①,未当而必归于当,已精而益求其精,犹时文中"大学之道"、"学而时习之"诸篇②,名作如林,非敢草草动笔者也。新剧则如巧搭新题,偶有微长,则动主司之目矣。故开手学戏,必宗古本。而古本又必从《琵琶》、《荆钗》、《幽闺》、《寻亲》等曲唱起③,盖腔板之正,未有正于此者。此曲善唱,则以后所唱之曲,腔板皆不谬矣。旧曲既熟,必须间以新词。切勿听拘士腐儒之言,谓新剧不如旧剧,一概弃而不习。盖演古戏,如唱清曲④,只可悦知音数人之耳,不能娱满座宾朋之目。听古乐而思卧,听新乐而忘倦⑤。古乐不必《箫》、《韶》,《琵琶》、《幽闺》等曲,即今之古乐也。但选旧剧易,选新剧难。教歌习舞之家,主人必多冗事,且恐未必知音,势必委诸门客,询之优师。门客岂尽周郎,大半以优师之耳目为耳目。而优师之中,淹通文墨者少,每见才人所作,辄思避之⑥,以凿枘不相入也⑦。故延优师者⑧,必择文理稍通之人,使阅新词,方能定其美恶。又必藉文人墨客参酌其间,两议佥同⑨,方可授之使习。此为主人多冗,不谙音乐者而言。若系风雅主盟,词坛领袖,则独断有余,何必知而故询。噫,欲使梨园风气丕变维新⑩,必得一二缙绅长者主持公道⑪,俾词之佳音必传,剧之陋者必黜,则千古才人心死,现在名流,有不以沉香刻木而祀之者乎⑫?

【注释】

①衣钵:原指佛教中师傅传给弟子的袈裟和钵,泛指传授下来的学术思想、技能等。

②大学之道、学而时习之:当时作时文常用之题。大学之道,《大学》第一句。学而时习之,《论语》第一句。

③《寻亲》:《寻亲记》,又名《教子记》、《周羽教子寻亲记》,明代徐渭《南词叙录》"宋元旧篇"中曾提到《教子寻亲》。

④唱清曲:清唱,不用扮演。

⑤听古乐而思卧,听新乐而忘倦:《乐记》:"魏文侯问于子夏曰:'吾端冕而听古乐则唯恐卧,听郑卫之音则不知倦。'"

⑥辄:总是。

⑦以凿枘不相入:凿,圆槽。枘,方榫。故说"凿枘不相入"。《楚辞·九辩》:"圆凿而方枘兮,吾固知其龃龉而难入。"

⑧延:聘请。

⑨佥同:一致,都同意。佥,全,都。

⑩丕(pī)变：变化很大。丕，大。

⑪缙绅：官宦。

⑫祀：祭祀。

【译文】

选剧教授歌童，应当从古本开始。古本熟了，然后间或加以新词，切不要先今而后古。为什么？优师教授词曲，每每对于旧本特别工细而对于新本则草草了事，因为旧本人人都熟悉，稍有谬误，就能让人看出短长；新本偶尔一见，即使有破绽，观者、听者未必都知道，其间尽有藏拙之处。而且古本相传至今，经历过许多名师加工，衣钵相传，不得当的地方必然会归于得当，已经精粹的还要更求其精，犹如时文中的"大学之道"、"学而时习之"诸篇，名作如林，不敢草草动笔。新剧则如巧搭新题，偶尔有一点优长之处，就牵动了考官的眼睛。所以开手学戏，必须以古本为宗。而古本又必须从《琵琶记》、《荆钗记》、《幽闺记》、《周羽教子寻亲记》等曲唱起，因为腔板之正，没有超过它们的。善于唱这些曲子，则以后所唱之曲，腔板都不会错。旧曲既熟之后，必须间以新词。切不要听那些拘士腐儒之言，说新剧不如旧剧，一概抛弃而不学习。原来演古戏，如唱清曲，只可愉悦几个知音之耳，不能愉悦满座宾朋之目。听古乐而昏昏欲睡，听新乐而忘记疲倦。古乐不必定要《箫》、《韶》，《琵琶记》《幽闺记》等曲，就是今天的古乐。但是选旧剧容易，选新剧困难。教歌习舞的人家，主人必多繁冗之事，而且恐怕未必熟知音乐，势必把这事交付门客，请教优师。门客哪里都是懂音乐的周郎，大半以优师之耳目为耳目。而优师之中，深通文墨的人少，每见才人所作，就想避开，因为方之与圆，两不相合。所以延请优师的人，必须选择文理稍通的人，使他看新词时，才能判定其好坏。又必须请文人墨客参酌其间，两种意见一致，才可教授歌童使之学习。这是对那种主人多繁冗之事，又不熟悉音乐的人说的。若主人系风雅主盟，词坛领袖，那么他独断有余，何必自己内行而故意质询别人呢。唉，想使梨园风气来个大变化、出现新面貌,必得一两个缙绅长者主持公道,使得好的词曲必能流传,而不好的剧目得以废黜,那么千古才人心死,现在的名流,哪有不以沉香刻木而虔诚祭祀的呢?

剂冷热

【题解】

　　"剂冷热"主要是从演出角度着眼,提出要选择那些雅俗共赏的剧目上演。在这里,李渔有一个观点是十分高明的:"予谓传奇无冷热,只怕不合人情。如其离合悲欢,皆为人情所必至,能使人哭,能使人笑,能使人怒发冲冠,能使人惊魂欲绝,即使鼓板不动,场上寂然,而观者叫绝之声,反能震天动地。"所以,选择剧目不能只图"热闹",而要注重其是否"为人情所必至";戏曲作家则更应以这个标准要求自己的创作。现在有些戏剧、电影、电视剧作品,只顾"热闹",不管"人情",难道不值得深思吗?

　　今人之所尚,时优之所习,皆在热闹二字;冷静之词,文雅之曲,皆其深恶而痛绝者也。然戏文太冷,词曲太雅,原足令人生倦,此作者自取厌弃,非人有心置之也。然尽有外貌似冷而中藏极热,文章极雅而情事近俗者,何难稍加润色,播入管弦? 乃不问短长,一概以冷落弃之,则难服才人之心矣。予谓传奇无冷热,只怕不合人情。如其离合悲欢,皆为人情所必至,能使人哭,能使人笑,能使人怒发冲冠,能使人惊魂欲绝,即使鼓板不动,场上寂然,而观者叫绝之声,反能震天动地。是以人口代鼓乐,赞叹为战争,较之满场杀伐,钲鼓雷鸣,而人心不动,反欲掩耳避喧者为何如? 岂非冷中之热,胜于热中之冷;俗中之雅,逊于雅中之俗乎哉?

【译文】

今人所崇尚的，时优所演习的，都在热闹两个字；冷静之词，文雅之曲，都是他们深恶而痛绝的。然而戏文太冷，词曲太雅，原本就足以令人生倦，这是作者自取厌弃，不是别人有心使之如此。但是，尽有外貌好像很冷而内里却极热，文章极雅而所演情事却近于通俗的，这不难稍加润色，就能够配以管弦付之演出吗？如果不问短长，一概以冷落抛却之，那就难服才人之心了。我认为传奇无所谓冷热，只怕它不合人情。如果它抒写的离合悲欢，都是人情所必至，能使人哭，能使人笑，能使人怒发冲冠，能使人惊魂欲绝，即使鼓板不动，场上寂然无声，而观众的叫绝之声，反而能够震天动地。因此，以人口代替鼓乐，以观众的赞叹作为战争，比起满场杀伐，钲鼓雷鸣，而人心不被感动，反而想掩耳避开这些喧闹，哪个更好呢？这不就是冷中之热，胜过热中之冷；俗中之雅，不如雅中之俗吗？

变调第二　计二款

【题解】

"变调"者,指导演对原剧文本进行"缩长为短"和"变旧为新"的处理。李渔认为,导演可以根据当时演出环境、观众需求、时势氛围、演员条件等等诸多因素,对原来的剧本作适当调整和变化,补原来剧本的不足,堵原来剧本的漏洞,并且适应新的时代变化,适当变化旧有的语言,甚至增加新的内容,使演出更完美。导演艺术是对原剧文本进行再创造的二度创作艺术。所谓二度创作,一是指要把剧作家用文字创造的形象(它只能通过读者的阅读在想象中呈现出来)变成可视、可听、活动着的舞台形象,即在导演领导下,以演员的表演(如戏曲舞台上的唱、念、做、打等等)为中心,调动音乐、舞美、服装、道具、灯光、效果等等各方面的艺术力量,协同作战,熔为一炉,创造出看得见、听得到、摸得着的综合性的舞台艺术形象。二是指通过导演独特的艺术构思和辛勤劳动,使这种综合性的舞台艺术形象体现出导演、演员等新的艺术创造:或者是遵循剧作家的原有思路而使原剧文本得到丰富、深化、升华;或者是对原剧文本进行部分改变,弥补纰漏、突出精粹;或者是加进原剧文本所没有的新的内容。但是无论进行怎样的导演处理,都必须尊重原作,使其更加完美;而不是损害原作,使其面目全非。

变调者,变古调为新调也。此事甚难,非其人不行,存此说以俟作者①。才人所撰诗赋古文,与佳人所制锦绣花样,无不随时更变。变则新,不变则腐;变则活,不变则板。至于传奇一道,尤是新人耳目之事,与玩花赏月同一致也。使今日看此花,明日复看此花,昨夜对此月,今夜复对此月,则不特我厌其旧，而花与月亦自愧其不新矣。故桃陈则李代，月满即哉生②。花月无知，亦能自变其调，矧词曲出生人之口，独不能稍变其音，而百岁登场，乃为三万六千日雷同合掌之事乎？吾每观旧剧，一则以喜，一则以惧。喜则喜其音节不乖，耳中免生芒刺③；惧则惧其情事太熟，眼角如悬赘疣。学书学画者，贵在仿佛大都④，而细微曲折之间，正不妨增减出入。若止为依样葫芦，则是以纸印纸，虽云一线不差，少天然生动之趣矣。因创二法，以告世之执郢斤者⑤。

【注释】

①俟(sì)：等待。

②月满即哉生：意思是月满就开始月阙，事物不断变化。《尚书·康诰》："惟三月，哉生魄。"农历每月十六日，月始缺。哉，开始，才。

③耳：芥子园本作"而"；翼圣堂本作"耳"，是。

④大都：大略，大致，差不多。韩愈《画记》："乃命工人存其大都焉。"

⑤执郢斤者：技能高超的工匠，此指文章高手。《庄子·徐无鬼》中说，楚国国都之郢匠运斧成风，能把人鼻子尖儿上的白粉削去，而不伤鼻子。

【译文】

所谓变调，就是把古剧改变为新剧。这件事很难，非有得力的人不行，故存此说以等待得力的作者。才人所撰写的诗赋古文，与佳人所制作的锦绣花样，无不随时更新变化。变则新奇，不变则陈腐；变则鲜活，不变则死板。至于传奇一道，尤其是使人耳目一新的事情，与玩花赏月是一样的。假使今日看此花，明日还是看此花，昨夜对此月，今夜还是对此月，那么不仅我讨厌它旧，而花与月也自愧自己不新啊。所以桃陈就由李代，月满就开始月缺。花月无知，也能自己变化情调，何况词曲出自活人之口，哪能不稍微变化它的声音，百年登场，能够做三万六千日雷同合掌的事情吗？我每看旧剧，一则以喜，一则以怕。喜是喜它音节不乖离，耳朵里免得生出芒刺；怕是怕它情事太熟，眼角如同悬着一块赘疣。学书学画的人，贵在仿佛其大概情形，而那些细微曲折的地方，不妨增减出入。如果只是依样画葫芦，那就以纸印纸，虽说一线不差，却缺少了天然生动之趣了。因而我创制下面两种方法，以告谢世上文章高手。

缩长为短

【题解】

"缩长为短"具体谈导演如何把原来过长的剧本缩短，以适应当时演出的需求。这里的精彩之处不仅仅在于李渔所提出的导演工作的一般原则；而尤其在于三百多年前提出这些原则时所具有的戏剧心理学的眼光。在今天，戏剧心理学、观众心理学乃至一般的艺术心理学知识，几乎已经成为导演、演员的常识，甚至普通观众和读者也都略知一二；然而在三百多年前的清初，能从戏剧心理学、观众心理学的角度提出问题，却并非易事。要知道，心理学作为一门学科的建立，就世界范围来说，从德国的冯特算起不过一百二三十年的历史；而艺术心理学、戏剧心理学、观众心理学、读者心理学的出现，则是 20 世纪的事情，甚至是晚近的事情。上述学科作为西学的一部分东渐到中国，更是晚了半拍甚至一拍。而李渔则在心理学、艺术心理学、戏剧心理学、观众心理学等学科建立并介绍到中国来之前很久，就从戏剧心理学、观众心理学甚至剧场心理学的角度对中国戏曲的导演和表演提出要求。譬如，首先，李渔注意到了日场演出和夜场演出对观众接受所造成的不同心理效果。艺术不同于其他事物，它有一种朦胧美，戏曲亦不例外。李渔认为它"妙在隐隐跃跃之间","观场之事,宜晦不宜明"。限于当时的灯光照明和剧场环境,日场演出,太觉分明,观众心理上不容易唤起朦胧的审美效果,此其一;其二,大白天,难施幻巧,演员表演"十分音容",观众"止作得五分观听",这是因为从心理学上讲,"耳目声音散而不聚故也";其三,白天,"无论富贵贫贱,尽有当行之事",观众心理上往往有"妨时失事之虑",而"抵暮登场,则主客心安"。其次,李渔体察到忙、闲两种不同的观众会有不同的观看心态。中国人的欣赏习惯是喜欢看有头有尾的故事,但一整部传奇往往太长,需演数日以至十数日才能演完。若遇到闲人,一部传奇可以数日看下去而心安理得;若是忙人,必然有头无尾,留下深深遗憾。正是考虑到这两种观众的不同心理,李渔认为应该预备两套演出方案:对清闲无事之人,可演全本;对忙人,则将情节可省者省去,"与其长而不终,无宁短而有尾"。这些思想由一个距今三百多年前的古人说出来,实在令人佩服。

观场之事,宜晦不宜明。其说有二:优孟衣冠①,原非实事,妙在隐隐跃跃之间②。若于日间搬弄,则太觉分明,演者难施幻巧,十分音容,止作得五分观听,以耳目声音散而不聚故也。且人无论富贵贫贱,日间尽有当行之事,阅之未免妨工。抵暮登场,则主客心安,无妨时失事之虑,古人秉烛夜游,正为此也。然戏之好者必长,又不宜草草完事,势必阐扬志趣,摹拟神情,非达旦不能告阕③。然求其可以达旦之人,十中不得一二,非迫于来朝之有事,即限于此际之欲眠,往往半部即行,使佳话截然而止。予尝谓好戏若逢贵客,必受腰斩之刑。虽属谑言,然实事也。与其长而不终,无宁短而有尾,故作传奇付优人,必先示以可长可短之法:取其情节可省之数折,另作暗号记之,遇清闲无事之人,则增入全演，否则拔而去之。此法是人皆知，在梨园亦乐于为此。但不知减省之中，又有增益之法，使所省数折，虽去若存，而无断文截角之患者，则在秉笔之人略加之意而已。法于所删之下折，另增数语，点出中间一段情节，如云昨日某人来说某话，我如何答应之类是也；或于所删之前一折，预为吸起，如云我明日当差某人去干某事之类是也。如此，则数语可当一折，观者虽未及看，实与看过无异，此一法也。予又谓多冗之客，并此最约者亦难终场，是删与不删等耳。尝见贵介命题，止索杂单，不用全本，皆为可行即行，不受戏文牵制计也。予谓全本太长，零出太短，酌乎二者之间，当仿《元人百种》之意，而稍稍扩充之，另编十折一本，或十二折一本之新剧，以备应付忙人之用。或即将古书旧戏，用长房妙手①，缩而成之。但能沙汰得宜，一可当百，则寸金丈铁，贵贱攸分，识者重其简贵，未必不弃长取短，另开一种风气，亦未可知也。此等传奇，可以一席两本，如佳客并坐，势不低昂，皆当在命题之列者，则一后一先，皆可为政，是一举两得之法也。有暇即当属草，请以下里巴人，为白雪阳春之倡。

【注释】

①优孟衣冠：《史记·滑稽列传》中说，楚相孙叔敖死后，优孟穿上孙叔敖的衣服与楚王谈话，酷似。后来，优孟衣冠指演员登场表演。

②隐隐跃跃：即"隐隐约约"。

③告阕：终了。阕，空缺。

④长房妙手：费长房，东汉方士，汝南（郡治在今河南上蔡西南）人。
　传说他从壶公入山学仙，一日之间，人见其在千里之外者数处，
　因称其有缩地术（见《后汉书·方术列传八十二》）。

【译文】

　　观看舞台演出这件事，宜于晦暗而不宜于明亮。理由有两个：演员登台表演，原本不是实事，妙处正在隐隐约约之间。若是在白天扮演，就会觉得太分明，演的人难于施展幻巧，有十分音容，表演出来能够让观众感受到的只有五分，这是因为耳目声音散而不聚的缘故。而且人无论富贵贫贱，白天都有他们需要做的事情，看演出未免妨碍工作。等到晚上登场演出，那么演员、观众都心安，没有妨时失事的顾虑，所谓古人秉烛夜游，原因正在于此。然而好戏必长，又不宜于草草了事，势必会铺张其志趣，摹演其神情，不演到天明不能结束。而求得那些可以通宵看戏的人，十个里面找不到一两个，不是迫于第二天早上有事，就是因为看戏这时节困乏想睡，往往看半部戏就走了，使得戏中的佳话美谈截然而止。我曾说，好戏若遇到贵客，必会遭受腰斩之刑。虽然说的是笑话，但也是实事。与其戏长而不能演完，还不如短而有个结尾，所以作传奇付诸优人演出，必须先给他们指示出一个可长可短的办法：选取戏中情节可以省却的几折，另作暗号标记出来，遇到清闲无事的人，就加进去全演，否则就删除。这个方法尽人皆知，在演艺界也乐于这样做。但不知减省之中，又有增益的方法，例如应使得所要减省的几折，虽然去掉了仿佛还存在，而没有断文截角的毛病，这就需要执笔写作的人在这方面略加留意了。其方法是，在所删去的下折，另外增加几句话，点出中间一段情节，譬如说昨日某人来说某话，我如何答应之类；或者在所删去的前一折，预先说几句话作为下面的接续，譬如说我明日当差某人去干某事之类。这样，那几句话可当一折，观众虽然没有看过，实际与看过一样，这是一种方法。我又曾说工作繁冗的看客，就是把剧本删到最简约的程度也难以看完全剧终场而退，这样，删与不删是一样

的。曾经看到过贵客看戏命题,只索求零杂的戏单,不用全本,为的是想离开的时候就离开,不受戏文的牵制。我认为全本太长,零出太短,应斟酌于二者之间,可以效仿《元人百种》之意,而稍稍加以扩充,另编十折一本,或十二折一本的新剧,以准备应付繁忙的人使用。或者就将古书旧戏,用费长房之缩地妙手,缩而成之。但是,要能够删减得当,一以当百,达到寸金胜过丈铁的效果,贵贱之分,有见识的人看重简约的珍贵,未必不弃长取短,另开一种风气,也未可预知啊。这样的传奇,可以一席而准备两个本子,如果佳客坐在一起,不分高低,都应当让他们命题点戏,那么一后一先,皆可随意而行,这是一举两得的方法。有闲暇就当写下来,请让我用"下里巴人",作为"白雪阳春"的倡导。

变旧成新

【题解】

"变旧为新"具体谈导演如何将旧剧本变得面目一新,并提出导演处理旧剧本的一般原则。李渔对原剧文本进行导演处理的意见,与现代导演学的有关思想大体相近。他提出八字方针是"仍其体质,变其丰姿",即不要改变原剧文本的主体,如"曲文与大段关目",以示对原作的尊重;而对原剧文本的枝节部分,如"科诨与细微说白",则可作适当变动,以适应新的审美需要。其实,李渔所谓导演可作变动者,不只"科诨与细微说白",还包括原作的"缺略不全之事,刺谬难解之情",即原作的某些纰漏,不合理的情节布局和人物形象。如李渔指出《琵琶记》中赵五娘这样一个"桃夭新妇"千里独行,《明珠记》中写一男子塞鸿为无双小姐煎茶,都不尽合理。他根据自己长期的导演经验,对这些缺略之处进行了弥补,写出了《琵琶记·寻夫》改本和《明珠记·煎茶》改本(实际上是导演脚本)附于《变调第二》之后,为同行如何进行导演处理提供了一个例证和样本。李渔关于对原剧文本进行导演处理的上述意见,有一个总的目的,即如何创造良好的舞台效果以适应观众的审美需要,这是十分可贵的,至今仍有重要参考价值。

　　演新剧如看时文,妙在闻所未闻,见所未见;演旧剧如看古董,妙在身生后世,眼对前朝。然而古董之可爱者,以其体质愈陈愈古,色相愈变愈奇。如铜器玉器之在当年,不过一刮磨光莹之物耳,迨其历年既久①,刮磨者浑全无迹,光莹者斑驳成文,是以人人相宝,非宝其本质如常,宝其能新而善变也。使其不异当年,犹然是一刮磨光莹之物,则与今时旋造者无别②,何事什佰其价而购之哉③?旧剧之可珍,亦若是也。今之梨园,购得一新本,则因其新而愈新之,饰怪妆奇,不遗余力;演到旧剧,则千人一辙,万人一辙,不求稍异。观者如听蒙童背书,但赏其熟,求一换耳换目之字而不得,则是古董便为古董,却未尝易色生斑,依然是一刮磨光莹之物,我何不取旋造者观之?犹觉耳目一新,何必定为村学究,听蒙童背书之为乐哉?然则生斑易色,其理甚难,当用何法以处此?曰:有道焉。仍其体质,变其丰姿。如同一美人,而稍更衣饰,便足令人改观,不俟变形易貌,而始知别一神情也。体质维何?曲文与大段关目是已。丰姿维何?科诨与细微说白是已。曲文与大段关目不可改者,古人既费一片心血,自合常留天地之间,我与何仇,而必欲使之埋没?且时人是古非今,改之徒来讪笑,仍其大体,既慰作者之心,且杜时人之口。科诨与细微说白不可不变者,凡人作事,贵于见景生情,世道迁移,人心非旧,当日有当日之情态,今日有今日之情态,传奇妙在入情,即使作者至今未死,亦当与世迁移，自啭其舌，必不为胶柱鼓瑟之谈，以拂听者之耳。况古人脱稿之初，便觉其新，一经传播，演过数番，即觉听熟之言难于复听，即在当年，亦未必不自厌其繁，而思陈言之务去也。我能易以新词，透入世情三昧，虽观旧剧，如阅新篇，岂非作者功臣？使得为鸡皮三少之女④，前鱼不泣之男⑤，地下有灵，方颂德歌功之不暇，而忍以矫制责之哉⑥？但须点铁成金，勿令画虎类狗⑦。又须择其可增者增，当改者改，万勿故作知音，强为解事，令观者当场喷饭，而群罪作俑之人，则湖上笠翁不任咎也。此言润泽枯藁，变易陈腐之事。予尝痛改《南西厢》，如《游殿》、《问斋》、《逾墙》、《惊梦》等科诨，及《玉簪·偷词》、《幽闺·旅婚》诸宾白，付伶工搬演，以试旧新，业经词人谬赏，不以点窜为非矣。

【注释】

①迨(dài)：等到，达到。

②旋造：现时创造，临时创造。

③什佰其价：十倍百倍于它的价钱。

④鸡皮三少之女：传说春秋时陈国夏姬掌握一种技术，可以"老而复壮"，使老得鸡皮似的皮肤三次变得如少女般稚嫩，故说"夏姬得道，鸡皮三少"（见宇文士及《妆台记序》）。

⑤前鱼不泣之男：据《战国策·魏策四》，战国时魏国宠臣龙阳君因钓鱼联想到自己可能的命运而哭泣。他想：后来钓到更大的鱼就不想要前面的鱼了，自己失宠时大概和前面钓到的鱼是一样的命运。

⑥矫制：假命而改制。矫，假托。

⑦画虎类狗：班固《东观汉记·马援传》："效(杜)季良而不得，陷为

天下轻薄子,所谓'画虎不成反类狗'者也。"

【译文】

演新剧如同看时文,妙处在于它闻所未闻,见所未见;演旧剧如同看古董,妙处在于身生后世,眼对前朝。然而古董之所以可爱,是因为它的体质愈陈愈古,而它的色相则愈变愈奇。譬如铜器玉器在当年的时候,不过是一个刮磨光莹的物件,等到它经历的年代久远,当年刮磨之处浑然无迹,光莹之处也已斑驳成文,因此人人争相把它当作宝贝,不是因它本质如常而视之为宝,而是因它能新善变而宝贵之。假使它和当年没有什么不同,还依然是一个刮磨光莹的物件,那就与今天刚刚制造出来的东西没有什么差别,怎么还会以十倍百倍的高价购买它呢?旧剧之可珍贵,也像古董的情况一样。今天的梨园,若购得一个新剧本,就会要新上加新,不遗余力地把它装饰得怪诞而奇异;而搬演旧剧的时候,则千人一辙,万人一辙,不求稍微变异。观众如同听蒙童背书,只赏识他背得熟,听不到他一个让人耳目一新的字眼,这样,古董就只是原来的古董,却未曾有过变色生斑的变化,依然是一个刮磨光莹的物件,我为什么不取那刚刚制作出来的东西观看?还觉得耳目一新,何必一定要作一个老学究,听蒙童背书为乐呢?但是生斑变色,其中道理艰深,应当用什么方法处理呢?我说:有门路在。保持它的体质,变化它的丰姿。如同一个美人,而稍微变更衣饰,就足以令人改观,不等她变形易貌,就能看到她别样的神情。体质是什么?就是曲文与大段关目。丰姿是什么?就是科诨与细微说白。曲文与大段关目之所以不可改,是因为古人既费一片心血,自然应该常留天地之间,我与他有什么仇,而必要将它埋没?况且现在的人们以古为是、以今为非,改变的结果是徒然引来讪笑,保持古本的大体面貌,既能安慰作者之心,又能堵住时人非难之口。科诨与细微说白之所以不可不变,是因为凡是人们做事,看重的是见景生情,世道迁移变化,人心不是旧样子,当日有当日的情态,今天有今天的情态,传奇妙在入情,即使当年的作者至今未死,也应当随着时世的迁移而变化他的口舌，必然不会作胶柱鼓瑟之谈，来拂逆听者的耳朵。况且古人脱稿的时候，觉得它新，而一经传播开来，演出过几次之后，就会觉得听熟的话语难以反复地听，就是在当年，也未必不自厌其繁，而想必须去掉那些陈词滥调。我若能够改为新词，深度了解世情三昧而与之适应，即使观众看的是旧剧，如同看新剧一样，岂不是作者功臣吗？假如当年那鸡皮三少之女，前鱼不泣之男，其地下有灵，他要对我颂德歌功还来不及呢，哪能责备我修改了他的原作？但是，你的修改必须点铁成金，而不能画虎类狗。又必须选择那些可增的地方增，应当改的地方改，万万不要故作知音，强为内行，令观众看了当场喷饭，而群起归罪于你这个作俑之人，如果那样，我湖上笠翁可不负责任啊。这是说的润泽枯槁、变易陈腐的事。我曾痛改《南西厢》，如《游殿》、《问斋》、《逾墙》、《惊梦》等科诨，以及《玉簪·偷词》、《幽闺·旅婚》中诸宾白，交付优伶搬演，以试旧新的效果，已经得到词人谬赏，不以我的点窜为非。

　　尚有拾遗补缺之法，未语同人，兹请并终其说。旧本传奇，每多缺略不全之事，刺谬难解之情①。非前人故为破绽，留话柄以贻后人，若唐诗所谓"欲得周郎顾，时时误拂弦"②，乃一时照管不到，致生漏孔，所谓"至人千虑，必有一失"。此等空隙，全靠后人泥补，不得听其缺陷，而使千古无全文也。女娲氏炼石补天③，天尚可补，况其他乎？但恐不得五色石耳。姑举二事以概之。赵五娘于归两月④，即别蔡邕，是一桃夭新妇。算至公姑已死，别墓寻夫之日，不及数年，是犹然一冶容诲淫之少妇也⑤。身背琵琶，独行千里，即能自保无他，能免当时物议乎⑥？张大公重诺轻财，资其困乏，仁人也，义士也。试问衣食名节，二者孰重？衣食不继则周之，名节所关则听之，义士仁人，曾若是乎？此等缺陷，就词人论之，几与天倾西北、地陷东南无异矣，可少补天塞地之人乎？若欲于本传之外，劈空添出一人送赵五娘入京，与之随身做伴，妥则妥矣，犹觉伤筋动骨，太涉更张。不想本传内现有一人，尽可用之而不用，竟似张大公止图卸肩，不顾赵五娘之去后者。其人为谁？着送钱米助丧之小二是也。《剪发》白云："你先回去，我少顷就着小二送来。"则是大公非无仆从之人，何以吝而不使？予为略增数语，补此缺略，附刻于后，以政同心⑦。此一事也。《明珠记》之《煎茶》⑧，所用为传消递息之人者，塞鸿是也。塞鸿一男子，何以得事嫔妃？使宫禁之内，可用男子煎茶，又得密谈私语，则此事可为，何事不可为乎？此等破绽，妇人小儿皆能指出，而作者绝不经心，观者亦听其疏漏；然明眼人遇之，未尝不哑然一笑，而作无是公看者也⑨。若欲于本家之外，凿空构一妇人，与无双小姐从不谋面，而送进驿内煎茶，使之先通姓名，后说情事，便则便矣，犹觉生枝长节，难免赘语。不知眼前现有一妇，理合使之而不使，非特王仙客至愚，亦觉彼妇太忍。彼妇为谁？无双自幼跟随之婢，仙客现在作妾之人，名为采苹是也。无论仙客觅人将意，计当出此，即就采苹论之，岂有主人一别数年，无由把臂，今在咫尺，不图一见，普天之下有若是之忍人乎？予亦为正此迷谬，止换宾白，不易填词，与《琵琶》改本并刊于后，以政同心。又一事也。其余改本尚多，以篇帙浩繁，不能尽附。总之，凡予所改者，皆出万不得已，眼看不过，耳听不过,故为铲削不平,以归至当,非勉强出头、与前人为难者比也。凡属高明,自能谅其心曲。

【注释】

①剌谬:乖僻不合常情。剌,乖僻。

②欲得周郎顾,时时误拂弦:出自唐诗人李端《听筝》诗。

③女娲氏炼石补天:《列子·汤问》:"天地亦物也,物有不足,故昔者女娲氏炼五色石以补其阙,断鳌之足以立四极。"

④于归:出嫁。《诗经·周南·桃夭》:"桃之夭夭,灼灼其华,之子于归,宜其室家。"

⑤冶容诲淫:容貌鲜丽而易惹是非。

⑥物议:众人的批评。

⑦以政同心:梁廷枏《曲话》评论李渔此举曰:"毋论其才不逮元人,即使能之,殊觉多此一事耳。"对李渔的改本不以为然。

⑧《明珠记》:明代陆采取材于唐传奇《刘无双传》的传奇剧本。

⑨无是公:司马相如《子虚赋》有托名"无是公"者,即"没有此人"的意思。

【译文】

还有拾遗补缺的方法,没有说给同仁听,这里请允许我一并说完。旧本传奇,每有许多缺略不全之事,乖僻难解之情。不是前人故意卖个破绽,留个话柄给后人,如同唐诗所谓"欲得周郎顾,时时误拂弦",乃是因为他一时照管不到,以至于产生纰漏,所谓"至人千虑,必有一失"。这样的漏洞,全靠后人弥补,不应该听任其缺陷存在,而使得千古没有完美之文。女娲氏炼石补天,天尚且可补,何况其他呢?只恐怕得不到五色石啊。姑且举出两件事来概括。赵五娘出嫁两月,就同蔡邕分别,她还是一个桃夭新妇。就算等到她公婆已死,别墓寻夫的那天,也不到数年,依然是一个容貌鲜丽而易惹是非的少妇。身背琵琶,独行千里,即使能够自保无事,难道能避免当时人们的批评吗? 张大公重然诺轻钱财,肯资助困顿之人,真是个仁人啊,义士啊。试问,衣食名节,两者哪个重要? 衣食不继,张大公给予周济,而名节所关,则听之任之,义士仁人,可曾是这样的吗? 这样的缺陷,拿词人来说,几乎与天倾西北、地陷东南的大错没有差别,可缺少补天塞地的人吗? 若想在本传之外,劈空添出一个人送赵五娘入京,同她随身做伴,妥是妥了,但还觉得伤筋动骨,变得太大。不承想本传内现有一人,尽可以使用而不用,竟好像张大公只图推卸责任,不顾赵五娘之去后如何。这个人是谁? 就是让他送钱米助丧的小二啊。《剪发》宾白有云:"你先回去,我少顷就着小二送来。"这就是说大公并非没有仆从之人,为什么吝啬而不使唤? 我为之略增几句话,弥补这个缺略,附刻于后,以请教同道。这是一件事。《明珠记》中的《煎茶》,所用作传递消息的人,是塞鸿。塞鸿是一个男子,怎能够事奉嫔妃? 如果宫禁之内,可用男子煎茶,又能够密谈私语,那么这样的事可做,什么样的事不能做呢? 这样的破绽,妇人小儿都能指出,而作者却绝不经心,观众也任其疏漏;然而明眼人遇到,未尝不哑然一笑,只作"无是公"看待。若想在本家之外,凭空构想一个妇人,与无双小姐从未见面,而送到驿站里面煎茶,使她先通姓名,后说情事,方便是方便了,但还是觉得生枝长节,难免费些累赘之语。岂不知眼前现成有一妇人,理应指使她却不指使,不但王仙客太愚钝,也觉得那个妇人太忍心。那妇人是谁? 无双自幼跟随的婢女,仙客现在作妾的人,名为采苹的就是。不要说仙客找人出主意,应当由此出发,即使就采苹来说,哪里有主人一别数年,无缘由把臂交谈,现在近在咫尺,却不想相见,普天之下有这样的忍人吗? 我是要纠正它的这一迷谬,只换宾白,不改填词,与《琵琶记》改本一并刊刻在后面,请同道指正。这又是一件事。其余改本还多,因为篇帙浩繁,不能都附上。总之,凡我所改的,都出于万不得已,眼睛看不下去,耳朵听不下去,所以为之铲削不平,尽量使它归于得当,并非勉强出头、与前人为难的人可比。凡是见识高明的人，自能体谅我的心曲。

　　插科打诨之语，若欲变旧为新，其难易较此奚止百倍。无论剧剧可增，出出可改，即欲隔日一新，逾月一换，亦诚易事。可惜当世贵人，家蓄名优数辈，不得一诙谐弄笔之人，为种词林萱草①，使之刻刻忘忧。若天假笠翁以年，授以黄金一斗，使得自买歌童，自编词曲，口授而身导之，则戏场关目，日日更新，毡上诙谐，时时变相。此种技艺，非特自能夸之，天下人亦共信之。然谋生不给，遑问其他？只好作贫女缝衣②，为他人助娇，看他人出阁而已矣。

【注释】

①萱草：忘忧草。

②贫女缝衣：唐代秦韬玉《贫女》诗："苦恨年年压金线，为他人作嫁衣裳。"

【译文】

　　插科打诨的话语，若想变旧为新，其难易程度较此岂止百倍。不要说剧剧可增，出出可改，即使想隔日一新，逾月一改，也是件容易的事。可惜当世的富贵人家，家中蓄养许多名优，却得不到一个诙谐弄笔的人，为他栽种词林的萱草，使他能时时刻刻忘忧。若老天爷让我笠翁多活几年，给我黄金一斗，使得我能够自买歌童，自编词曲，给予口授身导的教诲，那么戏场关目，会日日更新，毡上诙谐，也会时时变相。这种技艺，不但我自能夸耀，而且天下人也都会相信。然而，谋生还忙不过来呢，哪里顾得上其他？只好如贫女缝衣，为他人助娇增媚，看他人出嫁而已。

附

《琵琶记·寻夫》改本

〔胡捣练〕〔旦上〕辞别去，到荒丘，只愁出路煞生受。画取真容聊藉手，逢人将此勉哀求。

鬼神之道，虽则难明；感应之理，未尝不信。奴家昨日，在山上筑坟，偶然力乏，假寐片时。忽然梦见当山土地，带领着无数阴兵，前来助力。又亲口嘱付，着奴家改换衣装，往京寻取夫婿。及至醒来，那坟台果然筑就。可见真有神明，不是空空一梦。只得依了梦中之言，改换做道姑打扮。又编下一套凄凉北调，到途路之间，逢人弹唱，抄化些资粮糊口，也是一条生计。只是一件：我自做媳妇以来，终日与公姑厮守，如今虽死，还有个坟茔可拜；一旦撇他而去，真个是举目凄然。喜得奴家略晓丹青，只得借纸笔传神，权当个丁兰刻木，背在肩上行走，只当还与二亲相傍一般。遇着小祥忌日，也好展开祭奠，不枉做媳妇的一点孝心。有理！有理！颜料纸张，俱已备下，只是凭空摹拟，恐怕不肖神情，且待我想象起来。

〔三仙桥〕一从他每死后，要相逢，不能勾。除非梦里，暂时略聚首。如今该下笔了。〔欲画又止介〕苦要描，描不就。暗想象，教我未描先泪流。〔画介〕描不出他苦心头，描不出他饥症候。〔又想介〕描不出他望孩儿的睁睁两眸。〔又画介〕只画得他发飕飕，和那衣衫敝垢。画完了，待我细看一看。〔看介〕呀！像倒极像，只是画得太苦了些，全没些欢容笑口。呀！公婆，公婆，非是媳妇故意如此。休休，若画做好容颜，须不是赵五娘的姑舅。

待我悬挂起来，烧些纸钱，奠些酒饭，然后带出门去便了。〔挂介〕嗳！我那公公婆婆呵！媳妇只为往京寻取丈夫，撇你不下，故此图画仪容,以便随身供养。你须是有灵有感,时刻在暗里扶持。待媳妇早见你的孩儿,痛哭一场,说完了心事,然后赶到阴间,与你二人做伴便了。阿呀,我那公婆呵!〔哭介〕

〔前腔〕非是奴寻夫远游,只怕我公婆绝后。奴见夫便回,此行安敢久。路途中,奴怎走?望公婆,相保佑!拜完了,如今收拾起身。论起理来,该先别坟茔,然后去别张大公才是。只为要托他照管坟茔,须是先别了他,然后同至坟前,把公婆的骸骨,交付与他便了。〔锁门行介〕只怕奴去后,冷清清,有谁来祭扫?纵使遇春秋,一陌纸钱怎有?休,休,你生是受冻馁的公婆,死做个绝祭祀的姑舅!

来此已是,大公在家么?〔丑上〕收拾草鞋行远路,安排包裹送娇娘。呀!五娘子来了。老员外有请!〔末上〕衰柳寒蝉不可闻,金风败叶正纷纷;长安古道休回首,西出阳关无故人。呀!五娘子,我正要过来送你,你却来了。〔旦〕因有远行,特来拜别。大公请端坐,受奴家几拜。〔末〕来到就是了,不劳拜罢。〔旦拜,末同拜介〕〔旦〕高厚恩难报,临岐泪满巾。〔末〕从今无别事,拭目待归人。〔末起,旦不起介〕〔末〕五娘子请起。呀!五娘子,你为何跪在地下不肯起来?〔旦〕奴家有两件大事奉求,要大公亲口许下,方敢起来。〔末〕孝妇所求,一定是纲常伦理之事,老夫一力担当,快些请起!〔旦起介〕〔末〕叫小二看椅子过来,与五娘子坐了讲话。〔旦〕告坐了。〔末〕五娘子,你方才说的,是那两件事?〔旦〕第一件,是怕奴家去后,公婆的坟茔没人照管,求大公不时看顾。每逢令节,代烧一陌纸钱。〔末〕这是我分内之事,自然照管,何须你嘱付。第二件呢?〔旦〕第二件,因奴家是个少年女子,远出寻夫,没人作伴,路上怕有嫌疑,求公公大发婆心,把小二借与奴家作伴,到京之日,即便遣人送还。这一件事,关系奴家的名节,断求慨允。〔末〕五娘子,这件事情,比照管坟茔还大,莫说待你拜求,方才肯许,不是个仗义之人;就是听你讲到此处,方才思念起来,把小二送你,也就不成个张广才了。我昨日思想，不但你只身行走，路上嫌疑；就是到了京中，与你丈夫相见，他问你在途路之中如何宿歇，你把甚么言语答应他？万一男子汉的心肠多疑少信，将你埋葬公婆的大事且不提起，反把形迹二字与你讲论起来，如何了得！这也还是小事。他三载不归，未必不在京中别有所娶。我想那房家小，看见前妻走到，还要无中生有，别寻说话，离间你的夫妻，何况是远远寻夫，没人作伴？若把几句恶言加你，岂不是有口难分？还有一说：你丈夫临行之日，把家中事情拜托于我，我若容你独自寻夫，有碍他终身名节，日后把甚么颜面见他？就是死到九泉，也难与你公婆相会。这个主意，我先定下多时了，已曾分付小二，着他伴你同行，不劳分付，放心前去便了。〔旦起拜介〕这等多谢公公！奴家告别了。〔末〕且慢些，再请坐下。我且问你：你既要寻夫，那路上的盘费，已曾备下了么？〔旦〕并不曾有。〔末〕既然没有，如何去得？〔旦指背上琵琶介〕这就是奴家的盘费。不瞒公公说，已曾编下一套凄凉北调，谱入丝弦，一路弹唱而行，讨些钱米度日。〔丑〕这等说来，竟是叫化了。这样生意，我做不惯。不要总承，快寻别个去罢！〔末〕我自有主意，不消多嘴！五娘子，你前日剪发葬亲，往街坊货卖，倒不曾问得你卖了几贯钱财，可勾用么？〔旦〕并无人买，全亏大公周济。〔末〕却又来！头发可以作鬏，尚且卖不出钱财，何况是空空弹唱？万一没人与钱，你还是去的好？转来的好？流落在他乡，不来不去的好？那些长途资斧，我也曾与你备下，不劳费心。也罢，你既费精神，编成一套词曲，不可不使老朽闻之。你就唱来，待我与你发个利市。〔旦〕这等待奴家献丑。若有不到之处，求大公改正一二。〔末〕你且唱来。〔旦理弦弹唱，末不住掩泪，丑不住哭介〕

〔北越调斗鹌鹑〕静理冰弦，凝神息喘，待诉衷肠，将眉略展。怕的是听者愁听，闻声去远。虽不比杞梁妻，善哭天[①]，也去那哭倒长城的孟姜不远。

〔紫花儿序〕俺不是好云游，闲离闺阃，也不是背人伦，强抱琵琶,都则为远寻夫,苦历山川。说甚么金莲窄小,道路迤遭,鞋穿,便做到骨葬沟渠首向天,保得过面无惭腆。好追随,地下姑嫜,得全名,死也无冤。

〔天净沙〕当初始配良缘,备饔飧,尚有余钱。只为儿夫去远,遇荒罹变,为妻庸,祸及椿萱。

〔金蕉叶〕他望赈济,心穿眼穿;俺遭抢夺,粮悬命悬。若不是遇高邻,分粮助馐,怎能勾慰亲心,将灰复燃?

〔小桃红〕可怜他游丝一缕命空牵,要续愁无线。俺也曾自餍糟糠备亲膳,要救余年,又谁料攀辕卧辙翻成劥?因来灶边,窥奴私咽,一声儿哭倒便归泉。

〔调笑令〕可怜,葬无钱!亏的是一位恩人,竟做了两次天。他助丧非强由情愿。实指望吉回凶转,因灾致祥无他变,又谁知,后运同前!

〔秃厮儿〕俺虽是厚面皮,无羞不腆,怎忍得累高邻,鬻产输田?只得把香云剪下自卖钱,到街坊,哭声喧,谁怜?

〔圣药王〕俺待要图卸肩,赴九泉,怎忍得亲骸朽露饱飞鸢?欲待把命苟延,较后先,算来无幸可徼天,哭倒在街前。

〔麻郎儿〕感义士施恩不倦,二天外,又复加天。则为这好仗义的高邻忒煞贤,越显得受恩的浅深无辨。

〔么篇〕徒跣,把罗裙自捻,裹黄泥,去筑坟圈。感山灵,神通昼显,又指去路,劝人赴远。

〔络丝娘〕因此上,顾不的鞋弓袜浅,讲不起抛头露面。手拨琵琶,原非自遣,要诉出衷肠一片。

〔东原乐〕暂把丧衣覆,乔将道服穿。为缺资财致使得身容变。休怪俺孝妇啼痕学杜鹃，只为多愁怨，渍染得缥麻如茜。

〔拙鲁速〕可怜俺日不停，夜不眠，饥不餐，冷不燃。当日呵，辨不出桃花人面，分不开藕瓣金莲；到如今藕丝花片，落在谁边？自对菱花，错认椿萱，止为忧煎。才信道家宽出少年。

〔尾〕千愁万绪提难遍，只好绺绦中一线。听不出眼泪的休解囊，但有酸鼻的仁人，请将钞袋儿展。

〔末〕做也做得好，弹也弹得好，唱也唱得好，可称三绝。〔出银介〕这一封银子，就当润喉润笔之资，你请收下。〔旦谢介〕〔末〕小二过来。他方才弹唱的时节，我便为他声音凄楚，情节可怜，故此掉泪。你知道些甚么，也号号咷咷，哭个不了？〔丑〕不知甚么原故，听到其间，就不知不觉哭将起来，连我也不明白。〔末〕这等我且问你：方才送他的银子，万一途中不勾，依旧要叫化起来，你还是情愿不情愿？〔丑〕情愿！情愿！〔末〕为甚么以前不情愿，如今忽然情愿起来？〔丑想介〕正是，为甚么原故，忽然改变起来？连我也不明白。〔末〕好，这叫做：孝心所感，铁人流泪；高僧说法，顽石点头。五娘子，你一片孝心，就从今日效验起了，此去定然遂意。我且问你：你公婆的坟茔，曾去拜别了么？〔旦〕还不曾去。要屈太公同行，好对着公婆当面拜托。〔末〕一发见得到！就请同行。叫小二，与五娘子背了琵琶。〔丑〕自然。莫说琵琶，就是要带马桶，我也情愿挑着走了。〔末〕五娘子，我还有几句药石之言，要分付你，和你一面行走，一面讲教。〔旦〕既有法言，便求赐教。〔行介〕

〔斗黑蟆〕〔末〕伊夫婿，多应是贵官显爵。伊家去，须当审个好恶。只怕你这般乔打扮，他怎知觉？一贵一贫，怕他将错就错。〔合〕孤坟寂寞，路途滋味恶。两处堪悲，万愁怎摸！

〔末〕已到坟前了。蔡大哥！蔡大嫂！你这个孝顺媳妇,待你二人,可谓生事以礼,死葬以礼,祭之以礼,无一事不全的了！如今远出寻夫,特来拜别,将坟墓交托于我。从今以后,我就当你媳妇,逢时化纸,遇节烧钱,你不消虑得。只是保佑他一路平安,早与丈夫相会。他一生行孝的事情,只有你夫妻两口,与我张广才三人知道。你夫妻死了,止剩得我一个在此,万一不能勾见他,这孝妇一片苦心,谁人替他表白？趁我张广才未死,速速保佑他回来。待我见他一面,把你媳妇的好处,细细对他讲一遍,我张广才这个老头儿,就死也瞑目了。唉,我那老友呵！〔旦〕我那公婆呵！〔同放声大哭、丑亦哭介〕〔末〕五娘子！

〔忆多娇〕我承委托当领诺。这孤坟,我自看守,决不爽约。但愿你途中身安乐。〔合〕举目萧索,满眼盈盈泪落。

〔旦〕公婆,你媳妇如今去了！大公,奴家去了！〔末〕五娘子,你途间保重,早去早回！小二,你好生伏侍五娘子,不要叫他费心。〔丑〕晓得！

〔旦〕为寻夫婿别孤坟,〔末〕只怕儿夫不认真。

〔合〕流泪眼观流泪眼,断肠人送断肠人。

〔旦掩泪同丑先下〕〔末目送,作哽咽不能出声介〕嗳,我、我、我明日死了,那有这等一个孝顺媳妇！可怜！可怜！〔掩泪下〕

【注释】

①哭天：翼圣堂本作"哭天",芥子园本作"哭夫",亦通。

《明珠记·煎茶》改本

第一折

〔卜算子〕〔生冠带上〕未遇费长房,已缩相思地。咫尺有佳音,可惜人难寄。

　　下官王仙客，叨授富平县尹。又为长乐驿缺了驿官，上司命我带管三月。近日朝廷差几员内官，带领三十名宫女，去备皇陵打扫之用，今日申牌时分，已到驿中。我想宫女三十名，焉知无双小姐不在其内？要托人探个消息，百计不能。喜得里面要取人伏侍，我把塞鸿扮做煎茶童子，送进去承值，万一遇见小姐，也好传个信儿。塞鸿那里？〔丑上〕蓝桥今夜好风光，天上群仙降下方。只恐云英难见面，裴航空自捣玄霜。塞鸿伺候。〔生〕今日送你进去煎茶，专为打探无双小姐的消息，你须要用心体访。〔丑〕小人理会得。〔生〕随着我来。〔行介〕你若见了小姐呵！

　　〔玉交枝〕道我因他憔悴，虽则是断机缘，心儿未灰，痴情还想成婚配。便今世，不共鸳帏，私心愿将来世期，倒不如将生换死求连理。〔合〕料伊行，冰心未移，料伊行，柔肠更痴。

　　说话之间，已到馆驿前了。〔丑〕管门的公公在么？〔净上〕走马近来辞帝阙，奉差前去扫皇陵。甚么人？到此何干？〔生〕带管驿事富平县尹，送煎茶人役伺候。〔净〕着他进来。〔丑进见介〕〔净看怒介〕这是个男子，你为甚么送他进来呢？〔生〕是个幼年童子。〔净〕看他这个模样，也不是个幼年童子了。好个不通道理的县官！就是上司官员，带着家眷从此经过，也没有取男子服事之理，何况是皇宫内院的嫔妃，肯容男子见面？叫孩子们，快打出去，着他换妇人进来。这样不通道理，还叫他做官！〔骂下〕〔生〕这怎么处？

　　〔前腔〕精神徒费。不收留，翻加峻威，道是男儿怎入裙钗队。叹宾鸿，有翼难飞！〔丑〕老爷，你偌大一位县官，怕差遣妇人不动？拨几个民间妇女进去就是了，愁他怎的！〔生〕塞鸿，你那里知道。民间妇人尽有，只是我做官的人，怎好把心事托他。幽情怎教民妇知，说来徒使旁人议。〔合前〕且自回衙，少时再作道理。正是：

不如意事常八九,可与人言无二三。

第二折

〔破阵子〕〔小旦上〕故主恩情难背,思之夜夜魂飞。

奴家采苹,自从抛离故主,寄养侯门,王将军待若亲生,王解元纳为侧室,唱随之礼不缺,伉俪之情颇谐,只是思忆旧恩,放心不下。闻得朝廷拨出宫女三十名,去备皇陵打扫,如今现在驿中。万一小姐也在数内,我和他咫尺之间,不能见面,令人何以为情。仔细想来,好凄惨人也!〔泪介〕

〔黄莺儿〕从小便相依。弃中途,履祸危,经年没个音书寄。到如今呵,又不是他东我西,山遥路迷。宫门一入深无底,止不过隔层帏。身儿不近,怎免泪珠垂。

〔生上〕枉作千般计,空回九转肠;姻缘生割断,最狠是穹苍。〔见介〕〔小旦〕相公回来了。你着塞鸿去探消息,端的何如?为甚么面带愁容,不言不语?〔生〕不要说起!那守门的太监,不收男子,只要妇人。妇人尽有,都是民间之女,怎好托他代传心事,岂不闷杀我也!

〔前腔〕无计可施为,眼巴巴看落晖。只今宵一过,便无机会。娘子,我便为此烦恼。你为何也带愁容?看你无端皱眉,尤因泪垂,莫不是愁他夺取中宫位?那里知道这婚姻事呵!绝端倪。便图来世,那好事也难期。

〔小旦〕奴家不为别事,只因小姐在咫尺之间,不能见面,故主之情,难于割舍,所以在此伤心。〔生〕原来如此,这也是人之常情。〔小旦〕相公,你要传消递息,既苦无人;我要见面谈心,又愁无计。我如今有个两全之法,和你商量。〔生〕甚么两全之法?快些讲来。〔小旦〕他要取妇人承值,何不把奴家送去?只说民间之妇。若还见了小姐,妇人与妇人讲话,没有甚么嫌疑,岂不比塞鸿更强十倍?〔生〕如此甚妙!只是把个官人娘子扮作民间之妇，未免屈了你些。〔小旦〕我原以侍妾起家，何屈之有。〔生〕这等分付门上，唤一乘小轿进来，傍晚出去，黎明进来便了。

羡卿多智更多情，一计能收两泪零。

〔小旦〕鸡犬尚能怀故主，为人岂可负生成。

第三折　*此折改白不改曲。曲照原本，不更一字。*

〔长相思〕〔旦上〕念奴娇，归国遥，为忆王孙心转焦，楚江秋色饶。月儿高，烛影摇，为忆秦娥梦转迢。苦呵！汉宫春信消。

街鼓冬冬动戍楼，倚床无寐数更筹；可怜今夜中庭月，一样清光两地愁。奴家自到驿内，看看天色晚来。〔内打二鼓介〕呀，谯楼上面，已打二鼓了。独眠孤馆，展转凄其，待与姊妹们闲话消遣，怎奈他们心上无事，一个个都去睡了。教奴家独守残灯，怎生睡得去！

〔二郎神〕良宵杳，为愁多，睡来还觉。手揽寒衾风料峭。也罢，待我剔起银灯①，到阶除下闲步一回，以消长夜。徘徊灯侧，下阶闲步无聊。只见惨淡中庭新月小。画屏间，余香犹袅。漏声高，正三更，驿庭人静寥寥。

那帘儿外面，就是煎茶之所，不免去就着茶炉，饮一杯苦茗则个。正是：有水难浇心火热，无风可解泪冰寒。〔暂下〕〔小旦持扇上〕已入重围里，还愁见面遥；故人相对处，打点泪痕抛。奴家自进驿来，办眼偷瞧，不见我家小姐。〔内作长叹介〕〔小旦〕呀，如今夜深人静，为何有沉吟叹息之声？不免揭起帘儿，觑他一眼。

〔前腔〕偷瞧，把朱帘轻揭，金铃声小。呀！那阶除之下，缓步行来的，好似我家小姐。欲待唤他，又恐不是。我且只当不知，坐在这里煎茶，看他出来，有何话说。〔旦上〕看，一缕茶烟香缭绕。呀！那个煎茶女子，好生面善。青衣执爨，分明旧识风标。悄语低声问分晓。那煎茶女子，快取茶来！〔小旦〕娘娘请坐，待我取来。〔送茶，各看，背惊介〕〔旦〕呀！分明是采苹的模样，他为何来在这里？〔小旦〕竟是我家小姐！待他唤我，我才好认他。〔旦〕那女子走近前来！你莫非就是采苹么？〔小旦〕小姐在上，妾身就是。〔跪介〕〔旦抱哭介〕〔合〕天那！何幸得萍水相遭！〔旦〕你为何来在这里？〔小旦〕说起话长。今夜之来，是采苹一点孝心，费尽机谋，特地来寻故主。请问小姐，老夫人好么？〔旦〕还喜得康健。采苹，你晓得王官人的消息么？**郎年少，自分离，孤身何处飘飘？**

〔小旦〕他自分散之后，贼平到京。正要来图婚配，不想我家遭此横祸，他就落魄天涯。近得金吾将军题请得官，现做富平县尹，权知此驿。

〔**啭林莺**〕他宦中薄禄权倚靠，知他未遂云霄。〔旦〕这等说来，他也就在此处了。既然如此，你的近况何如？随着谁人？作何勾当？〔小旦〕采苹自别夫人小姐，蒙金吾将军收为义女，就嫁与王官人，目今现在一起。〔旦〕哦，你和他现在一起么？〔小旦〕是。〔旦作醋容介〕这等讲来，我倒不如你了！**鹡鸰已占枝头早，孤鸾拘锁，何日得归巢？**〔小旦〕小姐不要多心。奴家虽嫁王郎，议定权为侧室，虚却正夫人的座位，还待着小姐哩！〔旦〕这等才是。我且问你，檀郎安否？**怕相思，瘦损潘安貌。**〔小旦〕他虽受折磨，却还志气不衰，容颜如旧。**志气好，千般折挫，风月未全消。**

他一片苦情，恐怕小姐不知，现付明珠一颗，是小姐赠与他的，他时时藏在身旁，不敢遗失。〔付珠介〕

〔**前腔**〕〔旦〕双珠依旧成对好，我两人还是蓬飘。采苹，我今夜要约他一会，你可唤得进来么？〔小旦〕这个使不得。老公公在外监守，又有军士巡更，那里唤得进来！〔旦〕莫非是你……〔小旦〕是我怎么样？哦，采苹知道了，莫非疑我吃醋么？若有此心，天不覆，地不载！小姐，利害所关，他委实进来不得。〔旦泪介〕嗳！**眼前欲见无由到，**

驿庭咫尺，翻做楚天遥。〔小旦〕楚天犹小，着不得一腔烦恼。小姐有何心事，只消对采苹说知，待采苹转对他说，也与见面一般。〔旦〕枉心焦，我芳情自解，怎说与伊曹！

待我修书一封，与你带去便了。〔小旦〕说得有理，快写起来，一霎时天就明了。〔旦写介〕

〔啄木公子〕舒残茧，展兔毫，蚊脚蝇头随意扫。只怕我有万恨千愁，假饶会面难消。我有满腔愁怨，写向鸾笺怎得了？总有丹青别样巧②，毕竟衷肠事怎描？只落得泪痕交。

〔前腔〕书才写，灯再挑，锦袋重封花押巧。书写完了，采苹，你与我传示他，好自支持，休为我长皱眉梢。〔小旦〕小姐，你与他的姻缘，毕竟如何？可有出宫相会的日子？〔旦〕为说汉宫人未老，怨粉愁香憔悴倒；寂寞园陵岁月遥，云雨隔蓝桥。

明珠封在书中，叫他依旧收好。〔小旦〕天色已明，采苹出去了。小姐，你千万保重！若有便信，替我致意老夫人。〔各哭介〕〔小旦〕小姐保重，采苹去了。〔掩泪下〕〔旦〕呀，采苹，你竟去了！〔顿足哭介〕

〔哭相思尾〕从此两下分离音信杳，无由再见亲人了。

〔哭倒介〕〔末上〕自不整衣毛，何须夜夜号。咱家一路辛苦，正要睡觉，不知那个官人啾啾唧唧，一夜哭到天明，不免到里面去看来。呀！为何哭倒在地下？〔看介〕原来是刘官人。刘官人起来！〔摸介〕呀，不好了！浑身冰冷，只有心口还热。列位官人快来！〔四宫女上〕并无奇祸至，何事疾声呼？呀！这是刘家姐姐，为何倒在地下？〔末〕列位官人看好，待我去取姜汤上来。〔下〕〔二宫女〕刘家姐姐，快些苏醒！〔末取姜汤上〕姜汤在此，快灌下去。〔灌醒介〕〔宫女〕刘家姐姐，你为甚么事情，哭得这般狼狈？

〔黄莺儿〕〔旦〕只为连日受劬劳，怯风霜，心胆遥，昨宵不睡挨到晓。〔末〕为甚么不睡呢？〔旦〕思家路遥，思亲寿高，因此蓦然愁绝昏沉倒。谢多娇，相将救取，免死向荒郊。

〔末〕好不小心！万一有些差池，都是咱家的干系哩！

〔前腔〕〔众〕人世水中泡。受皇恩，福怎消，何须苦忆家乡好。慈帏暂抛，相逢不遥，宽心莫把闲愁恼。〔内〕面汤热了，请列位宫人梳妆上轿。〔合〕曙光高，马嘶人起，梳洗上星轺。

〔宫女〕姊妹人人笑语阗，娘行何事独忧煎？

〔旦〕只因命带凄惶煞，心上无愁也泪涟。

【注释】

①银灯：翼圣堂本和《中国文学珍本丛书》本作"残灯"，芥子园本作"银灯"，今从芥子园本。

②总有：翼圣堂本、芥子园本作"总有"，有的本子作"纵有"，亦通。

授曲第三 计六款

【题解】

　　这一节五款是谈如何教演员唱曲的。李渔集戏曲作家、戏班班主、"优师"、导演于一身,有着丰富的艺术经验。他自称"曲中之老奴,歌中之黠婢",凭借"作一生柳七,交无数周郎"的阅历和体验,道出常人所道不出的精彩见解。其实,不只言传身教,而且无形的熏陶也会使人受益无穷,演员在李渔这样的"优师"和导演身边长期生活,近朱者赤、近墨者黑,潜移默化,自有长进。然而,亦需演员自己刻苦磨练,才能成为真正的表演艺术家。明李开先《词谑》中记载了颜容刻苦练功的故事。颜容实际上是一个"下海"的票友:"……乃良家子,性好为戏,每登场,务备极情态;喉音响亮,又足以助之。尝与众扮《赵氏孤儿》戏文,容为公孙杵臼,见听者无戚容,归即左手捋须,右手打其两颊尽赤,取一穿衣镜,抱一木雕孤儿,说一番,唱一番,哭一番,其孤苦感怆,真有可怜之色、难已之情。异日复为此戏,千百人哭皆失声。归,又至镜前,含笑深揖曰:'颜容,真可观矣!'"倘若没有在穿衣镜前,怀抱木雕孤儿,说一番、唱一番、哭一番的训练和如此投入的情感体验,绝不会有"千百人哭皆失声"的巨大成功。还有一个例子。明末清初的侯方域《马伶传》写南京一个名叫马锦的演员,因演《鸣凤记》中严嵩这个奸臣而不如别的演员演得好,便到京城一个相国(也是奸臣)家,为其门卒三年,服侍相国,察其举止,聆其语言,揣摩其形态,体验其心理。三年后重新扮演严嵩这个角色,大获成功,连三年前扮演严嵩比他强的那个演员,也要拜他为师。为了演好一个角色,刻苦磨练三年,令人钦佩!

　　声音之道,幽渺难知。予作一生柳七[①],交无数周郎,虽未能如曲子相公身都通显，然论其生平制作，塞满人间，亦类此君之不可收拾②。然究竟于声音之道未尝尽解，所能解者，不过词学之章句，音理之皮毛，比之观场矮人，略高寸许，人赞美而我先之，我憎丑而人和之，举世不察，遂群然许为知音。噫，音岂易知者哉？人问：既不知音，何以制曲？予曰：酿酒之家，不必尽知酒味，然秫多水少则醇酽③，曲好蘖精则香洌④，此理则易谙也；此理既谙，则杜康不难为矣⑤。造弓造矢之人，未必尽娴决拾⑥，然曲而劲者利于矢，直而锐者宜于鹄⑦，此道则易明也；既明此道，即世为弓人矢人可矣。虽然，山民善跋，水民善涉，术疏则巧者亦拙，业久则粗者亦精；填过数十种新词，悉付优人，听其歌演，近朱者赤，近墨者黑⑧，况为朱墨所从出者乎？粗者自然拂耳，精者自能娱神，是其中菽麦亦稍辨矣。语云："耕当问奴，织当访婢⑨。"予虽不敏，亦曲中之老奴，歌中之黠婢也⑩。请述所知，以备裁择。

【注释】

①柳七：即宋代词人柳永（987？—1055？），字耆卿，初号三变，因排行七，又称柳七。祖籍河东（今属山西），后移居崇安（今属福建）。他的词当时可谓家喻户晓。

②此君之不可收拾：五代词人和凝，官至太子太保，封鲁国公，人称"曲子相公"，他少时好作艳词，后来悔其少作，想收集销毁旧作，终因流散太广而不可收拾。

③秫（shú）：黏高粱，有的地区就指高粱。高粱为造酒的粮食。

④蘖（niè）：酿酒的曲。

⑤杜康：传说中的酿酒鼻祖。《说文解字·巾部》："古者少康初作
　箕帚，秫酒。少康，杜康也。"

⑥决拾：射箭的工具，此处即指射箭。

⑦鹄（hú）：箭靶的中心。

⑧近朱者赤，近墨者黑：语见晋傅玄《少傅箴》。

⑨耕当问奴，织当访婢：语见《宋书·沈庆之传》。

⑩黠（xiá）：机灵，聪明而狡猾。

【译文】

　　声音之中的道理，幽渺而难以知晓。我作了一生词坛柳七，结交无
数顾曲周郎，虽然未能如五代曲子相公和凝那样一生通达显贵，但是论
我的生平制作，充满人间，也类似此君之不可收拾。然而，我究竟对于
声音之道未曾全部解透，所能理解的，不过是词学的章句，音理的皮毛，
比起观场矮人，略微高上寸许，人所赞扬美的东西而我比他们占先，我
所憎恶丑的东西而别人与我应和，举世之人没有明察，于是大家都推许
我为知音。唉，"音"难道是易"知"的吗？有人问：既然不能知音，怎样
填词制曲？我说：酿酒之家，不必尽知酒味，然而，秫多水少那酒就会醇
酽，曲好蘖精那酒就会香冽，这个道理容易明白；这个理既然明白，那么
造酒的杜康就不难作了。造弓造矢的人，未必都熟练射箭，然而箭弓曲
而劲者利于放矢，箭矢直而锐者宜于中靶，这个道理则是容易明白的；
既然明白这个道理，那么一辈子做弓人矢人就够格了。虽然如此，山民
善于跋攀，水民善于涉渡，技术粗疏则巧者也拙，业务经久则粗者也精；
填过数十种新词，都付诸优人演出，听他们的歌演，近朱者赤，近墨者
黑，何况从朱墨当中出来的呢？粗疏的听起来自然逆耳，精熟的听起来
自能娱神，这就是说其中不辨菽麦的愚笨无知者也能稍懂个中底里了。
俗话说："耕当问奴，织当访婢。"我虽然不聪明，也是曲中一个老奴，歌
中一个侍婢。请让我述其所知，以备人们裁择。

解明曲意

【题解】

　　"解明曲意"的主旨是要求演员在学唱一支曲子时,必须首先理解曲意,如此,才能"唱出口时,俨然此种神情,问者是问,答者是答,悲者黯然魂销而不致反有喜色,欢者怡然自得而不见稍有瘁容"。因为表演是艺术,而艺术是要逼真地传达情感,而不是如木偶般机械地发声吐字。此款中令人最感兴趣的是李渔关于"死音"、"活曲"的见解。他认为那种不解曲意,"口唱而心不唱,口中有曲而面上、身上无曲,此之谓无情之曲",也即"死音";只有解明曲意,全身心地、全神贯注地演唱,才是"活曲"。这里的"死"、"活"二字,道出了艺术的真谛。在我看来,艺术(审美)本来就是一种生命活动。它是人类生命的一种存在方式,是人类生命的一种活动形式。"活"是生命的显著标志,"死"则意味着生命的消失。"死音",犹如行尸走肉,无生命可言,无美可言,自然也即无艺术可言;只有"活曲",有生命流注其中,才美,才是真正的艺术。真正的艺术家,是把自己的生命投入艺术之中的,他的艺术就是他的生命的一部分。据古德济《托尔斯泰评传》记述,俄国大作家列夫·托尔斯泰说过:"只有当你每次浸下了笔,就像把一块肉浸到墨水瓶里的时候,你才应该写作。"演员的表演亦如是。清代著名小生演员徐小香有"活公瑾"之称,为什么?因为他用自己的生命去演周瑜,因而把人物演活了;就连"冠上雉尾",也流注着生命,"观者咸觉其栩栩欲活"。现代著名武生演员盖叫天有"活武松"之称,也是因为他把自己的生命化为角色(武松)的生命。

　　唱曲宜有曲情,曲情者,曲中之情节也。解明情节,知其意之所在,则唱出口时,俨然此种神情,问者是问,答者是答,悲者黯然魂销而不致反有喜色,欢者怡然自得而不见稍有瘁容。且其声音齿颊之间,各种俱有分别,此所谓曲情是也。吾观今世学曲者,始则诵读,继则歌咏,歌咏既成而事毕矣。至于讲解二字,非特废而不行,亦且从无此例。有终日唱此曲,终年唱此曲,甚至一生唱此曲,而不知此曲所言何事,所指何人。口唱而心不唱,口中有曲而面上、身上无曲,此所谓无情之曲,与蒙童背书,同一勉强而非自然者也。虽腔板极正,喉舌齿牙极清,终是第二、第三等词曲,非登峰造极之技也。欲唱好曲者,必先求明师讲明曲义。师或不解,不妨转询文人,得其义而后唱。唱时以精神贯串其中,务求酷肖。若是,则同一唱也,同一曲也,其转腔换字之间,别有一种声口,举目回头之际,另是一副神情,较之时优,自然迥别。变死音为活曲,化歌者为文人,只在能解二字,解之时义大矣哉!

【译文】

唱曲的时候应该有曲情,所谓曲情,就是曲中的情节。明了情节,知道它的意思所在,那么唱出口来的时候,俨然是这种神情,问者是问,答者是答,悲痛时黯然魂销而不致反而面有喜色,欢快时怡然自得而不会现出些许悲瘁之容。而且演员的声音口齿面颊之间,各种情形都有分别,这就是所谓曲情。我看现在学曲的人,开始时诵读,接着就是歌咏,歌咏完了而事情也就完了。至于曲情的讲解两个字,不但废弃而不实行,而且从来没有这个惯例。有的人一天到晚唱这个曲子,一年到头唱这个曲子,甚至一生一世唱这个曲子,却不知道这个曲子所说的是什么事,所指的是什么人。口唱而心不唱,口中有曲而面上、身上无曲,这就是所谓无情之曲,这与蒙童背书,同是一种勉强做作的机械行为而不是自然而然的心灵活动。虽然发声腔板极正,喉舌齿牙极为清明,终究是第二、第三等词曲,不是登峰造极的技能。要想唱好曲的人,必须先求明师讲明曲义。老师或许有不解之处,不妨转而请教文人,明白了它的意思然后再唱。唱的时候要全神贯串其中,务必求得酷肖。若是这样,那么同是一唱,同是一曲,它的转腔换字之间,就会别有一种声口,举目回头之际,就会另是一副神情,与时俗优人比起来,自会判然两样。变死音为活曲,化歌者为文人,只在能够理解几个字,理解的意义真是太大了!

调熟字音

【题解】

"调熟字音"和下一款"字忌模糊"是专讲演员表演时的发声吐字的技巧的。李渔摸透了汉字的发声规律,并且非常贴切地运用于戏曲演员的演唱之中。当然,李渔之前也有人对此提出过很好的见解,明代沈宠绥《度曲须知》就谈到字的发音可以有"头、腹、尾"三个成分,例如"箫"字的"头"是"西","腹"是"鏖","尾"是"呜"。唱"箫"字时,要把上述三个成分唱出来,不过,"尾音十居五、六,腹音十有二、三,若字头之音,则十且不能及一"。李渔吸收、继承了沈氏的思想,提出曲文每个字的演唱要注意"出口"("字头")、"收音"("字尾")、"余音"("尾后")。如唱"箫"字时,"出口"("字头")是"西","收音"("字尾")是"夭","余音"("尾后")是"乌"。熟悉演唱的人一比较就会知道,李渔所提出的"出口"、"收音"、"余音"的演唱发声方法,比沈宠绥的方法,观众听起来更清晰。因为,沈氏的"尾"、"腹"、"头"的时间比例不尽合理。

调平仄,别阴阳,学歌之首务也。然世上歌童解此二事者,百不得一。不过口传心授,依样葫芦,求其师不甚谬,则习而不察，亦可以混过一生。独有必不可少之一事，较阴阳平仄为稍难，又不得因其难而忽视者，则为"出口"、"收音"二诀窍。世间有一字，即有一字之头，所谓出口者是也；有一字，即有一字之尾，所谓收音者是也。尾后又有余音，收煞此字，方能了局。譬如吹箫、姓萧诸"箫"字，本音为箫，其出口之字头与收音之字尾，并不是"箫"。若出口作"箫"，收音作"箫"，其中间一段正音并不是"箫"，而反为别一字之音矣。且出口作"箫"，其音一泄而尽，曲之缓者，如何接得下板？故必有一字为之头，以备出口之用，有一字为之尾，以备收音之用，又有一字为余音，以备煞板之用。字头为何？"西"字是也。字尾为何？"夭"字是也。尾后余音为何？"乌"字是也。字字皆然，不能枚纪①。《弦索辨讹》等书载此颇详②，阅之自得。要知此等字头、字尾及余音，乃天造地设，自然而然，非后人扭捏而成者也，但观切字之法，即知之矣。《篇海》、《字汇》等书③，逐字载有注脚，以两字切成一字。其两字者，上一字即为字头，出口者也；下一字即为字尾，收音者也；但不及余音之一字耳。无此上下二字，切不出中间一字，其为天造地设可知。此理不明，如何唱曲？出口一错，即差谬到底，唱此字而讹为彼字，可使知音者听乎？故教曲必先审音。即使不能尽解，亦须讲明此义，使知字有头尾以及余音，则不敢轻易开口，每字必询，久之自能惯熟。"曲有误，周郎顾。"苟明此道，即遇最刻之周郎，亦不能拂情而左顾矣④。字头、字尾及余音，皆为慢曲而设，一字一板或一字数板者，皆不可无。其快板曲，止有正音，不及头尾。

缓音长曲之字,若无头尾,非止不合韵,唱者亦大费精神,但看青衿赞礼之法⑤,即知之矣。"拜"、"兴"二字皆属长音。"拜"字出口以至收音,必俟其人揖毕而跪,跪毕而拜,为时甚久。若止唱一"拜"字到底,则其音一泄而尽,不当歇而不得不歇,失傧相之体矣⑥。得其窍者,以"不""爱"二字代之。"不"乃"拜"之头,"爱"乃"拜"之尾,中间恰好是一"拜"字。以一字而延数晷⑦,则气力不足;分为三字,即有余矣。"兴"字亦然,以"希"、"因"二字代之。赞礼且然,况于唱曲?婉譬曲喻,以至于此,总出一片苦心。审乐诸公,定须怜我。字头、字尾及余音,皆须隐而不现,使听者闻之,但有其音,并无其字,始称善用头尾者;一有字迹,则沾泥带水,有不如无矣。

【注释】

①枚纪:一个一个地记下来。

②《弦索辨讹》:一部研究戏曲演唱格律的专著,明代沈宠绥著。

③《篇海》:即《四声篇海》,韵书,金代韩孝彦著。《字汇》:即明代梅膺祚著的一部字书。

④拂:违背,拂逆。左顾:小看,卑视。

⑤青衿赞礼之法:指典礼时司仪的发音方法。青衿,青领的衣服,学子所服,后以青衿泛指读书人。《诗经·郑风·子衿》有"青青子衿"句。赞礼,典礼的司仪。

⑥傧相:接待宾客之人。《周礼·司仪》:"掌九仪之宾客摈(傧)相之礼。"

⑦晷(guǐ):日影。引申为时光。

【译文】

学歌首先要致力于调协平仄、区别阴阳。然而世上歌童了解这两件事情的,一百人里面不一定有一个。不过是口传心授,依样画葫芦,求其老师没有什么大错,则习而不察,也可以混过一生。只有必不可少的一件事,比起阴阳平仄来稍微难一些,又不能因其难而忽视的,就是"出口"、"收音"二个诀窍。世间有一个字,就有一个字的字头,即所谓出口;有一个字,就有一个字的字尾,即所谓收音。字尾之后又有余音,收煞这个字,才能了局。譬如吹箫、姓萧的诸"箫"字,它的本音是箫,它的出口的字头与收音的字尾,并不是"箫"。如果出口作"箫",收音作"箫",其中间一段正音并不是"箫",反而是别的一个字的字音。而且出口作"箫",它的音一泄而尽,词曲里面舒缓的曲子,如何能够接得下板?所以必须有一个字作为它的头,以备出口之用,有一字作为它的尾,以备收音之用,又有一个字作为它的余音,以备煞板之用。它的字头是什么? 就是"西"字。字尾是什么? 就是"天"字。尾后余音是什么? 就是"乌"字。字字都是如此,不能一一记述。《弦索辨讹》等书对此记载颇为详细,阅读之后自然就会明白。要知道这种字头、字尾及余音,乃是天造地设,自然而然,并非后人扭捏而成的,只要看一看切字之法,就知道了。《篇海》、《字汇》等书,逐字载有注脚,以两个字切成一个字。所谓两个字,上一个字就是字头,即出口;下一个字就是字尾,即收音;但没有说到余音这个字。没有这上下两个字,切不出中间一个字,可知其为天造地设。不明白这个道理,如何唱曲? 出口一错,就会错到底,唱这个字而错讹为那个字,还能使知音者听吗? 所以教授歌曲必先审音。即使不能完全理解,也须讲明这个意思,使演员知道字有头尾以及余音,那就不敢轻易开口,每字必要查询,时间久了自然能够惯熟。"曲有误,周郎顾。"如果明白这个道理,即使遇到最苛刻的周郎,也不能违背情理而被小看了。字头、字尾及余音,都是为慢曲而设,一字一板或一字数板的,都不能没有。那快板的曲子,只有正音,没有头尾。缓音长曲的字,假如没有头尾,不光不合韵,唱的人也大费精神,只要看一看典礼时司仪的发音方法,就明白了。"拜"、"兴"二个字都属于长音。"拜"

字的出口以至收音,必须等到跪拜者揖毕而跪,跪毕而拜,为时很久。倘若只唱一个"拜"字到底,那么它的音一泄而尽,不应当歇而不得不歇,失掉傧相之体了。得到它窍门的人,以"不""爱"二个字来代替它。"不"乃是"拜"之头,"爱"乃是"拜"之尾,中间恰好是一个"拜"字。以一个字而延续好长一段时光,则气力不足;分为三个字,就有余了。"兴"字也是如此,以"希"、"因"二个字代替它。赞礼尚且是这样,何况唱曲呢? 婉譬曲喻,以至于这样,总是出于一片苦心。审度音乐的诸公,一定要怜惜我。字头、字尾及余音,都须要隐而不现,使观众听了,只听到它的那个音,却现不出那个字,这才称得上善用头尾者;一旦有了字的痕迹,就沾泥带水,有不如无了。

字忌模糊

【题解】

　　"字忌模糊"一款,李渔提出"有口"、"无口"的问题,是说演员演唱时出口要分明,吐字要清楚,要字正腔圆。

　　学唱之人,勿论巧拙,只看有口无口[①];听曲之人,慢讲精粗,先问有字无字。字从口出,有字即有口。如出口不分明,有字若无字,是说话有口,唱曲无口,与哑人何异哉? 哑人亦能唱曲,听其呼号之声即可见矣。常有唱完一曲,听者止闻其声,辨不出一字者,令人闷杀。此非唱曲之料,选材者任其咎,非本优之罪也。舌本生成,似难强造,然于开口学曲之初,先能净其齿颊,使出口之际,字字分明,然后使工腔板,此回天大力,无异点铁成金,然百中遇一,不能多也。

【注释】

①有口无口：与下文"有字无字"是说唱曲要字正腔圆、字音清晰。

【译文】

学唱曲的人，勿论巧拙，只看他有口无口；听曲的人，慢讲精粗，先问他有字无字。字从口中发出，有字就是有口。如果出口不分明，有字如同无字，这就是说话有口，唱曲无口，与哑巴有什么区别？哑巴也能唱曲，听他呼号之声就可知道。常有唱完一个曲子，听的人只听见他的声，而辨不出一个字，令人闷杀。这不是唱曲的料，责任在选材者，而不是这个演员的罪过。舌头本是生成的，似乎难以强造，但是在开口学曲之初，先要净其齿颊，使他出口的时候，字字分明，然后使他在腔板上下功夫，这是回天大力，无异于点铁成金，然而一百人里面才可能遇见一个，多不了。

曲严分合

【题解】

"曲严分合"说的是优师与导演在授曲的时候，一定要叫演员明了合唱的曲子与独唱的曲子的分别，明了它们都有各自的特点和寓意，才能在表演中准确表达其艺术内涵。

舞台艺术作为综合性的艺术，其综合性的好坏就表现在舞台上的各个成分是否配合默契。李渔在以下三款中提到了合唱与独唱的"分合"，戏场锣鼓的协调，丝、竹、肉（演唱与伴奏）的一致等等。

同场之曲①，定宜同场，独唱之曲，还须独唱，词意分明，不可犯也。常有数人登场，每人一只之曲，而众口同声以出之者，在授曲之人，原有浅深二意：浅者虑其冷静，故以发越见长②；深者示不参差，欲以翕如见好③。尝见《琵琶·赏月》

一折,自"长空万里"以至"几处寒衣织未成",俱作合唱之曲,谛听其声,如出一口,无高低断续之痕者,虽曰良工心苦,然作者深心,于兹埋没。此折之妙,全在共对月光,各谈心事,曲既分唱,身段即可分做,是清淡之内原有波澜。若混作同场,则无所见其情,亦无可施其态矣。惟"峭寒生"二曲可以同唱,首四曲定该分唱,况有"合前"数句振起神情,原不虑其太冷。他剧类此者甚多,举一可以概百。戏场之曲,虽属一人而可以同唱者,惟《行路》、《出师》等剧,不问词理异同,皆可使众声合一。场面似闹,曲声亦宜闹,静之则相反矣。

【注释】

①同场之曲:指合唱、齐唱。

②发越:发声宏扬。

③翕(xī)如:声音柔顺。翕,和顺,协调。

【译文】

合唱的曲子,一定要宜于合唱,独唱的曲子,还须要独唱,词意须要分明,不可违犯。常常有几个人登场,每人一支的曲子,而众口同声唱出来,在教授唱曲的人,原有浅深二个意思:浅者顾虑它冷静,因此以发声宏越见长;深者表示它不参差无序,想以声音柔顺见好。曾见演出《琵琶·赏月》这一折时,自"长空万里"以至"几处寒衣织未成",都作合唱之曲,谛听它的声,如出一口,没有高低断续之痕,虽说是良工用心很苦,然而作者的深心,却在这里埋没了。此折之妙,全在共对月光,各人谈各人的心事,曲既然是分唱,身段就可以分做,在清淡之中又包含着波澜。若是混作合唱,就无所见其情,也无可施其态了。唯有"峭寒生"二支曲子可以合唱,开头的四支曲子一定要分唱,况且有"合前"几句振发起神情，原不该顾虑其太冷。其他剧类似的情况很多，举一可以概百。戏场的曲子，虽属一人之曲而可以同唱的，唯有《行路》《出师》等剧，不问词理的异同，都可以使众声合一。场面似乎热闹，曲声也应热闹，使它安静则相反了。

锣鼓忌杂

【题解】

这一款谈演出中锣鼓与其他关节的协调问题。李渔批评了戏场锣鼓"当敲不敲，不当敲而敲"，"宜重而轻，宜轻反重"，锣鼓"盖过声音"，"戏房吹合之声高于场上之曲"的毛病，说此中"亦具至理，非老于优孟者不知"，足见一场演出作为综合艺术，无论哪个环节都是重要的，都必须各尽其职，才能完美无缺。

　　戏场锣鼓，筋节所关，当敲不敲，不当敲而敲，与宜重而轻，宜轻反重者，均足令戏文减价。此中亦具至理，非老于优孟者不知。最忌在要紧关头，忽然打断。如说白未了之际，曲调初起之时，横敲乱打，盖却声音，使听白者少听数句，以致前后情事不连，审音者未闻起调，不知以后所唱何曲。打断曲文，罪犹可恕，抹杀宾白，情理难容。予观场每见此等，故为揭出。又有一出戏文将了，止余数句宾白未完，而此未完之数句，又系关键所在，乃戏房锣鼓早已催促收场，使说与不说同者，殊可痛恨。故疾徐轻重之间，不可不急讲也。场上之人将要说白，见锣鼓未歇，宜少停以待之，不则过难专委，曲、白、锣鼓，均分其咎矣。

【译文】

戏场的锣鼓，关乎戏的筋节，该敲不敲，不该敲而敲，以及该重而轻，该轻反重，都足以令戏文降低其价值。这里面也有深刻的道理，非梨园老手不知。最忌讳的是在要紧关头，忽然打断。譬如，说白未了的当口，曲调初起的当口，横敲乱打，把声音全都盖住了，使得听白的人少听几句话，以致前后情事连贯不起来，欣赏音乐的人听不到起调，不知以后所唱的是什么曲子。打断曲文，罪过还可宽恕，抹杀宾白，情理实在难容。我看戏每每遇到这种情况，所以特地指出来。还有，一出戏文将完，只剩下几句宾白未说完，而这未说完的几句，又是关键所在，无奈戏房锣鼓早已催促收场，使得说与不说一个样，尤令人痛恨。所以疾徐轻重之间，不能不急忙讲出来。场上的演员将要说白的时候，看见锣鼓未歇，可以少停一时以待锣鼓歇下来，不然的话，这个过错难以只归咎于哪一个，曲、白、锣鼓，共同承担责任。

吹合宜低

【题解】

李渔在"吹合宜低"中，着重说的是"丝、竹、肉"即弦乐、管乐、人唱三者如何配合。他提出的原则是："须以肉为主，而丝竹副之，使不出自然者亦渐近自然，始有主行客随之妙。"李渔还谈到优师教演员唱曲的方法。这里又使我想起李开先《词谑》中所写优师周全授徒的情形：徐州人周全，善唱南北词……曾授二徒：一徐锁，一王明，皆兖人也，亦能传其妙。人每有从之者，先令唱一两曲，其声属宫属商，则就其近似者而教之。教必以昏夜，师徒对坐，点一炷香，师执之，高举则声随之高，香住则声住，低亦如是。盖唱词惟在抑扬中节，非香，则用口说，一心听说，一心唱词，未免相夺；若以目视香，词则心口相应也。在当时的条件下，周全可谓一个善于因材施教，而且方法巧妙的戏曲教师；即使在今天，亦可列入优秀。

丝、竹、肉三音①，向皆孤行独立，未有合用之者，合之自近年始。三籁齐鸣②，天人合一，亦金声玉振之遗意也③，未尝不佳；但须以肉为主，而丝竹副之，使不出自然者亦渐近自然，始有主行客随之妙。迩来戏房吹合之声，皆高于场上之曲，反以丝竹为主，而曲声和之，是座客非为听歌而来，乃听鼓乐而至矣。从来名优教曲，总使声与乐齐，箫笛高一字，曲亦高一字，箫笛低一字，曲亦低一字。然相同之中，即有高低轻重之别，以其教曲之初，即以箫笛代口，引之使唱，原系声随箫笛，非以箫笛随声，习久成性，一到场上，不知不觉而以曲随箫笛矣。正之当用何法？曰：家常理曲，不用吹合，止于场上用之，则有吹合亦唱，无吹合亦唱，不靠吹合为主。譬之小儿学行，终日倚墙靠壁，舍此不能举步，一旦去其墙壁，偏使独行，行过一次两次，则虽见墙壁而不靠矣。以予见论之，和箫和笛之时，当比曲低一字，曲声高于吹合，则丝竹之声亦变为肉，寻其附和之痕而不得矣。正音之法，有过此者乎？然此法不宜概行，当视唱曲之人之本领。如一班之中，有一二喉音最亮者，以此法行之，其余中人以下之材，俱照常格。倘不分高下，一例举行，则良法不终，而怪予立言之误矣。

【注释】

①丝：弦乐。竹：管乐。肉：人唱。

②三籁(lài)：按庄子《齐物论》的说法，是天籁、地籁、人籁。此处指丝、竹、肉三种声音。籁，指从孔穴中发出的声音。

③金声玉振：《孟子·万章下》："孔子之谓集大成；集大成也者，金

声而玉振之也。"

【译文】

　　丝、竹、肉即弦乐、管乐和人唱三种声音,一向都孤行独立,没有合在一起用的,合用,自近年开始。三籁齐鸣,天人合一,也是金声玉振的遗意,未尝不好;但是须要以人唱为主,而弦乐与管乐作为辅助,使得不乖离自然,而且渐近自然,这才有主行客随之妙。近来戏房的吹合伴奏之声,都高于场上演唱之曲,反而以丝竹为主,而唱曲之声附和它了,这就使观众觉得不是为听歌而来,乃是为听鼓乐而至了。从来有名的优师教授唱曲,总是使得唱曲之声与伴奏之乐齐一,箫笛高一字,曲也高一字,箫笛低一字,曲也低一字。然而相同之中,有高低轻重之别,因为在教授唱曲之初,就以箫笛代口,引领歌童学唱,原是唱声随附箫笛,不是箫笛随附唱声,时间久了养成习惯,一到场上,不知不觉而以唱曲之声随附箫笛了。纠正它应当用什么方法? 回答是:家常唱曲时,不用吹合伴奏,只在戏场之上用它,这样,有吹合伴奏也唱,无吹合伴奏也唱,不以吹合为主。就像小孩子学走路,整天倚墙靠壁,离开它不能迈步,一旦离开墙壁,偏要叫他自己走,走过一次两次,则虽见墙壁也不去依靠了。在我看来,当用箫笛伴奏的时候,应当比唱曲低一字,唱曲之声高于伴奏,那就使得丝竹之声也融为肉声,再寻找它的附和之痕就找不到了。正音的方法,有比这更好的吗? 然而这个方法不能一概而论,应当看唱曲者的本领随机而行。如一班之中,有一两个喉音最亮的,按这个方法来做,其余中等以下的人材,都要依照常格行事。倘若不分高下,一律实行,那么这个好方法最终得不到好效果,反而怪我立言有误了。

　　吹合之声,场上可少,教曲学唱之时,必不可少,以其能代师口,而司熔铸变化之权也。何则? 不用箫笛,止凭口授,则师唱一遍,徒亦唱一遍,师住口而徒亦住口,聪慧者数

遍即熟，资质稍钝者，非数十百遍不能，以师徒之间无一转
相授受之人也。自有此物，只须师教数遍，齿牙稍利，即有
箫笛引之。随箫随笛之际，若曰无师，则轻重疾徐之间，原
有法脉准绳，引人归于胜地；若曰有师，则师口并无一字，已
将此曲交付其徒。先则人随箫笛，后则箫笛随人，是金蝉脱
壳之法也。"庾公之斯，学射于尹公之他；尹公之他，学射于
我"①。箫笛二物，即曲中之尹公他也。但庾公之斯与子濯
孺子，昔未见面，而今同在一堂耳。若是，则吹合之力讵可
少哉②？予恐此书一出，好事者过听予言，谬视箫笛为可弃，
故复补论及此。

【注释】

①"庾公之斯"以下几句：语出《孟子·离娄下》，说庾公之斯、尹公
之他、子濯孺子三个人递相学习："庾公之斯，学射于尹公之他；
尹公之他，学射于我（即子濯孺子）。"这里有这样一个故事：子濯
孺子受郑派遣攻卫，卫使庾公之斯追之，子濯孺子有病，心想必
死无疑；后得知追者乃是向他的徒弟尹公之他学射的庾公之
斯，便放下心来——"夫尹公之他，端人也，其取友必端矣。"庾公之
斯果然念师徒之谊不杀子濯孺子。

②讵(jù)：岂。

【译文】

　　吹合伴奏之声，场上可少，而教曲学唱的时候，一定不可少，因为它
能代替优师之口，而掌握熔铸变化之权啊。为什么？不用箫笛，只凭口
授，那么优师唱一遍，徒弟也唱一遍，优师住口而徒弟也住口，聪慧的人
几遍就熟了，资质稍嫌愚钝的人，非得数十百遍不行，这是因为师徒之
间没有一个转相授受的人。自从有了箫笛吹合伴奏，只需优师教几遍，

齿牙稍利的徒弟,就可由箫笛引领唱曲。随箫随笛的时候,看似没有优师,实则轻重疾徐之间,原有法脉准绳,引领徒弟达到理想之地;若说有优师在,而优师之口并没有一个字,就已将此曲交付他的徒弟了。起先是人随箫笛,后来则是箫笛随人,这是金蝉脱壳之法啊。"庾公之斯,学射于尹公之他;尹公之他,学射于我。"箫笛这两件东西,就是曲中的尹公之他啊。但是庾公之斯与子濯孺子,过去未曾见面,而现在则同在一堂了。若是这样,那么吹合伴奏之力岂是可以缺少的? 我怕此书一出,好事的人过分解读我的话,错以为箫笛为可弃之物,所以又补充论述了这些。

教白第四 计二款

【题解】

宾白,亦称念白、说白。李渔在《教白第四》的"高低抑扬"、"缓急顿挫"两款中主要谈念白的奥妙和教习的秘诀。念白比唱曲更难,因为唱曲有曲谱可依,而念白则无腔板可按,全凭实践体验、暗中摸索。难怪梨园行中"善唱曲者,十中必有二三;工说白者,百中仅可一二"。

教习歌舞之家,演习声容之辈,咸谓唱曲难,说白易。宾白熟念即是,曲文念熟而后唱,唱必数十遍而始熟,是唱曲与说白之工,难易判如霄壤。时论皆然,予独怪其非是。唱曲难而易,说白易而难,知其难者始易,视为易者必难。盖词曲中之高低抑扬,缓急顿挫,皆有一定不移之格,谱载分明,师传严切,习之既惯,自然不出范围。至宾白中之高低抑扬,缓急顿挫,则无腔板可按、谱籍可查,止靠曲师口授;而曲师入门之初,亦系暗中摸索,彼既无传于人,何从转授于我?讹以传讹,此说白之理,日晦一日而人不知。人既不知,无怪乎念熟即以为是,而且以为易也。吾观梨园之中,善唱曲者,十中必有二三;工说白者,百中仅可一二。此一二人之工说白,若非本人自通文理,则其所传之师,乃一读书明理之人也。故曲师不可不择。教者通文识字,则学者之受益,东君之省力①,非止一端。苟得其人,必破优伶之格以待之,不则鹤困鸡群,与侪众无异②,孰肯抑而就之乎?然于此中索全人,颇不易得。不如仍苦立言者,再费几升心血,创为成格以示人。自制曲选词,以至登场演习,无一不作功臣,庶于为人为彻之义,无少缺陷。虽然,成格即设,亦止可为通文达理者道,不识字者闻之,未有不喷饭胡卢③,而怪迂人之多事者也。

【注释】

①东君:主人。

②侪(chái):同类的人。

③喷饭:苏东坡《篔筜谷偃竹记》中说,他寄诗给文与可,文与可夫妇收到时恰好吃饭,阅后大笑,喷饭满桌。胡卢:《孔丛子·抗志》有"卫君乃胡卢大笑"句,胡卢乃笑声也。

【译文】

教习歌舞的人家,演习声容的优伶,都说唱曲难,说白易。宾白熟念就可以了,曲文念熟而后歌唱,歌唱必得数十遍才能熟,这样,唱曲与说白的功夫,难易程度犹如天壤之别。时俗之论都是如此,而我偏认为不是这样。唱曲看似困难却容易,说白看似容易而困难,知道它困难才开始变得容易,把它看得容易者必会困难。原因在于词曲中的高低抑扬,缓急顿挫,都有一定不移之格,曲谱记载得明明白白,老师传授严切,养成习惯,自然不出范围。而宾白之中的高低抑扬,缓急顿挫,则没有腔板可按、谱籍可查,仅靠优师口授;而优师入门之初,也是暗中摸索,既然没有人传授给他,他又怎么样转授给我? 以讹传讹,这样,说白之中的道理,一天比一天隐晦而人们并不察知。人们既然不能察知,无怪乎以为视宾白念熟就算完事,而且以为它容易。我看梨园之中,善于唱曲的,十人之中必有二三个;而说白功夫好的,百人之中只有一二个。这一二个人之工于说白,若不是本人自通文理,那就是教授他的优师,乃是一个读书明理之人。所以,优师不能不选择。教授的人通文识字,那么学戏的人之受益,戏班主人之省力,就不止一两点了。如果请到合适的人，必须要破优伶之格而对待他，不然，鹤困鸡群，与庸众没有差别，谁肯放下身价来应这个差事？但是要在其中索寻全才，很不容易得到。不如仍然辛苦创立理论的人，再费几升心血，树立成格以明白告诉人们。从制曲选词，以至登场演出，没有一件不作功臣，基于为人为彻之意，不要留下多少缺陷。即使这样，设立成格，也仅可以对那些通文达理的人说，若不识字的人听了，没有不喷饭讪笑，而责怪迂腐多事的。

高低抑扬

【题解】

念白必须念出高低抑扬、缓急顿挫，要"高低相错，缓急得宜"。李渔在"高低抑扬"一款中，根据自己长期的实践经验，总结出念白的一些要领，譬如，一句念白，要分出"正"、"衬"，"主"、"客"，"主"高而扬，"客"低而抑。他说："曲文之中，有正字，有衬字。每遇正字，必声高而气长；若遇衬字，则声低气短而疾忙带过。此分别主客之法也。说白之中，亦有正字，亦有衬字，其理同，则其法亦同。一段有一段之主客，一句有一句之主客。主高而扬，客低而抑。"李渔还以"取酒来"三字为例，具体说明如何念才能念出"高低抑扬"的效果来，真是具体入微。

宾白虽系常谈，其中悉具至理，请以寻常讲话喻之。明理人讲话，一句可当十句；不明理人讲话，十句抵不过一句，以其不中肯綮也①。宾白虽系编就之言，说之不得法，其不中肯綮等也。犹之倩人传语②，教之使说，亦与念白相同，善传者以之成事，不善传者以之偾事③，即此理也。此理甚难亦甚易，得其孔窍则易，不得孔窍则难。此等孔窍，天下人不知，予独知之。天下人即能知之，不能言之，而予复能言之。请揭出以示歌者。白有高低抑扬。何者当高而扬？何者当低而抑？曰：若唱曲然。曲文之中，有正字，有衬字。每遇正字，必声高而气长；若遇衬字，则声低气短而疾忙带过。此分别主客之法也。说白之中，亦有正字，亦有衬字，其理同，则其法亦同。一段有一段之主客，一句有一句之主客。主高而扬，客低而抑，此至当不易之理，即最简极便之法也。凡人说话，其理亦然。譬如呼人取茶取酒，其声云："取茶来！""取酒来！"此二句既为茶酒而发，则"茶"、"酒"二字为正字，其声必高而长，"取"字、"来"字为衬字，其音必低而短。再取旧曲中宾白一段论之。《琵琶·分别》白云："云情雨意，虽可抛两月之夫妻；雪鬓霜鬟，竟不念八旬之父母！功名之念一起，甘旨之心顿忘④，是何道理？"首四句之中，前二句是客，宜略轻而稍快，后二句是主，宜略重而稍迟。"功名"、"甘旨"二句亦然。此句中之主客也。"虽可抛"、"竟不念"六个字，较之"两月夫妻"、"八旬父母"，虽非衬字，却与衬字相同，其为轻快，又当稍别。至于"夫妻"、"父母"之上二"之"字，又为衬中之衬，其为轻快，更宜倍之。是白皆然，此字中之主客也。常见不解事梨园，每于四六句中之"之"字，与上下正文同其轻重疾徐，是谓菽麦不辨，尚可谓之能说白乎？此等皆言宾白，盖场上所说之话也。至于上场诗，定场白，以及长篇大幅叙事之文，定宜高低相错，缓急得宜，切勿作一片高声，或一派细语，俗言"水平调"是也。上场诗四句之中，三句皆高而缓，一句宜低而快。低而快者，大率宜在第三句，至第四句之高而缓，较首二句更宜倍之。如《浣纱记》定场诗云⑤："少小豪雄侠气闻，飘零仗剑学从军。

何年事了拂衣去,归卧荆南梦泽云。""少小"二句宜高而缓,不待言矣。"何年"一句必须轻轻带过,若与前二句相同,则煞尾一句不求低而自低矣。末句一低,则懈而无势,况其下接着通名道姓之语。如"下官姓范名蠡,字少伯","下官"二字例应稍低,若末句低而接者又低,则神气索然不振矣。故第三句之稍低而快,势有不得不然者。此理此法,谁能穷究至此? 然不如此,则是寻常应付之戏,非孤标特出之戏也。高低抑扬之法,尽乎此矣。

【注释】

①肯綮(qìng):筋骨结合的地方,比喻事物的关键。

②倩:请。

③偾(fèn)事:坏事。《礼记·大学》:"此谓一言偾事,一言定国。"

④甘旨之心:孝敬奉养父母之心。

⑤《浣纱记》:明代梁伯龙所著传奇,叙西施与范蠡故事。

【译文】

宾白虽然是常谈,其中却都包含着深刻的道理,请让我以寻常讲话作比喻。明白事理的人讲话,一句可当十句;不明白事理的人讲话,十句抵不过一句,因为他讲话不中肯綮。宾白虽是编就的话语,说的不得法,就像讲话不中肯綮一样。譬如请人传语,教他如何如何去说,也与念白相同,善传话的人因传话得当而成事,不善传话的人因传话不当而坏事,就是这个道理。这个道理甚难也甚易,摸得它的窍门就易,得不到窍门则难。这样的窍门,天下人不知,只有我知道。天下人就是能知道,也不能说出来,而我还说得出来。请让我说出来以指示给歌者。念白有高低抑扬。哪个地方应当高而扬? 哪个地方应当低而抑? 回答是:如同唱曲一样。曲文之中,有正字,有衬字。每遇到正字,必须声高而气长;若遇到衬字,则声低气短而疾忙带过。这是分别主客的方法。说白之中,也有正字,也有衬字,道理相同,方法也相同。一段话有一段话之主客,一句话有一句话之主客。主高而扬,客低而抑,这是千真万确不能改变的道理,是最简便的方法。凡是人们说话,其道理也如此。譬如叫人取茶取酒,其声云:"取茶来!""取酒来!"这两句话既然是为茶酒而发,那么"茶"、"酒"两个字为正字,它的声音必然高而长,"取"字、"来"字为衬字,它的声音必然低而短。再拿旧曲中一段宾白来说。《琵琶·分别》宾白云:"云情雨意,虽可抛两月之夫妻;雪鬓霜鬟,竟不念八旬之父母!功名之念一起,甘旨之心顿忘,是何道理?"前面四句之中,头二句是客,应该略轻而稍快,后二句是主,应该略重而稍迟。"功名"、"甘旨"二句也是这样。这是句中的主客。"虽可抛"、"竟不念"六个字,较之"两月夫妻"、"八旬父母",虽然不是衬字,却与衬字相同,其为轻快,又应当稍有差别。至于"夫妻"、"父母"之上两个"之"字,又为衬中之衬,其为轻快,更宜加倍。凡是念白,都是如此,这是字中的主客。常常见到那些对演艺之事不精细的人,每到四六句中的"之"字,与上下正文的轻重疾徐念得一样,这就叫作菽麦不辨,这还说得上会念白吗? 这里所说的宾白,都是指场上所说的话。至于上场诗,定场白,以及长篇大幅叙事之文,一定要高低相错,缓急得宜,切不要作一片高声,或一派细语,如俗话所说的"水平调"。上场诗四句之中,三句都应高而缓,一句宜低而快。低而快的,大概宜在第三句,到第四句的高而缓,比起开头二句更应加倍。如《浣纱记》定场诗云:"少小豪雄侠气闻,飘零仗剑学从军。何年事了拂衣去,归卧荆南梦泽云。""少小"二句宜高而缓,这不用说了。"何年"一句必须轻轻带过,如果与前二句相同,那么煞尾一句不求低而自低了。末句一低,那就懈怠而没有气势,况且它的下面接着是通名道姓之语。如"下官姓范名蠡,字少伯","下官"二字照例应该稍低,若末句低而接着又低,就会神气索然而不振了。所以第三句之稍低而快,势之所趋,不得不然。此理此法,谁能穷究到这地步? 但是,若不如此，那就是寻常应付之戏，而不是孤标特出之戏了。高低抑扬之法，说到这里差不多穷尽了。

优师既明此理，则授徒之际，又有一简便可行之法，索性取而予之：但于点脚本时，将宜高宜长之字用朱笔圈之，凡类衬字者不圈。至于衬中之衬，与当急急赶下、断断不宜沾滞者，亦用朱笔抹以细纹，如流水状，使一一皆能识认。则于念剧之初，便有高低抑扬，不俟登场摹拟。如此教曲，有不妙绝天下，而使百千万亿之人赞美者，吾不信也。

【译文】

优师既然明白此理，那么教授徒弟的时候，又有一个简便可行的方法，索性拿来告诉你：只在圈点脚本的时候，将那些宜高宜长的字用朱笔圈了，其他属于衬字的不圈。至于那些衬中之衬，以及应当急急赶下、断断不宜沾滞的，也用朱笔抹上细纹，如流水的样子，使人一一都能识别。这样在念剧之初，就有高低抑扬，不用等到登场的时候再摹拟。这样教授词曲，若有不妙绝天下，而得到百千万亿之人赞美的，我不相信。

缓急顿挫

【题解】

在"缓急得宜"一款中，李渔也根据自己长期的实践经验，总结出一些要领，譬如，一段念白，要找出"断"、"连"的地方，当断则断，应连即连。大约两三句话只说一事，当一气赶下；若言两事，则当稍断，不可竟连。此中奥妙，往往止可意会，难以言传。

缓急顿挫之法，较之高低抑扬，其理愈精，非数言可了。然了之必须数言，辩者愈繁，那么听者愈惑，终身不能解矣。优师点脚本授歌童，不过一句一点，求其点不刺谬，一句还一句，不致使断者联而联者断，亦云幸矣，尚能询及其他？即以脚本授文人，倩其画文断句，亦不过每句一点，无他法也。而不知场上说白，尽有当断处不断，反至不当断处而忽断；当联处不联，忽至不当联处而反联者。此之谓缓急顿挫。此中微渺，但可意会，不可言传；但能口授，不能以笔舌喻者。不能言而强之使言，只有一法：大约两句三句而止言一事者，当一气赶下，中间断句处勿太迟缓；或一句止言一事，而下句又言别事，或同一事而另分一意者，则当稍断，不可竟连下句。是亦简便可行之法也。此言其粗，非论其精；此言其略，未及其详。精详之理，则终不可言也。当断当联之处，亦照前法，分别于脚本之中，当断处用朱笔一画，使至此稍顿，余俱连读，则无缓急相左之患矣。妇人之态，不可明言，宾白中之缓急顿挫，亦不可明言，是二事一致。轻盈袅娜，妇人身上之态也；缓急顿挫，优人口中之态也。予欲使优人之口，变为美人之身，故为讲究至此。欲为戏场尤物者，请从事予言，不则仍其故步。

【译文】

缓急顿挫的方法，比起高低抑扬，其道理愈加精细，不是几句话能够说完的。但是说完它又必须几句话，你说得愈繁长，那么听者愈疑惑，终生不能破解了。优师点脚本教授歌童，不过一句一点，求得点不刺谬，一句还一句，不致使应断者反而联、应联者反而断，也就是幸事

了,还能顾及其他吗?就是拿脚本给文人,请他画文断句,也不过每句
一点,没有其他办法。岂不知场上说白,尽有应当断的地方不断,反而
到不应当断的地方忽然断掉;应当联的地方不联,忽然到不应当联的地
方反而要联的。这就叫作缓急顿挫。此中微渺之处,只可意会,不可言
传;只能口授,不能以笔舌说明白。不能说出来而硬要说,只有一个办
法:大约两句三句而只说一事的,应当一气说下去,中间断句处不要太
迟缓;或一句只说一件事,而下句又说别的事,或同一事而另分一个意
思的,就应当稍断,不可直接连接下句。这也是简便可行的方法。这是
言其粗,不是论其精;这是言其略,没有论其详。精详之理,则终究是不
可言说的。当断当联的地方,也依照前面的方法,分别在脚本之中,把
应当断的地方用朱笔一画,使演员念到此处稍顿,其余都连读,这就不
会有缓急相左的毛病了。妇人之态,不可明言,宾白中的缓急顿挫,也
不可明言,这两件事是一致的。轻盈袅娜,是妇人身上之态;缓急顿挫,
是优人口中之态。我想使优人之口,变为美人之身,所以讲究到这个地
步。想成为戏场尤物的,请按我的话行事,不然就仍然依其故步。

脱套第五 计四款

【题解】

《脱套第五》讲涤除表演上的恶习。李渔举出"衣冠恶习"、"声音恶习"、"语言恶习"、"科诨恶习"等数种,分别以四款述之。李渔对当时戏曲舞台上的某些鄙俗表现和低劣风气痛加针砭。这实际上是纠正恶劣、低俗的舞台台风,树立积极、健康的舞台台风的问题,至今仍然有重要的借鉴意义。

戏场恶套,情事多端,不能枚纪。以极鄙极俗之关目,一人作之,千万人效之,以致一定不移,守为成格,殊可怪也。西子捧心,尚不可效,况效东施之颦乎?且戏场关目,全在出奇变相,令人不能悬拟。若人人如是,事事皆然,则彼未演出而我先知之,忧者不觉其可忧,苦者不觉其为苦,即能令人发笑,亦笑其雷同他剧,不出范围,非有新奇莫测之可喜也。扫除恶习,拔去眼钉,亦高人造福之一事耳。

【译文】

戏场的恶套,有诸多方面,不能一一记述。将极鄙极俗的关目,一人在前面作,千万人在后面效仿,以致坚定不移,成为定格,真是太奇怪了。西子捧心,尚且不可效仿,何况效东施之颦呢?而且戏场的关目,全在能够出奇变相,令人不能模拟。若人人如此,事事皆然,那么他还没有演出我就事先知道了,忧者不觉其可忧,苦者不觉其为苦,即使能够令人发笑,也笑得与其他戏剧雷同,跳不出窠白,没有什么新奇莫测的可喜之处。扫除恶习,拔去眼钉,也是高人造福的一件事情。

衣冠恶习

【题解】
　　衣冠方面，李渔特别拈出"妇人之服，贵在轻柔，而近日舞衣，其坚硬有如盔甲"加以批评。其他，如对"云肩"之大且厚、"遮羞"之硬且坚、方巾与有带飘巾之乱施等等的批评，也都很有道理。

　　记予幼时观场，凡遇秀才赶考及谒见当涂贵人①，所衣之服，皆青素圆领，未有着蓝衫者，三十年来始见此服。近则蓝衫与青衫并用，即以之别君子小人。凡以正生、小生及外末脚色而为君子者，照旧衣青圆领，惟以净丑脚色而为小人者，则着蓝衫。此例始于何人，殊不可解。夫青衿②，朝廷之名器也③。以贤愚而论，则为圣人之徒者始得衣之；以贵贱而论，则备缙绅之选者始得衣之。名宦大贤尽于此出，何所见而为小人之服，必使净丑衣之？此戏场恶习所当首革者也。或仍照旧例，止用青衫而不设蓝衫。若照新例，则君子小人互用，万勿独归花面，而令士子蒙羞也。

【注释】
　　①当涂贵人：即权要之人。《韩非子·孤愤》："当涂之人擅事要，则外内为之用矣。"
　　②青衿：青色交领的长衫。古代学子和明清秀才的常服。
　　③名器：《左传·成公二年》："唯器与名，不可以假人。"古人将表示等级的称号和表示礼制的钟、鼎以及车服等器物叫作名器。

【译文】
　　记得我小时候看戏，凡遇到秀才赶考以及谒见权要贵人，所穿的衣服，都是青素圆领，没有穿蓝衫的，三十年来才见到这种衣服。近来则蓝衫与青衫并用，即用它们来区别君子小人。凡以正生、小生及外末脚色而扮为君子的，照旧穿青圆领，唯有以净丑脚色而扮为小人的，则穿蓝衫。这种惯例始于何人，尚不知道。青色交领的长衫，乃是朝廷的名器。以贤愚来说，只有称得上圣人之徒者才能够穿它；以贵贱而论，则是那些准备做官为宦的人才得以穿它。名宦大贤全都穿着者，为什么见到的是小人之服，必使净丑角色穿上？这是戏场恶习所应当首先革除的。或者仍然依照旧例，只用青衫而不设蓝衫。若按照新例，则君子小人可以互用，万不要使之独归花面，而令士人学子蒙羞。

　　近来歌舞之衣，可谓穷奢极侈。富贵娱情之物，不得不然，似难责以俭朴。但有不可解者：妇人之服，贵在轻柔，而近日舞衣，其坚硬有如盔甲。云肩大而且厚①，面夹两层之外，又以销金锦缎围之。其下体前后二幅，名曰“遮羞”者，必以硬布裱骨而为之，此战场所用之物，名为“纸甲”者是也，歌台舞榭之上，胡为乎来哉？易以轻软之衣，使得随身环绕，似不容已。至于衣上所绣之物，止宜两种，勿及其他。上体凤鸟，下体云霞，此为定制。盖“霓裳羽衣”四字，业有成宪，非若点缀他衣，可以浑施色相者也。予非能创新，但能复古。

【注释】

①云肩：妇人的一种衣饰，披在肩上。

【译文】

　　近来歌舞之衣，可称得上穷奢极侈。富贵娱情之物，不得不这样，似乎难借俭朴与否进行指责。但有令人不可理解的地方：妇人之服，贵在轻柔，而近日的舞衣，就像盔甲那样坚硬。云肩大而且厚，面夹两层之外，又以销金锦缎把它围起来。她的下体前后二幅，名叫"遮羞"的，必用硬布裱骨而做成，这是战场所用的东西，名叫"纸甲"，歌台舞榭之上，为什么要用它？换成轻软的衣服，使得它能够随身环绕，非常贴身。至于衣服上面所绣之物，只适宜两种，不要有其他东西。上体是凤鸟，下体是云霞，这是定制。所谓"霓裳羽衣"四字，已经有惯常的规定，不像点缀其他衣服，可以浑施色相。我不能创新，只能复古。

　　方巾与有带飘巾[1]，同为儒者之服。飘巾儒雅风流，方巾老成持重，以之分别老少，可称得宜。近日梨园，每遇穷愁患难之士，即戴方巾，不知何所取义？至纱帽巾之有飘带者，制原不佳，戴于粗豪公子之首，果觉相称。至于软翅纱帽，极美观瞻，曩时《张生逾墙》等剧往往用之，近皆除去，亦不得其解。

【注释】

①方巾与有带飘巾：均为明代儒者（秀才等）所戴的软帽。

【译文】

　　方巾与有带的飘巾，同是儒者之服。飘巾儒雅风流，方巾老成持重，用它分别老少，可谓合宜。近日梨园之中，每遇到穷愁患难的人，就戴方巾，不知根据是什么？那有飘带的纱帽巾，制作得原不是很好，戴在粗豪公子的头上，果然觉得相称。至于软翅纱帽，极为美观，过去《张生逾墙》等剧往往用它，近来都除去了，也不得其解。

声音恶习

【题解】

　　关于声音恶习，李渔批评的是"凡系花面脚色，即作吴音"的怪现象。李渔主张，人物的发声要符合其脚色特点，为性格的塑造服务，倘若仅仅为了取笑而人为地让所有"花面脚色"都作"吴音"，那便与创造性格的宗旨背道而驰了。

　　花面口中，声音宜杂。如作各处乡语，及一切可憎可厌之声，无非为发笑计耳，然亦必须有故而然。如所演之剧，人系吴人，则作吴音，人系越人，则作越音，此从人起见者也。如演剧之地在吴则作吴音，在越则作越音，此从地起见者也。可怪近日之梨园，无论在南在北，在西在东，亦无论剧中之人生于何地，长于何方，凡系花面脚色，即作吴音，岂吴人尽属花面乎？此与净丑着蓝衫，同一覆盆之事也①。使范文正、韩襄毅诸公有灵②，闻此声，观此剧，未有不抱恨九原，而思痛革其弊者也。今三吴缙绅之居要路者③，欲易此俗，不过启吻之劳；从未有计及此者，度量优容，真不可及。且梨园尽属吴人，凡事皆能自顾，独此一着，不惟不自争气，偏欲故形其丑，岂非天下古今一绝大怪事乎？且三吴之音，止能通于三吴，出境言之，人多不解，求其发笑，而反使听者茫然，亦失计甚矣。吾请为词场易之④：花面声音，亦如生旦外末，悉作官音，止以话头惹笑，不必故作方言。即作方言，亦随地转。如在杭州，即学杭人之话，在徽州，即学徽人之话，使妇人小儿皆能识辨。识者多，则笑者众矣。

【注释】

①覆盆：盆子盖着，不透阳光。喻不白之冤。司马迁《报任少卿书》有"仆以为覆盆何以望天"句。

②范文正：即范仲淹（989—1052），北宋政治家、文学家，吴县（今江苏苏州）人，死后谥文正。韩襄毅：即韩雍（1422—1478），明代正统、成化间大臣，亦吴县人，死后谥襄毅。

③三吴：宋代税安礼《历代地理指掌图》称苏州、湖州、常州为三吴。

④请：翼圣堂本作"请"，芥子园本作"故"。

【译文】

花面角色的口中，声音宜杂。如作各处乡语方言，及一切可憎可厌的声音，无非是为了使人发笑，然而也必须有缘有故。如所演之剧，人系吴人，则作吴音，人系越人，则作越语，这是从人来看。如演剧之地在吴则作吴音，在越则作越音，这是从地来看。奇怪的是近日之梨园，无论在南在北，在西在东，也无论剧中之人生于何地，长于何方，凡是花面角色，即作吴音，难道吴人都是花面吗？这与净丑穿蓝衫，同样是蒙不白之冤的事情。假使范仲淹、韩雍这些生于吴地的诸公有灵，听到此声，观看此剧，没有不抱恨九原，而想要痛革这种弊病的。今天三吴官宦身居要位者，想改变这种恶俗，不过是启齿之劳；然而从未有人打算这样做，如此宽宏大量，一般人真赶不上。而且梨园尽属吴人，凡事都能自顾，唯独这一着，不光自己不争气，偏要故意表现其丑形，岂不是天下古今一件绝大的怪事吗？况且三吴之音，只能通行于三吴，出了三吴地界，人多不懂吴音，以吴音求观众发笑，反而使听者茫然，这也太失算了。我请为词场改变这种恶俗：花面声音，也像生旦外末一样，都要说官话，只用话头惹笑，不必故意说方言。即使说方言，也应随地而转。如在杭州，即学杭人之话，在徽州，即学徽人之话，使妇人小儿都能识辨。识辨的人多，则笑的人就多。

语言恶习

【题解】

　　人物的语言,特别是宾白,也必须符合其性格特点,不能随便乱用。倘若如李渔所批评的,不管什么场合、不管何等人物,动不动就是"呀"、"且住",或者废话连篇,尾后增尾,头上加头,岂不既损害人物性格,又让观众觉得俗不可耐?

　　白中有"呀"字,惊骇之声也。如意中并无此事,而猝然遇之,一向未见其人,而偶尔逢之,则用此字开口,以示异也。近日梨园不明此义,凡见一人,凡遇一事,不论意中意外,久逢乍逢,即用此字开口,甚有差人请客而客至,亦以"呀"字为接见之声者①,此等迷谬,尚可言乎? 故为揭出,使知斟酌用之。

【注释】

　　①声者:翼圣堂本作"声者",芥子园本作"声音"。

【译文】

　　宾白之中有"呀"字,是表达惊骇之声。如意料之中并无此事,而突然遇到,一向未见这个人,而偶尔相逢,则用这个字开口,以表示惊异。近日梨园却不明此义,凡见一人,凡遇一事,不论意料之中还是意料之外,久逢乍逢,就用这个"呀"字开口,甚至有派人请客而客到了,也以"呀"字为接见的声音的,这样的迷谬,还能说吗? 所以把它揭示出来,使人们知道斟酌使用。

　　戏场惯用者,又有"且住"二字。此二字有两种用法。

一则相反之事，用作过文，如正说此事，忽然想及彼事，彼事与此事势难并行，才想及而未曾出口，先以此二字截断前言，"且住"者，住此说以听彼说也。一则心上犹豫，假此以待沉吟，如此说自以为善，恐未尽善，务期必妥，当于是处寻非，故以此代心口相商。"且住"者，稍迟以待，不可竟行之意也。而今之梨园，不问是非好歹，开口说话，即用此二字作助语词，常有一段宾白之中，连说数十个"且住"者，此皆不详字义之故。一经点破，犯此病者鲜矣。

【译文】

戏场上惯用的，又有"且住"两个字。这两个字有两种用法。一是相反的事，用来作为过文，如正说这件事，忽然想到那件事，那件事与这件事势难并行，刚才想到而未曾出口，先以这两个字截断前面的话，所谓"且住"，停住这里的话以听那边说话。一是心上犹豫，借此以待沉吟，如这里说的话自以为好，恐怕不完全好，期望务必说得妥当，应当在此寻找不妥之处，所以用它代替心口相商。所谓"且住"，稍微迟缓以待考虑，不可立即去做的意思。而现今之梨园，不问是非好歹，开口说话，就用这两个字作助语词，常有一段宾白之中，连说几十个"且住"，这都是不能详细理解字义的缘故。一经点破，犯这毛病的人就少了。

上场引子下场诗，此一出戏文之首尾。尾后不可增尾，犹头上不可加头也。可怪近时新例，下场诗念毕，仍不落台，定增几句淡话，以极紧凑之文，翻成极宽缓之局。此义何居，令人不解。曲有尾声及下场诗者，以曲音散漫，不得几句紧腔，如何截得板住？白文冗杂，不得几句约语，如何结得话成？若使结过之后，又复说起，何如不收竟下之为愈乎？且首尾一理，诗后既可添话，则何不于引子之先，亦加几句说白，说完而后唱乎？此积习之最无理、最可厌者，急宜改革，然又不可尽革。如两人三人在场，二人先下，一人说话未了，必宜稍停以尽其说，此谓"吊场"，原系古格。然须万不得已，少此数句，必添以后一出戏文，或少此数句，即埋没从前说话之意者，方可如此。亦有下场不及更衣者，故借此为缓兵计。是龙足，非蛇足也。然只可偶一为之，若出出皆然，则是是貂皆可续矣，何世间狗尾之多乎？

【译文】

上场引子下场诗，这是一出戏文的首尾。尾巴之后不可增加尾巴，犹如头上不可再加头。奇怪的是近时新例，下场诗念完，仍不落幕，定要增加几句淡话，把极紧凑之文，翻成极宽缓之局。这是何意，令人费解。曲之所以有尾声以及下场诗，是因为曲音散漫，不用几句紧腔，如何能把板截住？白文冗杂，不用几句约略的话语，怎么能够把话结住？假若结过之后，又重新说起，哪里赶得上不用收尾几句话直接下场更好呢？而且首尾是一个道理，诗后既然可以添话，那么何不在引子之先，也加几句说白，说完而后唱呢？这种积习最无理、最可厌，应赶快改革，然而又不可完全革除。如两个人三个人在场，二人先下，一人说话未了，定应稍停以让他把话说完，这叫作"吊场"，原系古格。然而必须万不得已，少这几句，就须添加以后一出戏文，或者少这几句，就会埋没从前说话的意思，才可如此。也有下场来不及更衣的，故意借此作为缓兵之计。这是龙足，而非蛇足。但只可偶尔用一次，若每一出都如此，那就成了凡是貂都可以用狗尾来续了，何以世间狗尾如此之多呢？

科诨恶习

【题解】

科诨方面，陋习更多，如李渔所举出的：两人相殴，必使被殴者走脱，而误打劝解之人；主人偷香窃玉，馆童吃醋拈酸，说毕必以臀相向。这些，既俗套，又下作，应该革除。

插科打诨处，陋习更多，革之将不胜革，且见过即忘，不能悉记，略举数则罢了。如两人相殴，一胜一败，有人来劝，必使被殴者走脱，而误打劝解之人，《连环·掷戟》之董卓是也[①]。主人偷香窃玉，馆童吃醋拈酸，谓寻新不如守旧，说毕必以臀相向，如《玉簪》之进安、《西厢》之琴童是也[②]。戏中串戏，殊觉可厌，而优人惯增此种，其腔必效弋阳，《幽闺·旷野奇逢》之酒保是也。

【注释】

① 《连环·掷戟》：即《连环记》中的一出。《连环记》为明代王济著，演汉末王允用貂蝉使连环计离间董卓、吕布故事。

② 《玉簪》：即《玉簪记》，明代高濂著，演陈妙常故事。

【译文】

插科打诨的地方，陋习更多，革之将不胜革，而且见过就忘，不能完全记述，略举数则罢了。如两人互相殴打，一胜一败，有人来劝，必使被殴打的人走脱，而误打劝解的人，《连环·掷戟》的董卓就是这样。主人偷香窃玉，馆童吃醋拈酸，说寻新不如守旧，说完必以臀部相向，如《玉簪》的进安、《西厢》的琴童就是这样。戏中串戏，更是令人觉得可厌，而优人惯于增加这种戏，它的腔调必然效仿弋阳，《幽闺·旷野奇逢》的酒保就是这样。

卷三

声容部

选姿第一　计四款

【题解】

《声容部》专讲仪容美,也即人的仪态、容貌的审美问题。这"声容"中的"声"字,虽然含有歌唱之"声"、音乐之"声"的意思,但主要是指言谈举止、音容笑貌中的"声"。所以《声容部》中凡涉及"声",主要不是讲歌声之美或乐音之美,而是讲人日常生活中待人接物时言谈举止的"声音"之中所透露出来的仪态之美。李渔把"声"与"容"连在一起,称为"声容",这是一个偏义词,重点在"容",在仪态、容貌。《声容部》是中国历史上第一部专门的、系统的仪容美学著作。在这之前,许多诗文、著作中,也常常涉及仪容美问题,较早的,如《诗经·卫风·硕人》中描写庄姜"手如柔荑,肤如凝脂,领如蝤蛴,齿如瓠犀"等自然形态的美,以及《诗经·卫风·伯兮》中"自伯之东,首如飞蓬;岂无膏沐?谁适为容"等描写女子有关梳妆打扮即"修容"的美,但大都是零星的,不系统的,而且常常是在谈别的问题时顺便涉及的。而像李渔《闲情偶寄·声容部》这样专门、系统地从审美角度谈仪容修饰打扮的著作,十分难得。

《选姿第一》包括四款,即"肌肤"、"眉眼"、"手足"、"态度",谈如何判别和挑选美女。所谓"姿",即姿色,是指人体本然的美丑妍媸;所谓"选",即判定和选择。如何判定一个人长得美或是不美呢?李渔提出了自己关于人体美的审美观念和标准,并在下面的四款中详细加以论述。

　　"食、色，性也"①。"不知子都之姣者，无目者也"②。古之大贤择言而发，其所以不拂人情，而数为是论者，以性所原有，不能强之使无耳。人有美妻美妾而我好之，是谓拂人之性；好之不惟损德，且以杀身。我有美妻美妾而我好之，是还吾性中所有，圣人复起，亦得我心之同然，非失德也。孔子云："素富贵，行乎富贵"③。人处得为之地，不买一二姬妾自娱，是素富贵而行乎贫贱矣。王道本乎人情，焉用此矫清矫俭者为哉？但有狮吼在堂④，则应借此藏拙，不则好之实所以恶之，怜之适足以杀之，不得以红颜薄命借口，而为代天行罚之忍人也。予一介寒生，终身落魄，非止国色难亲，天香未遇，即强颜陋质之妇，能见几人，而敢谬次音容⑤，侈谈歌舞，贻笑于眠花藉柳之人哉！然而缘虽不偶，兴则颇佳，事虽未经，理实易谙，想当然之妙境，较身醉温柔乡者倍觉有情。如其不信，但以往事验之。楚襄王⑥，人主也。六宫窈窕，充塞内庭，握雨携云，何事不有？而千古以下，不闻传其实事，止有阳台一梦，脍炙人口。阳台今落何处？神女家在何方？朝为行云，暮为行雨，毕竟是何情状？岂有踪迹可考，实事可缕陈乎？皆幻境也。幻境之妙，十倍于真，故千古传之。能以十倍于真之事，谱而为法，未有不入闲情三昧者。凡读是书之人，欲考所学之从来，则请以楚国阳台之事对。

【注释】

①食、色,性也:饮食、男女,乃人的本性。语见《孟子·告子上》。

②不知子都之姣者,无目者也:不知子都之美的人,那是他没长眼睛。语出《孟子·告子上》。子都,古代美男子的通称。

③素富贵,行乎富贵:本来富贵,就享受富贵。语出《礼记》。素,本来。

④狮吼:亦称"河东狮吼",喻妻子妒悍。《容斋随笔·陈季常》中说,陈慥字季常,自称龙丘先生,"其妻柳氏绝凶妒。故东坡有诗云:'龙丘居士亦可怜,谈空说有夜不眠。忽闻河东狮子吼,拄杖落手心茫然'"。

⑤谬次:错误地谈及。此处是谦辞。次,至,及。

⑥楚襄王:是战国时楚国的一位君主,楚怀王之子,芈姓,熊氏,名横。宋玉《高唐赋序》言楚襄王与神女在高唐相会,行男女之事,流传甚广:昔者先王尝游高唐,怠而昼寝,梦见一妇人,曰:"妾巫山之女也,为高唐之客,闻君游高唐,愿荐枕席。"王因幸之。去而辞曰:"妾在巫山之阳,高丘之岨,旦为朝云,暮为行雨,朝朝暮暮,阳台之下。"

【译文】

"饮食男女,是人的本性。""不知子都之美的人,那是因为他没长眼睛。"古代的大贤选择恰当的语言而发为此论。这些话之所以不拂逆人情,而屡屡这样申说,是因为性所原有,不能强迫它不存在啊。别人有美妻美妾而我喜欢,这叫作拂逆人之本性;这种喜欢不只是缺德,而且以此会招来杀身之祸。我有美妻美妾而我喜欢,这种喜欢是还我本性之所有,圣人再生,也会同我具有一样的心理,这并不失德。孔子云:"本来富贵,就享受富贵。"人处于富贵之地,不买一两个姬妾自娱,这是本来富贵却行贫贱之事。王道以人情为本,哪里用得着做这种假清贫假节俭的事情呢?但是假若家有"河东狮吼"在堂,则应该借此法以藏拙,不然,喜欢她实际上是厌恶她,怜爱她倒是足以伤害她,不得以红颜薄命为借口,而成为代天行罚的忍人。我是一介贫寒书生,终身落魄不得志,不仅难以亲近倾国美色,未曾遇到天姿佳人,即使姿色平常、强颜陋质的妇人,能见到几个? 而敢谬说妄评佳丽姿色,侈谈纵论声容歌舞,贻笑于眠花卧柳的人呢! 然而,虽然没有机缘艳遇美人,而我的兴致却颇高,那些事情虽然没有亲历,其中情理实在容易明白,想当然的妙境,比起一些身醉于温柔乡的人来,加倍觉得有情。如果不信,只用以往的事情来验证即可。楚襄王,是人君。六宫窈窕之女,充塞他的内庭,握雨携云、做爱交欢,什么事不会发生? 而千百年来,没有听到流传他后宫的艳事,而只有阳台一梦,脍炙人口。阳台今落何处? 神女家在何方? 朝为行云,暮为行雨,究竟是什么情状? 哪里有踪迹可以稽考,何处有实事可以一件件陈述呢? 都是幻境啊。幻境之妙,十倍于真,所以能够千古流传。能把比实事还要真十倍的幻境,谱写下来而成为法度,没有不入闲情三昧的。凡读这部书的人,想稽考这些学问的来源,就让我用楚王阳台之梦作答。

肌肤

【题解】

"肌肤"款,专谈肤色之美。李渔关于造成肌肤黑白之原因的说法显然是不科学的。他所谓"多受父精而成胎者,其人之生也必白",而多受母血者,其色必黑,这种观点今天听起来有点可笑。李渔论肤色,以白为美,所谓"妇人妩媚多端,毕竟以色为主……妇人本质,惟白最难"。其实,这更多的代表了士大夫的审美观念。士大夫所欣赏的女色,多养在闺中,"豢以美食,处以曲房",大门不出,二门不迈,少受风吹日晒,其肤色,当然总是白的。但这种白,又常常同弱不禁风的苍白和病态联系在一起。

　　妇人妩媚多端,毕竟以色为主。《诗》不云乎"素以为绚兮"①? 素者,白也。妇人本质,惟白最难。常有眉目口齿般般入画,而缺陷独在肌肤者。岂造物生人之巧,反不同于染匠,未施漂练之力,而遽加文采之工乎? 曰:非然。白难而色易也。曷言乎难②? 是物之生,皆视根本,根本何色,枝叶亦作何色。人之根本维何? 精也,血也。精色带白,血则红而紫矣。多受父精而成胎者,其人之生也必白。父精母血交聚成胎,或血多而精少者,其人之生也必在黑白之间。若其血色浅红,结而为胎,虽在黑白之间,及其生也,豢以美食③,处以曲房④,犹可日趋于淡,以脚地未尽缁也⑤。有幼时不白,长而始白者,此类是也。至其血色深紫,结而成胎,则其根本已缁,全无脚地可漂,及其生也,即服以水晶云母,居以玉殿琼楼,亦难望其变深为浅,但能守旧不迁,不致愈老愈黑,亦云幸矣。有富贵之家,生而不白,至长至老亦若是者,此类是也。知此,则知选材之法,当如染匠之受衣:有以白衣使漂者受之,易为力也;有白衣稍垢而使漂者亦受之,虽难为力,其力犹可施也;若以既染深色之衣,使之剥去他色,漂而为白,则虽什佰其工价,必辞之不受。以人力虽巧,难拗天工,不能强既有者而使之无也。妇人之白者易相,黑者亦易相,惟在黑白之间者,相之不易。有三法焉:面黑于身者易白,身黑于面者难白;肌肤之黑而嫩者易白,黑而粗者难白;皮肉之黑而宽者易白,黑而紧且实者难白。面黑于身者,以面在外而身在内,在外则有风吹日晒,其渐白也为难;身在衣中,较面稍白,则其由深而浅,业有明征,使面亦同身,蔽之有物,其验亦若是矣,故易白。身黑于面者,反此,故不易白。肌肤之细而嫩者,如绫罗纱绢,其体光滑,故受色易,退色亦易,稍受风吹,略经日照,则深者浅而浓者淡矣。粗则如布如毯,其受色之难,十倍于绫罗纱绢,至欲退之,其工又不止十倍,肌肤之理亦若是也,故知嫩者易白,而粗者难白。皮肉之黑而宽者,犹绸缎之未经熨,靴与履之未经楦者,因其皱而未直,故浅者似深,淡者似浓,一经熨楦之后,则纹理陡变,非复曩时色相矣⑥。肌肤之宽者,以其血肉未足,犹待长养,亦犹待楦之靴履,未经烫熨之绫罗纱绢,此际若此,则其血肉充满之后必不若此,故知宽者易白,紧而实者难白。相肌之法,备乎此矣。若是,则白者、嫩者、宽者为人争取,其黑而粗、紧而实者遂成弃物乎? 曰:不然。薄命尽出红颜,厚福偏归陋质,此等非他,皆素封伉俪之材,诰命夫人之料也⑦。

【注释】

①素以为绚兮:《诗经·卫风·硕人》只有"巧笑倩兮,美目盼兮"两句,有人认为《鲁诗》有"素以为绚兮"。但这三句诗见于《论语·八佾》,杨伯峻译文是:有酒涡的脸笑得美呀,黑白分明的眼流转得媚呀,洁白的底子上画着花卉呀。

②曷(hé):怎么。

③豢(huàn):喂养。

④曲房:隐秘、幽深的房子。枚乘《七发》写"楚太子有疾,而吴客往问之",他们之间的对话中,吴客讽谏太子的一段话中有"往来游宴,纵恣于曲房隐间之中"一句。

⑤脚地：质地。缁(zī)：黑色。

⑥曩(nǎng)时：过去的时候，昔日。

⑦诰命夫人：封建时代受过封号的妇女。

【译文】

　　妇人妩媚之多姿多态，毕竟以色为主。《诗经》不是说"素以为绚兮"吗？所谓素，就是白。妇人本质之色，唯有白最难。常有那种眉目口齿样样如画美丽，而其缺陷独在肌肤的人。哪有造物生人之巧，反而不像染匠那样，没有施用漂练之力洗涤干净，就遽然施加文采之工呢？回答是：不是这样。纯白难而着色易。为何说它难？凡是事物之生长，都要看它的根本，根本是什么色，枝叶也作什么色。人的根本是什么？精、血。精色是白的，血色则是红而紫的。多受父精而成胎的，这人生出来必定白。父精母血交聚成胎，其血多而精少的，他生出来必在黑白之间。假若其血色浅红，结而成胎，虽然在黑白之间，等他出生，用美食喂养，处在隐秘、幽深的房子里，他的肤色还可以随岁月流逝而趋于淡，因为他的质地没有完全染黑。有人小时候不白，长大才开始变白，就是这类情况。至于其血色深紫，结而成胎，那么他根本已经是缁黑的，完全没有可以漂染的质地，等他出生，就是给他服用水晶云母，住在玉殿琼楼，也难望他变深为浅，只要能够守住旧有的颜色而不改变，不至于愈老愈黑，也可说是幸事了。有人生于富贵之家，出生时不白，到大到老也是如此，就是这类情况。明了这一点，那么可知选材之法，应当像染匠接受顾客送来的衣服：有人送来白衣让他漂染，可以接受，因为容易着力；有的白衣稍有污垢而送来漂染，也可以接受，虽难以着力，而漂染之力还可实施；假若有人拿来已经染成深色的衣服，让洗掉其颜色，漂成白色，那么即使给十倍百倍的高价，也须辞谢不受。因为人力虽巧，难以拗得过天工，不能强使已经存在的东西变为不存在。妇人之中肤色白的容易易相，色黑的也容易易相，唯有那种在黑白之间的，不容易易相。这里有三种方法：面色比身体黑的，容易变白，身色比面色黑的难以变白；肌肤颜色黑而嫩的容易变白，黑而粗的难以变白；皮肉颜色黑而宽的容易变白，黑而紧并且实的难以变白。面色比身体颜色黑的，是因为脸面露在外边而身体在衣服里边，在外边则有风吹日晒，它渐渐变白很难；身体裹在衣服之中，比起面色稍白，它由深色而变为浅色，已有明显的征候可寻，假使脸面也同身子一样，用衣物遮蔽起来，其结果也会如此，所以容易变白。身体颜色比脸面黑的，情况与此相反，所以不容易变白。肌肤颜色细而嫩的，如绫罗纱绢，他的质地光滑，所以受色容易，退色也容易，稍受风吹，略经日照，那就深色变浅而浓色变淡。颜色粗的，则如布如毯，其受色的难度，比绫罗纱绢难上十倍，至于想把它的颜色退掉，费的功夫又不只十倍，肌肤的道理也类似，因此知道肌肤嫩的容易变白，而粗的难以变白。皮肉黑而且宽松的，就像绸缎之未经熨，靴与履之未经楦，因为它有皱而不直，因此浅的似乎深，淡的似乎浓，一经熨楦之后，那么它的纹理一下子改变了，不再是以前的色相了。肌肤宽松的，因为它血肉尚不充足，还有待生长营养，也就像衣服靴履之有待楦、绫罗纱绢之未经烫熨，现在情状是这样，那么等他血肉充满之后必然不是这样了，因此知道宽松的容易变白，紧而实的难以变白。肌肤识认的方法，都在这里了。若是这样，那么肌肤白的、嫩的、宽松的被人们争着要，那黑而粗、紧而实的不就成为弃物了吗？回答是：不然。薄命都出于红颜美色，厚福偏归于陋质丑女，这种情况发生的原因不是别的，都是因为尚无封赏的伉俪之材，乃是诰命夫人之料。

眉眼

【题解】

　　"眉眼"一款，说的是从眉眼看女人的美。中国人论人体美，不重外形而重内美。李渔说："吾谓相人之法，必先相心，心得而后观其形体。"这就是说，看人的美，首先看她的"心"，即内在精神，形体放在第二位。而"形体"，又主要是衣服遮蔽之下能看得见的部分："形体维何？眉、发、口、齿，耳、鼻、手、足之类是也。"把"形体"限定在"眉、发、口、齿，耳、鼻、手、足"上，这反映了中国人不同于西方的关于人体美的审美观念。中国人绝不会像古希腊人那样欣赏人的裸体美（无论是男子的裸体还是女子的裸体），一般也不欣赏人体的肌肉的美、线条的美。因为中国人重内美、重心灵，因而也就特别看重人的眼睛。"心在腹中，何由得见？曰：有目在，无忧也。"眼睛是心灵的窗户，李渔是十分懂得这个道理的。但是李渔说"目细而长者，秉性必柔；目粗而大者，居心必悍"云云，却是不科学的。这一款的后面谈到眉时所说"眉之秀与不秀，亦复关系情性"，同样也是缺乏科学根据的。

　　面为一身之主，目又为一面之主。相人必先相面，人尽知之，相面必先相目，人亦尽知，而未必尽穷其秘。吾谓相人之法，必先相心，心得而后观其形体。形体维何？眉、发、口、齿，耳、鼻、手、足之类是也。心在腹中，何由得见？曰：有目在，无忧也。察心之邪正，莫妙于观眸子，子舆氏笔之于书①，业开风鉴之祖。予无事赘陈其说，但言情性之刚柔，心思之愚慧。四者非他，即异日司花执爨之分途②，而狮吼堂与温柔乡接壤之地也③。目细而长者，秉性必柔；目粗而大者，居心必悍；目善动而黑白分明者，必多聪慧；目常定而白多黑少、或白少黑多者，必近愚蒙。然初相之时，善转者亦未能遽转，不定者亦有时而定。何以试之？曰：有法在，无忧也。其法维何？一曰以静待动，一曰以卑瞩高。目随身转，未有动荡其身而能胶柱其目者；使之乍往乍来，多行数武，而我回环其目以视之，则秋波不转而自转，此一法也。妇人避羞，目必下视，我若居高临卑，彼下而又下，永无见目之时矣。必当处之高位,或立台坡之上,或居楼阁之前,而我故降其躯以瞩之,则彼下无可下,势必环转其睛以避我。虽云善动者动,不善动者亦动,而勉强自然之中,即有贵贱妍媸之别,此又一法也。至于耳之大小,鼻之高卑,眉发之淡浓,唇齿之红白,无目者犹能按之以手,岂有识者不能鉴之以形?无俟哓哓④,徒滋繁渎。眉之秀与不秀,亦复关系情性,当与眼目同视。然眉眼二物,其势往往相因。眼细者眉必长,眉粗者眼必巨,此大较也,然亦有不尽相合者。如长短粗细之间,未能一一尽善,则当取长恕短,要当视其可施人力与否。张京兆工于画眉⑤,则其夫人之双黛,必非浓淡得宜、无可润泽者。短者可长,则妙在用增;粗者可细,则妙在用减。但有必不可少之一字,而人多忽视之者,其名曰"曲"。必有天然之曲,而后人力可施其巧。"眉若远山","眉如新月",皆言曲之至也。即不能酷肖远山,尽如新月,亦须稍带月形,略存山意,或弯其上而不弯其下,或细其外而不细其中,皆可自施人力。最忌平空一抹,有如太白经天⑥;又忌两笔斜冲,俨然倒书八字。变远山为近瀑,反新月为长虹,虽有善画之张郎,亦将畏难而却走。非选姿者居心太刻,以其为温柔乡择人,非为娘子军择将也。

【注释】

①"察心之邪正"以下三句:《孟子·离娄上》有"存乎人者,莫良于眸子。眸子不能掩其恶。胸中正,则眸子瞭焉;胸中不正,则眸子眊焉。听其言也,观其眸子,人焉廋哉"的话。廋是隐藏、藏匿的意思。子舆氏,即孟子。

②司花：指文化品位高的活动。执爨（cuàn）：指文化品位低的粗活
　　儿。爨，烧火煮饭。

③狮吼堂：指女人嫉妒凶悍。温柔乡：指女人温柔体贴。

④哓哓（xiāo）：争辩不止，唠叨不休。

⑤张京兆工于画眉：张京兆，即汉代张敞，《汉书·张敞传》说他"为
　　妇画眉"。

⑥太白：太白星，即金星，或曰启明星。

【译文】

　　面是一身之主，目又是一面之主。相人必先相面，这点，人们都知
道，相面必先相目，人们也都知道，但未必都十分了解其中的秘密。我
认为，相人的方法，必先相他的心，了解了他的心而后看他的形体。形
体指什么？就是眉、发、口、齿，耳、鼻、手、足之类。心在肚子之中，怎能
看见？我说：有眼睛在，用不着发愁。观察心的邪正，没有比看她的眸
子更妙的了，子舆氏书中所述，已开创了如何鉴识眸子的祖业。我不想
赘述他的话，只说说女子情性的刚、柔，心思的愚、慧。这四样东西不是
别的，就是将来决定她品位高还是品位低的分辨根由，是她站在狮吼堂
还是处于温柔乡的接壤之地。眼睛细而长的，秉性必会温柔；眼睛粗而
大的，居心必然凶悍；眼睛灵动而黑白分明的，大半聪慧；眼睛呆滞而白
多黑少、或白少黑多的，大半愚钝。但是开初相面的时候，眼睛善于灵
转的也未必很快灵转，眼睛流动的也有时定住不动。怎么试验她？我
说：有办法，不用愁。什么办法？一是以静待动，一是从低瞩高。眼睛
随身而转，没有她的身体转动了而眼睛还一动不动的；叫她一来一往，
多走几步，而我来来回回紧盯她的眼睛观看，那么她的眼波不转也得
转，这是一种方法。妇人害羞，眼光必会往下看，我若居高临下，她在我
下面而眼睛又往下看，就永远看不到她的目光了。必须让她站在高处，
或者立在台坡之上，或者站在楼阁之前，而我故意降低自己的身子来看
她，那么她下无可下，势必环转她的眼睛躲避我。虽说眼睛爱动的也

动、不爱动的也动,而从这勉强转动和自然转动之中,就可以分辨出贵贱美丑来了,这又是一种方法。至于耳朵的大小,鼻子的高低,眉发的淡浓,唇齿的红白,盲人也能用手摸得出来,难道有眼能看的人不能从有形的活动中鉴别清楚吗?不用我唠叨不休,惹人讨厌了。眉毛的清秀与否,也关系到情性,应当与眼睛同等看待。然而眉眼这两样东西,其情势往往相互联系。眼细的眉必长,眉粗的眼必大,这是大致情形,但是也有例外。如果眉眼的长短粗细之间,不能样样都好,那就应当取其长而恕其短,重要的是应当看她的不如人意之处可否施以人力来补救。张京兆善于画眉,那么他夫人的一对眉毛,必然不是浓淡得宜、无可修饰的。短的可以画长,妙在怎样运用增长之法;粗的可以画细,妙在怎样运用减细之法。但这里有必不可少的一个字,而人们往往忽视了,这个字就是"曲"。必须有天然的弯曲,而后人力才可施以巧工。"眉若远山","眉如新月",都是说的眉毛弯曲得恰到好处。即使不能酷似远山,尽像新月,也须稍带月之形,略存山之意,或者上面弯曲而下面不弯曲,或者外边细而中间不细,都可以用人力加以修饰。最忌讳平空一抹,犹如太白星经天划过;又忌讳两笔斜冲下来,俨然是个倒写的八字。把远山变为近处的瀑布,把新月变为长虹,就是有善于画眉的张郎,也将会觉得太难而逃走。不是挑选姿色的人居心太严苛,因为他是为温柔乡选择可心之人,而不是为娘子军选拔将军。

手足

【题解】

"手足"款谈从手与足看女人的美。李渔谈手时说:"两手十指,为一生巧拙之关,百岁荣枯所系,相女者首重在此。"这还有一定道理。但是,说到足,则充分暴露出他的腐朽观念,即提倡女子缠足,对女子的所谓"三寸金莲"赞赏备至,这充分表现出了中国封建时代士大夫的变态审美心理,而李渔在这方面可以说是个典型代表。据李渔的一位友人余怀在《妇人鞋袜辨》中考证，女子缠足始于五代南唐李后主。"后主有宫嫔窅娘，纤丽善舞，乃命作金莲，高六尺，饰以珍宝，绸带缨络，中作品色瑞莲，令窅娘以帛缠足，屈上作新月状，着素袜，行舞莲中，回旋有凌云之态。由是人多效之，此缠足所自始也。"后来，以缠足为美的观念愈演愈烈，而且脚缠得愈来愈小，而愈小就愈觉得美，女子深受其害，苦不堪言。

相女子者，有简便诀云："上看头，下看脚。"似二语可概通身矣。予怪其最要一着，全未提起。两手十指，为一生巧拙之关，百岁荣枯所系，相女者首重在此，何以略而去之？且无论手嫩者必聪，指尖者多慧，臂丰而腕厚者，必享珠围翠绕之荣；即以现在所需而论之，手以挥弦①，使其指节累累，几类弯弓之决拾；手以品箫，如其臂形攘攘，几同伐竹之斧斤；抱枕携衾，观之兴索，捧卮进酒②，受者眉攒③，亦大失开门见山之初着矣。故相手一节，为观人要着，寻花问柳者不可不知，然此道亦难言之矣。选人选足，每多窄窄金莲④；观手观人，绝少纤纤玉指⑤。是最易者足，而最难者手，十百之中，不能一二觏也。须知立法不可不严，至于行法，则不容不恕。但于或嫩、或柔、或尖、或细之中，取其一得，即可宽恕其他矣。至于选足一事，如但求窄小，则可一目了然。倘欲由粗以及精，尽美而思善，使脚小而不受脚小之累，兼收脚小之用，则又比手更难，皆不可求而可遇者也。其累维何？因脚小而难行，动必扶墙靠壁，此累之在己者也；因脚小而致秽，令人掩鼻攒眉，此累之在人者也。其用维何？瘦欲无形，越看越生怜惜，此用之在日者也；柔若无骨，愈亲愈耐抚摩，此用之在夜者也。昔有人谓予曰："宜兴周相国⑥，以千金购一丽人，名为'抱小姐'，因其脚小之至，寸步难移，每行必须人抱，是以得名。"予曰："果若是，则一泥塑美人而已矣，数钱可买，奚事千金？"造物生人以足，欲其行也。昔形容女子娉婷者，非曰"步步生金莲"，即曰"行行如玉立"，皆谓其脚小能行，又复行而入画，是以可珍可宝。如其小而不行，则与刖足者何异？此小脚之累之不可有也。予遍游四方，见足之最小而无累，与最小而得用者，莫过于秦之兰州、晋之大同。兰州女子之足，大者三寸，小者犹不及焉，又能步履如飞，男子有时追之不及，然去其凌波小袜而抚摩之，犹觉刚柔相半；即有柔若无骨者，然偶见则易，频遇为难。至大同名妓，则强半皆若是也。与之同榻者，抚及金莲，令人不忍释手，觉倚翠偎红之乐，未有过于此者。向在都门，以此语人，人多不信。一日席间拥二妓，一晋一燕，皆无丽色，而足则甚小。予请不信者即而验之，果觉晋胜于燕，大有刚柔之别。座客无不翻然，而罚不信者以金谷酒数⑦。此言小脚之用之不可无也。噫，岂其娶妻必齐之姜⑧？就地取材，但不失立言之大意而已矣。

【注释】

①挥弦：弹琴拨弦。

②卮（zhī）：酒杯。

③眉攒：皱眉头。

④窄窄金莲：形容脚小。

⑤纤纤玉指：形容指细而美。

⑥宜兴周相国：即周延儒(1593—1644)，明万历年间进士，崇祯年间曾两度为首辅。

⑦金谷：古地名，在今洛阳东北。有水名金谷水。晋石崇在此筑园名金谷园，其《金谷诗序》说他常在金谷与友人作诗、饮酒。

⑧齐之姜：周朝齐国为姜姓，故齐侯之女称"齐姜"。也用作美女的代称。《诗经·陈风·衡门》："岂其取妻，必齐之姜？"

【译文】

相女子的人，有一个简便的口诀："上看头，下看脚。"似乎这两句话可以概括全身。我奇怪其中最关键的一着，一点儿也没有提到。两只手十个指头，关乎她一生的灵巧与笨拙，联系她百岁的荣华与枯槁，相女子的人首先看重的应该是手，何以忽略了它？且不说手肉嫩的必然聪明，指头尖的多半巧慧，臂丰而腕厚的，必然能享受珠围翠绕的荣华；就拿现时的需要来说，手本是让她挥弦弹琴的，假使她的指节凸凸累累，几乎像是要用它弯弓扣箭；手本是让她品箫弄笛的，如果她的臂形粗粗攘攘，几乎像是用它持斧伐竹；如此，那么她抱枕携衾、铺床叠被，看起来就会兴味索然，她捧杯进酒、侍奉左右，接酒杯的人就会蹙眉攒目，这同人们买姬纳妾开门见山的初衷相差太远了。所以相手这一节，是观察女人的要紧一着，寻花问柳的人不可不知，然而此中道理也很难说。选女人要是看足，窄窄的三寸金莲多得是；选女人要是看手，那么纤纤玉指却很少很少。就是说最容易选的是足，而最难选的是手，十个百个之中，看不见一二个。须知，建立法则不可不严，至于执行法则，那就不能不宽容。只要在或嫩、或柔、或尖、或细之中，有一点可取，就可以宽恕其他了。说到选足这一件事，如果只求窄小，那可以一目了然。倘若由粗而及精，由美而思善，想让脚小却不受脚小的拖累，而能收到脚小的效用，那就比选手更难了，这都是不可求而可能偶然遇到的事。脚小的拖累指什么？因脚小而难以行走，活动必然扶墙靠壁，这是表现在自己身上的拖累；因脚小而招来污秽之味，令人捂着鼻子皱着眉头，这是表现在别人身上的拖累。脚小的效用指什么？它瘦得近乎无形，越看越生怜爱，这是它在白天的效用；它柔软得似乎无骨，愈亲近而愈耐抚摸，这是它在夜里的效用。过去有人对我说："宜兴周相国，用千金买了一个美人，名叫'抱小姐'，因为她的脚小极了，寸步难移，每次走路必须人抱，因此而得名。"我说："如果这样，她只是一个泥塑美人而已，几个钱即可买到，哪里用得着千金？"造物让人长足，是要让他走路。以前形容女子娉婷多姿，不是说"步步生金莲"，就是说"行行如玉立"，都是说她的脚小而能行走，而且走起来风姿姣好似可入画，因此可珍可宝。如果她的脚小却不能行走，那同砍去脚的人有什么两样？这里说的是小脚的拖累之不可有。我遍游四方，见到足之最小而没有拖累，以及最小而有效用的，没有胜过秦之兰州、晋之大同的。兰州女子之足，大的三寸，小的还不到三寸，走起来又能步履如飞，男子有时都追不上她，然而脱掉她的凌波小袜而抚摸它，犹然感觉刚柔相半；就是有那种柔若无骨的，但偶尔遇到容易，频频见到则难。至于大同名妓，则大半都是这样的。与她们同榻而卧，抚摸她的金莲，令人不忍释手，觉得倚翠偎红的快乐，没有超过它的了。过去在都门，把这些话对人说，他们多不相信。有一天席间有两个妓女，一个晋人，一个燕人，都不漂亮，而她们的足却非常小。我请不信的人当场验证，果然觉得晋女胜过燕女，相比之下大有刚柔之别。席间客人无不哄然，要像古时金谷罚酒那样罚那不信我话的人。这里说的是小脚效用之不可无。唉，难道娶妻必娶齐姜那样的美女？就地取材，只要不失立言之大意就行了。

　　验足之法无他，只在多行几步，观其难行易动，察其勉强自然，则思过半矣。直则易动，曲即难行；正则自然，歪即勉强。直而正者，非止美观便走，亦少秽气。大约秽气之生，皆强勉造作之所致也。

【译文】

验察足的方法没有别的,只是让她多走几步,看看她难行还是易动,观察她勉强还是自然,这就掌握大概了。足直则易动,足曲即难行;足正则自然,足歪即勉强。足直而正的,不只美观而便于行走,也少秽气臭味。大约足上秽气的产生,都是强勉造作所导致的。

态度

【题解】

“态度”一款,讲的是人的内在美。李渔认为,美女之所以有魅力,虽不能说无关于外在的美色,但更重要的则在于内在的媚态。女子一有媚态,三四分姿色可抵六七分。若以六七分姿色而无媚态之妇人与三四分姿色而有媚态之妇人同立一处,则人只爱后者而不爱前者;若以二三分姿色而无媚态之妇人与全无姿色而只有媚态之妇人同立一处,则人只为媚态所动而不为美色所惑。因此,态度之于颜色,不只是以少敌多,简直是以无敌有。态度是什么? 简单地说,态度就是一个人内在的精神涵养、文化素质、才能智慧而形之于外的风韵气度,于举手投足、言谈笑语、行走起坐、待人接物中皆可见之。李渔所讲的那个春游避雨时表现得落落大方的中年女子,正是以她的态度给人留下了深刻的印象。论年岁,她已三十许,比不上二八佳人;论衣着,她只是个缟衣贫妇,比不上丝绸裹身的贵妇人。但她在避雨时表现得却是气度非凡,涵养深厚。雨中,人皆忘掉体面跟跟跄跄挤入亭中,她独徘徊檐下;人皆不顾丑态拼命抖擞衣衫,她独听其自然。雨将止,人皆急忙奔路,她独迟疑稍后,因其预料雨必复作。当别人匆匆反转时,她则先立亭中。但她并无丝毫骄人之色,反而对雨中湿透衣衫的人表现出体贴之情,代为振衣。李渔感慨地说:“噫,以年三十许之贫妇,止为姿态稍异,遂使二八佳人与曳珠顶翠者皆出其下,然则态之为用,岂浅鲜哉!”这就是“态度”的魅力!

古云："尤物足以移人。"尤物维何？媚态是已。世人不知，以为美色，乌知颜色虽美，是一物也，乌足移人？加之以态，则物而尤矣。如云美色即是尤物，即可移人，则今时绢做之美女，画上之娇娥，其颜色较之生人，岂止十倍，何以不见移人，而使之害相思成郁病耶？是知"媚态"二字，必不可少。媚态之在人身，犹火之有焰，灯之有光，珠贝金银之有宝色，是无形之物，非有形之物也。惟其是物而非物，无形似有形，是以名为"尤物"。尤物者，怪物也，不可解说之事也。凡女子，一见即令人思之而不能自已，遂至舍命以图、与生为难者，皆怪物也，皆不可解说之事也。吾于"态"之一字，服天地生人之巧、鬼神体物之工。使以我作天地鬼神，形体吾能赋之，知识我能予之，至于是物而非物、无形似有形之态度，我实不能变之、化之，使其自无而有，复自有而无也。态之为物，不特能使美者愈美，艳者愈艳，且能使老者少而嫜者妍，无情之事变为有情，使人暗受笼络而不觉者。女子一有媚态，三四分姿色，便可抵过六七分。试以六七分姿色而无媚态之妇人，与三四分姿色而有媚态之妇人同立一处，则人止爱三四分而不爱六七分，是态度之于颜色，犹不止一倍当两倍也。试以二三分姿色而无媚态之妇人，与全无姿色而止有媚态之妇人同立一处，或与人各交数言，则人止为媚态所惑，而不为美色所惑，是态度之于颜色，犹不止于以少敌多，且能以无而敌有也。今之女子，每有状貌姿容一无可取，而能令人思之不倦，甚至舍命相从者，"态"之一字之为祟也。是知选貌、选姿，总不如选态一着之为要。

态自天生,非可强造。强造之态,不能饰美,止能愈增其陋。同一颦也^①,出于西施则可爱,出于东施则可憎者,天生、强造之别也。相面、相肌、相眉、相眼之法,皆可言传,独相态一事,则予心能知之,口实不能言之。口之所能言者,物也,非尤物也。噫,能使人知,而能使人欲言不得,其为物也何如!其为事也何如!岂非天地之间一大怪物,而从古及今,一件解说不来之事乎?

【注释】

①颦(pín):皱眉。

【译文】

古人说:"尤物足以移人。"尤物指什么?指的是媚态。世人不知道,以为尤物就是美色,岂知颜色虽美,是一个物件,哪里足以摇荡人的情志?若是美色再加上媚态,那就成为尤物了。如果说美色就是尤物,就可以摇荡人的情志,那么今天绢做的美女,画上的娇娘,她的颜色比起活人,岂止好看十倍,为什么不见她摇荡人的情志,而让人害相思、得抑郁病呢?由此可知"媚态"两个字,是必不可少的。媚态,它在人身上,就像火之有焰,灯之有光,珠贝金银之有宝色,是一种无形的物,而不是有形的物。只因它是物而不仅仅是物,无形而似有形,所以才叫"尤物"。所谓尤物,是一种怪物,是一种不可解说的东西。凡是一个女子,一见就叫人想个没完而不能自我控制,以至于拼命追求、要死要活的,那都是怪物,是一种不可解说的东西。我从"态"这个字上,真是佩服天地创造人的巧妙、鬼神体察物的化工。假使让我作天地鬼神,形体我能够为她制作,知识我能够给予她,至于是物而不仅仅是物、无形而似有形的态度,我实在不能变它、化它,使它从无到有,而又从有到无。媚态这个东西,不仅能使美的更加美,艳的更加艳,而且能使年老的变得年轻，丑陋的变得妍美，无情的东西变为有情，使人在无意中受它笼络而不自觉。女子一有了媚态，三四分姿色，就可抵得上六七分。假若让一个六七分姿色而没有媚态的妇人，与一个三四分姿色而有媚态的妇人站在一起，那么人只爱那三四分的而不爱六七分的，这就是说，态度与颜色相比，其差别不仅是一倍顶两倍。假若让一个二三分姿色而没有媚态的妇人，与全无姿色而只有媚态的妇人站在一起，或者让她们分别与人说几句话，那么人们只会被媚态所迷惑，而不会被美色所迷惑，这就是说，态度比起颜色来，还不仅是以少胜多，而且能以无胜有啊。现在的女子，常常有相貌姿容毫无可取，而能叫人日思夜想放不下，甚至舍命相从的，这就是"态"这个字在作祟啊。由此可知，挑选容貌、挑选姿色，总不如挑选媚态这一着更加重要。媚态乃是天生的，不可强造。强造的媚态，不能增加她的美，只能越发增加她的丑。同样是皱眉头，在西施身上就可爱，而在东施身上则可憎，这就是天生与强造的差别。相面、相肌、相眉、相眼的方法，都可言传，唯独相态这一件事，我心里知道，而嘴上实在说不出来。嘴所能说的，是物，而非尤物。唉，能叫人心里明白，却又叫他想说而说不出来，它作为物是怎样的一个物啊！它作为事是怎样的一件事啊！岂不是天地之间一大怪物，而从古到今，解说不清楚的一件事情吗？

诘予者曰①：既为态度立言，又不指人以法，终觉首鼠②，盍亦舍精言粗，略示相女者以意乎？予曰：不得已而为言，止有直书所见，聊为榜样而已。向在维扬③，代一贵人相妾。靓妆而至者不一其人④，始皆俯首而立，及命之抬头，一人不作羞容而竟抬；一人娇羞腼腆，强之数四而后抬；一人初不即抬，及强而后可，先以眼光一瞬，似于看人而实非看人，瞬毕复定而后抬，俟人看毕，复以眼光一瞬而后俯，此即"态"

也。记曩时春游遇雨,避一亭中,见无数女子,妍媸不一,皆踉跄而至。中一缟衣贫妇,年三十许,人皆趋入亭中,彼独徘徊檐下,以中无隙地故也;人皆抖擞衣衫,虑其太湿,彼独听其自然,以檐下雨侵,抖之无益,徒现丑态故也。及雨将止而告行,彼独迟疑稍后,去不数武而雨复作,乃趋入亭。彼则先立亭中,以逆料必转,先踞胜地故也。然臆虽偶中,绝无骄人之色。见后入者反立檐下,衣衫之湿数倍于前,而此妇代为振衣,姿态百出,竟若天集众丑,以形一人之媚者。自观者视之,其初之不动,似以郑重而养态;其后之故动,似以徜徉而生态。然彼岂能必天复雨,先储其才以俟用乎?其养也,出之无心,其生也,亦非有意,皆天机之自起自伏耳。当其养态之时,先有一种娇羞无那之致现于身外,令人生爱生怜,不俟娉婷大露而后觉也。斯二者,皆妇人媚态之一斑,举之以见大较。噫,以年三十许之贫妇,止为姿态稍异,遂使二八佳人与曳珠顶翠者皆出其下,然则态之为用,岂浅鲜哉!

【注释】

①诘(jié):反问,盘问。

②首鼠:"首鼠两端"的省语。意思是模棱两可、犹豫不决。

③维扬:旧扬州府别称。

④靓(liàng)妆:脂粉妆饰。

【译文】

　　有人反问我:既然你为态度建立了一套法度,而又不给人指出一套辨识的方法,总是令人觉得你首鼠两端、模棱两可,为什么你不舍精言粗,简略地为相女者揭示出一个大体意思呢?我说:出于不得已,只是把我所见直接写出来,姑且作为一个参考的榜样而已。从前在扬州,代一个贵人相妾。艳妆而来的不止一个人,开始时都低头站着,等叫她们抬头,有一个人没有羞容而直接把头抬起来;另一个人则娇羞腼腆,勉强她多次之后才抬头;有一个人起初不立即抬头,等强叫她抬头才抬起来,先是用眼光一扫,好像看人而实际上不是看人,目光一扫定住眼睛而后抬头,等人看完了,又用眼光一扫而后低下头去,这就是“态”。记得过去有一次春游遇雨,躲在一个亭子里,看见好多女子,美丑不一,都踉踉跄跄而来。其中一个缟衣贫妇,三十来岁,别人都急于挤入亭中,独有她徘徊于檐下,因为亭子里已经没有空地方了;别人都抖擞衣衫,怕它太湿,唯有她听其自然,因为檐下雨还不断打湿衣服,抖也无用,只能现出丑态。等到雨将要停下而人们纷纷上路,唯独她迟疑稍后,人们出去没走几步而雨又下起来,赶快跑回亭中。而她则先立在亭子里了,因为她预料人们必然会跑回来,先占据了好地方。然而,她虽然预测准确,却绝无骄人之色。看见后来的人不得不立在檐下,衣衫湿得比刚才还厉害,而这个妇人则帮助别人整理衣服,其间,姿态百出,竟好像老天爷故意集众丑于此地,以衬托出一个人的媚态似的。从旁观者看来,这位妇人开始不动,好似以郑重之心而培养其媚态;后来她有意为别人整理衣服,好似以徜徉之行而产生媚态。但她哪能预料老天爷定然又会下雨,事先储备其才以等着使用呢?她开始时的培养媚态,出于无心,她后来的产生媚态,也非有意,都是天机的自起自伏。当她培养媚态的时候,先有一种娇羞无那的风致表现在身外,令人生发爱怜之情,不等她娉婷媚态充分显露而后才感觉到。这二者,都是妇人媚态的全豹之一斑,标举出来以说明大概情形。唉,一个三十来岁的贫家妇人,只是因为她姿态稍有不同,就使得妙龄少女与珠光宝气的贵妇人都望尘莫及,那么,媚态的作用,岂可小视!

　　人问：圣贤神化之事，皆可造诣而成，岂妇人媚态独不可学而至乎？予曰：学则可学，教则不能。人又问：既不能教，胡云可学？予曰：使无态之人与有态者同居，朝夕薰陶，或能为其所化；如蓬生麻中，不扶自直①，鹰变成鸠，形为气感，是则可矣。若欲耳提而面命之，则一部《廿一史》②，当从何处说起？还怕愈说愈增其木强③，奈何！

【注释】

①蓬生麻中，不扶自直：语见《荀子·劝学》。

②《廿一史》：李渔当年从《史记》数到《元史》共二十一史：《史记》、《汉书》、《后汉书》、《三国志》、《晋书》、《宋书》、《南齐书》、《梁书》、《陈书》、《魏书》、《北齐书》、《周书》、《隋书》、《南史》、《北史》、《新唐书》、《新五代史》、《宋史》、《辽史》、《金史》、《元史》。

③木强：性格质直。

【译文】

　　此处指呆板。有人问：大圣大贤神而化之的事情，都可以通过修养锤炼而成，难道唯独妇人的媚态不可以通过学习而达到吗？我说：学是可以学的，教授则不能。有人又问：既然不能教授，怎么说可以学习？我说：假如让无媚态的人与有媚态的人一同居住，朝夕熏陶，或者能够为其所同化；如蓬草生在麻中间，不用扶它自然长得直，鹰变成鸠，形体自然为气氛所感染，这是可以的。若想耳提面命地去教授，则一部《廿一史》，应当从哪里说起呢？还怕愈说愈增加其呆滞之态，怎么办呢！

修容第二　计三款

【题解】

　　《修容第二》三款"盥栉"、"薰陶"、"点染"谈盥洗、梳妆之美。"三分人材，七分装饰"，"人靠衣裳马靠鞍"，流传在民间的这些俗语，都是讲人需要修饰打扮，也愿意修饰打扮。李渔在《修容第二》这部分里正是讲女子如何化妆，如何把自己的仪容修饰得更美。化妆，在中国历史悠长。前面引述过《诗经·卫风·伯兮》"自伯之东，首如飞蓬。岂无膏沐，谁适之容"讲的就是化妆，而且还讲到化妆品"膏沐"，说明那时的化妆已经相当讲究，人们（尤其是女人）已经有意识地借助于外在的物质手段和材料（如"膏沐"之类）对自己的皮肤或头发进行美化。稍后，在屈原的《离骚》、《九歌》、《九章》等诗篇中，都一再涉及修容的问题。譬如《九歌·湘君》"美要眇兮宜修"句，就是说的湘夫人打扮得很美，宜修就是指善于打扮。《九歌·山鬼》"被薜荔兮带女罗"句，也是说"山鬼"（有人认为即是楚国神话中的巫山神女）以美丽的植物来装饰自己。汉代民歌《孔雀东南飞》和《陌上桑》以及南北朝时民歌《木兰诗》更是大量谈到化妆，如"新妇起严妆"、"对镜贴花黄"等等。到唐代，化妆技巧已经达到很高的水平。唐崔令钦《教坊记》记载，歌舞演员庞三娘年老时，面多皱，她在面上贴以轻纱，"杂用云母和粉蜜涂之，遂若少容。尝大酺汴州，以名字求雇。使者造门，既见，呼为恶婆，问庞三娘子所在。庞绐之曰：'庞三是我外甥，今暂不在，明日来书奉留之。'使者如言而至。庞乃盛饰，顾客不之识也，因曰：'昨日已参见娘子阿姨。'"宋元明清的诗词文章里写到化妆的更是不计其数。但像李渔这样深入细致地谈化妆，并不多见。李渔在这里提出了一个重要原则，即修容必须自然、得体，切勿"过当"。譬如，"楚王好细腰，宫中皆饿死；楚王好高髻，宫中皆一尺；楚王好大袖，宫中皆全帛"，这就是"过当"。

　　妇人惟仙姿国色，无俟修容；稍去天工者，即不能免于人力矣。然予所谓"修饰"二字，无论妍媸美恶，均不可少。俗云："三分人材，七分妆饰。"此为中人以下者言之也。然则有七分人材者，可少三分妆饰乎？即有十分人材者，岂一分妆饰皆可不用乎？曰：不能也。若是，则修容之道不可不急讲矣。今世之讲修容者，非止穷工极巧，几能变鬼为神，我即欲勉竭心神，创为新说，其如人心至巧，我法难工，非但小巫见大巫，且如小巫之徒，往教大巫之师，其不遭喷饭而唾面者鲜矣。然一时风气所趋，往往失之过当。非始初立法之不佳，一人求胜于一人，一日务新于一日，趋而过之，致失其真之弊也。"楚王好细腰，宫中皆饿死；楚王好高髻，宫中皆一尺；楚王好大袖，宫中皆全帛"①。细腰非不可爱，高髻大袖非不美观，然至饿死，则人而鬼矣。髻至一尺，袖至全帛，非但不美观，直与魑魅魍魉无别矣。此非好细腰、好高髻大袖者之过，乃自为饿死、自为一尺、自为全帛者之过也。亦非自为饿死、自为一尺、自为全帛者之过，无一人痛惩其失，著为章程，谓止当如此，不可太过，不可不及，使有遵守者之过也。吾观今日之修容，大类楚宫之末俗，著为章程，非草野得为之事。但不经人提破，使知不可爱而可憎，听其日趋日甚，则在生而为魑魅魍魉者，已去死人不远，矧腰成一缕，有饿而必死之势哉！予为修容立说，实具此段婆心②，凡为西子者，自当曲体人情，万毋遽发娇嗔，罪其唐突。

【注释】

①"楚王好细腰"以下几句：《后汉书·马廖传》中有"楚王好细腰，宫中多饿死"及"城中好高髻，四方高一尺；城中好广眉，四方且半额；城中好大袖，四方全匹帛"等句。

②婆心：慈善之心。

【译文】

妇人唯有长得仙姿国色，不用修容；稍微差一些的，就免不了以人力修饰。但我所谓"修饰"两个字，无论是美是丑，都不可少。俗话说："三分人材，七分妆饰。"这是对中等以下人材说的。那么，有了七分人材，就可少了三分妆饰吗？即使有十分人材，难道一分妆饰也不用了吗？我说：不能。若是这样，那么修容之道就不可不赶紧讲出来。现在讲修容的人，不仅穷工极巧，而且几乎能把鬼变为神，我即使挖空心思、竭心极虑，创制新的学说，怎奈人心至巧，我的新法难以抗衡，不但是小巫见大巫，而且如小巫的徒弟，去请教大巫的师傅，其不遭遇喷饭唾面的耻笑者，少啊。但是，一时风气所追求的，往往犯了过当的毛病。这不是开始时建立的法度不好，而是总在追求一人胜过一人，一日新过一日，趋而过度，以至犯了失真的毛病。"楚王好细腰，宫中皆饿死；楚王好高髻，宫中皆一尺；楚王好大袖，宫中皆全帛。"细腰不是不可爱，高髻大袖不是不美观，然而到了饿死的地步，人就变成鬼了。髻高到一尺，袖宽大到用全帛，不但不美观，简直与魑魅魍魉没有差别了。这不是好细腰、好高髻、大袖者的过错，而是自为饿死、自为一尺、自为全帛者的过错。也不是自为饿死、自为一尺、自为全帛者的过错，而是错在没有一个人对这过当行为痛加惩斥，树立起章程，告诉人们只应当如此，不可太过分，也不可不及，使他们有遵循的法度。我看今日的修容，很像楚宫的陋俗。树立章程，不是草野之人做得了的事情。但是，如果不经人把事情说破，使人们知道过当的修饰不可爱而可憎，而是听其日甚一日地走下去，那么，活人而成为魑魅魍魉，已离死人不远了，何况腰成一缕之细,大有饿而必死的势态啊! 我为修容立说,实在是具有这样一段婆心,凡想成为西施那样美人的,自应体谅我的苦口婆心,千万不要突发娇嗔,怪罪我的唐突。

盥栉①

【题解】

"盥栉"款,讲洗脸梳头。李渔认为这里面大有学问在。譬如说,有的人脸上爱出油,倘若她化妆时不用肥皂把油垢彻底清洗干净,那么,她搽粉涂脂时,必然白一块、黑一块、红一块。轻者,脂粉不均匀;重者,成个大花脸。李渔指出洗脸必须注意去油,确实抓住了要害。说起梳头,学问就更多了。女子的发型历来十分讲究,周文王令宫人作"凤髻",其髻高;又令宫人作"云髻",步步而摇,曰步摇髻。汉武帝令宫人梳"堕马髻",其髻歪在头部的一侧,似堕非堕,这种发型,由于宫中的提倡,汉代女子十分喜欢,也十分流行。《木兰诗》"当窗理云鬓"的"云鬓",就是梳得像云一样的发型。北齐后宫女官八品梳"偏髻"(发覆目也,即头发盖住了眼睛)。隋炀帝令宫人梳"八鬟髻"、"翻荷髻"、"坐愁髻"。唐末妇人梳发,以两鬓抱面,为"抛家髻"。明代嘉靖年间,浙江嘉兴县有一个叫杜韦的妓女"作实心髻,低小尖巧","吴中妇女皆效之,号韦娘髻"。李渔在本款中也提到当时的所谓"牡丹头"、"荷花头"、"钵盂头"等等发型。妇女的发型,是人们审美观念的物化形态之一。从发型的演变,也可以看出人们审美观念的变化。李渔所反对和所提倡的种种发型,只是他个人的见解而已,不足为训。尤其他所提倡的所谓"云"型、"龙"型(飞龙、游龙、伏龙、戏珠龙、出海龙等等),太矫揉造作,并不可取。

盥面之法,无他奇巧,止是濯垢务尽。面上亦无他垢,所谓垢者,油而已矣。油有二种,有自生之油,有沾上之油。

自生之油，从毛孔沁出，肥人多而瘦人少，似汗非汗者是也。沾上之油，从下而上者少，从上而下者多，以发与膏沐势不相离②，发面交接之地，势难保其不侵。况以手按发，按毕之后，自上而下亦难保其不相挨擦，挨擦所至之处，即生油发亮之处也。生油发亮，于面似无大损，殊不知一日之美恶系焉，面之不白不匀，即从此始。从来上粉着色之地，最怕有油，有即不能上色。倘于浴面初毕，未经搽粉之时，但有指大一痕为油手所污，迨加粉搽面之后，则满面皆白而此处独黑，又且黑而有光，此受病之在先者也。既经搽粉之后，而为油手所污，其黑而光也亦然，以粉上加油，但见油而不见粉也，此受病之在后者也。此二者之为患，虽似大而实小，以受病之处止在一隅，不及满面，闺人尽有知之者。尚有全体受伤之患，从古佳人暗受其害而不知者，予请攻而出之。从来拭面之巾帕，多不止于拭面，擦臂抹胸，随其所至；有腻即有油，则巾帕之不洁也久矣。即有好洁之人，止以拭面，不及其他，然能保其上不及发、将至额角而遂止乎？一沾膏沐，即非无油少腻之物矣。以此拭面，非拭面也，犹打磨细物之人，故以油布擦光，使其不沾他物也。他物不沾，粉独沾乎？凡有面不受妆，越匀越黑；同一粉也，一人搽之而白，一人搽之而不白者，职是故也。以拭面之巾有异同，非搽面之粉有善恶也。故善匀面者，必须先洁其巾。拭面之巾，止供拭面之用，又须用过即浣③，勿使稍带油痕，此务本穷源之法也。

【注释】

①盥栉（guàn zhì）：洗漱。盥，洗手洗脸。栉，梳发。

②膏沐：洗浴时擦油脂，如抹头油。

③浣（huàn）：洗。

【译文】

　　盥洗脸面的方法，没有什么其他的奇巧，只是务必把污垢洗干净。脸面上也没有其他污垢，所谓污垢，油而已。油有二种，有的是自生的油，有的是沾上的油。自生的油，从毛孔沁出来，胖人多而瘦人少，那种似汗非汗的东西就是。沾上的油，从下而上的少，从上而下的多，因为头发与抹头油二者离不开，头发与脸面交接的地方，很难保证不沾上头油。况且用手按头发，按之后，自上而下也难以保证它们不相挨擦，挨擦所到的地方，就是生油发亮的地方。生油发亮，看起来好像对于脸面没有什么大碍，殊不知它关系到一天的美丑，脸面的不白不匀，就从这里开始。从来上粉着色的地方，最怕有油，若有油就不能上色。倘若刚洗完了脸，还没搽粉的时候，只要有指头大的一块地方被油手弄脏了，等到搽面敷粉之后，那就会满脸都是白色而唯独这个地方是黑的，而且黑而发亮，这毛病是出在搽粉之前。经过搽粉之后，被油手所污染的地方，它也一样黑而光，因为粉上加油，只见油而不见粉，这毛病是出在搽粉之后。这两种毛病的害处，虽然看似大而实际小，因为受害的地方只在一小块地方，没到整个脸面，女人们都知道。还有一种毛病伤及全体，从古以来佳丽暗受其害而不知晓，请允许我把它揭示出来。从来擦拭脸面的毛巾手帕，大多不只用来擦脸，而且擦臂抹胸，随手所至而用；有腻就有油，则毛巾手帕早就不干净了。就是爱好干净的人，只用来擦脸，不擦其他地方，但是谁能保证用毛巾擦脸而不碰到头发、将到额角时就止住了呢？一沾上头油，就不是无油少腻的东西了。用它擦脸，不是擦脸，而是像一个打磨精细器物的人，故意用油布擦光，使它不沾其他东西。其他东西不沾，唯独沾粉吗？凡是化妆而脸面不受妆的，则会越匀越黑；同是一种粉，一人搽上它而白，一人搽上它而不白，就是这个缘故。这是因为擦脸的毛巾有差别，而不是搽面的粉有善恶。所以善于匀面的人，必须先把毛巾洗干净。擦脸的毛巾，只应用来擦脸，并且必须用过就浣洗干净，不要使它带上一点儿油痕，这是追本穷源的方法。

善栉不如善篦，篦者，栉之兄也。发内无尘，始得丝丝现相，不则一片如毡，求其界限而不得，是帽也，非髻也，是退光黑漆之器，非乌云蟠绕之头也。故善蓄姬妾者，当以百钱买梳，千钱购篦。篦精则发精，稍俭其值，则发损头痛，篦不数下而止矣。篦之极净，使便用梳①。而梳之为物，则越旧越精。"人惟求旧，物惟求新"。古语虽然，非为论梳而设。求其旧而不得，则富者用牙，贫者用角。新木之梳，即搜根剔齿者，非油浸十日，不可用也。

【注释】

①使便用梳：芥子园本作"使便用梳"，翼圣堂本为"始便用梳"，今从芥子园本。

【译文】

善梳头不如善篦头，所谓篦，就是梳的老兄。头发里面没有灰尘，才能现出丝丝发缕，不然就是如毡的一片，分不清每绺头发的界限，这是帽子，而不是发髻，是退光黑漆的器皿，而不是乌云蟠绕的头。因此善于蓄养姬妾的人，应当用百钱买梳，用千钱购篦。篦子精细则头发精美，倘若在买篦子上稍微节俭，那么就会使得发损而头痛，篦不了几下就完了。篦得极其干净了，再用梳子梳。而梳子作为一种盥栉之物，则是越旧越精。"人惟求旧，物惟求新"。古语虽是这么说，但不是指梳子说的。搜求旧梳子而得不到，那么富贵人家就用象牙的，贫寒之家就用牛角的。新木做的梳子，乍用起来会搜根剔齿，非得用油浸泡十日，不可用。

　　古人呼髻为"蟠龙"。蟠龙者，髻之本体，非由妆饰而成。随手绾成①，皆作蟠龙之势，可见古人之妆，全用自然，毫无造作。然龙乃善变之物，发无一定之形，使其相传至今，物而不化，则龙非蟠龙，乃死龙矣；发非佳人之发，乃死人之发矣。无怪今人善变，变之诚是也。但其变之之形，只顾趋新，不求合理；只求变相，不顾失真。凡以彼物肖此物，必取其当然者肖之，必取其应有者肖之，又必取其形色相类者肖之，未有凭空捏造，任意为之而不顾者。古人呼发为"乌云"，呼髻为"蟠龙"者，以二物生于天上，宜乎在顶。发之缭绕似云，发之蟠曲似龙，而云之色有乌云，龙之色有乌龙。是色也、相也、情也、理也，事事相合，是以得名，非凭捏造，任意为之而不顾者也。窃怪今之所谓"牡丹头"、"荷花头"、"钵盂头"，种种新式，非不穷新极异，令人改观，然于当然应有、形色相类之义；则一无取焉。人之一身，手可生花，江淹之彩笔是也②；舌可生花，如来之广长是也③；头则未见其生花，生之自今日始。此言不当然而然也。发上虽有簪花之义，未有以头为花，而身为蒂者；钵盂乃盛饭之器，未有倒贮活人之首，而作覆盆之象者，此皆事所未闻，闻之自今日始。此言不应有而有也。群花之色，万紫千红，独不见其有黑。设立一妇人于此④，有人呼之为"黑牡丹"、"黑莲花"、"黑钵盂"者，此妇必艴然而怒⑤，怒而继之以骂矣。以不喜呼名之怪物，居然自肖其形，岂非绝不可解之事乎？吾谓美人所梳之髻，不妨日异月新，但须筹为理之所有。理之所有者，其象多端，然总莫妙于云龙二物。仍用其名而变更其实，则古制新裁，并行而不悖矣。勿谓止此二物，变来有限，须知普天下之物，取其千态万状，越变而越不穷者，无有过此二物者矣。龙虽善变，犹不过飞龙、游龙、伏龙、潜龙、戏珠龙、出海龙之数种。至于云之为物，顷刻数迁其位，须臾屡易其形，"千变万化"四字，犹为有定之称，其实云之变相，"千万"二字，犹不足以限量之也。若得聪明女子，日日仰观天象，既肖云而为髻，复肖髻而为云，即一日一更其式，犹不能尽其巧幻，毕其离奇，矧未必朝朝变相乎？若谓天高云远，视不分明，难于取法，则令画工绘出巧云数朵，以纸剪式，衬于发下，俟栉沐既成，而后去之，此简便易行之法也。云上尽可着色，或簪以时花，或饰以珠翠，幻作云端五彩，视之光怪陆离。但须位置得宜，使与云体相合，若其中应有此物者，勿露时花珠翠之本形，则尽善矣。肖龙之法：如欲作飞龙、游龙，则先以己发梳一光头于下，后以假髮制作龙形⑥，盘旋缭绕，覆于其上。务使离发少许，勿使相粘相贴，始不失飞龙、游龙之义；相粘相贴则是潜龙、伏龙矣。悬空之法，不过用铁线一二条，衬于不见之处，其龙爪之向下者，以发作线，缝于光发之上，则不动矣。戏珠龙法，以髮作小龙二条，缀于两旁，尾向后而首向前，前缀大珠一颗，近于龙嘴，名为"二龙戏珠"。出海龙亦照前式，但以假髮作波浪纹，缀于龙身空隙之处，皆易为之。是数法者，皆以云龙二物分体为之，是云自云而龙自龙也。予又谓云龙二物势不宜分，"云从龙，风从虎"⑦，《周易》业有成言，是当合而用之。同用一髲，同作一假，何不幻作云龙二物，使龙勿露全身，云亦勿作全朵，忽而见龙，忽而见云，令人无可测识，是美人之头，尽有盘旋飞舞之势，朝为行云，暮为行雨，不几两擅其绝，而为阳台神女之现身哉？噫，笠翁于此搜尽枯肠，为此髻者，不可不加尸祝。天年以后，倘得为神，则将往来绣阁之中，验其所制，果有裨于花容月貌否也。

【注释】

①绾（wǎn）：把头发盘绕起来打成结。

②江淹之彩笔：据说，南朝梁诗人江淹曾梦见神人授予彩笔，见《南史》卷五十九《江淹传》："（淹）又尝宿于冶亭，梦一丈夫自称郭璞，谓淹曰：'吾有笔在卿处多年，可以见还。'淹乃探怀中得五色笔一以授之。尔后为诗绝无美句，时人谓之才尽。"

③如来之广长：意思是善于言辞。据《法华经》说，如来佛"现大神力，出广长舌，上至梵世"。

④一：芥子园本作"之"，翼圣堂本、《中国文学珍本丛书》本作"一"，是。

⑤艴（fú）然：生气的样子。

⑥髲（bì）：假发。

⑦云从龙，风从虎：意思是云从龙而起，风由虎而生。语出《周易·乾卦》。

【译文】

古人称发髻为"蟠龙"。所谓蟠龙，是发髻的本来样子，不是由妆饰而成的。随手一绾，就都成了蟠龙的势态，可见古人梳妆，全凭自然，毫不造作。然而龙是善变之物，头发也没有一定之形，假使它们流传到今天，毫无变化，那么龙就不是蟠龙，而是死龙了；头发也不是美人之发，而是死人的头发了。无怪乎今人善于变化，而善于变化是非常对的。但现在的问题是变化它的形状，只顾赶时新，不求合物理；只求变化相貌，不顾及它是否失真。凡是用那个东西仿效这个东西，必须取它当然的样子仿效，必须取它应有的样子仿效，还必须取它们形色相类的样子仿效，没有凭空捏造，任意仿效而不顾其他的。古人称头发为"乌云"，称发髻为"蟠龙"，是因为这两件东西生于天上，适宜于头顶。头发的缭绕似云，头发的蟠曲似龙，而云的颜色有乌云，龙的颜色有乌龙。这里的色、相、情，事事都相切合，因此给它这个名字，并非凭空捏造、任意而为而不顾其他。我奇怪今天的所谓"牡丹头"、"荷花头"、"钵盂头"，种种新样式，并非不穷新极异，令人改换新观，然而对于须取事物当然的样子、应有的样子和形色相类的样子来仿效等等几层意思，则一点儿也没有顾及。人的一身，手可以生花，江淹的彩笔就是；舌可以生花，如来的广长舌就是；头则没有见过它生花，生花自今日开始。这是说它没有按照事物当然的样子仿效。头发上虽然可以簪花，但没有以头为花而身为蒂的；钵盂乃是盛饭的器物，没有倒贮活人之头而作覆盆之象的，这些都闻所未闻，自今日开始听说它。这是说它没有按照事物应有的样子仿效。群花的颜色，万紫千红，唯独不见有黑色。假设有一妇人站在这里，有人称她为"黑牡丹"、"黑莲花"、"黑钵盂"，这位妇人必将艴然而怒，接着就是骂。人们不喜欢称名的怪物，居然还要仿效它的形状，岂不是绝对不可理解的事情吗？我认为，美人所梳的发髻，不妨日异月新，但须考虑它应该符合事物固有的情理。情理所固有的事物，形象多种多样，然而总的说没有比云龙二物更妙的。假如仍然袭用其名而变更其实，那么古代的体制而时新的花样，二者可以并行而不悖。不要说仅仅云龙两样东西会限制发型的变化，须知普天下的事物，若取其千态万状而越变越不可穷尽的，没有超过这两样东西的。龙虽善于变化，还不过是飞龙、游龙、伏龙、潜龙、戏珠龙、出海龙等数种。至于云这个东西,顷刻之间就会数次变化它的位置,须臾之时就会屡屡变幻它的形状,"千变万化"四字,还是有定量的称呼,其实云的变相,"千万"两个字,还不足以形容它。若有一个聪明女子,天天仰观天象,既仿效云而为发髻,又仿效发髻而为云,就是一天更换一种发式,也还不能穷尽其巧幻,终结其离奇,何况未必天天变换发型呢? 若说天高云远,看不分明,难于仿效,那就叫画工描绘出数朵巧云,剪出纸样,衬在头发下面,等梳洗完毕,然后去掉它,这是简便易行的方法。云状的发型上尽可着色,或者插上时新之花,或者戴上珠翠,幻化云端的五彩之色,看起来光怪陆离。但须位置适当,使它与云体相符合,仿佛是其中应有之物,不要露出时花珠翠的本形,那就非常完善了。仿效龙的方法:如想作飞龙、游龙,那么先将自己的头发梳成一个光平的头作底,然后用假发制作成龙形,盘旋缭绕,覆盖在上面。务必使它离开头发一点,不要使它们相粘相贴,这才不失飞龙、游龙之义;若相粘相贴,则是潜龙、伏龙了。悬空的方法,不过是用一二根铁线,衬在人看不到的地方,将那向下的龙爪,以头发做线,缝在光平的头发之上,就固定了。做戏珠龙的方法,是用假发做成两条小龙,缀于头发两旁,尾向后而头向前,前面缀上一颗大珠,靠近龙嘴,名为"二龙戏珠"。出海龙发型也照前面的式样,只是把假髮做成波浪纹,缀于龙身的空隙之处,这都容易做。这几种方法,都是用云龙两件东西分体制作,这样就使得云是云而龙是龙了。我又认为云龙两件东西势不宜分,"云从龙,风从虎",这是《周易》说过的话,因此应当将它们合起来运用。同样使用一个假髮,同是制作一个假发,为何不变幻出云龙两个东西,使龙不要露出全身,云也不要做成全朵,忽而见龙,忽而见云,令人无法猜测,这样,美人的头发,尽有盘旋飞舞之势,朝为行云,暮为行雨,这不是云龙二者两擅其绝、好像是阳台神女现身了吗? 唉,我李笠翁在这里搜尽枯肠,梳这种发髻的人,不可不向我祝拜。我死之后,倘若成为神仙,将会往来于闺阁绣房之中,检验美女们所梳的发型,是否真有益于其花容月貌。

薰陶

【题解】

　　"薰陶"款,是谈如何给人嗅觉(气味)上的美感。每人都会有每人的气味,个别人甚至会有某种异味,其他人闻起来会感到不舒服的。去掉异味,给人嗅觉上一种舒服感,这也是人际交往中的一种礼貌。但李渔在这里所讲的,是从男子中心主义出发对美女的"享用",这在今天看来就十分腐朽了。

　　名花美女,气味相同,有国色者,必有天香。天香结自胞胎,非由薰染,佳人身上实实有此一种,非饰美之词也。此种香气,亦有姿貌不甚娇艳,而能偶擅其奇者。总之,一有此种,即是夭折摧残之兆,红颜薄命未有捷于此者。有国色而有天香,与无国色而有天香,皆是千中遇一,其余则薰染之力不可少也。其力维何? 富贵之家,则需花露。花露者,摘取花瓣入甑①,酝酿而成者也。蔷薇最上,群花次之。然用不须多,每于盥浴之后,挹取数匙入掌,拭体拍面而匀之。此香此味,妙在似花非花,是露非露,有其芬芳,而无其气息,是以为佳,不似他种香气,或速或沉,是兰是桂,一嗅即知者也。其次则用香皂浴身,香茶沁口②,皆是闺中应有之事。皂之为物,亦有一种神奇,人身偶染秽物,或偶沾秽气,用此一擦,则去尽无遗。由此推之,即以百和奇香拌入此中,未有不与垢秽并除,混入水中而不见者矣;乃独去秽而存香,似有攻邪不攻正之别。皂之佳者,一浴之后,香气经日不散,岂非天造地设,以供修容饰体之用者乎?香皂以江南六合县出者为第一③,但价值稍昂,又恐远不能致,多则浴体,少则止以浴面,亦权宜丰俭之策也。至于香茶沁口,费亦不多,世人但知其贵,不知每日所需,不过指大一片,重止毫厘,裂成数块,每于饭后及临睡时以少许润舌,则满吻皆香,多则味苦,而反成药气矣。凡此所言,皆人所共知,予特申明其说,以见美人之香不可使之或无耳。别有一种,为值更廉,世人食而但甘其味,嗅而不辨其香者,请揭出言之:果中荔子,虽出人间,实与交梨、火枣无别④,其色国色,其香天香,乃果中尤物也。予游闽粤,幸得饱啖而归⑤,庶不虚生此口,但恨造物有私,不令四方皆出。陈不如鲜,夫人而知之矣。殊不知荔之陈者,香气未尝尽没,乃与橄榄同功,其好处却在回味时耳。佳人就寝,止啖一枚,则口脂之香,可以竟夕⑥,多则甜而腻矣。须择道地者用之,枫亭是其选也⑦。人问:沁口之香,为美人设乎?为伴美人者设乎?予曰:伴者居多。若论美人,则五官四体皆为人设,奚止口内之香。

【注释】

①甑(zèng):古代的一种瓦器,用以贮物或做饭。

②香茶:用茶叶、香料和中药制成,用以除口中臭味。

③江南六合县:六合县,在江苏南京北部,长江以北。李渔所说"江南"不知何指。

④交梨、火枣:南朝梁陶弘景《真诰》二:"玉醴金浆、交梨火枣,此则腾飞之药,不比于金丹也。"

　　⑤啖(dàn)：吃。

　　⑥竟夕：一整夜。竟，从头到尾。

　　⑦枫亭：地名，在福建莆田、仙游之间。

【译文】

　　名花与美女，二者气味相同，有国色，就必有天香。天香在胞胎之中就形成了，并非由后天的熏染，美人身上实实在在有这种天香，不是饰美之词。这种香气，也有姿色不怎么娇艳，而能偶尔获得它的。总之，一有这种香气，就是夭折摧残的征兆，所谓红颜薄命，没有比这更快捷的。有国色而有天香，与无国色而有天香，都是千不逢一、非常难得，其余的，那熏染之力就不可缺少了。那熏染之力是什么？富贵之家，则需要花露。所谓花露，就是摘取花瓣放入罐中，酝酿而成的。花露中，最上等的是蔷薇，其次是群花。但是使用花露时不须多，每次盥浴之后，挹取几匙放在手掌里，擦拭身体、拍揉脸面而使之均匀。这种香味，妙在似花非花，是露非露，有它的芬芳，而无其气息，因此最好，不像其他香气，或速发或沉实，是兰花是桂花，一闻就知道。其次是用香皂沐浴身体，用香茶沁口，这都是闺阁之中应有之事。香皂这种东西，也有一种神奇作用，人身上偶尔染上脏物，或偶尔沾上臭气，用它一擦，就全都去掉了。由此推想，拿多种花的奇香拌在这里面，没有不与污垢臭味一起洗除，混入水中而不见痕迹的；它可以除去污秽而只保存香味，好像有攻邪不攻正的区别。好的香皂，洗浴之后，香气整天不散，难道不是天造地设之物，专供修容饰体的美人用的吗？香皂以江南六合县生产的为第一，但是价钱昂贵一点儿，又怕离得远不容易弄到，因此，若这种香皂多则用来洗浴身体，少则只用来洗脸，这也是视其多少而采取的权宜之策。至于用香茶沁口，花费也并不多，人们只知香茶昂贵，不知每天所需要的，不过是指甲大的一片，只有毫厘之重，把它瓣成几块，每次饭后以及临睡的时候用一小块儿润舌，就满口皆香，含多了，则味苦，反而成了药味了。这里所说的，全是人们都知道的，我之所以特别申说,是要见证美人之香不可缺少的道理。另有一种,价钱更便宜,人们吃了只知其味道甘甜,若闻却辨不出它的香味,请让我揭示出来:水果中的荔枝,虽然出自人间,实在是与道教所说的交梨、火枣等仙药没有差别,它的色是国色,它的香是天香,乃是水果中的尤物。我游历闽粤,有幸得以饱尝而归,这才不白白长了这张嘴,只恨老天爷有私心,不让东南西北各地都出产。荔枝陈不如鲜,人们都知道。殊不知陈的荔枝,其香气并未全部丧失,与橄榄具有同样的功效,它的好处是在回味的时候。美人就寝,只吃一颗,那她嘴里的香味,可以保持整夜,若吃多了就甜得发腻了。须选择地道的荔枝享用,枫亭这个地方出产的荔枝是首选。有人问:沁口之香,专为美人而设吗? 还是为陪伴美人的人而设的呢? 我说:为陪伴者居多。若说到美人,她的五官四体都是为人而设的,哪里只是她口内之香。

点染

【题解】

通常一说到修容或者化妆,立刻会想到在面部涂脂、搽粉、点口红等,这就是李渔在"点染"款中所说的内容。我国古代女子之讲究"点染",也达到了十分精细的程度。光脸面和眉的画法,即不同的妆型和眉型,就数不胜数。有所谓"晓霞妆"、"梅花妆"、"泪妆"、"醉妆"、"啼妆"、"额妆"、"眉妆"、"面妆"、"酒晕妆"、"桃花妆"、"飞霞妆"、"半面妆"、"瘢如妆"等等,不一而足。眉型也很多。据说,"秦始皇宫人悉红妆翠眉";汉武帝时有所谓"连头眉";《西京杂记》中说"文君姣好,眉色如望远山,时人效之,画远山眉";东汉桓帝时,京都妇女作"愁眉";唐明皇时女人眉型有十种之多,如"鸳鸯眉"、"小山眉"、"五岳眉"、"三峰眉"、"月棱眉"、"分梢眉"、"涵烟眉"、"拂云眉"、"倒晕眉"等等。另从唐代诗人朱庆馀绝句《闺意献张水部》用汉代张敞为妻画眉的故事而写的诗句:"妆罢低声问夫婿,画眉深浅入时无?"可以看出当时女子画眉情况之一斑。

　　"却嫌脂粉污颜色,淡扫蛾眉朝至尊"①。此唐人妙句也。今世讳言脂粉,动称污人之物,有满面是粉而云粉不上面、遍唇皆脂而曰脂不沾唇者,皆信唐诗太过,而欲以虢国夫人自居者也②。噫,脂粉焉能污人,人自污耳。人谓脂、粉二物,原为中材而设,美色可以不需。予曰:不然。惟美色可施脂粉,其余似可不设。何也?二物颇带世情,大有趋炎附热之态,美者用之愈增其美,陋者加之更益其陋。使以绝代佳人而微施粉泽,略染猩红,有不增娇益媚者乎?使以媸颜陋妇而丹铅其面,粉藻其姿,有不惊人骇众者乎?询其所以然之故,则以白者可使再白,黑者难使遽白;黑上加之以白,是欲故显其黑,而以白物相形之也。试以一墨一粉,先分二处,后合一处而观之,其分处之时,黑自黑而白自白,虽云各别其性,未甚相仇也;迨其合处,遂觉黑不自安,而白欲求去。相形相碍,难以一朝居者,以天下之物,相类者可使同居,即不相类而相似者,亦可使之同居,至于非但不相类、不相似,而且相反之物,则断断勿使同居,同居必为难矣。此言粉之不可混施也。脂则不然,面白者可用,面黑者亦可用。但脂、粉二物,其势相依,面上有粉而唇上涂脂,则其色灿然可爱,倘面无粉泽而止丹其唇,非但红色不显,且能使面上之黑色变而为紫,以紫之为色,非系天生,乃红黑二色合而成之者也。黑一见红,若逢故物,不求合而自合,精光相射,不觉紫气东来,使乘老子青牛③,竟有五色灿然之瑞矣。若是，则脂、粉二物，竟与若辈无缘，终身可不用矣。何以世间女子人人不舍，刻刻相需，而人亦未尝以脂粉多施，摈而不纳者？曰：不然。予所论者，乃面色最黑之人，所谓不相类、不相似，而且相反者也。若介在黑白之间，则相类而相似矣，既相类而相似，有何不可同居？但须施之有法，使浓淡得宜，则二物争效其灵矣。从来傅粉之面，止耐远观，难于近视，以其不能匀也。画士着色，用胶始匀，无胶则研杀不合。人面非同纸绢，万无用胶之理，此其所以不匀也。有法焉：请以一次分为二次，自淡而浓，由薄而厚，则可保无是患矣。请以他事喻之。砖匠以石灰粉壁，必先上粗灰一次，后上细灰一次；先上不到之处，后上者补之；后上偶遗之处，又有先上者衬之，是以厚薄相均，泯然无迹。使以二次所上之灰，并为一次，则非但拙匠难匀，巧者亦不能遍及矣。粉壁且然，况粉面乎？今以一次所傅之粉，分为二次傅之，先傅一次，俟其稍干，然后再傅第二次，则浓者淡而淡者浓，虽出无心，自能巧合，远观近视，无不宜矣。此法不但能匀，且能变换肌肤，使黑者渐白。何也？染匠之于布帛，无不由浅而深，其在深浅之间者，则非浅非深，另有一色，即如文字之有过文也。如欲染紫，必先使白变红，再使红变为紫，红即白、紫之过文，未有由白竟紫者也。如欲染青，必使白变为蓝，再使蓝变为青，蓝即白、青之过文，未有由白竟青者也。如妇人面容稍黑，欲使竟变为白，其势实难。今以薄粉先匀一次，是其面上之色已在黑白之间，非若曩时之纯黑矣[④]；再上一次，是使淡白变为深白，非使纯黑变为全白也，难易之势，不大相径庭哉？由此推之，则二次可广为三，深黑可同于浅，人间世上，无不可用粉匀面之妇人矣。此理不待验而始明，凡读是编者，批阅至此，即知湖上笠翁原非蠢物，不止为风雅功臣，亦可谓红裙知己。初论面容黑白，未免立说过严。非过严也，使知受病实深，而后知德医人，果有起死回生之力也。舍此更有二说，皆浅乎此者，然亦不可不知；匀面必须匀项，否则前白后黑，有如戏场之鬼脸；匀面必记掠眉，否则霜花覆眼，几类春生之社婆⑤。至于点唇之法，又与匀面相反，一点即成，始类樱桃之体；若陆续增添，二三其手，即有长短宽窄之痕，是为成串樱桃，非一粒也。

【注释】

①却嫌脂粉污颜色，淡扫蛾眉朝至尊：见唐代诗人杜甫《虢国夫人》诗句，第一句原诗为"却嫌脂粉浣颜色"；又有人说此诗乃张祜所作，见张祜《集灵台二首》之一（见洪迈《万首唐人绝句》）。

②虢（guó）国夫人：杨贵妃之三姐，原嫁裴氏，后得唐明皇宠幸。

③紫气东来，使乘老子青牛：汉刘向《列仙传》："老子西游，关令尹喜望见有紫气浮关，而老子果乘青牛而过也。"

④囊（nǎng）时：从前，过去。

⑤社婆：天生白头发、白眉毛的人，男人为社公，女人为社婆。或曰：古代春秋祭祀土地神时，装扮成白眉白发的土地婆。

【译文】

"却嫌脂粉污颜色，淡扫蛾眉朝至尊。"这是唐人的妙句。如今人们忌讳说脂粉，动不动就说它是污染人的东西，有满脸是粉而说粉不上脸、遍唇皆脂而说脂不沾唇的，都是过分相信唐诗，而想以虢国夫人自居的人。唉，脂粉哪能污染人，人自己污染自己罢了。有人说脂、粉这两件东西，原是为中等姿色的人而设的，美色可以不需要。我说：不然。唯有美色可施脂粉，其余似乎可以不要。为什么？脂、粉二物颇带世态人情，大有趋炎附热的态势，美人用了它愈增其美，丑妇用了它更加丑陋。假如让绝代佳人而稍微施加粉泽，略微点染胭脂，能不增娇益媚吗？倘若让丑颜陋妇涂脂抹粉，描眉画眼，能不让众人惊吓一跳吗？若问这是为什么，那是因为它可以使白的更加白，黑的却难以一下子变白；而黑上加白，等于是要故意显得它黑，而用白把黑衬托出来。试把一块黑墨一盒白粉，先分在两个地方，然后合在一处观看，当它们分在两处的时候，黑自黑而白自白，虽说黑白分明，但没有觉得它们如仇敌般互相排斥；等把它们合在一处，于是觉得黑得不是滋味，而白也想赶快离去。两相对照，彼此妨碍，难以一朝共居因为天下的事物，同类的可以使它们同居，即使不同类而相似的，也可以使它们共处，至于那些不但不相类、不相似，而且相反的东西，则断断不可使它们同居，若同居必会惹祸。这是说的粉不可以混杂涂抹。胭脂则不然，面色白的可用，面色黑的也可用。但脂与粉这两样东西，相互依存，脸上有粉而唇上涂脂，那么她的颜色灿然可爱，倘若脸上没粉而只在唇上点胭脂，不但红色显不出来，而且能使脸上的黑色变成紫色，因为紫作为一种颜色，不是天然的，而是红与黑两种颜色相合而成的。黑色一遇见红色，好像碰到老友，不让它们相合而它们自然而然合在一起，二者精光相射，不觉紫气东来，假使乘坐老子的青牛，竟然会有五色灿然的瑞光出现呢。如果是这样，那么脂与粉两个东西，竟与这类人无缘，终身可不施用。为什么世间的女子人人舍不得这两样东西，时时刻刻需要它们，而人们也未尝因为多用了脂粉，而摈弃不接纳她们呢？我说：不然。我所说的，乃是面色最黑的人，所谓不相类、不相似，而且相反的那种。若是介于黑白之间，那就是相类或相似了，既然相类或相似，有什么不可同居的呢？但必须施用脂粉有法，使得浓淡得宜，这样两样东西就能竞相发挥它们的效用了。从来在脸上傅粉，只耐远观，不宜于近看，因为它很难抹匀。画家上色,用胶调和才能均匀,若没有胶,研磨得再好也调不匀。人的脸面不同于纸绢,万万没有用胶的道理,这是不匀的原因。抹均是有方法的:请把一次分为二次,自淡而浓,由薄到厚,那就可以保证没有这个毛病了。请让我用其他事情作比喻。泥瓦匠以石灰粉刷墙壁,必先上一次粗灰,然后上一次细灰;先前那次上不到的地方,后来那次加以泥补;后来那次偶有遗漏,又有先前那次给以衬垫,这样厚薄相均,泯然一体毫无痕迹。假使把两次所上之灰,并为一次,那么不但笨拙的匠人难以调匀,巧匠也不能把所有地方都顾及周全。粉刷墙壁尚且如此,何况是在脸上傅粉呢?现在把一次所傅之粉,分为二次来傅,先傅一次,等它稍干,然后再傅第二次,那么浓者淡而淡者浓,虽然这样做是出于无心,但它自然而然能够巧妙调和无痕,远观近视,无不适宜。这个方法不但能够均匀,而且能够变换肌肤,使黑的渐渐变白。为什么?染匠在染布帛时,无不由浅而深,那在深浅之间的,则是非浅非深,另有一种颜色出现,就如同写文章而有过文。如想染成紫色,必先使白色变为红色,再使红色变为紫色,红色就是白色、紫色的过渡色彩,没有那种由白色直接染成紫色的染匠。如想染成青色,必须使白色变为蓝色,再使蓝色变为青色,蓝色即白色、青色的过渡色彩,没有那种由白色直接染成青色的染匠。如果妇人面容稍黑,想使她直接变为白,势必很困难。现在用薄粉先在她脸上匀一次,这样她脸上的颜色已在黑白之间,而不是以前那样纯黑了;再上一次粉,使得淡白变为深白,这就不是让纯黑直接变为全白了,两相比较,难易的情势,不是大相径庭吗?由此推论,那么二次可以推广为三次,深黑可以等同于浅黑了,人间世上,没有不可以用粉匀面的妇人了。这个道理不待验证而自明,凡是阅读这一编的人,看到这里,就知道湖上笠翁原非蠹物,不只是风雅功臣,也可称得上红裙知己。开始讨论面容黑白时,未免建立法度过严。其实不是过严,而是要使人们知道受病实在太深,而后感恩我这个医生,知道我果然有起死回生的力量。此外还有两种说法,都较浅显,但也不可不知:

匀脸时必须连脖子一起匀，否则，前面白后面黑，就像戏场上的鬼脸；匀面必须记住掠过眉毛，否则，霜花覆盖在眼睛上，好似春天祭祀土地神时白眉白发的社婆。至于点唇的方法，又要与匀面相反，一点即成，才合于樱桃小口的体式；假若陆续增添，二次三次地点染，就会有长短宽窄的痕迹，这就变为成串的樱桃，而不是一粒了。

治服第三　计三款

【题解】

《治服第三》三款"首饰"、"衣衫"、"鞋袜"谈首饰美和服装美，这是《闲情偶寄·声容部》中最精彩的部分之一。在正文之前的这段小序中，李渔谈了一个十分重要的问题，即服装的文化内涵。人的衣着绝非简单的遮体避寒，而是一种深刻的文化现象。李渔通过对"衣以章身"四个字的解读，相当精彩地揭示了三百年前人们所能解读出来的服装的文化内容。李渔说："章者，著也，非文采彰明之谓也。身非形体之身，乃智愚贤不肖之实备于躬，犹'富润屋，德润身'之身也。"这就是说，"衣以章身"是说衣服的穿着不只是或主要不是生理学意义上的遮蔽人的肉体从而起防护、避寒的作用，而是主要表现了人的精神意义、文化蕴涵、道德风貌、身份做派，即所谓"智"、"愚"、"贤"、"不肖"，"富"、"贵"、"贫"、"贱"，"有德有行"、"无品无才"等等。服装作为一种文化现象，随人类的进步和社会的发展而不断发展变化。从新石器时代的"贯头衣"，秦汉的"深衣"，魏晋的九品官服，隋唐民间的"半臂"，宋代民间的"孝装"，辽、西夏、金的"胡服"，明代民间的"马甲"和钦定的"素粉平定巾"、"六合一统帽"，清代长袍外褂当胸加补子的官服，等等，有一个历史过程，从中可以看出不同时代丰富多彩的文化信息。然而三百多年以前李渔对衣服有那样深刻的理解，实在令人钦佩。

古云："三世长者知被服，五世长者知饮食。"俗云："三代为宦，着衣吃饭。"古语今词，不谋而合，可见衣食二事之难也。饮食载于他卷，兹不具论，请言被服一事。寒贱之家，自羞褴褛，动以无钱置服为词，谓一朝发迹，男可翩翩裘马，妇则楚楚衣裳。孰知衣衫之附于人身，亦犹人身之附于其地。人与地习，久始相安，以极奢极美之服，而骤加俭朴之躯，则衣衫亦类生人，常有不服水土之患。宽者似窄，短者疑长，手欲出而袖使之藏，项宜伸而领为之曲，物不随人指使，遂如桎梏其身。"沐猴而冠"为人指笑者[①]，非沐猴不可着冠，以其着之不惯，头与冠不相称也。此犹粗浅之论，未及精微。"衣以章身"，请晰其解。章者，著也，非文采彰明之谓也。身非形体之身，乃智愚贤不肖之实备于躬，犹"富润屋，德润身"之身也[②]。同一衣也，富者服之章其富，贫者服之益章其贫；贵者服之章其贵，贱者服之益章其贱。有德有行之贤者，与无品无才之不肖者，其为章身也亦然。设有一大富长者于此，衣百结之衣，履踵决之履[③]，一种丰腴气象，自能跃出衣履之外，不问而知为长者。是敝服垢衣，亦能章人之富，况罗绮而文绣者乎？丐夫菜佣窃得美服而被焉，往往因之得祸，以服能章贫，不必定为短褐，有时亦在长裾耳。"富润屋，德润身"之解，亦复如是。富人所处之屋，不必尽为画栋雕梁，即居茅舍数椽，而过其门、入其室者，常见荜门圭窦之间[④]，自有一种旺气，所谓"润"也。公卿将相之后，子孙式微，所居门第未尝稍改，而经其地者，觉有冷气侵入，此家门枯槁之过，润之无其人也。从来读《大学》者，未得其解，释以雕镂粉藻之义。果如其言，则富人舍其旧居、另觅新居而加以雕镂粉藻；则有德之人亦将弃其旧身，另易新身而后谓之心广体胖乎？甚矣，读书之难，而章句训诂之学非易事也。予尝以此论见之说部，今复叙入《闲情》。噫，此等诠解，岂好闲情、作小说者所能道哉？偶寄云尔。

【注释】

①沐猴而冠：本指猕猴戴帽子装成人的样子。比喻徒有其表装扮得像个人物，而实际并不像。《史记·项羽本纪》："说者曰：'人言楚人沐猴而冠耳，果然。'项王闻之，烹说者。"

②富润屋，德润身：富庶可以光泽房屋，德行可以滋润身体。语出《礼记·大学》。润，泽，使之有光泽。

③踵（zhǒng）决：踵，脚后跟。决，溃，破。《庄子·让王》："捉衿而肘见，纳履而踵决。"

④荜（bì）门圭（guī）窦：荜门，篱笆门。圭窦，小洞。圭是古代容量单位，一升的十万分之一。《左传·襄公十年》："荜门圭窦之人，而皆陵其上。"

【译文】

古语称："三世长者知被服，五世长者知饮食。"俗话说："三代为官，着衣吃饭。"古语今词，不谋而合，可见衣食这两件事之难。饮食在别的篇章另外论述，这里不说，请让我说说穿着衣服这一件事。寒贱之家，以衣衫褴褛为羞，动不动就说无钱添置衣服，说有朝一日我们家发迹了，男子可骑骏马衣轻裘风姿翩翩，妇女则衣衫华美、楚楚动人。哪里知道衣衫穿在人身上，也如同人身之附着在生养他的地方一样。人在他生活的这个地方待久了，水土相服而相安，假如把极其奢美的衣服，突然间让俭朴的人穿在身上，那么衣衫也认生，常有不服水土的毛病。宽的似乎窄，短的疑心长，手想伸出来而袄袖偏让它藏着，脖子应该伸直而衣领偏叫它扭曲，东西不随人指使，好像身上加上了枷锁。"沐猴而冠"之所以被人指笑，不是沐猴不可以戴帽子，而是因为它戴着不习惯，头与帽子不相称。这还是粗浅之论，未触及精微之处。请让我解析

"衣以章身"这句话。所谓"章",就是彰显,而不是说"文采彰明"。"身",不是说的肉体之身,而是说实际上在它上面负载着智愚贤不肖等等文化内涵,犹如"富润屋,德润身"的"身"。同一件衣服,富者穿上彰显他的富,贫者穿上更加显出他的贫;贵者穿上彰显他的贵,贱者穿上更加显出他的贱。对于德行高尚的贤者与无德无才的不肖者,"衣以章身"这句话中"章身"意思,也一样。假设有一个大富翁老先生在这里,身着补丁加补丁的破衣服,足穿露脚后跟的鞋子,然而一种丰腴气象,自能跃出衣服鞋子之外,不用问而知道他是一位富贵长者。这是说破衣敝服,也能彰显人的富贵,何况他穿绫罗锦缎而绣花的衣服呢?乞丐、佣人偷了美服穿在身上,往往因此而得祸,因为衣服能表现其贫贱,不必非得穿短衣粗麻,有时穿长袍大褂也能露出他的贫贱。对"富润屋,德润身"这句话的理解,也是如此。富人所住之屋,不必都是画栋雕梁,即使住在几间茅草房里,而过其门、入其室的人,常常能够在柴门破屋之间,表现出一种旺气,这就是所谓"润"的意思。公卿将相的后人,子孙家业败落,所居住的门第宅院没有什么改变,而经过那个地方的人,会觉得有一股冷气袭来,这是因为他家门衰败,再无人去滋润其家了。从来读《大学》的人,没有把"富润屋,德润身"这句话解析清楚,以雕镂粉藻之义注释它。如果真像他注释的那样,那么富人舍其旧居、另寻新居而加以雕镂粉藻;有德之人也抛却旧身、另换新身之后就可说心广体胖吗?厉害呀,读书之难,而章句训诂之学确实不是件容易的事啊。我曾把这些话写进小说,现在又把它放到《闲情偶寄》里了。唉,这样的诠解,岂是好闲情、作小说的人所能说出来的?偶寄而已。

首饰

【题解】

首饰,顾名思义,就是戴在人头上的装饰物。李渔专列一款阐述首饰的审美价值以及首饰佩戴的美学原则。人(尤其是女人)为什么要佩戴首饰？李渔以四个字概括之："增娇益媚。"如果仅仅看重首饰的经济价值，满头都是价值连城的珠宝、金银，并以此来夸富，那就走入了误区。李渔批评了首饰佩戴中那种"满头翡翠，环鬓金珠，但见金而不见人"的现象，提出要"以珠翠宝玉饰人"，而不是"以人饰珠翠宝玉"，用今天的话来说，就是突出人的主体性。李渔还总结了首饰佩戴的一些形式美的规律。如，首饰的颜色应该同人的面色及头发的颜色相配合，或对比，或协调，以达到最佳审美效果。如为了突出头发的黑色，簪子的颜色"宜浅不宜深"；首饰的大小要适宜，形制要精当，使人看起来舒适娱目；首饰的佩戴要同周围环境和文化氛围相协调，等等。此外，李渔还提出首饰的形制"宜结实自然，不宜玲珑雕琢"，以佩戴起来"自然合宜"为上。假如方便，女子能够随季节的变化，根据"自然合宜"的原则，摘取时花数朵，随心插戴，也是很美、很惬意的事情。

　　首饰在中国起源很早，有的说，"古者，女子臻木为笄以约发，居丧以桑木为笄，皆长尺有二寸。沿至夏后，以铜为笄"，"钗者，古笄之遗像也"。后来，逐渐发展到用金、银、珠宝、犀角、玳瑁等贵重材料制作名目繁多、形状各异的钗、簪、耳坠、步摇、花胜（首饰名）、掩鬓（插于鬓角的片状饰物）等首饰。还有的用翠鸟翅及尾作首饰，用色如赤金的金龟虫作首饰。首饰本来是人的增娇益媚的头上饰物，但在等级森严的封建社会里，首饰的佩戴也成为一个人贵贱高低的标志。如《晋令》中说："妇人三品以上得服爵钗。"又说："女奴不得服银钗。"另，《晋书·舆服志》中说："贵人太平髻，七钿；公主、夫人五钿；世妇三钿。"《明会典》中说："命妇首饰：一品金簪，五品镀金银簪，八品银间镀金簪。"

　　珠翠宝玉，妇人饰发之具也，然增娇益媚者以此，损娇掩媚者亦以此。所谓增娇益媚者，或是面容欠白，或是发色带黄，有此等奇珍异宝覆于其上，则光芒四射，能令肌发改观，与玉蕴于山而山灵、珠藏于泽而泽媚同一理也。若使肌白发黑之佳人满头翡翠、环鬓金珠,但见金而不见人,犹之花藏叶底,月在云中,是尽可出头露面之人,而故作藏头盖面之事。巨眼者见之,犹能略迹求真,谓其美丽当不止此,使去粉饰而全露天真,还不知如何妩媚;使遇皮相之流,止谈妆饰之离奇,不及姿容之窈窕,是以人饰珠翠宝玉,非以珠翠宝玉饰人也。故女子一生,戴珠顶翠之事,止可一月,万勿多时。所谓一月者,自作新妇于归之日始,至满月卸妆之日止。只此一月,亦是无可奈何。父母置办一场,翁姑婚娶一次,非此艳妆盛饰,不足以慰其心。过此以往,则当去桎梏而谢羁囚,终身不修苦行矣。一簪一珥,便可相伴一生。此二物者,则不可不求精善。富贵之家,无论多设金玉犀贝之属,各存其制,屡变其形,或数日一更,或一日一更,皆未尝不可。贫贱之家,力不能办金玉者,宁用骨角,勿用铜锡。骨角耐观,制之佳者,与犀贝无异,铜锡非止不雅,且能损发。簪珥之外,所当饰鬓者,莫妙于时花数朵,较之珠翠宝玉,非止雅俗判然,且亦生死迥别。《清平调》之首句云:"名花倾国两相欢[①]。"欢者,喜也,相欢者,彼既喜我,我亦喜彼之谓也。国色乃人中之花,名花乃花中之人,二物可称同调,正当晨夕与共者也。汉武云:"若得阿娇,贮之金屋[②]。"吾谓金屋可以不设,药栏花榭则断断应有,不可或无。富贵之家如得丽人,则当遍访名花,植于阃内[③],使之旦夕相亲,珠围翠绕之荣不足道也。晨起簪花,听其自择。喜红则红,爱紫则紫,随心插戴,自然合宜,所谓两相欢也。寒素之家,如得美妇,屋旁稍有隙地,亦当种树栽花,以备点缀云鬓之用。他事可俭，此事独不可俭。妇人青春有几，男子遇色为难。尽有公侯将相、富室大家，或苦缘分之悭④，或病中宫之妒⑤，欲亲美色而毕世不能。我何人斯，而擅有此乐，不得一二事娱悦其心，不得一二物妆点其貌，是为暴殄天物，犹倾精米洁饭于粪壤之中也。即使赤贫之家，卓锥无地⑥，欲艺时花而不能者，亦当乞诸名园，购之担上。即使日费几文钱，不过少饮一杯酒，既悦妇人之心，复娱男子之目，便宜不亦多乎？更有俭于此者，近日吴门所制像生花⑦，穷精极巧，与树头摘下者无异，纯用通草，每朵不过数文，可备月余之用。绒绢所制者，价常倍之，反不若此物之精雅，又能肖真。而时人所好，偏在彼而不在此，岂物不论美恶，止论贵贱乎？噫，相士用人者，亦复如此，奚止于物。

【注释】

①名花倾国两相欢：李白《清平调词》（其三）的首句。

②若得阿娇，贮之金屋：阿娇，汉武帝的姑表妹，汉武帝即位后立她为皇后。《汉武故事》说，汉武帝刘彻四岁封胶东王，他的姑姑长公主把他抱在膝上，问："儿欲得妇不？"胶东王曰："欲得妇。"长公主指其女曰："阿娇好不？"笑对曰："好，若得阿娇作妇，当作金屋贮之也。"于是，"金屋藏娇"成为一个成语。

③阃（kǔn）：门坎。

④悭（qiān）：吝啬。

⑤中宫：正室。

⑥卓：立。

⑦吴门：今江苏苏州。

【译文】

　　珠翠宝玉,妇人妆饰头发的东西,然而能够增娇益媚的是它们,可以损娇掩媚的也是它们。所谓增娇益媚的意思是指,或是面容欠白,或是发色带黄,有这样的奇珍异宝戴在上面,就会光芒四射,能叫肌肤头发改变面貌,与玉蕴于山而山灵、珠藏于泽而泽媚是同一个道理。倘若让那些肌肤白、头发黑的美人满头翡翠、环鬓金珠,只见金而不见人,犹如花藏在叶底、月藏在云中,这样就成了让尽可以出头露面的人,而故意做那些藏头盖面的事。独具慧眼的人看了,还能够略去表面求其真迹,说她的美丽应当不止如此,假使去掉粉饰而全露天真,还不知怎样的妩媚呢;然而,若遇上没有什么见识的人,只谈妆饰的离奇,不懂姿容的窈窕之美,那就是以人来妆饰珠翠宝玉,而不是以珠翠宝玉妆饰人了。所以女子的一生,戴珠顶翠的事,只可一个月,千万不要太长时间。所谓一月,是说自作新娘嫁过来那天起,到满月卸妆那天止。只这一个月,也是无可奈何。父母置办一场,公婆迎娶一番,若不艳妆盛饰,不足以抚慰他们的心。过了这段时间以后,就应当去掉桎梏而解除羁绊,终身不再修炼苦行了。一簪一珥,就可以相伴一生。簪与珥这两件东西,不可不讲求精善。富贵人家,不妨多备些金玉犀贝之类的簪、珥,各式各样,不断变换佩戴,或几天一换,或一天一换,都未尝不可。贫贱人家,财力所限不能置办金簪玉珥,宁可用骨角,而不要用铜锡。骨角簪珥耐看,制作得好,与犀贝簪珥没有差别,铜锡不只是不雅,而且能损伤头发。簪珥之外,可以妆饰鬓发的,没有比几朵鲜花更妙的了,鲜花较之珠翠宝玉,不仅雅与俗判然两样,而且鲜活与死板迥然有别。李白《清平调》之首句说:"名花倾国两相欢。"所谓欢,就是喜,相欢,说的是她既喜欢我,我也喜欢她。国色乃是人中之花,名花乃是花中之人,两者可称得上是同调,正可以朝夕与共。汉武帝说:"若得阿娇,贮之金屋。"我说金屋可以不造,药栏花榭则断断应当有,不可或缺。富贵人家如果得到佳人,就应当到处寻访名花,种植在院子里,使美人名花朝夕

相亲,相比之下珠围翠绕的荣耀就不值得说了。早晨起来头上插戴什
么鲜花,由她自己选择。喜欢红的就戴红花,喜欢紫的就戴紫花,随心
所欲,自然合宜,这就是所谓两相欢。贫寒人家如果娶到美妇,屋旁稍
有空闲之地,也应当种树栽花,以准备美妇插戴鲜花、点缀云鬟之用。
其他事情可以节俭,唯独此事不可节俭。妇人的青春能有多少时光,男
子得遇美色很难。许多公侯将相、富室大家的男子,有的苦于缘分薄,
有的害怕正室夫人嫉妒,想亲近美色而一辈子也做不到。我是何人,而
独享此乐,若不想出一两件事娱悦美妇之心,不拿出一两个物件妆饰美
妇的面貌,岂不是暴殄天物,如同把精米洁饭倒进粪土之中。即使赤贫
人家,足无立锥之地,连种鲜花也没有条件,也应当求助于名园,到卖花
担子上购买。即使每天花费几文钱,不过是少喝一杯酒而已,既愉悦了
妇人之心,又欢娱了男子之目,不也是很便宜的事吗?更有比这还要节
俭的法子,近来苏州制作的"像生花",极为精巧,与树上摘下来的鲜花
没有什么差别,完全用通草作成,每朵花不过几文钱,可戴一个多月。
用绒绢制作的,价钱贵一倍,反而不如通草的精雅,又能逼真。而时下
人们所好,偏偏在绒绢之花而不在通草之花,岂非物不论美丑而只论贵
贱吗?唉,挑人用人,也是如此,哪里只是对物。

　　吴门所制之花,花像生而叶不像生,户户皆然,殊不可
解。若去其假叶而以真者缀之,则因叶真而花益真矣。亦
是一法。

【译文】
　　苏州所制作的"像生花",花像生而叶子不像生,户户都是如此,真
不可理解。假若去掉它的假叶而以真叶缀在上面,那么就会因为叶真
而花就更加真了。这也是一种方法。

时花之色，白为上，黄次之，淡红次之，最忌大红，尤忌木红。玫瑰，花之最香者也，而色太艳，止宜压在鬈下，暗受其香，勿使花形全露，全露则类村妆，以村妇非红不爱也。

【译文】

鲜花的颜色，白色为上，黄色次之，淡红色又次之，最忌讳大红，尤其忌讳木红。玫瑰，是花之中最香的，而它的颜色太艳，只适宜压在发鬈之下，暗里享受它的香味儿。不要让它的花形全露出来，若全露出来则类同村妇之妆，因为村妇往往非红不爱。

花中之茉莉，舍插鬈之外，一无所用。可见天之生此，原为助妆而设，妆可少乎？珠兰亦然。珠兰之妙，十倍茉莉，但不能处处皆有，是一恨事。

【译文】

鲜花之中的茉莉，除了插在鬈角之外，一无所用。可见老天爷产生这种花，原是为了帮助化妆用的，化妆少得了吗？珠兰也是一样。珠兰之妙，超过茉莉十倍，但是它不能处处都有，是一件遗憾的事。

予前论鬈，欲人革去“牡丹头”、“荷花头”、“钵盂头”等怪形，而以假髮作云龙等式。客有过之者，谓：吾侪立法，当使天下去赝存真，奈何教人为伪？予曰：生今之世，行古之道，立言则善，谁其从之？不若因势利导，使之渐近自然。妇人之首，不能无饰，自昔为然矣，与其饰以珠翠宝玉，不若饰之以髮。髮虽云假，原是妇人头上之物，以此为饰，可谓还其固有,又无穷奢极靡之滥费,与崇尚时花,鄙黜珠玉,同一理也。予岂不能为高世之论哉?虑其无裨人情耳①。

【注释】

①裨(bì):益处。

【译文】

我在前面论发髻,要人们革除"牡丹头"、"荷花头"、"钵盂头"等怪形,而用假发作云龙等样式。有位客人来访,说:我们这些人建立法则,应当使天下去假存真,为何教人作伪?我说:生活在今天,施行古人之道,立论是好的,但谁肯听从呢?不如因势利导,使人渐近自然。妇人之头,不能没有妆饰,自古就是如此,与其以珠翠宝玉妆饰,不如以假发来妆饰。假发虽说是假的,但它原是妇人头上的东西,用它来妆饰,可说是还其固有的样子,而又没有穷奢极靡的浪费,这与崇尚鲜花、鄙黜珠玉,是同一个道理。难道我就不能高谈阔论吗?只是顾虑它无补于人情而已。

簪之为色,宜浅不宜深,欲形其发之黑也。玉为上,犀之近黄者、蜜蜡之近白者次之,金银又次之,玛瑙琥珀皆所不取。簪头取像于物,如龙头、凤头、如意头、兰花头之类是也。但宜结实自然,不宜玲珑雕斫;宜于发相依附,不得昂首而作跳跃之形。盖簪头所以压发,服帖为佳,悬空则谬矣。

【译文】

簪子的颜色,宜浅不宜深,为的是衬托出头发之黑。玉质的最好,其次是犀簪中近于黄色的、蜜蜡之近于白色的,再次是金簪银簪,而玛瑠琥珀所制的簪子都不要采取。簪头模仿物的形象,如龙头、凤头、如意头、兰花头之类等等。但是应该结实自然,不应该玲珑雕斫;应该与头发互相依附,不得使它翘起头来而作跳跃之状。因为簪头是用来压住头发的,以服帖为好,若悬空就错了。

　　饰耳之环,愈小愈佳,或珠一粒,或金银一点,此家常佩戴之物,俗名"丁香",肖其形也。若配盛妆艳服,不得不略大其形,但勿过丁香之一倍二倍。既当约小其形,复宜精雅其制,切忌为古时络索之样,时非元夕,何须耳上悬灯?若再饰以珠翠,则为福建之珠灯,丹阳之料丝灯矣。其为灯也犹可厌,况为耳上之环乎?

【译文】

　　妆饰耳朵的耳环,愈小愈好,或是珍珠一粒,或是金银一点,这是家常佩戴之物,俗名称为"丁香",因为它像丁香的形状。假若要与盛妆艳服相配,耳环不得不略大一点儿,但不要超过丁香的一倍二倍。既应当使耳环形状小,又要讲究其制作的精雅,切忌作成古时候络索的样子,又不是元夕,何须在耳朵上悬挂灯笼?若是再妆饰上珠翠,那就成为福建的珠灯、丹阳的料丝灯了。它作为灯已很可厌,何况作为耳上之环呢?

衣衫

【题解】

　　"衣衫"一款,谈服装之美。李渔提出了许多精彩的见解,如:衣服要"贵洁"、"贵雅",要"贵与貌相宜",与他(她)的面色、体态相称,"人有生成之面,面有相配之衣,衣有相配之色",各人必须找到自己的"与貌相宜"的衣服;不同的人,面色黑白不同,皮肤粗细各异,所以就不能穿同样颜色、同样质料的衣服。衣服要与人的性别、年龄、文化素养、内在气质、社会角色等等相宜,李渔特别提到衣服与"少长男妇"即性别、年龄的关系,与"智愚贤不肖"即文化素养和内在气质的关系,等等。要做到"与貌相宜",关键在于"相体裁衣",面色白的,衣色可深可浅;面色黑的,宜深不宜浅,浅则愈形其黑矣;皮肤细的,衣服可精可粗,皮肤糙的,则宜粗不宜精,精则愈形其糙矣。李渔还注意到衣服的审美与实用的关系。当谈到女子的裙子的时候,一方面他强调裙子"行走自如,无缠身碍足之患"的实用性;另一方面他又强调裙子"湘纹易动,无风亦似飘摇"的审美性。他还特别注意衣服的色彩美。在谈"青色之妙"时,他提出要运用色彩的组合原理和心理效应来创造服装美。例如,可以通过色彩的对比来创造美的效果:面色白的,穿青色衣服,愈显得白;年少的穿它,愈显年少。可以通过色彩的融合或调和来掩饰丑或削弱丑的强度:面色黑的人穿青色衣服则不觉其黑,年纪老的穿青色衣服也不觉其老。可以通过色彩的心理学原理来创造衣服的审美效果:青色是最富大众性和平民化的颜色,正是青色给人的这种心理感受,可以转换成服装美学上青色衣服的如下审美效应——贫贱者衣之,是为贫贱之本等,富贵者衣之,又觉脱去繁华之习但存雅素之风,亦未尝失其富贵之本来。此外,李渔还注意到衣服色彩的流变,他描述了从明万历末到清康熙初五六十年间衣服色彩变化的情况:先是由银红、桃红变为大红,月白变为蓝;过些年,则由大红变为紫,蓝变为石青;再过些年,石青与紫已经非常少见,男女老少都穿青色的衣服了。李渔的这段描述具有很高的史料价值,是我们研究古代服装色彩流变的重要参考资料。

妇人之衣,不贵精而贵洁,不贵丽而贵雅,不贵与家相称,而贵与貌相宜。绮罗文绣之服,被垢蒙尘,反不若布服之鲜美,所谓贵洁不贵精也。红紫深艳之色,违时失尚,反不若浅淡之合宜，所谓贵雅不贵丽也。贵人之妇，宜披文采，寒俭之家，当衣缟素，所谓与人相称也。然人有生成之面，面有相配之衣，衣有相配之色，皆一定而不可移者。今试取鲜衣一袭，令少妇数人先后服之，定有一二中看，一二不中看者，以其面色与衣色有相称、不相称之别，非衣有公私向背于其间也。使贵人之妇之面色，不宜文采而宜缟素，必欲去缟素而就文采，不几与面为仇乎？故曰不贵与家相称，而贵与面相宜。大约面色之最白最嫩，与体态之最轻盈者，斯无往而不宜。色之浅者显其淡，色之深者愈显其淡；衣之精者形其娇，衣之粗者愈形其娇。此等即非国色，亦去夷光、王嫱不远矣①，然当世有几人哉？稍近中材者，即当相体裁衣，不得混施色相矣。相体裁衣之法，变化多端，不应胶柱而论，然不得已而强言其略，则在务从其近而已。面颜近白者，衣色可深可浅；其近黑者，则不宜浅而独宜深，浅则愈彰其黑矣。肌肤近腻者，衣服可精可粗；其近糙者，则不宜精而独宜粗，精则愈形其糙矣。然而贫贱之家，求为精与深而不能，富贵之家欲为粗与浅而不可，则奈何？曰：不难。布苎有精粗深浅之别，绮罗文采亦有精粗深浅之别，非谓布苎必粗而罗绮必精，锦绣必深而缟素必浅也。绸与缎之体质不光、花纹突起者，即是精中之粗、深中之浅；布与苎之纱线紧密、漂染精工者，即是粗中之精、浅中之深。凡予所言，皆贵贱咸宜之事，既不详绣户而略衡门②，亦不私贫家而遗富室。盖美女未尝择地而生，佳人不能选夫而嫁，务使读是编者，人人有裨，则怜香惜玉之念，有同雨露之均施矣。

【注释】

①夷光：西施，名夷光，春秋末期越国美女，在国难当头之际，西施忍辱负重，以身许国，与郑旦一起由越王勾践献给吴王夫差，成为吴王最宠爱的妃子。王嫱：即汉代和亲匈奴的王昭君。

②衡门：横木为门，指贫寒之家。

【译文】

　　妇人的衣服，不贵精而贵洁，不贵丽而贵雅，不贵与家相称，而贵与貌相宜。绫罗绸缎绣花描卉的衣服，沾上污垢蒙上灰尘，反而不如布料衣服鲜美，这就是所谓贵洁不贵精。红紫深艳的丽色，违逆时尚，反而不如浅淡颜色合乎时宜，这就是所谓贵雅不贵丽。富贵人家的妇女，适宜穿着文采丽服，而寒俭人家的女人，则当穿着缟素之衣，这就是所谓与人相称。然而，人有其生成的脸面，脸面有其相配的衣服，衣服有其相配的颜色，这都有一定法度而不可移易。现在取出一套新鲜衣服，叫几位少妇先后穿上，一定会有一二位中看，一二位不中看，这是因为她的面色与衣色有相称、不相称的区别，而不是衣服本身有什么厚此薄彼的私心。假使贵妇的面色，不宜于文采而宜于缟素，倘必去其缟素而穿文采之服，那不是与她的脸面为仇吗？所以说不贵与家相称、而贵与面相宜。大约面色之最白最嫩的女子，与体态之最轻盈的女子，无论怎样穿着而无不合宜。面色浅的显出她淡雅，面色深的愈加显出她的淡雅；精美的衣服表现出她的妩媚娇美，粗衣布衫愈加表现出她的妩媚娇美。这样的女子即使不是国色，也离西施、王嫱不远了，然而当世能有几个这样的美人呢？稍微接近中等人材的，就应当相体裁衣，不能胡乱施用色相了。相体裁衣的方法，变化多端，不应凝固其论而不知变通，但不得已而强说其大概，那就务必追求其近似而已。面色较白的，衣服颜色可深可浅；面色较黑的，衣服颜色就不宜浅而只宜深，若浅则愈加彰显出她的黑了。肌肤较细腻的，衣服可精可粗；肌肤较粗糙的，衣服就不宜精而只宜粗，若精则愈加表现出她的粗糙了。然而贫贱人家，想追求精与深而没有条件，富贵人家想求得粗与浅也不可能，怎么办？我说：不难。布麻有精粗深浅的区别，绮罗文采也有精粗深浅的不同，不是说布麻必然粗糙而绮罗文采必然精致，锦绣必然深雅而缟素必然浅俗。绸与缎之中体质不光滑、花纹有突起的，就是精中之粗、深中之浅；布与苎之中纱线紧密、漂染精工的，就是粗中之精、浅中之深。凡我所说的，都是富贵与贫贱适宜的事情，既不是对锦绣之户说得详细而贫寒之家说得简略，也不偏向贫家而遗漏富室。因为美女并不曾选择好地方出生，佳人也不能选择好丈夫再出嫁，务必使得读这部书的人，人人有益，这样我怜香惜玉的用心，就如雨露那样普施人间了。

迩来衣服之好尚，有大胜古昔，可为一定不移之法者，又有大背情理，可为人心世道之忧者，请并言之。其大胜古昔，可为一定不移之法者，大家富室，衣色皆尚青是已。青非青也，元也。因避讳①，故易之。记予儿时所见，女子之少者尚银红、桃红，稍长者尚月白，未几而银红、桃红皆变大红，月白变蓝，再变则大红变紫，蓝变石青。迨鼎革以后，则石青与紫皆罕见，无论少长男妇，皆衣青矣，可谓"齐变至鲁，鲁变至道"②，变之至善而无可复加者矣。其递变至此也，并非有意而然，不过人情好胜，一家浓似一家，一日深于一日，不知不觉，遂趋到尽头处耳。然青之为色，其妙多端，不能悉数。但就妇人所宜者而论，面白者衣之，其面愈白，面黑者衣之，其面亦不觉其黑，此其宜于貌者也。年少者衣之，其年愈少，年老者衣之，其年亦不觉甚老，此其宜于岁者也。贫贱者衣之，是为贫贱之本等，富贵者衣之，又觉脱去繁华之习，但存雅素之风，亦未尝失其富贵之本来，此其宜于分者也。

他色之衣,极不耐污,略沾茶酒之色,稍侵油腻之痕,非染不能复着,染之即成旧衣。此色不然,惟其极浓也,凡淡乎此者,皆受其侵而不觉;惟其极深也,凡浅乎此者,皆纳其污而不辞,此又其宜于体而适于用者也。贫家止此一衣,无他美服相衬,亦未尝尽现底里,以覆其外者色原不艳,即使中衣敝垢,未甚相形也;如用他色于外,则一缕欠精,即彰其丑矣。富贵之家,凡有锦衣绣裳,皆可服之于内,风飘袂起,五色灿然,使一衣胜似一衣,非止不掩中藏,且莫能穷其底蕴。诗云"衣锦尚絅"[③],恶其文之著也。此独不然,止因外色最深,使里衣之文越著,有复古之美名,无泥古之实害。二八佳人,如欲华美其制,则青上洒线,青上堆花,较之他色更显。反复求之,衣色之妙,未有过于此者。后来即有所变,亦皆举一废百,不能事事咸宜,此予所谓大胜古昔,可为一定不移之法者也。至于大背情理,可为人心世道之忧者,则零拼碎补之服,俗名呼为"水田衣"者是已。衣之有缝,古人非好为之,不得已也。人有肥瘠长短之不同,不能像体而织,是必制为全帛,剪碎而后成之。即此一条两条之缝,亦是人身赘瘤,万万不能去之,故强存其迹。赞神仙之美者,必曰"天衣无缝",明言人间世上,多此一物故也。而今且以一条两条、广为数十百条,非止不似天衣,且不使类人间世上,然则愈趋愈下,将肖何物而后已乎?推原其始,亦非有意为之,盖由缝衣之奸匠,明为裁剪,暗作穿窬,逐段窃取而藏之,无由出脱,创为此制,以售其奸。不料人情厌常喜怪,不惟不攻其弊,且群然则而效之。毁成片者为零星小块,全帛何罪,使受寸磔之刑④? 缝碎裂者为百衲僧衣,女子何辜,忽现出家之相? 风俗好尚之迁移,常有关于气数,此制不昉于今⑤,而昉于崇祯末年。予见而诧之,尝谓人曰:"衣衫无故易形,殆有若或使之者,六合以内,得无有土崩瓦解之事乎?"未几而闯氛四起⑥,割裂中原,人谓予言不幸偶中。方今圣人御世,万国来归,车书一统之朝⑦,此等制度,自应潜革⑧。倘遇同心,谓刍荛之言⑨,不甚訾谬,交相劝谕,勿效前輵,则予为是言也,亦犹鸡鸣犬吠之声,不为无补于盛治耳。

【注释】

①避讳:康熙皇帝名玄烨,故避玄字,而写为"元"字。

②齐变至鲁,鲁变至道:齐一变,达到鲁的样子;鲁一变,就合于大道了。《论语·雍也》:"子曰:'齐一变,至于鲁;鲁一变,至于道。'"

③衣锦尚䌹(jiǒng):锦绣衣服外面罩上外衣。䌹,罩在外面的单衣。语见《中庸》:"诗曰'衣锦尚䌹',恶其文之著也。"

④寸磔(zhé)之刑:凌迟。磔,古代分裂肢体的一种酷刑。

⑤昉(fǎng):起始。

⑥闯氛:李自成称李闯王,故称"闯氛"。

⑦车书一统:《礼记·中庸》:"子曰……今天下车同轨,书同文,人同伦。"《史记·秦始皇本纪》:"一法度衡石丈尺,车同轨,书同文字。"

⑧潜革:改革。

⑨刍荛(ráo):割草打柴的人。《诗经·大雅·板》:"先民有言,询于刍荛。"

【译文】

近来衣服的流行趋向，既有大大胜过古昔，可以作为一定不移之法则的一面，也有非常违背情理，可以成为人心世道之忧患的一面，请让我一并论说。那所谓大大胜过古昔，可以作为一定不移之法则的，指的是大户人家富贵之室，其衣服的颜色都崇尚青色。青不是青，而是元。因避皇帝之讳，所以把元改为青。记得我儿时所见，年轻女子崇尚银红色、桃红色，稍年长一些的崇尚月白色，没过多少时间银红色、桃红色都变为大红色，月白色变为蓝色，再变则大红色变为紫色，蓝色变为石青色。等到大清鼎革以后，则石青色与紫色都很少见到了，无论男女老幼，都穿青色衣服了，真如孔老夫子所谓"齐变至鲁，鲁变至道"，变到至善状态而无可复加了。衣服的颜色递变至此，并非有意这样，不过是人情趋强好胜，一家比一家浓，一日比一日深，不知不觉，于是走到尽头处。然而，青作为一种颜色，其妙处是多方面的，不能全部详细论述。只就妇人所适宜的来说吧，面色白的穿它，其面色愈白，面色黑的穿它，其面色也不觉得黑，这是说它宜于相貌。年纪轻的穿它，愈显得年轻，年纪老的穿它，也不觉得年纪很老，这是说它宜于年龄。贫贱的人穿它，表现了贫贱的本色，富贵的人穿它，又觉得脱去了繁华之积习，只存雅素之风，也未尝失去其富贵的本质，这是说它宜于身份。其他颜色的衣服，极不耐脏，略微沾上茶酒之色，稍稍沾上油腻之痕，若不送去染色就不能再穿，一染就成了旧衣服。青色则不然，因为它极浓，凡是比它淡的，都受它侵染而没有感觉到；因为它极深，凡是比它浅的，都能容纳它的污迹，这是说它宜于体而适于用。贫家只此一件衣服，没有其他美服相衬，也未曾尽露其底里，因为覆盖在外面的衣服颜色原不艳丽，即使里面的衣服破旧不洁，也显不出来；如果将其他颜色的衣服穿在外面，那么只要有一缕一丝不精当，就会露丑。富贵人家，凡是有锦衣绣裳的，都可穿在里面，风吹来，飘起襟袖，可以露出内衣之五色灿然，使得一衣之美胜过一衣，不只是掩盖不住里面的美丽，而且让人莫测其底蕴。诗云"衣锦尚䌹",说的是讨厌把华服彰显于外。这里却不是如此,只因外面衣服颜色最深,使里面的美衣越发显著,既有复古之美名,又无泥古之实害。妙龄佳人,如果想要使得衣服华美,则在青色上洒线,青色上堆花,比起其他颜色更为显著。反复推求,衣服颜色之妙,没有比青色更好的了。后来即使有所变化,也都是举一废百,不能事事都适宜,这就是我所谓大胜古昔,可以作为一定不移之法则的意思。至于所谓大背情理,可以成为人心世道之忧患的,则是指零拼碎补的服装,俗名称作"水田衣"的。衣服之有缝,不是古人喜欢这样,而是不得已而为之。人有胖瘦高矮之不同,不能按每个人形体的样子去织布,而是必须织为整块布,剪碎而后缝成衣服。即使这一条两条之缝,也如同人身上自然长出的赘瘤,实在不能去掉,因此勉强存留其痕迹。称赞神仙之美,必说他"天衣无缝",明明是说人间世上,多此一物的缘故。而今天,从一条两条缝、扩展为数十百条缝,不但不像天衣,而且使它不像人间世上的衣服,如果这样愈演愈烈下去,将会像什么样子然后才停止呢?推究这种"水田衣"的起始,也不是有意为之,而是由于某些奸猾的缝衣匠,明地里裁剪,暗地里进行偷窃,逐段窃取布料而匿藏起来,没有办法推脱罪责,制造了"水田衣"这种体式,以售其奸谋。不料想人情厌恶常情喜欢怪异,不但不指责它的弊病,反而群起而效仿。把整块布毁成零星小块,整块布有什么罪,让它受此凌迟之刑?把碎裂的布块缝为百衲僧衣,女子有什么过错,让她们一下子都成了出家人的样子?风俗时尚的变迁,常常关乎气数,这种碎衣形制不是从今天开始,而是起于崇祯末年。当时我见后感到诧异,曾对人说:"衣衫无缘无故变易形制,大概有什么神力在促使,天地六合以内,是不是会有土崩瓦解的事情发生呢?"没有过多少时间而李自成造反,闯氛四起,割裂中原,人说我的话不幸而言中。当今,圣人统御世界,万国前来归附,车同轨书同文一统天下,这样的制度,自应改革。倘遇到同道,说我这草野之言,不怎么訾谬,请互相劝谕,不要再错误地效仿以前的衣服形制了,那么我的这些话,也还像是鸡鸣犬吠之声，不算是无补于盛世之治了。

　　云肩以护衣领，不使沾油，制之最善者也。但须与衣同色，近看则有，远观好像没有，斯为得体。即使难于一色，亦须不甚相悬。若衣色极深，而云肩极浅，或者衣色极浅，而云肩极深，则是身首判然，虽曰相连，实同异处，此最不相宜之事也。予又谓云肩之色，不惟与衣相同，更须里外合一，如外色是青，则夹里之色亦当用青，外色是蓝，则夹里之色亦当用蓝。何也？此物在肩，不能时时服帖，稍遇风飘，则夹里向外，有如飓风吹残叶，风卷败荷，美人之身不能不现历乱萧条之象矣。若使里外一色，则任其整齐颠倒，总无是患。然家常则已，出外见人，必须暗定以线，勿使与服相离，盖动而色纯，总不如不动之为愈也。

【译文】
　　云肩用来保护衣领，不使它沾上油污，它的创制是很好的事情。但云肩应该与衣服同色，近看则有，远观好像没有，这才得体。即使难于与衣服一色，也不要相差太远。假若衣服颜色极深，而云肩颜色极浅，或者衣服颜色极浅，而云肩颜色极深，那就身子脑袋判然为二，虽说相连一体，实际上如同身首异处，这是最不合宜的事情。我还认为云肩的颜色，不但要与衣服相同，更须里外合一，如果外面颜色是青色，那么衬里的颜色也应当用青色，外面颜色是蓝色，那么衬里的颜色也应当用蓝色。为什么？这件东西是穿在肩上的，若不能时时服帖，稍遇风吹，那么衬里翻到外边，就像飓风吹残叶，风卷败荷，美人的身子不能不现出凌乱萧条的景象来了。倘若使得里外一色，那么任凭它整齐还是颠倒，总没有这种忧患。然而，平时在家里可以，假如出外见人，就必须暗暗缝上几针将其固定,不让它与衣服脱离,活动时而颜色一致,总不如不活动为好。

　　妇人之妆,随家丰俭,独有价廉功倍之二物,必不可无。一曰半臂,俗呼"背褡"者是也;一曰束腰之带,俗呼"鸾绦"者是也。妇人之体,宜窄不宜宽,一着背褡,则宽者窄,而窄者愈显其窄矣。妇人之腰,宜细不宜粗,一束以带,则粗者细,而细者倍觉其细矣。背褡宜着于外,人皆知之;鸾绦宜束于内,人多未谙。带藏衣内,则虽有若无,似腰肢本细,非有物缩之使细也。

【译文】

　　妇人之装饰,要随家境的丰俭而行,但有价廉功倍的两件东西,必不可少。一件叫作半臂,俗称"背褡"的就是;一件是束腰之带,俗称"鸾绦"的就是。妇人之体型,宜窄不宜宽,一穿"背褡",那就宽者变窄,而窄者愈显其窄了。妇人的腰肢,宜细不宜粗,一系上腰带,则粗者变细,而细者倍觉其细了。"背褡"应穿在外面,人都知道;系腰的鸾绦应扎在里面,人们大多不知道。腰带藏在衣内,那它虽有若无,好像腰肢本来就细,而不是有东西紧缩才使它细的。

　　裙制之精粗,惟视折纹之多寡。折多则行走自如,无缠身碍足之患;折少则往来局促,有拘挛桎梏之形;折多则湘纹易动,无风亦似飘飘;折少则胶柱难移,有态亦同木强。故衣服之料,他或可省,裙幅必不可省。古云:"裙拖八幅湘江水①。"幅既有八,则折纹之不少可知。予谓八幅之裙,宜于家常；人前美观，尚须十幅。盖裙幅之增，所费无几，况增其幅，必减其丝。惟细縠轻绡可以八幅十幅，厚重则为滞物，与幅减而折少者同矣。即使稍增其值，亦与他费不同。妇人之异于男子，全在下体。男子生而愿为之有室，其所以为室者，只在几希之间耳。掩藏秘器，爱护家珍，全在罗裙几幅，可不丰其料而美其制，以贻采葑采菲者诮乎②？近日吴门所尚"百裥裙"，可谓尽美。予谓此裙宜配盛服，又不宜于家常，惜物力也。较旧制稍增，较新制略减，人前十幅，家居八幅，则得丰俭之宜矣。吴门新式，又有所谓"月华裙"者，一裥之中，五色俱备，犹皎月之现光华也，予独怪而不取。人工物料，十倍常裙，暴殄天物，不待言矣，而又不甚美观。盖下体之服，宜淡不宜浓，宜纯不宜杂。予尝读旧诗，见"飘飏血色裙拖地"、"红裙妒杀石榴花"等句③，颇笑前人之笨。若果如是，则亦艳妆村妇而已矣，乌足动雅人韵士之心哉？惟近制"弹墨裙"，颇饶别致，然犹未获我心，嗣当别出新裁，以正同调。思而未制，不敢轻以误人也。

【注释】

①裙拖八幅湘江水：见李群玉《同郑相并歌姬小饮因以赠》："裙拖八幅湘江水，鬓耸巫山一片云。"

②采葑采菲：葑和菲都是植物，菜蔬。《诗经·邶风·谷风》："采葑采菲，无以下体。"

③飘飏血色裙拖地：宋代诗僧惠洪《秋千》诗中之句。红裙妒杀石榴花：唐代诗人万楚《五日观妓》诗中之句。

【译文】

裙子的精粗，只看它折纹的多寡即可明了。折纹多则行走起来自如随意，没有缠身碍足的毛病；折纹少则活动起来局促，有束缚手脚桎梏身体之感；折纹多则裙摆湘纹易动，即使无风也好像飘飘多姿，折纹少则呆滞难移，形态活泼也如同木头一样僵硬。所以衣服之料，其他地方或许可省，而裙幅则必不可省。唐人李群玉诗云："裙拖八幅湘江水。"裙幅既然有八个，那么可知它的折纹不少。我认为八幅之裙，适宜于家常穿着；倘若在人前显出它的美观，还须十幅才行。裙幅的增加，费不了几个钱，况且增加裙幅，必会减少它的丝料。唯有细软的皱纱和薄薄的轻绡可以八幅十幅，若厚重的裙料就成为滞重之物，与幅减而折少的裙子一样了。即使在裙子上稍微多花点儿钱，也与其他花费不同。妇人之不同于男子，全在下体。男子生来而希望有家室，其所以称为"室"，只在那微小的地方之间。掩藏其秘器，爱护自己的家珍，全靠那几幅罗裙，岂可不使得它材料丰富、制作精美，以免惹得关注女色的人讥笑呢？近日苏州所崇尚的"百裥裙"，可以说非常美丽了。我认为这种裙子适宜于配合盛服，而不宜于家常穿着，是因为要爱惜物力。比起旧式样稍微增加一些，比起新式样略微缩减一些，人前穿用十幅，家常穿用八幅，这样可以说得上丰俭合宜了。苏州新式样，又有所谓"月华裙"，一个裙裥里面，五色俱全，犹如皎洁的月亮放射光华，我却觉得怪异而不喜欢。此裙的人工物料，比做平常的裙子要多十倍，其暴珍天物，就不用说了，而又不太好看。因为下身的衣服，宜淡雅不宜浓艳，宜纯正不宜繁杂。我曾读旧诗，见"飘飐血色裙拖地"、"红裙妒杀石榴花"等句，颇笑前人太笨。如果真是这样，那么也只是一个艳妆村妇而已，哪里足以感动雅人韵士的心呢？唯有近日裙子的样式"弹墨裙"，颇为别致，但是仍然不符合我的心意，我将别出新裁设计新样，以求正于同调。正在构思尚未制作，不敢轻易拿出来以免误人。

鞋袜

【题解】

"鞋袜"款谈鞋袜之美。因女人之足叫"金莲",最小者,则曰"三寸金莲",故女人之鞋曰"凤头";而其袜亦称"凌波小袜"。但是,缠足是对女子的摧残;欣赏女子的小脚,是一种扭曲的、变态(病态)的审美心理。从"鞋袜"款及所附余怀的文章,可以获得一个重要知识,即中国古代女子(至少一部分女子)是穿"高底鞋"的,这与西方女子穿高跟鞋相仿。但她们的初衷大约是很不一样的。按照西方的传统,女子特别讲究形体美、线条美,她们的胸部和臀部都要有一种美的曲线突显出来,而一穿高跟鞋,自然就容易出这种效果,这是她们的高跟鞋的审美作用。而按照中国五代女子开始缠足之后的传统,小脚是一种美,而且愈小愈美。不但缠之使小,而且要用其他手段制造脚小的效果,于是高底鞋派上用场了:"鞋用高底,使小者愈小,瘦者愈瘦,可谓制之尽美又尽善者矣";有了高底"大者亦小",没有高底"小者亦大"。这是中国古代女子高底鞋的审美作用。

男子所着之履,俗名为鞋,女子亦名为鞋。男子饰足之衣,俗名为袜,女子独易其名曰褶①,其实褶即袜也。古云"凌波小袜"②,其名最雅,不识后人何故易之? 袜色尚白,尚浅红;鞋色尚深红,今复尚青,可谓制之尽美者矣。鞋用高底,使小者愈小,瘦者越瘦,可谓制之尽美又尽善者矣。然足之大者,往往以此藏拙,埋没作者一段初心,是止供丑妇效颦,非为佳人助力。近有矫其弊者,窄小金莲,皆用平底,使与伪造者有别。殊不知此制一设,则人人向高底乞灵,高底之为物也,遂成百世不祧之祀③,有之则大者亦小,无之则小者亦大。尝有三寸无底之足，与四五寸有底之鞋同立一处，反觉四五寸之小，而三寸之大者，以有底则指尖向下，而秃者疑尖，无底则玉笋朝天，而尖者似秃故也。吾谓高底不宜尽去，只在减损其料而已。足之大者，利于厚而不利于薄，薄则本体现矣；利于大而不利于小，小则痛而不能行矣。我以极薄极小者形之，则似鹤立鸡群，不求异而自异。世岂有高底如钱，不扭捏而能行之大脚乎？

【注释】

①褶（zhě）：旧时女子的膝袜，或称褶裤。

②凌波小袜：语见曹植《洛神赋》："凌波微步，罗袜生尘。"

③祧（tiāo）：继承上代。

【译文】

　　男子所穿之履，俗名为鞋，女子穿的也名为鞋。男子饰脚之衣，俗名为袜，女子装饰脚的则改名叫褶，其实褶就是袜。古语所谓"凌波小袜"，其名最雅，不知后人为什么要改换？袜子的颜色崇尚白色，崇尚浅红色；鞋子的颜色崇尚深红色，现在又崇尚青色，其形制可称得上是尽美了。鞋是高底的，使得脚小的显得更小，脚瘦的显得越发瘦，其形制不止尽美，又可称得上是尽善了。然而脚大的，往往以高底藏拙，埋没了作者一段初衷，似乎高底只供丑妇效颦，而不是为佳人增美。近来有人出来矫正这种弊病，让脚小如金莲的那些女人，都穿平底鞋，以使她们与脚大而弄虚作假的女人区别开来。殊不知这种形制一设，则人人向高底乞灵求助，从此高底这种东西，倒成为百世不祧的祖宗而受祭祀了，有它则脚大者也显得小，无它则脚小者也显得大。曾经有穿三寸无底之鞋的小脚女子，与穿四五寸有底之鞋的大脚女子站在一起，反而觉得四五寸的小，而三寸的大，因为鞋有高底则她的指尖向下，而秃者也疑为尖，鞋无高底则她的玉笋般的小脚朝天，而尖者也好似秃。我认为高底不宜一概去掉，只是要减损一部分就可以了。脚大的人，高底宜厚而不宜薄，若薄，她的大脚就现出来了；宜大而不宜小，若小则脚痛而不能走路了。我形容那些脚极薄极小的女子，就好像鹤立鸡群，不求特异而自然特异。世上难道有高底如钱、不扭捏而能走的大脚吗？

古人取义命名，纤毫不爽，如前所云，以"蟠龙"名髻，"乌云"为发之类是也。独于妇人之足，取义命名，皆与实事相反。何也？足者，形之最小者也；莲者，花之最大者也；而名妇人之足者，必曰"金莲"，名最小之足者，则曰"三寸金莲"。使妇人之足，果如莲瓣之为形，则其阔而大也，尚可言乎？极小极窄之莲瓣，岂止三寸而已乎？此"金莲"之义之不可解也。从来名妇人之鞋者，必曰"凤头"。世人顾名思义，遂以金银制凤，缀于鞋尖以实之。试思凤之为物，止能小于大鹏；方之众鸟，不几洋洋乎大观也哉？以之名鞋，虽曰赞美之词，实类讥讽之迹。如曰"凤头"二字，但肖其形，凤之头锐而身大，是以得名；然则众鸟之头，尽有锐于凤者，何故不以命名，而独有取于凤？且凤较他鸟，其首独昂，妇人趾尖，妙在低而能伏，使如凤凰之昂首，其形尚可观乎？此"凤头"之义之不可解者也。若是，则古人之命名取义，果何所见而云然？岂终不可解乎？曰：有说焉。妇人裹足之制，非由前古，盖后来添设之事也。其命名之初，妇人之足亦犹男子之足，使其果如莲瓣之稍尖，凤头之稍锐，亦可谓古之小脚。无其制而能约小其形，较之今人，殆有过焉者矣。吾谓"凤头"、"金莲"等字相传已久，其名未可遽易，然止可呼其名，万勿肖其实；如肖其实，则极不美观，而为前人所误矣。不宁惟是，凤为羽虫之长，与龙比肩，乃帝王饰衣饰器之物也，以之饰足，无乃大亵名器乎？尝见妇人绣袜，每作龙凤之形，皆昧理僭分之大者①，不可不为拈破。近日女子鞋头，不缀凤而缀珠，可称善变。珠出水底，宜在凌波袜下，且似粟之珠，价不甚昂，缀一粒于鞋尖，满足俱呈宝色。使登歌舞之氍毹②，则为走盘之珠；使作阳台之云雨，则为掌上之珠。然作始者见不及此，亦犹衣色之变青，不知其然而然，所谓暗合道妙者也。予友余子澹心，向著《鞋袜辨》一篇，考缠足之从来，核妇履之原制，精而且确，足与此说相发明，附载于后。

【注释】

①僭(jiàn)：超越本分。

②氍毹(qú shū)：一种织有花纹图案的毛毯。在明代，氍毹逐渐演变为对舞台的习称。当时昆曲盛行，江南官员、富户蓄优成风，时称"家乐"或"家班"，在家中习演昆曲。而演出多于厅堂中所铺的红地毯上进行，久之则成风俗，故舞台称"氍毹"。

【译文】

古人根据事义来命名，纤毫不差，如前面所说的，用"蟠龙"命名髻，"乌云"命名发之类，就是如此。只是在妇人之足的取义命名上，与实际情况相反。为何这样说？脚是形状最小的；莲是花之最大的；而妇人的脚，必称为"金莲"，称最小的脚，必称为"三寸金莲"。假使妇人的脚，的确像莲瓣那样的形状，那么它的阔而大，还能说吗？极小极窄的莲瓣，岂止三寸而已吗？这是"金莲"之义不可理解的地方。从来称呼妇人的鞋，必名为"凤头"。世人顾名思义，于是以金银制成凤鸟状，缀于鞋尖而坐实它。试想，凤凰作为一种鸟，只能小于大鹏；与众鸟相比，不几乎洋洋大观，是个庞然大物吗？用它来命名鞋，虽说是赞美之词，实际上类同讥讽。如果说"凤头"二字，只是形容其形状，凤凰的头尖而身大，因此起了这个名；然而众鸟之头，很多比凤凰还尖，为什么不以它们命名，而独取于凤凰？而且凤凰比起其他鸟，它的头特别昂起，而妇人的趾尖，妙在低而能伏下去，假使像凤凰那样昂首，它的形状还可看吗？这是"凤头"之义不可理解的地方。若是这样，那么古人的命名取义，究竟是见了什么而那样说呢？难道这是终究不可解的问题吗？我认为：其中有说道。妇人裹足的制度，并非由远古而来，而是后来增添的事情。它命名之初，妇人的脚也同男子的脚一样，假使它果然如莲瓣那样稍尖，如凤头那样稍锐，也可称为古代的小脚了。没有裹足的制度而能把脚形约束得小，与今人比较，大概强多了。我想，"凤头"、"金莲"等字相传已经久远了，这名字不可一下子就改，然而只可呼其名，千万不要仿效它的实际形状；如仿效它的实际形状，那就极不美观，而为前人所误导了。不仅如此，凤凰为飞禽之长，可以与龙比肩，乃是帝王妆饰衣服妆饰器具的东西，用它来妆饰脚，这不是大大地亵渎名器吗？曾见妇人的绣袜，每每作龙凤的形状，这都是昧于情理僭越规范的严重表现，不可不将它点破。近日女子的鞋头，不缀凤头而缀珍珠，可称为善变。珍珠出于水底，很适宜在凌波袜下，而且像粟子大小的珍珠，价钱不甚昂贵，在鞋尖缀一粒，满脚都呈现宝色。假使让她登歌台舞榭表演，那就成为走盘之珠了；假使作阳台云雨之事，那就成为掌上之珠了。但创始者见不到这些，就像衣色之变青，不知它是自然而然，所谓暗合自然之道的微妙。我的朋友余澹心先生，曾写过一篇《鞋袜辨》，考证缠足的历史，核查妇履的原制，精当而且确凿，足以与我的这些说法相互发明，兹附录于后。

附

妇人鞋袜辨
余怀

古妇人之足，与男子无异。《周礼》有屦人[1]，掌王及后之服屦，为赤舄、黑舄、赤繶、黄繶、青绚、素履、葛屦[2]，辨外内命夫命妇之功屦、命屦、散屦[3]。可见男女之履，同一形制，非如后世女子之弓弯细纤，以小为贵也。考之缠足，起于南唐李后主。后主有宫嫔窅娘，纤丽善舞，乃命作金莲，高六尺，饰以珍宝，绸带缨络，中作品色瑞莲，令窅娘以帛缠足，屈上作新月状，着素袜，行舞莲中，回旋有凌云之态。由是人多效之，此缠足所自始也[4]。唐以前未开此风，故词客诗人，歌咏美人好女，容态之殊丽，颜色之天姣，以至面妆首饰、衣褶裙裾之华靡，鬓发、眉目，唇齿、腰肢、手腕之婀娜秀洁，无不津津乎其言之，而无一语及足之纤小者。即如古乐府之《双行缠》云："新罗绣白胫，足趺如春妍[5]。"曹子建云"践远游之文履"[6]，李太白诗云："一双金齿履，两足白如霜[7]。"韩致光诗云"六寸肤圆光致致"[8]，杜牧之诗云"钿尺裁量减四分"[9]，汉《杂事秘辛》云[10]："足长八寸，胫跗丰妍。"夫六寸八寸，素白丰妍，可见唐以前妇人之足，无屈上作新月状者也。即东昏潘妃，作金莲花帖地，令妃行其上，曰"此步步生金莲花"[11]，非谓足为金莲也。崔豹《古今注》[12]："东晋有凤头重台之履。"不专言妇人也。宋元丰以前[13]，缠足者尚少，自元至今，将四百年，矫揉造作亦泰甚矣。

【注释】

①屦(jù)人：见《周礼·天官·屦人》："屦人掌王及后之服屦。"屦，葛、麻制作的鞋。

②舄(xì)：重木底鞋，多为帝王大臣穿，为赤舄、黑舄。《广雅》："舄，履也。"《诗经·豳风·狼跋》："赤舄几几。"晋崔豹《古今注》："舄，以木置履下，干腊不畏泥湿也。"繶：丝绦。绚(qú)：屦头上的装饰或鞋上结带的小孔。

③命夫命妇：命夫，为王所命的卿、大夫、士，在朝者称外命夫，宫中称内命夫。命妇，官员之妻、母之有封号者。功屦：贵族穿的一种鞋，因身份、等级而贵贱不同。《周礼·天官·屦人》郑玄注："功屦，次命屦，于孤卿大夫，则白屦、黑屦，九嫔内子亦然；世妇命妇以黑屦为功屦。"命屦：命夫命妇之屦。散屦：《周礼·天官·屦人》郑玄注："散屦亦谓去饰。"

④缠足所自始：关于缠足起始，陶宗仪《辍耕录》卷十亦有考证。

⑤新罗绣白胫(jìng)，足跗(fū)如春妍：出自《古乐府·双行缠》："新罗绣行缠，足跗如春妍。他人不言好，我独知可怜。"胫，小腿。足跗，脚面，脚背。

⑥践远游之文履：语见曹植《洛神赋》。文履，饰以文彩的鞋子。

⑦一双金齿屐(jī)，两足白如霜：语见李白《浣纱石上女》。屐，木头鞋。

⑧六寸肤圆光致致：写女子小脚之美。语见唐代诗人韩偓《屐子》。

⑨钿(diàn)尺裁量减四分：语见唐代杜牧《咏袜》。钿尺，镶嵌金粟（星点用金粟嵌成）的尺。

⑩《杂事秘辛》：传东汉人作，又有人说乃明杨慎伪作。记汉帝后宫事，描写女性人体美，历历如绘。

⑪"东昏潘妃"以下几句：《南史·齐本纪下·废帝东昏侯纪》记南齐东昏侯萧宝卷穷奢极欲，令潘妃步行于金莲花上。

⑫崔豹《古今注》：崔豹，晋人，字正熊，一作正能，惠帝时官至太傅，作《古今注》三卷。卷上：舆服一，都邑二；卷中：音乐三，鸟兽四，鱼虫五；卷下：草木六，杂注七，问答释义八。本书对我们了解古人对自然界的认识、古代典章制度和习俗，有一定帮助。

⑬元丰：宋神宗的年号，公元 1078—1085 年。

【译文】

　　古代妇人之足，与男子没有差别。《周礼》上记载有屦人之职，掌管国王及王后的鞋袜事宜，其名称有赤舄、黑舄、赤繶、黄繶、青绚、素履、葛屦，还有辨别宫廷外内等级身份的命夫命妇之功屦、命屦、散屦。可见男女的鞋，同一形制，并不是像后世女子那样弓弯细纤，以小为贵。据考证，女子的缠足，开始于南唐李后主。后主有宫嫔名宵娘，纤细美丽善于舞蹈，于是后主命人制作金莲，高六尺，装饰上珍宝，以及丝带缨络，中间作成彩绘瑞莲，叫宵娘用丝帛缠足，向上弯曲成新月形状，穿上白色袜子，行舞于莲花之中，回旋的舞姿，有凌云之态。由此，人们多效仿她，这就是女子缠足的开始。唐朝以前没有开此风气，所以词客诗人，歌咏美人好女，描写其容态之特别美丽，颜色之天然姣好，以至她面妆首饰、衣褶裙裾的华艳靡丽，鬓发、眉目、唇齿、腰肢、手腕的婀娜多姿、清秀洁美，无不津津有味地对它们进行描述，但没有一句话说到脚是多么纤小。就是像古乐府《双行缠》说："新罗绣白胫，足趺如春妍。"曹子建说"践远游之文履"，李太白诗云："一双金齿屐，两足白如霜。"韩致光诗云"六寸肤圆光致致"，杜牧之诗云"钿尺裁量减四分"，汉《杂事秘辛》说："足长八寸，胫跗丰妍。"说的是足长六寸八寸，颜色素白丰妍，可见唐代以前妇人之足，没有向上弯曲成新月形状的。即使北齐东昏侯，制作金莲花帖在地上，叫他的潘妃在上面行走，说"此步步生金莲花"，也不是说脚是金莲。崔豹《古今注》说："东晋有凤头鞋、重台鞋"，不是专指妇人而言。宋代元丰以前，缠足的人还少，自元代到今天，将近四百年，矫揉造作也太厉害了。

古妇人皆着袜。杨太真死之日，马嵬媪得锦袎袜一只，过客一玩百钱①。李太白诗云："溪上足如霜，不着鸦头袜②。"袜一名"膝裤"。宋高宗闻秦桧死，喜曰："今后免膝裤中插匕首矣。"则袜也，膝裤也，乃男女之通称，原无分别。但古有底，今无底耳。古有底之袜，不必着鞋，皆可行地；今无底之袜，非着鞋，则寸步不能行矣。张平子云③："罗袜凌蹑足容与④。"曹子建云："凌波微步，罗袜生尘。"李后主词云："刬袜下香阶，手提金缕鞋⑤。"古今鞋袜之制，其不同如此。至于高底之制，前古未闻，于今独绝。吴下妇人，有以异香为底，围以精绫者；有凿花玲珑，囊以香麝，行步霏霏，印香在地者。此则服妖⑥，宋元以来，诗人所未及，故表而出之，以告世之赋"香奁"、咏"玉台"者⑦。

【注释】

①"杨太真死之日"以下几句：杨贵妃（号太真）随明皇西逃，在马嵬驿被勒死。此处所说事，见唐李肇《国史补》卷上。

②溪上足如霜，不着鸦头袜：见李白《越女词》五首之一："长干吴儿女，眉目艳星月。屐上足如霜，不着鸦头袜。"

③张平子：东汉科学家、文学家张衡（78—139），字平子，南阳西鄂（今河南南阳卧龙区石桥镇）人，《隋书·经籍志》有《张衡集》十四卷，久佚；明人张溥编有《张河间集》，收入《汉魏六朝百三家集》。

④罗袜凌蹑足容与：凌蹑，形容轻盈迈步。容与，从容，优裕。

⑤"曹子建云"以下数句：曹子建，即曹植（192—232），字子建，曹操之子，杰出诗人。凌波微步，罗袜生尘，见于《洛神赋》。李后主，即李煜（937—978），字重光，初名从嘉，自号钟隐、莲峰居士，徐

州(今属江苏)人,南唐后主,在位十五年,著名词人。今存词三十余首,与其父李璟的词汇刻为《南唐二主词》,后人屡有增补,多至四十六首,然其中多有他人之作羼入,未尽可信。有王仲闻、唐圭璋、詹安泰等笺注本。刬袜下香阶,手提金缕鞋,见李煜《菩萨蛮》(花明月暗笼轻纱)。

⑥服妖:奇装异服。《汉书·五行志中之上》:"风俗狂慢,变节易度,则为剽轻奇怪之服,故有服妖。"

⑦香奁(lián):女子的化妆盒子。玉台:女子梳妆台。

【译文】

古代妇人都穿袜子。杨贵妃死的那天,马嵬坡的一位老妇拾得长筒锦袜一只,过客把玩一次要花一百钱。唐代大诗人李太白《越女词》云:"溪上足如霜,不着鸦头袜。"袜子,又名"膝裤"。宋高宗听到秦桧死,高兴地说:"今后不用在膝裤中插匕首了。"那么所谓袜,就是膝裤,这是男女的通称,原本无分别。只是古代的袜子有底,现今无底。古代有底的袜子,不必穿鞋,都能在地上行走;现今无底的袜子,若不穿鞋,则寸步难行。汉代张衡说:"罗袜凌蹑足容与。"三国曹植说:"凌波微步,罗袜生尘。"李后主词云:"刬袜下香阶,手提金缕鞋。"古今鞋袜的形制,就是这样的不同。至于高底的形制,远古未听说,在今天则是绝妙的东西。苏州妇人,有用异香作底,用精美的绫罗围在四周的;有雕上玲珑花样,在囊袋中放上香麝,走起来如雨雪霏霏,把香气撒在地上的。这样的奇装异服,宋元以来,诗人从未涉及,所以特地写出来,以告诉世上赋"香奁"、咏"玉台"等喜写香艳题材的墨客。

袜色与鞋色相反,袜宜极浅,鞋宜极深,欲其相形而始露也。今之女子,袜皆尚白,鞋用深红、深青,可谓尽制。然家家若是,亦忌雷同。予欲更翻置色,深其袜而浅其鞋,则脚之小者更露。盖鞋之为色,不当与地色相同。地色者,泥土砖石之色是也。泥土砖石其为色也多深,浅者立于其上,则界限分明,不为地色所掩。如地青而鞋亦青,地绿而鞋亦绿,则无所见其短长矣。脚之大者则应反此,宜视地色以为色,则藏拙之法,不独使高底居功矣。鄙见若此,请以质之金屋主人,转询阿娇^①,定其是否。

【注释】

①金屋主人,转询阿娇:用"金屋藏娇"故事,见前《首饰》款注。

【译文】

袜色与鞋色要相反,袜色宜极浅,鞋色宜极深,要使它们相互比衬而显露出来。今天的女子,袜子都崇尚白色,鞋色则取深红色、深青色,可谓形制完备。然而家家如此,也要忌讳雷同。我想把二者颜色调转一下,使得袜子颜色深而鞋子颜色浅,这样脚小的更能显露出它的小来。因为鞋的颜色,不应当与地色相同。地色,就是泥土砖石的颜色。泥土砖石的颜色多是深色,浅色立在上面,则界限分明,不被地色所掩盖。假如地是青色而鞋也是青色,地是绿色而鞋也是绿色,那就看不出短长优劣来了。脚大的,则应与此相反,要看地色怎样而鞋色与之相同,这样,藏拙的方法,就不光是高底独居其功了。鄙见就是如此,请以此请教金屋主人,转而征询阿娇的意见,定其对错。

习技第四　计三款

【题解】

　　《习技第四》三款"文艺"、"丝竹"、"歌舞",论说女子(主要是姬妾)学习技能的问题。李渔谈女子"习技"之目的,活脱脱显露出他男子中心主义观念之顽固。李渔认为,女子习技是为了使其更好地成为男子审美欣赏、甚至性享受和消费的对象。李渔说,娶妻如买田庄,而买姬妾如治园圃。既然是治园圃,那么,结子之花与不结子之花都得种,成荫之树与不成荫之树都得栽,因为"原为娱情而设,所重在耳目"。假使"姬妾满堂,皆是蠢然一物,我欲言而彼默,我思静而彼喧,所答非所问,所应非所求,是何异于入狐狸之穴,舍宣淫而外,一无事事者乎?"这些观念在今天看来已经是腐朽不堪了。但是,比起那些表面看来道貌岸然而满肚子男盗女娼的伪君子来,李渔也有他的可爱之处,他堂堂正正地把他所思所想、所作所为公开摆出来,他是表里一致的。

　　"女子无才便是德。"言虽近理,却非无故而云然。因聪明女子失节者多,不若无才之为贵。盖前人愤激之词,与男子因官得祸,遂以读书作宦为畏途,遗言戒子孙,使之勿读书、勿作宦者等也。此皆见噎废食之说,究竟书可竟弃、仕可尽废乎? 吾谓才德二字,原不相妨。有才之女,未必人人败行;贪淫之妇,何尝历历知书? 但须为之夫者,既有怜才之心,兼有驭才之术耳。至于姬妾婢媵①,又与正室不同。娶妻如买田庄,非五谷不殖,非桑麻不树,稍涉游观之物,即拔而去之,以其为衣食所出,地力有限,不能旁及其他也。买姬妾如治园圃,结子之花亦种,不结子之花亦种;成荫之树亦栽,不成荫之树亦栽,以其原为娱情而设,所重在耳目,则口腹有时而轻,不能顾名兼顾实也。使姬妾满堂,皆是蠢然一物,我欲言而彼默,我思静而彼喧,所答非所问,所应非所求,是何异于入狐狸之穴,舍宣淫而外,一无事事者乎?故习技之道,不可不与修容、治服并讲也。技艺以翰墨为上,丝竹次之,歌舞又次之,女工则其分内事,不必道也。然尽有专攻男技,不屑女红,鄙织纴为贱役,视针线如仇雠,甚至三寸弓鞋不屑自制,亦倩老姬贫女为捉刀人者②,亦何借巧藏拙,而失造物生人之初意哉!予谓妇人职业,毕竟以缝纫为主,缝纫既熟,徐及其他。予谈习技而不及女工者,以描鸾刺凤之事,闺阁中人人皆晓,无俟予为越俎之谈③。其不及女工,而仍郑重其事,不敢竟遗者,虑开后世逐末之门,置纺绩蚕缫于不讲也。虽说闲情,无伤大道,是为立言之初意尔。

【注释】

①媵(yìng):妾,陪嫁的人。

②捉刀人:《世说新语·容止》:"魏武将见匈奴使,自以形陋,不足雄远国,使崔季珪代,帝自捉刀立床头。既毕,令间谍问曰:'魏王何如?'匈奴使答曰:'魏王雅望非常,然床头捉刀人,此乃英雄也。'"后以"捉刀人"喻代人做事,替身。

③越俎(zǔ):"越俎代庖"的省语。越,跨过。俎,古代祭祀时摆祭品的礼器。庖,厨师。主祭的人跨过礼器去代替厨师办席。比喻越出自己职权去代别人做事。《庄子·逍遥游》:"庖人虽不治庖,尸祝不越樽俎而代之矣。"

【译文】

"女子无才便是德。"这话虽近情理，却不是无故而说。因为聪明女子失节的多，不如无才更好。这是前人的愤激之词，与男子因官得祸，于是把读书做官视为畏途，留下遗言告诫子孙，使他们不要读书、不要做官是同样的道理。这都是因噎废食之言，究竟书可尽废、仕途可以完全抛弃吗？我认为才德两个字，原不相互妨碍。有才的女子，未必人人败行；贪淫的妇人，何尝全都知书？只是须要她们的丈夫，既要有怜才之心，同时要有驭才之术。至于姬妾婢媵，又与正室夫人不同。娶妻犹如买田庄，非得五谷不种，非得桑麻不栽，稍微见到只是看着好玩儿的东西，就将其拔去，因为要靠它生产衣食之物，而地力有限，不能旁及其他的东西。买姬妾犹如营造花园，结子的花要种，不结子的花也要种；成荫的树要栽，不成荫的树也栽，因为她们原是为娱乐情感而设置的，所重在愉悦耳目，而口腹之欲有时要轻视，不能既顾名又兼顾实。假使姬妾满堂，都是些蠢笨之物，我想说话而她一言不发，我想安静而她却喧闹，所答非所问，所应非所求，这样同入狐狸之穴，除了泄欲之外而一无事事有什么不同？所以习技之道，不能不与修容、治服一起讲。女子的技艺以吟诗作画为上等，丝竹弹奏次之，歌舞又次之，女工则是她们的分内事，不用说了。然而，尽有专攻男子技艺、不屑于女红、鄙视织纴为下贱活儿，视针线如仇敌，甚至三寸弓鞋不屑于自己制作，而请老姬贫女代劳的女人，这又是何等借巧藏拙，而失造物生人之初衷啊！我认为妇人的职业，毕竟以缝纫为主，缝纫既熟之后，慢慢顾及其他。我之所以谈习技而不涉及女工，是因为描鸾刺凤之事，闺阁中人人知晓，用不着我作越俎代庖之谈。不谈女工，而仍然郑重其事，不敢有所遗漏，是顾虑开后世舍本求末之门，置纺绩蚕缲于不闻不问。虽说的是闲情，也无伤于大道，这是我立言之初意啊。

文艺

【题解】

"文艺"这一款是讲通过识字、学文、知理，提高女子的文化素养的问题。人是文化的动物。文化是人之所以为人的基本标志。世界上的现象无非分为两类：自然的，文化的。用《庄子·秋水》中的话来说，即"天"（自然）与"人"（文化）。何为天？何为人？《庄子·秋水》中说："牛马四足，是谓天；落马首，穿牛鼻，是谓人。"就是说，天就是事物的自然（天然）状态，像牛与马本来就长着四只足；而人，则是指人为、人化，像络住马头、穿着牛鼻，以便于人驾驭它们。简单地说，天即自然，人即文化。《荀子·礼运》中说："性者，本始材朴也；伪者，文理隆盛也。无性则伪之无所加；无伪则性不能自美。"这里的"性"，就是事物本来的样子，即自然；这里的"伪"，就是人为，就是人的思维、学理、行为、活动、创造，即文化。假如没有"性"，没有自然，人的活动就没有对象，没有依托；假如没有"伪"，没有文化，自然就永远是死的自然，没有生气、没有美。荀子主张"化性而起伪"，即通过人的活动变革自然而使之成为文化。人类的历史就是"化伪而起性"的历史，就是自然的人化的历史，也就是文化史。文化并非如庄子所说是要不得的，是坏事；相反，是人之为人的必不可缺的根本素质，是好事。倘若没有文化，"前人类"就永远成不了人，它就永远停留在茹毛饮血的动物阶段；人类也就根本不会存在。因此，人是聪明还是愚钝，高雅还是粗俗，美还是丑，善还是恶，等等，不决定于自然，而决定于文化。文化素质的高低，是后天的学习和培养的过程，是自我修养和锻炼的过程。李渔正是讲的这个道理。他认为，"文理"就像开门的锁钥。不过它不只管一门一锁，而是"合天上地下，万国九州，其大至于无外，其小至于无内，一切当行当学之事，无不握其枢纽，而司其出入者也"。所以，李渔提出"学技必先学文"，而"学文"，是为了"明理"，只有明理，天下事才能事事精通，而且一通百通。

　　学技必先学文。非曰先难后易，正欲先易而后难也。天下万事万物，尽有开门之锁钥。锁钥维何？文理二字是也。寻常锁钥，一钥止开一锁，一锁止管一门；而文理二字之为锁钥，其所管者不止千门万户。盖合天上地下，万国九州，其大至于无外，其小至于无内，一切当行当学之事，无不握其枢纽，而司其出入者也。此论之发，不独为妇人女子，通天下之士农工贾，三教九流①，百工技艺，皆当作如是观。以许大世界，摄入文理二字之中，可谓约矣，不知二字之中，又分宾主。凡学文者，非为学文，但欲明此理也。此理既明，则文字又属敲门之砖，可以废而不用矣。天下技艺无穷，其源头止出一理。明理之人学技，与不明理之人学技，其难易判若天渊。然不读书不识字，何由明理？故学技必先学文。然女子所学之文，无事求全责备，识得一字，有一字之用，多多益善，少亦未尝不善；事事能精，一事自可愈精。予尝谓土木匠工，但有能识字记帐者，其所造之房屋器皿，定与拙匠不同，且有事半功倍之益。人初不信，后择数人验之，果如予言。粗技若此，精者可知。甚矣，字之不可不识，理之不可不明也。

【注释】

①三教九流：三教，通常指儒、道、释。九流，通常指儒家、道家、阴阳家、法家、名家、墨家、纵横家、杂家、农家。

【译文】

　　学技必先学文。这并不是先难后易，正是想先易而后难。天下万事万物，尽有开门的锁钥。锁钥是什么？就是文理二字。寻常的锁钥，一把钥匙只开一把锁，一把锁只管一道门；而文理二字之作为锁钥，它们所管的不止千门万户。原来天上地下，万国九州，其大至于无外，其小至于无内，一切应当做应当学的事，无不由文理把握其枢纽、掌管其出入。这套理论，不单为妇人女子而发，普天之下的士农工商，三教九流，百工技艺，都应当这样看。以如此大的世界，归摄进文理二字之中，可说得上简约了，岂不知二字之中，又分宾主。凡学文的人，不是为学文，只是想明此中之理。这个理既已明了，那么文字又属于敲门之砖，可以废而不用了。天下的技艺无穷无尽，它们的源头只出于一个"理"字。明理的人学习技艺，与不明理的人学习技艺，其难易程度判若天壤之别。但是，若不读书不识字，从哪里明理？所以学技必先学文。然而，女子所学之文，不应求全责备，识得一字，就有一字之用，越多越好，少也未尝不好；事事能精，一事自然可以更精。我曾说土木匠工，只要有能识字记账的，那么他所建造的房屋器皿，一定与笨拙的匠人不同，而且有事半功倍之效。人们起初不信，后来选择几个人试验，果然同我说的一样。粗疏的技艺尚且如此，精深的技艺可想可知。的确如此啊，字之不可不识，理之不可不明。

　　妇人读书习字，所难只在入门。入门之后，其聪明必过于男子，以男子念纷，而妇人心一故也。导之入门，贵在情窦未开之际，开则志念稍分，不似从前之专一。然买姬置妾，多在三五、二八之年①，娶而不御，使作蒙童求我者，宁有几人？如必俟情窦未开，是终身无可授之人矣。惟在循循善诱，勿阻其机，"扑作教刑"一语②，非为女徒而设也。先令识字，字识而后教之以书。识字不贵多，每日仅可数字，取其笔画最少，眼前易见者训之。由易而难，由少而多，日积月累，则一年半载以后，不令读书而自解寻章觅句矣。乘其爱看之时,急觅传奇之有情节、小说之无破绽者,听其翻阅,则书非书也,不怒不威而引人登堂入室之明师也③。其故维何?以传奇、小说所载之言,尽是常谈俗语,妇人阅之,若逢故物。譬如一句之中,共有十字,此女已识者七,未识者三,顺口念去,自然不差。是因已识之七字,可悟未识之三字,则此三字也者,非我教之,传奇、小说教之也。由此而机锋相触,自能曲喻旁通。再得男子善为开导,使之由浅而深,则共枕论文,较之登坛讲艺,其为时雨之化,难易奚止十倍哉?十人之中,拔其一二最聪慧者,日与谈诗,使之渐通声律,但有说话铿锵,无重复聱牙之字者,即作诗能文之料也。苏夫人说:"春夜月胜于秋夜月,秋夜月令人惨凄,春夜月令人和悦④。"此非作诗,随口所说之话也。东坡因其出口合律,许以能诗,传为佳话。此即说话铿锵,无重复聱牙,可以作诗之明验也。其余女子,未必人人若是,但能书义稍通,则任学诸般技艺,皆是锁钥到手,不忧阻隔之人矣。

【注释】

①三五、二八之年:指十五岁、十六岁。

②扑作教刑:语出《尚书·舜典》。扑,一种刑杖,作为责罚学生的教刑。

③登堂入室:登上厅堂,进入内室。比喻学问或技能从浅到深,达到很高的水平。《汉书·艺文志》:"是以扬子悔之曰,诗人之赋丽以则,辞人之赋丽以淫。如孔氏之门人用赋也,则贾谊登堂,相如入室矣,如其不用何?"

④"苏夫人说"以下几句:苏夫人,苏东坡之王夫人。赵令畤《侯鲭

录》卷四说："元祐七年正月，东坡先生在汝阴州，堂前梅花大开，月色鲜霁……王夫人曰：'春月色胜如秋月色，秋月色令人凄惨，春月色令人和悦。'先生大喜曰：'吾不知子能诗耶，此真诗家语耳。'"

【译文】

妇人读书识字，所难的只在入门。入门之后，其聪明必能超过男子，因为男子思念纷杂，而妇人心志专一。引导她们入门，贵在其情窦未开的时候，情窦一开则志念稍稍分散，不像从前那样专一了。然而买姬纳妾，多在十五、六岁的年纪，娶来而不御使，使她们作为蒙童而求我开蒙的，能有几人？如果必要她们情窦未开而教，那就终身没有可授之人了。唯一的办法在于循循善诱，不要阻断她们的灵机，《尚书》中"扑作教刑"这句话，不是为女徒而说的。先叫她们识字，字认识了以后再教她们读书。识字不求多，每日只可学几个字，找那些笔画最少、眼前容易见到的教给她们。由易而难，由少而多，日积月累，那么一年半载以后，不叫她们读书而她们自己也知道寻章觅句了。乘她们爱看书的时节，赶快找些传奇之有情节、小说之无破绽的书，任凭她们翻阅，那么书不是书，而是一个不怒不威、能够引人登堂入室的高明老师了。原因何在？因为传奇、小说所写的那些话，尽是些常谈俗语，妇人阅读，好像碰见司空见惯、熟之又熟的东西。譬如一句之中，共有十个字，这个女子已经识得七个字，剩下不认识的三个字，顺口念下去，自然而然不会差。这是借已识得的七个字，可悟出不认识的三个字，而这三个字，不是我教的，而是传奇、小说教的。由此而机锋相互触发，自然能够触类旁通。再加上男子善于为之开导，使之由浅而深，那么共枕论文，比起登坛讲授，其为春风化雨的功效，难易程度相差岂止十倍呢？十人之中，选拔一二个最聪慧的，天天与其谈诗说词，使她们渐通声律，只要有那说话铿锵、无重复聱牙之字的，就是作诗能文的材料。苏夫人说"春夜月胜于秋夜月，秋夜月令人惨凄，春夜月令人和悦。"这不是作诗，而是随口所说的话。苏东坡因其出口合律,就夸赞她能作诗,传为佳话。这就是说话铿锵、无重复聱牙、可以作诗的明证。其余的女子,未必人人都能这样,只要书义稍通,则任凭她学习诸般技艺,都是锁钥到手,不愁会受到阻隔的人了。

　　妇人读书习字,无论学成之后受益无穷,即其初学之时,先有裨于观者:只需案摊书本,手捏柔毫,坐于绿窗翠箔之下,便是一幅画图。班姬续史之容,谢庭咏雪之态[①],不过如是,何必睹其题咏,较其工拙,而后有闺秀同房之乐哉?噫,此等画图,人间不少,无奈身处其地,皆作寻常事物观,殊可惜耳。

【注释】

①班姬续史之容,谢庭咏雪之态:班姬,一名班昭,班固的妹妹,班固死后,她续写《汉书》。谢庭咏雪,指东晋才女、谢安侄女谢道韫,以柳絮喻雪,世称"咏絮才"(见《世说新语·言语》)。

【译文】

　　妇人读书习字,不要说学成之后受益无穷,即使其初学的时候,就能让观看的人先得到益处了:只需她案头摊开书本,手捏着柔毫,坐在绿窗翠箔之下,便是一幅画图。班姬续史的仪容,谢庭咏雪的姿态,不过如此,何必非得看到她题咏,比较其工拙,而后才体会到闺秀同房之乐呢?唉,这样的画图,人间并不少,只是人们身处其地,都当作寻常事物来看,真是太可惜了。

　　欲令女子学诗,必先使之多读,多读而能口不离诗,以之作话,则其诗意诗情,自能随机触露,而为天籁自鸣矣。

至其聪明之所发，思路之由开，则全在所读之诗之工拙，选诗与读者，务在善迎其机。然则选者维何？曰：在"平易尖颖"四字。平易者，使之易明且易学；尖颖者，妇人之聪明，大约在纤巧一路，读尖颖之诗，如逢故我，则喜而愿学，所谓迎其机也。所选之诗，莫妙于晚唐及宋人，初唐、中唐、盛唐，皆所不取；至汉魏晋之诗，皆秘勿与见，见即阻塞机锋，终身不敢学矣。此予边见，高明者阅之，势必哑然一笑。然予才浅识隘，仅足为女子之师，至高峻词坛，则生平未到，无怪乎立论之卑也。

【译文】

要想叫女子学诗，必须先让她多读，多读而能口不离诗，以它作平常说话，那么她们的诗意诗情，自然能够随机吐露，而成为天籁自鸣了。至于她们的聪明受启发而得以发挥，思路受启发而得以打开，那就全在她们所读之诗的工拙，为之选诗与阅读这些诗时，务必善于迎合其灵机。那么如何选诗呢？我认为：就在"平易尖颖"四个字。所谓平易，就是使她们容易懂而且容易学；所谓尖颖，说的是妇人的聪明，大约在纤细灵巧一路，读那些尖巧新颖的诗，如逢故我，就会喜欢而愿意学，这就是所谓迎合其灵机。所选的诗，莫妙于选晚唐及宋人的诗，初唐、中唐、盛唐，都不要选；至于汉魏晋各代的诗，都不要让她们见到，见到就会阻塞作诗的机锋，终身不敢再学诗了。这是我的一己之见，高明的人看了，势必哑然一笑。然而我才浅识陋，仅足以作为女子的老师，至于高峻的词坛，则我生平未到，无怪乎我立论如此卑微了。

女子之善歌者，若通文义，皆可教作诗余。盖长短句法，日日见于词曲之中，入者既多，出者自易，较作诗之功为尤捷也。曲体最长，每一套必须数曲，非力赡者不能。诗余短而易竟，如《长相思》、《浣溪纱》、《如梦令》、《蝶恋花》之类，每首不过一二十字，作之可逗灵机。但观诗余选本，多闺秀女郎之作，为其词理易明，口吻易肖故也。然诗余既熟，即可由短而长，扩为词曲，其势亦易。果能如是，听其自制自歌，则是名士佳人合而为一，千古来韵事韵人，未有出于此者。吾恐上界神仙，自鄙其乐，咸欲谪向人寰而就之矣。此论前人未道，实实创自笠翁，有由此而得妙境者，切勿忘其所本。

【译文】

女子中善于歌唱的，如果通文义，都可教她们作词。因为长短句法，天天见于词曲之中，接受的既然多了，抛出去自然容易，比起作诗的功夫尤为便捷。曲的体式最长，每一套必有好几支曲子，非得才力雄赡者不能作。至于词，短小而容易作完，如《长相思》、《浣溪纱》、《如梦令》、《蝶恋花》之类，每首不过一二十字，作这些词可以逗起灵机。只要看一下词的选本，就知多为闺秀女郎之作，因为它们词理容易明白，口吻也容易效仿。对词熟悉之后，就可以由短而长，扩展为词曲，顺势而行也容易。假若真能如此，就听任她们自己作词自己歌唱，那就是名士佳人合而为一，千古以来的韵事韵人，没有超过这种情景的了。我恐怕上界神仙，会瞧不起自己的音乐，要下凡到人间而趋近她们了。这些理论前人未曾说过，实实在在创自笠翁，若有由此而进入妙境的，切不要忘其所本。

以闺秀自命者，书、画、琴、棋四艺，均不可少。然学之须分缓急，必不可已者先之，其余资性能兼，不妨次第并举，不则一技擅长，才女之名著矣。琴列丝竹，别有分门，书则前说已备。善教由人，善习由己，其工拙浅深，不可强也。画乃闺中末技，学不学听之。至手谈一节①，则断不容已，教之使学，其利于人己者，非止一端。妇人无事，必生他想，得此遣日，则妄念不生，一也；女子群居，争端易酿，以手代舌，是喧者寂之，二也；男女对坐，静必思淫，鼓瑟鼓琴之暇，焚香啜茗之余，不设一番功课，则静极思动，其两不相下之势，不在几案之前，即居床笫之上矣②。一涉手谈，则诸想皆落度外，缓兵降火之法，莫善于此。但与妇人对垒，无事角胜争雄，宁饶数子而输彼一筹，则有喜无嗔，笑容可掬；若有心使败，非止当下难堪，且阻后来弈兴矣。

　　纤指拈棋，踌躇不下，静观此态，尽勾消魂。必欲胜之，恐天地间无此忍人也。

　　双陆投壶诸技③，皆在可缓。骨牌赌胜，亦可消闲，且易知易学，似不可已。

【注释】

①手谈：下围棋。《世说新语·巧艺》："支公以围棋为手谈。"

②床笫(zǐ)：床铺。笫，垫在床上的竹席。

③双陆：古代游戏，因局如棋盘，左右各有六路，故名。投壶：古代游戏，以盛酒的壶口作为目标，以矢投入。

【译文】

　　以大家闺秀自命的女子，书、画、琴、棋四艺，样样不可少。然而学习它们须分缓急，必不可少的先学；其余的，若学习者天资禀性具备，不妨一样一样地依次学习；不然，能够擅长一种技艺，也可博得才女之名。

琴属于丝竹之列,另有分类;书则前面说得已很详备。善于教授,听由人家;善于学习,则由自己,学习的工拙浅深,不可勉强。画画乃是闺阁中的末技,学不学随其便。至围棋一节,那就绝不可听之任之,一定要教她们学会,这对于彼此的好处,不止一个方面。妇人无事可做,必然滋生种种其他想法,有围棋消遣度日,那就使之不生妄念,这是其一;女子们住在一起,容易酿发争端,以手谈代舌战,会使喧闹者寂静下来,这是其二;男女对坐,寂静时必然会引起淫欲,鼓瑟鼓琴的余暇,焚香喝茶的闲时,若不安排一番功课,那就静极思动,男女二人两不相下之情势,若不在几案之前,就会在床席之上了。一下围棋,那么其他念头都会置之度外,缓兵降火的方法,没有比这更好的了。但是与妇人下棋对垒,不要角胜争雄,宁肯饶数子而输她一筹,她会心怀喜悦,笑容可掬;倘若有心打败她,不只是当下难堪,而且阻断后来的棋兴了。

纤细手指拿着棋子,踌躇不下、犹豫未定,静观这种情态,尽可销魂勾魄。若必欲战胜她,恐怕天地之间没有这样的忍人。

双陆、投壶诸种技艺,都在可缓之列。以骨牌来赌胜,也可以消闲,而且易知易学,但似乎玩儿起来就没完。

丝竹

【题解】

丝竹,指弦乐与管乐。李渔认为“丝竹”可以使女子变化情性,陶熔情操。关于“丝”,李渔提到琴、瑟、蕉桐、琵琶、弦索、提琴(非现在所谓西方之提琴)等等,他认为最宜于女子学习的是弦索和提琴。关于“竹”,李渔提到箫、笛、笙等等,他认为最宜于女子学习的是箫。中国古代的琴瑟之乐,乃是文人墨客陶冶性情的雅乐,极富雅趣,就像他们赋诗作画一样。因此,人们总是把琴棋书画并称。古代的知识分子(士大夫阶层),常常达则兼济天下、穷则独善其身。他们平时讲究修身养性,自我完善,而丝竹之乐就成为他们以娱乐的形式进行修身养性的手段。

中国古典音乐从总体上说是一种潺潺流水式的、平和的、温文尔雅的、充满着中庸之道的音乐,是更多地带着某种女人气质的柔性音乐、阴性音乐,是像春风吹到人身上似的音乐,是像细雨打到人头上似的音乐,是像中秋节银色月光洒满大地似的音乐,是像处女微笑似的音乐,是像寡妇夜哭似的音乐。讲究中和是它的突出特点。《春江花月夜》《梅花三弄》以及流传至今受到挚爱的广东音乐等等,都是如此。而像《十面埋伏》那样激越的乐曲,则较少。相比较而言,西方古典音乐从总体上说是一种大江大河急流澎湃式的、激烈的、充满矛盾的音乐,是更多地带着某种男人气质的刚性音乐、阳性音乐,是像狂风吹折大树似的音乐,是像暴雨冲刷大地似的音乐,是像阿尔卑斯山那样白雪皑皑、雄浑强健的音乐,是像骑士骑马挎剑似的音乐,是像西班牙斗牛士般的音乐。强调冲突是它的突出特点。贝多芬的《英雄交响曲》及其他交响曲是它的代表性风格。即使是舞曲,也常常让人听出里面带有骑士的脚步。

丝竹之音,推琴为首。古乐相传至今,其已变而未尽变者,独此一种,余皆末世之音也。妇人学此,可以变化性情,欲置温柔乡,不可无此陶熔之具。然此种声音,学之最难,听之亦最不易。凡令姬妾学此者,当先自问其能弹与否。主人知音,始可令琴瑟在御,不则弹者铿然,听者茫然,强束官骸以俟其阕①**,是非悦耳之音,乃苦人之具也,习之何为?凡人买姬置妾,总为自娱。己所悦者,导之使习;己所不悦,戒令勿为,是真能自娱者也。尝见富贵之人,听惯弋阳、四平等腔**②**,极嫌昆调之冷,然因世人雅重昆调,强令歌童习之,每听一曲,攒眉许久,座客亦代为苦难,此皆不善自娱者也。予谓人之性情,各有所嗜,亦各有所厌,即使嗜之不当,**

厌之不宜,亦不妨自攻其谬③。自攻其谬,则不谬矣。予生平有三癖,皆世人共好而我独不好者:一为果中之橄榄,一为馔中之海参,一为衣中之茧绸。此三物者,人以食我,我亦食之;人以衣我,我亦衣之;然未尝自沽而食,自购而衣,因不知其精美之所在也。谚云:"村人吃橄榄,不知回味。"予真海内之村人也。因论习琴,而谬谈至此,诚为饶舌。

【注释】

①强束官骸以俟其阕:强打精神听,熬着等它结束。

②弋阳、四平等腔:弋阳腔,江西弋阳的戏剧曲调,起源于元末明初。四平腔,由弋阳腔演变而成,流传于徽州(今安徽歙县)一带。

③不妨自攻其谬:不妨致力于自己错爱的东西。

【译文】

丝弦和竹管的音乐,以弹琴为第一。古代音乐相传至今,其已经发生变化而没有完全变化的,唯独这一种,其余都是末世之音了。妇人学琴,可以变化其性情,要把她放在娱乐人生的温柔之乡,不能没有这种陶熔情性之具。然而这种音乐,学起来最难,欣赏起来也最不容易。凡是叫姬妾学习弹琴的,应当先看看自己能弹与否。主人能够知音,才可使得琴瑟之乐在其掌握之中,不然,弹者铿然有声,听者茫然不识,强打精神听,熬着等它结束,这不是悦耳的音乐,乃是使人受罪的工具,学它何用?凡是人们买姬置妾,总是为了自己娱乐。自己所喜欢的,引导她学习;自己不喜欢的,告诫她不要学,这才是真能自我娱乐的人。曾经见过富贵之人,听惯了弋阳、四平等热闹声腔,很讨厌昆曲的清冷,然而因为世人都看重昆曲,强令歌童学习它,每听一曲,就皱眉半天,客人也代为受苦,这都不是善于自娱自乐的人。我认为人的性情,各有所好,也各有所恶，即使好之不当，恶之不宜，也不妨自己致力于自己错爱的东西。自己致力于自己的错爱，那就不算错爱了。我生平有三个癖好，都是世人共好而唯独我不喜欢的：一是果品中的橄榄，一是食品中的海参，一是衣服中的茧绸。这三样东西，人请我吃，我也吃；人请我穿，我也穿；然而未曾自己买了吃，自己买来穿，因为我不知道它们精美之所在。谚语说："村人吃橄榄，不知回味。"我真是海内的村人啊。因讨论学琴，而谬谈这些话，实在是饶舌了。

　　人问：主人善琴，始可令姬妾学琴，然则教歌舞者，亦必主人善歌善舞而后教乎？须眉丈夫之工此者，有几人乎？曰：不然。歌舞难精而易晓，闻其声音之婉转，睹见体态之轻盈，不必知音，始能领略，座中席上，主客皆然，所谓雅俗共赏者是也。琴音易响而难明，非身习者不知，惟善弹者能听。伯牙不遇子期，相如不得文君[①]，尽日挥弦，总成虚鼓。吾观今世之为琴，善弹者多，能听者少；延名师、教美妾者尽多，果能以此行乐，不愧文君、相如之名者绝少。务实不务名，此予立言之意也。若使主人善操，则当舍诸技而专务丝桐。"妻子好合，如鼓瑟琴[②]。""窈窕淑女，琴瑟友之[③]。"琴瑟非他，胶漆男女，而使之合一；联络情意，而使之不分者也。花前月下，美景良辰，值水阁之生凉，遇绣窗之无事，或夫唱而妻和，或女操而男听，或两声齐发，韵不参差，无论身当其境者俨若神仙，即画成一幅合操图，亦足令观者消魂，而知音男妇之生妒也。

【注释】

①"伯牙不遇子期"以下二句：俞伯牙善弹琴，钟子期知音，钟子期死后，俞伯牙终身不复鼓琴(见《吕氏春秋·本味》)。司马相如爱慕卓文君，以琴动其心，两人私奔(见《史记·司马相如传》)。

②妻子好合，如鼓瑟琴：语出《诗经·小雅·常棣》，是说夫妻关系像弹琴鼓瑟一样和谐。

③窈窕淑女，琴瑟友之：语出《诗经·周南·关雎》，是说文静美好的女子，弹琴鼓瑟使她高兴。

【译文】

有人问：主人知琴，才可叫姬妾学琴，那么教歌舞的，也必得主人善歌善舞而后才教吗？男子汉大丈夫精于歌舞的，能有几个人呢？我说：不然。歌舞难以精通而容易懂，听其声音之婉转，看其体态之轻盈，不必歌舞行家也能领略，宴席上的主人客人都能感受，这就是所谓雅俗共赏。琴音容易鸣响而难以明了，若不是自己练习则难以知晓，唯有善于弹琴的人才能听懂。俞伯牙不遇钟子期，司马相如不得卓文君，即使整天挥弦，也是白弹。我看当今世上习琴的人，善弹的多，能听的少；延请名师、教授美妾的很多，果真能以弹琴行乐，不愧于卓文君、司马相如那样的弹琴名家称号的，绝少。务求实际而不求虚名，这是我立言的本意。假使主人善于操琴，就应当舍弃其他技艺而专心于丝桐。"妻子好合，如鼓瑟琴。""窈窕淑女，琴瑟友之。"琴瑟不是别的，而是让男女如胶似漆，结合为一；联络情感，而使他们不可分离的东西。花前月下，美景良辰，正值水阁产生凉意，赶上绣窗之下闲暇无事，或者夫唱而妻和，或者女子操琴而男子欣赏，或夫妻两人双声齐发，音韵和谐，不要说身临其境的人活像神仙，即使画成一幅夫妻合奏的图画，也足以让观者销魂，让知音的男男女女产生嫉妒之心了。

　　丝音自蕉桐而外①，女子宜学者，又有琵琶、弦索、提琴之三种。琵琶极妙，惜今时不尚，善弹者少，然弦索之音，实足以代之。弦索之形较琵琶为瘦小，与女郎之纤体最宜。近日教习家，其于声音之道，能不大谬于宫商者，首推弦索，时曲次之，戏曲又次之。予向有"场内无文，场上无曲"之说，非过论也。止为初学之时，便以取舍得失为心，虑其调高和寡，止求为《下里》、《巴人》，不愿作《阳春》、《白雪》，故造到五七分即止耳。提琴较之弦索，形愈小而声愈清，度清曲者必不可少。提琴之音，即绝少美人之音也。春容柔媚，婉转断续，无一不肖。即使清曲不度，止令善歌二人，一吹洞箫，一拽提琴，暗谱悠扬之曲，使隔花间柳者听之，俨然一绝代佳人，不觉动怜香惜玉之思也。

　　丝音之最易学者，莫过于提琴，事半功倍，悦耳娱神。吾不能不德创始之人，令若辈尸而祝之也②。

【注释】

①蕉桐：即"焦桐"，指琴。《后汉书·蔡邕传》："吴人有烧桐以爨者，邕闻火烈之声，知其良木，因请而裁为琴，果有美音，而其尾犹焦，故时人名曰'焦尾琴'焉。"

②若辈尸而祝之：若辈，这些人，这等人。尸而祝，本指古代祭祀时对神主掌祝的人，主祭人。引申为祭祀和崇拜。

【译文】

　　丝弦之音除了弹琴而外，女子应当学的，又有琵琶、弦索、提琴这三种。琵琶极妙，可惜今天不时兴，善弹琵琶者少；但是弦索之音，实际上足以代替琵琶。弦索的形体比起琵琶来要瘦小，与女郎之纤细体态最相适宜。近来教授音乐的专家,在声音之道上,于音律不出大错的,首先是弦索,时曲次之,戏曲又次之。我一向有"戏场内无文,舞台上无曲"的话,并非过激之论。只因为初学的时候,就在取舍得失上用心,顾虑其调高和寡,只求做《下里》、《巴人》的粗疏之调,不愿做《阳春》、《白雪》的精美之曲,所以达到五七分就停止了。提琴比起弦索来,形体愈小而声音愈清,演唱清曲的人必不可少。提琴的声音,就是非常娇小的美人的声音。娴雅柔媚,婉转断续,惟妙惟肖。即使清曲不唱,只让两个善歌的少女,一个吹洞箫,一个拉提琴,依谱演奏悠扬的曲子,使得那些在帘外隔花间柳的人听了,俨然是一绝代佳人,不知不觉产生怜香惜玉的心思。

　　丝弦之音中最容易学的,莫过于提琴,事半功倍,悦耳娱神。我不能不感谢它的创始之人,请人们为他焚香祝福。

　　竹音之宜于闺阁者,惟洞箫一种。笛可暂而不可常。至笙、管二物,则与诸乐并陈,不得已而偶然一弄,非绣窗所应有也。盖妇人奏技,与男子不同,男子所重在声,妇人所重在容。吹笙搦管之时,声则可听,而容不耐看,以其气塞而腮胀也,花容月貌为之改观,是以不应使习。妇人吹箫,非止容颜不改,且能愈增娇媚。何也?按风作调,玉笋为之愈尖;簇口为声,朱唇因而越小。画美人者,常作吹箫图,以其易于见好也。或箫或笛,如使二女并吹,其为声也倍清,其为态也更显,焚香啜茗而领略之,皆能使身不在人间世也。

　　吹箫品笛之人,臂上不可无钏。钏又勿使太宽,宽则藏于袖中,不得见矣。

【译文】

丝弦之音中适宜于闺阁的,只有洞箫这一种。笛子可以短时间吹吹而不可常奏。至于笙、管两种乐器,则与其他诸乐一起演奏时,不得已而偶然摆弄一下,那不是闺阁女子所应有之物。因为妇人的演奏技艺,与男子不同,男子所重在声音,妇人所重在仪容。吹笙握管的时候,声音可以听,而容貌却不好看,因为吹的时候憋气鼓腮,女子的花容月貌为之变形,因此不应该叫女子学习。妇人吹箫,不但容颜不改,而且能够愈发增加其娇媚。为什么? 因为她按孔作调,玉笋般的手指显得更尖细;簇口为声,朱唇因而越发显得小巧。画美人的时候,常常画她在吹箫,因为这样画容易见好。或是箫或是笛,假如让两个女子一起吹,那声音会加倍清亮,那姿态也更楚楚动人,焚香啜茗而领略其美,都能使人有身不在人间世的感觉。

吹箫品笛的美人,手臂上不可不戴手镯。镯子又不要太宽,若宽,则藏于袖中,看不见了。

歌舞

【题解】

此款讲教女子学习歌舞的问题。一开始,李渔就明确讲,"教歌舞"是"习声容"的一种手段:"欲其声音婉转,则必使之学歌;学歌既成,则随口发声,皆有燕语莺啼之致,不必歌而歌在其中矣。"学舞也如是:"欲其体态轻盈,则必使之学舞;学舞既熟,则回身举步,悉带柳翻花笑之容,不必舞而舞在其中矣。"李渔此处说的主要是从男权主义立场出发如何调教和培养姬妾的问题,在这里必须以"习声容"为目的,以便于将来她们"贴近主人之身"时有"娇音媚态",将主人伺候得舒舒服服。

对于李渔这个戏曲家来说,教习歌舞根本是为了登场演剧。就此,他从三个方面谈到了如何教习演员。一曰"取材",即因材施教,根据演员的自然条件来决定对他(她)的培养方向——是旦、是生、是净、是末;

二曰"正音"，即纠正演员不规范的方言土音；三曰"习态"，即培养演员的舞台做派。这三个方面，李渔都谈出了很有见地的意见，甚至可以说谈得十分精彩。而令人最感兴趣的是第二点，特别有关语音学问题——方言问题。李渔谈"正音"，对方言问题提出了很有学术价值的意见。因为李渔走南闯北，见多识广，对各地的方言都有接触，而有的方言，他还能深入其"骨髓"，把握得十分准确，不逊于现代的方言专家。譬如，对秦晋两地方言的特点，李渔就说得特别到位，令今人也不得不叹服。他说："秦音无'东钟'，晋音无'真文'；秦音呼'东钟'为'真文'，晋音呼'真文'为'东钟'。"用现在的专业术语来说，秦音中没有 eng（亨的韵母）、ing（英的韵母）、ueng（翁的韵母）、ong（轰的韵母）、iong（雍的韵母）等韵，当遇到这些韵的时候一律读成 en（恩的韵母）、in（音的韵母）、uen（文的韵母）、un（晕的韵母）等韵。相反，晋音中没有 en（恩的韵母）、in（音的韵母）、uen（文的韵母）、un（晕的韵母）等韵，当遇到这些韵的时候，一律读成 eng（亨的韵母）、ing（英的韵母）、ueng（翁的韵母）、ong（轰的韵母）、iong（雍的韵母）等韵。李渔举例说，秦人呼"中"为"肫"，呼"红"为"魂"；而晋人则呼"孙"为"松"，呼"昆"为"空"。中国地广人多、方言各异的状况，李渔认为极不易交往，对政治、文化（当时还没有谈到经济）的发展非常不利。他提出应该统一语音。他说："至于身在青云，有率吏临民之责者，更宜洗涤方音，讲求韵学，务使开口出言，人人可晓。常有官说话而吏不知，民辩冤而官不解，以致误施鞭扑，倒用劝惩者。声音之能误人，岂浅鲜哉！"

　　《演习部》已载者，一语不赘。彼系泛论优伶，此则单言女乐。然教习声乐者，不论男女，二册皆当细阅。

【译文】

　　《演习部》已记载的，这里一语不赘。那里是泛论优伶，这里则是单言女乐。然而教授声乐的人，不论男女，这两册都应细读。

　　昔人教女子以歌舞，非教歌舞，习声容也。欲其声音婉转，则必使之学歌；学歌既成，则随口发声，皆有燕语莺啼之致，不必歌而歌在其中矣。欲其体态轻盈，则必使之学舞；学舞既熟，则回身举步，悉带柳翻花笑之容，不必舞而舞在其中矣。古人立法，常有事在此而意在彼者。如良弓之子先学为箕，良冶之子先学为裘①。妇人之学歌舞，即弓冶之学箕裘也。后人不知，尽以声容二字属之歌舞，是歌外不复有声，而征容必须试舞，凡为女子者，即有飞燕之轻盈②，夷光之妩媚，舍作乐无所见长。然则一日之中，其为清歌妙舞者有几时哉？若使声容二字，单为歌舞而设，则其教习声容，犹在可疏可密之间。若知歌舞二事，原为声容而设，则其讲究歌舞，有不可苟且塞责者矣。但观歌舞不精，则其贴近主人之身，而为飐雨尤云之事者③，其无娇音媚态可知也。

【注释】

①"良弓之子先学为箕"以下二句：意思是说，善造弓箭者的子弟，先要像做弓那样学着做簸箕；善于冶金者的子弟先要像冶金造器具那样学着用皮毛制作裘袍。语见《礼记·学记》："良冶之子，必学为裘；良弓之子，必学为箕。"

②飞燕：赵飞燕，汉成帝的皇后。

③飐(tì)雨尤云：喻男女之间的缠绵欢爱。

【译文】

过去人们教女子学习歌舞，不是教歌舞，而是让她们练习声音和仪态。要想让她声音婉转，那就必须让她学习歌唱；歌唱学成了以后，那么随口发声，都有燕语莺啼的风致，不必歌唱而歌唱已在其中了。要想让她体态轻盈，那就必须让她学习舞蹈；舞蹈跳熟之后，那么回身举步，都带着柳翻花笑的仪容，不必舞蹈而舞蹈已在其中了。古人建立法度，常常事在此而意在彼。譬如，善作箭弓的人，先叫他的儿子学习制作簸箕；善于冶炼的人，先叫他的儿子学习制作裘衣。妇人之学习歌舞，就是善弓、善冶之学作簸箕、裘衣。后人不知此理，都把声容二字隶属于歌舞，这样，歌唱之外不再有声，而征寻仪容只需验试其舞蹈，凡是女子，即使有赵飞燕之轻盈，西施之妖媚，除了歌舞之外就毫无所长了。但是，一天之中，她能有多少时间轻歌妙舞呢？假使声容二字，只为歌舞而设，那么教她们学习声容，就在可紧可慢之间，是件无甚要紧的事情。但是，假如知道歌舞这两件事情，原是为声容而设，那么讲究歌舞，就有不可苟且、不可搪塞的重要意义了。只看她歌舞不精，那么她贴近主人之身，而为男女云雨之事的时候，她缺乏娇音媚态即可想而知了。

　　"丝不如竹，竹不如肉"[①]。此声乐中三昧语，谓其渐近自然也。予又谓男音之为肉，造到极精处，止可与丝竹比肩，犹是肉中之丝，肉中之竹也。何以知之？但观人赞男音之美者，非曰"其细如丝"，则曰"其清如竹"，是可概见。至若妇人之音，则纯乎其为肉矣。语云："词出佳人口。"予曰：不必佳人，凡女子之善歌者，无论妍媸美恶，其声音皆迥别男人。貌不扬而声扬者有之，未有面目可观而声音不足听者也。但须教之有方，导之有术，因材而施，无拂其天然之性而已矣。歌舞二字，不止谓登场演剧，然登场演剧一事，为今世所极尚，请先言其同好者。

【注释】

①丝不如竹，竹不如肉：丝，弦乐器。竹，管乐器。肉，人的歌喉。

【译文】

"丝不如竹，竹不如肉"。这是深知声乐三昧的话语，是说音乐应该渐渐趋向于自然。我还认为，男子的歌唱，达到极精极高的造诣，只能与丝竹之乐差不多，仍然是喉咙之中的丝音、喉咙之中的竹音。靠什么知道？只要看一看人们称赞男声之美的用词，不是说"其细如丝"、就是说"其清如竹"，就可以知道大概。至于妇人的声音，那纯粹是人的喉咙发出的声音。俗语说："词出佳人口。"我说，不必非得佳人，凡是善于歌唱的女子，无论妍媸美丑，她的声音都与男人迥然有别。长得不好而声音好听的，有；但是没有长得好看而声音却不好听的。但是必须教授有方，引导有术，因材而施教，不要拂逆她的天然之性才行。歌舞二字，不只说的登场演剧，然而登场演剧这件事，为今天世人所极为崇尚的事情，请让我先说说大家共同喜好的东西。

一曰取材。取材维何？优人所谓"配脚色"是已。喉音清越而气长者，正生、小生之料也；喉音娇婉而气足者，正旦、贴旦之料也，稍次则充老旦；喉音清亮而稍带质朴者，外末之料也；喉音悲壮而略近噍杀者①，大净之料也。至于丑与副净，则不论喉音，只取性情之活泼，口齿之便捷而已。然此等脚色，似易实难。男优之不易得者二旦，女优之不易得者净丑。不善配脚色者，每以下选充之，殊不知妇人体态不难于庄重妖娆，而难于魁奇洒脱，苟得其人，即使面貌娉婷，喉音清婉，可居生旦之位者，亦当屈抑而为之。盖女优之净丑，不比男优仅有花面之名，而无抹粉涂胭之实②，虽涉诙谐谑浪，犹之名士风流。若使梅香之面貌胜于小姐，奴仆之词曲过于官人,则观者、听者倍加怜惜,必不以其所处之位卑,而遂卑其才与貌也。

【注释】

①噍(jiào)杀:声音苍凉、急促、忧戚。《礼记·乐记》:"其哀心感者,其声噍以杀。"

②胭:芥子园本作"烟",《中国文学珍本丛书》本作"胭"。

【译文】

第一是取材。什么是取材? 就是优人所说的"配脚色"。喉音清越而气息长的,是正生、小生的材料;喉音娇婉而气息足的,是正旦、贴旦的材料,稍次的就充当老旦;喉音清亮而稍带质朴的,是外末的材料;喉音悲壮而略近噍杀的,是大净的材料。至于丑与副净,那就不论喉音,只看他性情活泼、口齿便捷即可。但是这类脚色,看似易实则难。男优之中不易得到的是正旦、贴旦,女优之中不易得到的是净与丑。不善于挑配脚色的人,往往把水平不好的拿来充数,殊不知妇人体态不是难在庄重妖娆,而是难在魁奇洒脱,如果得到这样的人,即使她面貌娉婷,喉音清婉,可以搬演生旦角色的,也要委屈她们搬演净丑。因为女优之中的净丑,不像男优仅有花面之名,而没有抹粉涂胭之实,虽然涉及诙谐谑浪,犹然表现出名士风流。倘若丫鬟的面貌胜过小姐,奴仆的词曲超过官人,那就会使观者、听者倍加怜爱,必然不会因为他们所处地位卑下,而轻视他们的才与貌。

二曰正音。正音维何? 察其所生之地,禁为乡土之言,使归《中原音韵》之正者是已。乡音一转而即合昆调者,惟姑苏一郡。一郡之中,又止取长、吴二邑①,余皆稍逊,以其与他郡接壤,即带他郡之音故也。即如梁溪境内之民,去吴门不过数十里，使之学歌，有终身不能改变之字，如呼酒钟为"酒宗"之类是也。近地且然，况愈远而愈别者乎？然不知远者易改，近者难改；词语判然、声音迥别者易改，词语声音大同小异者难改。譬如楚人往粤，越人来吴，两地声音判如霄壤，或此呼而彼不应，或彼说而此不言，势必大费精神，改唇易舌，求为同声相应而后已。止因自任为难，故转觉其易也。至入附近之地，彼所言者，我亦能言，不过出口收音之稍别，改与不改，无甚关系，往往因仍苟且②，以度一生。止因自视为易，故转觉其难也。正音之道，无论异同远近，总当视易为难。选女乐者，必自吴门是已。然尤物之生，未尝择地，燕姬赵女、越妇秦娥见于载籍者，不一而足。"惟楚有材，惟晋用之"③，此言晋人善用，非曰惟楚能生材也。予游遍域中，觉四方声音，凡在二八上下之年者，无不可改，惟八闽、江右二省，新安、武林二郡④，较他处为稍难耳。正音有法，当择其一韵之中，字字皆别，而所别之韵，又字字相同者，取其吃紧一二字，出全副精神以正之。正得一二字转，则破竹之势已成，凡属此一韵中相同之字，皆不正而自转矣。请言一二以概之。九州以内，择其乡音最劲、舌本最强者而言，则莫过于秦、晋二地。不知秦、晋之音，皆有一定不移之成格。秦音无"东钟"，晋音无"真文"；秦音呼"东钟"为"真文"，晋音呼"真文"为"东钟"。此予身入其地，习处其人，细细体认而得之者。秦人呼"中庸"之"中"为"肫"，"通达"之"通"为"吞"，"东南西北"之"东"为"敦"，"青红紫绿"之"红"为"魂"，凡属"东钟"一韵者，字字皆然，无一合于本韵,无一不涉"真文"。岂非秦音无"东钟",秦音呼"东钟"为"真文"之实据乎?我能取此韵中一二字,朝训夕诂,导之改易;一字能变,则字字皆变矣。晋音较秦音稍杂,不能处处相同,然凡属"真文"一韵之字,其音皆仿佛"东钟",如呼"子孙"之"孙"为"松","昆腔"之"昆"为"空"之类是也。即有不尽然者,亦在依稀仿佛之间。正之亦如前法,则用力少而成功多。是使无"东钟"而有"东钟",无"真文"而有"真文",两韵之音,各归其本位矣。秦、晋且然,况其他乎?大约北音多平而少入,多阴而少阳。吴音之便于学歌者,止以阴阳平仄不甚谬耳。然学歌之家,尽有度曲一生,不知阴阳平仄为何物者,是与蠹鱼日在书中,未尝识字等也。予谓教人学歌,当从此始。平仄阴阳既谙,使之学曲,可省大半工夫。正音改字之论,不止为学歌而设,凡有生于一方,而不屑为一方之士者,皆当用此法以掉其舌。至于身在青云,有率吏临民之责者,更宜洗涤方音,讲求韵学,务使开口出言,人人可晓。常有官说话而吏不知,民辩冤而官不解,以致误施鞭扑,倒用劝惩者。声音之能误人,岂浅鲜哉!

【注释】

①长、吴:长洲、吴县。二地现属江苏苏州。

②因仍:沿袭。

③惟楚有材,惟晋用之:此地的人才,别处用之。语出《左传·襄公二十六年》:"虽楚有材,晋实用之。"

④八闽、江右二省,新安、武林二郡:八闽,指福建。江右,指江西。新安,即今安徽徽州,或说指今安徽休宁与今浙江祁门等地。武

林,今浙江杭州。

【译文】

第二是正音。什么是正音？就是考察优伶的出生之地,禁止他说乡言土语,使他的语音归于《中原音韵》的纯正之声。乡音土语稍微一转就合于昆调的,唯有苏州一郡。一郡之中,又只取长洲、吴县两个小城,其余都稍逊色,因为这些地方与其他郡县接壤,就带其他郡口音的缘故。就是像梁溪境内的人,离吴县不过数十里,让他学唱歌,有终身不能改变的字音,如把酒钟说成"酒宗"之类就是。近的地方尚且如此,何况愈远而口音差别越大的呢?然而,人们不知道远的地方口音容易改、近的地方口音反而难改;词语判然两样、声音迥然有别的容易改,词语声音大同小异的反而难改。譬如楚地人往粤地去,越人到吴地来,两地的口音差别非常大,有时你呼而他不应,有时他说而你不言,逼得人们必须大费精神,改变口音,达到同声相应才行。只因自己认识到语音之困难,所以改转过来反而觉得容易了。至于进入临近的地方,他所说的,我也能言,不过出口收音稍有差别,改与不改,没有什么关系,往往沿袭苟且,度过一生。只因自己觉得容易,所以改转过来反而觉得困难。正音的道理,不论是异是同、是远是近,总应当把容易的看作困难才好。挑选女乐的人,必要她出自吴门才行。然而尤物的出生,未曾选择地方,燕姬赵女、越妇秦娥等等美女见于书籍记载的,不知多少。"惟楚有材,惟晋用之"。这是说晋人善用人才,不是说唯有楚地才产生人才。我游遍全国各地,觉得四面八方的语音,凡是十五六岁上下年纪的人,没有不可改变的,唯有福建、江西两省,徽州、杭州二郡,比其他地方稍微困难些。正音有办法:应当选择那种在一韵之中,字字都不一样,而所要区别的那个韵,又字字相同的,取其最要紧的一二个字,用全副精神去纠正它。把这一二个字纠正了,那么破竹之势已成,凡属这一韵中相同的字,都不用去纠正而自然纠正过来了。请让我举一二个例子来概括说明。全国九州以内,就其乡音最厉害、舌根最强硬的来说,莫过于秦、晋两地了。岂不知秦、晋地方的发音，都有其一定不移的成格。秦地发音没有"东钟"，晋地发音没有"真文"；秦地发音把"东钟"说成"真文"，晋地发音把"真文"说成"东钟"。这是我亲身进入秦、晋之地，与那里的人们相处，细细体认他们的发音而得出的结论。秦人把"中庸"的"中"读为"肫"，"通达"的"通"读为"吞"，"东南西北"的"东"读为"敦"，"青红紫绿"的"红"读为"魂"，凡属"东钟"这一韵的，字字都如此，没有一字合于本韵，没有一字不读为"真文"。这不就是秦音没有"东钟"，秦音把"东钟"读为"真文"的实际证据吗？我们要找出这个韵中的一二个字，一天到晚为之讲解训导，指引他们改正；倘若一个字能改变发音，那么字字就都可以改变了。晋地发音比秦地发音稍杂，不是处处相同，然而凡是属于"真文"一韵的字，其发音都好像"东钟"，如把"子孙"的"孙"读为"松"、"昆腔"的"昆"读为"空"之类就是。即使有不完全如此发音的，也在大体近似的范围之中。要纠正它，也像前面说的方法一样去做，这就会用力少而成效大。这样，就使得没有"东钟"而变为有"东钟"，没有"真文"而变为有"真文"，两韵的发音，各归其本位了。秦、晋尚且如此，何况其他地方呢？大约北方发音，多平声而少入声，多阴字而少阳字。吴地发音之所以便于学习歌唱，就是因为它的阴阳平仄发音没有什么大错。然而学习歌唱的人家，尽有唱了一辈子，还是不懂阴阳平仄为何物的，这就像吃书虫天天在书中而不曾识字是一样的。我认为教人学歌，应当从这里开始。平仄阴阳熟悉以后，再教他学曲，就可以省去大半功夫了。正音改字的理论，不只是专为学歌而设，凡是生活在某地而又不甘心被这个地方的土音所局限，都可以用上面的方法纠正发音。至于那些身居高位，负责治理一方民众的大员，更应该改变自己的方音土语，讲求韵学，务必使得开口说话，人人可懂。常常有官说话而吏不知，民辩冤而官不解，以致误施刑罚、错用劝惩的情况发生。发音之能误人，岂是小事！

正音改字，切忌务多。聪明者每日不过十余字，资质钝者渐减。每正一字，必令于寻常说话之中，尽皆变易，不定在读曲念白时。若止在曲中正字，他处听其自然，则但于眼下依从，非久复成故物，盖借词曲以变声音，非假声音以善词曲也。

【译文】

正音改字，切忌贪多。聪明的，每日不过十来个字；资质愚钝的，依次减少。每纠正一个字，务必叫他在寻常说话之中，全都改过来，而不是只在读曲念白的时候才注意。假若只在曲中正字而其他地方听其自然，那他就只在眼下依从，不久就会故态复萌。正音的初衷是借词曲以改变发音，而不是借声音以学好词曲。

三曰习态。态自天生，非关学力，前论声容，已备悉其事矣。而此复言习态，抑何自相矛盾乎？曰：不然。彼说闺中，此言场上。闺中之态，全出自然。场上之态，不得不由勉强，虽由勉强，却又类乎自然，此演习之功之不可少也。生有生态，旦有旦态，外末有外末之态，净丑有净丑之态，此理人人皆晓；又与男优相同，可置弗论，但论女优之态而已。男优妆旦，势必加以扭捏，不扭捏不足以肖妇人；女优妆旦，妙在自然，切忌造作，一经造作，又类男优矣。人谓妇人扮妇人，焉有造作之理，此语属赘。不知妇人登场，定有一种矜持之态；自视为矜持，人视则为造作矣。须令于演剧之际，只作家内想，勿作场上观，始能免于矜持造作之病。此言旦脚之态也。然女态之难，不难于旦，而难于生；不难于生,而难于外、末、净、丑;又不难于外末净丑之坐卧欢娱,而难于外、末、净、丑之行走哭泣。总因脚小而不能跨大步,面娇而不肯妆瘁容故也。然妆龙像龙,妆虎像虎,妆此一物,而使人笑其不似,是求荣得辱,反不若设身处地,酷肖神情,使人赞美之为愈矣。至于美妇扮生,较女妆更为绰约。潘安、卫玠①,不能复见其生时,借此辈权为小像,无论场上生姿,曲中耀目,即于花前月下偶作此形,与之坐谈对弈,啜茗焚香,虽歌舞之余文,实温柔乡之异趣也。

【注释】

①潘安、卫玠:古代之美男子。潘安,晋文学家,本名岳,少出洛阳道,妇人遇之者,连手萦绕,投之以果,满载而归。卫玠,晋名士,书法家,字叔宝,据说与其同游者,感觉似明珠在侧,朗然照人。

【译文】

第三是习态。一个人的仪态,是天生的,不关学力,前面论述声容时,已经讲得很详细了。而这里又讲习态,岂不自相矛盾吗?我说:不然。前面是说闺阁之中,这里是说戏场之上。闺阁之中的仪态,完全出于自然。戏场之上的仪态,不得不由勉强而生,虽说是由勉强而生,却又要如同自然,这是演习的功夫所必不可少的。生有生的仪态,旦有旦的仪态,外末有外末的仪态,净丑有净丑的仪态,这些道理人人都知晓;这些道理又与男优相同,可置之不论,只讨论女优的仪态而已。男优搬演旦角,势必作出扭捏的样子,不扭捏不足以肖似妇人;女优搬演旦角,妙在自然,切忌造作,一旦造作,又类同男优了。有人说,妇人扮妇人,哪有造作的道理,你这话是多余的。岂不知妇人登场表演,一定会有一种矜持的样子;自己觉得矜持,别人看来就是造作了。必须叫她在表演的时候,只想着是在家里,不要看作是在舞台上,这才能够克服矜持造作的毛病。这是说的旦角的仪态。然而女优仪态之难,不难于旦角,而难于搬演生角;不难于搬演生角,而难于搬演外末净丑;又不难于外末净丑的坐卧欢娱,而难于外末净丑的行走哭泣。总是因为她脚小而不能跨大步,面色娇艳而不肯模仿憔悴悲容之态。但是,装龙像龙,装虎像虎,倘若搬演某物,而使人笑她演得不像,这就是求荣耀反而得屈辱,还不如设身处地、酷肖角色的神情、使得人们赞美为好。至于美女搬演生角,比起女妆来更显得绰约有姿。潘安、卫玠这些美男子,不能再现其生时模样,权且借这些女优复现他们的形象,不要说戏场上生发出美姿、曲中耀眼夺目,就是在花前月下偶作这种形态,与其坐谈对弈,喝茶焚香,虽是歌舞的余绪,实在是温柔乡的异趣了。

全本全注全译丛书

中华经典名著

杜书瀛◎译注

闲情偶寄 下

中华书局

卷四

居室部

【题解】

　　《居室部》是专谈房屋和园林建筑的,集中表现了李渔关于房屋建筑和"置造园亭"的美学思想。共五个部分:"房舍第一"谈房舍及园林地址的选择、方位的确定,屋檐的实用和审美效果,天花板的艺术设计,园林的空间处理,庭院的地面铺设等等。"窗栏第二"谈窗栏设计的美学原则及方法,窗户对园林的美学意义,其中还附有李渔设计的各种窗栏图样。"墙壁第三"专谈墙壁在园林中的审美作用,以及不同的墙壁(界墙、女墙、厅壁、书房壁)的艺术处理方法。"联匾第四"谈中国房舍和园林中特有的一种艺术因素"联匾"的美学特征,以及它对于创造园林艺术意境和房舍的诗情画意所起的重要作用;李渔还独出心裁创造了许多联匾式样,并绘图示范。"山石第五"专谈山石在园林中的美学品格、价值和作用,以及用山石造景的艺术方法。李渔自称"生平有两绝技":"一则辨审音乐,一则置造园亭。"这两个绝技,不但有实践,而且有理论。"辨审音乐"的实践有《笠翁十种曲》的创作和家庭剧团的演出可资证明,理论则有《闲情偶寄》的《词曲部》、《演习部》、《声容部》的大量理论文字告白于世。李渔"置造园亭"的实践至今仍有迹可寻,位于北京弓弦胡同的半亩园、金陵的芥子园、早年在家乡建造的伊园和晚年在杭州建造的层园,都是园林中的上乘之作。至于"置造园亭"的理论,则有《闲情偶寄》之《居室部》、《种植部》、《器玩部》洋洋数万言的文字流传于世。

房舍第一　计八款

【题解】

"房舍第一"开头的这段小序,表现了李渔十分精彩的园林建筑美学思想。尤其是他关于房舍建筑和园林创作的艺术个性的阐述,至今仍有重要的学术价值。艺术贵在独创,房舍建筑和园林既然是一种艺术,当然也不例外。李渔批评某些"通侯贵戚"造园,不讲究艺术个性,而且以效仿名园为荣:"亭则法某人之制,榭则遵谁氏之规,勿使稍异";而主持造园的大匠也必以"立户开窗,安廊置阁,事事皆仿名园,纤毫不谬"而居功。李渔断然否定了这种"肖人之堂以为堂,窥人之户以立户,稍有不合,不以为得,而反以为耻"的错误观念。他以辛辣的口吻批评说:"噫,陋矣!以构造园亭之盛事,上之不能自出手眼,如标新创异之文人;下之至不能换尾移头,学套腐为新之庸笔,尚嚣嚣以鸣得意,何其自处之卑哉!"李渔提倡的是"不拘成见","出自己裁",充分表现自己的艺术个性。他自称"性又不喜雷同,好为新异","茸居治宅",必"创新异之篇"。他的那些园林作品,如层园、芥子园、伊园等,都表现出李渔自己的艺术个性。

人之不能无屋,犹体之不能无衣。衣贵夏凉冬燠①,房舍亦然。"堂高数仞,榱题数尺"②,壮则壮矣,然宜于夏而不宜于冬。登贵人之堂,令人不寒而栗,虽势使之然,亦廖廓有以致之;我有重裘,而彼难挟纩故也③。及肩之墙,容膝之屋,俭则俭矣,然适于主而不适于宾。造寒士之庐,使人无忧而叹，虽气感之耳，亦境地有以迫之；此耐萧疏，而彼憎岑寂故也。吾愿显者之居，勿太高广。夫房舍与人，欲其相称。画山水者有诀云："丈山尺树，寸马豆人。"使一丈之山，缀以二尺三尺之树；一寸之马，跨以似米似粟之人，称乎？不称乎？使显者之躯，能如汤、文之九尺、十尺④，则高数仞为宜；不则堂愈高而人愈觉其矮，地愈宽而体愈形其瘠⑤，何如略小其堂，而宽大其身之为得乎？处士之庐，难免卑隘⑥，然卑者不能耸之使高，隘者不能扩之使广，而污秽者、充塞者则能去之使净，净则卑者高而隘者广矣。吾贫贱一生，播迁流离，不一其处，虽债而食，赁而居，总未尝稍污其座。性嗜花竹，而购之无资，则必令妻孥忍饥数日，或耐寒一冬，省口体之奉，以娱耳目。人则笑之，而我怡然自得也。性又不喜雷同，好为矫异，常谓人之葺居治宅⑦，与读书作文同一致也。譬如治举业者⑧，高则自出手眼，创为新异之篇；其极卑者，亦将读熟之文移头换尾，损益字句而后出之，从未有抄写全篇，而自名善用者也。乃至兴造一事，则必肖人之堂以为堂，窥人之户以立户，稍有不合，不以为得，而反以为耻。常见通侯贵戚，掷盈千累万之资以治园圃，必先谕大匠曰：亭则法某人之制，榭则遵谁氏之规，勿使稍异。而操运斤之权者，至大厦告成，必骄语居功，谓其立户开窗，安廊置阁，事事皆仿名园，纤毫不谬。噫，陋矣！以构造园亭之胜事，上之不能自出手眼，如标新创异之文人；下之至不能换尾移头，学套腐为新之庸笔，尚嚣嚣以鸣得意⑨，何其自处之卑哉！

【注释】

①燠(yù)：热。

②堂高数仞,榱(cuī)题数尺：语见《孟子·尽心下》。仞,古时八尺或七尺为一仞。榱题,屋檐。

③挟纩(kuàng)：身披丝绵。挟,用胳膊夹着。纩,丝绵。

④汤、文之九尺、十尺：《孟子·告子下》记曹交的话："交闻文王十尺,汤九尺,今交九尺四寸以长,食粟而已,如何则可?"汤,商汤。文,周文王。

⑤瘠(jí)：瘦。

⑥卑：低。隘：窄。

⑦葺(qì)：修缮。

⑧治举业：科举考试。

⑨嚣嚣：喧嚷。

【译文】

　　人之不能没有房屋,犹如身体之不能没有衣服。衣服贵在夏凉冬暖,房屋也是一样。"堂高数仞,榱题数尺",壮观倒是壮观了,然而适宜于夏天而不适宜于冬天。进入贵人的厅堂,令人不寒而栗,虽是情势使人如此,但也与它的廖廓高大有关;这就是我有厚厚的裘衣而他则难以感觉身披丝绵的缘故。刚及肩的墙壁,仅容膝的屋子,俭朴是够俭朴了,然而它适宜于主人而不适宜于宾客。造访寒士的庐舍,使人没有忧愁也会叹息,虽是气氛感染所致,也与当时所处低矮狭小的境地产生某种压迫感有关;这是因为房屋的主人耐萧疏,而来宾则怕岑寂的缘故。我希望显贵者的房屋,不要太高广。房舍与它的主人,应该相称。山水画家有口诀说："丈山尺树,寸马豆人。"假使一丈高的山,缀以二尺三尺的树;一寸长的马,跨上似米似粟的人,相称呢,还是不相称呢? 假使显贵者的身躯,能如商汤王、周文王的九尺、十尺,那么屋高数仞是合适的;不然,厅堂愈高而人愈觉得矮,地方愈宽而身体愈显得瘠瘦,哪比得上略微把厅盖得小点儿、而显得身躯宽大更好呢？贫寒处士的房屋，难免矮小，然而低矮者不能耸然使之高大，狭小者不能扩展使之宽广，但污秽的地方、堆塞的地方则能打扫得干干净净，干净了就会使低矮者显得高大、堵塞者显得宽广。我贫贱一生，搬迁流离，居无定所，虽然借债度日，租赁而居，但房子总是未曾稍有污染。我天性嗜好花竹，而无钱购买，也必使妻妾忍饥数日，或忍寒一冬，省下口中食、体上衣的奉钱，以买来花竹娱乐耳目。人家因此而笑我，而我则怡然自得。我天性又不喜欢因袭雷同，好为标新立异之举，常说人的盖房造屋，与读书作文是同一道理。譬如治举业、考功名的生员举子，技巧高的则自出手眼，创作新异的篇章；水平低下的，也得将读熟的文章移头换尾、增减字句而后写出来，从来没有那种蠢笨到抄写全篇、而自命不凡为善于运用的人。说到建造房屋园亭这件事，有的人必仿效别人的厅堂作为自己的厅堂，窥视别人的门户而立自己的门户，稍有与人不合，不以为有所得，而反以为耻辱。常见通侯贵戚，花费盈千累万的资金以建造园圃，必先告谕造园的大匠：我的亭阁要效法某人之体制，我的台榭则须遵循谁家的规则，不能有一点点差异。而那些负责施工的大匠，等到大厦告成，必会居功骄人，说这园亭的立户开窗，安廊置阁，事事都仿效名园，纤毫不差。唉，浅陋啊！像构造园亭这样的胜事，上不能如标新创异的文人那样自出手眼；下之至于蠢到不能换尾移头，学套腐为新之庸笔，还要嚣嚣嚷嚷，自鸣得意，为何如此不自重呢！

予尝谓人曰：生平有两绝技，自不能用，而人亦不能用之，殊可惜也。人问：绝技维何？予曰：一则辨审音乐，一则置造园亭。性嗜填词，每多撰著，海内共见之矣。设处得为之地，自选优伶，使歌自撰之词曲，口授而躬试之，无论新裁之曲，可使迥异时腔，即旧日传奇，一概删其腐习而益以新格，为往时作者别开生面，此一技也。一则创造园亭，因地制宜，不拘成见，一榱一桷，必令出自己裁，使经其地、入其室者，如读湖上笠翁之书，虽乏高才，颇饶别致，岂非圣明之世、文物之邦，一点缀太平之具哉？噫，吾老矣，不足用也。请以崖略付之简篇①，供嗜痂者采择。收其一得，如对笠翁，则斯编实为神交之助尔。

【注释】

①崖略：概略。《庄子·知北游》："夫道杳然难言哉，将为汝言其崖略。"崖，边际。略，粗略。

【译文】

我曾对人说：生平有两个绝技，自己不能用，而人也不能用，太可惜了。人问：绝技是什么？我说：一是辨审音乐，一是置造园亭。我天性嗜好填词，常有多种撰著，海内人士都见到了。假设我有适宜的条件和场所，自己挑选优伶，叫他们歌唱我自撰的词曲，对他们进行口授而身导，不要说新作的词曲，可使它迥异于流行的时腔，就是旧日的传奇，一概删除其中的腐习而增加新的格调，为往日作者别开生面，这是一个绝技。另一绝技则是创造园亭，因地制宜，不拘泥于已有的成见，一榱一桷，必出于我自己的创造，使得经过此地、进入此室的人，如同阅读湖上笠翁的书，虽缺乏高才，却非常别致，岂不是处在圣明之世、文明之邦，一个点缀太平的工具吗？唉，我老了，不中用了。请让我把这些粗略的见解付之简篇，供同好者采择。如果有一点儿收获，对于笠翁来说，那么这些文字实在可以帮助我们神交了。

土木之事，最忌奢靡。匪特庶民之家当崇俭朴，即王公大人亦当以此为尚。盖居室之制，贵精不贵丽，贵新奇大雅,不贵纤巧烂漫。凡人止好富丽者,非好富丽,因其不能创异标新,舍富丽无所见长,只得以此塞责。譬如人有新衣二件,试令两人服之,一则雅素而新奇,一则辉煌而平易,观者之目,注在平易乎? 在新奇乎? 锦绣绮罗,谁不知贵,亦谁不见之? 缟衣素裳,其制略新,则为众目所射,以其未尝睹也。凡予所言,皆属价廉工省之事,即有所费,亦不及雕镂粉藻之百一。且古语云:"耕当问奴,织当访婢。"予贫士也,仅识寒酸之事。欲示富贵,而以绮丽胜人,则有从前之旧制在。

【译文】

　　土木建筑之事,最忌奢侈靡费。不光普通百姓之家应当崇尚俭朴,即使王公大人也应如此。居室的制作,贵精致不贵华丽,贵新奇大雅而不贵纤巧烂漫。那些只好富丽的人,其实不是好富丽,而是因为他不能创异标新,除了富丽就没有地方能显示他的长处,只得以富丽来塞责。如果人有两件新衣服,请两个人来试穿,一件雅素而新奇,一件则辉煌而平易,那么观者的目光,是注意平易的呢? 还是注意新奇的呢? 锦绣绮罗,谁不知道它珍贵,但是谁又没有见过呢? 缟衣素裳,它的形制略新,则为众目所关注,因为未曾见过的缘故啊。凡是我所说的,都是属于既省钱又省工的事,即使有所花费,也赶不上雕镂粉藻的百分之一。况且古语说:"耕当问奴,织当访婢。"我乃一介贫士,只知道这些寒酸之事。要想显示富贵而以绮丽胜人,则有从前的旧形制在。

　　新制人所未见,即缕缕言之,亦难尽晓,势必绘图作样。然有图所能绘,有不能绘者。不能绘者十之九,能绘者不过十之一。因其有而会其无,是在解人善悟耳。

【译文】

　　新形制人所未见，即使条条缕缕地细说，也难以让人们全都知晓，势必要绘图作样。然而，有的图能够绘制，有的则不能绘制。不能绘制的十分之九，能绘制的不过十分之一。凭借其有而会意其无，全在解人善悟了。

向背

【题解】

　　"房舍第一"开始之"向背"、"途径"、"高下"三款，说的是园林建筑艺术中一个十分有价值的思想：因地制宜，即园林艺术创造中自然与人工关系如何处理的问题。

　　"因地制宜"的原则并非李渔首创，早于李渔的计成（1582—?）在所著《园冶》中就有所论述。计成说："园林巧于因借，精在体宜。"这里的"因"，就是"因地制宜"；"借"，就是"借景"。计成还对"因借"作了具体说明："因者，随基势高下，体形之端正，碍木删桠，泉流石注，互相借资，宜亭斯亭，宜榭斯榭，不妨偏径，顿置婉转，斯为精而合宜者也。""因地制宜"的原则又可以作广义的理解。可以"因山制宜"（有的园林以山石胜），"因水制宜"（有的园林以水胜），"因时制宜"（按照不同时令栽种不同花木），还可以包括"因材施用"（依物品不同特性而派不同用场）。我国优秀的园林艺术作品中不乏"因地制宜"的好例子。清代沈复《浮生六记》中所记用"重台叠馆"法所建的皖城王氏园即是："其地长于东西，短于南北。盖紧背城，南则临湖故也。既限于地，颇难位置，而观其结构，作重台叠馆之法。重台者，屋上作月台为庭院，叠石栽花于上，使游人不知脚下有屋。盖上叠石者则下实，上庭院者即下虚，故花木乃得地气而生也。叠馆者，楼上作轩，轩上再作平台，上下盘折，重叠四层，且有小池，水不滴泄，竟莫测其何虚何实……"正是"因地制宜"，才创造出了王氏园这样奇妙的园林作品。

李渔继承和发展前人的优秀思想，认为建园要顺乎自然而施加人力，而人又起了关键性的作用。其精义在于，园林艺术家必须顺应和利用自然之性而创造园林艺术之美。园林当然离不开山石、林木、溪水等自然条件，但美是人化的结果，是人类客观历史实践的结果，园林美更是人的审美意识外化、对象化、物化的产物。园林艺术的创造正是园林艺术家以山石、花木、溪水等等为物质手段，把自己心中的美外化出来，对象化出来。

在"向背"一款，李渔提出房舍园林采纳阳光的办法：房屋面南，采光自然很好；若面北，则虚其后；面东虚右，面西虚左；不然，则开天窗。这种因势利导的思想，十分高明。

　　屋以面南为正向。然不可必得，则面北者宜虚其后，以受南薰①；面东者虚右，面西者虚左，亦犹是也。如东、西、北皆无余地，则开窗借天以补之。牖之大者，可抵小门二扇；穴之高者，可敌低窗二扇，不可不知也。

【注释】

①南薰（xūn）：南面来的暖风、暖气、阳光。传舜弹五弦琴作《南风》诗，有"南风之薰兮，可以解吾民之愠兮"。

【译文】

房屋以朝南为正向。但不一定都能朝南，那么朝北的，应该开后窗，以接受南面的暖气；朝东的开右窗，朝西的开左窗，也是这个道理。如果东、西、北都无开窗余地，则开天窗借光作为补充。一个大窗户，可抵两扇小门；窗户高的，可敌得过两扇低窗，这点不可不知。

途径

庭院和园林的"途径",大有讲究,李渔设想,除了"迂途",即所谓"曲径通幽",还可"另开耳门",造成"急"径。

径莫便于捷,而又莫妙于迂。凡有故作迂途,以取别致者,必另开耳门一扇,以便家人之奔走,急则开之,缓则闭之,斯雅俗俱利,而理致兼收矣。

【译文】

道路没有比直径更便捷的,而又没有比迂回更幽妙的。凡是有故意铺设弯路,以追求别致的,必得另开一扇耳门,以方便家人之来回奔走,急用就开,否则就关闭,这样雅俗两方面都有利,而义理与情致得到兼顾了。

高下

【题解】

居宅、园圃,按常理是"前卑后高","然地不如是,而强欲如是,亦病其拘"。怎么办?这就需要"因地制宜":可以高者造屋、卑者建楼,也可以卑者叠石为山、高者浚水为池……但起主导作用的是人。所以,李渔的结论是:"神而明之,存乎其人。"

房舍忌似平原,须有高下之势,不独园圃为然,居宅亦应如是。前卑后高,理之常也。然地不如是,而强欲如是,亦病其拘。总有因地制宜之法①:高者造屋,卑者建楼,一法也;卑处叠石为山,高处浚水为池②,二法也。又有因其高而愈高之,竖阁磊峰于峻坡之上;因其卑而愈卑之,穿塘凿井于下湿之区。总无一定之法,神而明之,存乎其人,此非可以遥授方略者矣。

【注释】

①地:翼圣堂本、芥子园本作"时",《中国文学珍本丛书》本作"地"。

②浚(jùn):疏通,挖深。

【译文】

房舍忌讳好似平原一片,应该具有高下起伏之势,不只园圃是这样,住宅也应如此。前低后高,这是常理。然而地形本身不是这样,而硬要做成这样,也犯了拘谨死板的毛病。总有因地制宜的方法:在高处造屋,在低处建楼,这是一种方法;在低处叠石成山,在高处挖地引水造池,这是第二种方法。也有人顺应地势之高而使它高上加高,在高坡上竖阁垒峰;顺应地势之低而使它低而愈低,在低湿之地穿塘凿井。总无一定不变的方法,神思巧构,由人来灵活掌握,这不是可以遥授方略而能办到的。

出檐深浅

【题解】

《房舍第一》之"出檐深浅"、"置顶格"、"甃地"、"洒扫"、"藏垢纳污"五款,听起来完全是大实话,十分平民化,令人感到平易、亲近、质朴、实用,就像一个邻居向你述说他家治宅经验、装修体会,连他的"小发明"、"小创造",也毫无保留、和盘托出。有人说这表现出李渔不那么高雅的世俗气、市井气,诚然如此。可是,如果做一下"换位"思考,从"高处"下到"底层",你会看到现实生活中那些务工行商、种地修房的平民百姓居家过日子,成天油盐酱醋、吃喝拉撒,着实很"俗",是常常想"雅"也"雅"

不起来的。然而,从这世俗气、市井气之中,是否也能够看到世俗生活、市井生活的某种乐趣呢?这个充满世俗气、市井气的江湖文人李渔(他距离平民百姓的世俗生活还不太远),是否也有他的可爱处、可贵处呢?

在"出檐深浅"款中,李渔即为人们贡献出"可撑可下"的"活檐一法"。

居宅无论精粗,总以能避风雨为贵。常有画栋雕梁、琼楼玉栏,而止可娱晴,不堪坐雨者,非失之太敞,则病于过峻。故柱不宜长,长为招雨之媒;窗不宜多,多为匿风之薮①;务使虚实相半,长短得宜。又有贫士之家,房舍宽而余地少,欲作深檐以障风雨,则苦于暗;欲置长牖以受光明,则虑在阴。剂其两难,则有添置活檐一法。何为活檐?法于瓦檐之下,另设板棚一扇,置转轴于两头,可撑可下。晴则反撑,使正面向下,以当檐外顶格;雨则正撑,使正面向上,以承檐溜。是我能用天,而天不能窘我矣②。

【注释】

①匿(nì):隐藏,躲藏。

②窘(jiǒng):难住,使为难。

【译文】

住宅无论精致粗陋,总以能够挡风遮雨为贵。常有那种画栋雕梁、琼楼玉栏的房屋,却只可晴天娱乐,不能雨天安居,不是失之于太敞开,就是犯了过于高峻的毛病。所以柱子不宜长,若长,它就成了招雨的诱因;窗子不宜多,若多,它就成为藏风的渊薮;务必使得虚实相半,长短得宜。又有一些贫士之家,房舍本身宽大而所留余地很少,想作深檐以遮蔽风雨,却苦于太暗;想造个大窗子以接受光明,则顾虑太阴凉。左右为难,则有一种添置活檐的方法。什么是活檐？其方法是在瓦檐之下,另设一扇板棚,在它的两头按上转轴,可以撑起来也可以放下去。晴天则反撑,使它的正面向下,以当作檐外的顶格;雨天则正撑,使它的正面向上,以承受檐溜雨水。这样就是我能利用天,而天不能窘迫我了。

置顶格

【题解】

室内如何吊顶——即所谓"置顶格",李渔也提出了创造性的思维。他的各种因材施用的巧妙设计,对今天的装修,仍然具有重要参考价值。

精室不见椽、瓦,或以板覆,或用纸糊,以掩屋上之丑态,名为"顶格",天下皆然。予独怪其法制未善。何也？常因屋高檐矮,意欲取平,遂抑高者就下,顶格一概齐檐,使高敞有用之区,委之不见不闻,以为鼠窟,良可慨也。亦有不忍弃此,竟以顶板贴椽,仍作屋形,高其中而卑其前后者,又不美观,而病其呆笨。予为新制,以顶格为斗笠之形①,可方可圆,四面皆下,而独高其中。且无多费,仍是平格之板料,但令工匠画定尺寸,旋而去之。如作圆形,则中间旋下一段是弃物矣,即用弃物作顶,升之于上,止增周围一段竖板,长仅尺许,少者一层,多则二层,随人所好。方者亦然。造成之后,若糊以纸,又可于竖板之上,裱贴字画,圆者类手卷,方者类册叶,简而文,新而妥,以质高明,必当取其有裨。方者可用竖板作门,时开时闭,则当壁橱四张,纳无限器物于中，而不之觉也。

【注释】

①斗笠：又名笠帽、箬笠，以竹篾夹油纸或竹叶、棕丝等编织而成，用以遮阳挡雨的帽子。

【译文】

精致的厅室看不见椽、瓦，或者以板覆盖，或者用纸裱糊，以掩饰屋上的丑态，名为"顶格"，各地都是这样。我却怪它的方法、式样不尽完善。为什么？常常因为屋脊高而屋檐矮，想要取平，于是在作顶格时便抑高而就下，让顶格一概与屋檐找齐，使得高敞有用的空间，被浪费掉而不问不闻，成为老鼠的窟穴，实在太可惜了。也有舍不得浪费这空间，竟然让顶板贴着椽子，仍然依从屋顶原来的形状，使得中间高而前后两边低，却又不好看，令人觉得呆笨。我创造了顶格的一种新式样，把顶格做成斗笠的形状，可方可圆，四周都低，而唯独中间高。这新式样并不多费钱，仍然是做平格的板料，只是叫工匠画定尺寸，旋去多余部分。如要做成圆形，那中间旋下来的一段就是废料了，你就用旋下来的这段废料作顶，把它放在上部，只增加周围一段竖板，仅有一尺来长，少者一层，多则二层，随个人的喜好。若想做成方形，也是一样。做成之后，若想用纸糊，又可以在竖板之上，裱贴字画，圆形的类似手卷，方形的类似册叶，简约文雅，新异妥帖，以此请教高明之士，必当有所裨益。方形的可用竖板作门，时开时闭，可当作四张壁橱，里面盛好多东西，而令人感觉不到。

甃地①

【题解】

"甃地"，讲的是庭院如何铺地，李渔提出的诸种方法，既经济又实用，且很美观。虽然今天可能用不上了，但三四百年之前，应该颇受欢迎。

古人茅茨土阶，虽崇俭朴，亦以法制未尽备也。惟幕天者可以席地②，梁栋既设，即有阶除，与戴冠者不可跣足，同一理也。且土不覆砖，尝苦其湿，又易生尘。有用板作地者，又病其步履有声，喧而不寂。以三和土甃地，筑之极坚，使完好如石，最为丰俭得宜。而又有不便于人者：若和灰和土不用盐卤，则燥而易裂；用之发潮，又不利于天阴。且砖可挪移，而甃成之土不可挪移，日后改迁，遂成弃物，是又不宜用也。不若仍用砖铺，止在磨与不磨之间，别其丰俭，有力者磨之使光，无力者听其自糙。予谓极糙之砖，犹愈于极光之土。但能自运机杼，使小者间大，方者合圆，别成文理，或作冰裂，或肖龟纹，收牛溲、马渤入药笼③，用之得宜，其价值反在参苓之上④。此种调度，言之易而行之甚难，仅存其说而已。

【注释】

①甃（zhòu）地：砌砖石以装饰地面。

②幕天者可以席地：天为幕、地为席。

③牛溲（sōu）、马渤（bó）：即牛之尿、马之尿。或谓牛溲是车前子、马渤乃菌类，可备一说。但李渔所指是前者，在《疗病第六》就明确说"牛马之溲渤"可以作为一种药。

④参苓：人参、茯苓等贵重药材。

【译文】

古人的茅草房子土地台阶，虽说是崇尚俭朴，也是因为方法、形制尚未完备。唯有以天为幕者才可以地为席，房舍梁栋既然已经造就，那就必须修整台阶院落，这就如同戴上帽子的人不能光着脚丫子，同一个道理。而且，若土地不覆盖砖，总是为其潮湿所苦恼，又容易产生灰尘。有人用木板铺地，又嫌走起路来有声响，喧闹而不寂静。用三和土铺地,铺得极其坚实,看来像一块完好的大石板,实在是丰俭得宜。但也有不方便之处:假若和灰和土不用盐卤,它就干燥易裂;用了盐卤,发潮,又不利于天阴的时候。而且砖可以挪移,而鳌成的三和土不可挪移,日后改迁,就成为废弃之物,这是它的又一个不适宜的地方。不如仍然用砖铺,只是在磨与不磨之间,有丰俭之别,有财力的就把砖磨光,没有财力的就任其粗糙。我认为极粗糙的砖,还会比极光的更好。只要能转动脑筋,使大小相间,方圆配合,成为别样的纹理,或作冰裂状,或肖龟纹形,就像收集牛溲、马渤入药,使用得当,它的价值反在人参、茯苓等贵重药物之上。作这样的调度,说起来容易而做起来很难,仅存其说罢了。

洒扫

【题解】

有人会说:"洒扫",谁不会? 其实不然,在三四百年以前,平民百姓大都住的是"土房",如何做到扫地不扬灰而又扫得干净,如何把家具器皿擦拭得一尘不染,这还真得费点思考。李渔为人们想出了不少好方法。

精美之房,宜勤洒扫。然洒扫中亦具大段学问,非僮仆所能知也。欲去浮尘,先用水洒,此古人传示之法,今世行之者,十中不得一二。盖因童子性懒,虑有汲水之烦,止扫不洒,是以两事并为一事,惜其力也。久之习为固然,非特童子忘之,并主人亦不知扫地之先,更有一事矣。彼但知两者并一是省事法,殊不知因其懒也,遂以一事化为数十事。服役者既以为苦,而指使者亦觉其繁,然总不知此数十事者,皆从一事苟简而生之者也。精舍之内,自明窗净几而外,尚有图书翰墨、骨董器玩之种种,无一不忌浮尘。不洒而扫,是以红尘掺物,物物皆受其蒙,并栋梁之上、榱桷之间亦生障翳①,势必逐件擦磨,始现本来面目,手不停挥者,半日才能竣事,不亦劳乎? 若能先洒后扫,则扫过之后,只须麈尾一拂②,一日清晨之事毕矣,何指使服役之纷纷哉? 此洒水之不容已也。然勤扫不如勤洒,人则知之;多洒不如轻扫,人则未知之也。饶其善洒,不能处处皆遍,究竟干地居多,服役者不知,以其既经洒湿,则任意挥扫无妨。扬尘舞蹈之际,障翳之生也更多,故运帚切记勿重;匪特勿重,每于歇手之际,必使帚尾着地,勿令悬空,如扫一帚起一帚,则与挥扇无异,是扬灰使起,非抑尘使伏也。此是一法。又有闭门扫地之诀,不可不知。如人先扫房舍,后及阶除,则将房舍之门紧闭,俟扫完阶除后,略停片刻,然后开门,始无灰尘入户之患。臧获不知③,以为房舍扫完,其事毕矣,此后渐及门外,与内绝不相蒙,岂知有顾此失彼之患哉! 顺风扬灰,一帚可当十帚,较之未扫更甚。此皆世人所忽,故拈出告之,然未免饶舌。

【注释】

①榱桷(cuī jué):椽子。障翳(yì):物体表面蒙上的灰尘等物。

②麈(zhǔ)尾:古人闲谈时执以驱虫、掸尘的一种工具。其形状:在木条上插设兽毛,或直接让兽毛垂露外面,类似马尾松。因古代传说麈(鹿大者曰麈,群鹿随之,视麈尾所转而往)迁徙时,以前麈之尾为方向标志,故称。

③臧获:古代对奴婢的贱称。

【译文】

精美的房子，应该勤洒扫。然而洒扫之中也具有大段学问，不是僮仆所能了解的。要想扫去浮尘，先用水洒，这是古人传下来的方法，现在按此法去做的，十人之中没有一二个。原因在于童子性懒，嫌打水麻烦，只扫不洒，把两件事合为一件事，不想费力。时间久了习以为常，不仅童子忘了洒水这件事，并且主人也不知道扫地之先，还要洒水。他只知道两件事合为一件事是省事之法，殊不知因为他的懒，于是把一件事变成了数十件事。负责扫地的童仆既认为劳苦，而指使扫地的主人也觉得它麻烦，然而不知道这几十件事，都是从苟且偷懒省却洒水那一件事而起的。精美房舍之内，除明窗净几而外，还有图书翰墨、骨董器玩之种种物件，没有一件不怕浮尘。不洒水而扫地，红尘因此而掺落物上，各种物件都蒙受灰土，连栋梁之上、椽桷之间也生灰尘等染脏东西，势必逐件擦磨，才能现出它们的本来面目，手不停地挥擦，半天才能完事，不也很劳累吗？若能先洒后扫，那么扫过之后，只需用麈尾拂拭一下，一天清晨的事就完了，还用得着主人指使、童子服役那些纷纷攘攘的事情吗？这就是为什么洒水之不容缺少。可是勤扫不如勤洒，人们知道了；但多洒不如轻扫，人们不一定清楚。洒水再勤再好，不能处处洒遍，毕竟干的地方居多，洒水的人不知此理，以为他既然已经洒湿了，那就任意挥扫都无妨。岂不知扬尘飞土之际，障翳物件的脏物滋生得也就更多，所以挥动扫帚的时候切记不要太重；不只不要太重，每当歇手的时候，必须使扫帚尾巴着地，不要叫他悬空，如果扫一下扬一扫帚，就如同挥动扇子一样，是把灰尘扬起来，而不是把灰尘压下去。这是一种方法。又有闭门扫地的秘诀，不可不知。如果先扫房舍，后扫台阶院子，那就把房舍之门紧闭，等扫完台阶院子后，略停片刻，然后开门，才不会有灰尘进入室内的麻烦。奴仆不知，以为房舍扫完，事情就完了，此后渐渐扫到门外，与室内绝不相干，哪里知道会有顾此失彼的毛病呢！顺风扬灰，一扫帚可当十扫帚，比不扫更厉害。这都是世人所忽视的,所以特为点出来告诉大家,可能未免饶舌了。

洒扫二事,势必相因,缺一不可,然亦有时以孤行为妙,是又不可不知。先洒后扫,言其常也,若旦旦如是,则土胶于水,积而不去,日厚一日,砖板受其虚名,而有土阶之实矣。故洒过数日,必留一日勿洒,止令童子轻轻用帚,不致扬尘,是数日所积者一朝去之,则水土交相为用,而不交相为害矣。

【译文】

洒、扫这两件事,势必相互联系,缺一不可,然而也有时以单独做其中一件为妙,这又是不可不知的事。先洒后扫,说的是它的常情,若天天早上如此,那么土与水粘合一处,积累起来而不除去,一天比一天厚,砖砌的地板只成虚名,而实际上成了土地院子和台阶了。所以洒过几天,必留一天不洒,只叫童子轻轻使用扫帚,不让灰尘飞扬起来,这样几天所积的脏物一朝去掉,则使水土交相为用,而不是交相为害了。

藏垢纳污

【题解】

"藏垢纳污"所讲大半是李渔作为一个文人根据自己的生活经验提出的一些有趣的设计思想,譬如书房里解决"私急":"当于书室之旁,穴墙为孔,嵌以小竹,使遗在内而流于外,秽气罔闻,有若未尝溺者,无论阴晴寒暑,可以不出户庭。"由此可以看出这个充满市井气的江湖文人多么可爱。

欲营精洁之房,先设藏垢纳污之地。何也? 爱精喜洁之士，一物不整齐，即如目中生刺，势必去之而后已。然一人之身，百工之所为备，能保物物皆精乎？且如文人之手，刻不停批；绣女之躬，时难罢刺。唾绒满地，金屋为之不光；残稿盈庭，精舍因而欠好。是极韵之物，尚能使人不韵，况其他乎？故必于精舍左右，另设小屋一间，有如复道，俗名"套房"是也。凡有败笺弃纸、垢砚秃毫之类，卒急不能料理者，姑置其间，以俟暇时检点。妇人之闺阁亦然，残脂剩粉无日无之，净之将不胜其净也。此房无论大小，但期必备。如贫家不能办此，则以箱笼代之，案旁榻后皆可置。先有容拙之地，而后能施其巧，此藏垢之不容已也。至于纳污之区，更不可少。凡人有饮即有溺，有食即有便。如厕之时尚少，可于溷厕之外①，不必另筹去路。至于溺之为数，一日不知凡几，若不择地而遗，则净土皆成粪壤，如或避洁就污，则往来仆仆，"是率天下而路也"②。此为寻常好洁者言之。若夫文人运腕，每至得意疾书之际，机锋一转，则断不可续。然而寝食可废，便溺不可废也。"官急不知私急"，俗不云乎？常有得句将书而阻于溺，及溺后觅之杳不可得者，予往往验之，故营此最急。当于书室之旁，穴墙为孔，嵌以小竹，使遗在内而流于外，秽气罔闻，有若未尝溺者，无论阴晴寒暑，可以不出户庭。此予自为计者，而亦举以示人，其无隐讳可知也。

【注释】

①溷(hùn)：厕所。

②是率天下而路也：语见《孟子·滕文公上》，意思是让天下人忙得疲惫不堪。

【译文】

　　要经营精致清洁的房屋,先要安排一个藏垢纳污的地方。为什么?喜欢精致爱好干净的人,一件东西不整齐,就如同目中生刺,势必拔去才算完。然而一人之身所需,百工之劳为其制备,能够保证物物都精致吗?譬如文人之手,一刻不停地批写;绣女之手,也难有一时停止刺绣。绒线丢弃满地,美丽闺房为之不光;残稿堆满书房,精美的房舍因此而欠好。即使这些极有韵味的事物,尚且能使人感到失去韵味,何况其他呢?所以必须在精舍左右,另设一间小屋,如同复道,俗名称为"套房"的就是。凡是有用过的残笺弃纸、垢砚秃笔之类的废物,因时间仓促不能及时料理的,姑且放在里面,以等有空的时候再来检点。妇人的闺阁也是如此,残脂剩粉没有一天没有,想弄净它将不胜其烦。这间套房无论大小,只希望必须有。如果贫家不能设置这种套房,那就以箱笼代替,案旁榻后都可放置。先有容纳弃物之地,而后才能施展其巧功,这就是说,藏垢设置不容或缺。至于容纳便污的地方,更不可少。凡是人,喝水就要撒尿,吃饭就要大便。大便的时候少,厕所之外,不必另寻其他地方。至于小便的次数,一日不知多少回,若不选择个地方撒尿,则干净土地都成粪壤,如果避开洁净地方找个脏地方小便,则往来风尘仆仆,"是率天下而路也",忙得疲惫不堪了。这些话是为寻常爱干净的人说的。若是说到文人,他们挥笔运腕,每到得意疾书之际,思路一转,就断不可续。然而睡觉吃饭可废,拉屎撒尿则不可废。"官急不知私急",俗话不是这么说的吗?常常得到好句将要写下来而被尿所阻碍,等撒尿后再找那句子却杳不可得了,我往往有这种体验,所以最急于营造这样的方便之所。可以在书室的旁边,挖一个小墙孔,嵌进一根小竹管,使得在室内小便而流到墙外边去,闻不见污秽之气,就好像未曾小便一样,无论阴晴寒暑,都可以不出户庭。这是我为自己设计的,也推荐给别人,足见我没有什么可隐讳的。

窗栏第二　　计二款

【题解】

《窗栏第二》所谈之窗栏二事"制体宜坚"和"取景在借",尤其是后者,论说了极其重要的园林美学思想,对于中国园林建筑美学来说,意义大矣。宗白华先生在《美学散步·中国美学史中重要问题的初步探索》中比较中国与埃及、希腊建筑艺术之不同时,曾经精辟地指出,埃及、希腊的建筑、雕刻是一种团块的造型。米开朗基罗说过,一个好的雕刻作品,就是从山上滚下来也滚不坏的,因为他们的雕刻是团块。中国就很不同。中国古代艺术家要打破这团块,使它有虚有实,使它疏通,以虚带实,以实带虚,实中有虚,虚实结合;中国园林建筑要有隔有通,这就需要窗子,需要栏杆。有了窗子,内外就发生交流。窗外的竹子或青山,经过窗子的框框望去,就是一幅画。明代计成《园冶》所谓"轩楹高爽,窗户邻虚,纳千顷之汪洋,收四时之烂漫",就是说的窗户的内外疏通作用。

吾观今世之人,能变古法为今制者,其惟窗栏二事乎!窗栏之制,日新月异,皆从成法中变出。"腐草为萤"①,实具至理,如此则造物生人,不枉付心胸一片。但造房建宅与置立窗轩,同是一理,明于此而暗于彼,何其有聪明而不善扩乎?予往往自制窗栏之格,口授工匠使为之,以为极新极异矣,而偶至一处,见其已设者,先得我心之同然,因自笑为辽东白豕②。独房舍之制不然,求为同心甚少。门窗二物,新制既多,予不复赘,恐又蹈白豕辙也。惟约略言之,以补时人之偶缺。

【注释】

①腐草为萤：古人认为腐草可以变为萤火虫。语见《礼记·月令》。

②辽东白豕(shǐ)：喻少见多怪。豕，猪。《后汉书·朱浮传》："往时辽东有豕，生子白头，异而献之。行至河东，见群豕皆白，怀惭而还。"

【译文】

我看现在世上的人们，能够变古法为今制的，大概只有窗、栏这两件东西了！窗、栏的式样，日新月异，都从成法中演变出来。"腐草为萤"，这话实在包含至理，倘若如此，那么造物生人，也不枉费一片心机了。而造房建宅与设置窗轩，同是一样的道理，明于造房建宅而暗于设置窗轩，为何有聪明而不善于扩展呢？我往往自制窗栏的式样，口授工匠使他制作出来，自以为极新极异了，而偶然到一个地方，却看到我所设计的式样人家已经做出来了，与我不谋而合，因而笑自己是辽东白豕。唯独房舍的形制不然，异人同心不谋而合者甚少。门、窗这两件东西，新式样既然很多，我不多讲了，恐怕又要重蹈辽东白豕之覆辙。只是约略说一下，以补时人之偶尔缺漏。

制体宜坚

【题解】

第一款"制体宜坚"说的是"窗栏"必须既要讲究审美也不能忘了实用，而应将二者完美结合起来。就此，李渔讲了许多非常实用的、具体的、便于操作的制作方法。他更多的是着眼于表层的、实用的，甚至是琐细的、技术性的层面，具体述说窗棂的设计原则和制作图样如"纵横格"、"欹斜格"、"屈曲体"，巧则巧也，所见小矣。

窗棂以明透为先，栏杆以玲珑为主，然此皆属第二义；具首重者，止在一字之"坚"，坚而后论工拙。尝有穷工极巧以求尽善,乃不逾时而失头堕趾,反类画虎未成者,计其新而不计其旧也。总其大纲,则有二语:宜简不宜繁,宜自然不宜雕斫①。凡事物之理,简斯可继,繁则难久,顺其性者必坚,戕其体者易坏。木之为器,凡合笋使就者,皆顺其性以为之者也;雕刻使成者,皆戕其体而为之者也②;一涉雕镂,则腐朽可立待矣。故窗棂栏杆之制,务使头头有笋,眼眼着撒③。然头眼过密,笋撒太多,又与雕镂无异,仍是戕其体也,故又宜简不宜繁。根数愈少愈佳,少则可坚;眼数愈密愈贵,密则纸不易碎。然既少矣,又安能密?曰:此在制度之善,非可以笔舌争也。窗栏之体,不出纵横、欹斜、屈曲三项,请以萧斋制就者④,各图一则以例之。

【注释】

①斫(zhuó):大锄,引申为用刀、斧等砍伐。

②戕(qiāng):杀害。

③撒:用来塞紧器物的竹木片。

④萧斋:书斋。萧,或有萧条之意,故亦含谦称之意。本出萧子云飞白书字。见唐代李肇《国史补》卷中:梁武帝造寺,令萧子云飞白大书一"萧"字,李约竭产自江南买归东洛,匾于小亭以玩之,号为"萧斋"。

【译文】

窗棂以明透为先,栏杆以玲珑为主,然而这都属第二义;占据第一位的,只在一个"坚"字,坚而后才可论工拙。曾有人制作窗栏穷工极巧以求得尽善尽美,然而没过多久窗栏就失头堕趾,犹如画虎未成、弄巧成拙,就因为他只顾求新不顾传统教诲。总其大概,则有二句话:宜简约不宜繁冗,宜自然不宜雕斫。一切事物之规律,简约才可继续,繁冗则难永久，顺应其本性的必能坚固，戕害其体质的就容易毁坏。作为木器，凡是合笋而成的，都是顺应其本性而制作的；那种雕刻而成的，都是戕害其体质而制作的；一涉及雕镂，那么其腐朽不久就会见到。所以窗棂栏杆的制作，务必使它头头有笋、眼眼合撒。但是根头过密，笋撒太多，又与雕镂差不多，仍是戕害其体质，所以制作窗栏又宜简约不宜繁冗。根数愈少愈好，少则可以坚固；眼数愈密愈可贵，密则窗户纸不容易破碎。然而，既然根数少，又怎能眼数密？我说：这全在形制式样设计得好不好，不是可以笔头舌尖争论解决的问题。窗栏的式样，不出纵横、欹斜、屈曲三种，请让我以书斋制就的式样，各画图样以举例说明。

纵横格

　　是格也，根数不多，而眼亦未尝不密，是所谓头头有笋，眼眼着撒者，雅莫雅于此，坚亦莫坚于此矣。是从陈腐中变出。由此推之，则旧式可化为新者，不知凡几。但取其简者、坚者、自然者变之，事事以雕镂为戒，则人工渐去，而天巧自呈矣。

图一　纵横格

【译文】

　　这一格式，根数不多，而眼数也未尝不密，这就是所谓头头有笋，眼眼着撒，雅致没有比这更雅致的了，坚固也没有比这更坚固的了。它从陈旧式样中变化而出。由此推论，则旧式样可变化为新式样的，不知有多少。但是要选取那些简约的、坚固的、自然的式样来演变出新，事事应以雕镂为戒，那就会将人工雕镂渐渐去掉，而自然天巧就会呈现出来了。

攲斜格（系栏）

　　此格甚佳，为人意想所不到，因其平而有笋者，可以着实；尖而无笋者，没处生根故也。然赖有躲闪法，能令外似悬空，内偏着实，止须善藏其拙耳。当于尖木之后，另设坚固薄板一条，托于其后，上下投笋，而以尖木钉于其上，前看

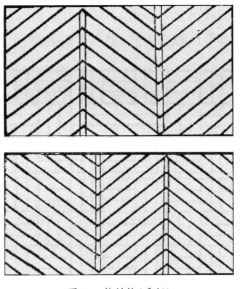

图二　攲斜格（系栏）

则无,后观则有。其能幻有为无者,全在油漆时善于着色。如栏杆之本体用朱,则所托之板另用他色。他色亦不得泛用,当以屋内墙壁之色为色。如墙系白粉,此板亦作粉色;壁系青砖,此板亦肖砖色。自外观之,止见朱色之纹,而与墙壁相同者,混然一色,无所辨矣。至栏杆之内向者,又必另为一色,勿与外同,或青或蓝,无所不可,而薄板向内之色,则当与之相合。自内观之,又别成一种文理,较外尤可观也。

【译文】

这种格式很美,为人所意想不到,因为它平而有笋者,可以着实;而尖而无笋者,没处生根的缘故。然而全靠着有一种躲闪法,能叫人从外面看似悬空,而内里偏又着实,只需善于藏拙而已。应当在尖木之后,另设坚固的薄板一条,在后面托着它,上下投笋,而将尖木钉在上面,前面看则无,后面看则有。其所以能够幻有为无,全在油漆时善于着色。如果栏杆的本体用朱色,则所托的薄板另用其他颜色。其他颜色也不得泛泛而用,应当以屋内墙壁的颜色为它的颜色。如墙壁系白粉色,这薄板也应该是白粉色;墙壁系青砖,此板也应肖似砖色。自外看来,只见朱色的纹路,而托板与墙壁相同,混然一色,无所分辨。至于栏杆向内的一面,又必须是另外一种颜色,不要与外面相同,或青色或蓝色,无所不可,而薄板向内的颜色,也应当与它相适合。从里面看,又别成一种纹理,比外面还要好看。

屈曲体(系栏)

此格最坚,而又省费,名"桃花浪",又名"浪里梅"。曲木另造,花另造,俟曲木入柱投笋后,始以花塞空处,上下着钉,借此联络,虽有大力者挠之,不能动矣。花之内外,宜做两种，一做桃，一做梅，所云"桃花浪"、"浪里梅"是也。浪色亦忌雷同，或蓝或绿，否则同是一色，而以深浅别之，使人一转足之间，景色判然。是以一物幻为二物，又未尝于本等材料之外，另费一钱。凡予所为，强半皆若是也。

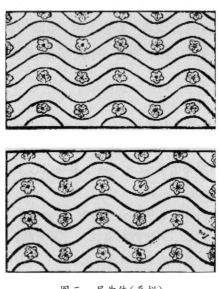

图三　屈曲体（系栏）

【译文】

　　这一格式最为坚固，而又省钱，名"桃花浪"，又名"浪里梅"。弯曲之木另做，花另做，等弯曲之木入柱投笋以后，才将花塞到弯曲之木的空隙之处，上下用钉子钉住，借此而联络在一起，即使用大力推挠它，也不会活动。花的内外，应该做两种，一面做桃花，一面做梅花，即所谓"桃花浪"、"浪里梅"。浪的颜色也忌雷同，或蓝或绿，不然，同是一种颜色，而以深浅来加以区别，使人转瞬之间，景色判然两样。这样，以一物变幻为二物，又未曾在原来的材料之外，另费一文钱。凡是我所做的，大半都是如此。

取景在借

【题解】

　　"取景在借"说借景。这部分是李渔园林美学的精华所在,也是中国园林艺术中创造艺术空间、扩大艺术空间的一种绝妙手法。所谓借景,就是把园外的风景也"借来"变为园内风景的一部分。明代计成《园冶》对借景有较详细的论述:"借者,园虽别内外,得景则无拘远近,晴峦耸秀,绀宇凌空,极目所至,俗则屏之,嘉则收之,不分町畽,尽为烟景,斯所谓巧而得体者也。"借景又可以有好多种,如远借、邻借、仰借、俯借、镜借等。李渔在这里所谈的,是运用窗户来借景。他设计了各种窗户的样式:湖舫式、便面窗外推板装花式、便面窗花卉式、便面窗虫鸟式以及山水图窗、尺幅窗图式和梅窗等等。他特别谈到,西湖游船左右作"便面窗",游人坐于船中,则两岸之湖光山色、寺观浮屠、云烟竹树,以及往来之樵人牧竖、醉翁游女,连人带马尽入便面之中,作我天然图画。而且,因为船在行进之中,所以摇一橹,变一像,撑一篙,换一景。李渔还现身说法,说自己居住的房屋面对山水风景的一面,置一虚窗,人坐屋中,从窗户向外望去,便是一片美景,李渔称之为"尺幅窗"、"无心画"。这样,通过船上的"便面窗",或者房屋的"尺幅窗"、"无心画",就把船外或窗外的美景,"借来"船中或屋中了。其实,窗户在这里起了一种画框的作用。画框对于外在景物来说,是一种选择,是一种限定,也是一种间离。窗户从一定的角度选择了一定范围的景物,这也就是一种限定。同时,通过选择和限定,窗户也就把观者视线范围之内的景物同视线范围之外的景物间离开来。正是通过这种选择、限定、间离,把游人和观者置于一种审美情境之中。

　　开窗莫妙于借景,而借景之法,予能得其三昧。向犹私之，乃今嗜痂者众，将来必多依样葫芦，不若公之海内，使物物尽效其灵，人人均有其乐。但期于得意酺歌之顷，高叫笠翁数声，使梦魂得以相傍，是人乐而我亦与焉①，为愿足矣。向居西子湖滨，欲购湖舫一只，事事犹人，不求稍异，止以窗格异之。人询其法，予曰：四面皆实，独虚其中，而为"便面"之形②。实者用板，蒙以灰布，勿露一隙之光；虚者用木作框，上下皆曲而直其两旁，所谓便面是也。纯露空明，勿使有纤毫障翳。是船之左右，止有二便面，便面之外，无他物矣。坐于其中，则两岸之湖光山色、寺观浮屠、云烟竹树③，以及往来之樵人牧竖、醉翁游女④，连人带马尽入便面之中，作我天然图画。且又时时变幻，不为一定之形。非特舟行之际，摇一橹，变一像，撑一篙，换一景，即系缆时，风摇水动，亦刻刻异形。是一日之内，现出百千万幅佳山佳水，总以便面收之。而便面之制，又绝无多费，不过曲木两条、直木两条而已。世有掷尽金钱，求为新异者，其能新异若此乎？此窗不但娱己，兼可娱人。不特以舟外无穷之景色摄入舟中，兼可以舟中所有之人物，并一切几席杯盘射出窗外，以备来往游人之玩赏。何也？以内视外，固是一幅便面山水；而以外视内，亦是一幅扇头人物。譬如拉妓邀僧，呼朋聚友，与之弹棋观画，分韵拈毫，或饮或歌，任眠任起，自外观之，无一不同绘事。同一物也，同一事也，此窗未设以前，仅作事物观；一有此窗，则不烦指点，人人俱作画图观矣。夫扇面非异物也，肖扇面为窗，又非难事也。世人取像乎物，而为门为窗者，不知凡几，独留此眼前共见之物，弃而弗取,以待笠翁,讵非咄咄怪事乎⑤？所恨有心无力,不能办此一舟,竟成欠事。兹且移居白门,为西子湖之薄幸人矣。此愿茫茫,其何能遂？不得已而小用其机,置此窗于楼头,以窥钟山气色,然非创始之心,仅存其制而已。予又尝作观山虚牖,名"尺幅窗",又名"无心画",姑妄言之。浮白轩中,后有小山一座,高不逾丈,宽止及寻⑥,而其中则有丹崖碧水,茂林修竹,鸣禽响瀑,茅屋板桥,凡山居所有之物,无一不备。盖因善塑者肖予一像,神气宛然,又因予号笠翁,顾名思义,而为把钓之形。予思既执纶竿,必当坐之矶上,有石不可无水,有水不可无山,有山有水,不可无笠翁息钓归休之地,遂营此窟以居之。是此山原为像设,初无意于为窗也。后见其物小而蕴大,有"须弥芥子"之义⑦,尽日坐观,不忍阖牖⑧,乃瞿然曰⑨:"是山也,而可以作画;是画也,而可以为窗;不过损予一日杖头钱为装潢之具耳⑩。"遂命童子裁纸数幅,以为画之头尾,及左右镶边。头尾贴于窗之上下,镶边贴于两旁,俨然堂画一幅,而但虚其中。非虚其中,欲以屋后之山代之也。坐而观之,则窗非窗也,画也;山非屋后之山,即画上之山也。不觉狂笑失声,妻孥群至⑪,又复笑予所笑,而"无心画"、"尺幅窗"之制,从此始矣。予又尝取枯木数茎,置作天然之牖,名曰"梅窗"。生平制作之佳,当以此为第一。己酉之夏,骤涨滔天,久而不涸,斋头淹死榴、橙各一株,伐而为薪,因其坚也,刀斧难入,卧于阶除者累日。予见其枝柯盘曲,有似古梅,而老干又具盘错之势,似可取而为器者,因筹所以用之。是时栖云谷中幽而不明,正思辟牖,乃幡然曰⑫:"道在是矣!"遂语工师,取老干之近直者,顺其本来,不加斧凿,为窗之上下两旁,是窗之外廓具矣。再取枝柯之一面盘曲、一面稍平者,分作梅树两株,一从上生而倒垂,一从下生而仰接,其稍平之一面则略施斧斤,去其皮节而向外,以便糊纸;其盘曲之一面,则匪特尽全其天,不稍戕斫,并疏枝细梗而留之。既成之后,剪彩作花,分红梅、绿萼二种,缀于疏枝细梗之上,俨然活梅之初着花者。同人见之,无不叫绝。予之心思,讫于此矣。后有所作,当亦不过是矣。

【注释】

①人乐而我亦与焉:人家快乐我也能参与其中。

②便面:扇面。《汉书·张敞传》:"(敞)使御史驱,自以便面拊马。"注曰:"便面,所以障面,盖扇之类也。"

③浮屠:古人称佛教徒为浮屠,佛教为浮屠道,后亦称佛塔为浮屠。

④牧竖:牧童。竖,竖子,儿童,少年。

⑤讵(jù):表示反问,犹言"难道不是"。

⑥寻:古代八尺为一寻。

⑦须弥芥子:佛教语。意思是把至大的须弥山纳于至小的芥子之内。《维摩诘经·不可思议品》:"诸佛菩萨,有解脱名不可思议,若菩萨往是解脱者,以须弥之高广,内芥子中,无所增减,须弥山本相如故。"

⑧阖牖(hé yǒu):关窗。阖,关闭。牖,窗。

⑨瞿(jù)然:惊奇的样子。瞿,惊视。

⑩杖头钱:即买酒的小钱。刘义庆《世说新语·任诞》:"阮宣子常步行,以百钱挂杖头,至酒店便酣畅。"

⑪妻孥(nú)：妻子儿女。

⑫幡(fán)然：很快醒悟的样子。

【译文】

开窗莫妙于借景，而借景的方法，我深知其奥秘。从前我秘而不宣，现在酷爱此道的人众多，将来必然会有许多人依样画葫芦，不如公之于海内，使物物都尽其灵效，人人都得到乐趣。只希望你在得意酣歌之际，高叫笠翁数声，使得我的梦魂得以相傍，这样人乐而我也一起乐，我的心愿就满足了。过去住在西子湖滨，想购买一只湖舫，事事都如同别人，不求稍有差异，只在窗子格式上不同。有人询问制作方法，我说：四面皆实，独在中间空出窗孔，而作成"扇面"的形状。实的部分用木板，蒙上灰布，不要露出一点儿光亮；虚的部分用木作框，上下两边都弯曲而两旁都是直条，就是所谓"扇面"窗。"扇面"窗要完全空明，不许有纤毫遮蔽。这船的左右，只有两个"扇面"窗，除此之外，别无他物。坐在船中，则两岸的湖光山色、寺观浮屠、云烟竹树，以及往来的樵人牧童、醉翁游女，连人带马全部进入"扇面"之中，成为我的天然图画。而且又时时变幻，不是固定的情景。不但在舟行的时候，摇一橹，变一像，撑一篙，换一景，即使系缆的时候，风摇水动，也是每时每刻变化形态。这样，一天之内，呈现出百千万幅佳山佳水，总以扇面收摄进来。而扇面窗的制作，又绝不多费钱财，不过是曲木两条、直木两条而已。世上有那种掷尽金钱、追求新异的人，他能新异得这样吗？这种扇面窗不但娱乐自己，而且可以同时娱乐别人。不但将舟外无穷的景色摄入舟中，而且可以把舟中所有的人物，以及一切几席杯盘映出窗外，以备来往的游人玩赏。为什么这样说？从内往外看，固然是一幅扇面山水；而从外往里瞧，也是一幅扇头人物。譬如拉妓邀僧，呼朋聚友，与之下棋观画，填词作诗，或饮酒或歌唱，任睡眠任起来，从外面看，无一不像绘画。同一物，同一事，在扇面窗未设以前，仅作现实事物来看；一有扇面窗，则不烦指点，人人都作画图来看了。扇面不是什么特殊的东西，仿效扇面为窗，又不是什么难事。世人取像于外物而作门作窗的，不知有多少，唯独留下这个眼前共见之物，弃之不用，以等待我笠翁，岂非咄咄怪事？遗憾的是我有心无力，不能置办这样一只船，竟成未了之愿。而且现在我已经移居南京，成为西子湖的薄幸人了。此愿茫茫，何时才能实现呢？不得已而小用心机，设置这种扇面窗于楼头，以窥测钟山气色，但这不是我原来创始它的初衷，仅仅存其形制而已。我又曾作观赏山景的虚牖，名叫"尺幅窗"，又名"无心画"，姑妄言之。我的浮白轩中，后面有一座小山，高不过一丈，宽仅八尺，而其中则有丹崖碧水，茂林修竹，鸣禽响瀑，茅屋板桥，凡是山居所有之物，无不一一具备。因为有位善于雕塑的朋友为我塑了一座像，神气宛然，又因为我号曰笠翁，顾名思义，而作成把钓之形。我想，既然手执钓竿，必当坐在石矶之上，而有石不可无水，有水不可无山，有山有水，不可没有笠翁息钓归休之地，于是营造此窟以安放塑像。因此，这山原是为像而设，最初无意于作窗。后来见其物虽小而蕴意大，有"须弥芥子"之义，整天坐在那里观赏，不忍关窗，于是惊奇地说："这座山，可以作画；而这幅画，又可以作窗；不过费我一日杖头买酒钱作为装潢之具罢了。"于是叫童子裁纸数幅，作为画的头尾，以及左右的镶边。头尾贴在窗子的上下，镶边贴在两旁，俨然是一幅堂画，而只是空出中间。这不是真要空出中间，而是想用屋后之山代替堂画的画面。坐在那里观赏，则窗不是窗，而是画；山不是屋后之山，就是画上的山。不禁狂笑失声，妻子儿女一起来了，又再次笑我之所笑，而"无心画"、"尺幅窗"之形制，从此产生了。我又曾取几根枯木，用来制作天然之窗，名曰"梅窗"。我生平制作得最好的，应当以它为第一。己酉年夏天，骤雨滔天，积水久久不干涸，书斋前面淹死了石榴、橙子树各一株，砍伐当柴，因为它们太结实，刀斧难入，放在台阶上好几天。我见其枝柯盘曲，好似古梅，而其老干又具有盘错之势，似乎可以拿来作为器具，因而考虑怎么使用它们。这时栖云谷中幽而不明，正想辟出一扇窗子，于是忽然悟道："办法有了！"于是吩咐工匠，取较直的老干，顺着它本来的样子，不用特为砍凿，即可作为窗子的上下两旁，这样窗子的外廓形成了。再取一面盘曲、一面稍平的枝柯，劈开分作两株梅树，一株从上面倒垂下来，一株从下面往上而仰接，它们稍平的一面则略施斧斤，去掉树皮树节而面朝外，以便糊纸；它们盘曲的一面，则不但完全保留原来的形状，不作一点儿砍斫，而且连疏枝细梗都保留。制作完成之后，剪彩作花，分为红梅、绿萼两种，缀于疏枝细梗之上，俨然活梅刚刚开花。朋友们见了，无不叫绝。我的心思，到此实现了。后来有所制作，应当也不过如此。

便面不得于舟，而用于房舍，是屈事矣。然有移天换日之法在，亦可变昨为今，化板成活，俾耳目之前，刻刻似有生机飞舞，是亦未尝不妙，止费我一番筹度耳。予性最癖，不喜盆内之花、笼中之鸟、缸内之鱼，及案上有座之石，以其局促不舒，令人作囚鸾絷凤之想。故盆花自幽兰、水仙而外，未尝寓目。鸟中之画眉，性酷嗜之，然必另出己意而为笼，不同旧制，务使不见拘囚之迹而后已。自设便面以后，则生平所弃之物，尽在所取。从来作便面者，凡山水人物、竹石花鸟以及昆虫，无一不在所绘之内，故设此窗于屋内，必先于墙外置板，以备承物之用。一切盆花笼鸟、蟠松怪石，皆可更换置之。如盆兰吐花，移之窗外，即是一幅便面幽兰；盎菊舒英①，内之牖中，即是一幅扇头佳菊。或数日一更，或一日一更；即一日数更，亦未尝不可。但须遮蔽下段，勿露盆盎之形。而遮蔽之物，则莫妙于零星碎石，是此窗家家可用，人人可办，讵非耳目之前第一乐事？得意酣歌之顷，可忘作始之李笠翁乎？

【注释】

①盎（àng）：古代一种腹大口小的器皿。

【译文】

"扇面"窗的创制没有在船上实现，而在房舍中应用，是迫不得已的事。然而有移天换日的方法在，也可以变昨天为今天，化刻板为灵活，使得耳目之前，似乎每时每刻都有生机飞舞，这也未尝不妙，只是要费我一番筹划罢了。我的天性最为怪癖，不喜欢盆内之花、笼中之鸟、缸内之鱼，以及案上的有座之石，因为它们局促而不舒展，令人想到囚鸾紫凤的形象。因此盆花除幽兰、水仙之外，未曾观赏。鸟之中的画眉，我极为喜爱，然而必须经过我自己创制，另外设计一种笼子，不同于旧式样，务必使它去掉被拘囚的迹象才行。自从设计"扇面"窗以后，则生平的弃物，全都取来利用。从来作扇面的，凡是山水人物、竹石花鸟以及昆虫，无一不在所绘制的题材范围之内，所以在室内设置"扇面"窗，必须先在墙外放置一块木板，以用于承受所要摆设的物件。一切盆花笼鸟、蟠松怪石，都可以不断更换放在上面。如盆兰吐花，移到窗外，就是一幅扇面幽兰；盆菊舒英，放在窗中，就是一幅扇头佳菊。或者几天一换，或者一天一换；即使一天换几次，也未尝不可。但是必须遮蔽下段，不要露出花盆的形状。而用以遮蔽的东西，则莫妙于零星碎石。这样，这种"扇面"窗，家家可用，人人可办，岂不是耳目之前的第一乐事吗？当你得意酣歌的那一刻，能够忘了它的创始人李笠翁吗？

湖舫式

此湖舫式也。不独西湖，凡居名胜之地，皆可用之。但便面止可观山临水，不能障雨蔽风，是又宜筹退步，以补前说之不逮。退步云何？外设推板，可开可阖，此易为之事也。但纯用推板，则幽而不明；纯用明窗，又与扇面之制不合，须以板内嵌窗之法处之。其法维何？曰：即仿梅窗之制，以制窗棂。亦备其式于右。

图四　湖舫式

【译文】

　　这是湖舫式。不仅在西湖，凡是名胜之地，都可用它。但是扇面窗只可观山临水，不能避雨挡风，这就需要筹划退一步的办法，以补救前说的不足。退一步的办法是指什么？外面设置推板，可开可阖，这是容易做的事。但是若纯用推板，就会幽暗而不明亮；纯用明窗，又与扇面的形制特点不合，必须用板内嵌窗的办法来处理。这种方法是怎样的呢？我说：就是仿效梅窗的式样，制作窗棂。也画了个样子在下面。

便面窗外推板装花式

　　四围用板者，既取其坚，又省制棂装花人工之半也。中作花树者,不失扇头图画之本色也。用直桱间于其中者,无此则花树无所倚靠,即勉强为之,亦浮脆而难久也。桱不取直,而作欹斜之势,又使上宽下窄者,欲肖扇面之折纹;且小者可以独扇,大则必分双扇,其中间合缝处,糊纱糊纸,无直木以界之,则纱与纸无所依附故也。若是,则桱与花树纵横相杂,不几泾渭难分,而求工反拙乎? 曰:不然。有两法盖

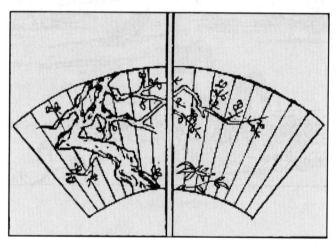

图五　便面窗外推板装花式

藏,勿虑也。花树粗细不一,其势莫妙于参差,桱则极匀,而又贵乎极细,须以极坚之木为之,一法也;油漆并着色之时,桱用白粉,与糊窗之纱纸同色,而花树则绘五彩,俨然活树生花,又一法也。若是泾渭自分,而便面与花,判然有别矣。梅花止备一种,此外或花或鸟,但取简便者为之,勿拘一格。惟山水人物,必不可用。板与花桱俱另制,制就花桱,而后以板镶之。即花与桱,亦难合适,须使花自花而桱自桱,先

分后合。其连接处，各损少许以就之，或以钉钉，或以胶粘，
务期可久。

【译文】

四围之所以用板，是为了它的坚固，又省去了人工制作窗榥装饰花
样的一半功夫。中间之所以制作花树，是为了不失扇头图画的本色。
之所以用直榥撑在中间，是因为若没有它花树无所倚靠，不然，即使勉
强把花树安上，也浮脆而难久。之所以窗榥不取直而作欹斜之势，又使
它上宽下窄，是想仿效扇面的折纹；而且小的推板可以作成独扇，大的
则必须分为双扇，其中间合缝的地方，糊纱糊纸，若无直木撑在中间，那
么纱与纸就无所依附。如果是这样，则会使窗榥与花树纵横相杂，岂非
泾渭难分，求工反拙了吗？我说：不然。有两个办法可以盖藏，不须多
虑。花树粗细不一，其形制莫妙于参差多样，而窗榥则需要极其匀称，
而又要极其细致，必须用极其坚实的木材来做才行，这是一种办法；油
漆和上色的时候，窗榥用白粉，与糊窗的纱纸同一颜色，而花树则绘饰
五彩，俨然是活树生花，这又是一种办法。若是这样，泾渭自然分明，而
便面与花，就判然两样了。梅花只需准备一种，此外或花或鸟，只选取
简便的制作，不拘一格。唯有山水人物，一定不可用。推板与花榥都要
另外制作，做好了花榥，而后用板镶上。即使花与榥，也难合适，必须使
得花自是花而榥自是榥，先分后合。它们的连接处，各自去掉一点儿以
便连接得好，或是用钉子钉，或是用胶粘，务求长久。

便面窗花卉式　便面窗虫鸟式

诸式止备其概，余可类推。然此皆为窗外无景，求天然
者不得，故以人力补之；若远近风景尽有可观，则焉用此碌
碌为哉？昔人云："会心处正不在远。"若能实具一段闲情、

一双慧眼,则过目之物尽在画图,入耳之声无非诗料。譬如我坐窗内,人行窗外,无论见少年女子是一幅美人图,即见老妪白叟扶杖而来,亦是名人画幅中必不可无之物;见婴儿群戏是一幅百子图,即见牛羊并牧、鸡犬交哗,亦是词客文情内未尝偶缺之资。"牛溲马渤,尽入药笼。"予所制便面窗,即雅人韵士之药笼也。

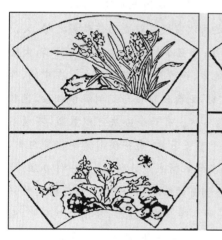 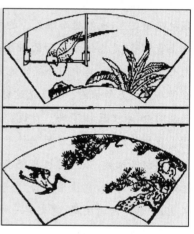

图六　(一)便面窗花卉式　　　　　(二)便面窗虫鸟式

此窗若另制纱窗一扇,绘以灯色花鸟,至夜篝灯于内,自外视之,又是一盏扇面灯。即日间自内视之,光彩相照,亦与观灯无异也。

【译文】

各种式样只备其大概,其余的可以类推。然而这些都是因为窗外无景,求天然美景而不得,所以才以人力弥补;倘若远近风景都可观赏,哪里用得着为此而忙忙碌碌呢?古人说:"会心处正不在远。"如果能够实实在在具有一段闲情、一双慧眼，那么过目之物都成画图，入耳之声无一不是诗料。譬如我坐在窗内，人行走在窗外，不要说见少年女子是一幅美人图，即使看见老太太和白发老头儿扶杖而来，也是名人画幅中必不可少的景物；见婴儿群戏是一幅百子图，即使见牛羊一起放牧、鸡犬交互鸣叫，也是词客文情内未尝偶缺的题材。"牛溲马渤，尽入药笼"。我所制作的"扇面"窗，就是雅人韵士的药笼。

此窗若是另制一扇纱窗，画上灯色花鸟，到夜间挂一盏灯笼在室内，从外边看，又是一盏扇面灯。即使白天从室内看它，光彩相照，也与观灯一样。

山水图窗

凡置此窗之屋，进步宜深，使座客观山之地去窗稍远，则窗之外廓为画，画之内廓为山，山与画连，无分彼此，见者不问而知为天然之画矣。浅促之屋，坐在窗边，势必倚窗为栏，身之大半出于窗外，但见山而不见画，则作者深心有时埋没，非尽善之制也。

图七　山水图窗

【译文】

凡是安置这种窗子的房屋，进深要大，使座客观山的地方离窗稍远，那么窗子的外廊为画,画的内廊为山,山与画连,不分彼此,观看的人不问就知道它是一幅天然图画。若是屋子的进深太浅太局促,坐在窗边,势必倚窗为栏,身子的大半探出窗外,只见山而不见画,那就使得作者的深心有时会被埋没,这不是最好的设计。

图八　尺幅窗图式

尺幅窗图式

尺幅窗图式,最难摹写。写来非似真画,即似真山,非画上之山与山中之画也。前式虽工,虑观者终难了悟,兹再绘一纸,以作副墨。且此窗虽多开少闭,然亦间有闭时;闭时用他楮他棂,则与画意不合,丑态出矣。必须照式大小,作木楮一扇,以名画一幅裱之,嵌入窗中,又是一幅真画,并非“无心画”与“尺幅窗”矣。但观此式,自能了然。

裱楮如裱回屏,托以麻布及厚纸,薄则明而有光,不成画矣。

【译文】

尺幅窗图式,最难摹写。写来不像真画,就像真山,而不是画上之山与山中之画。前面的图式虽然工巧,顾虑观看的人很难了解,这里再绘制一幅,以做副本。况且此窗虽然多开少闭,然而也有间或关闭的时候;关闭时若采用其他窗槅、窗棂,就与画意不相符合,丑态就露出来了。必须按照式样大小,制作一扇木槅,裱上一幅名画,嵌入窗中,又是一幅真画,并非"无心画"与"尺幅窗"了。只要看一看这个图式,自然能够了然。

裱窗槅像裱回屏一样,用麻布及厚纸作托,若薄,就太亮透光,不成画了。

梅窗

制此之法,总论已备之矣,其略而不详者,止有取老干作外廓一事。外廓者,窗之四面,即上下两旁是也。若以整木为之,则向内者古朴可爱,而向外一面屈曲不平,以之着墙,势难贴伏。必取整木一段,分中锯开,以有锯路者着墙,天然未斫者向内,则天巧人工,俱有所用之矣。

图九 梅窗

【译文】

制作梅窗的方法,总论已说得详备了,说得比较简略的地方,只有取老干作外廓这一件事。所谓外廓,就是窗子的四面,也就是上下和两旁。倘若用整木来做,那么向内的一面古朴可爱,而向外的一面则屈曲不平,用它贴着墙,势必难以贴伏。必须取一段整木,从中间锯开,用有锯路的一面贴着墙,天然未雕斫的一面向室内,这样天巧人工,都各尽其用了。

墙壁第三　计四款

【题解】

《墙壁第三》分列"界墙"、"女墙"、"厅壁"和"书房壁"四款,谈墙壁在房屋和园林中的价值与美学意义。在中国园林建筑艺术中,"隔"与"通"、"实"与"虚",相互为用,相辅相成,从而创造和组成了园林建筑的艺术空间。这其间,如果说窗、栏主要表现为"通"与"虚",那么墙壁则主要表现为"隔"与"实"。墙壁是内与外分别和隔离的界限,是人与自然(动物)分别和隔离的界限,也是人与我分别和隔离的界限。自从人类从动物界走出来之后,他就有了双重身份:既是自然,又超越自然因而区别于自然,隔离于自然,并且正因为他超越自然、区别于自然、隔离于自然,他才真正成为"人"而不再是"动物"。人与自然、人与动物的区别和隔离,可以表现在两个方面:从内在的精神方面说,人是文化的存在,人有自由、自觉的意识和意志,他能自由、自觉地进行物质活动和精神活动,他能自由、自觉地制造、使用和保存工具,并把自己的文化思想传授给后代——这自由、自觉的文化精神活动就是人超越自然(动物)并且与自然(动物)相区别、相隔离的标志;从外在的物质方面说,人通过有意识的自由、自觉的物质实践活动改造和创造自己的物质活动空间,改造和创造自己的生活环境,建造城池、堡垒,建造房屋、殿堂,建造园林以及其他休闲娱乐场地等等,这都是人与动物相区别的物质表现和标志。人为改造和创造的物质空间,既需要与外界相通;又需要与外界相区别、相隔离,从而抵御严寒、酷暑、洪水猛兽等自然暴力。城池和堡垒需要围墙,院落需要院墙,房屋和殿堂也需要外墙。而且这"围墙"、"院墙"、"外墙"还必须"实"、必须"坚固"、必须牢不可摧、固若金汤,不然就起不到它应有的作用,正如李渔所说"国之宜固者城池,城池固而国始固;家之宜坚者墙壁,墙壁坚而家始坚"。从上述"围墙"、"院墙"、"外墙"的作用看,墙壁不仅是人与自然(动物)相区别、相隔离的物质屏障,而且在一定历史时期也是人与人、民族与民族、国与国、地区与地区相区别、相隔离的物质屏障,中国的万里长城就是典型例证。世界,在某些地方"隔"似乎不能避免;但是,更需要的是"通"。需要"隔"与"通"相反而相成。

　　"峻宇雕墙","家徒壁立"①,昔人贫富,皆于墙壁间辨之。故富人润屋,贫士结庐,皆自墙壁始。墙壁者,内外攸分而人我相半者也。俗云:"一家筑墙,两家好看"。居室器物之有公道者,惟墙壁一种,其余一切皆为我之学也。然国之宜固者城池,城池固而国始固;家之宜坚者墙壁,墙壁坚而家始坚。其实为人即是为己,人能以治墙壁之一念治其身心,则无往而不利矣。人笑予止务闲情,不喜谈禅讲学,故偶为是说以解嘲,未审有当于理学名贤及善知识否也②。

【注释】

①家徒壁立:《汉书·司马相如传》:"文君夜亡奔相如,相如与驰归成都,家徒四壁立。"

②善知识:《释氏要览》引《摩诃般若经》:"能说空、无相、无作、无生、无灭法及一切种智,令人心入欢喜信乐,是名善知识。"

【译文】

　　"峻宇雕墙","家徒壁立",古人的贫富,都从墙壁上分辨出来了。所以说富人润华其屋,贫士建造草庐,都从墙壁开始。所谓墙壁,就是分别内外而人我相半的标志。俗话说:"一家筑墙,两家好看。"居室器物之中涉及公共之道的,唯有墙壁一种,其余的一切都是个人之学。然而国家所应该坚固的,是城池,城池坚固,国家才坚固;家庭所应该坚固的是墙壁,墙壁坚固,家庭才坚固。其实,为人就是为己,人若能以修治墙壁的理念修养身心,那就无往而不利了。有人笑我只务闲情,不喜欢谈禅讲学,所以偶尔论说这些事情以解嘲,没有考虑它们于理学名家及善知识的佛教徒是否得当。

界墙

【题解】

"界墙"一款,讲的是"我"家与"人"家的分界之墙,即李渔所谓"人我公私之畛域,家之外廓是也";或者说,是家庭庭院的院墙。人类社会发展到一定阶段,就出现了家庭,家庭是社会最小的细胞,而界墙就好比组成社会这个大肌体的每个细胞的"细胞壁"。李渔在此款谈到界墙的制作,"美"与"坚"是对界墙的两点基本要求。

界墙者,人我公私之畛域①,家之外廓是也。莫妙于乱石垒成,不限大小方圆之定格,垒之者人工,而石则造物生成之本质也。其次则为石子。石子亦系生成,而次于乱石者,以其有圆无方,似执一见,虽属天工,而近于人力故耳。然论二物之坚固,亦复有差;若云美观入画,则彼此兼擅其长矣。此惟傍山邻水之处得以有之,陆地平原,知其美而不能致也。予见一老僧建寺,就石工斧凿之余,收取零星碎石几及千担,垒成一壁,高广皆过十仞,嶙峋崭绝,光怪陆离②,大有峭壁悬崖之致。此僧诚韵人也。迄今三十余年,此壁犹时时入梦,其系人思念可知。砖砌之墙,乃八方公器,其理其法,是人皆知,可以置而弗道。至于泥墙土壁,贫富皆宜,极有萧疏雅淡之致,惟怪其跟脚过肥,收顶太窄,有似尖山,又且或进或出,不能如砖墙一截而齐,此皆主人监督之不善也。若以砌砖墙挂线之法,先定高低出入之痕,以他物建标于外,然后以筑板因之,则有旃墙粉堵之风③,而无败壁颓垣之象矣。

【注释】

①畛域:疆域界限。《庄子·秋水》:"泛泛乎,其若四方之无穷,其无所畛域。"

②光怪陆离:光怪,光彩奇异。《三国志·吴书·孙坚传》裴松之注引《吴书》:"冢上数有光怪,云气五色,上属于天,曼延数里。"陆离,参差不齐。形容奇形怪状,五颜六色。

③旃(zhān)墙:赤色的墙。旃,本义是赤色的曲柄旗。

【译文】

所谓界墙,就是划分人与我、公与私的界限,是家的外廓。它的修建莫妙于乱石垒成,不限大小方圆的固定规格,垒它需用人工,而乱石则是造物生成的本色。其次则是石子垒成。石子也系天然生成,而之所以次于乱石,是因为它有圆无方,似乎嫌单一化,虽然属于天工,而接近于人力的缘故。然而说到二者的坚固程度,也有差异;若说美观入画,则二者各有各的优点。石头只有傍山邻水的地方才有,陆地平原,知道它美而不能得到。我见过一个老僧建造寺庙,在石匠们斧凿之后剩余的下脚料中,收取零星碎石差不多一千来担,垒成一堵墙壁,其高与广都超过十仞,嶙峋崭绝,光怪陆离,大有峭壁悬崖的气势韵致。这位老僧诚然是一位有雅韵之人。迄今三十多年,这堵墙壁还时时入梦,其引人思念可以想见。砖砌的墙壁,乃是天下八方的公器,其理其法,人人皆知,可以置之而不论。至于泥墙土壁,贫富都适宜,非常具有萧疏雅淡的风致,只是怪它跟脚过大,收顶太窄,好似尖山,再加上墙面或进或出,不能像砖墙那样一截而齐,这都是主人监督不善的缘故。倘若用砌砖墙挂线的方法，先划上高低出入的尺寸，以其他物件在外面作上标志，然后将筑板因循这些标志，那么就有赤墙粉堵之风致，而无败壁颓垣之象了。

女墙

【题解】

东汉刘熙《释名·释宫室》云："城上垣，曰睥睨……亦曰女墙，言其卑小比之于城。"这是"女墙"之名的由来。北宋李诫《营造法式》上讲："言其卑小，比之于城若女子之于丈夫。"后来，"女墙"又叫"睥睨"。李渔在此款中解释"女墙"时，引《古今注》"女墙者，城上小墙。一名睥睨，言于城上窥人也"，并加以发挥，谓"此名甚美，似不必定指城垣，凡户以内之及肩小墙，皆可以此名之"。李渔不愧为园林艺术家和美学家，他根据自己的这个理解，进一步把"女墙"美化了，并循此思路申说了"女墙"的审美特点和建造方法。

《古今注》云①："女墙者，城上小墙。一名睥睨②，言于城上窥人也。"予以私意释之，此名甚美，似不必定指城垣，凡户以内之及肩小墙，皆可以此名之。盖女者，妇人未嫁之称，不过言其纤小，若定指城上小墙，则登城御敌，岂妇人女子之事哉？至于墙上嵌花或露孔，使内外得以相视，如近时园圃所筑者，益可名为女墙，盖仿睥睨之制而成者也。其法穷奇极巧，如《园冶》所载诸式③，殆无遗义矣。但须择其至稳极固者为之，不则一砖偶动，则全壁皆倾，往来负荷者，保无一时误触之患乎？坏墙不足惜，伤人实可虑也。予谓自顶及脚皆砌花纹，不惟极险，亦且大费人工。其所以洞彻内外者，不过使代琉璃屏，欲人窥见室家之好耳。止于人眼所瞩之处，空二三尺，使作奇巧花纹，其高乎此及卑乎此者，仍照常实砌，则为费不多，而又永无误触致崩之患。此丰俭得宜、有利无害之法也。

【注释】

①《古今注》：晋人崔豹作，对舆服、都邑、音乐、鸟兽、鱼虫、草木等等社会、自然之事进行解说、诠释的著作。

②睥睨(pì nì)：眼睛斜着看，形容高傲的样子，有厌恶、傲慢等意。

③《园冶》：明代著名造园家计成(1582—?)撰，成书于明崇祯四年(1631)，刻印于明崇祯七年(1634)，是我国古代重要的造园专著。

【译文】

《古今注》说："女墙，就是城上小墙。一名睥睨，说的是可在城上偷偷看人。"我以个人的理解诠释它，认为这个名字甚美，似乎不一定指城垣，凡是宅院里及肩高的小墙，都可称之为女墙。所谓女，指妇人未嫁时的称呼，不过说她纤小，倘若一定指城上小墙，那么登城御敌，岂是妇人女子的事情？至于墙上嵌花或露孔，使宅院内外得以相视，如近来园圃所修筑的那样，更可以称为女墙，因为它是仿效"睥睨"的形制做成的。它的制作方法穷奇极巧，如《园冶》所记载的各种式样，大概没有遗漏了。但须选择极其稳固的式样制作，不然一块砖偶尔活动，整个墙壁都要倒塌，往来挑担的人，谁能保证没有一时误触墙壁的失误呢？墙坏了不足惜，伤人实在令人担忧。我认为自顶及脚都砌花纹，不只极其危险，而且太费人工。花墙之所以洞彻内外，不过是要使它代替琉璃屏，想叫人们窥见其室家之好而已。只在人眼所能看见的高度，空出二三尺，砌成奇巧花纹，比这高和比这低的墙壁，仍然照常实砌，这样费钱不多，而又永无误触致崩坏的毛病。这是丰俭得宜、有利无害的办法。

厅壁

【题解】

　　此款谈客厅墙壁的布置。他的原则是："厅壁不宜太素,亦忌太华。名人尺幅自不可少,但须浓淡得宜,错综有致。"特别有意思的是,他独出心裁,让鹦鹉和画眉鸟在厅中有限的空间自由飞翔,给人惊异之感。虽然他的设计不具普遍性,却突显了主人的个性。这也说明,人人皆可根据自己的喜好进行独特的个性设计。

　　厅壁不宜太素,亦忌太华。名人尺幅自不可少,但须浓淡得宜,错综有致。予谓裱轴不如实贴。轴虑风起动摇,损伤名迹,实贴则无是患,且觉大小咸宜也。实贴又不如实画,"何年顾虎头,满壁画沧州"①。自是高人韵事。予斋头偶仿此制,而又变幻其形,良朋至止,无不感到耳目一新,低回留之不能去者。因予性嗜禽鸟,而又最恶樊笼,二事难全,终年搜索枯肠,一悟遂成良法。乃于厅旁四壁,倩四名手,尽写着色花树,而绕以云烟,即以所爱禽鸟,蓄于虬枝老干之上。画止空迹,鸟有实形,如何可蓄?曰:不难,蓄之须自鹦鹉始。从来蓄鹦鹉者必用铜架,即以铜架去其三面,止存立脚之一条,并饮水啄粟之二管。先于所画松枝之上,穴一小小壁孔,后以架鹦鹉者插入其中,务使极固,庶往来跳跃,不致动摇。松为着色之松,鸟亦有色之鸟,互相映发,有如一笔写成。良朋至止,仰观壁画,忽见枝头鸟动,叶底翎张,无不色变神飞,诧为仙笔;乃惊疑未定,又复载飞载鸣②,似欲翱翔而下矣。谛观熟视,方知个里情形,有不抵掌叫绝,而称巧夺天工者乎?若四壁尽蓄鹦鹉,又忌雷同,势必间以他鸟。鸟之善鸣者,推画眉第一。然鹦鹉之笼可去,画眉之笼不可去也,将奈之何?予又有一法:取树枝之拳曲似龙者,截取一段,密者听其自如,疏者网以铁线,不使太疏,亦不使太密,总以不致飞脱为主。蓄画眉于中,插之亦如前法。此声方歇,彼喙复开;翠羽初收,丹睛复转。因禽鸟之善鸣善啄,觉花树之亦动亦摇;流水不鸣而似鸣,高山是寂而非寂。座客别去者,皆作殷浩书空,谓咄咄怪事③,无有过此者矣。

【注释】

①何年顾虎头,满壁画沧州:顾虎头,东晋大画家顾恺之小字虎头。诗见杜甫《题玄武禅师屋壁》:"何年顾虎头,满壁画沧洲。赤日石林气,青天江海流。锡飞常近鹤,杯渡不惊鸥。似得庐山路,真随惠远游。"

②载飞载鸣:语见《诗经·小雅·小宛》,其中有两句"题彼脊令,载飞载鸣",意思是:看那小小脊令(鸟名),上下翻飞鸣叫。

③皆作殷浩书空,谓咄咄怪事:事见《世说新语·黜免》:"殷中军(浩)被废,在信安,终日恒书空作字。扬州吏民寻义逐之,窃视,唯作'咄咄怪事'四字而已。"

【译文】

客厅的墙壁不宜太素淡,也忌太奢侈华丽。名人的字画自然不可缺少,但须浓淡得宜,错综有致。我认为裱轴不如实贴。裱轴就怕风起动摇,损伤名迹,实贴则没有这个毛病,而且觉得大小都合宜。实贴又不如实画,"何年顾虎头,满壁画沧州"。这自然是高人韵事。我的斋头偶尔效仿这种式样,而又变幻它的形制,良朋贵友来到这儿,无不感到耳目一新,流连忘返不忍离去。因我天性酷爱禽鸟,但又最讨厌樊笼,这二事难以两全,终年搜索枯肠,突然悟出了好办法。就是在厅旁四壁,请四位名手,描绘彩色花树,而且绕以袅袅云烟,把我所喜爱的禽鸟,蓄养在虬枝老干之上。画只是空迹,鸟却有实形。鸟如何能够蓄养?我说:不难,蓄养它,须自鹦鹉开始。原来蓄养鹦鹉必用铜架,我就去掉铜架的三面,只保存立脚的横棍一条,以及饮水啄粟的两个管。先在所画松枝之上,钻一个小小壁孔,然后将架鹦鹉的横棍插入其中,务必使它极为牢固,这样鹦鹉往来跳跃,不致动摇。松是着色之松,鸟也是有色之鸟,互相映发,犹如一笔写成。良朋至此,仰观壁画,忽见枝头鸟动,叶底翎毛飞张,无不色变神扬,惊诧为仙人之手笔;而惊疑未定,鸟又上下翻飞鸣叫,似乎想要翱翔而下。仔细观察,方知其中奥妙,哪有不抵掌叫绝,而称赞巧夺天工的呢?若是四壁全都蓄养鹦鹉,又忌单调雷同,还要蓄养其他一些鸟。鸟中善于鸣叫的,推画眉为第一。然而鹦鹉之笼可去,画眉之笼却不可去,这怎么办?我又想出一种方法:找那种树枝拳曲似龙的,截取一段,枝条密的听其自然,枝条疏的网上铁丝,不使它太疏,也不使它太密,总之以不致让画眉飞脱为宜。把画眉蓄养在里面,也如同前面说的方法来插横棍。这里鸟声刚停,那里鸟声又起;这里翠色羽毛刚收敛,那边红色眼睛又转动。因禽鸟善鸣善啄,觉花树亦动亦摇;流水不鸣而似鸣,高山是寂而非寂。客人离别而去,都像《世说新语》所写殷浩书空,称"咄咄怪事",没有比这更新奇的了。

书房壁

【题解】

　　书房是读书的地方,故"书房壁"就要符合读书这个特定的环境和氛围。李渔此款,特别强调了"书房壁"之"最宜潇洒";他认为要"潇洒",那就要"切忌油漆",因为此物太"俗"。李渔避免"俗"的办法是:"石灰垩壁,磨使极光,上着也;其次则用纸糊。"这就说到李渔关于"书房壁"的另一要求:"雅致"。然而,李渔之"雅致",也要"雅"出自己的个性。他要"以薄蹄变为陶冶,幽斋化为窑器",用酱色纸糊壁作底,然后用豆绿云母笺裂作零星小块,随手贴于酱色纸上,大小错杂,斜正参差,则贴成之后,满房皆冰裂碎纹,有如哥窑美器。这真是匠心独运。

　　书房之壁,最宜潇洒。欲其潇洒,切忌油漆。油漆二物,俗物也,前人不得已而用之,非好为是沾沾者。门户窗棂之必须油漆,蔽风雨也;厅柱楹楣之必须油漆,防点污也。若夫书房之内,人迹罕至,阴雨弗浸,无此二患而亦蹈此辙,是无刻不在桐腥漆气之中,何不并漆其身而为厉乎?石灰垩壁,磨使极光,上着也;其次则用纸糊。纸糊可使屋柱窗楣共为一色,即壁用灰垩,柱上亦须纸糊,纸色与灰,相去不远耳。壁间书画自不可少,然粘贴太繁,不留余地,亦是文人俗态。天下万物,以少为贵。步幛非不佳①,所贵在偶尔一见,若王恺之四十里,石崇之五十里②,则是一日中哄市,锦绣罗列之肆廛而已矣。看到繁缛处,有不生厌倦者哉?昔僧玄览住荆州陟岵寺,张璪画古松于斋壁,符载赞之,卫象诗之,亦一时三绝,览悉加垩焉。人问其故,览曰:"无事疥吾壁也③。"诚高僧之言,然未免太甚。若近时斋壁,长笺短幅尽贴无遗,似冲繁道上之旅肆,往来过客无不留题,所少者只有一笔。一笔维何?"某年月日某人同某在此一乐"是也。此真疥壁,吾请以玄览之药药之。

【注释】

①步幛:遮蔽视线或阻隔灰尘的屏幕,富豪常以绫罗绸缎为之。

②王恺之四十里，石崇之五十里：《世说新语·汰侈》："君夫作紫丝
　布步障碧绫裹四十里，石崇作锦步障五十里以敌之。"君夫是王
　恺的字，他与石崇均为晋代权贵、富豪，生活奢侈无度，常在一起
　斗富。

③无事疥吾壁也：闲着无事而污染了我的墙壁。语出唐段成式《酉
　阳杂俎·语资》（前集卷十二）："大历末，禅师玄览住荆州陟屺
　寺，道高有风韵，人不可得而亲。张璪尝画古松于斋壁，符载赞
　之，卫象诗之，亦一时三绝。览悉加垩焉。人问其故，曰：'无事
　疥吾壁也。'"

【译文】

　　书房之壁，最应潇洒。想让它潇洒，应切忌油漆。油漆这两样东
西，是俗物，前人不得已而使用它们，并不是以好用此而沾沾自喜。门
户窗棂之所以必须用油漆，是为了遮蔽风雨；厅柱榱楹之所以必须用油
漆，是为了防止污染。而书房之内，人迹罕至，阴雨不浸，没有这两种毛
病也要仿效而行，使得无时无刻不在桐腥漆气之中，何不油漆全身而更
加痛快淋漓呢？用石灰涂饰书房壁，磨得极光，这是上着；其次则用纸
糊。纸糊可使屋柱窗楹都成为一个颜色，即使墙壁用石灰涂饰，柱上也
须用纸糊，因为纸色与石灰，颜色相去不远。书房壁间书画自不可少，
然而粘贴过多，不留余地，也是文人俗态。天下万物，以少为贵。绫罗
步障并非不好，所贵只在偶尔一见，若像王恺那样步障四十里，石崇那
样步障五十里，那就成了白天乱哄哄的闹市，锦绣罗列的店铺而已。看
到如此繁缛之处，哪有不生厌倦之情的呢？过去唐代高僧玄览住荆州
陟屺寺，张璪画古松于其斋壁，符载作赞，卫象赋诗，一时称为三绝，而
玄览全都涂上石灰覆盖。人问为什么，玄览说："他们闲着无事污染了
我的墙壁。"这诚然是高僧之言，然而未免太过了。若像近来斋壁之上，
贴满长笺短幅没有空闲之处，酷似繁忙的交通要道上的旅店，往来过客
无不留题，所少的只有一笔。一笔是什么？"某年月日某人同某在此一

乐"。这才真叫污染墙壁，我请用玄览的药来医治它。

糊壁用纸，到处皆然，不过满房一色白而已矣。予怪其物而不化，窃欲新之。新之不已，又以薄蹄变为陶冶①，幽斋化为窑器，虽居室内，如在壶中②，又一新人观听之事也。先以酱色纸一层，糊壁作底，后用豆绿云母笺，随手裂作零星小块，或方或扁，或短或长，或三角或四五角，但勿使圆，随手贴于酱色纸上，每缝一条，必露出酱色纸一线，务令大小错杂，斜正参差，则贴成之后，满房皆冰裂碎纹，有如哥窑美器③。其块之大者，亦可题诗作画，置于零星小块之间，有如铭钟勒卣，盘上作铭，无一不成韵事。问予所费几何，不过于寻常纸价之外，多一二剪合之工而已。同一费钱，而有庸腐新奇之别，止在稍用其心。"心之官则思"④。如其不思，则焉用此心为哉？

【注释】

①薄蹄：此处指用纸糊。《周易·说卦》有"为薄蹄"，正义曰"取其水流迫地而行也"。

②壶中：葛洪《神仙传》说汝南人费长房曾为市吏，见一老翁卖药，总悬一壶于肆，人散后便跳入壶中。他觉得非常奇怪，于是就带了酒菜去访，老翁知其来意，请他明日再来。长房次日如约，老翁即带他同入壶中，只见里面"玉堂严丽，旨酒甘肴盈衍其中"。

③哥窑：宋代名窑，以冰裂纹为特色。

④心之官则思：语见《孟子·告子上》。

【译文】

糊壁用纸，到处都是这样，不过是满房一色白而已。我嫌其死板而没有变化，想加以革新。革新不停，又想将糊纸变为陶冶，将幽斋化为窑器，虽居于书房之内，如同身在仙境，这又是一件令人耳目一新的事情。先用一层酱色纸，糊到墙壁上作底，然后将豆绿云母笺纸，随手撕成零星小块，或方或扁，或短或长，或三角或四五角，但不要成圆形，随手贴在酱色纸上，每留一条缝，必要露出一线酱色纸，务必使它们大小错杂，斜正参差，这样贴成之后，满房都是冰裂碎纹，有如哥窑的精美瓷器。那些大块的，也可题诗作画，放在零星小块之间，犹如在钟、彝、盘等器具上勒刻铭文，无一不成风雅之事。问我花费多少钱，不过在寻常纸价之外，多一两个剪合之工而已。花费一样的钱，而有庸腐新奇的区别，只在稍微动动脑筋思考而已。"心之官则思。"如果不思考，还用得着心吗？

　　糊纸之壁，切忌用板。板干则裂，板裂而纸碎矣。用木条纵横作槅，如围屏之骨子然。前人制物备用，皆经屡试而后得之，屏不用板而用木槅，即是故也。即如糊刷用棕，不用他物，其法亦经屡试，舍此而另换一物，则纸与糊两不相能，非厚薄之不均，即刚柔之太过，是天生此物以备此用，非人不能取而予之。人知巧莫巧于古人，孰知古人于此亦大费辛勤，皆学而知之，非生而知之者也。

【译文】

　　糊纸之壁，切忌用木板。木板一干就会裂，板一裂纸就碎了。最好用纵横木条做成槅扇，如围屏的骨架那样。前人制作物件，都是经过屡次试验而后成功，围屏不用板而用木槅，就是这个缘故。就像糊刷用棕子，不用其他东西，这方法也是经过屡次试验而来的，如果不用棕子而另换别的东西，那就会使得纸与糨糊两不相应，不是厚薄不均，就是刚

柔太过，这是说天生此物以备此用，不是说人不能取而给它。人们知
道，巧莫巧于古人，谁知道古人在这里也是大费辛勤，是学而知之，而不
是生而知之。

　　壁间留隙地，可以代橱。此仿伏生藏书于壁之义①，大
有古风，但所用有不合于古者。此地可置他物，独不可藏
书，以砖土性湿，容易发潮，潮则生蠹，且防朽烂故也。然则
古人藏书于壁，殆虚语乎？曰：不然。东南西北，地气不同，
此法止宜于西北，不宜于东南。西北地高而风烈，有穴地数
丈而始得泉者，湿从水出，水既不得，湿从何来？即使有极
潮之地，而加以极烈之风，未有不返湿为燥者。故壁间藏
书，惟燕赵秦晋则可，此外皆应避之。即藏他物，亦宜时开
时阖，使受风吹；久闭不开，亦有霉湿生虫之患。莫妙于空
洞其中，止设托板，不立门扇，仿佛书架之形，有其用而不侵
吾地，且有磐石之固，莫能摇动。此妙制善算，居家必不可
无者。予又有壁内藏灯之法，可以养目，可以省膏，可以一
物而备两室之用，取以公世，亦贫士利人之一端也。我辈长
夜读书，灯光射目，最耗元神。有用瓦灯贮火，留一隙之光，
仅照书本，余皆闭藏于内而不用者。予怪以有用之光置无
用之地，犹之暴殄天物，因效匡衡凿壁之义②，于墙上穴一小
孔，置灯彼屋而光射此房，彼行彼事，我读我书，是一灯也，
而备全家之用，又使目力不竭于焚膏，较之瓦灯，其利奚止
十倍？以赠贫士，可当分财。使予得拥厚资，其不吝亦如
是也。

【注释】

①伏生藏书于壁：据《史记·儒林传》："秦时焚书，伏生壁藏之。"伏生，生卒年不详，名胜，济南（今属山东）人，经学家。秦代朝廷设博士以备顾问，伏生即为博士，秦始皇焚书，伏生藏《尚书》于壁中，即《今文尚书》二十八篇。

②匡衡凿壁：汉朝匡衡穿壁引光读书。《西京杂记》："匡衡，字稚圭，勤学而无烛，邻舍有烛而不逮，衡乃穿壁引其光以书映光而读之。"

【译文】

墙壁间挖洞留空地儿，可以代替橱子。这是效仿秦代伏生藏书于壁之义，大有古风，但它的应用，有不合于古代的地方。这种壁橱可放置其他东西，唯独不可藏书，因为砖土性湿，容易发潮，潮则生虫，而且要防止书籍朽烂。那么古人藏书于壁，是瞎说吗？我说：不然。东南西北，地气不同，这种方法只宜于西北，不宜于东南。西北地高而风烈，有时挖地数丈才能挖得泉水，湿从水出，既然得不到水，湿气从何而来？即使有极潮的地方，但加上极烈之风猛吹，没有不返潮湿为干燥的。所以壁间藏书，唯有燕赵秦晋可以，除此之外的其他地方都应该避免。即使储藏其他东西，也应该时开时关，使它通风；久闭不开，也有霉湿生虫的灾患。最好是在墙壁上开个空洞，只设托板，不立门扇，仿佛书架的样子，既有其用而不侵占我的地方，而且有如磐石般坚固，不能摇动。这种巧妙的设计、谋算，居家过日子必不可无。我又有一个在墙壁之内藏灯的方法，可以养目，可以省油，可以用一盏灯而供两室之用，拿来公之于世，也是贫士利人的一种表现。我们这些人长夜读书，灯光刺目，最耗费元神。有的人用瓦灯贮火，留一隙之光，仅照书本，其余的灯光都闭藏于瓦灯之内而无法使用。我嫌它以有用之光置于无用之地，犹如暴殄天物，因而效仿汉朝匡衡穿壁引光读书之义，在墙上凿一小孔，把灯放在那屋而光射进这屋，别人作别人的事，我读我的书，这样一盏

灯,而备全家之用,又使目力不被灯光刺激,比起瓦灯来,其利岂止十
倍? 拿它赠给贫士,就当分财给大家。假使我发了大财,也会如此毫不
吝啬。

联匾第四　计八款

【题解】

《匾联第四》专谈中国特有的一种艺术形式"匾联"。中国的园林艺术是一种蕴涵深厚的审美现象,而园林中台榭楼阁上几乎不可或缺的制作即是极富文化底蕴的楹联,它往往成为一座园林高雅品位的重要表现。尤其是作为一个民族符号和文化象征的历代骚人墨客所题楹联,更能增加其审美魅力。李渔是创作对子、楹联的好手,他的《题芥子园别墅联》、《为庐山道观书联》为世所熟知,在《联匾第四》中,又亲手制作了"蕉叶联"、"此君联"、"碑文额"、"手卷额"、"册页匾"、"虚白匾"、"石光匾"、"秋叶匾"等等联匾示范作品。

楹联(对联)的萌芽很早,相传远在周代,就有用桃木来镇鬼驱邪的风俗。据《淮南子》:上古时有神荼、郁驿两兄弟善于抓鬼,于是民间就在每年过年时,于大门的左右两侧,各挂长约七八寸、宽约一寸余的桃木板,上画这两兄弟的神像,以驱鬼压邪,即所谓"桃符"。另据《后汉书·礼仪志》:"以桃印,长六寸,方三寸,五色书文如法,以施门户,止恶气。"东汉以来,又出现了在"桃符"上直接书写"元亨利贞"等表示吉祥如意词句的形式,名曰"题桃符"。后即演变为楹联。历史学者陈国华先生介绍说,楹联,它是由上、下两联组合而成,成双成对;每副联的字数多寡没有定规,若以单联字数计,则称一言、二言、三言、四言、五言、六言、七言等楹联,最多甚至有百言、二百言者。云南大观楼上有180字长联,成都望江楼的崇丽阁楹柱上有212字长联,四川青城山山门上又有394字长联,而清末张之洞为屈原湘妃祠所撰写的那副长联则有400字。

堂联斋匾,非有成规。不过前人赠人以言,多则书于卷轴,少则挥诸扇头;若止一二字、三四字,以及偶语一联,因其太少也,便面难书,方策不满,不得已而大书于木。彼受之者,因其坚巨难藏,不便内之笥中,欲举以示人,又不便出诸怀袖,亦不得已而悬之中堂,使人共见。此当日作始者偶然为之,非有成格定制,画一而不可移也。讵料一人为之,千人万人效之,自昔徂今,莫知稍变。夫礼乐制自圣人,后世莫敢窜易,而殷因夏礼,周因殷礼①,尚有损益于其间,矧器玩竹木之微乎? 予亦不必大肆更张,但效前人之损益可耳。锢习繁多,不能尽革,姑取斋头已设者,略陈数则,以例其余。非欲举世则而效之,但望同调者各出新裁,其聪明什佰于我。投砖引玉,正不知导出几许神奇耳。

【注释】

①殷因夏礼,周因殷礼:《论语·为政》:"子曰:'殷因于夏礼,所损益可知也。周因于殷礼,所损益可知也。'"

【译文】

厅堂书斋之中的联匾,没有成规。不过是前人为友朋所题赠言,多则书于卷轴,少则写在扇头;倘若只有一二字、三四字,以及偶尔说出一联,因字太少,扇面难以书写,简策也写不满,不得已而用大字写在木头上。接受赠言者,因木头联匾的坚固、巨大难以收藏,不方便放在箧笥之中,想给人看,又不方便藏在衣袖襟怀中拿出来,所以不得已而悬挂在中堂,让大家一起观赏。这是当年始作俑者偶然这样做,并非有什么成格定制,或统一规定而不可移易。不料一人做了,千万人效仿,自古至今,竟然没有人稍有改变。礼乐自圣人创制,后世没有人敢于窜改,然而殷代继承夏代礼制,周代因袭殷代礼制,其间还有增减变化,何况器玩竹木这类小玩意儿呢? 我也并非想要大肆更张,只是效仿前人的增减变化就可以了。积习繁多,不能完全革除,姑且拿斋头已经陈设的东西,略说几则,其余则以此例而类推。不是想举世都来仿效我,只希望同调者各出新裁,他们比我聪明百倍。抛砖引玉,还不知能够导引出多少神奇创举呢。

有诘予者曰:观子联匾之制,佳则佳矣,其如挂一漏万何? 由子所为者而类推之,则《博古图》中①,如樽罍、琴瑟、几杖、盘盂之属,无一不可肖像而为之,胡仅以寥寥数则为也? 予曰:不然。凡予所为者,不徒取异标新,要皆有所取义。凡人操觚握管,必先择地而后书之,如古人种蕉代纸、刻竹留题、册上挥毫、卷头染翰、剪桐作诏、选石题诗②,是之数者,皆书家固有之物,不过取而予之,非有蛇足于其间也。若不计可否而混用之,则将来牛鬼蛇神无一不备,予其作俑之人乎! 图中所载诸名笔,系绘图者勉强肖之,非出其人之手。缩巨为细,自失原神,观者但会其意可也。

【注释】

①《博古图》:宋代金石学著作,著录当时皇室在宣和殿所藏的自商至唐的铜器839件,集中了宋代所藏青铜器的精华。宋徽宗敕撰,王黼编纂。大观初年(1107)开始编纂,成于宣和五年(1123)之后。另,宋代画家刘松年有画幅《博古图》,李渔所指也有可能乃此画。

②种蕉代纸:唐怀素种芭蕉万株代纸练习书法。剪桐作诏:《史记·晋世家》载:周成王用桐叶做圭,以此封其弟叔虞于唐,成为晋的始祖。

【译文】

　　有人诘问我：看先生创制的联匾，好固然好，岂非挂一漏万？由先生所作而类推之，那么《博古图》中，如樽罍、琴瑟、几杖、盘盂之类，没有一样不可仿效而做，为何仅仅举出寥寥数条？我说：不然。凡我所做的，不只是标新立异，主要的是都要有所取义。凡是人们握笔挥毫，必先选择合适的地方然后书写，如古人种蕉代纸、刻竹留题、册上挥毫、卷头染翰、剪桐作诏、选石题诗，诸如此类，都是书法家惯例，不过因其方便，取来就用，中间并非可以画蛇添足。倘若不考虑是否合适而混然运用，那么将来牛鬼蛇神无一不备，我不是成了作俑之人了吗！图中所载诸位名家之笔，系绘图者勉强仿制，并非出自其人之手。把大字缩小，自会失去其原来的神韵，观者只是会其意就可以了。

蕉叶联

【题解】

　　"蕉叶联"就是制成蕉叶状的楹联。此联富有文人"蕉叶题诗"的韵味。

　　蕉叶题诗，韵事也；状蕉叶为联，其事更韵。但可置于平坦贴服之处，壁间门上皆可用之，以之悬柱则不宜，阔大难掩故也。其法，先画蕉叶一张于纸上，授木工以板为之，一样二扇，一正一反，即不雷同。后付漆工，令其满灰密布，以防碎裂。漆成后，始书联句，并画筋纹。蕉色宜绿，筋色宜黑，字则

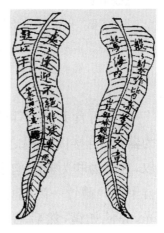

图十　蕉叶联

宜填石黄，始觉陆离可爱，他色皆不称也。用石黄乳金更妙，全用金字则太俗矣。此匾悬之粉壁，其色更显，可称"雪里芭蕉"。

【译文】

蕉叶题诗，是韵事；模仿蕉叶形状而制为联，更是韵事。只可放置在平坦帖服的地方，壁间门上都可安放，而把它悬挂在柱子上则不合适，因为蕉叶阔大，难以掩实。它的制作方法是，先在一张纸上画蕉叶，让木工依样制成木板，一式二扇，一正一反，即可不雷同。然后交付漆工，让他满灰密布，以防碎裂。漆成之后，才书写联句，并画筋纹。蕉叶宜绿色，筋纹宜黑色，字则宜填石黄色，才觉得陆离可爱，其他颜色都不相称。用石黄乳金的颜色更妙，全用金字则太俗了。这匾若悬挂在粉壁之上，它的颜色更为显著，可称为"雪里芭蕉"。

此君联

【题解】

"此君联"中所谓"此君"，指竹。东晋文人王徽之爱竹，曾说"不可一日无此君"。宋代大诗人苏东坡亦曰"宁可食无肉，不可居无竹"。用竹制作楹联，附于柱上，富有文人雅致。

"宁可食无肉，不可居无竹"[①]。竹可须臾离乎？竹之可为器也，自楼阁几榻之大，以至箸食杯箸之微，无一不经采取，独至为联为匾诸韵事弃而弗录，岂此君之幸乎？用之请自予始。截竹一筒，剖而为二，外去其青，内铲其节，磨之极光，务使如镜，然后书以联句，令名手镌之，掺以石青或石绿，即墨字亦可。以云乎雅，则未有雅于此者；以云乎俭，亦未有俭于此者。不宁惟是，从来柱上加联，非板不可，柱圆板方，柱窄板阔，彼此抵牾，势难贴服，何如以圆合圆，纤毫不谬，有天机凑泊之妙乎？此联不用铜钩挂柱，用则多此一物，是为赘瘤。止用铜钉上下二枚，穿眼实钉，勿使动移。其穿眼处，反择有字处穿之，钉钉后，仍用掺字之色补于钉上，混然一色，不见钉形尤妙。钉蕉叶联亦然。

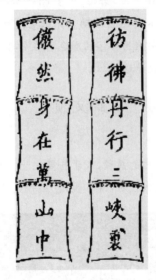

图十一　此君联

【注释】

①宁可食无肉，不可居无竹：见苏轼《于潜僧绿竹轩》："可使食无肉，不可居无竹。无肉令人瘦，无竹令人俗。人瘦尚可肥，士俗不可医。旁人笑此言，似高还似痴。"

【译文】

"宁可食无肉，不可居无竹。"竹岂可以须臾没有？竹可制作器具，大至楼阁几榻，小至筒奁杯箸，没有一样不可用之，唯独到了制作联匾这种韵事弃而不用,难道是此君之幸吗?用竹制作联匾请自我始。截一筒竹,剖而为二,外去其青,内铲其节,打磨得极为光滑,务必使之如镜,然后在上面书写联句,请名手镌刻,掺上石青色或石绿色,就是墨字也可以。要说雅,没有比它更雅的了;要说俭,也没有比它更俭的了。不仅如此,从来柱上加联,非板不可,然而柱圆板方,柱窄板阔,彼此抵牾,势必难以帖服,哪比得上以圆合圆,纤毫不差,有天机凑泊之妙呢?此联不要用铜钩挂在柱子上,若用,则多此一物,反成赘瘤。只上下用二枚铜钉,穿眼钉实,不要使它活动。穿眼的地方,反而要找有字处打眼儿,钉好钉子之后,仍然用掺字的颜色补在钉子上,混然一色,看不见钉形最好。钉蕉叶联也是这样。

碑文额

【题解】

　　"碑文额",即碑文式的匾额,嵌于粉壁之上。李渔认为"碑文额"不一定用石头制作,可用木代石,既省钱,色彩亦更显眼。

图十二　碑文额

三字额,平书者多,间有直书者,匀作两行。匾用方式,亦偶见之。然皆白地黑字,或青绿字。兹效石刻为之,嵌于粉壁之上,谓之匾额可,谓之碑文亦可。名虽石,不果用石,用石费多而色不显,不若以木为之。其色亦不仿墨刻之色,墨刻色暗,而远视不甚分明。地用黑漆,字填白粉,若是则值既廉,又使观者耀目。此额惟墙上开门者宜用之,又须风雨不到之处。客之至者,未启双扉,先立漆书壁经之下,不待搴帷入室,已知为文士之庐矣。

【译文】

三字额匾,横写的多,间或有直书的,匀作两行。匾用方形,也偶尔见到。然而都是白地黑字,或青绿字。这是仿效石刻做的,嵌在粉壁之上,叫它匾额可以,叫它碑文也可以。名虽是石额,不一定用石头,用石头花费多而色不显,不如以木制作。它的颜色也不效仿墨刻之色,墨刻颜色暗,远看不太分明。额的底色用黑漆,字则要填白粉,这样,花费少,又使观者看起来耀眼。这种匾额只有在墙上开门的宜于使用,又须置于风雨不到的地方。客人一到,未开双扉,先立在漆书壁经的匾额之下,不待掀帘入室,已知是文士之家了。

手卷额

【题解】

"手卷额",即手卷样式的匾额。制作起来更加随意和容易,如天然图卷,绝无穿凿之痕,富有自然情趣。

额身用板,地用白粉,字用石青、石绿,或用炭灰代墨,无一不可。与寻常匾式无异,止增圆木二条,缀于额之两旁,若轴心然。左画锦纹,以像装潢之色;右则不宜太工,但像托画之纸色而已。天然图卷,绝无穿凿之痕,制度之善,庸有过于此者乎? 眼前景,手头物,千古无人计及,殊可怪也。

图十三　手卷额

【译文】

　　额身用木板,额地用白粉,字用石青色、石绿色,或用炭灰代墨,无一不可。与寻常匾式没有差别,只是增加两条圆木,缀于额的两旁,像轴心那样。左边圆木画锦纹,以像装潢的颜色;右边圆木则不宜太精细,只像托画的纸色而已。天然图卷,绝无穿凿的痕迹,形制之善,还有超过它的吗? 眼前之景,手头之物,竟然千古无人考虑到,真太奇怪了。

册页匾

【题解】

　　"册页匾",即制成书册形状的匾额,用四块方板,以木绾之,洋溢着书卷气息。

　　用方板四块,尺寸相同,其后以木绾之。断而使续,势取乎曲,然勿太曲。边画锦纹,亦像装潢之色。止用笔画,勿用刀镌,镌者粗略,反不似笔墨精工;且和油入漆,着色为难,不若画色之可深可浅、随取随得也。字则必用剞劂,各有所宜,混施不可。

图十四　册页匾

【译文】

用方板四块,尺寸相同,在它的后面以木绾连起来。断而使续,取它弯曲之势,然而又不要太曲。边缘画锦纹,也像装潢之色。只用笔画,不要用刀镌刻,镌刻显得粗略,反而不像笔墨精工细作;而且和油入漆,着色困难,不如用笔画色可深可浅、随取随得。字则必须用刀镌刻,各有所宜,不可混施乱用。

虚白匾

【题解】

"虚白匾"的制作,由《庄子·人间世》"虚室生白,吉祥止止"的启示而来。庄子原意为虚境现出白光,而善福来临。此匾,其妙在一个"虚"字,即在薄板之上,将字"镂而空之"。李渔说:"实则板矣。"

"虚室生白"①,古语也。且无事不妙于虚,实则板矣。

用薄板之坚者,贴字于上,镂而空之,若制糖食果馅之木印。务使二面相通,纤毫无障。其无字处,坚以灰布,漆以退光。俟既成后,贴洁白绵纸一层于字后。木则黑而无泽,字则白而有光,既取玲珑,又类墨刻,有匾之名,去其迹矣。但此匾不宜混用,择房舍之内暗外明者置之。若屋后有光,则先穴通其屋,以之向外;不则置于入门之处,使正面向内。从来屋高门矮,必增横板一块于门之上。以此代板,谁曰不佳?

图十五　虚白匾

【注释】

①虚室生白:《庄子·人间世》:"虚室生白,吉祥止止。"原意为虚境现出白光,善福来临了。

【译文】

"虚室生白",这是一句古语。而且没有什么事不妙于虚;若实,就死板了。用坚牢的薄板,贴上字,将字镂空,就像制作糖食果馅的木印。必须使两面相通,没有丝毫障碍物。那无字的地方,以坚实的灰布衬上,将布油漆以退光。等完成以后,在字后贴上一层洁白的绵纸。木则黑而没有光泽,字则白而有光,既取它的玲珑,又类似墨刻,有匾之名,而去其痕迹。但此匾不宜乱用,选择那种里面暗而外面明亮的房舍置放。假若屋后有光，则须先在墙壁上凿个孔使屋透亮，将匾向外置放；不然，则把它放在入门之处，使正面向内。从来屋高门矮，必在门的上面增加一块横板。以虚白匾代替横板，谁会说不美？

石光匾

【题解】

"石光匾"也是"虚白"的一种，只是它不用于房屋，而用于垒石成山之地，与山石合成一片，使之无人为痕迹，竟似石上留题。

即"虚白"一种，同实而异名。用于磊石成山之地，择山石偶断处，以此续之。亦用薄板一块，镂字既成，用漆涂染，与山同色，勿使稍异。其字旁凡有隙地，即以小石补之，粘以生漆，勿使见板。至板之四围，亦用石补，与山石合成一片，无使有襞襀之痕①，竟似石上留题，为后人凿穿以存其迹者。字后若无障碍，则使通天，不则亦贴绵纸，取光明而塞障碍。

图十六　石光匾

【注释】

①襞襀(bì jī)：衣服的褶子。

【译文】

它就是"虚白"的一种,实质一样而名字不同。用在垒石成山的地方,选择山石偶断之处,以石光匾接续。也用一块薄板,将字镂空以后,用漆涂染,与山同一种颜色,不要使它稍有差异。那字旁凡是有空隙的地方,就用小石填补,以生漆粘住,不要让人看见板。在板的四围,也用石补,与山石合成一片,不要使它有衣褶之痕,竟像石上留题,为后人凿穿以保存它的痕迹似的。字后若没有障碍,则使它通天,不然,也贴绵纸,以使镂刻的字光明可见而挡住障碍物。

秋叶匾

【题解】

"秋叶匾"的制作创意,受"红叶题诗"的趣事启发而来。唐宣宗时,舍人卢渥从御沟拾得一枚红叶,上题诗曰:"流水何太急,深宫尽日闲。殷勤谢红叶,好去到人间。"李渔由此而突发灵感,制作秋叶状的匾额。

御沟题红①,千古佳事;取以制匾,亦觉有情。但制红叶与制绿蕉有异:蕉叶可大,红叶宜小;匾取其横,联妙在直。是亦不可不知也。

图十七　秋叶匾

【注释】

①御沟题红：即红叶题诗。唐宣宗时，舍人卢渥从御沟拾一红叶，
　　上题诗曰："流水何太急，深宫尽日闲。殷勤谢红叶，好去到人
　　间。"后宣宗放宫女，红叶题诗者为卢渥所得。

【译文】

　　红叶题诗、御沟流传，千古美事；拿它来制作匾额，也觉得有情味。
但是制作红叶匾与制作绿蕉联有差别：蕉叶可大，红叶宜小；匾取其横，
联妙在直。这也是不可不知的。

山石第五　计五款

【题解】

《山石第五》五款"大山"、"小山"、"石壁"、"石洞"、"零碎小石"专谈园林艺术中的石头之美。李渔说："磊石成山，另是一种学问，别是一番智巧。"诚如是也。因为绘画同叠山垒石虽然同是造型艺术，都要创造美的意境，但所用材料不同、手段不同，构思也不同，二者之间差异相当明显。那些专门叠山垒石的"山匠"，能够"随举一石，颠倒置之，无不苍古成文，纡回入画"；而一些"画水题山，顷刻千岩万壑"的画家，若请他"磊斋头片石，其技立穷"。对此，稍晚于李渔的清代文人张潮（山来）在《虞初新志》卷六吴伟业《张南垣传》后评语中说得更为透彻："叠山磊石，另有一种学问，其胸中丘壑，较之画家为难。盖画则远近、高卑、疏密，可以自主；此则合地宜、因石性，多不当弃其有余，少不必补其不足，又必酌主人之贫富，随主人之性情，又必籍群工之手，是以难耳。况画家所长，不在蹊径，而在笔墨。予尝以画工之景作实景观，殊有不堪游览者，犹之诗中烟雨穷愁字面，在诗虽为佳句，然当之者殊苦也。若园亭之胜，则只赖布景得宜，不能乞灵于他物，岂画家可比乎？"造园家叠山垒石的特殊艺术禀赋和艺术技巧，主要表现在他观察、发现、选择、提炼山石之美的特殊审美眼光和见识上。在一般人视为平常的石头上，造园家可能发现了美，并且经过他的艺术处理成为精美的园林作品。差不多与李渔同时的造园家张南垣曾这样自述道："……惟夫平冈小坂，陵阜陂陁，板筑之功，可计日以就。然后错之以石，棋置其间，缭以短垣，翳以密篠，若似乎奇峰绝嶂，累累乎墙外而人或见之也。其石脉所奔注，伏而起，突而怒，为狮蹲，为兽攫，口鼻含呀，牙错距跃，决林莽，犯轩楹而不去，若似乎处大山之麓，截谿断谷，私此数石者为吾有也。"（载《虞初新志》卷六《张南垣传》）

幽斋磊石，原非得已。不能致身岩下与木石居，故以一卷代山、一勺代水，所谓无聊之极思也。然能变城市为山林，招飞来峰使居平地，自是神仙妙术，假手于人以示奇者也，不得以小技目之。且磊石成山，另是一种学问，别是一番智巧。尽有丘壑填胸、烟云绕笔之韵士①，命之画水题山，顷刻千岩万壑，及倩磊斋头片石，其技立穷，似向盲人问道者。故从来叠山名手，俱非能诗善绘之人。见其随举一石，颠倒置之，无不苍古成文，纡回入画，此正造物之巧于示奇也。譬之扶乩召仙②，所题之诗与所判之字，随手便成法帖，落笔尽是佳词，询之召仙术士，尚有不明其义者。若出自工书善咏之手，焉知不自人心捏造？妙在不善咏者使咏，不工书者命书，然后知运动机关，全由神力。其叠山磊石，不用文人韵士，而偏令此辈擅长者，其理亦若是也。然造物鬼神之技，亦有工拙雅俗之分，以主人之去取为去取。主人雅而取工，则工且雅者至矣；主人俗而容拙，则拙而俗者来矣。有费累万金钱，而使山不成山、石不成石者，亦是造物鬼神作祟，为之摹神写像，以肖其为人也。一花一石，位置得宜，主人神情已见乎此矣，奚俟察言观貌，而后识别其人哉？

【注释】

①丘壑填胸：黄庭坚《题子瞻枯木》："胸中元自有丘壑，故作老木蟠风霜。"

②扶乩（jī）：通过占卜问吉凶，一种迷信活动。扶，扶架子。乩，卜以问疑。

【译文】

　　幽雅的厅斋垒石，原是不得已。不能亲身到岩下树旁与木石同居，所以才以一卷代山、一勺代水，此正所谓无聊的极思遐想。然而，能变城市为山林，招致飞来峰使它居于平地，自是神仙妙术，假借人手以示奇异，不得看作小技。而且垒石成山，另是一种学问，别有一番智巧。尽有那些丘壑填胸、烟云绕笔的韵士，请他画水题山，顷刻之间千岩万壑画出来了，而请他垒斋头片石，则束手无策，好似向盲人问路。所以从来叠山名手，都不是能诗善绘的人。见他随意拿起一块石头，颠之倒之，无不作出苍古的文章，画出纡回多端的画面，这正是造物主在呈示他的奇巧啊。譬如扶乩召仙，所题的诗与所判的字，随手即成法帖，落笔都是佳句，若询问召仙的术士，还有不明其中意义的。假若出自工书善咏之手，哪里知道不是人心所捏造的呢？其妙在于，不善歌咏者让他歌咏，不工书法者让他书写，然后知道运动机关，全由神力。其叠山垒石，不用文人韵士，而偏让此辈擅长的人来作，道理也与此相同。然而，造物主的鬼神之技，也有工拙雅俗之分，以主人的去取为去取。假若主人高雅而取工细，那么工且雅者就到了；假如主人粗俗而容拙，那么拙而俗者就来了。有人耗费成千上万金钱，而使山不成山、石不成石，也是造物主之鬼神作祟，为他摹神写像，以肖似他的为人。一花一石，位置得当，主人的神情已经表现在里面了，还要等到察言观貌，而后识别其人吗？

大山

【题解】

　　"大山"、"小山"两款相互联系，谈园林中的大山之美和小山之美各自不同的特点。

　　李渔认为园林之中的大山之美，犹如唐宋八大家之文，全以气魄胜人。这种气魄来自何处？一方面，来自作者胸臆之博大、精神之宏阔，这是根底；另一方面，来自构思之圆通雄浑，表现出一种大家气度，这是理路。一般地说，大山宜总览、远观，而不宜细察、近观，譬如"名家墨迹，悬在中堂，隔寻丈而观之，不知何者为山、何者为水、何处是亭台树木，即字之笔画杳不能辨，而只览全幅规模，便足令人称许。何也？气魄胜人，而全体章法之不谬也"。陈从周在《续说园》（见《园林谈丛》，上海文化出版社 1980 年版）中谈到山石时，说"石无定形，山有定法。所谓定法，脉络气势之谓，与画理一也"。此处所谓"气势"，近于李渔所谓"气魄"；若论大山，其"气势"则要大，也即李渔所谓"气魄胜人"。

　　山之小者易工，大者难好。予遨游一生，遍览名园，从未见有盈亩累丈之山，能无补缀穿凿之痕，遥望与真山无异者。犹之文章一道，结构全体难，敷陈零段易。唐宋八大家之文，全以气魄胜人，不必句栉字篦，一望而知为名作。以其先有成局，而后修饰词华，故粗览细观同一致也。若夫间架未立，才自笔生，由前幅而生中幅，由中幅而生后幅，是谓以文作文，亦是水到渠成之妙境；然但可近视，不耐远观，远观则襞襀缝纫之痕出矣[①]。书画之理亦然。名流墨迹，悬在中堂，隔寻丈而观之，不知何者为山，何者为水，何处是亭台树木，即字之笔画杳不能辨，而只览全幅规模，便足令人称许。何也？气魄胜人，而全体章法之不谬也。至于累石成山之法，大半皆无成局，犹之以文作文，逐段滋生者耳。名手亦然，矧庸匠乎？然则欲累巨石者，将如何而可？必俟唐宋诸大家复出，以八斗才人，变为五丁力士[②]，而后可使运斤乎？抑分一座大山为数十座小山，穷年俯视，以藏其拙乎？曰：不难。用以土代石之法，既减人工，又省物力，且有天然委曲之妙。混假山于真山之中,使人不能辨者,其法莫妙于此。累高广之山,全用碎石,则如百衲僧衣,求一无缝处而不得,此其所以不耐观也。以土间之,则可泯然无迹,且便于种树。树根盘固,与石比坚,且树大叶繁,混然一色,不辨其为谁石谁土。立于真山左右,有能辨为积累而成者乎?此法不论石多石少,亦不必定求土石相半,土多则是土山带石,石多则是石山带土。土石二物原不相离,石山离土,则草木不生,是童山矣③。

【注释】

①襞襀(bì jì):衣服的褶子。

②五丁力士:古代神话传说中的五个力士。扬雄《蜀王本纪》:"天为蜀王生五丁力士,能移山,秦王献美女与蜀王,蜀王遣五丁迎女。见一大蛇入山穴中,五丁并引蛇,山崩,秦五女皆上山,化为石。"

③童山:没有树木的山。

【译文】

小山容易造得工巧,大山则难以造得好。我遨游一生,遍览名园,没有见到盈亩累丈的大山,能无补缀穿凿痕迹,遥望与真山没有差别的。这同写文章的道理一样,结构全体难,敷陈零段易。唐宋八大家的文章,全以气魄胜人,不必一句一字细细分析,一看就知道是名作。因为它先有成局,而后修饰文词,所以粗览细观完全一致。如果文章的总体间架没有确立,才思随笔而起,由前幅而生发中幅,由中幅而生发后幅,这叫作以文作文,也有水到渠成之妙境;然而只可近视细部,不耐远观总体,若远观,则各部分补缀、缝纫的痕迹就露出来了。书画的道理也是这样。名家墨迹,悬挂在中堂,隔数丈而观赏,不知何者为山,何者为水,何处是亭台树木,即使字迹笔画也杳不能辨,但是,仅总览全幅规模,便足以让人称赞。为什么?它的气魄胜人,那么总体章法就没有差错。至于累石成山的方法,大半都是事先没有成局,如同以文作文,是逐段滋生的。名手也如此,何况那些庸匠呢?那么要累巨石大山,怎样做才可以呢?是必须等唐宋诸大家复生,将八斗才人,变为五丁力士,而后才可运斤修造呢?还是分一座大山为数十座小山,穷年累月俯视,以藏其拙呢?我说:不难。运用以土代石的方法,既减少人工,又节省物力,而且可得天然委曲之妙。把假山混于真山之中,使人辨别不出来,没有比这种方法更妙的了。要造既高且广的大山,若全用碎石,就会像百衲千补的僧衣,想找一点儿无缝的地方也找不到,这就是它之所以不耐观的原因。若把土掺和在碎石中间,就可以泯然无迹,且便于种树。树根盘固,同石头一样坚固,并且树大叶繁,混然一色,分辨不出谁是石谁是土。若它立于真山左右,有谁能够辨认出他是积累而成的呢?这种方法不论石多石少,也不必一定要求土石相半,土多则是土山带石,石多则是石山带土。土石这两种东西原不相离,石山离开土,则草木不生,成为秃山。

小山

【题解】

　　小山之美,则要讲究"透、漏、瘦",讲究玲珑剔透,讲究空灵、怪奇。如果说大山宜总览、远观,那么小山,则可在近处赏玩,细处品味。陈从周《续说园》谈小山,强调巧智,强调情趣。他还说,明代假山特点在"厚重",清代同光时期假山则趋"纤弱"——可以说前者通常即是大山的特点,而后者通常则是小山的特点。

　　小山亦不可无土,但以石作主,而土附之。土之不可胜石者,以石可壁立,而土则易崩,必仗石为藩篱故也。外石内土,此从来不易之法。

言山石之美者,俱在透、漏、瘦三字。此通于彼,彼通于此,若有道路可行,所谓透也;石上有眼,四面玲珑,所谓漏也;壁立当空,孤峙无倚,所谓瘦也。然透、瘦二字在在宜然,漏则不应太甚。若处处有眼,则似窑内烧成之瓦器,有尺寸限在其中,一隙不容偶闭者矣。塞极而通,偶然一见,始与石性相符。

瘦小之山,全要顶宽麓窄,根脚一大,虽有美状,不足观矣。

石眼忌圆,即有生成之圆者,亦粘碎石于旁,使有棱角,以避混全之体。

石纹、石色取其相同,如粗纹与粗纹当并一处,细纹与细纹宜在一方,紫、碧、青、红,各以类聚是也。然分别太甚,至其相悬接壤处,反觉异同,不若随取随得,变化从心之为便。至于石性,则不可不依;拂其性而用之,非止不耐观,且难持久。石性维何?斜正纵横之理路是也。

【译文】

小山也不可无土,只是要以石为主,以土为辅。土之所以不能超过石头,是因为石头坚硬结实可以壁立,而土则容易崩溃,必仰仗石头为其支撑依傍。外石内土,这是历来不易之法。

说到山石之美,全在"透"、"漏"、"瘦"三个字。此通于彼,彼通于此,好像其间有道路可行,这就是所谓"透";石上有眼,四面玲珑,这就是所谓"漏";壁立当空,孤峙无倚,这就是所谓"瘦"。然而"透"、"瘦"两个字处处都表现得宜然可观,"漏"则不应太过分。假若处处有眼,则如同窑内烧成的瓦器，其中有尺寸限定，那就连一个空隙也不容许偶尔闭缩。如果是石头塞极而通，"漏"处偶然一见，才与石头的本性相符。

瘦小的山石，全要顶宽根窄，根脚一大，虽有好看的形状，也不足观了。

石眼忌圆，即使有天生的圆眼，也应该在旁边粘上些碎石，使它有棱角，以避免浑圆的形体。

石纹、石色要取其相同的放在一起，譬如粗纹与粗纹当并一处，细纹与细纹宜在一方，紫、碧、青、红，各以类聚。然而，分别得太厉害，到它们互相联系接壤的地方，反觉异同，不如顺其自然、随取随得，其变化，随心之所喜。至于石性，则不可不依循；若拂逆石之本性而用它，不但不耐观，而且难以持久。石之本性是什么？就是它的斜正纵横的理路。

石壁

【题解】

"石壁"一款谈园林中的石壁之美。李渔说，石壁之妙，妙在其"势"：挺然直上，有如劲竹孤桐，其体嶙峋，仰观如削，造成万丈悬岩之势。石壁给人造成"穷崖绝壑"的这种审美感受，是一种崇高感，给人提气，激发人的昂扬的意志。一般园林多是优美，一有陡立如削的石壁，则多了一种审美品位，形成审美的多样化形态。

假山之好，人有同心；独不知为峭壁，是可谓叶公之好龙矣。山之为地，非宽不可；壁则挺然直上，有如劲竹孤桐，斋头但有隙地，皆可为之。且山形曲折，取势为难，手笔稍庸，便贻大方之诮①。壁则无他奇巧，其势有若累墙，但稍稍纡回出入之，其体嶙峋，仰观如削，便与穷崖绝壑无异。且山之与壁，其势相因，又可并行而不悖者。凡累石之家，正面为山，背面皆可作壁。匪特前斜后直，物理皆然，如椅、榻、舟车之类；即山之本性亦复如是，逶迤其前者，未有不崭绝其后，故峭壁之设，诚不可已②。但壁后忌作平原，令人一览而尽。须有一物焉蔽之，使座客仰观不能穷其颠末，斯有万丈悬岩之势，而绝壁之名为不虚矣。蔽之者维何？曰：非亭即屋。或面壁而居，或负墙而立，但使目与檐齐，不见石丈人之脱巾露顶，则尽致矣。

　　石壁不定在山后，或左或右，无一不可，但取其地势相宜。或原有亭屋，而以此壁代照墙，亦甚便也。

【注释】

　　①贻（yí）大方之诮（qiào）：让大家笑话。《庄子·秋水》："吾长见笑于大方之家。"成玄英疏："方犹道也。"

　　②诚不可已：定然不可没有。

【译文】

　　喜爱造假山，人有同样的心理；却唯独不喜作峭壁，这可说是叶公之好龙了。造山的地盘，非宽不可；石壁则挺然直上，有如劲竹孤桐，斋头只要有空隙之地，都可叠造。而且山形起伏曲折，取势很难，手笔稍嫌平庸，便会贻笑大方。石壁则没有其他奇巧，其势好像垒墙，只要稍稍有些纡回出入，它的形体便会显出嶙峋之状，仰观如削成，就与穷崖绝壑没有差别。而且山与壁，其势相因相衬，又可以并行而不悖。凡垒石造山之家，正面为山，背面都可作壁。不仅前斜后直，万物之理都是如此，如椅、榻、舟、车之类那样；就是山的本性也是如此，它的前面逶迤起伏，它的后面没有不是险峻绝壁的，所以峭壁的创设，不可缺少。但是，峭壁之后忌作平原，令人一览而尽。壁后须有一物来遮蔽，使座客仰观不能看尽壁颠,这才有万丈悬崖之势,而绝壁之名才不虚设。用什么来遮蔽?回答是:不是亭就是屋。不论是面壁而居,还是靠墙而立,只是使他的目光与屋檐、亭檐相齐,看不见石丈人脱巾露顶,那就成功了。

石壁不一定非要在山后,或左或右,无一不可,只是应该取其与地势相宜即可。若原有亭屋,而用这石壁代为照墙,也很便当。

石洞

【题解】

　　"石洞"和"零星小石"两款,谈了石头的另一种品性,即与人的平易亲近的关系。星空、皓月、白云、长虹,也很美,但总觉离人太远。而石,则可与人亲密无间。李渔在"石洞"款中谈到,假山无论大小,其中皆可作洞。假如洞与居室相连,再有涓滴之声从上而下,真有如身居幽谷之感。

　　假山无论大小,其中皆可作洞。洞亦不必求宽,宽则藉以坐人。如其太小,不能容膝,则以他屋联之,屋中亦置小石数块,与此洞若断若连,是使屋与洞混而为一,虽居屋中,与坐洞中无异矣。洞中宜空少许,贮水其中而故作漏隙,使涓滴之声从上而下,且夕皆然。置身其中者,有不六月寒生,而谓真居幽谷者,吾不信也。

【译文】

　　假山无论大小,其中都可作洞。洞也不一定求宽,若宽,则藉以坐人。如果洞太小,不能容膝,则可以与其他屋子相连,屋中也置放数块小石,与这个洞若断若连,这样使得屋与洞混而为一,虽然住在屋里,与坐在洞中一样。洞中也应留出少许空地，在里面盛上水并有意作漏隙，使水滴落下来，涓滴之声从上而下，无时无刻不断于耳。置身洞中的人，如果没有感到六月寒生，而认为自己真居住在幽谷的，我不信。

零星小石

【题解】

　　李渔在"零星小石"中所谓"一卷特立，安置有情，时时坐卧其旁，即可慰泉石膏肓之癖"，正是强调石在庭院之中的亲切可人：平者可坐，斜者可倚，使其肩背稍平，可置香炉茗具，则又可代几案。

　　贫士之家，有好石之心而无其力者，不必定作假山。一卷特立，安置有情，时时坐卧其旁，即可慰泉石膏肓之癖①。若谓如拳之石亦须钱买，则此物亦能效用于人，岂徒为观瞻而设？使其平而可坐，则与椅榻同功；使其斜而可倚，则与栏杆并力；使其肩背稍平，可置香炉茗具，则又可代几案。花前月下，有此待人，又不妨于露处，则省他物运动之劳，使得久而不坏，名虽石也，而实则器矣。且捣衣之砧，同一石也，需之不惜其费；石虽无用，独不可作捣衣之砧乎？王子猷劝人种竹②，予复劝人立石；有此君不可无此丈。同一不急之务，而好为是谆谆者，以人之一生，他病可有，俗不可有；得此二物，便可当医，与施药饵济人，同一婆心之自发也。

【注释】

　　①泉石膏肓（gāo huāng）：形容喜爱泉石至极，到了不可救药的程

度。《旧唐书·田游岩传》记田游岩回答唐高宗的话："臣泉石膏肓，烟霞痼疾。"膏肓，中医学中人体部位的名称，膏指心下部分，肓指心脏和横隔膜之间。旧说膏与肓是药力达不到的地方。

②王子猷：即王徽之，字子猷，王羲之之子，性爱竹。《晋书·王徽之传》记王徽之关于竹的话有："何可一日无此君邪？"

【译文】

贫士之家，有爱石之心而无造山之力的人，不必非得造假山不可。一块奇特石头立在斋头，安置得有情趣，时时坐卧在它的旁边，就可以满足酷爱泉石之癖。如果说拳头大的小石头也需钱买，那么此物之能对人发生效用，难道只是为了观赏吗？假使它平坦而可坐，就与椅榻有着同样的功能；假使它倾斜而可倚，就与栏杆发挥相同的作用；假使它的顶部稍平，可以放置香炉茗具，那就又可代替几案。花前月下，有此物供人使用，又不妨将它置放于露天，这就省却搬动椅榻几案之劳，而且它经久不坏，名虽是石头，而实际却可当器具使用。并且捣衣的砧，也同样是石头，如人需要不惜花钱去买；石虽为无用之物，难道唯独它不可作捣衣之砧吗？王子猷劝人种竹，我又劝人立石；有了竹，不可无石。它们同样是一种并非紧要事务，而我却喜欢在这里谆谆述说，是因为人之一生，其他病可有，俗不可有；得到竹、石二物，就可以当作医病之药，这与用药饵帮助人，是出自同样的苦口婆心啊。

器玩部

制度第一　　计十三款

【题解】

《器玩部》之所谓"器玩"，即可供玩赏的器物；《制度第一》之所谓"制度"，有"体例"、"体制"、"规定"的意思。但李渔此部，似乎将"器玩"的范围扩大了，不止可供玩赏者，连许多日用品如桌椅、床帐等等都包括进去了。这给人一个突出感受，即李渔表现出一种平易近人的人情味和浓重的"市井"气，或者说他具有一种可贵的"百姓"意识。而且，在李渔那里，这两者是融合在一起的：他文章中的"人情"不是隐逸在山林中的冰清玉洁的"逸情"，也不是窗明几净的书斋里的"雅情"，而往往是世俗的"市井"情、"江湖"情。如果说不是全都如此，那么至少相当多的部分是这样的。在一定意义上可以说，李渔是一个"江湖"文人、"市井"文人，或者说，是旧社会里常说的那种"跑码头"的文人。

人无贵贱，家无贫富，饮食器皿，皆所必需。"一人之身，百工之所为备。"①子舆氏尝言之矣。至于玩好之物，惟富贵者需之，贫贱之家，其制可以不问。然而粗用之物，制度果精，入于王侯之家，亦可同乎玩好；宝玉之器，磨砻不善②，传于子孙之手，货之不值一钱。知精粗一理，即知富贵贫贱同一致也。予生也贱，又罹奇穷③，珍物宝玩虽云未尝入手，然经寓目者颇多。每登荣肰之堂，见其辉煌错落者星布棋列，此心未尝不动，亦未尝随见随动，因其材美，而取材以制用者未尽善也。至入寒俭之家，睹彼以柴为扉，以瓮作牖④，大有黄虞三代之风⑤，而又怪其纯用自然，不加区画。如瓮可为牖也，取瓮之碎裂者联之，使大小相错，则同一瓮也，而有哥窑冰裂之纹矣⑥。柴可为扉也，取柴之入画者为之，使疏密中窾⑦，则同一扉也，而有农户、儒门之别矣。人谓变俗为雅，犹之点铁成金，惟具山林经济者能此，乌可责之一切？予曰：垒雪成狮，伐竹为马，三尺童子皆优为之，岂童子亦抱经济乎⑧？有耳目即有聪明，有心思即有智巧，但苦自画为愚，未尝竭思穷虑以试之耳。

【注释】

①一人之身，百工之所为备：你一个人身之所用，百工为你准备。语见《孟子·滕文公上》。

②磨砻（lóng）：磨治。汉赵晔《吴越春秋·勾践阴谋外传》："一夜天生神木一双，大二十围，长五十寻，阳为文梓，阴为楩柟，巧工施校，制以规绳，雕治圆转，刻削磨砻。"

③罹（lí）：遭受苦难或不幸。

④牖（yǒu）：窗户。

⑤黄虞三代：黄虞乃黄帝、虞舜的合称。黄虞三代泛指中国古时三皇五帝的时代。

⑥哥窑冰裂之纹：哥窑是宋代五大名窑之一，历来受到收藏家、鉴赏家、考古学家等专家学者的重视和关注。冰裂之纹，是说因其纹片如冰破裂，裂片层叠，有立体感，具有特殊的美。

⑦疏密中窾(kuǎn)：疏密得体。中，切中，打中。窾，空处，中空。

⑧经济：经世济时，谋划合理。

【译文】

人无贵贱，家无贫富，饮食器皿，都是必需品。"一人之身，百工之所为备。"子舆氏曾经说过这话。至于玩好之物，只有富贵之家需要，贫贱之家，其制可以不问。然而粗用之物，如果其制作精致，进入王侯之家，也可以同样被视为玩好；宝玉之器，磨治不善、制作不精，传给子孙，也会一文不值。知道精致与粗糙这一道理，就知道富贵贫贱是一致的。我生来贫贱，又遭遇奇穷，珍物宝玩虽说未尝入手把赏，然而眼见者很多。每到富贵人家，进入华美厅堂，见辉煌错落的珍物宝玩星罗棋布，我的心未尝不动，也不是每次所见都为之所动，因为它的材料虽美，而取材之后的制作却并非尽善尽美。到了寒俭之家，见他们用柴木做门，用瓮口做窗，大有黄帝、虞舜三代之风，而又嫌它们纯任自然，不加筹划加工。譬如瓮可做窗，取破碎瓮片联缀，使它们大小错杂，那么同样的一些瓮片可呈现哥窑冰裂之纹。柴可做门，取柴之造型优美奇特者，使其疏密得体，那么同样是门，却显出农家和儒门的区别。有人说，变俗为雅，就像点铁成金，唯有具备山林经济之聪明才智才做得到，哪能要求人人如此？我说：垒雪成狮，伐竹为马，三岁小儿都能做得很好，难道小孩子也有经济谋划的头脑？有耳目就有耳之聪目之明，有心思就有聪明智巧，只是苦于自认为谋划笨拙，不曾竭思穷虑去尝试而已。

几案

【题解】

《器玩部·制度第一》之下"几案"、"椅杌"、"床帐"、"橱柜"、"箱笼"、"古董"、"炉瓶"、"屏轴"、"茶具"、"酒具"、"碗碟"、"灯烛"、"笺筒"等十三款，专谈日用器皿及玩好之物的实用和审美问题。"几案"款中的"几"与"案"是再平常不过的日用品。李渔在此款中谈"几案"，完全是平民化、实用化的，与百姓日常生活息息相关，如他谈"抽替"的方便则说，有它省很多事，无它则惹诸多麻烦。而且"抽替"还可以作为偷懒藏拙之地。再如谈设置"隔板"以防冬月围炉烤火把几案书桌烤坏也，是百姓生活寻常之事。李渔贴近百姓、贴近生活，娓娓道来，平易亲切。

不过，中国的"案"与"桌"是有分别的。有学者指出：腿的位置缩进来一块为"案"，腿的位置顶住四角为"桌"。除了形制上的区别，桌与案更重要的区别在精神层面，即"案"的等级比桌高——过去衙门办公使用的是"案"，而日用则常常是"桌"。而"几"，与"案"和"桌"又有所区别：它常常放在客厅摆放茶具，故有"茶几"之称。但是在李渔那里，将"几"、"案"、"桌"的概念都百姓化了、日用化了。

予初观《燕几图》[①]，服其人之聪明什佰于我，因自置无力，遍求置此者，讯其果能适用与否，卒之未得其人。夫我竭此大段心思，不可不谓经营惨淡，而人莫之则效者，其故何居？以其太涉繁琐，而且无此极大之屋尽列其间，以观全势故也。凡人制物，务使人人可备，家家可用，始为布帛菽粟之才，否则售冕旒而沽玉食[②]，难乎其为购者矣。故予所言，务舍高远而求卑近。几案之设，予以庀材无资[③]，尚未经营及此。但思欲置几案，其中有三小物必不可少。一曰抽替。此世所原有者也，然多忽略其事，而有设有不设。不知此一物也，有之斯逸，无此则劳，且可藉为容懒藏拙之地。文人所需，如简牍、刀锥、丹铅、胶糊之属，无一可少，虽曰司之有人，藏之别有其处，究竟不能随取随得，役之如左右手也。予性卞急[④]，往往呼童不至，即自任其劳。书室之地，无论远近迂捷，总以举足为烦，若抽替一设，则凡卒急所需之物尽内其中，非特取之如寄，且若有神物俟乎其中，以听主人之命者。至于废稿残牍，有如落叶飞尘，随扫随有，除之不尽，颇为明窗净几之累，亦可暂时藏纳，以俟祝融，所谓容懒藏拙之地是也。知此则不独书案为然，即抚琴观画、供佛延宾之座，俱应有此。一事有一事之需，一物备一物之用。《诗》云："童子佩觿"⑤；《鲁论》云："去丧无所不佩。"⑥人身且然，况为器乎？一曰隔板，此予所独置也。冬月围炉，不能不设几席。火气上炎，每致桌面台心为之碎裂，不可不预为计也。当于未寒之先，另设活板一块，可用可去，衬于桌面之下，或以绳悬，或以钩挂，或于造桌之时，先作机彀以待之⑦，使之待受火气⑧，焦则另换，为费不多。此珍惜器具之婆心，虑其暴殄天物⑨，以惜福也⑩。一曰桌撒。此物不用钱买，但于匠作挥斤之际，主人费启口之劳，僮仆用举手之力，即可取之无穷，用之不竭。从来几案与地不能两平，挪移之时必相高低长短，而为桌撒。非特寻砖觅瓦时费辛勤，而且相称为难，非损高以就低，即截长而补短，此虽极微极琐之事，然亦同于临渴凿井，天下古今之通病也，请为世人药之。凡人兴造之际，竹头木屑，何地无之？但取其长不逾寸，宽不过指，而一头极薄、一头稍厚者，拾而存之，多多益善，以备挪台撒脚之用。如台脚所虚者少，则止入薄者，而留其有余者于脚外，不则尽数入之。是止一寸之木，而备高低长短数则之用，又未尝费我一钱，岂非极便于人之事乎？但须加以油漆，勿露竹头木屑之本形。何也？一则使之与桌同色，虽有若无；一则恐童子扫地之时，不能记忆，仍谬认为竹头木屑而去之，势必朝朝更换，将亦不胜其烦；加以油漆，则知为有用之器而存之矣。只此极细一着，而有两意存焉，况大者乎？劳一人以逸天下，予非无功于世者也。

【注释】

①《燕几图》：宋黄长睿撰，成书于绍熙甲寅年（1194），以正方形为基本形制来组合的家具群，错综分合，构思新颖多样，形式丰富多彩。

②售冕旒（miǎn liú）而沽玉食：犹言今天所谓购买高档衣物、好食品。售、沽，都是买卖的意思。冕旒，古代皇帝和贵族的礼帽。冕是系帽子的带子，旒是帽子上悬垂的饰物。玉食，犹言"美食"，"玉"形容其金贵。

③庀（pǐ）材：筹集材料。庀，筹集，具备。

④卞（biàn）急：急躁。《左传·定公三年》："庄公卞急而好洁。"

⑤童子佩觿（xī）：《诗经·卫风·芄兰》："芄兰之支，童子佩觿。"觿，古人的骨质或玉质佩饰。

⑥去丧无所不佩：丧期满了以后，什么东西皆可佩戴。语见《论语·乡党》。

⑦机彀（gòu）：机关。

⑧使之：有的版本无"使之"二字。

⑨暴殄天物：语出《尚书·武成》："今商王受无道，暴殄天物，害虐烝民。"原指残害灭绝天生万物。后指任意糟蹋东西，不知爱惜。暴，损害。殄，灭绝。天物，自然生物。

⑩惜福：珍惜眼前幸福。

【译文】

我起初观看《燕几图》，佩服作者的设计比我聪明百倍，因无力购买这种几案，便到处寻找家有这种几案的人，想要知道它是否真的适用，终未如愿。我如此费尽心思,不能说不是惨淡经营,可是却不见有人制作出来这种几案。什么缘故呢?是因为它过于繁琐,而且绝少人家有此大屋将它陈列出来,以观全貌。大凡制作器物,必须使它人人皆可置备,家家能够使用,这才如布匹粮食那样适宜大众;不然就如锦衣玉食,难得有人购置。所以我说,必须舍弃高档标准而求低档实用。对于几案,我因无力筹集材料制作它,至今尚无此打算。但我考虑若置备几案,其中有三个小物件必不可少。一是抽屉。这是世上本有的东西,但多被忽略,有的设置而有的没有设置。人们不知道抽屉这件东西,有它省很多事,没它就惹诸多麻烦,而且它可以作为你偷懒藏拙之地。文人日常所需,如纸张、刀锥、丹砂、铅粉、糨糊之类,无一可少,虽说有佣人伺候打理这些事情,但是储藏在别的地方,究竟不能如放在身边那样抬手即可拿到,使用起来非常方便。我是急性子,每每呼唤僮仆不到,就自己动手。在书房里,不论远近曲直,走路总觉麻烦,若是有抽屉,那么凡是急需之物尽在其中,不但取出便捷,而且犹如有神物等在那里,随时听候你传唤。至于那些废稿残牍,好像落叶飞尘,你前脚扫,它后脚又落下了,真是无法除尽,成为明窗净几的累赘,有了抽屉,这些杂物也可暂时藏纳其中,以等待日后烧掉。这就是我所说的抽屉乃偷懒藏拙之地。明白这个道理,则不独书案如此,就是抚琴观画、供佛延宾的台座,都应当设置抽屉。一事有一事的需要,一物有一物的用场。《诗经·卫风·芄兰》云:"童子要佩戴觽饰";《论语·乡党》云:"丧期满了以后,什么东西皆可佩戴。"人身尚且如此,何况器物呢?一是隔板,这是我的独特设置。冬月围炉烤火,书房里却不能不安放几案书桌。火气上升,每每使得桌面台心因此而碎裂,不可不预先想个办法。应当在冷天到来之前,另外设置一块活板,用就放上,不用就去掉,衬在桌面底下,或用绳子悬着,或用钩子挂着,或者在打造桌子的时候,先做好机关准备着,等桌面受到火气,焦了就另换一块,费钱不多。这是我珍惜器具的一番苦心,担心暴殄天物,而珍惜眼前的福分。一是桌撒。这种东西不用钱买,只需在工匠干活的时候,主人略费张口之劳,僮仆稍用举手之力,即可取之无穷,用之不竭。从来几案与地面不能两平,挪移的时候必须看它的高低长短垫平。寻砖觅瓦当作桌撒,不但颇费辛劳,而且很难合适,不是损高以就低,就是截长以补短,这虽是极其琐细的小事,然而也类似于临渴凿井,是天下古今的通病,现在我为世人找到一个治它的办法。大凡人们兴造房屋制作家具的时候,竹头木屑,何处没有? 只需拾取那些长不逾寸、宽不过指,而一头极薄、一头稍厚的,存放起来,多多益善,以备将来挪动桌案几台撒脚之用。如果台脚与地面空隙小,就垫上薄的一头,而把多余的部分留在脚外,若空隙大,则全垫进去。如此只用一寸之木,而可备高低长短多种情况的用途,又没有耗费我一文钱,这不是极其方便人的事情吗? 但是须要加以油漆,不要使它露出竹头木屑的本形。为什么? 一是使它与桌子同色,虽有若无;一是恐怕童子扫地的时候,记不住,仍错以为它是竹头木屑而把它扔掉,这势必要天天更换,使人不胜其烦;若加以油漆,就知道它是有用之器而加以保存。仅仅这极细微的一着,就有两层好处,何况大主意呢? 费我一人脑筋而使天下人方便,足见我并非无功于世的人吧。

椅杌

【题解】

"椅杌"款谈日常生活中的"坐"器,李渔说了三样:椅子、杌子、凳子。这都是平民百姓的最普通的日常用品,几乎须臾不可稍离。然而,一般文人雅士是不肯谈,也不屑于谈的。李渔则不然,不但津津乐道,而且极力在这些日用品上表现他的聪明巧智和发明创造。例如,他设计了一种"暖椅",以供冬日天冷之用。说起来这种暖椅也不复杂,只是椅子周围做上木板,脚下用栅,安抽屉于脚栅之下,置炭于抽屉内,上以灰覆,使火气不烈而满座皆温。在没有暖气设备的古代,李渔的设计的确可圈可点。

　　器之坐者有三：曰椅、曰杌、曰凳①。三者之制，以时论之，今胜于古，以地论之，北不如南；维扬之木器、姑苏之竹器②，可谓甲于古今，冠乎天下矣，予何能赘一词哉③！但有二法未备，予特创而补之，一曰暖椅，一曰凉杌。予冬月著书，身则畏寒，砚则苦冻，欲多设盆炭，使满室俱温，非止所费不赀④，且几案易于生尘，不终日而成灰烬世界。若止设大小二炉以温手足，则厚于四肢而薄于诸体，是一身而自分冬夏，并耳目心思，亦可自号孤臣孽子矣⑤。计万全而筹尽适，此暖椅之制所由来也。制法列图于后。一物而充数物之用，所利于人者，不止御寒而已也。盛暑之月，流胶铄金⑥，以手按之，无物不同汤火，况木能生此者乎？凉杌亦同他杌，但杌面必空其中，有如方匣，四围及底俱以油灰嵌之，上覆方瓦一片。此瓦须向窑内定烧，江西福建为最，宜兴次之，各就地之远近，约同志数人，敛出其资，倩人携带，为费亦无多也。先汲凉水贮杌内，以瓦盖之，务使下面着水，其冷如冰，热复换水，水止数瓢，为力亦无多也。其不为椅而为杌者，夏月少近一物，少受一物之暑气，四面无障，取其透风；为椅则上段之料势必用木，两胁及背又有物以障之，是止顾一臀而周身皆不问矣。此制易晓，图说皆可不备。

【注释】

①椅、杌（wù）、凳：椅是有靠背的坐具。凳是有腿没有靠背的坐具。杌是小凳。

②维扬：今江苏扬州。姑苏：今江苏苏州。

③赘：多余。

④所费不赀(zī)：花费的钱财不计其数。赀，计量。

⑤孤臣孽子：《孟子·尽心上》："独孤臣孽子，其操心也危，其虑患也深，故达。"朱熹集注："孤臣，远臣。孽子，庶子。"

⑥流胶：由于太热，胶被融化而流。铄金：高温而融化金属。

【译文】

　　供人坐的器物有三种：椅、杌、凳。三种器物的制作，以时间而论，今胜于古，以地域而论，北不如南。扬州的木器、苏州的竹器，可说是古今第一，冠盖天下，我哪能再多说一词呢！但它们有两种法式未备，我加以独创而给予补充，一是暖椅，一是凉杌。我冬天写作，身体怕冷，砚台怕冻，想多设炭火盆，使得满室都温暖，不但花费大，而且几案容易沾染灰尘，不到一天就成为灰烬世界。倘若只设大小两个火炉以温暖手脚，那就会厚待四肢而薄待身体其他部位，这就造成同一个身子有的暖如夏有的冷如冬，而且耳目心思，也要自己叫苦是孤臣孽子了。考虑个

图十八　暖椅式

万全之策而使全身都舒适，这就是暖椅创制的由来。制作之法列图于后。一件东西当做好几件东西使用，它的有利于人，不只是御寒而已。盛夏酷暑，流胶铄金，以手按物，无处不如同汤火，何况木能生火呢？凉机也同其他杌子一样，但杌面必须中间是空的，就像一个方匣子，四围及底都用油灰镶嵌，上面覆盖一片方瓦。这样的瓦片须向窑内定制烧就，江西福建的最好，宜兴次之，各地可就其远近，约志同道合的一些人，大家出资，请人携带，花费也没有多少。先打凉水贮存在机内，用瓦盖上，务必使瓦的下面着水，它会冷得像冰；等瓦片热了，就再换水，水只需数瓢，费力也不多。之所以不做成椅子而做成杌子，是因为夏天人体少近一物，就少受一物的暑气，四面没有障碍，为的是让它透风；若做成椅子，则上段的靠背势必用木头，人的左右两胁以及背部就会有椅背阻挡而不透风，这样只顾一个臀部凉快而周身都不管不问了。这种凉机的制法容易明白，不用详细图说。

　　如太师椅而稍宽①，彼止取容臀，而此则周身全纳故也。如睡翁椅而稍直②，彼止利于睡，而此则坐卧咸宜，坐多而卧少也。前后置门，两旁实镶以板，臀下足下俱用栅。用栅者，透火气也；用板者，使暖气纤毫不泄也；前后置门者，前进人而后进火也。然欲省事，则后门可以不设，进人之处亦可以进火。此椅之妙，全在安抽替于脚栅之下。只此一物，御尽奇寒，使五官四肢均受其利而弗觉。另置扶手匣一具，其前后尺寸，倍于轿内所用者。入门坐定，置此匣于前，以代几案。倍于轿内所用者，欲置笔砚及书本故也。抽替以板为之，底嵌薄砖，四围镶铜。所贮之灰，务求极细，如炉内烧香所用者。置炭其中，上以灰覆，则火气不烈而满座皆温，是隆冬时别一世界。况又为费极廉，自朝抵暮，止用小炭四块,晓用二块至午,午换二块至晚。此四炭者,秤之不满四两,而一日之内,可享室暖无冬之福,此其利于身者也。若至利于身而无益于事,仍是宴安之具,此则不然。扶手用板,镂去掌大一片,以极薄端砚补之,胶以生漆,不问而知火气上蒸,砚石常暖,永无呵冻之劳,此又利于事者也。不宁惟是,炭上加灰,灰上置香,坐斯椅也,扑鼻而来者,只觉芬芳竟日,是椅也,而又可以代炉。炉之为香也散,此之为香也聚,由是观之,不止代炉,而且差胜于炉矣。有人斯有体,有体斯有衣,焚此香也,自下而升者能使氤氲透骨③,是椅也而又可代薰笼④。薰笼之受衣也,止能数件;此物之受衣也,遂及通身。迹是论之,非止代一薰笼,且代数薰笼矣。倦而思眠,倚枕可以暂息,是一有座之床。饥而就食,凭几可以加餐,是一无足之案。游山访友,何烦另觅肩舆⑤,只须加以柱杠,覆以衣顶,则冲寒冒雪,体有余温,子猷之舟可弃也⑥,浩然之驴可废也⑦,又是一可坐可眠之轿。日将暮矣,尽纳枕簟于其中⑧,不须臾而被窝尽热;晓欲起也,先置衣履于其内,未转睫而襦裤皆温⑨。是身也,事也,床也,案也,轿也,炉也,薰笼也,定省晨昏之孝子也⑩,送暖偎寒之贤妇也,总以一物焉代之。苍颉造字而天雨粟,鬼夜哭⑪,以造化灵秘之气泄尽而无遗也。此制一出,得无重犯斯忌而重杞人之忧乎⑫?

【注释】

①太师椅:中国古代的一种椅子,它体态宽大,靠背与扶手连成一片,形成一个三扇、五扇或者是多扇的围屏。

②睡翁椅：一种可卧可躺的椅子，又叫榻。

③氤氲（yīn yūn）：形容烟气、烟云弥漫的样子，也可形容气或光混合动荡的样子。

④薰笼：有笼覆盖的熏炉，可放香料，使放出香气。也可用以熏烤衣服。唐孟浩然《寒夜》诗："夜久灯花落，薰笼香气微。"

⑤肩舆：轿子。

⑥子猷之舟：子猷即王徽之，是王羲之的第五个儿子。《世说新语·任诞》载：王徽之（子猷）居山阴，夜大雪，眠觉开室，命酌酒，四望皎然，因起彷徨，咏左思《招隐诗》，忽忆戴安道，时戴在剡，即便夜乘小船就之，经宿方至，造门不前而返，人问其故，王曰："吾本乘兴而行，兴尽而返。何必见戴？"

⑦浩然之驴：传说唐代诗人孟浩然骑驴云游四方。

⑧枕簟（diàn）：枕席，泛指室内的卧具。《礼记·内则》："敛枕簟，洒扫室堂及庭，布席，各从其事。"

⑨襦（rú）：短衣，短袄。

⑩定省（xǐng）晨昏：早晚向父母请安。

⑪苍颉造字而天雨粟，鬼夜哭：苍颉是黄帝的史官，相传他造字，天上下粟如雨，晚上听到鬼哭魂嚎。语出《淮南子·本经训》："昔者苍颉作书，而天雨粟，鬼夜哭。"

⑫杞人之忧：古代杞国有人担心天塌地陷，于是吃不下饭，睡不着觉。见《列子·天瑞》："杞国有人，忧天地崩坠，身亡所寄，废寝食者。"

【译文】

暖椅像太师椅而稍宽，太师椅只容臀部，而暖椅则周身全部容纳。它又像睡翁椅而稍直，睡翁椅只利于睡，而暖椅则坐卧都适宜，以坐为主，坐多而卧少。前后都做上门，左右两旁镶上木板，臀下和足下都用栅栏。之所以用栅栏，为的是透火气；之所以用木板，为的是使暖气丝毫不泄;之所以前后置门,为的是前边进人而后边进火。然而,要想省事,那后门可以不设,进人之处也可以进火。这种暖椅的妙处,全在把抽屉放在脚栅之下。只这一样东西,即可抵御奇寒,使五官四肢都不知不觉受其利。另制作一具扶手匣,它的前后尺寸,比轿内所用的大一倍。入门坐好,把扶手匣放在前面,以它代替几案。它之所以比轿内所用大一倍,是要放置笔砚及书本。抽屉用木板做,它的底嵌块薄砖,四围则镶铜。它所贮存的灰,务求极细,如同炉内烧香所用的那样。把炭放在里面,上面用灰覆盖,则火气不烈而满座皆温,真是隆冬时节别一世界。况且它又花费很少,自早到晚,只用小炭四块,早上用两块到中午,中午换两块直到晚上。这四块炭,称一称不满四两,而一整天都有福气享受室内温暖无寒之福。这是它利于身的地方。若只利于身而无益于做事,那么它仍然只是安乐之具,但暖椅则不然。扶手用板来做,挖去巴掌大一片地方,用极薄的端砚补上,用生漆粘牢,不用问就知道火气上蒸,砚石常暖,永无呵冻之苦。这是它利于做事的地方。不只如此,若炭上加灰,灰上放香,那么坐上这个椅子,香气扑鼻而来,只觉整天芬芳。以此,这椅子又可以代替香炉。炉的香味分散,而它发出的香味集聚,由是看来,它不只可以代替香炉,而且更胜香炉一筹。有人就有人的身体,有人的身体就有衣裳,焚烧这种香,自下而上升起来灌满全身衣裳,能使氤氲透骨,这样,这椅子又可代替薰笼。薰笼熏衣,只能数件;暖椅熏衣,遍及全身。以此论之,它不只代替一个薰笼,而且可代替好多薰笼。疲倦了想睡觉,倚着枕头可以暂息一晌,以此,它是一个有座的床。饿了想吃东西,凭几可以加餐,以此,它是一个没有脚的案台。若游山访友,何必麻烦另找肩舆,只需加上柱杠,上面覆盖衣顶,那么即使冲寒冒雪,身体也有余温,子猷之舟可弃,浩然之驴也可废了,以此,它又是一个可坐可眠之轿。天将晚了,尽可在里面放入枕簟,不一会儿而被窝尽热;早上要起床了,先将衣服鞋子放进去,未眨眼而袄裤皆温。这样,它利于身,利于事,可作床,可为案,可代轿,可代炉,可成薰笼,可为定省晨昏之孝子,可为送暖偎寒之贤妇,全都以这一暖椅而代之。相传苍颉造字而天雨粟、鬼夜哭,因为造化的灵秘之气泄尽无遗了。这暖椅创制一出,不会重新冒犯上述忌惮、重又惹起杞人之忧吧?

床帐

【题解】

"床帐"款所谈是人的卧具,它更是人生不可缺少的伴侣。李渔说,人生几乎一半或更多一点的时间是在床上。而且人之于床,其依赖性更大——白天所处之地,"或堂或庑,或舟或车",而夜间则只有一张床,想离也离不开。这样,人就应想方设法把睡觉的环境和氛围弄得舒适又美观。李渔提出了四条:一曰床令生花,二曰帐使有骨,三曰帐宜加锁,四曰床要着裙。别出心裁,用尽心思,不愧为日常生活美学大师。

人生百年,所历之时,日居其半,夜居其半。日间所处之地,或堂或庑①,或舟或车,总无一定之在,而夜间所处,则只有一床。是床也者,乃我半生相共之物,较之结发糟糠②,犹分先后者也。人之待物,其最厚者,当莫过此。然怪当世之人,其于求田问舍③,则性命以之,而寝处晏息之地,莫不务从苟简,以其只有己见,而无人见故也。若是,则妻妾婢媵是人中之榻也④,亦因己见而人不见,悉听其为无盐、嫫姆⑤,蓬头垢面而莫之讯乎?予则不然。每迁一地,必先营卧榻而后及其他,以妻妾为人中之榻,而床第乃榻中之人也。欲新其制,苦乏匠资;但于修饰床帐之具,经营寝处之方,则未尝不竭尽绵力,犹之贫士得妻,不能变村妆为国色,但令勤加盥栉,多施膏沐而已⑥。其法维何?一曰床令生花,二曰帐使有骨,三曰帐宜加锁,四曰床要着裙。

【注释】

①庑(wǔ):堂下周围的走廊、廊屋。

②结发糟糠:《后汉书·宋弘传》载宋弘语:"贫贱之知不可忘,糟糠之妻不下堂。"结发,元配妻子。糟糠,贫贱妻子。

③求田问舍:指买田置房。《三国志·魏书·陈登传》中记载,有一次许汜受到陈登的冷遇,便去询问刘备,刘备对他说:"君有国士之名,今天下大乱,帝主失所,望君忧国忘家,有救世之意,而君求田问舍,言无可采,是元龙(陈登)所讳也,何缘当与君语?"

④媵(yìng):随嫁的婢女。

⑤无盐:古代一个长相丑陋不堪的孤女、丑女,成为齐宣王后。嫫姆:黄帝的妃子,面目丑陋。又叫嫫母。

⑥膏沐:古代妇女润发的油脂。

【译文】

　　人生百年度过的时间,白天一半,夜晚一半。白天活动的地方,或厅堂或廊庑,或舟或车,总无定所;而夜间所在之处,则只有一张床而已。所以床乃是我半生相伴之物,与结发糟糠比较,还有个先后之分呢(未娶妻前即已有床与我同在)。人对待物品,最看重的,莫过于床了。然而奇怪的是,当今世人,对于置房买地,不顾性命以求之,而对于天天睡觉的床榻,却多马虎简陋,因为它只有自己看得见而别人看不见。若是这样,那么妻妾婢媵好比人中之榻,是否也因为只是自己见而人不见,就任凭其成为丑女人,蓬头垢面而不闻不问呢? 我的看法不同。每搬迁到一个地方,必先营造舒适的卧榻而后才顾及其他,因为妻妾如果比作人中之榻,那么床第就是榻中之人了。我也想更新床榻的形制,却总是苦于缺乏工匠和资金;但是对于修饰床帐的工具,经营住所的方法,则未尝不竭尽绵薄之力,就如同穷人娶妻,虽不能变村姑妆容为国色天香，却可让她勤加梳洗，多施润发油脂。用什么样的方法呢？一是床令生花，二是帐使有骨，三是帐宜加锁，四是床要着裙。

曷云"床令生花"？夫瓶花盆卉，文人案头所时有也，日则相亲，夜则相背，虽有天香扑鼻，国色眠人，一至昏黄就寝之时，即欲不为纨扇之捐①，不可得矣。殊不知白昼闻香，不若黄昏嗅味。白昼闻香，其香仅在口鼻；黄昏嗅味，其味直入梦魂。法于床帐之内先设托板，以为坐花之具；而托板又勿露板形，妙在鼻受花香，俨若身眠树下，不知其为妆造也者。先为小柱二根，暗钉床后，而以帐悬其外。托板不可太大，长止尺许，宽可数寸，其下又用小木数段，制为三角架子，用极细之钉，隔帐钉于柱上，而后以板架之，务使极固。架定之后，用彩色纱罗制成一物，或像怪石一卷，或作彩云数朵，护于板外以掩其形。中间高出数寸，三面使与帐平，而以线缝其上，竟似帐上绣出之物，似吴门堆花之式是也②。若欲全体相称，则或画或绣，满帐俱作梅花，而以托板为虬枝老干，或作悬崖突出之石，无一不可。帐中有此，凡得名花异卉可作清供者，日则与之同堂，夜则携之共寝。即使群芳偶缺，万卉将穷，又有炉内龙涎、盘中佛手与木瓜、香楠等物可以相继③。若是，则身非身也，蝶也，飞眠宿食尽在花间；人非人也，仙也，行起坐卧无非乐境。予尝于梦酣睡足、将觉未觉之时，忽嗅蜡梅之香，咽喉齿颊尽带幽芬，似从脏腑中出，不觉身轻欲举，谓此身必不复在人间世矣。既醒，语妻孥曰："我辈何人，遽有此乐，得无折尽平生之福乎？"妻孥曰："久贱常贫，未必不由于此。"此实事，非欺人语也。

【注释】

①纨扇之捐：原意是秋凉以后扇子就被抛在一边不用了。此处是说，文人案头的瓶花盆卉，日则相亲，夜则相背，虽有天香扑鼻，国色眠人，也可弃之不顾。纨扇，古扇名，细绢做的团扇。捐，弃。

②吴门：指今江苏苏州。

③龙涎（xián）：一种香的名字，即龙涎香。据说，抹香鲸大肠末端或直肠始端类似结石的病态分泌物，焚之有持久香气。

【译文】

什么叫"床令生花"？瓶花盆卉，这是文人案头所时常摆放的东西，白日与之相亲近，而夜晚就要与之相背离，它虽天香扑鼻、国色眠人，一到黄昏就寝的时候，即使你不想如丢弃秋扇那样离开它，也不可能。殊不知白天闻香，不如黄昏嗅味。白天闻香，它的香仅在口鼻；而黄昏嗅味，它的味却能直入梦魂。床令生花的方法是：于床帐之内先设托板，以放花盆之用；而托板又不要露出板形，妙在鼻子闻到花香，俨然身眠树下，却看不出人工妆造的痕迹。先准备两根小木柱，暗钉于床后，而用帐子悬挂在它外面。托板不可太大，长不过一尺左右，宽大约数寸，它的下边又用几段小木头制成三角架子，用极细的钉子，隔帐钉于柱上，然后用板架在上面，务必使它极为牢固。架定之后，用彩色纱罗制成一样东西，或者像怪石一卷，或者作彩云数朵，围护在板外，把它掩盖起来。中间高出数寸，三面与帐取平，用线缝在上面，如同帐上绣出来的东西，恰似苏州堆花的式样。若想要全体和谐相称，那么，或画或绣，满帐都作梅花，而以托板为虬枝老干，或者作成悬崖突出的石头，无一不可。帐中有了这样东西，只要得到可供清赏的名花异卉，白日可以与之同堂，夜间可以携之共寝。即使群芳盛开的时令已过，万卉吐香的时节将尽，又可以有炉内龙涎香、盘中佛手与木瓜、香橼等物可以继续摆放。如果这样，那么对你来说，则是身不为身，而是蝶，你飞翔、你睡眠、你宿、你食，尽在花间；人不为人，是仙，你行、你起、你坐、你卧，都是乐境。我曾在梦酣睡足、将醒未醒之时，忽然嗅到蜡梅之香，咽喉齿颊尽带幽芬，好似从脏腑中流溢而出，不觉身体轻盈得要飘起来，心疑此身必定不再在人间世了。醒后，对妻儿说："我是什么人啊，忽然有这样的快乐，会不会折尽我平生的福分呢？"妻儿说："长期贫贱，未必不是由于这个原因。"这是真实的事，非欺人语。

　　曷云"帐使有骨"？床居外，帐居内，常也。亦有反此旧制，使帐出床外者，善则善矣，其如夏月驱蚊，匿于床栏曲折之处，有若负嵎①，欲求美观，而以膏血殉之，非长策也，不若仍从旧制。其不从旧制，而使帐出床外者，以床有端正之体，帐无方直之形，百计撑持，终难服贴，总以四角之近柱者软而无骨，不能肖柱以为形，有牾角抵牾之势也，故须别为赋形，而使之有骨。用不粗不细之竹，制为一顶及四柱，俟帐已挂定而后撑之，是床内有床，旧制之便与新制之精，二者兼而有之矣。床顶及柱，令置轿者为之，其价颇廉，仅费中人一饭之资耳。

【注释】

　　①负嵎：《孟子·尽心下》："有众逐虎，虎负隅，莫之敢撄。"嵎，通"隅"。

【译文】

　　什么叫"帐使有骨"？一般而言，床居外，帐居内。也有与这个旧制相反的，而使帐子挂出床外。这样做，好是好，但是如果夏月驱蚊，那蚊子藏在床栏曲折之处，可以负隅顽抗。光想着好看，而用膏血作代价，并非长久之策，不如仍按旧制把帐子挂在床内。他不从旧制而使帐出床外，是因为床有端正之体，帐无方直之形，即使想尽千方百计撑持，最终也难使二者服贴。为什么呢？总因为帐子四角靠近柱子的地方软而无骨，不能毕肖柱形挂得笔直，所谓"有犄角抵牾之势"也，所以需要另想办法为之赋形，使它有骨。可用不粗不细的竹竿，扎制成四柱和方顶，等帐子挂定之后将其撑住，这样床内有床，旧制的方便与新制的精巧，二者兼而有之了。床顶及四柱，可以叫做轿子的人来制作，价钱便宜，仅费中等人家一饭之资。

曷云"帐宜加锁"？设帐之故有二：蔽风、隔蚊是也。蔽风之利十之三，隔蚊之功十之七，然隔蚊以此，闭蚊于中而使之不得出者亦以此。蚊之为物也，体极柔而性极勇，形极微而机极诈。薄暮而驱，彼宁受奔驰之苦，挞伐之危，守死而弗去者十之八九。及其去也，又必择地而攻，乘虚而入。昆虫庶类之善用兵法者，莫过于蚊。其择地也，每弃后而攻前；其乘虚也，必舍垣而窥户。帐前两幅之交接处，皆其据险扼要、伏兵伺我之区也。或于风动帐开之际，或于取器入溺之时，一隙可乘，遂鼓噪而入。法于门户交关之地，上、中、下共设三纽，若妇人之衣扣然。至取溺器时，先以一手绾帐，勿使大开，以一手提之使入，其出亦然。若是，则坚壁固垒，彼虽有奇勇异诈，亦无所施其能矣。至于驱除之法，当使人在帐中，空洞其外，始能出而无阻。世人逐蚊，皆立帐檐之下，使所开之处蔽其大半，是欲其出而闭之门也。犯此弊者十人而九，何其习而不察，亦至此乎？

【译文】

　　什么叫"帐宜加锁"？挂帐子有两个目的：蔽风，隔蚊。蔽风之利占十分之三，隔蚊之功占十分之七。然而，它可以隔蚊，也可以把蚊子憋在帐子里头出不来。蚊子这种东西，体极柔弱而性极勇猛，形极微小而心机又极狡诈。傍晚驱赶它，它宁可受奔驰之苦、挞伐之危，死守"阵地"而不肯离去者占十之八九。等它飞走了，又必选择"有利地形"而伺机进攻，乘虚以入。昆虫之类善用兵法者，莫过于蚊子。它选择地方，常常弃后而攻前；它乘虚而入，必定舍墙垣而窥门户。帐前两幅交接的地方，都是它据险扼要、伏兵伺我之地。或趁风动帐开之际，或等取器撒尿之时，只要有一隙可乘，它便鼓噪而入。治它的方法：在帐子门户交关之地，上、中、下共设三个纽，就像妇人的衣扣那样。等取溺器的时候，先以一手绾帐，不要使帐子大开，以另一手把溺器拿进去，往外放溺器的时候也是这样。如果这样做了，就如坚壁固垒，蚊子虽有奇勇异诈，亦无能为力了。至于驱除蚊子的方法，应当人在帐中而使外面空着，这才能使蚊子出而无阻。而世人逐蚊，都是立在帐檐之下，使蚊帐所开之处被遮蔽大半，这是想叫蚊子出去而关闭了它出去的大门。犯这毛病的人十人之中就有九个，为什么如此习而不察，达到这个地步？

　　曷云"床要着裙"？爱精美者，一物不使稍污。常有绮罗作帐，精其始而不能善其终，美其上而不得不污其下者，以贴枕着头之处，在妇人则有膏沐之痕，在男子亦多脑汗之迹，日积月累，无瑕者玷而可爱者憎矣，故着裙之法不可少。此法与增添顶柱之法相为表里。欲令着裙，先必使之生骨，无力不能胜衣也。即于四竹柱之下，各穴一孔，以三横竹内之，去簟尺许，与枕相平，而后以布作裙，穿于其上，则裙污而帐不污，裙可勤涤，而帐难频洗故也。至于枕、簟、被褥之设,不过取其夏凉冬暖。请以二语概之,曰:求凉之法,浇水不如透风;致暖之方,增绸不如加布。是予贫士所知者。至于羊羔美酒亦足御寒,广厦重冰尽堪避暑,理则固然,未尝亲试。"知之为知之,不知为不知"①,此圣贤无欺之学,不敢以细事而忽之也。

【注释】

①知之为知之,不知为不知:语见《论语·为政》。

【译文】

什么叫"床要着裙"? 爱精美、干净的人,一点东西都不想弄脏。常常有人以绮罗作帐子,开头很精而不能善其终,上面很美而下面却很脏,因为贴枕着头之处,在妇人则有发油之痕,在男子也多脑汗之迹,日积月累,洁白无瑕的东西玷污了,可爱的东西令人厌憎了,因此给床做裙的方法便必不可少了。这种方法与增添顶柱的方法互为表里。要给床着裙,先必使床生骨,若没有骨力就不能支撑衣裳。方法是:在四根竹柱之下,各挖一孔,以三根横竹插进去,离竹席尺许,与枕相平,然后以布作床裙,穿在上面。这样,裙污而帐不污。床裙可以勤洗涤,而帐子则难以频频洗涤。至于枕头、竹席、被褥的配置,都以夏凉冬暖为原则。可以用两句话概括,即:求凉之法,浇水不如透风;致暖之方,增绸不如加布。这是我作为贫寒之士的经验之谈。至于羊羔美酒足以御寒,广厦重冰尽可避暑,道理固然不错,只是我未曾亲试。"知之为知之,不知为不知",这是圣贤说的大实话,不敢以小事而忽略它。

橱柜

【题解】

在"橱柜"款中,为了人们便于使用,李渔也独具匠心,有新颖的设计。他要在橱柜的每层备以活板,"一层变为二层","一橱变为两橱",可拆可装,灵活机动,于人大有益矣。关于抽屉,他也要在一屉之内,又分为大小数格,以便分门别类,随所有而藏之。在李渔那里,物品都可尽其所用。

　　造橱立柜,无他智巧,总以多容善纳为贵。尝有制体极大而所容甚少,反不若渺小其形而宽大其腹,有事半功倍之势者。制有善不善也,善制无他,止在多设搁板。橱之大者,不过两层、三层,至四层而止矣。若一层止备一层之用,则物之高者大者容此数件,而低者小者亦止容此数件矣。实其下而虚其上,岂非以上段有用之隙,置之无用之地哉?当于每层之两旁,别钉细木二条,以备架板之用。板勿太宽,或及进身之半,或三分之一,用则活置其上,不则撤而去之。如此层所贮之物,其形低小,则上半截皆为余地,即以此板架之,是一层变为二层。总而计之,即一橱变为两橱,两柜合成一柜矣,所裨不亦多乎?或所贮之物,其形高大,则去而容之,未尝为板所困也。此是一法。至于抽替之设,非但必不可少,且自多多益善。而一替之内,又必分为大小数格,以便分门别类,随所有而藏之,譬如生药铺中有所谓"百眼橱"者。此非取法于物,乃朝廷设官之遗制,所谓五府六部群僚百执事,各有所居之地与所掌之簿书钱谷是也。医者若无此橱,药石之名盈千累百,用一物寻一物,则卢医扁鹊无暇疗病①,止能为刻舟求剑之人矣②。此橱不但宜于医者,凡大家富室,皆当则而效之,至学士文人,更宜取法。能以一层分作数层,一格画为数格,是省取物之劳,以备作文著书之用。则思之思之,鬼神通之;心无他役,而鬼神得效其灵矣。

【注释】

①卢医扁鹊:《史记·扁鹊仓公列传》:"扁鹊者,勃海郡郑人也,姓秦氏,名越人……为医或在齐,或在赵,在赵者名扁鹊。"正义曰:"又家于卢国,因命之曰卢医也。"

②刻舟求剑:《吕氏春秋·察今》:"楚人有涉江者,其剑自舟中坠于水,遽契其舟曰:'是吾剑之所从坠。'舟止,从其所契者入水求之。"

【译文】

打造橱柜,没有其他智巧,总以多容善纳为贵。有的橱柜形体很大而所盛的东西却很少,反而不如外形小而里面的空间大,有事半功倍的功效。设计有的好有的不好,好的设计没有别的,只在多设搁板。大橱柜,不过两层、三层,至四层而止了。假若一层只备一层之用,那么又大又高的物品容纳几件,而又低又小的物品也同样容纳几件。下段装得实实在在而上段却空空荡荡,岂非将上段有用的空间,置之于无用之地了吗?应当在每层的两旁,另钉两条细木,以备架板之用。板不要太宽,或者是它进深的一半,或者是其三分之一,使用时则架上活板,不用的时候就撤下来。如果这层所贮存的物品,外形低小,那它上半截都是空余之地,就将活板架上,这样一层就变为二层了。总体算来,那就使一个橱子变为两个橱子,两个柜子合成一个柜子了,所得裨益不是很多吗?如果所贮存的物品,外形高大,就把活板去掉再放置,活板未尝碍事。这是一种方法。至于抽屉的设置,不但必不可少,而且多多益善。而且一个抽屉之内,也要分为大小数格,以便分门别类,随所需要而储藏物品,就像生药铺中有所谓"百眼橱"一样。这不是由储物得到启发,乃是朝廷设官的遗制,就是所谓五府六部群僚百执事,各有所居之地与所掌管的簿书钱粮啊。医生若是没有这种"百眼橱",药石之名盈千累百,用一样寻一样,那么卢医扁鹊就没有时间治病,而只能作刻舟求剑的呆子了。这种橱子不但适宜于医生,凡大家富室,都应当仿效,甚至学士文人,更应取法。能以一层分作数层,一格画为数格,这就省却取物之劳,以便有更多时间思考做文著书。那么,思考呀思考呀,鬼神助通思路;心无其他干扰,而鬼神也得以效其灵验了。

箱笼箧笥

【题解】

"箱笼箧笥"款谈随身贮物之器,大的名叫箱笼,小的称为箧笥。李渔在这里有新的设计,如"七星箱"的暗锁,美观又安全;又如为防止抽屉左右晃动,他将抽屉正中置铜门一条贯于其中,则抽屉出入皆直如矢,永无左出右入、右出左入之患矣;等等。而且他还有意识保护自己的知识产权,有一次,"工师告予曰:'八闽之为雕漆,数百年于兹矣,四方之来购此者,亦百千万亿其人矣,从未见创法立规有如今日之奇巧者,请行此法,以广其传。'予曰:'姑迟之,俟新书告成,流布未晚。'窃恐世人先睹其物而后见其书,不知创自何人,反谓剿袭成功以为己有,讵非不白之冤哉"?

　　随身贮物之器,大者名曰箱笼,小者称为箧笥。制之之料,不出革、木、竹三种;为之关键者,又不出铜、铁二项,前人所制亦云备矣。后之作者,未尝不竭尽心思,务为奇巧,总不出前人之范围;稍出范围即不适用,仅供把玩而已。予于诸物之体,未尝稍更,独怪其枢纽太庸,物而不化,尝为小变其制,亦足改观。法无他长,惟使有之若无,不见枢纽之迹而已。止备二式者,腹稿虽多,未经尝试,不敢以待验之方误人也。

【译文】

随身贮存物品的器具，大的名叫箱笼，小的称为箧笥。制作它们的材料，不外乎革、木、竹三种；制作它们锁钥枢纽的材料，又不外乎铜、铁二种，前人的制作也可以说很详备了。后来的制作者，未尝不竭尽心思，务求奇巧，总越不出前人的范围；稍出范围就不适用，仅供把玩而已。我对于箱笼箧笥的体制，没有什么更改，唯独嫌它锁钥枢纽太庸常，泥物而不化，曾作过小的变更，也足以使之改观。我的方法也没有其他长处，只是使枢纽关键有之若无，看不见枢纽关键的痕迹而已。只说两种式样，其他腹稿虽多，未经试验，不敢以有待验证的方法而误人。

予游东粤，见市廛所列之器，半属花梨、紫檀，制法之佳，可谓穷工极巧，止怪其镶铜裹锡，清浊不伦。无论四面包镶，锋棱埋没，即于加锁置键之地，务设铜枢，虽云制法不同，究竟多此一物。譬如一箱也，磨礲极光，照之如镜，镜中可使着屑乎？一笥也，攻治极精，抚之如玉，玉上可使生瑕乎？有人赠我一器，名“七星箱”，以中分七格，每格一屉，有如星列故也。外系插盖，从上而下者。喜其不钉铜枢，尚未生瑕着屑，因筹所以关闭之。遂付工人，命于中心置一暗闩，以铜为之，藏于骨中而不觉，自后而前，抵于箱盖。盖上凿一小孔，勿透于外，止受暗闩少许，使抽之不动而已。乃以寸金小锁，锁于箱后。置之案上，有如浑金粹玉，全体昭然，不为一物所掩。觅关键而不得，似于无锁；窥中藏而不能，始求用钥。此其一也。

【译文】

我游东粤，见市面上所陈列的箱笼箧笥，一半属于花梨、紫檀，制法之佳，可称得上穷工极巧，只怪它镶铜裹锡，清浊雅俗不伦不类。不要说四面包镶，锋棱都掩盖埋没了，就是在加置锁钥关键的地方，必设铜框，虽说制法不同，究竟多此一物。譬如一只箱子，磨制极光，照之如镜，怎能让镜中沾上碎屑呢？一个箧笥，做工极精，抚之如玉，玉上能让它生瑕吗？有人赠我一个器具，名"七星箱"，因为它里面分为七格，每格一屉，有如星星排列。它的外面是从上而下的插盖。我喜欢它不钉铜框，尚未生瑕着屑，因此就考虑怎样上锁。于是吩咐工匠，叫他在"七星箱"中心置一暗闩，用铜来做，藏在木柱之中而令人不觉，自后而前，抵于箱盖。箱盖上凿一个小孔，不要透到外边，只让暗闩插进一点，使箱盖抽不动而已。乃用寸金小锁，锁在箱后。把它放在案上，有如浑金粹玉，整体光彩漂亮，不被一点物件所掩盖。想找枢纽关键却找不到，好像没有锁似的；窥视中间隐藏之物也看不见，这才求用钥匙。这是其一。

后游三山，见制器皿无非雕漆，工细巧绝伦，色则陆离可爱，亦病其设关置键之地难免赘瘤，以语工师，令其稍加变易。工师曰："吾地般、倕颇多[①]，如其可变，不自今日始矣。欲泯其迹，必使无关键而后可。"予曰："其然，岂其然乎？"因置暖椅告成，欲增一匣置于其上，以代几案，遂使为之。上下四旁，皆听工人自为雕漆，俟其成后，就所雕景物而区画之。前面有替可抽者，所雕系"博古图"，樽罍钟磬之属是也；后面无替而平者，系折枝花卉、兰菊竹石是也。皆备五彩，视之光怪陆离。但抽替太阔，开闭时多不合缝，非左进右出，即右进左出。予顾而筹之，谓必一法可当二用，既泯关键之迹，又免出入之疵，使适用美观均收其利而后可。乃命工人亦制铜闩一条，贯于抽替之正中，而以薄板掩之，此板即作分中之界限。夫一替分为二格，乃物理之常，乌知有一物焉贯于其中，为前后通身之把握哉？得此一物贯于其中，则抽替之出入皆直如矢，永无左出右入、右出左入之患矣。前面所雕"博古图"，中系三足之鼎，列于两旁者一瓶一炉。予鼓掌大笑曰："'执柯伐柯，其则不远^②。'即以其人之道，反治其身足矣！"遂付铜工，令依三物之成式，各制其一，钉于本等物色之上。鼎与炉、瓶皆铜器也，尚欲肖其形与式而为之，况真者哉？不问而知其酷似矣。鼎之中心穴一小孔，置二小钮于旁，使抽替闭足之时，铜闩自内而出，与钮相平。闩与钮上俱有眼，加以寸金小锁，似鼎上原有之物，虽增而实未尝增也。锁则锁矣，抽开之时，手执何物？不几便于人而穷于出乎？曰：不然。瓶、炉之上原当有耳，加以铜圈二枚，执此为柄，抽之不烦余力矣。此区画正面之法也。

【注释】

①般：鲁班。倕：古巧匠。《淮南子·说山训》高诱注："倕，尧之巧工。"

②执柯伐柯，其则不远：语见《诗经·豳风·伐柯》。

【译文】

　　后来游三山，见那里所制作的器皿全都雕漆，作工细巧绝伦，色彩则陆离可爱，也嫌它设置枢纽关键的地方难免赘瘤，告诉工师，叫他们稍加变易。工师说："我们这地方能工巧匠颇多，如它可以改变，等不到今天。要想让它没有痕迹，必须把锁钥关键去掉才行。"我说："是这样，难道真是这样吗？"因为设置暖椅告成，想增加一个匣子放在上面，以代替几案，于是叫工匠来做。它的上下四旁，都听从工人自为雕漆，等这些完成之后，就工人所雕景物而加以设计。前面有抽屉来回活动，所雕系"博古图"，就是樽罍钟磬之类；后面无抽屉，是平的，所雕系折枝花卉、兰菊竹石。皆绘五彩，看起来光怪陆离。但抽屉太宽，开闭的时候多不合缝，不是左进右出，就是右进左出。我看到这种情形就想，必须用一种办法而可当两种用途，既泯灭关键之迹，又避免其开闭时不是左进右出就是右进左出的毛病，使之既适用又美观、两全其美而后可。于是吩咐工人也制作一条铜闩，贯穿于抽屉的正中，用薄板掩蔽，这薄板就是抽屉分中的界限。一个抽屉分为二格，乃是常理，哪里知道有一物贯穿于其中，为前后通身的把握呢？有了贯穿其中的这件东西，那么抽屉就能直出直入，永无左出右入、右出左入的毛病了。前面所雕"博古图"，中间是三足之鼎，列于两旁的是一瓶一炉。我鼓掌大笑说："'执柯伐柯，其则不远'。即以其人之道，反治其身就够了！"于是交付铜工，叫他依三物的成式，各制作一件，钉在图中所雕鼎、瓶、炉的上面。鼎与炉、瓶都是铜器，还能肖似其形状与式样制作，何况是真的呢？不用问就知道它们一定酷似。在鼎的中心旋一个小孔，两旁安放两个小钮，使得抽屉关紧时，铜闩自内而出，与钮相平。闩与钮上都有眼，加上寸金小锁，好似鼎上的原有之物，虽然是后增的看起来却像是未尝增加的一样。锁是锁了，抽开的时候，手抓何物？这不是方便入而不方便出吗？我说：不然。瓶和炉上面原来应当有耳，加上两枚铜圈，当作拉手，拉抽屉就不费力气了。这是正面的设计。

　　铜闩既从内出，必在后面生根，未有不透出本匣之背者，是铜皮一块与联络补缀之痕，俱不能泯矣。乌知又有一法，为天授而非人力者哉！所雕诸卉，菊在其中，菊色多黄，与铜相若，即以铜皮数层，剪千叶菊花一朵，以暗闩之透出者穿入其中，胶之甚固，若是则根深蒂固，谁得而动摇之？予于此一物也，纯用天工，未施人巧，若有鬼物伺乎其中，乞灵于我，为开生面者。

【译文】

　　铜闩既然从内而出，必须在后面生根，没有不透出本匣背面的，这样那块铜皮与联络补缀的痕迹，都会露出来。岂知又有一法，乃为天授而非人力！所雕刻的各种花卉，其中有一种是菊花，菊色多是黄色的，与铜色差不多，就用数层铜皮，剪成一朵千瓣菊花，把暗闩透出的部分穿到菊花之中，胶合牢固，这样就根深蒂固，谁还能动摇它？我制作这件东西，纯用天工，未施人巧，犹如有鬼物参与其中，乞灵于我，为其开创生面。

　　制之既成，工师告予曰："八闽之为雕漆，数百年于兹矣，四方之来购此者，亦百千万亿其人矣，从未见创法立规有如今日之奇巧者，请行此法，以广其传。"予曰："姑迟之，俟新书告成，流布未晚。"窃恐世人先睹其物而后见其书，不知创自何人，反谓剿袭成功以为己有，讵非不白之冤哉？工师为谁？魏姓，字兰如；王姓，字孟明。闽省雕漆之佳，当推二人第一。自不操斤，但善于指使，轻财尚友，雅人也。

【译文】

　　此物制成后，工师告诉我说："福建的雕漆工艺，有数百年历史了，四方来购买的,也有百千万亿人了,从来没见有如今日这样奇巧的设计,请推行此法,使之广为流传。"我说:"姑且稍迟,等我的新书告成,再传布未晚。"我怕世人先看见此物而后看见我的书,不知这种设计创自何人,反说我剿袭别人据为己有,岂非不白之冤吗? 那工师是谁? 魏姓,字兰如;王姓,字孟明。福建省雕漆之佳,当推二人为第一。他们不亲自操斤挥斧,只善于设计指导,轻财尚友,真是雅人啊。

骨董

【题解】

李渔谈"骨董"(也称"古董"),也是平民化的。什么是骨董? 即古玩也。学者称:骨董一词最早见于唐代开元年间张萱《疑妖》:"古董二字乃方言,初无定字。"宋代吴自牧《梦粱录》:"买卖七宝者,谓之古董行。"明代董其昌《骨董十三说》:"杂古器物不类者为类,名骨董。"又说:"'骨'者,所存过去之精华,如肉腐而骨存也;'董'者,明晓也。'骨董'之者,即明晓古人所遗之精华也。"李渔对当时"百金贸一卮,数百金购一鼎,犹有病其价廉工俭而不足用者"的风气不满意,他以平民心态来看待骨董,故曰"是编于骨董一项,缺而不备"。

是编于骨董一项^①,缺而不备,盖有说焉。崇高古器之风,自汉魏晋唐以来,至今日而极矣。百金贸一卮,数百金购一鼎,犹有病其价廉工俭而不足用者。常有为一渺小之物,而费盈千累万之金钱,或弃整陌连阡之美产,皆不惜也。夫今人之重古物,非重其物,重其年久不坏;见古人所制与古人所用者,如对古人之足乐也。若是,则人与物之相去,又有间矣。设使制、用此物之古人至今犹在,肯以盈千累万之金钱与整陌连阡之美产,易之而归,与之坐谈往事乎? 吾知其必不为也。予尝谓人曰：物之最古者莫过于《书》，以其合古人之心思面貌而传者乎。其书出自三代，读之如见三代之人；其书本乎黄、虞，对之如生黄虞之世；舍此则皆物矣。物不能代古人言，况能揭出心思而现其面貌乎？古物原有可嗜，但宜崇尚于富贵之家，以其金银太多，藏之无具，不得不为长房缩地之法，敛丈为尺，敛尺为寸，如"藏银不如藏金，藏金不如藏珠"之说，愈轻愈小，而愈便收藏故也。矧金银太多②，则慢藏诲盗③，贸为骨董，非特穿窬不取，即误攫入手，犹将掷而去之。迹是而观，则骨董、金银为价之低昂，宜其倍蓰而无算也④。乃近世贫贱之家，往往效颦于富贵，见富贵者偶尚绮罗，则耻布帛为贱，必觅绮罗以肖之；见富贵者单崇珠翠，则鄙金玉为常，而假珠翠以代之。事事皆然，习以成性，故因其崇旧而黜新，亦不觉生今而反古。有八口晨炊不继，犹舍旦夕而问商周；一身活计茫然，宁遣妻孥而不卖骨董者。人心矫异，讵非世道之忧乎？予辑是编，事事皆崇俭朴，不敢侈谈珍玩，以为末俗扬波。且予窭人也⑤，所置物价，自百文以及千文而止，购新犹患无力，况买旧乎？《诗》云："惟其有之，是以似之。"⑥生平不识骨董，亦借口维风，以藏其拙。

【注释】

①骨董：亦作"古董"。

②矧（shěn）：何况。

③慢藏诲盗：藏物不慎，无异于引人偷盗。《周易·系辞上》："慢藏诲盗，冶容诲淫。"

④倍蓰(xǐ)：数倍。《孟子·告子上》："仁义礼智，非由外铄我也，我
　　固有之也，弗思耳矣。故曰，求则得之，舍则失之，或相倍蓰而无
　　算者，不能尽其才者。"

⑤窭(jù)人：《诗经·邶风·北门》："出自北门，忧心殷殷。终窭且
　　贫，莫知我艰。"窭，贫寒。

⑥惟其有之，是以似之：语见《诗经·小雅·裳裳者华》。意思是，
　　唯有德者，才能被后人效仿。

【译文】

　　这一编关于古董一项，缺而不备，是有原因的。崇尚古器之风，自
汉魏晋唐以来，至今日已达到极点了。百金买一杯，数百金购一鼎，还
有嫌它价廉工俭而不满足的。常有为了一件渺小的东西，而花费盈千
累万的金钱，或舍弃整陌连阡的肥沃田地，都不可惜。今人看重古物，
不是看重其物，而是看重其年久不坏；见古人所制作与古人所使用的器
物，如同面对古人一样满足快乐。如果这样，那么人与物的相互距离，
又有间隔。假设制作、使用此物的古人至今还活着，他肯以盈千累万的
金钱与整陌连阡的田产，将这些东西买回家去，面对着它坐谈往事吗？
我相信他绝不肯这样做。我曾对人说：物中最古的莫过于《尚书》，因为
它合乎古人的心思面貌而流传下来。这书出自夏商周三代，读它如见
三代之人；这书本乎黄帝、虞舜，面对它如生活于黄、虞之世；舍此而外
就都是一般之物了。一般之物为古人代言，何谈能够揭出古人心思而
表现出其面貌呢？古物本可嗜好，但宜于富贵之家珍嗜崇爱，因为他们
金银太多，没有器具隐藏，不得不学费长房缩地之法，缩丈为尺，缩尺为
寸，如"藏银不如藏金，藏金不如藏珠"之说，愈轻愈小，而愈便于收藏。
何况金银太多，则如《周易》所说"慢藏诲盗"，换成骨董，不但穿窬大盗
不抢，即使他误取入手，还会掷弃而去。由此看来，则古董、金银价钱的
高低，相差何止数倍呢。无奈近世贫贱之家，往往效仿富贵人家之风，
见他们喜欢绮罗，就认为布帛低贱而自以为耻，必寻觅绮罗以仿效富

贵;见他们喜欢珠翠,则鄙视金玉为平常之物,而以珠翠代替金玉。事事如此,习以成性,所以因为世人的崇旧而黜新,也就不知不觉生在今天而崇尚古代了。有人八口之家的早饭都难以为继,还没早没晚地打听商周古器;一身活计茫茫然没有着落,宁肯卖儿鬻女而不卖骨董。人心如此怪异,岂非世道之忧?我编写这部书,事事都崇尚俭朴,不敢侈谈珍玩,怕为末世俗习推波助澜。而且我乃贫穷之士,所购东西的价钱,自百文以及千文而止,买新东西犹自无财力,何谈买古董呢?《诗经》说:"惟其有之,是以似之。"我生平不识骨董,也借口维系风教,以掩藏自己的拙朴。

炉瓶

【题解】

"炉瓶"款所谈,又是平民百姓最普通的日常用品,谁家不用炉子和瓶子?特别是在李渔生活的时代,更是百姓家家不能缺少的。但是,人人使用,却大都不动脑筋想想如何使炉子的使用卫生又美观;爱动脑筋的李渔又为大众设计了炉箸、炉锹。

炉、瓶之制,其法备于古人,后世无容蛇足。但护持衬贴之具,不妨意为增减。如香炉既设,则锹、箸随之,锹以拨灰,箸以举火,二物均不可少。箸之长短,视炉之高卑,欲其相称,此理易明,人尽知之;若锹之方圆,须视炉之曲直,使勿相左,此理亦易明,而为世人所忽。入炭之后,炉灰高下不齐,故用锹作准以平之,锹方则灰方,锹圆则灰圆,若使近边之地炉直而锹曲,或炉曲而锹直,则两不相能,止平其中而不能平其外矣,须用相体裁衣之法,配而用之。然以铜锹压灰,究难齐截,且非一锹二锹可了。此非僮仆之事,皆必主人自为之者。予性最懒,故每事必筹躲懒之法,尝制一木印印灰,一印可代数十锹之用。初不过为省繁惜劳计耳,讵料制成之后,非止省力,且极美观,同志相传,遂以为一定不移之法。譬如炉体属圆,则仿其尺寸,镟一圆板为印,与炉相若,不爽纤毫,上置一柄,以便手持。但宜稍虚其中,以作内昂外低之势,若食物之馒首然。方者亦如是法。加炭之后,先以箸平其灰,后用此板一压,则居中与四面皆平,非止同于刀削,且能与镜比光,共油争滑,是自有香灰以来未尝现此娇面者也。既光且滑,可谓极精,予顾而思之,犹曰尽美矣,未尽善也,乃命梓人镂之。凡于着灰一面,或作老梅数茎,或为菊花一朵,或刻五言一绝,或雕八卦全形,只需举手一按,现出无数离奇,使人巧天工,两擅其绝,是自有香炉以来未尝开此生面者也。湖上笠翁实有裨于风雅,非僭词也。请名此物为“笠翁香印”。方之眉公诸制①,物以人名者,孰高孰下,谁实谁虚,海内自有定评,非予所敢饶舌。用此物者,最宜神速,随按随起,勿迟瞬息,稍一逗留,则气闭火息矣。雕成之后,必加油漆,始不沾灰。

【注释】

①眉公:陈继儒(1558—1639),字仲醇,一字眉公,号麋公,华亭(今上海松江)人,一生布衣,善诗文,能绘事,工书法,与董其昌齐名。

【译文】

香炉、花瓶的制作,其方法古人已经说得十分详备,后世无须画蛇添足。只是,护持衬贴的用具,不妨为之增减变化。例如既有香炉,那么炉锹、炉筷子就应随之而有，炉锹用来拨灰，炉筷子用来夹炭点火，这两样东西均不可少。炉筷子的长短，要看香炉的高矮，二者应该相称，此理易明，人都知道；炉锹的方圆，须看香炉的曲直，不能使二者矛盾，此理虽也容易明白，但为世人所忽视。香炉加进炭去之后，炉灰高下不齐，因此以炉锹为准将其压平，锹方则灰方，锹圆则灰圆，假若靠边的地方炉直而锹曲，或炉曲而锹直，则两者不能相合，只能压平中间而不能压平外边，就须用相体裁衣的方法，配套使用。然而用铜锹压灰，究竟难以齐截，而且不是一锹二锹即可完事的。这不是僮仆可为之事，必须主人自己来做。我天性最懒，因此每件事必想个躲懒的办法，曾制作过一个木印印灰，一印可代替数十锹之用。开初不过是从省却繁冗的劳动考虑，岂料制成之后，不只省力，而且极为美观，同好者相传，于是成为一定不移之法。譬如炉体是圆的，则仿照它的尺寸，镟一个圆板为印，与炉子相切合，不差纤毫，上面安置一个手把，以便手拿。但是应该使中间稍为虚空一点儿，做成内高外低的样子，就像吃的馒头。方的，也照这个方法做。炉子加炭之后，先用炉筷子把灰弄平，后用此板一压，这样居中与四面都平，不但像刀削一般，而且能与镜子一样亮，油光流滑，是自有香灰以来未曾见过的娇美样子。既光且滑，可称得上极精了，我打量它，又想，虽说是尽美了，却没有尽善，于是吩咐雕匠镂刻。凡是着灰的那一面，或作老梅数茎，或为菊花一朵，或刻五言一绝，或雕八卦全形，只需举手一按，就可现出无数离奇图样，使得人巧天工，两擅其绝，这是自有香炉以来未曾开出的新生面啊。湖上笠翁实实在在有助于风雅，并非吹牛。请命名此物为"笠翁香印"。效仿陈眉公的各种形制，物以人来命名，谁高谁低，谁实谁虚，海内自有定评，我不敢饶舌多嘴。使用此物，最宜神速，随按随起，不要迟疑瞬息，稍一迟疑，就会气闭火息。香印雕成之后，必须加以油漆，才不沾灰。

焚香必需之物，香锹、香箸之外，复有贮香之盒，与插锹、箸之瓶之数物者,皆香与炉之股肱手足,不可或无者也。然此外更有一物,势在必需,人或知之而多不设,当为补入清供。夫以箸拨灰,不能免于狼藉,炉肩鼎耳之上,往往蒙尘,必得一物扫除之。此物不须特制,竟用蓬头小笔一枝,但精其管,使与濡墨者有别,与锹、箸二物同插一瓶,以便次第取用,名曰“香帚”。至于炉有底盖,旧制皆然,其所以用此者,亦非无故。盖以覆灰,使风起不致飞扬;底即座也,用以隔手,使移动之时,执此为柄,以防手汗沾炉,使之有迹,皆有为而设者也。然用底时多,用盖时少。何也?香炉闭之一室,刻刻焚香,无时可闭;无风则灰不自扬,即使有风,亦有窗帘所隔,未有闭熄有用之火,而防未必果至之风者也。是炉盖实为赘瘤,尽可不设。而予则又有说焉:炉盖有时而需,但前人制法未善,遂觉有用为无用耳。盖以御风,固也。独不思炉不贮火,则非特盖可不用,并炉亦可不设;如其必欲置火,则盖之火熄,用盖何为?予尝于花晨月夕及暑夜纳凉,或登最高之台,或居极敞之地,往往携炉自随,风起灰飏,御之无策,始觉前人呆笨,制物而不善区画之,遂使贻患及今也。同是一盖,何不于顶上穴一大孔,使之通气,无风置之高阁,一见风起,则取而覆之,风不得入,灰不致飏,而香气自下而升,未尝少阻,其制不亦善乎?止将原有之物,加以举手之劳,即可变无益为有神。昔人点铁成金,所点者不必是铁,所成者亦未必皆金,但能使不值钱者变而值钱,即是神仙妙术矣。此炉制也。

【译文】

焚香必需的器物，香锹、香筷子之外，还有贮香的盒子，以及插香锹、香筷子的瓶子等物，都是香与炉的股肱手足，不可或缺。然而此外更有一件东西，势所必需，人们或者知道而大多不设，应当补入作为清雅供品。用香筷子拨灰，难免散乱，炉肩鼎耳之上，往往蒙落灰尘，必得一件东西扫除。这件东西不须特制，直接用一枝蓬头小笔，笔管做得精致一些，使它与沾墨的笔有别，与香锹、香筷子同插在一个瓶子里，以便随机取用，名叫"香帚"。至于说到香炉有底有盖，以前香炉都如此，之所以用它们，也不是没有原因。炉盖用来盖灰，使风吹不致飞灰；炉底就是它的座，用来隔手，使得香炉移动之时，拿它作为手把，以防手汗沾到香炉上，留下痕迹，都是有目的而设置的。然而用炉底时多，用炉盖时少。为什么？香炉封闭在一室之中，时时刻刻焚香，没有停的时候；无风则灰不能自己飞扬，即使有风，也有窗帘阻隔，没有闭熄有用之火、而防未必果然吹来之风的必要。这样炉盖实为多余之物，完全可以不要。但我又有一个观点：炉盖有时仍然需要，但前人制法不完善，才觉得有用之物似乎无用。炉盖用以御风，本来如此。但想一想，假如炉子没有火，不但炉盖可不用，连香炉本身也可不要；如果香炉必须有火，盖上之后火就熄了，那么用盖是为什么？我曾经在花晨月夕及暑夜乘凉，有时登上最高的台子，有时坐在极为宽敞的平地，往往随身携带香炉，风起灰飏，束手无策，才觉得前人呆笨，制作器物而不善谋划，以致贻患至今。同是一个炉盖，为何不在顶上镟一个大孔，使它通气，无风时置之高阁，一见风起，就取来盖上，风不得入，灰不致飏，而香气自下而升，未尝稍有阻隔，这样设计不是很好吗？只将原有之物，举手之劳稍加改进，就可以变无益为有益。昔人点铁成金，所点的不必是铁，所成的也未必都是金，只要能使不值钱的东西变得值钱，就是神仙妙术了。这是说的香炉的制作。

　　瓶以磁者为佳，养花之水清而难浊，且无铜腥气也。然铜者有时而贵，以冬月生冰，磁者易裂，偶尔失防，遂成弃物，故当以铜者代之。然磁瓶置胆，即可保无是患。胆用锡，切忌用铜，铜一沾水即发铜青，有铜青而再贮以水，较之未有铜青时，其腥十倍，故宜用锡。且锡柔易制，铜劲难为，价亦稍有低昂，其便不一而足也。磁瓶用胆，人皆知之，胆中着撒，人则未之行也。插花于瓶，必令中窾，其枝梗之有画意者随手插入，自然合宜，不则挪移布置之力不可少矣。有一种倔强花枝，不肯听人指使，我欲置左，彼偏向右，我欲使仰，彼偏好垂，须用一物制之。所谓撒也，以坚木为之，大小其形，勿拘一格，其中则或扁或方，或为三角，但须圆形其外，以便合瓶。此物多备数十，以俟相机取用。总之不费一钱，与桌撒一同拾取，弃于彼者，复收于此。斯编一出，世间宁复有弃物乎？

【译文】

　　瓶以瓷器为好，养花的用水清而难浊，而且没有铜腥气。然而铜器有时也有可贵之处，因为冬月结冰，瓷器易裂，偶尔失于防护，就成了废弃之物，因此应当以铜器代替。但是假如瓷瓶放置内胆，就可以保证没有这个毛病。内胆用锡，切忌用铜，铜一沾水就生铜青，有铜青了再盛水，比起没有铜青时，腥气增加十倍，所以应该用锡。而且锡性柔，容易制作，铜性劲，难以加工，锡与铜的价钱高低也有差别，因此用锡的优点多。瓷瓶用胆，人都知道，瓶胆中着撒，人多未曾做过。瓶里插花，必须中间有空隙，花的枝梗有诗情画意的，随手插入，自然合宜；不然，挪移布置之力就不可少了。有一种倔强花枝，不肯听人指使，我想放在左边，它偏向右，我想叫它高，它偏低垂，须用一件东西制约它。所谓撒，是用坚木来做，大小形状，不拘一格，其中或扁或方，或为三角，但都必须使外缘是圆形,以便与瓶相合。此物可准备数十个,以便随机取用。总之不费一文钱,与桌撒一样拾取,那里丢弃,放在这里却有用。这部书一出,世间还有废弃之物吗?

屏轴

【题解】

　　如果说前面各款大都是百姓之俗,那么此款所谈"屏轴",则带些雅气。"屏轴"是文人书房和客厅常见之物。但庸人也常常使雅的东西变得俗不可耐。李渔则出主意,告诉人们如何保持那点儿雅气。例如亦提出"体制更宜稍变。变用何法? 曰:莫妙于冰裂碎纹,如前云所载糊房之式,最与屏轴相宜"。具体制作方法亦论之甚详。他还指导裱匠怎样做到"书画合一"之法。

　　十年之前,凡作围屏及书画卷轴者,止有巾条、斗方及横批三式①。近年幻为合锦,使大小长短以至零星小幅,皆可配合用之,亦可谓善变者矣。然此制一出,天下争趋,所见皆然,转盼又觉陈腐,反不若巾条、斗方诸式,以多时不见为新矣,故体制更宜稍变。变用何法? 曰:莫妙于冰裂碎纹,如前云所载糊房之式,最与屏轴相宜,施之墙壁犹觉精材粗用,未免亵视牛刀耳②。法于未书未画之先,画冰裂碎纹于全幅纸上,照纹裂开,各自成幅,征诗索画既毕,然后合而成之。须于画成未裂之先,暗书小号于纸背,使知某属第一,某居第二,某横某直,某角与某角相连,其后照号配成,始无攒凑不来之患。其相间之零星细块必不可少,若憎其琐屑而不画,则有宽无窄,不成其为冰裂纹矣。但最小者,勿用书画,止以素描间之,若尽有书画,则纹理模糊不清,反为全幅之累。此为先画纸绢,后征诗画者而言,盖立法之初,不得不为其简且易者。迨裱之既熟,随取现成书画,皆可裂作冰纹,亦犹裱合锦之法,不过变四方平正之角为曲直纵横之角耳。此裱匠之事,我授意而使彼为之者耳。更有书画合一之法,则其权在我,授意于作书作画之人,裱匠则行其无事者也。"诗中有画,画中有诗"③,此古来成语;作画者取诗意命题,题诗者就画意作诗,此亦从来成格。然究竟诗自诗而画自画,未见有混而一之者也。混而一之,请自今始。法于画大幅山水时,每于笔墨可停之际,即留余地以待诗,如峭壁悬崖之下,长松古木之旁,亭阁之中,墙垣之隙,皆可留题作字者也。凡遇名流,即索新句,视其地之宽窄,以为字之大小,或为鹅帖行书④,或作蝇头小楷。即以题画之诗饰其所题之画,谓当日之原迹可,谓后来之题咏亦可,是"诗中有画,画中有诗"二语,昔作虚文,今成实事,亦游戏笔墨之小神通也。请质高明,定其可否。

【注释】

①巾条、斗方、横披:都是书画卷轴样式。巾条乃长轴,斗方多正方,横批则指横幅。巾条,《中国文学珍本丛书》本作"中条"。

②牛刀:出自《论语·阳货》:"子之武城,闻弦歌之声。夫子莞尔而笑曰:'割鸡焉用牛刀?'"喻指大材小用。

③诗中有画,画中有诗:苏轼《书摩诘蓝田烟雨图》评论唐代王维诗:"味摩诘之诗,诗中有画;观摩诘之画,画中有诗。"

④鹅帖:《晋书》中有王羲之以书法换山阴道士一群鹅的故事,流传

下来"换鹅帖"书法，或谓行书，或谓草书。但有人认为是后人伪造。

【译文】

十年之前，凡制作围屏及书画卷轴的，只有巾条、斗方及横批三种式样。近年变幻为合锦，使大小长短以至零星小幅，都可以配合运用，也可称为善变了。然而这种式样一出，天下争着仿效，所见处处一样，转眼间又觉得陈腐，反而不如巾条、斗方诸式样，以多时不见为新鲜，所以体式形制更应稍有变化。用什么方法变化呢？答：没有比冰裂碎纹更妙的了，如前面所记述的糊房的式样，与屏轴最为相宜，用在墙壁上还觉得精材粗用，未免有点儿鄙视牛刀了。方法是，于未书未画之先，在全幅纸上画冰裂碎纹，照纹裂开，各自成幅，征求的诗画拿来，然后将二者合在一起。须要在冰裂碎纹画成尚未裂开之先，在纸背暗记小号，知道某为第一，某居第二，某横某直，某角与某角相连，之后照号配成，才不会有攒凑不起来的毛病。其相间的零星细块必不可少，如果嫌它琐屑而不画，就会有宽无窄，不成其为冰裂纹了。但最小的，不用书画，只以素描间隔开，倘若全用书画，那就使纹理模糊不清，反而成为全幅的拖累。这里说的是先画纸绢，后征诗画，因为刚刚确立这种方法，不得不采用简单易行的方式。等裱糊技法成熟，随便取来现成书画，都可裂作冰纹，也同裱合锦的办法一样，不过要变四方平正之角为曲直纵横之角。这是裱匠的事，我授意叫他去做罢了。还有一种书画合一的方法，则决定权在我，授意给作书作画的人，裱匠就不用做什么事了。"诗中有画，画中有诗"，这是古来成语；作画的人取诗意命题，题诗的人就画意作诗，这也是从来成规。但是究竟诗自诗而画自画，没有见过诗画混而为一的情况。诗画混而为一，请自今日开始。方法是在画大幅山水时，每到笔墨可停之际，就留余地以待人写诗，如峭壁悬崖之下，长松古木之旁，亭阁之中，墙垣之隙，都是可以留题作字之处。大凡遇到名流，即索取新句，看地方的宽窄，以决定字的大小，或为鹅帖行书，或作蝇头小楷。就用题画的诗装饰所题的画,说它是当日的原迹可以,说它是后来的题咏也可以,这样"诗中有画,画中有诗"这两句话,昔日只是虚文,今天成为实事,也是游戏笔墨的小神通。请教高明之士,以定其可否。

茶具

【题解】

此款所谈的"茶具",乃雅俗共赏之物。李渔也说到茶具中的精品,如宜兴(即李渔所谓"阳羡")的砂壶,但是他马上便说:"然宝之过情,使与金银比值,无乃仲尼不为之已甚乎?"所以,李渔还是回归平民,认为"置物但取其适用,何必幽渺其说,必至理穷义尽而后止哉"。他认为,茶壶之嘴宜直而酒壶之嘴曲直可以不论,因为酒无渣滓而茶叶则是固体,所以茶壶嘴直便于畅通;贮藏茶叶的容器只宜用锡,因为用锡作瓶,气味不泄,这都会使人读来感到亲切、平易。

茗注莫妙于砂壶①,砂壶之精者,又莫过于阳羡②,是人而知之矣。然宝之过情,使与金银比值,无乃仲尼不为之已甚乎③?置物但取其适用,何必幽渺其说,必至理穷义尽而后止哉!凡制茗壶,其嘴务直,购者亦然。一曲便可忧,再曲则称弃物矣。盖贮茶之物与贮酒不同,酒无渣滓,一斟即出,其嘴之曲直可以不论;茶则有体之物也,星星之叶,入水即成大片,斟泻之时,纤毫入嘴,则塞而不流。啜茗快事,斟之不出,大觉闷人。直则保无是患矣,即有时闭塞,亦可疏通,不似武夷九曲之难力导也④。

【注释】

①茗注：茶具。

②阳羡：秦置古县名，今江苏宜兴。

③仲尼不为之已甚：语见《孟子·离娄下》："孟子曰：'仲尼不为已甚者。'"朱熹集注："已，犹太也。杨氏曰：'言圣人所为，本分之外，不加毫末。非孟子真知孔子，不能以是称之。'"

④武夷九曲：武夷山在福建崇安，风景优美，其九曲溪以多曲著名。

【译文】

茶具莫妙于砂壶，而砂壶之精美者，又莫过于阳羡（今宜兴）所产，这是人人皆知的事情。然而珍爱过分，拿它与金银比值，这不就违背了如孟子所说"孔子不主张做事过分"的原则吗？购置器物只是取其适用，何必弄得神秘幽渺，直到理穷义尽之后才算完呢！凡制作茶壶，它的嘴务必求直，买茶壶也是同样道理。壶嘴一弯便可令人担忧；若弯得厉害，就成了废物了。因为贮茶之器物与贮酒不同，酒没有渣滓，一斟就出来，它的嘴是弯是直可以不论；茶是有体之物，星星点点的茶叶，入水一泡即成大片，斟茶时，纤毫茶叶进入壶嘴，就会堵塞而不流通。喝茶是一件快事，若斟不出茶来，岂不闷煞人？若茶壶嘴是直的，则保证没有这个毛病了，即使有时闭塞，也可疏通，不会像武夷山的九曲溪那样弯弯曲曲难以力导使直。

贮茗之瓶，止宜用锡。无论磁铜等器，性不相能①，即以金银作供，宝之适以崇之耳。但以锡作瓶者，取其气味不泄；而制之不善，其无用更甚于瓷瓶。询其所以然之故②，则有二焉。一则以制成未试，漏孔繁多。凡锡工制酒壶、茶注等物，于其既成，必以水试，稍有渗漏，即加补苴③，以其为贮茶贮酒而设，漏即无所用之矣；一到收藏干物之器，即忽视之,犹木工造盆造桶则防漏,置斗置斛则不防漏④,其情一也。乌知锡瓶有眼⑤,其发潮泄气反倍于磁瓶,故制成之后,必加亲试,大者贮之以水,小者吹之以气,有纤毫漏隙,立督补成⑥。试之又必须二次,一在将成未镟之时⑦,一则已成既镟之后。何也? 常有初时不漏,迨镟去锡时、打磨光滑之后,忽然露出细孔,此非屡验谛视者不知。此为浅人道也。一则以封盖不固,气味难藏。凡收藏香美之物,其加严处全在封口,封口不密,与露处同。吾笑世上茶瓶之盖必用双层,此制始于何人? 可谓七窍俱蒙者矣。单层之盖,可于盖内塞纸,使刚柔互效其力,一用夹层,则止靠刚者为力,无所用其柔矣。塞满细缝,使之一线无遗,岂刚而不善屈曲者所能为乎? 即靠外面糊纸,而受纸之处又在崎岖凹凸之场,势必剪碎纸条,作襄衣样式,始能贴服。试问以襄衣覆物,能使内外不通风乎? 故锡瓶之盖,止宜厚不宜双。藏茗之家,凡收藏不即开者,于瓶口向上处,先用绵纸二三层,实褙封固⑧,俟其既干,然后覆之以盖,则刚柔并用,永无泄气之时矣。其时开时闭者,则于盖内塞纸一二层,使香气闭而不泄。此贮茗之善策也。若盖用夹层,则向外者宜作两截,用纸束腰,其法稍便。然封外不如封内,究竟以前说为长。

【注释】

①性不相能:与茶性不能相合。

②询:问,征求意见。

③补苴(jū):补缀,缝补,弥补缺陷。汉刘向《新序·刺奢》:"今民衣敝不补,履决不苴。"

④斛(hú)：中国古代一种量器，也是容量单位，一斛本为十斗，后来
　改为五斗。

⑤乌知：哪里知道。

⑥督：察看，监管。

⑦镟(xuàn)：刀削。

⑧褙(bèi)：袼褙，把布或纸一层一层地粘在一起。

【译文】

　　制作贮藏茶叶的茶瓶，只适宜用锡。无论瓷瓶、铜瓶等等，都不能
与茶的习性吻合，就算以金银制作，名义上是宝爱它，实际上却害了它。
以锡作瓶，取其气味不泄；但制作得不好，其无用更甚于瓷瓶。询查其
所以然之故，则有二条。第一，是制成后若不试一试，就会漏孔繁多。
大凡锡工制作酒壶、茶壶等器物，做好之后，必须用水来试，稍有渗漏，
即加补救。因为它是为贮茶贮酒而设，渗漏就无法使用了；可是一到制
作收藏干物的器具时，就将这一点忽略了，犹如木工造盆造桶则防漏，
造斗造斛则不防漏，是一样的情形。哪知锡瓶有眼，其发潮泄气反而比
瓷瓶更坏几倍，所以制成之后，必加亲试，大的盛上水，小的可以吹气，
有纤毫漏隙，立刻督查锡工补救。试漏又必须二次，一次在将成未镟之
时，一次则在已成既镟之后。为什么呢？常有初时不漏，等到镟好、打
磨光滑之后，忽然露出细孔，这非得屡次验试、仔细查看才会发现。这
是为浅知此道的人说的。第二，锡瓶封盖若不严固，气味难以保藏。凡
是收藏香美之物，其加严之处全在封口，封口不密，与露孔是一样的。
我笑世上茶瓶的盖子必用双层，不知此等制作始于何人，可以说他是七
窍俱蒙啊。单层瓶盖，可在盖内塞纸，使其收刚柔互效之功，一用夹层，
则仅靠刚者为力，柔的功效就不能发挥了。塞满细缝，使之一线无遗，
岂不是刚而不善屈曲者所能做的吗？即使靠外面糊纸，而受纸的地方
又崎岖凹凸，势必剪碎纸条，弄成蓑衣形状才能贴服。试问，以蓑衣覆
盖器物，能使内外不通风吗？所以锡瓶之盖，只宜厚而不宜双。收藏茶

叶的名家,凡是收藏而不马上开启的,在瓶口向上的地方,先用二三层绵纸,裱糊严实,等它干了,然后覆之以盖,这样就刚柔并用,永无泄气的时候了。若是时开时闭,则在盖内塞上一二层纸,使香气闭而不泄。这是贮藏茶叶的良策。若瓶盖一定要用夹层,则向外的一层宜作两截,中间用纸束腰,可能好一些。然而,封外不如封内,究竟以前面的说法为优。

酒具

【题解】

　　此款谈"酒具"时,不主张用豪华的金银来制作,认为"酒具用金银,犹妆奁之用珠翠,皆不得已而为之,非宴集时所应有也"。但是他特别欣赏犀角制作的酒具,说"美酒入犀杯,另是一种香气"——这纯粹是从审美的角度来说。总的说来,他也是从平民意识出发来谈平常人家如何使用酒具,认为可以用瓷器酒具,但不要用古瓷,那太过贵重;他建议烧制新瓷酒具,说"近日冶人,工巧百出,所制新磁,不出成、宣二窑下,至于体式之精异,又复过之"。

　　酒具用金银,犹妆奁之用珠翠,皆不得已而为之,非宴集时所应有也。富贵之家,犀则不妨常设,以其在珍宝之列,而无炫耀之形,犹仕宦之不饰观瞻者。象与犀同类,则有光芒太露之嫌矣。且美酒入犀杯,另是一种香气。唐句云:"玉碗盛来琥珀光。"①玉能显色,犀能助香,二物之于酒,皆功臣也。至尚雅素之风,则磁杯当首重已。旧磁可爱,人尽知之,无如价值之昂,日甚一日,尽为大力者所有,吾侪贫士欲见为难。然即有此物,但可作骨董收藏,难充饮器。何也?酒后擎杯,不能保无坠落,十损其一,则如雁行中断,不复成群。备而不用，与不备同。贫家得以自慰者，幸有此耳。然近日冶人，工巧百出，所制新磁，不出成、宣二窑下②，至于体式之精异，又复过之。其不得与旧窑争值者，多寡之分耳。吾怪近时陶冶，何不自爱其力，使日作一杯，月制一盏，世人需之不得，必待善价而沽③，其利与多制滥售等也，何计不出此？曰：不然。我高其技，人贱其能，徒让垄断于捷足之人耳。

【注释】

①玉碗盛来琥珀光：见李白《客中作》诗："兰陵美酒郁金香，玉碗盛来琥珀光。但使主人能醉客，不知何处是他乡。"

②成、宣二窑：明代成化窑和宣德窑，均在景德镇。成化和宣德是当时皇帝的年号。

③待善价而沽：《论语·子罕》："子贡曰：'有美玉于斯，韫椟而藏诸，求善贾而沽诸？'子曰：'沽之哉！沽之哉！我待贾者也！'"

【译文】

酒具使用金银，犹如妆奁使用珠翠，都是不得已而为之，不是宴饮聚会时所应有之事。富贵之家，犀角酒具不妨常设，因为它虽在珍宝之列，却无炫耀之形，如同官宦不讲究外表打扮一样。象牙与犀角同类，却有光芒太露之嫌。而且美酒注入犀杯，另是一种香气。唐人诗句云："玉碗盛来琥珀光。"玉能显色，犀能助香，这两样东西对于酒，都是功臣啊。至于崇尚雅素之风，那么首先应当重视的是瓷杯。旧瓷可爱，人们都知道，无奈其价值昂贵，日甚一日，尽为财力雄厚者所有，我们这些贫士却难得一见。然而即使有这些东西，只可作古董收藏，难以充当酒器。为什么？酒后举杯，不能保证其不坠落，十损其一，就像雁行中断，不复成群。如果备而不用，与没有它是一样的。贫士之家得以自我安慰的，所幸可有瓷杯。然而近日制瓷匠人，工巧日新百出，所制新瓷，不在成、宣二窑之下，至于体制式样的精异，又有过之。它们之所以不能与旧窑争值，就是多与少的分别。我奇怪近时陶冶工匠，为何不珍爱自己的劳力呢，假使一天制作一只杯子，一月制作一只酒盏，让世人需要而得不到、供不应求，必待善价而沽，那么，这样的获利与多制滥售是一样的，何不用此计谋？答：不然。我抬高技艺，人却贱视我的能力，白白让捷足垄断的人占便宜了。

碗碟

【题解】

此款所说的"碗碟"，又是平民百姓的日常用品，天天使用，须臾不离。他谈到建窑烧制的碗虽"精"却"苦于太厚"；而仿制者，十分"美观"，"然花纹太繁，亦近鄙俗"——这些批评颇具内行的眼光，相当到位。但是紧接着大段谈"碗碟中最忌用者，是有字一种，如写《前赤壁赋》、《后赤壁赋》之类"，却略显迂腐。爱惜文字、敬畏文字，对于中国士人来说，是一种传统，但是，把文字烧制在碗碟之上，并非不敬畏、不爱惜。李渔此论，不可取也。

碗莫精于建窑①，而苦于太厚。江右所制者，虽窃建窑之名，而美观实出其上，可谓青出于蓝者矣。其次则论花纹，然花纹太繁，亦近鄙俗，取其笔法生动、颜色鲜艳而已。碗碟中最忌用者，是有字一种，如写《前赤壁赋》、《后赤壁赋》之类②。此陶人造孽之事，购而用之者，获罪于天地神明不浅。请述其故。"惜字一千，延寿一纪"，此文昌垂训之词③。虽云未必果验，然字画出于圣贤，苍颉造字而鬼夜哭，其关乎气数，为天地神明所宝惜可知也。用有字之器，不为损福,但用之不久而损坏,势必倾委作践,有不与造孽陶人中分其咎者乎?陶人但司其成,未见其败,似彼罪犹可原耳。字纸委地,遇惜福之人,则收付祝融,因其可焚而焚之也。至于有字之废碗,坚不可焚,一似入火不烬入水不濡之神物。因其坏而不坏,遂至倾而又倾,道旁见者,虽有惜福之念,亦无所施,有时抛入街衢,遭千万人之践踏,有时倾入溷厕,受千百载之欺凌,文字之祸,未有甚于此者。吾愿天下之人,尽以惜福为念,凡见有字之碗,即生造孽之虑。买者相戒不取,则卖者计穷;卖者计穷,则陶人视为畏途而弗造矣。文字之祸,其日消乎?此犹救弊之末着。倘有惜福缙绅,当路于江右者,出严檄一纸,遍谕陶人,使不得于碗上作字,无论赤壁等赋不许书磁,即"成化、宣德年造",及"某斋某居"等字,尽皆削去。试问有此数字,果得与成窑、宣窑比值乎?无此数字,较之常值增减半文乎?有此无此,其利相同,多此数笔,徒造千百年无穷之孽耳。制、抚、藩、臬④,以及守令诸公,尽是斯文宗主,宦豫章者⑤,急行是令,此千百年未造之福,留之以待一人。时哉时哉,乘之勿失!

【注释】

①建窑:宋代名窑,在福建建阳,故称建窑。

②《前赤壁赋》《后赤壁赋》:苏轼名作,乃姊妹篇。

③"惜字一千"三句:文昌原是天上六星之总称,即文昌宫。据称,梓潼帝君,姓张,名亚子,居蜀七曲山,仕晋战殁,人为立庙祀之。元仁宗延祐三年(1316)敕封张亚子为辅元开化文昌司禄宏仁帝君,于是梓潼神张亚子遂被称为文昌帝君。

　　④制、抚、藩、臬：制台、巡抚、藩台、臬司，皆明清官称。
　　⑤豫章：即今江西。

【译文】

　　碗碟没有比建窑更精致的，只是苦于太厚。江西所烧制的，虽窃取建窑之名，而实际上比建窑还要美观，可谓青出于蓝而胜于蓝了。其次则论碗碟的花纹，然而花纹太繁，也近于鄙俗，只取其笔法生动、颜色鲜艳而已。碗碟中最忌讳用的，是有字的那一种，如写《前赤壁赋》《后赤壁赋》之类。这是陶人造孽的事，购买使用的人，也深深获罪于天地神明。请让我讲述原因。"惜字一千，延寿一纪"，这是文昌帝君垂训之词。虽说未必应验，然而字画出于圣贤，苍颉造字而鬼夜哭，文字与气数相关，可知为天地神明所宝贵珍惜。用有字的器具，不会损福，但使用不久而损坏，势必立刻丢弃作践，能不与造孽陶人分担罪责吗？制陶工匠只管把有字的碗碟烧成，未见它被毁坏丢弃，他的罪孽似乎情有可原。字纸丢在地上，遇见惜福积德之人，则收起来烧掉，因其可焚而焚烧了。至于有字的废碗，坚不可焚，好像入火不烬入水不濡的神物。因为它坏了而不能毁掉，以至于到处丢来丢去，道旁看见的人，虽有惜福积德的念头，也无法施行，有时抛到大街上，遭千万人践踏，有时倒入厕所，受千百年欺凌，文字所受的灾祸，没有比这更厉害的了。我希望天下之人，都要以惜福积德为念，凡见到有字的碗，就要产生怕造孽的顾虑。买的人相互告诫不要买，那么卖的人就无法卖；卖的人无法卖，那么陶人就会视为畏途而不去烧造了。文字的灾祸，不是很快就消除了吗？这还是救弊的末着。倘若有惜福积德的缙绅，当执掌江西大权时，出一纸严厉的文书，遍谕陶人，使他们不得在碗上作字，不要说赤壁等赋不许写在瓷器上，就是"成化、宣德年造"，以及"某斋某居"等字，全都削去。试问，有了这几个字，果真能够与成窑、宣窑比个价值高低吗？没有这几个字，比起通常价值来就会少了半文钱吗？有它无它，价值相同，多此数笔，徒造千百年无穷的罪孽啊。制台、巡抚、藩台、臬司，以及太守、县令，诸位大人，你们都是斯文宗主，在江西做官的大员，赶快颁发这一法令，这是千百年未造之福，就等待一人完成。千载时机啊，乘之勿失！

灯烛

【题解】

"灯烛"款所谈，表现了三百年前的李渔的聪明才智。他说："灯烛辉煌，宾筵之首事也。"如果"山珍海错、玉醴琼浆"十分排场，演员歌喉动听、舞姿优美"皆称绝畅"；但是，假若灯光昏暗甚至模糊，岂不大煞风景？所以李渔特别重视照明的效果。那时照明主要靠油灯或蜡烛。如何提高油灯的照明质量？李渔提出：灯烛或蜡烛"多点不如勤剪"，"勤剪之五，明于不剪之十"。为了舞台演出时剪灯的方便，他还发明了长三四尺的"烛剪"和上下方便的"悬灯"。这在当时够巧妙的。

灯烛辉煌，宾筵之首事也。然每见衣冠盛集，列山珍海错，倾玉醴琼浆，几部鼓吹，频歌叠奏，事事皆称绝畅，而独于歌台色相，稍近模糊。令人快耳快心，而不能大快其目者，非主人吝惜兰膏，不肯多设，只以灯煤作祟，非剔之不得其法，即司之不得其人耳。吾为六字诀以授人，曰："多点不如勤剪。"勤剪之五，明于不剪之十。原其不剪之故，或以观场念切，主仆相同，均注目于梨园，置晦明于不问；或以奔走太劳，职无专委，因顾彼以失此，致有炬而无光，所谓司之不得其人也。欲正其弊，不过专责一人，择其谨朴老成、不耽游戏者，则二患庶几可免。然司之得人，剔之不得其法，终为难事。大约场上之灯，高悬者多，卑立者少。剔卑灯易，剔高灯难。非以人就灯而升之使高，即以灯就人而降之使卑，剔一次必须升降一次，是人与灯皆不胜其劳，而座客观之亦觉代为烦苦，常有畏难不剪而听其昏黑者。

【译文】

灯烛辉煌，是宴请宾客首要的一件事。然而每见宴会上宾客衣冠楚楚聚集在一起，桌上列山珍海错，杯中倾玉醴琼浆，鼓乐齐鸣，频歌叠奏，事事都绝佳顺畅，唯独舞台上灯光暗淡，演出场面和演员面孔皆模糊不清。令人快耳快心，而不能大快其目，并非主人吝惜灯油蜡烛，不肯多设，只是因为灯芯作祟：不是灯芯剪的不得其法，就是管理灯烛不得其人。我有六字诀告诉人们，叫："多点不如勤剪。"勤剪之五，亮于不剪之十。推究不剪的原因，或是因为观场之念急切，主人仆役相同，都注目于舞台演出，置灯烛晦明于不闻不问；或是因为奔走太劳累，没有专人负责，顾彼以失此，使得灯烛有炬而无光，即所谓管理灯烛不得其人。要改正这个弊病，不过是找专人负责，选择那种谨朴老成、不沉溺于游戏的人专管此事，则上述两种弊病都可消除。然而有了专人管理，剔灯剪烛不得其法，也成难事。大约戏场上的灯烛，高悬的多，低挂的少。剔低处的灯容易，剔高悬的灯难。不是以人就灯而爬得很高，就是以灯就人而把灯降到低处，剔一次必须升降一次，这样人与灯都不胜其劳，而座客看了也代他们烦苦，常常有畏难不剪而任凭其昏黑的。

予创二法以节其劳，一则已试而可自信者，一则未敢遽信而待试于人者。已试维何？长三四尺之烛剪是已。以铁为之，务为极细，粗则重而难举；然举之有法，说在后幅。有此长剪，则人不必升，灯亦不必降，举手即是，与剔卑灯无异矣。未试维何？暗提线索，用傀儡登场之法是已。法于梁

上暗作长缝一条,通于屋后,纳挂灯之绳索于中,而以小小
轮盘仰承其下,然后悬灯。灯之内柱外幕,分而为二,外幕
系定于梁间,不使上下,内柱之索上跨轮盘。欲剪灯煤,则
放内柱之索,使之卑以就人,剪毕复上,自投外幕之中,是外
幕高悬不移,俨然以静待动。同一灯也,而有劳逸之分,劳
所当劳,逸所当逸,较之内外俱下而且有碍手碍脚之繁者,
先踞一筹之胜矣。其不明抽以索,而必暗投梁缝之中,且贯
通于屋后者,其故何居? 欲埋伏抽索之人于屋后,使不露
形,但见轮盘一转,其灯自下,剪毕复上,总无抽拽之形,若
有神物厕于梁间者。予创为是法,非有心炫巧,不过善藏其
拙。盖场上多立一人,多生一人之障蔽。使以一人剪灯,一
人抽索,了此及彼,数数往来,则座客止见人行,无复洗耳听
歌之暇矣。故藏人屋后,撤去一半藩篱,耳目之前,何等清
静? 藏人屋后者,亦不必定在墙垣之外,厅堂必有退步,屏
障以后,即其处也。或隔绛纱,或悬翠箔,但使内见外,而外
不见内,则人工不露而天巧可施矣。每灯一盏,用索一条,
以蜡磨光,欲其不涩。梁间一缝,可容数索,但须预编字号,
系以小牌,使抽者便于识认。剪灯者将及某号,即预放某索
以待之,此号方升,彼号即降,观其术者,如入山阴道中,明
知是人非鬼,亦须诧异惊神,鼓掌而观,又是一番乐事。惜
予囊悭无力,未及指使匠工,悬美法以待人,即谓自留余地
亦可。

【译文】

　　我有两个创意以减轻他们的劳苦,一个已经试验过了自信没有问题,一个还有待试验而没有十足把握。已经试验的是什么? 就是长三四尺的烛剪。用铁来做,务必极细,若粗,则重而难举;然而举它也有办法,后边再说。有这长剪,那么人不必升,灯也不必降,举手就是,与剔低处的灯没有差别。未经试验的是什么? 就是暗提线索,用傀儡登场的方法。这方法是,在梁上暗作一条长缝,通到屋后,把挂灯的绳索放在里面,用一个小小轮盘仰承其下,然后把灯悬挂起来。灯的内座和外罩,分成两部分,外罩系定于梁间,不使上下活动,内座的绳索跨在轮盘上。要剪灯芯,则放内座的绳索,使它低下来让人够得着,剪完再拉上去,回到外罩之中,这样外罩高悬不移,俨然以静待动。同一盏灯,而有劳逸之分,劳所当劳,逸所当逸,比起原来的内外俱下而且有碍手碍脚之繁,先胜一筹了。之所以不在明处抽拉绳索,而必须暗放于梁缝之中,且贯通于屋后,是何缘故? 想埋伏拉绳索的人于屋后,使他不露面,只见轮盘一转,那灯自己下来,剪完后又自己上去,总无抽拽迹象,好像有神物藏于梁间。我的这个创意,不是有心炫耀技巧,不过是善藏其拙。因场上多立一个人,就多一个人的障蔽。假如用一个人剪灯,一个人抽拉绳索,这个人干完这件事接着是那个人干那件事,来来往往,则座客只见人行,不再有洗耳听歌的时间了。所以把人藏在屋后,撤去一半藩篱障蔽,耳目之前,何等清静,所谓把人藏在屋后,也不是必定藏在墙垣之外,厅堂必有退身之处,屏障以后,即其藏身之所。或隔绛纱,或悬翠箔,只要使里面能够看见外面,而外面看不见里面,那就不露人工痕迹而可施天巧了。每一盏灯,用一条绳索,用蜡把绳索磨光,使它不涩。梁间一条缝,可容纳几条绳索,只需预先编好序号,系上小牌,使抽拉时便于识认。剪灯的人将要剪某号,就预先放下某号绳索等待,此号方升,彼号即降,观看升降的人,如入山阴道中,明知是人不是鬼,也须诧异惊神,鼓掌称绝,又是一番乐事。可惜我囊中羞涩,不能指使匠工制作,这个妙法只能悬以待人,说我自留余地也可以。

梁上凿缝,势有不能,为悬灯细事而损伤巨料,无此理也。如置此法于造屋之先,则于梁成之后,另镶薄板二条,空洞其中而蒙蔽其下,然后升梁于柱,以俟灯索,此一法也。已成之屋,亦如此法,但先置绳索于中,而后周遭以板。此法之设,不止定为观场,即于元夕张灯,寻常宴客,皆可用之,但比长剪之法为稍费耳。

【译文】

梁上凿缝,不大可能,为了悬灯这类小事而损伤巨料,没有这样的道理。如果设计这个方法是在造屋之先,那就在梁成之后,另镶薄板两条,中间是空洞而下面蒙蔽起来,然后把梁架到柱子上,以待安装灯索,这是一种方法。已建成的屋子,也按此法来制作,只是先把绳索放在里面,而后周遭用薄板围起来。这种方法,不仅用于戏场,即使元夕张灯,寻常宴客,都可运用,但比起长剪之法花费多一点儿。

制长剪之法,视屋之高卑以为长短,短者三尺,长者四五尺,直其身而曲其上,如鸟喙然,总以细巧坚劲为主。然用之有法,得其法则可行,不得其法则虽设而不适于用,犹弃物也。盖以铁为剪,又长数尺,是其体不能不重,只手高擎,势必摇动于上,剪动则灯亦动;灯剪俱动,则它东我西,虽欲剪之,不可得矣。法以右手持剪,左手托之,所托之处,高右手尺许。剪体虽重,不过一二斤,只手孤擎则不足,双手效力则有余;擎而剪之者一手,按之使不动摇者又有一手,其势虽高,何足虑乎?"孤掌难鸣①,众擎易举。"天下事,类如是也。

【注释】

①孤掌难鸣:《韩非子·功名》:"人主之患在莫之应,故曰:一手独拍,虽疾无声。"语义本此。

【译文】

制作长剪的方法,看屋的高矮以定其长短,短者三尺,长者四五尺,长剪要直,而其上端要弯,如鸟喙,总之要以细巧坚劲为主。然而,必须使用得法,得其法就可行,不得其法则虽设而不适用,犹如废弃之物。用铁制作长剪,身长数尺,不能不重,一只手高举,上部势必摇摇晃晃,剪子动,灯也动;灯和剪子一起动,则它东我西,想剪也剪不到。我想的方法是,用右手持剪刀,左手托着它,所托之处,高出右手一尺左右。剪子虽重,不过一二斤,单独一只手举着它则力不足,双手一齐举则力有余;举着剪刀的是一只手,按着使它不动摇的是另一只手,灯挂得虽高,又何足虑呢?"孤掌难鸣,众擎易举。"天下事,类似啊。

长剪虽佳,予终恶其体重,倘能以坚木为身,止于近灯煤处用铁,则尽美而又尽善矣。思而未制,存其说以俟解人。长剪难于概用,惟有烛无衣,与四围有衣而空洞其下者可以用之。若明角灯、珠灯,皆无隙可入,虽有长剪,何所用之? 至于梁间放索,则是灯皆可。二事亦可并行,行之之法,又与前说相反:灯柱居中不动,而提起外幕以俟剪,剪毕复下。又合居重驭轻之法,听人所好而为之。

【译文】

长剪虽好,我总嫌它太重,倘若能以坚木作剪身,只在靠近灯芯处用铁,则尽美而又尽善矣。有这个想法而还没有制作,存其说以等待高人吧。长剪难于通用,只有那种有灯座而无灯罩,与四围有罩而下面空洞的灯可以使用。若是明角灯、珠灯,都无空隙可入,虽有长剪,怎么使用呢?至于梁间置放绳索,凡是灯都可以。这两件事也可并行不悖,做的方法,又与前面所说相反:灯座居中不动,提起外罩以等待剪刀,剪完后再放下来。这又合乎居重驭轻之法,任人所好而去选择。

笺简

【题解】

"笺简"款充满深厚的文化意蕴。中华民族是一个文明优雅的民族,华夏大地向来被视为礼仪之邦。中国人的人生,就其理想状态而言,是审美的人生,以审美为人生的最高境界。中国人的生活,相比较而言,是更充分的审美化的生活,审美渗透在生活的每一个细节,几乎无处不在。譬如书信来往,就不仅仅是一种实用的手段,同时也是一种审美活动。好的书信,从内容上看,常常是情深意长,充满着审美情怀,司马迁《报任少卿书》、曹植《与杨德祖书》、苏轼《答谢民师书》、顾炎武《与友人论门人书》等等,都是千古传诵的美文;从形式上看,也是令人赏心悦目的艺术品。有的书信,不但一手好字,是出色的书法作品;而且信纸也十分精致考究,如李渔在"笺简"款中所说自制的"肖诸物之形似为笺"的信纸,大概就十分漂亮了。他提到"有韵事笺八种":"题石、题轴、便面、书卷、剖竹、雪蕉、卷子、册子";有"织锦笺十种":"尽仿回文织锦之义,满幅皆锦,止留縠纹缺处代人作书,书成之后,与织就之回文无异。"当时能买到李渔"芥子园"的笺简,是一种幸事。但是后来,特别是今日,由于钢笔、圆珠笔的盛行,电报、电话等通讯手段的频繁便捷,尤其是电子邮件的发展,一般人已经不再关注把书信用毛笔写在漂亮的笺简上了，因此，笺简的制作业也就逐渐式微了。法国学者雅克·德里达在《明信片》中说："……在特定的电信技术王国中（从这个意义上说，政治影响倒在其次），整个的所谓文学的时代（即使不是全部）将不复存在。哲学、精神分析学都在劫难逃，甚至连情书也不能幸免。"情书（书信）都要"终结"了，那么，用来写字、特别是用毛笔来写字的笺简的命运，确实堪忧。

笺简之制，由古及今，不知几千万变。自人物器玩，以迨花鸟昆虫，无一不肖其形，无日不新其式；人心之巧、技艺之工，至此极矣。予谓巧则诚巧，工则至工，但其构思落笔之初，未免驰高骛远，舍最近者不思，而遍索于九天之上、八极之内，遂使光灿陆离者总成赘物，与书牍之本事无干。予所谓至近者非他，即其手中所制之笺简是也。既名笺简，则笺简二字中便有无穷本义。鱼书雁帛而外①，不有竹刺之式可为乎？书本之形可肖乎？卷册便面，锦屏绣轴之上，非染翰挥毫之地乎？石壁可以留题，蕉叶曾经代纸，岂竟未之前闻，而为予之臆说乎？至于苏蕙娘所织之锦②，又后人思之慕之，欲书一字于其上而不可复得者也。我能肖诸物之形似为笺，则笺上所列，皆题诗作字之料也。还其固有，绝其本无，悉是眼前韵事，何用他求？已命奚奴逐款制就，售之坊间，得钱付梓人，仍备剞劂之用③，是此后生生不已，其新人见闻、快人挥洒之事，正未有艾。即呼予为薛涛幻身④，予亦未尝不受，盖须眉男子之不传，有愧于知名女子者正不少也。已经制就者，有韵事笺八种、织锦笺十种。韵事者何？题石、题轴、便面、书卷、剖竹、雪蕉、卷子、册子是也。锦纹

十种,则尽仿回文织锦之义,满幅皆锦,止留縠纹缺处代人
作书,书成之后,与织就之回文无异。十种锦纹各别,作书
之地亦不雷同。惨淡经营,事难缕述,海内名贤欲得者,倩
人向金陵购之。是集内种种新式,未能悉走寰中,借此一
端,以陈大概。售笺之地即售书之地,凡予生平著作,皆萃
于此。有嗜痂之癖者,贸此以去,如偕笠翁而归。千里神
交,全赖乎此。只今知己遍天下,岂尽谋面之人哉? 金陵承
恩寺中书铺坊间有"芥子园名笺"五字者⑤,即其处也。

【注释】

①鱼书雁帛:东汉蔡邕《饮马长城窟行》有"呼儿烹鲤鱼,中有尺素
书"句。

②苏蕙娘:十六国时前秦女诗人,因思念丈夫织锦为《回文旋图诗》
以寄。

③剞劂(jī jué):刻镂的刀具。此处谓著述。

④薛涛:唐代女诗人,曾居浣花溪,创制深红小笺写诗,人称"薛涛
笺"。

⑤"金陵承恩寺中"句:芥子园本作"金陵承恩寺中有'芥子园名笺'
五字者",翼圣堂本作"金陵承恩寺中有'芥子园名笺'五字署门
者"。

【译文】

笺简的制作,从古到今,不知经过了几千几万的变化。从人物器
玩,以至花鸟昆虫,没有一样不肖似其形态,没有一天不更新其式样;人
心的巧慧、技艺的工细,在这里达到极点了。我认为,巧诚然很巧,工也
可谓极工,但其构思落笔的开初,未免就好高骛远,舍弃最近的东西不
去考虑,而遍索于漫无边际的九天之上、八极之内,于是使得光灿陆离

的眼前之物终成赘疣，与书信简牍的本事毫无干系。我所谓最近的东西不是别的，就是手中所制作的笺简。既然名为笺简，那么笺简两个字中就含有它本身的无穷意义。鱼书雁帛而外，不是还有竹简的式样可以制作吗？不是还有书本的形制可以仿效吗？难道卷册扇面、锦屏绣轴之上，不是染墨挥毫的地方吗？石壁可以留有题诗，蕉叶曾经代替纸张，难道以前竟然没有听说过，而是我的臆说乱造吗？至于苏蕙娘的《回文旋图诗》织锦，曾使后人仰慕之极，想在上面书写一字而再也做不到了。我能逼肖诸物的形象制成笺简，那么笺上所绘制的，都是题诗作字的材料。还它固有的面目，去掉它本来没有的东西，全是眼前韵事，哪里用得着到别的地方寻求？我已吩咐奴仆逐款制成笺简的各种式样，在坊间出售，卖得钱付给刻工，仍然准备作为刻板之用，这样此后生生不已，其新人耳目、快人挥洒之事，正方兴未艾。即使称我为薛涛的转世幻身，我也未尝不接受，如果须眉男子不将它流传后世，那么有愧于知名女子的地方真正不少啊。已经制成的笺简，有韵事笺八种、织锦笺十种。所谓韵事笺指什么？就是题石、题轴、便面、书卷、剖竹、雪蕉、卷子、册子。锦纹笺十种，则完全是仿效回文织锦之义，满幅都是锦，只留縠纹缺处待人书写，书成之后，与织就的回文锦没有差别。十种锦纹各不一样，写作书信的空处也不雷同。惨淡经营，难以细说，海内名贤如想得到这些笺简，请人向金陵购买。这部书里说的种种新式，还没有全部流传于世间，借此一端，以陈述大概情形。售笺简的地点就是售书的地点，凡我生平著作，都荟萃苹此。有嗜好我这些书籍和笺简的，将它们买回去，犹如偕笠翁同归。千里神交，全都依赖它了。现今我的知己遍天下，岂是全都见过面的人？金陵承恩寺中书铺坊间有"芥子园名笺"五字者，就是售笺简和售书的地点。

　　是集中所载诸新式，听人效而行之；惟笺帖之体裁，则令奚奴自制自售，以代笔耕，不许他人翻梓。已经传札布告，诫之于初矣。倘仍有垄断之豪，或照式刊行，或增减一二，或稍变其形，即以他人之功冒为己有，食其利而抹煞其名者，此即中山狼之流亚也①。当随所在之官司而控告焉，伏望主持公道。至于倚富恃强，翻刻湖上笠翁之书者，六合以内，不知凡几。我耕彼食，情何以堪？誓当决一死战，布告当事，即以是集为先声。总之天地生人，各赋以心，即宜各生其智，我未尝塞彼心胸，使之勿生智巧，彼焉能夺吾生计，使不得自食其力哉！

【注释】

①中山狼：白话小说《中山狼传》中的形象，是一种忘恩负义、恩将仇报的人。

【译文】

这部书里记载的种种新式，听任人们效仿；唯有笺帖的体裁，则吩咐奴仆自制自售，以代笔耕糊口，不许他人翻刻。已经传札布告、公之于世，一开始就告诫世人了。倘若还有垄断之豪强，或照原来式样刊行，或增减一二，或稍变其形，就是冒他人之功据为己有，侵犯他人利益而抹煞其名，这也就是中山狼之类。当随侵权者所在地的官府，去打官司控告，敬望主持公道。至于倚富恃强，翻刻湖上笠翁书籍的，全国各地，不知多少。我劳动他享受，情感上怎能忍受？誓当决一死战，布告当事者，就以这部书为先声。总之，天地生人，各赋予他心力，就应该各自开发智慧，我未尝堵塞他的心胸，使他不生智巧，他怎么能夺我的生计，使我不得自食其力呢！

位置第二　计二款

【题解】

《位置第二》两款"忌排偶"和"贵活变",谈器玩陈列、摆放的位置,李渔认为它们自有其审美规律。然而,这种规律是什么?却是非常难于把握的。这就像艺术的规律一样,"言当如是而偏不如是",是常有的事。艺术无定法,无定法就是艺术的规律。"无法之法,是为至法。"器玩陈列的审美规律也如是。但在"无定法"中,也可以大体上有个说道,这就是李渔提出的两条:忌排偶,贵活变。其实,忌排偶、贵活变,这是一个问题的正反两个方面:排偶,即是不活变;活变即否定了排偶。我国著名建筑学家刘敦桢在为童寯的《江南园林志》作序时曾说,那些拙劣的园林作品,"池求其方,岸求其直,亭榭务求其左右对峙,山石花木如雁行,如鹄立,罗列道旁,几何不令人兴瑕胜于瑜之叹!"(中国建筑工业出版社1984年版《江南园林志·刘敦桢序》)

　　器玩未得,则讲购求;及其既得,则讲位置。位置器玩与位置人才同一理也。设官授职者,期于人地相宜;安器置物者,务在纵横得当。设以刻刻需用者,而置之高阁,时时防坏者,而列于案头,是犹理繁治剧之材,处清静无为之地,黼黻皇猷之品,作驱驰孔道之官①。有才不善用,与空国无人等也。他如方圆曲直、齐整参差,皆有就地立局之方、因时制宜之法。能于此等处展其才略,使人入其户、登其堂,见物物皆非苟设,事事具有深情,非特泉石勋猷②,于此足征全豹,即论庙堂经济③,亦可微见一斑。未闻有颠倒其家,而能整齐其国者也。

【注释】

①"黼黻(fǔ fú)皇猷"二句：这两句话相互对照，黼黻皇猷之品是指善于运筹帷幄、有雄才大略的文官之品；驱驰孔道之官是指能够驱驰疆场、在大道上横扫千军的武将之才。前面两句"理繁治剧"与"清静无为"也是相互对照。黼，古代礼服上绣的半白半黑的花纹。黻，半青半黑的花纹。皇，大。猷，谋划。孔，大。

②泉石勋猷：安排一水一石(泛指各种器玩)的好手。

③庙堂经济：国家大事。庙堂，国家，社稷。经济，经世济民。

【译文】

　　器玩没有得到的时候，讲究如何购求；等已经得到了，则讲究位置安排。安排器玩的位置与安排人才的位置同一个道理。设官授职，期望人才的特点与所授之地相互合宜；安置器物，务求其摆放的纵横位置得当。假设将随时需用的东西置之高阁，而将时时防坏的东西放在案头，这就像将理繁治剧的人才安置在清静无为之地，将运筹帷幄的文官放在驱驰疆场的武官位置上。有人才而不善于使用，与空国无人一样。其他如方圆曲直、齐整参差，都有就地立局的规矩、因时制宜的方法。能在这些地方展示其才略，使人入其户、登其堂，看见样样东西都不是随意堆放，件件事情都有深情，不只是一水一石的安排，从这里足以窥见全豹，即使国家经世济民的大略，也可窥见一斑。没有听说家里弄得乱七八糟，而能把国家治理得井井有条的。

忌排偶

【题解】

　　排偶，最大的缺陷是死板、呆滞，这与审美是对立的。审美是生命的表现，生命就是不机械、不板腐。器玩的陈列要美，首先就不能排偶。就如同李渔所批评的，那种"八字形"的，"四方形"的，"梅花体"的，都犯了排偶、呆板的毛病。

　　"胪列古玩,切忌排偶。"此陈说也。予生平耻拾唾余,何必更蹈其辙。但排偶之中,亦有分别。有似排非排,非偶是偶;又有排偶其名而不排偶其实者,皆当疏明其说,以备讲求。如天生一日,复生一月,似乎排矣,然二曜出不同时①,且有极明、微明之别,是同中有异,不得竟以排比目之矣。所忌乎排偶者,谓其有意使然,如左置一物,右无一物以配之,必求一色相俱同者与之相并,是则非偶尔是偶,所当急忌者矣。若夫天生一对,地生一双,如雌雄二剑、鸳鸯二壶②,本来原在一处者,而我必欲分之,以避排偶之迹,则亦矫揉执滞,大失物理人情之正矣。即避排偶之迹,亦不必强使分开,或比肩其形,或连环其势,使二物合成一物,即排偶其名,而不排偶其实矣。大约摆列之法,忌作八字形,二物并列、不分前后、不爽分寸者是也③;忌作四方形,每角一物,势如小菜碟者是也;忌作梅花体,中置一大物,周遭以小物是也;余可类推。当行之法,则与时变化,就地权宜,视形体为纵横曲直,非可预设规模者也。如必欲强拈一二,若三物相俱,宜作品字形,或一前二后,或一后二前,或左一右二,或右一左二,皆谓错综;若以三者并列,则犯排矣。四物相共,宜作心字及火字格,择一或高或长者为主,余前后左右列之,但宜疏密断连,不得均匀配合,是谓参差;若左右各二,不使单行,则犯偶矣。此其大略也,若夫润泽之,则在雅人君子。

【注释】

①曜(yào):日、月、星都称曜。

②如:翼圣堂本、芥子园本作"加",《中国文学珍本丛书》本作"如"。

③不爽分寸：不差分毫。爽，差失。

【译文】

"胪列古玩，切忌排偶。"这是老生常谈。我生平耻于拾人唾余，何必蹈前人之辙、重说旧话。但排偶之中，也有分别。有似排非排，非偶是偶；又有排偶其名而不排偶其实的，都应当疏理明白这些说法，以备推究运用。如天上有一个太阳，又有一个月亮，似乎排偶了，然而太阳、月亮不在一个时间出没，而且有极明和微明的区别，这就是同中有异，不应完全看作排偶。所忌讳的排偶，是说有意为之，如左边置放一物，若右边没有一物相配，必再找个完全相同的东西与之相并列，这就是本非排偶尔有意排偶，是最应当忌讳的。假如天生一对，地生一双，如雌雄二剑、鸳鸯二壶，原本是配在一处的，而我硬要将它们分开，以避免排偶的形迹，这也是矫揉执滞，大失物理人情之正道了。即使要避免排偶的形迹，也不必强使分开，或让它们比肩其形，或让其成连环之势，使二物合成一物，即使有排偶之名，也不具排偶之实。大约摆列的方法，忌作八字形，就是二件东西并列，不分前后、不差分寸；忌作四方形，就是每个角置放一物，如同四个小菜碟；忌作梅花体，就是中间放一大物，四面围一圈小物；其余可以类推。内行的做法，则是与时变化，因地权宜，看物品形体而决定其纵横曲直的放置，不可预先设定规模。如果必得勉强说个究竟，譬如三件东西放在一起，适宜作品字形，或一前二后，或一后二前，或左一右二，或右一左二，都可以说得上错综；假如将三者并列，则犯排偶之病了。四件东西放在一起，适宜于作心字及火字格，选择其中一件或高或长的为主，其余的，前后左右陈列；但应疏密断连，不得均匀配合，这叫作参差；倘若左右各二，不使成单，就犯排偶的毛病了。这是说其大略，假若细细推究润泽，就看雅人君子的巧智了。

贵活变

【题解】

　　贵活变，就是以灵活、灵动、巧变为贵。活变是生命力的表现，生命就要活生生、活泼泼、活灵活现、活蹦乱跳。器玩的陈列要美，活变是其首要的必需条件。不论是家庭客厅、公园展室，还是器玩的其他陈列场所，必须要活泼、活泼。活泼，就要灵活多样，因时、随机而变换不同的陈列位置。活泼，总给人一种审美愉悦。既要活泼其目，又要活泼其心；通过活泼其目，进而活泼其心。总之，悦目、赏心、怡神。

　　幽斋陈设，妙在日异月新。若使骨董生根，终年匏系一处①，则因物多腐象，遂使人少生机，非善用古玩者也。居家所需之物，惟房舍不可动移，此外皆当活变。何也？眼界关乎心境，人欲活泼其心，先宜活泼其眼。即房舍不可动移，亦有起死回生之法。譬如造屋数进，取其高卑广隘之尺寸不甚相悬者，授意匠工，凡作窗棂门扇，皆同其宽窄而异其体裁，以便交相更替。同一房也，以彼处门窗挪入此处，便觉耳目一新，有如房舍皆迁者；再入彼屋，又换一番境界，是不特迁其一，且迁其二矣。房舍犹然，况器物乎？或卑者使高，或远者使近，或二物别之既久，而使一旦相亲，或数物混处多时，而使忽然隔绝，是无情之物变为有情，若有悲欢离合于其间者。但须左之右之，无不宜之，则造物在手，而臻化境矣。人谓朝东夕西，往来仆仆，"何许子之不惮烦乎"②？予曰：陶士行之运甓③，视此犹烦，未有笑其多事者；况古玩之可亲，犹胜于甓，乐此者不觉其疲，但不可为饱食终日无所用心者道。

【注释】

①匏(páo)系:亦作"系匏",比喻不得任用或升迁。匏,属葫芦之类。《论语·阳货》:"吾岂匏瓜也哉! 焉能系而不食?"

②何许子之不惮烦:语见《孟子·滕文公上》,原文为:"何为纷纷然与百工交易? 何许子之不惮烦?"许子即战国时农家代表许行,主张"贤者与民并耕而食,饔飧而治",饔飧即伙食自理。

③陶士行之运甓(pì):陶侃,字士行,东晋时曾任荆州和广州刺史。据说他任广州刺史时,为了锻炼身体,早晨把 100 块砖搬到屋外,晚上又搬到屋内。甓,砖。

【译文】

幽雅斋室的陈设,妙在日异月新。若使古董生根,终年固定在一处,那就因为物象多陈腐之态,会使人觉得缺少生机,这不是善于玩赏古董的人。居家所需的物品,唯有房舍不可动移,此外都应当活变。为什么? 眼界关系于心境,人想要使心境活泼,先应使眼界活泼。即使房舍不可动移,也有起死回生的办法。譬如建造数进房屋,选取其高低宽窄的尺寸不太悬殊的,授意匠工,凡是制作窗棂门扇,都要宽窄一样而体式不同,以便互相更替。同一间房,把那里的门窗挪到这里,便会觉得耳目一新,犹如换了整间房子;再入那间房子,又换了一番境界,这样不仅变迁其一,而且变迁其二了。房舍如此,何况器物呢? 或低的使之高,或远的使之近,或二物分别已经很久,而使之一旦相亲,或数物混在一处多时,而使之忽然隔绝,这就将无情之物变为有情,好像有悲欢离合存在于其间一样。但须左右逢源,无不相宜,这样如同造物主那样得心应手,达到化境了。有人说,朝东夕西,往来仆仆,"为何像许行先生那样不怕麻烦呢"? 我说:陶士行早晚屋里屋外搬运砖头,看来特别麻烦,但没有人笑他多事;何况古玩之可亲,还要远胜于砖头,乐此者不觉其疲。但这些话不可对饱食终日无所用心者道。

　　古玩中香炉一物,其体极静,其用又妙在极动,是当一日数迁其位,片刻不容胶柱者也。人问其故,予以风帆喻之。舟行所挂之帆,视风之斜正为斜正,风从左而帆向右,则舟不进而且退矣。位置香炉之法亦然。当由风力起见,如一室之中有南北二牖,风从南来,则宜位置于正南;风从北入,则宜位置于正北;若风从东南或从西北,则又当位置稍偏,总以不离乎风者近是。若反风所向,则风去香随,而我不沾其味矣。又须启风来路,塞风去路,如风从南来而洞开北牖,风从北至而大辟南轩,皆以风为过客,而香亦传舍视我矣④。须知器玩之中,物物皆可使静,独香炉一物,势有不能。"爱之能勿劳乎?"待人之法也,吾于香炉亦云。

【注释】

　　①传舍(zhuàn shè):古代的客房、旅店。有多种解释:一是指战国时贵族供门下食客食宿的地方;一是指邮舍,或驿舍,即供驿长、驿夫以及往来官吏休息食宿的地方;一是指祭酒道士的住所。

【译文】

　　古玩中香炉这一物件,它的体性极静,而使用它又妙在极动,就是说,一天搬动好几次位置,片刻不容固定在一个地方。人问是何缘故,我以风帆作比喻。舟行所挂的帆,要看风向的斜正来调节自己的斜正,若风从左吹来而帆向右,那么舟就不进而退了。摆放香炉的方法也是如此。应当由风向来决定它的位置,如果一室之中有南北两个窗户,风从南来,那么它的位置就应该向正南;风从北入,则其位置应向正北;若风从东南或从西北来,则其位置又应当稍偏,总之以不离开风向才好。
如果其位置与风向相反,那就风去香随,我却闻不到它的香味了。又须
注意敞开风的来路、堵塞风的去路,例如风从南来而洞开北窗,风从北
至而大辟南轩,都要以风为过客,而香也就把我看作旅店了。须知器玩
之中,样样物件都可以使它静止不动,唯独香炉这一物件,势所不能。
"爱他能不叫他劳动吗?"这是待人之法,我对于香炉也做如是说。

饮馔部

【题解】

《饮馔部》共分"蔬食第一"八款、"谷食第二"五款、"肉食第三"十二款，约两万余言，见解独特而入情入理，文字洗练而风趣横生。从养生学角度看，此部所说的内容是人类养生的根本。

中国人向来标榜"民以食为天"。《黄帝内经》说："人绝水谷七日死。"中国的传统文明是农业文明，与此相应，饮食文化最为发达。台湾的张起钧教授在其《烹饪原理》(中国商业出版社 1985 年版)的《自序》中说："古书说'饮食男女，人之大欲存焉'，若以这个标准来论：西方文化(特别是近代的美国式的文化)可以说是男女文化，而中国则是一种饮食文化。"而且中国人的烹饪讲究"味"之"和"，讲究"色"、"香"、"味"、"养"，而所谓"养"就是营养，就是健康，就是养生。

蔬食第一 计八款

【题解】

"蔬食第一"八款，突出表现了中国饮食文化的观念："饮食之道，脍不如肉，肉不如蔬，亦以其渐近自然也。草衣木食，上古之风，人能疏远肥腻，食蔬蕨而甘之，腹中菜园，不使羊来踏破……吾辑《饮馔》一卷，后肉食而首蔬菜,一以崇俭,一以复古;至重宰割而惜生命,又其念兹在兹,而不忍或忘者矣。"李渔这段话说明了一个根本思想:饮馔绝不能损害健康,而是必须吃出健康,保障健康。这是养生学的一个根本思想。而且,饮食还要"美",即所谓"美食"。

吾观人之一身,眼、耳、鼻、舌、手、足、躯骸,件件都不可少;其尽可不设而必欲赋之、遂为万古生人之累者,独是口腹二物。口腹具而生计繁矣,生计繁而诈、伪、奸、险之事出矣;诈、伪、奸、险之事出而五刑不得不设①。君不能施其爱育,亲不能遂其恩私,造物好生,而亦不能不逆行其志者——皆当日赋形不善,多此二物之累也。草木无口腹,未尝不生;山石土壤无饮食,未闻不长养。何事独异其形而赋以口腹?即生口腹,亦当使如鱼虾之饮水,蜩螗之吸露②,尽可滋生气力,而为潜、跃、飞、鸣。若是,则可与世无求,而生人之患熄矣。乃既生以口腹,又复多其嗜欲,使如溪壑之不可厌③;多其嗜欲,又复洞其底里,使如江海之不可填。以致人之一生,竭五官百骸之力④,供一物之所耗而不足哉!吾反复推详,不能不于造物是咎⑤。亦知造物于此,未尝不自悔其非,但以制定难移,只得终遂其过。甚矣!作法慎初,不可草草定制。

【注释】

①五刑:古代五刑,一般是指墨(在额头上刻字涂墨)、劓(割鼻子)、剕(也作"腓",砍脚)、宫(毁坏生殖器)、大辟(死刑)。但各代不同,隋唐后,五刑指死、流、徒、杖、笞。

②蜩螗(tiáo táng)：亦作"蜩蝗"，蝉的别名。

③溪壑(hè)：溪谷，沟壑。亦借喻难以满足的贪欲。

④五官百骸：指人的全身。五官，泛指脸的各部位(包括额、双眉、双目、鼻、双颊、唇、齿和下颏)。百骸，是全身骨骼的泛称。

⑤咎：错，罪。

【译文】

我看人的整个身体，眼、耳、鼻、舌、手、足、躯干，件件都不可少；本来尽可不要而造物主却又强行赋予人类、成为万古累赘的，大概只有口与腹这两样东西了。口与腹存在，人的生计就繁忙；生计繁忙，欺诈、虚伪、奸邪、险恶之事就出现了；欺诈、虚伪、奸邪、险恶之事出现，而死、流、徙、杖、笞等五刑就不得不设。君主对臣民不能推行爱育，父母对子女不能私施恩惠，造物主虽然爱惜生命也不能不违背自己的意愿——这都是当初赋予人类形体器官时考虑不周，多造了口与腹这两件累赘之物。草木没有口与腹，未尝不生长；山石土壤不吃不喝，没有听说它们不长寿。为何偏叫人类有所不同而赋予其口和腹呢？即使生了口与腹，也应当使得它如鱼虾那样饮水，像蝉那样吸露，尽可以滋生气力，从而能够潜、跃、飞、鸣。若是这样，那就可以与世无争，而生人的祸患也就没有了。无奈，既让人生了口与腹，又让人具有这么多嗜欲，以致贪得无厌、欲壑难填；不但让他有这么多嗜欲，还要让他洞察其底里，使之如江海之大而成为满足不了的无底洞。这样，人的一生，穷尽五官百骸的全身之力，供这一样东西的耗费仍嫌不足！我反复思量，不能不归咎于造物主。我也知道造物主对于这个失误未尝不后悔，但是木已成舟难以改变，只得将错就错了。切记啊！制作法则须谨慎初始，万不可草草从事。

　　吾辑是编而谬及饮馔①，亦是可已不已之事。其止崇俭啬，不导奢靡者，因不得已而为造物饰非，亦当虑始计终，而为庶物弭患。如逞一己之聪明，导千万人之嗜欲，则匪特禽兽昆虫无噍类^②，吾虑风气所开，日甚一日，焉知不有易牙复出、烹子求荣^③，杀婴儿以媚权奸、如亡隋故事者哉^④！一误岂堪再误，吾不敢不以赋形造物视作覆车。

【注释】

①饮馔：饮食。晋干宝《秦女卖枕记》卷一："（秦女）命东榻而坐，即具饮馔。"

②无噍(jiào)类：无活物或无活人。《汉书·高帝纪上》："项羽为人慓悍祸贼，尝攻襄城，襄城无噍类，所过无不残灭。"

③易牙复出，烹子求荣：《管子·小称篇》载：易牙是专管料理齐桓公饮食的厨师，在齐桓公吃腻了美食而索求人肉时，易牙曾经杀子烹调进献。又，《韩非子·二柄》载韩非的话："桓公好味，易牙蒸其子首而进之。"

④"杀婴儿"句：陈世熙《唐人说荟·开河记》载，隋炀帝时，陶郎儿兄弟骗杀人家的孩子蒸烹以献权贵麻叔谋。

【译文】

我编写这部书冒昧地谈到饮馔，也是可做可不做而终于践行的一件事。我提倡节俭，反对奢靡，是不得已而为造物主掩饰过错，也是虑其始忧其终而为百姓大众消弭祸患。如果逞我一己之聪明，导诱千万民众的嗜欲，那么不只是禽兽昆虫无生存余地，而且怕风气一开，日甚一日，哪知不会有春秋时代的易牙复出、烹子求荣的惨剧重现，隋炀帝时杀婴儿以媚权奸的故事重演呢！一误岂能再误，我不敢不把造物主的赋形造物视作前车之鉴。

声音之道，丝不如竹，竹不如肉^①，为其渐近自然。吾谓饮食之道，脍不如肉，肉不如蔬^②，亦以其渐近自然也。草衣木食，上古之风。人能疏远肥腻，食蔬蕨而甘之③，腹中菜园，不使羊来踏破④，是犹作羲皇之民⑤，鼓唐、虞之腹⑥，与崇尚古玩同一致也。所怪于世者，弃美名不居，而故异端其说，谓佛法如是，是则谬矣。吾辑《饮馔》一卷，后肉食而首蔬菜，一以崇俭，一以复古；至重宰割而惜生命，又其念兹在兹，而不忍或忘者矣。

【注释】

①丝不如竹，竹不如肉：丝，弦乐。竹，管乐。肉，人的歌喉。

②脍（kuài）不如肉，肉不如蔬：脍，生肉，一说细切肉。肉，熟肉。蔬，素菜。

③蔬蕨（jué）：泛指蔬菜。蕨，蔬菜的一种。

④"腹中菜园"二句：不让羊来踏破肚子里面的菜园。隋侯白《启颜录》："有人常食菜蔬，忽食羊，梦五藏神曰：'羊踏破菜园。'"

⑤羲皇：即伏羲，是中华民族敬仰的人文始祖。

⑥唐、虞：唐尧与虞舜的并称。唐、虞是我国四五千年前所谓"三皇五帝"中的二帝，即当时的部落首领。

【译文】

音乐之道，丝不如竹，竹不如肉，原因是它渐近自然。我谈饮食之道，脍不如肉，肉不如蔬，也因为它渐近自然。穿草衣、食果木，这是上古之风。人倘若能够疏远肥腻的肉食，把吃蔬果野菜当作甘美食物，犹如古人所谓"不要叫羊来踏破腹中菜园"，这就如作伏羲时候的百姓，像唐、虞时候百姓那样吃饱肚子，这与崇尚古玩是一样的啊。奇怪的是世人放弃美名，而故意使之成为异端邪说，还说佛法就是如此，则是大谬不然了。我编写《饮馔》一卷，后说肉食而先说蔬菜，一是因为崇尚节俭，一是因为恢复古风；至于看重宰割之事而爱惜生命，又是因为时刻将其挂念在心而不忍有一刻忘记。

笋

【题解】

笋,对于中国人来说是一种既美又雅的食品,李渔称之为"蔬食中第一品"。李渔说"论蔬食之美者,曰清,曰洁,曰芳馥,曰松脆而已矣",而其"至美所在,能居肉食之上者,只在一字之鲜"。笋,可谓集上述众美于一身。笋之鲜美可口,无可比拟。如何烹调才能保持笋的鲜美呢?李渔概括为两句话:"素宜白水,荤用肥猪。"白煮俟熟,略加酱油,乃至美之物;荤食则与肥猪肉一起烹之,甘而不腻。经李渔这么一描述,令人馋涎欲滴。笋还很雅。李渔引苏东坡句"宁可食无肉,不可居无竹。无肉令人瘦,无竹令人俗",说明笋之雅;其实东坡在黄州还另有妙句:"长江绕郭知鱼美,好竹连山觉笋香。"另外,据说齐白石曾画竹一幅,陈寅恪在上面题了苏东坡上述四句五言诗之后,又写道:要想不俗也不瘦,天天竹笋炖猪肉。梁实秋在《雅舍谈吃·笋》一文中,也记述了类似的民谣:无竹令人俗,无肉令人瘦,若要不俗也不瘦,餐餐笋煮肉。我看,笋之雅,大半是由文人雅士爱吃,从而沾了"雅气"逐渐"雅"起来的。

论蔬食之美者,曰清,曰洁,曰芳馥,曰松脆而已矣。不知其至美所在,能居肉食之上者,只在一字之"鲜"。《记》曰:"甘受和,白受采。"[①]"鲜"即"甘"之所从出也。此种供奉,惟山僧野老躬治园圃者得以有之,城市之人向卖菜佣求活者,不得与焉。然他种蔬食,不论城市山林,凡宅旁有圃者,旋摘旋烹,亦能时有其乐。至于笋之一物,则断断宜在山林,城市所产者,任尔芳鲜,终是笋之剩义。此蔬食中第一品也,肥羊嫩豕,何足比肩?但将笋、肉齐烹,合盛一簋[②],

人止食笋而遗肉，则肉为鱼而笋为熊掌可知矣③。购于市者且然，况山中之旋掘者乎？

【注释】

①甘受和，白受采：出自《礼记·礼器》。是说甜美的东西容易得到调和，洁白的东西容易接受色彩。

②簋(guǐ)：古代一种盛食物的器皿。圆口，双耳或四耳。

③“肉为鱼”句：这里化用鱼与熊掌不可兼得而取熊掌的故事（《孟子·告子上》)，意思是笋比肉好。

【译文】

谈论蔬食的美，无非说它清、洁、芳馥、松脆而已。不知道它的至美所在，能够居肉食之上的地方，只在一个字“鲜”。《礼记·礼器》说："甘受和，白受采。"“鲜”即从“甘”而来。享受这种供奉，唯有山僧野老亲身治理园圃的人，才能得到，城市里向卖菜的商贩买菜吃，是得不到的。然而其他菜蔬，不论城市还是山林，凡是宅旁有园圃的，随摘随吃，也能偶享其乐。至于笋这种食物，则断断宜在山林才能享用，城市所出产的，任它如何芳鲜，终是笋的下等品。笋是蔬食中的第一品，肥羊嫩猪，哪能同它比肩？你只要把笋与肉一齐烹治，合盛在一个食簋之中，人只吃笋而漏掉肉，可知在人们看来肉为鱼而笋为熊掌。在市场上买的尚且如此，何况山林之中刚刚挖出来的呢？

食笋之法多端，不能悉纪，请以两言概之，曰：“素宜白水，荤用肥猪。”茹斋者食笋①，若以他物伴之，香油和之，则陈味夺鲜，而笋之真趣没矣。白煮俟熟，略加酱油，从来至美之物，皆利于孤行，此类是也。以之伴荤，则牛羊鸡鸭等物皆非所宜，独宜于豕，又独宜于肥。肥非欲其腻也，肉之肥者能甘，甘味入笋，则不见其甘，但觉其鲜之至也。烹之既熟，肥肉尽当去之，即汁亦不宜多存，存其半而益以清汤。调和之物，惟醋与酒。此制荤笋之大凡也。笋之为物，不止孤行、并用各见其美，凡食物中无论荤素，皆当用作调和。菜中之笋与药中之甘草，同是必需之物，有此则诸味皆鲜，但不当用其渣滓，而用其精液。庖人之善治具者，凡有焯笋之汤②，悉留不去，每作一馔，必以和之，食者但知他物之鲜，而不知有所以鲜之者在也。《本草》中所载诸食物③，益人者不尽可口，可口者未必益人，求能两擅其长者，莫过于此。东坡云："宁可食无肉，不可居无竹。无肉令人瘦，无竹令人俗。"不知能医俗者，亦能医瘦，但有已成竹、未成竹之分耳。

【注释】

①茹斋者：吃素的人。

②焯(chāo)：把菜用水煮一下就捞出来。

③《本草》：古有《神农本草经》，明李时珍增补整理为《本草纲目》五十二卷。

【译文】

笋的吃法很多，不能详细记述，请让我用两句话概括，是："素宜白水，荤用肥猪。"吃斋的人食笋，若同别的食物相伴，和上香油，那就使陈味夺鲜，而笋的真趣就失去了。用白水煮熟后，略加酱油即可。从来至美的食物，都宜于单独烹制，笋即此类。若配合荤菜，则牛羊鸡鸭等肉都不适宜，独适宜于猪肉，又独适宜于肥猪肉。肥猪肉不是想要它腻，肥肉能出甘味，甘味入笋，则不见其甘，只感觉它鲜美极了。烹制熟了以后，应当尽量把肥肉去掉，就是它的汁也不宜多存，留下一半再加上清汤即可。调和的佐料，唯有醋与酒。这是烹制荤笋的大概情形。笋这种食物,不论单独烹制或与他物并用都各见其美,而且凡是食物无论荤素,都可以用它来调和搭配。菜中的笋与药中的甘草,同样是必需之物,有了它则诸味皆鲜,但不要用其渣滓,而用其精汁。凡是善于做菜的厨师,若有焯笋的汤,都保留而不扔掉,每作一道菜馔,必掺和上笋汤,食客只知道别的食物鲜美,而不知道背后有使它鲜的笋汤在内。《本草》中所记载的诸种食物,对人有益的不尽可口,可口的未必有益于人,而求能两擅其长的食物,没有胜过笋的。苏东坡说:"宁可食无肉,不可居无竹。无肉令人瘦,无竹令人俗。"不知能医俗的,也能医瘦,但是有已成竹与未成竹的分别啊。

蕈

【题解】

陆之蕈和水之莼也是中国人常见的美食,求至鲜至美之物于笋之外,应数二者。李渔尝以"二物作羹,和以蟹之黄、鱼之肋,名曰'四美羹'。座客食而甘之,曰:'今而后,无下箸处矣。'"蕈俗称蘑菇,是一种高等菌类生物,种类很多,有的有毒,有的无毒,而无毒者乃人类美食。中国人发现蕈为食物并加以栽培的历史很早,郭沫若《中国史稿》说,在六七千年前的仰韶文化时期,我们的先人就开始食用菌类;汉代王充《论衡》和《隋书·经籍志》就记载过"芝"(可食菌之一种)的栽培和食用情况,后来历代有关书籍对于各种可食菌类都有记载。明清时,菌类被广泛食用,甚至作为贡品进献皇室。

求至鲜至美之物于笋之外,其惟蕈乎①?蕈之为物也,无根无蒂,忽然而生,盖山川草木之气结而成形者也,然有形而无体。凡物有体者必有渣滓,既无渣滓,是无体也。无体之物,犹未离乎气也。食此物者,犹吸山川草木之气未有无益于人者也。其有毒而能杀人者,《本草》云以蛇虫行之故。予曰:不然。蕈大几何,蛇虫能行其上? 况又极弱极脆而不能载乎? 盖地之下有蛇虫,蕈生其上,适为毒气所钟,故能害人。毒气所钟者能害人,则为清虚之气所钟者,其能益人可知矣。世人辨之原有法,苟非有毒,食之最宜。此物素食固佳,伴以少许荤食尤佳,盖蕈之清香有限,而汁之鲜味无穷。

【注释】

①蕈(xùn):蘑菇。

【译文】

求至鲜至美的食物,除笋之外,只有蕈了吧? 蕈这种东西,无根无蒂,忽然间长出来,乃是山川草木之气,凝结而成形的;然而它有形而无肢体。凡物中有肢体的,必有渣滓,既然没有渣滓,就是没有肢体。没有肢体之物,还没有脱离山川草木之气。吃此食物的人,犹如吸山川草木之气,没有无益于人的。蕈中有毒而能杀人的,《本草》说是因蛇虫在上面爬行的缘故。我说:不然。蕈有多大,蛇虫能在上面爬行? 何况它又极弱极脆而不能承载蛇体呢? 地的下面有蛇虫,蕈生在上面,恰好为毒气所积聚,所以能害人。毒气所积聚能害人,那么为清虚之气所积聚,可知就能对人有益了。世人辨别蕈之有毒无毒原有一套办法,如果没有毒,最宜于食用。蕈这种东西,素食固然很好,伴以少许荤食尤其好,因为蕈的清香有限,而汁的鲜味无穷。

莼

【题解】

莼为多年生宿根草本水生植物,是味道鲜美的一种水生蔬菜,原产我国,《诗经》、《楚辞》、《齐民要术》、《本草纲目》中都有记载,为江南名菜。历代诗人常常赞美它,如白居易"犹有鲈鱼莼菜兴,来春或拟往江东",苏东坡"若向三吴胜事,不唯千里莼羹",陆游"店家菰饭香初熟,市担莼丝滑欲流"等等,都是名句。明代李时珍《本草纲目》亦说:"莼生南方湖泽中,惟吴越人喜食之。叶如荇菜而差圆,形如马蹄。其茎紫色,大如箸,柔滑可美。夏月开黄花,结实青紫色,大如棠梨,中有细子。春夏嫩茎未叶者名稚莼,稚者小也。叶稍舒长者名丝莼,其茎如丝也。至秋老则名葵莼,或作猪莼,言可饲猪也。又讹为瑰莼、龟莼焉。"

　　陆之蕈、水之莼①,皆清虚妙物也。予尝以二物作羹,和以蟹之黄、鱼之肋,名曰"四美羹"。座客食而甘之,曰:"今而后,无下箸处矣!"

【注释】

①莼(chún):多年水生植物,其嫩叶味美可食,又名水葵、马蹄草等,为江南"三大名菜"之一。

【译文】

　　陆地的蕈、水中的莼,都是清虚妙物。我曾用这两样食物作羹,和上蟹黄、鱼肋,名曰"四美羹"。座客吃了叫好,说:"自今而后,没有下箸筷的地方了!"

菜

【题解】

　　此处之"菜",即平常吃的蔬菜。李渔说:"世人制菜之法,可称百怪千奇,自新鲜以至于腌、糟、酱、腊,无一不曲尽奇能,务求至美,独于起根发轫之事缺焉不讲,予甚惑之。其事维何? 有八字诀云:'摘之务鲜,洗之务净。'"他之所以特别强调"八字诀",是说"制菜"最应注意的是:必须做得干净,吃得卫生。干净、卫生,是饮食的要务之一,我们一再说到孔子的关于饮食的教诲:"食馇而餲,鱼馁而肉败,不食。色恶,不食。臭恶,不食。""祭肉不出三日。出三日,不食之矣"。

　　李渔不但强调菜要做得干净、吃得卫生,而且说明如何把菜洗干净:"洗菜之法,入水宜久,久则干者浸透而易去;洗叶用刷,刷则高低曲折处皆可到,始能涤尽无遗。若是,则菜之本质净矣。本质净而后可加作料,可尽人工,不然,是先以污秽作调和,虽有百和之香,能敌一星之臭乎?噫!富室大家食指繁盛者,欲保其不食污秽,难矣哉!"

　　世人制菜之法,可称百怪千奇。自新鲜以至于腌、糟、酱、腊①,无一不曲尽奇能,务求至美,独于起根发轫之事缺焉不讲②,予甚惑之。其事维何?有八字诀云:"摘之务鲜,洗之务净。"务鲜之论,已悉前篇。蔬食之最净者,曰笋,曰蕈,曰豆芽;其最秽者,则莫如家种之菜。灌肥之际,必连根带叶而浇之;随浇随摘,随摘随食,其间清浊,多有不可问者。洗菜之人,不过浸入水中,左右数漉③,其事毕矣。孰知污秽之湿者可去,干者难去,日积月累之粪,岂顷刻数漉之所能尽哉?故洗菜务得其法,并须务得其人。以懒人、性急之人洗菜,犹之乎弗洗也。洗菜之法,入水宜久,久则干者浸透而易去;洗叶用刷,刷则高低曲折处皆可到,始能涤尽无遗。若是,则菜之本质净矣。本质净而后可加作料,可尽人工;不然,是先以污秽作调和,虽有百和之香,能敌一星之臭乎?噫!富室大家食指繁盛者,欲保其不食污秽,难矣哉!

【注释】

①腌、糟、酱、腊：中国传统饮食中制作菜肴的四种方法。

②发轫(rèn)：发端、启行。轫是止住车轮转动的木头。把它拿掉，车即开始前行。《楚辞·远游》有"朝发轫于太仪矣"句。

③漉(lù)：液体慢慢地渗下，滤过。

【译文】

　　世人制作蔬菜食品的方法，可说是百怪千奇，自新鲜蔬菜以至于盐腌、酒糟、酱渍、腊浸，无一不曲尽奇能，务求至美尽善，但是唯独对于制菜时最初的第一步是如何操作的，付之阙如而不讲，我非常迷惑不解。那么这最初的一步是怎样呢？有八字口诀："摘之务鲜，洗之务净。"所谓"务鲜"，前面已经详细说过了。蔬食之中最干净的，是笋，是蕈，是豆芽；而最脏的，则莫过于家种的蔬菜。灌肥的时候，必定连根带叶披头带脸一起去浇；随浇随摘，随摘随吃，这中间的脏与净，大多不去讲究。洗菜的人，不过将菜浸入水中，左涮右涮几下，就算完事。谁知污秽的东西，湿的可以洗去，干的则难以去除，日积月累的粪便，哪里是顷刻之间涮几下就能洗干净的呢？所以洗菜必须得法，还必须得人。用那些懒人、性急的人洗菜，犹如不洗。洗菜的方法，泡入水的时间应当长久，时间长久，干的脏东西能够浸透而容易洗去；洗菜叶要用刷子刷，一刷，高低曲折、上上下下的地方都可刷到，才能毫无遗漏地洗净。若是这样，那蔬菜就能从根本上彻底洗净了。彻底洗净之后，才可加作料，进行人工操作；不然，则是先以污秽之物作调和之料，即使有百种佐料调和的香味，能敌过一星的臭味吗？噫！那些富室大家吃饭的人多，要想保证不吃到污秽的东西，真难啊！

　　菜类甚多，其杰出者则数黄芽①。此菜萃于京师，而产于安肃②，谓之"安肃菜"，此第一品也。每株大者可数斤，食之可忘肉味。不得已而思其次，其惟白下之水芹乎③！

予自移居白门，每食菜、食葡萄，辄思都门；食笋、食鸡豆^④，辄思武陵^⑤。物之美者，犹令人每食不忘，况为适馆授餐之人乎？

【注释】

①黄芽：即黄芽菜。

②安肃：今河北徐水。

③白下：今江苏南京。水芹：水芹属于伞形科、水芹菜属。多年水生宿根草本植物。水芹别名水英、细本山芹菜、牛草、楚葵、刀芹、蜀芹、野芹菜等。

④鸡豆：一种菜蔬。

⑤武陵：今湖南常德。

【译文】

菜蔬种类很多，其中杰出的，要数黄芽菜。这种菜荟萃于京师，其产地则在河北的安肃，叫作"安肃菜"，这是上品。每一株大的可有数斤重，吃它使人连肉味都忘了。若吃不到这种上品菜而求其次，那大概就是南京的水芹了！我迁居南京之后，每次吃菜、吃葡萄，就想到京师都门；吃笋、吃鸡豆，就想到湖南武陵。美味食物还能使人每次吃饭都忘不了，何况是邀请我做客、款待我吃饭的人呢？

菜有色相最奇，而为《本草》、《食物志》诸书之所不载者，则西秦所产之头发菜是也^①。予为秦客，传食于塞上诸侯。一日脂车将发，见炕上有物，俨然乱发一卷^②，谬谓婢子栉发所遗^③，将欲委之而去。婢子曰："不然，群公所饷之物也^④。"询之土人，知为头发菜。浸以滚水，拌以姜醋，其可口倍于藕丝、鹿角等菜^⑤。携归饷客，无不奇之，谓珍错中所未见⑥。此物产于河西⑦，为值甚贱，凡适秦者皆争购异物，因其贱也而忽之，故此物不至通都，见者绝少。由是观之，四方贱物之中，其可贵者不知凡几，焉得人人物色之？发菜之得至江南，亦千载一时之至幸也。

【注释】

①西秦所产之头发菜：西秦是陕甘宁一带。头发菜即今常说的"发菜"，状如头发，黑色。

②俨然：形容整齐、矜庄。

③栉(zhì)发：梳理头发。栉，梳子和篦子的总称，此处作动词用。

④饷(xiǎng)：同"飨"。本义是给在田间里劳动的人送饭。《说文解字》："饷，饷馈。"

⑤鹿角：一种菜。

⑥珍错：指山珍海味。

⑦河西：即所谓甘陕一带。

【译文】

蔬菜之中有色相最奇特，而为不被《本草》、《食物志》等书籍所记载的，就是西秦之地(甘肃)所产的发菜了。我在秦地做客，吃遍塞上诸侯显贵之家。一天备车将行，看见炕上有东西，俨然就是一卷乱发，误认为婢子梳头时遗落的，刚要丢掉它走开，婢子说："那不是头发，而是诸位大人赠送的礼物。"询问当地人，知道是发菜。将它浸入滚开的水中泡一下，拌上姜醋，其美味可口超过藕丝、鹿角等菜几倍。把它带回来待客，无不称奇，说珍馐美食中见所未见。这种东西产于河西，不值什么钱，凡到秦地的人都争购奇异之物，却因为发菜贱而忽视它，所以此物没有传进大都会，见的人极少。由此看来，各地便宜东西之中，可贵的不知有多少，哪得人人物色选择呢？发菜得以传到江南，也是千载难逢的幸事啊。

瓜 茄 瓠 芋 山药

【题解】

李渔是名副其实的平民美食家，瓜、茄、瓠、芋、山药、葱、蒜、韭菜、萝卜、辣芥等等，全是老百姓的日常食物，就像"粥饭"、"面饼"等等一样为百姓之须臾不可缺少。而李渔却把这些最平常之物的特点，如"煮冬瓜、丝瓜忌太生……"等等，说得有声有色，趣味盎然。

瓜、茄、瓠、芋诸物，菜之结而为实者也。实则不止当菜，兼作饭矣。增一簋菜①，可省数合粮者，诸物是也。一事两用，何俭如之？贫家购此，同于籴粟。但食之各有其法：煮冬瓜、丝瓜忌太生；煮王瓜、甜瓜忌太熟；煮茄、瓠利用酱醋，而不宜于盐；煮芋不可无物伴之，盖芋之本身无味，借他物以成其味者也；山药则孤行、并用，无所不宜，并油盐酱醋不设，亦能自呈其美，乃蔬食中之通材也。

【注释】

①簋(guǐ)：古代一种青铜或陶制食器。圆口，两耳或四耳。

【译文】

瓜、茄、瓠、芋诸种食物，都是菜结成的果实。实际上它们不仅能当菜，而且同时可以作为饭。增加一簋菜，可以节省数升粮，说的就是这几种食物。既当菜又当饭，有多么节俭呢？贫家购买它们，同籴粮食一样。但是要食用它们，各有其法：煮冬瓜、丝瓜忌太生；煮王瓜、甜瓜忌太熟；煮茄子、瓠子最好用酱醋、而不宜用盐；煮芋不能没有他物配合，因为芋本身无味，借他物以使之有味；山药则单独做或与其他食物一起做，无所不宜，并且即使不加油盐酱醋，也能自呈其美，乃是蔬食中的通材。

葱　蒜　韭

【题解】

　　葱、蒜、韭，是最平常的菜蔬和调味品，但是，它们是"菜味之至重者也"。在谈这三样菜时，其发人深思者，在于谈韭时打了非常有意思的比方："韭则禁其终而不禁其始，芽之初发，非特不臭，且具清香，是其孩提之心之未变也。"所谓"孩提之心"，类似于李贽的"童心"、"最初一念之本心"，有了它，人之美现矣，文之美现矣，食物之美亦现矣。

　　李渔在其他地方也多次提到"孩提之心"、"童心"、"孩提之乐"，如七律《清明日海陵道中》"童心那解悲时序，霜鬓难教负岁华"，《闲情偶寄·颐养部》"人能以孩提之乐境为乐境，则去圣人不远矣"。正是因为他还保有孩提之心，所以他的文章才有真趣，才可爱。

　　葱、蒜、韭三物，菜味之至重者也。菜能芬人齿颊者，香椿头是也；菜能秽人齿颊及肠胃者，葱、蒜、韭是也。椿头明知其香而食者颇少，葱、蒜、韭尽识其臭而嗜之者众，其故何欤？以椿头之味虽香而淡，不若葱、蒜、韭之气甚而浓。浓则为时所争尚，甘受其秽而不辞；淡则为世所共遗，自荐其香而弗受。吾于饮食一道，悟善身处世之难。一生绝三物不食，亦未尝多食香椿，殆所谓"夷、惠之间"者乎[1]？

　　予待三物有差。蒜则永禁弗食；葱虽弗食，然亦听作调和；韭则禁其终而不禁其始，芽之初发，非特不臭，且具清香，是其孩提之心之未变也。

【注释】

　　[1]夷、惠之间：夷，伯夷，殷亡不食周粟，饿死首阳山。惠，柳下惠，

美女坐怀不乱。扬雄《法言·渊骞》:"不夷不惠,可否之间也。"

【译文】

葱、蒜、韭这三种食物,是菜味中最重的。菜能使人齿颊芬芳的,是香椿头;菜能使人齿颊及肠胃有秽臭之气的,是葱、蒜、韭。椿头明知其香而吃的人颇少,葱、蒜、韭都识其臭而嗜好的人多,原因在哪里呢? 因为椿头之味虽香却淡薄,不如葱、蒜、韭之气味厉害而浓烈。浓烈就被时人所争尚,甘受其秽臭之气而不辞;淡薄则为世人所共同遗弃,它自荐其香味而人们却不领受。我从饮食之中,悟出修身处世之艰难。我一生谢绝葱、蒜、韭三种食物不吃,也未曾多食香椿,大概属于所谓"夷、惠之间"吧?

我对待葱、蒜、韭三种食物也有差别。蒜则永禁不吃;葱虽不吃,然而也听任其作调和之料;韭,则禁吃老韭菜而不禁初始的韭菜,韭芽之初发,不但不臭,且有清香,是它孩提之心尚未改变啊。

萝卜

【题解】

"萝卜白菜,各有所爱",是人们的口头语,由此可见人们日常食用,几乎须臾不离。李渔此款却能说出许多平常人家如何食用这种菜的常识和方法,可谓百姓的贴心人。

生萝卜切丝作小菜,伴以醋及他物,用之下粥最宜。但恨其食后打噎①,噎必秽气。予尝受此厄于人,知人之厌我,亦若是也,故亦欲绝而弗食。然见此物大异葱、蒜,生则臭,熟则不臭,是与初见似小人,而卒为君子者等也。虽有微过,亦当恕之,仍食勿禁。

【注释】

①打嗳(ǎi)：打嗝。

【译文】

生萝卜切丝作小菜，伴以醋及其他调料，用之下粥最好。只嫌它吃了以后打嗝，打嗝必出秽臭之气。我曾经在别人那里闻到过这种气味，知道人之讨厌我，也会如此，所以也谢绝而不食。然而看见此物与葱、蒜十分不同，生则臭，熟则不臭，这就像初见似小人，而最终发现他是君子一样。虽有微小缺点，也应原谅，仍吃不禁。

芥辣汁

【题解】

此款所谈之"芥"，乃一年或二年生草本植物，种子黄色，味辛辣，磨成粉末，称"芥末"，亦可如李渔所说制成"芥辣汁"，作调味品。李渔认为，此品虽可"每食必备，窃比于夫子之不撤姜也"，但亦不多食。

菜有具姜、桂之性者乎①？曰：有，辣芥是也。制辣汁之芥子，陈者绝佳，所谓愈老愈辣是也。以此拌物，无物不佳。食之者如遇正人，如闻谠论②，困者为之起倦，闷者以之豁襟，食中之爽味也。予每食必备，窃比于夫子之不撤姜也③。

【注释】

①姜、桂之性：姜、桂之性越老越辣。此处是用姜、桂愈老愈辣来比喻人愈老性格愈耿直刚强。《宋史·晏敦复传》曰："说吾姜、桂之性，到老愈辣。"

②谠(dǎng)：正直的。

③夫子之不撤姜：孔子吃饭时，不撤姜，亦不多吃。《论语·乡党》："不撤姜食，不多食。"

【译文】

菜蔬中有具姜、桂之性的吗？我说：有，就是辣芥。制作辣汁的芥子，陈的绝佳，就是所谓愈老愈辣。以辣芥汁拌食物，没有什么东西不好吃。吃它的人如遇到正人君子，如听到正直的言论，困倦者为之而精神振作，郁闷者因它而心胸豁朗，食物中的爽味啊。我每食必备，私下比之于孔夫子的不撤姜。

谷食第二　计五款

【题解】

《黄帝内经》说："毒药攻邪，五谷为养，五果为助，五畜为益，五菜为充。气味合而服之，以补精益气。此五者，有辛、酸、甘、苦、咸，各有所利，或散或收，或缓或急，或坚或软，四时五脏病，随五味所宜也。"李渔秉承《黄帝内经》思想，强调食物对人的滋养全依赖五谷，这思想总体说是很有道理的；但是说只吃一种食物就能长寿，显然不科学。

三千多年来的中国，人们一直食用稻米、小麦、小米、蔬菜、水果、家畜、家禽，水产品乃至酒、豆腐等等，食物构成在两三千年前也基本固定下来。由此看来，李渔所说的"谷食"，在中国人的饮食中一直占有非常重要、甚至可以说是主导性的地位。按照中国人的饮食习惯，假如一顿饭不吃主食（以谷物为主的食品），就如同没有吃饭一样；副食差一点可以，但是不能没有主食。常见北方农民几个窝窝头（玉米做的）就一块萝卜咸菜，或者几张煎饼卷上大葱黄酱下肚，就算吃了一顿饭。当然，人类食物还是丰富些好。

食之养人，全赖五谷①。使天止生五谷而不产他物，则人身之肥而寿也，较此必有过焉，保无疾病相煎、寿夭不齐之患矣。试观鸟之啄粟，鱼之饮水，皆止靠一物为生，未闻于一物之外，又有为之肴馔酒浆、诸饮杂食者也②。乃禽鱼之死，皆死于人，未闻有疾病而死，及天年自尽而死者，是止食一物，乃长生久视之道也。人则不幸而为精腆所误③，多食一物，多受一物之损伤，少静一时，少安一时之淡泊。其疾病之生，死亡之速，皆饮食太繁、嗜欲过度之所致也。此非人之自误，天误之耳。天地生物之初，亦不料其如是，原欲利人口腹，孰意利之反以害之哉！然则人欲自爱其生者，即不能止食一物，亦当稍存其意，而以一物为君。使酒肉虽多，不胜食气，即使为害，当亦不甚烈耳。

【注释】

①五谷：稻、黍、稷、麦、菽，泛指各种谷物。

②肴馔酒浆：泛指各种菜肴和酒水。

③精腆（tiǎn）：精美丰盛。精，上好的白米。腆，丰厚，美好。

【译文】

食物对人的滋养，全依赖五谷。假使老天爷只生产五谷而不生产其他东西，那么人们身强体壮而得以长寿，比起现在肯定有过之而无不及，保证没有疾病相煎、寿夭不齐的忧患。试看禽鸟啄食粟米，游鱼饮水，都是只靠一种食物维护生命，没有听说在这一种食物之外，又外加什么肴馔酒浆、各种饮料杂食的。禽鸟和鱼的死，都是源于人害，没有听说因为疾病而死以及天年自尽而死的。这表明只吃一种食物，乃是长生不老之道。人则不幸而为精美丰盛的食物所误，多吃一种食物，多受一种食物的损伤，少得一时的安静，少享受一时的淡泊。人类疾病的发生，死亡的速来，都是饮食太繁盛、嗜欲过度所造成的。这不是人的自误，而是老天爷误人。天地生育万物之初，也未曾料到是这样，原想有利于人之口腹，谁料想有利反而变成有害呢！既然如此，人若想珍爱自己的生命，即使不能只吃一种食物，也要略微保存这样的意思，以一种食物为主，使得酒肉虽多而不胜过主食，即使仍有害处，也应当不至于太厉害。

饭　粥

【题解】

粥是中国人饭桌上最常见的食物,百吃不厌,伴随中国人一辈子。王蒙有一篇小说名为《坚硬的稀粥》,诚如是也。但是如何做粥却有养生学上的讲究。在"饭粥"一款,李渔实际上是讲如何把粥做得好吃又有营养,提出关键在于"粥水忌增,饭水忌减"。他从养生学的角度说:"如医人用药,水一钟或钟半,煎至七分或八分,皆有定数。若以意为增减,则非药味不出,即药性不存,而服之无效矣。"因为"米之精液全在于水,逼去饭汤者,非去饭汤,去饭之精液也"。见解朴实、亲切,又很实用。

粥、饭二物,为家常日用之需,其中机彀^①,无人不晓,焉用越俎者强为致词^②?然有吃紧二语,巧妇知之而不能言者,不妨代为喝破,使姑传之媳^③,母传之女,以两言代千百言,亦简便利人之事也。

【注释】

①机彀(gòu):机关,圈套。机,事物发生的枢纽。彀,使劲张弓。
②越俎:越俎代庖的简称。
③姑:婆婆。

【译文】

粥与饭这两样食物,为家常日用之必需,其中的窍门,几乎无人不知无人不晓,哪里用得着我越俎代庖、强行说教?然而有要紧的两句话,巧妇知道而说不出来,我不妨代为说破,使婆婆传给儿媳,母亲传给闺女,以这两句话代替千言万语,也是简便利人的事情啊。

先就粗者言之。饭之大病,在内生外熟,非烂即焦;粥之大病,在上清下淀,如糊如膏。此火候不均之故,惟最拙最笨者有之,稍能炊爨者必无是事①。然亦有刚柔合道,燥湿得宜,而令人咀之嚼之,有粥饭之美形,无饮食之至味者。其病何在? 曰:挹水无度②,增减不常之为害也。其吃紧二语,则曰:"粥水忌增,饭水忌减。"米用几何,则水用几何,宜有一定之度数。如医人用药,水一钟或钟半,煎至七分或八分,皆有定数。若以意为增减,则非药味不出,即药性不存,而服之无效矣。不善执爨者,用水不均,煮粥常患其少,煮饭常苦其多。多则逼而去之,少则增而入之,不知米之精液全在于水③,逼去饭汤者,非去饭汤,去饭之精液也。精液去则饭为渣滓,食之尚有味乎? 粥之既熟,水米成交,犹米之酿而为酒矣。虑其太厚而入之以水,非入水于粥,犹入水于酒也。水入而酒成糟粕,其味尚可咀乎④? 故善主中馈者⑤,挹水时必限以数,使其勺不能增、滴无可减,再加以火候调匀,则其为粥为饭,不求异而异乎人矣。

【注释】

①炊爨(cuàn):烧火煮饭。

②挹(yì):舀,把液体盛出来挹注到另一器皿中。

③米之精液:米的精华部分。

④咀(jǔ):含在嘴里细细地嚼。

⑤中馈(kuì):饭菜、酒食。曹植《送应氏》:"中馈岂独薄? 宾饮不尽觞。"

【译文】

先就粗略的地方说说。米饭的大忌，在内生外熟，不是烂就是焦；米粥的大忌，在上面清汤下面沉淀，如浆糊、如膏脂。这是火候不均的缘故，只有最拙最笨的人才如此，稍会烧火做饭的必定不会发生这样的情况。然而也有刚柔合适，软硬得宜，却令人咀嚼起来，感觉有粥饭的美形而无饮食应有的美味。它的毛病在哪里？我说：是放水没有定准、增水减水不合常规所造成的危害。那最要紧的两句话，是说："粥水忌增，饭水忌减。"米用多少，那么水就用多少，应该有一定的比例。好像医生用药，水用一盅或是一盅半，煎到七分或是八分，都有定规。假若随意增减，那就不是药味出不来，就是药性留不住，吃了这种药也没有效用。不善烧火做饭的人，用水不均，煮粥常怕水少，煮饭则常嫌他加水太多。多了就滗出去，少了就增加些，岂不知米的精液全在于水，滗出去饭汤，不是去掉饭汤，而是去掉饭的精华。精华去掉了，那饭就成为渣滓，吃起来还有味道吗？粥熟了之后，水与米交融在一起，就好像米酿成了酒。怕粥太稠而加入水，不是把水加进粥里，倒像是把水加到酒里。水加进去，酒就成了糟粕，那味道还能品尝吗？所以善于主理饭食的人，放水时一定要限定数量，使它勺不能增、滴无可减，再将火候调匀，那么不论做粥做饭，不求优异而自然优异于人了。

宴客者有时用饭，必较家常所食者稍精。精用何法？曰：使之有香而已矣。予尝授意小妇，预设花露一盏，俟饭之初熟而浇之，浇过稍闭，拌匀而后入碗。食者归功于谷米，诧为异种而讯之，不知其为寻常五谷也。此法秘之已久，今始告人。行此法者，不必满釜浇遍①，遍则费露甚多，而此法不行于世矣。止以一盏浇一隅②，足供佳客所需而止。露以蔷薇、香橼、桂花三种为上③，勿用玫瑰，以玫瑰之香,食者易辨,知非谷性所有。蔷薇、香橼、桂花三种,与谷性之香者相若,使人难辨,故用之。

【注释】

①釜(fǔ):古代的一种锅。

②隅(yú):角落。

③香橼(yuán):佛手柑,又名枸(jǔ)橼,为芸香科柑橘属植物。

【译文】

宴请客人吃的饭,必然比家常所吃的稍微精致一点儿。要精致用什么方法?我说:使它有香味儿就是了。我曾教给女佣,预先准备一盏花露,等饭刚熟就浇上去,浇上后稍微焖一下,搅拌均匀后盛到碗里。吃的人归功于谷米,以为它是什么奇异品种而询问我,不知道它就是寻常的五谷。这个方法我秘不传人很久,今天才告诉大家。用这个法子,不必把全锅都浇遍,浇遍费花露太多,这个法子就不易在世上流行了。只用一盏浇一角,足供贵宾所需就打住。花露用蔷薇、香橼、桂花三种最好,不要用玫瑰,因为玫瑰的香味,吃的人容易辨别,知道那不是谷性所有。蔷薇、香橼、桂花三种,与谷物本来的香味差不多,使人难辨,所以用它们。

汤

【题解】

此款所谓"汤",即"羹"也。有学者说,在炒菜没有流行之前,人们下饭主要靠"羹"。古代烹饪中谈到调味肴馔首要是"羹"。测验一个人的烹饪技巧首先也是看他会不会调制羹汤。唐代诗人王建《新嫁娘》诗有"三日入厨下,洗手作羹汤。未谙姑食性,先遣小姑尝"句,说的就是结婚三天后婆家要测验新娘子的手艺,看她"羹汤"做得如何。新媳妇先叫小姑子尝尝,看是否合乎婆婆的口味。有了炒菜,羹在中国人饮食中的地位大大降低了。而且现在的"汤",比古代的羹也稀了好多。

　　汤即羹之别名也。羹之为名,雅而近古;不曰羹而曰汤者,虑人古雅其名,而即郑重其实,似专为宴客而设者。然不知羹之为物,与饭相俱者也。有饭即应有羹,无羹则饭不能下,设羹以下饭乃图省俭之法,非尚奢靡之法也。古人饮酒,即有下酒之物;食饭,即有下饭之物。世俗改下饭为"厦饭",谬矣。前人以读史为下酒物,岂下酒之"下",亦从"厦"乎?"下饭"二字,人谓指肴馔而言,予曰:不然。肴馔乃滞饭之具,非下饭之具也。食饭之人见美馔在前,匕箸迟疑而不下,非滞饭之具而何?饭犹舟也,羹犹水也;舟之在滩,非水不下,与饭之在喉,非汤不下,其势一也。且养生之法,食贵能消;饭得羹而即消,其理易见。故善养生者,吃饭不可无羹;善作家者,吃饭亦不可无羹。宴客而为省馔计者,不可无羹;即宴客而欲其果腹始去,一馔不留者,亦不可无羹。何也?羹能下饭,亦能下馔故也。近来吴越张筵,每馔必注以汤,大得此法。吾谓家常自膳,亦莫妙于此。宁可食无馔,不可饭无汤。有汤下饭,即小菜不设,亦可使哺啜如流;无汤下饭,即美味盈前,亦有时食不下咽。予以一赤贫之士,而养半百口之家,有饥时而无馑日者,遵是道也。

【译文】

　　汤即羹的别名。名之为羹,文雅而近古风;之所以不叫羹而叫汤,是顾虑人们因其有古雅的名字,而就郑重其实,好像它是专为宴客而设的。殊不知羹这种食物,总与饭相联系。有饭就应有羹,无羹则饭不能下咽,做羹用来下饭,乃是图节俭的办法,不是崇尚奢靡的办法。古人饮酒,就要有下酒的食品;吃饭,就要有下饭的食物。世俗改下饭为"厦饭",错了。前人把读史当作下酒物,难道下酒的"下",也要写为"厦"吗?"下饭"二字,有人说指菜肴而言,我说:不然。菜肴乃是滞饭的东西,而不是下饭的东西。吃饭的人见美肴在前,筷子迟疑不下,不是滞饭的东西是什么?饭犹如舟,羹犹如水;舟在河滩,没有水不能下,与饭在喉间,没有汤不能下,情况是一样的。而且按照养生之法,食物贵在能够消化;饭得羹之助而立即消化,这道理容易明白。所以善于养生的人,吃饭不可无羹;善于操持家务的人,吃饭也不可无羹。宴请宾客而为节省馔肴考虑,不可无羹;即使宴请宾客而想让他们吃饱肚子而去,吃得一点不剩,也不可无羹。为什么?是羹能下饭也能下菜的缘故啊。近来吴越之地大摆筵席,每顿饭必有汤,大得此法。我认为家常吃饭,也无一不妙于此法。宁可食无菜,不可饭无汤。有汤下饭,即使没有小菜,也可以使人吃得痛快淋漓;无汤下饭,即使美味佳肴满桌,也有时吃不下去。我作为一介赤贫之士,而养五十口之家,有饥饿的时候而没有挨饿的日子,遵循的就是这个道理。

糕 饼

【题解】

"糕饼"款所谈又是中国人极平常的食物。直至今日,李渔关于"糕饼"、"面"、"粉"的见解仍然不断被人们提及。2007年4月15日上午,中央电视台第二频道现场直播的"美容美食烹饪大赛"(面食部分),主要比赛糕饼的制作,选手们手持面团,又擀又捏,推拉腾挪,腕转指舞,看似忙忙碌碌实则从容不迫、有条不紊,不一会儿,春饼、葱油饼、千层饼、搅面馅饼、黄桥烧饼、荷叶饼、老婆饼、香酥牛肉闻喜饼……依次呈现在观众面前,其色其形,美轮美奂,其香其味,让人馋涎欲滴。主持人在解说选手作品时,我首先听到这样一句话:"我国清代美食家、戏曲家李渔说:‘糕贵乎松,饼利于薄。’看看今天选手做得如何。”

梁实秋的《雅舍谈吃·薄饼》对北京薄饼的做法和吃法描述得惟妙惟肖,特别是吃法:“吃的方法太简单了,把饼平放在大盘子上,单张或双张均可,抹酱少许,葱数根,从苏盘中每样捡取一小箸,再加炒菜,最后放粉丝。卷起来就可以吃了,有人贪,每样菜都狠狠的捡,结果饼小菜多,卷不起来,即使卷起来也竖立不起来。于是出馊招,卷饼的时候中间放一根筷子,竖起之后再把筷子抽出。那副吃相,下作。”

谷食之有糕饼,犹肉食之有脯脍。《鲁论》云:“食不厌精,脍不厌细。”①制糕饼者于此二句,当兼而有之。食之精者,米麦是也;脍之细者,粉面是也。精细兼长,始可论及工拙。求工之法,坊刻所载甚详,予使拾而言之,以作制饼制糕之印板,则观者必大笑曰:笠翁不拾唾余,今于饮食之中,现增一副依样葫芦矣!冯妇下车②,请戒其始。只用二语括之,曰:“糕贵乎松,饼利于薄。”

【注释】

①“《鲁论》云”三句:出自《论语·乡党》:“斋必变食,居必迁坐。食不厌精,脍不厌细。”《鲁论》,即《鲁论语》,或《论语》。

②冯妇下车:《孟子·尽心下》:“晋人有冯妇者,善搏虎,卒为善士。则之野,有众逐虎。虎负隅,莫之敢撄。望见冯妇,趋而迎之。冯妇攘臂下车,众皆悦之。”

【译文】

谷类食物中有糕与饼,犹如肉类食物中有肉干与肉丝。《论语·乡党》说:“食不厌精,脍不厌细。”制作糕饼的人对于这里所说的两点,应当兼顾。谷类食物中所谓精者,就是米麦;谷类食物中所谓细者,就是粉面。精与细兼长,才可说到制作的工与拙。求工的方法,已经出版的书籍中记述非常详细了,我若捡起来再说一遍,当成制作饼制作糕的印模,则观者必然大笑说:笠翁不拾别人唾余,今天在饮食之中,又增添了一副依样葫芦了!看看前人所说的冯妇下车的故事,请让我开始的时候就引以为戒吧。只用两句话来概括,就是:"糕贵乎松,饼利于薄。"

面

【题解】

此款说的是中国的面食。中国的面食包含着丰富的审美和养生道理。这就是李渔所谓《本草》云:'米能养脾,麦能补心。'各有所裨于人者也"。数千年来,中国北方人吃面。李渔有二十多年生活在南北交界的如皋,既有南方人的习惯,也有北方人的习惯。他自创了"五香面"、"八珍面",堪称美食。中国人吃面食,绝不仅仅是充饥,也不仅仅是享受美味。面条最早就是中国发明的,青海民和县出土了4000年以前的面条,宋代就有了今天"面条"的叫法。经过千百年的实践,山西、陕西的面条造就了自己特殊的名声。它有各种各样的做法,各种各样的味道,堪称美味——拉面、刀削面、手擀面、饸饹面、汤面、炒面、蒸面、凉拌面,牛肉面、鸡丝面、排骨面、阳春面……美不胜收。据说汉代有了馒头,魏晋有了包子,至今北方包馅的面食,包子、饺子、馄饨、锅贴、馅饼、烧卖……数不胜数,美味可口。而且吃面食也是顺乎物性之自然而养生的。还是那句话:药补不如食补。我们天天吃面食,不就是在天天食补吗?

南人饭米,北人饭面,常也。《本草》云:"米能养脾,麦能补心①。"各有所裨于人者也②。然使竟日穷年止食一物,亦何其胶柱口腹③,而不肯兼爱心、脾乎?予南人而北相,性之刚直似之，食之强横亦似之。一日三餐，二米一面，是酌南北之中，而善处心、脾之道也。但其食面之法，小异于北，而且大异于南。北人食面多作饼，予喜条分而缕晰之④，南人之所谓"切面"是也。南人食切面，其油盐酱醋等作料，皆下于面汤之中，汤有味而面无味，是人之所重者不在面而在汤，与未尝食面等也。予则不然，以调和诸物，尽归于面，面具五味而汤独清，如此方是食面，非饮汤也。

【注释】

①米能养脾，麦能补心：此《本草》上言米麦的食用功能。

②裨：有益于。

③胶柱：成语"胶柱鼓瑟"的简化。

④条分而缕晰：原指有条有理地细细分析。此处"晰"疑作"析"。析，是指将面分割成一根根细长条。

【译文】

南方人吃米，北方人吃面，通常如此。《本草》说："米能养脾，麦能补心。"它们对人各有裨益。然而，假使穷年竟日只吃一种食物，那是多么死心眼儿啊，为何不肯兼顾心、脾两方面的需要呢？我是南方人而长着北方相貌。性情刚直像，吃东西口壮也像。我一日三餐，二米一面，这是斟酌南北特点而取中，妥善处理心、脾两方面的需要。但我吃面的方法，与北方稍有差异，与南方大不相同。北方人吃面大多做成饼，我则喜欢把它条分缕析做成面条，南方人称之为"切面"。南方人吃切面，油盐酱醋等佐料，都下在面汤之中，汤有味而面无味，人所重视的不在面而在汤，这与不曾吃面是一样的。我则不同，把各种佐料都放在面里边，这样，面五味俱全而独有汤是清的，照这样吃，才是吃面，不是喝汤。

　　所制面有二种，一曰"五香面"，一曰"八珍面"。五香膳己①，八珍饷客②，略分丰俭于其间。五香者何？酱也，醋也，椒末也，芝麻屑也，焯笋或煮蕈、煮虾之鲜汁也③。先以椒末、芝麻屑二物拌入面中，后以酱、醋及鲜汁三物和为一处，即充拌面之水，勿再用水。拌宜极匀，擀宜极薄，切宜极细，然后以滚水下之，则精粹之物尽在面中，尽匀咀嚼，不似寻常吃面者，面则直吞下肚，而止咀咂其汤也④。八珍者何？鸡、鱼、虾三物之肉，晒使极干，与鲜笋、香蕈、芝麻、花椒四物，共成极细之末，和入面中，与鲜汁共为八种。酱、醋亦用，而不列数内者，以家常日用之物，不得名之以"珍"也。鸡鱼之肉，务取极精，稍带肥腻者弗用，以面性见油即散，擀不成片，切不成丝故也。但观制饼饵者，欲其松而不实，即拌以油，则面之为性可知已。鲜汁不用煮肉之汤，而用笋、蕈、虾汁者，亦以忌油故耳。所用之肉，鸡、鱼、虾三者之中，惟虾最便，屑米为面，势如反掌，多存其末，以备不时之需；即膳己之五香，亦未尝不可六也。拌面之汁，加鸡蛋青一二盏更宜，此物不列于前而附于后者，以世人知用者多，列之又同剿袭耳⑤。

【注释】

①膳（shàn）己：给自己吃。膳，饭食，进餐。

②饷客：待客。

③蕈（xùn）：菌类食物。

④咀咂：咀嚼品味。

⑤剿袭：抄袭。

【译文】

我所制作的面有两种，一是"五香面"，一是"八珍面"。五香面是给自己吃的，八珍面是待客用的，二者略有丰与俭的区别。五香是什么？酱，醋，花椒末，芝麻屑，焯笋或煮蕈、煮虾的鲜汁。先把花椒末、芝麻屑两种佐料拌到面里，之后用酱、醋和鲜汁三种佐料和在一起，充当拌面的水，不要再用水了。拌面要极匀，擀面要极薄，切面要极细，然后把面下到滚水之中，这样，精华全在面里边了，尽可耐人咀嚼，不像寻常吃面的人，把面一下子吞进肚里，而只咀咂那汤的味道。"八珍"是什么？鸡、鱼、虾三者的肉，晒得极干，与鲜笋、香蕈、芝麻、花椒这四种东西合成极细的末，和在面里边，与鲜汁一起，共为八种。酱、醋也用，但不算在八种里边，因为这是家常日用之物，不能叫作"珍"。鸡肉鱼肉，务必选取极精的部位，稍带肥腻的不用，因为面的特性是见油即散，擀不成片，切不成丝。只要看看做饼的，要想叫面松而不板，就拌上油，面的特性就清楚了。鲜汁之所以不用煮肉的汤，而用笋、蕈、虾汁，也是因为忌油的缘故。所用的肉，鸡、鱼、虾三者之中，惟有虾最便当，把虾屑磨成粉末，易如反掌。平常多储存些虾末，以备不时之需；即使给自己吃的"五香面"，加上虾末也未尝不可成为"六香"。拌面的汁，加鸡蛋清一二盏更好，这东西不在前面说而在后面附带提及，是因为世人知道使用它的很多，若列到前面，就似在抄袭了。

粉

【题解】

藕、葛、蕨、绿豆四种"粉"的发明和广泛应用，也是中国人对世界饮食的伟大创造和贡献。尤其藕、葛二粉，不用下锅，用开水冲调，即能变生成熟，急中解饿，莫善于此；而粉食之耐咀嚼者，为蕨粉与绿豆粉。李渔赞曰："凡物入口而不能即下，不即下而又使人咀之有味、嚼之无声者，斯为妙品。"李渔在这里说到牙齿的"咀嚼"和食物的易咽，这都有关消化和牙齿的健康,尤其适宜于老年人。

　　粉之名目甚多,其常有而适于用者,则惟藕、葛、蕨、绿豆四种[1]。藕、葛二物,不用下锅,调以滚水,即能变生成熟。昔人云:"有仓卒客,无仓促的主人。"欲为无仓促的主人,则请多储二物。且卒急救饥,亦莫善于此。驾舟车行远路者,此是糇粮中首善之物[2]。粉食之耐咀嚼者,蕨为上,绿豆次之。欲绿豆粉之耐嚼,当稍以蕨粉和之。凡物入口而不能即下,不即下而又使人咀之有味、嚼之无声者,斯为妙品。吾遍索饮食中,惟得此二物。绿豆粉为汤,蕨粉为下汤之饭,可称"二耐",齿牙遇此,殆亦所谓劳而不怨者哉!

【注释】

①藕、葛、蕨、绿豆:四种可制成粉而冲食的食物。

②糇(hóu)粮:食粮,干粮。《诗经·大雅·公刘》:"乃积乃仓,乃裹糇粮。"

【译文】

　　粉的名目很多,常见而便于食用的,就只有藕、葛、蕨、绿豆四种。藕、葛这两种,不用锅煮,只用滚水冲调,就能变生成熟。前人说:"有仓促的客人,无仓促的主人。"想做不仓促的主人,就请你多储存这两种东西。而且急中解饿,没有比这更好的了。乘船坐车走远路的,这是所备干粮中的最好食品。粉食之中耐人咀嚼的,以蕨粉为上,绿豆粉次之。要想绿豆粉耐嚼,应当稍微加上点儿蕨粉掺进去。凡食物入口而不能立即吞咽,不立即吞咽而又使人咀之有味、嚼之无声的,这种食品可称为妙品。我找遍了各种饮食,只得到这两种。绿豆粉是汤,蕨粉是下汤的饭,可称"二耐",牙齿遇到它们,大概算是所谓劳而不怨了!

肉食第三　　计十二款

【题解】

在"肉食第三"这部分，李渔以"肉食者鄙"为开头，并且以"虎"为例，说了一番为什么"鄙"的道理。这道理当然并不能够服人，以今天的观点看，毋宁说是歪道理。

对于肉，李渔提出"望天下之人，多食不如少食，无虎之威猛而益其愚，与有虎之威猛而自昏其智，均非养生善后之道也"，认为"饮食之道，脍不如肉，肉不如蔬，亦以其渐近自然也。草衣木食，上古之风。人能疏远肥腻，食蔬蕨而甘之"。李渔这个思想也是继承了先人的学说。金元四大家之一朱丹溪，就崇尚饮食清淡，人称其"藜羹糗饭，安之如八珍。或在豪家大姓，当其肆筵设席，水陆之羞，交错于前，先生正襟危坐，未尝下箸"。自古以来中国与西方的饮食传统、饮食结构大不相同：中国更重素食，西方更重肉食。李渔的观点正是这种不同饮食传统、饮食结构的反映。中国人当然不是不吃肉，也不是不喜欢吃肉。中国人吃肉有自己的花样，李渔《肉食第三》提到猪、牛、羊、犬、鸡、鸭、鹅、野禽，以及鱼、虾、鳖、蟹等各种水族，表明我们在肉食方面都有着非常丰富的宝贵经验和优秀传统。肉食做法多种多样，蒸、煮、焖、煎、炸、烤、炒……各有其妙，而其中炒更具特色——炒肉丝、炒肉片、炒鳝丝、葱爆羊肉……样样都能勾出人的馋虫儿。

从养生学角度说，素食和肉食，各有好处，合理搭配，有利健康。

　　"肉食者鄙①"，非鄙其食肉，鄙其不善谋也。食肉之人不善谋者，以肥腻之精液，结而为脂②，蔽障胸臆，犹之茅塞其心③，使之不复有窍也。此非予之臆说，夫有所验之矣。

诸兽食草木杂物,皆狡猾而有智④。虎独食人,不得人则食诸兽之肉,是匪肉不食者,虎也;虎者,兽之至愚者也。何以知之?考诸群书则信矣。"虎不食小儿",非不食也,以其痴不惧虎,谬谓勇士而避之也。"虎不食醉人",非不食也,因其醉势猖獗⑤,目为劲敌而防之也。"虎不行曲路,人遇之者,引至曲路即得脱。"其不行曲路者,非若澹台灭明之行不由径⑥,以颈直不能回顾也。使知曲路必脱,先于周行食之矣。《虎苑》云⑦:"虎之能搏狗者,牙爪也。使失其牙爪,则反伏于狗矣。"迹是观之,其能降人降物而藉之为粮者,则专恃威猛,威猛之外,一无他能,世所谓"有勇无谋"者,虎是也。予究其所以然之故,则以舍肉之外,不食他物,脂腻填胸,不能生智故也。然则"肉食者鄙,未能远谋。"其说不既有征乎?吾今虽为肉食作俑⑧,然望天下之人,多食不如少食。无虎之威猛而益其愚,与有虎之威猛而自昏其智,均非养生善后之道也。

【注释】

①肉食者鄙:食肉之人不善谋略。鄙,粗鄙,不聪明。语出《左传》之曹刿论战:"十年春,齐师伐我。公将战,曹刿请见。其乡人曰:'肉食者谋之,又何间焉?'刿曰:'肉食者鄙,未能远谋。'"

②脂:油脂,脂肪。

③茅塞:被茅草堵塞,喻思路闭塞。《孟子·尽心下》:"山径之蹊间,介然用之而成路。为间不用,则茅塞之矣。"

④狡猾(xù):谓狡猾多诈。

⑤猖獗:凶恶而放肆。

⑥澹台灭明之行不由径：澹台灭明，孔子弟子。行不由径，走路不抄小道，喻为人正直，正大光明。《论语·雍也》："有澹台灭明者，行不由径，非公事，未尝至于偃之室也。"《史记·仲尼弟子列传》："澹台灭明，武城人，字子羽，少孔子三十九岁。状貌甚恶。欲事孔子，孔子以为材薄。既已受业，退而修行，行不由径，非公事不见卿大夫。"

⑦《虎苑》：据上海《图书馆杂志》云，明王穉登所辑《虎苑》一度被认为已亡佚，因此一直未引起足够的重视。作为陈继儒编辑《虎荟》直接利用的《虎苑》，在材料来源和编纂体例上有其独到之处。《太平广记》"虎八卷"和《太平御览》"虎二卷"与《虎苑》、《虎荟》在内容上有前后相承的关系。

⑧作俑（yǒng）：古代制造陪葬用的偶像。《孟子·梁惠王上》："仲尼曰：'始作俑者，其无后乎！'为其象人而用之也。"后因称首开先例为"作俑"。

【译文】

《左传》有"肉食者鄙"的话，并非瞧不起那些吃肉的，而是鄙视他不善谋略。吃肉的人不善谋略，是因为肥腻的精汁结成脂肪，堵塞胸臆，犹如茅草塞住他的心，使之不再有孔窍。这不是我的臆说，而是有所验证的。各种野兽吃草木杂物，都狡猾而有智慧。虎只吃人，吃不到人就吃诸兽之肉。非肉不吃的，是虎；虎，就是兽中最愚蠢的了。怎么知道呢？考察群书，你就信了。"虎不吃小孩"，不是不吃，是因为小孩性痴，如初生牛犊不怕虎，虎还以为遇见勇士了，就避让他。"虎不吃醉人"，不是不吃，是因为醉人醉势猖獗，虎把他看成劲敌而防备他。"虎不走曲折之路，人遇见它，引到弯曲的路上就可以脱险"，所谓不走曲折之路，并非如孔子弟子澹台灭明那样走路不抄小道，而是因为它的脖子僵直，不能回顾。假使它知道弯曲之路上的人必能脱险，就会事先在大道上把人吃了。《虎苑》上说："虎能搏杀狗，靠的是牙和爪。假若它失去牙和爪,则反而臣伏于狗了。"由此看来,虎能降伏人降伏动物以之为粮,只是专靠它的威猛,威猛之外,没有其他能耐,世人所说"有勇无谋"者,就是虎了。我探究虎之所以如此,就因为它除肉之外,不吃其他东西,油脂填胸,不能产生智慧。如此说来,"肉食者鄙,未能远谋",这说法不是已经有了验证了吗?我今天虽为谈论肉食问题开了一个头,然而希望天下人对于肉食,多吃不如少吃。没有虎的威猛却增加了它的愚蠢,与有虎的威猛又使自己昏聩失智,都不是养生善后之道。

猪

【题解】

　　李渔此款谈人类肉食的主要来源之一——猪,并且讲到有关"东坡肉"名称的趣事。目前世界各地饲养最广泛、最普遍、数量最多的家畜大概就是猪了,它成为相当大一部分人肉食的主要或重要来源。人们饲养的家猪是由野猪驯化而来的,那是距今约一万年前的事情了。有的学者认为家猪起源于中东——据说世界上最早的家猪发现于安那托利亚东南部的 Cayonu 遗址土耳其的亚洲部分,其年代距今约九千年。但是,2006 年 12 月 5 日《科技日报》的一篇报道《中外专家合作探究中国家猪品种起源》中说,来自杜伦大学和牛津大学的 Keith 博士和 Greger 博士,于 2005 年在《科学》杂志上发表了依据欧亚大陆七个地区的家猪及古代 DNA 样本的研究,提出了家猪多中心起源的观点。这个观点和以往中东是家猪唯一起源地的认识截然不同。我国人工驯化养猪的历史很悠久,是世界上猪种资源最丰富的国家。我国迄今发现的最早的家猪,一般认为是距今约八千年的河北武安磁山遗址。该报道说,中国的地方猪种为我国乃至世界猪育种业和生产提供了良好的资源基础。

　　食以人传者,"东坡肉"是也①。卒急听之,似非豕之肉,而为东坡之肉矣。东坡何罪，而割其肉，以实千古馋人之腹哉？甚矣，名士不可为，而名士游戏之小术，尤不可不慎也。至数百载而下，糕、布等物，又以眉公得名。取"眉公糕"、"眉公布"之名，以较"东坡肉"三字，似觉彼善于此矣。而其最不幸者，则有溷厕中之一物，俗人呼为"眉公马桶"。噫！马桶何物，而可冠以雅人高士之名乎？予非不知肉味，而于豕之一物，不敢浪措一词者，虑为东坡之续也。即溷厕中之一物，予未尝不新其制，但蓄之家，而不敢取以示人，尤不敢笔之于书者，亦虑为眉公之续也。

【注释】

①东坡肉：宋人周紫芝《竹坡诗话》中说，东坡贬黄冈时，曾戏作《食猪肉》诗云："黄州好猪肉，价贱如粪土。富者不肯吃，贫者不解煮。慢着火，少着水，火候是时也自美。每日起来打一碗，饱得自家君莫管。"后肴馔及菜谱中均有"东坡肉"。又，传说宋元祐年间，苏东坡任职杭州疏浚西湖工成，百姓谢之，送他猪肉，苏东坡命厨师按照他特有的烧肉经验"慢着火，少着水，火候足时它自美"的方法，烹制成佳肴，酥而不烂，油而不腻，味美异常，人称"东坡肉"。

【译文】

食品因人而流传的，要属"东坡肉"。猛一听，好像不是猪的肉，而是东坡的肉。苏东坡有何罪，要割他的肉，以果千古馋人之腹呢？太过分了，名士不好做，而名士要玩游戏的小伎俩，尤其不可不慎重啊。到数百年之后，糕、布等物，又因陈眉公而得名。拿"眉公糕"、"眉公布"之名，同"东坡肉"三字相比较，似乎觉得前者好于后者。而最不幸的，是厕所中的一个物件，俗人称为"眉公马桶"。噫！马桶是什么东西，怎能冠以雅人高士的名字呢？我并非不知肉味，而对于猪这种动物，不敢随便说一句话，怕步东坡之后尘啊。即使厕所中的一种物件，我未尝不创新式样，但只藏在家里，不敢拿出来给人看，尤其不敢写进书里，原因也是怕步陈眉公后尘啊。

羊

【题解】

此款中，李渔把羊肉比作人参、黄芪，这是食补的一个好例子。羊是人们的一个重要的肉食来源，特别是信仰伊斯兰教的穆斯林兄弟。

羊的驯化在我国也有较早的历史。据考古资料，河南裴李岗遗址出土的羊的牙齿、头骨和陶羊头，距今约八千年；而稍晚一些，甘肃秦安大地湾新石器时代遗址出土的羊头骨，距今也有七千多年。在我国古代，羊一方面用作肉食，另一方面还用于祭祀和殉葬。《诗经·豳风·七月》："四之日其蚤，献羔祭韭。"

同时，羊与中国古代的传统审美文化密切相关。从古人所谓"羊大为美"即可得到个中信息。羊的美，或者羊给人的美感，大半起于味觉，"羊"总是与"美味"联系着，这大概是事实。羊肉富有营养而又味美，怪不得自古就是重要肉食。

物之折耗最重者，羊肉是也。谚有之曰："羊几贯，帐难算，生折对半熟对半，百斤止剩念余斤①，缩到后来只一段。"大率羊肉百斤，宰而割之，止得五十斤，迨烹而熟之，又止得二十五斤，此一定不易之数也。但生羊易消，人则知之；熟羊易长，人则未之知也。羊肉之为物，最能饱人，初食不饱，食后渐觉其饱，此易长之验也。凡行远路及出门作事，卒急不能得食者，啖此最宜②。秦之西鄙③，产羊极繁，土人日食

止一餐，其能不枵腹者^④，羊之力也。《本草》载，羊肉比人
参、黄芪^⑤。参芪补气，羊肉补形。予谓补人者羊，害人者亦
羊。凡食羊肉者，当留腹中余地，以俟其长。倘初食不节而
果其腹，饭后必有胀而欲裂之形，伤脾坏腹，皆由于此，葆生
者不可不知^⑥。

【注释】

①念："廿"的大写，二十。

②啖（dàn）：吃或给人吃。

③西鄙：西方的边邑。《春秋·庄公十九年》："冬，齐人、宋人、陈人
伐我西鄙。"杜预注："鄙，边邑。"

④枵（xiāo）腹：空肚子。

⑤人参、黄芪（qí）：中药名，功在补气。

⑥葆生：葆养生命。葆，草木茂盛的样子。

【译文】

食物中折耗最厉害的，就是羊肉了。谚语说："羊几贯，帐难算，生
折对半熟对半，百斤止剩念余斤，缩到后来只一段。"大体上说，羊肉百
斤，宰割之后，只得五十斤，等做熟了，又只得二十五斤，这是个不变的
定数。但生羊肉易消耗，人们知道；熟羊肉易涨，人们可能就不知道了。
羊肉作为食物，最能饱人，开始吃不觉得饱，吃之后渐渐觉得饱，这就是
它易涨的验证。凡走远路及出门做事，急急忙忙不能好好吃饭，吃羊肉
最适宜。甘肃一带，产羊极繁盛，当地人每天只吃一餐，之所以能不饿
肚子，是羊肉的功劳啊。《本草》记载，羊肉堪比人参、黄芪。人参、黄芪
补气，羊肉补形。我说，滋补人的是羊，伤害人的也是羊。凡吃羊肉，应
当让肚子留有余地，以等它发涨。倘若开始吃不加节制而吃得很饱，饭
后必有肚胀欲裂的情形，伤害脾脏损坏肚子，都由此起，保养身体的人

不可不知。

牛　犬

【题解】

动物是人类的朋友,尤其是牛和犬。然而,不幸的是,人类也把这朋友当作吃的对象。

李渔在"牛犬"款中,对"有功于世"的牛、犬被杀、被食,充满同情和悲哀,欲"劝人戒之",制止对人类这两位朋友的酷刑。但一介书生哪有回天之力? 无可奈何,所能做的不过是在自己的书中"略而不论"——似乎不议论,良心才好受一些;然而,这只是书生逃避现实的"鸵鸟政策"而已,于事何补! 这两位朋友还是照样被吃。

猪、羊之后,当及牛、犬。以二物有功于世,方劝人戒之之不暇,尚忍为制酷刑乎? 略此二物,遂及家禽,是亦以羊易牛之遗意也①。

【注释】

①以羊易牛:《孟子·梁惠王上》载,有一天齐宣王坐在大殿上,有人牵着牛从殿下走过。宣王问,把牛牵到哪里去? 牵牛人答,准备杀掉取血祭钟。宣王说,放了它吧! 杀牛祭钟,就像把一个无辜者判处死刑一样,我不忍看见它发抖的样子。牵牛人问,那就不祭钟了吗? 宣王说,怎么可以不祭钟呢? 用羊来代替牛吧!

【译文】

猪、羊之后,应当说到牛、犬。因为牛、犬有功于世人,我正要劝人戒食它们还来不及呢,哪能忍心为它们制造酷刑呢? 所以略掉牛、犬不说,而说家禽,这也是孟子所谓"以羊易牛"的遗意啊。

鸡

【题解】

李渔在此款中为鸡说了许多好话,然而鸡终究还是作为食物被人们享用。

有一种说法,鸡起源于6000年前的邳州。在邳州博物馆有一只与今鸡相似的陶鸡,它出土于邳州大墩子古文化遗址最下层。传说黄帝后裔奚仲建立邳国,他们从东夷鸟族那里学习扑鸟、驯鸟,后来把形状像鹁鸪、性情温顺、名叫"佳"的野鸟训成家鸡。如何为它取名?取奚仲之"奚"为声旁,用"佳"做形旁,成为"雞",简化字为"鸡"。

又:2006年11月举行的第八届"两岸三地优质鸡的改良生产暨发展研讨会"上提出,合浦是世界鸡种起源地。按生物进化规律,野生原鸡是从雉科鸟逐渐演化而来的。鸡的生活及生长、繁殖最佳温度为21—26℃,又须食物丰裕,我国合浦地区最为适宜。(见大会公开发行的科研成果书籍《中外鸡种资源的考究》一书,广东科技出版社2006年)

鸡亦有功之物,而不讳其死者,以功较牛、犬为稍杀。天之晓也,报亦明,不报亦明,不似畎亩、盗贼,非牛不耕,非犬之吠则不觉也。然较鹅、鸭二物,则淮阴羞伍绛、灌①矣。烹饪之刑,似宜稍宽于鹅、鸭。卵之有雄者弗食,重不至斤外者弗食,即不能寿之,亦不当夭之耳。

【注释】

①淮阴羞伍绛、灌:韩信羞于同能武不能文的周勃、灌婴为伍。淮阴,淮阴侯韩信。绛,绛侯周勃。灌,颍阴侯灌婴。

【译文】

鸡也是于人有功的动物,之所以不讳忌它的死,是因为它的功劳较之牛、犬稍微小一点儿。天之将晓，它打鸣天也会亮，不打鸣天也会亮，不像耕地非牛不可，防盗非犬之吠则不觉察。然而，鸡与鹅、鸭相比较，则同于淮阴侯韩信羞于同绛侯周勃、颍阴侯灌婴为伍了。烹饪的"刑罚"，似乎应该比鹅、鸭稍微宽一些。能孵出小鸡的蛋不吃，重量不到一斤以上的不吃，即使不能让它长寿，也不应当使它过早死掉啊。

鹅

【题解】

鹅掌是一种美味，但读了李渔此款所讲制作鹅掌的故事，心有戚戚焉良久。杀鹅之前，先将鹅足投入煮沸而滚烫的油盂，鹅痛欲绝，纵入池中，人则任其跳跃，复擒复纵，如是者四。经过四次在沸油中煎炸，鹅掌厚可径寸，丰美可口。真是惨不忍睹！李渔在转述了这个故事之后发了一通感慨：奈何"加若是之惨刑乎"？"以生物多时之痛楚，易我片刻之甘甜，忍人不为，况稍具婆心者乎？地狱者设，正为此人，其死后炮烙之刑，必有过于此者"。李渔的不忍之心，表现了一种可贵的人道主义精神。我想，如果我是食客，当我看了杀鹅前的这一幕之后，恐怕再也很难举起筷子来了，所谓"人同此心"者也。

鵾鵾之肉无他长①，取其肥且甘而已矣。肥始能甘，不肥则同于嚼蜡。鹅以固始为最②，讯其土人，则曰："蓼之之物，亦同于人。食人之食，斯其肉之肥腻亦同于人也。"犹之豕肉以金华为最，婺人蓼豕，非饭即粥，故其为肉也甜而腻。然则固始之鹅、金华之豕，均非鹅、豕之美，食美之也。食能美物，奚俟人言？归而求之，有余师矣。但授家人以法，彼虽饲以美食，终觉饥饱不时，不似固始、金华之有节，故其为肉也，犹有一间之殊③。盖终以禽兽畜之，未尝稍同于人耳。

"继子得食,肥而不泽。"④其斯之谓欤?

【注释】

①鶂鶂(yì):鹅叫声,此指代鹅。

②固始:今河南固始。

③有一间之殊:有一定的差距。

④继子得食,肥而不泽:继子,非亲生的、过继的儿子。不泽,没有
光泽。

【译文】

鹅肉没有其他长处,取它的肥而且甘这两点罢了。肥才能甘,不肥
则味同嚼蜡。鹅以固始为最好,讯问当地人,他们说:"喂养鹅的饲料,也
同人吃的东西一样。吃了人吃的食物,它肉的肥腻也同人一样了。"就像
猪肉以金华为最好,金华人养猪,不是饭就是粥,所以猪的肉才甜而腻。
然而固始的鹅、金华的猪,都不是鹅、猪本身好,而是喂养它们的食物好。
食物能够使动物肉美,还用人说吗? 回家来探究,就有额外的体悟。只
把体悟告诉家人,鹅、猪这些动物在我们这里虽喂养了美食,总是饥饱没
有规律,不像固始、金华喂养得有节度,所以同固始、金华比起来,我们这
里这些动物的肉,还有一定的差距。因为总是以禽兽来饲养它们,未曾
稍稍像人一样啊。"继子得食,肥而不泽。"就是说的这种情况吧?

有告予食鹅之法者,曰:昔有一人,善制鹅掌。每羹肥鹅
将杀,先熬沸油一盂①,投以鹅足,鹅痛欲绝,则纵之池中,人
则任其跳跃。已而复擒复纵,炮瀹如初②。若是者数四,则其
为掌也,丰美甘甜,厚可径寸,是食中异品也。予曰:惨哉斯
言! 予不愿听之矣。物不幸而为人所畜,食人之食,死人之
事。偿之以死亦足矣,奈何未死之先,又加若是之惨刑乎? 二

掌虽美,入口即消,其受痛楚之时,则有百倍于此者。以生物多时之痛楚,易我片刻之甘甜,忍人不为,况稍具婆心者乎?地狱之设,正为此人,其死后炮烙之刑③,必有过于此者。

【注释】

①盂:一种敞口器皿。

②炮:在旺火上炒。瀹(yuè):煮。

③炮烙之刑:古代一种酷刑。《荀子·议兵》:"纣剖比干,囚箕子,为炮烙刑。"

【译文】

有人告诉我吃鹅的方法,说:过去有个人,善于烹制鹅掌。每每养肥鹅将杀时,先熬一锅沸油,把鹅足放进去,鹅痛得要死,就放到池中,任它跳跃。过一会儿再放进油锅,之后再放到池中,像当初那样煎熬。这样放纵来回四次,于是这鹅掌,丰美甘甜,厚达一寸,是食物中的异品。我说:这太残酷了!我不愿意听了。动物不幸而为人所畜养,吃人给的食物,为了给人吃而死。它以死来回报也就够了,为什么在它未死之前,又给它如此惨烈的酷刑呢?两只鹅掌虽味美,入口即化,鹅受痛楚的时间比这要长百倍。用生物那么长时间的痛楚,换我片刻的甘甜,狠心者也不会去做,何况稍具婆心的人呢?地狱之设,正是为这种人,他死后的炮烙之刑,必然比这还厉害。

鸭

【题解】

李渔认为雄鸭"善养生",故"烂蒸老雄鸭,功效比参芪",不知有没有科学道理。但是有的文章说:从中医纯补的推理出发,鸭依水而生,故其肉有滋阴补肾的作用,鸭肉还可补虚生津、利尿消肿,适合因阴虚内热引起的低烧、便秘、食欲不振、干咳痰稠、水肿积液等症,也适合肺结核患者食用。《本草纲目》称鸭肉可"填骨髓、长肌肉、生津血、补五脏"。《日用本草》称鸭肉可"补血行水、养胃生津"。《滇南本草》称:"老鸭同猪蹄煮食,补气而肥体;同鸡煮食,治血晕头痛。"中医学认为鸭肉性寒,除可大补虚劳外,还可消毒热、利小便、退疮疖,这是多数温热性肉禽类所少见的。以鸭肉入食疗和药膳,民间认为肉老而白、骨乌黑者为上品,过于肥腻的老鸭应去掉油。鸭肉性寒,故脾胃虚寒、腹部冷痛、大便溏泻、因寒痛经者不宜多用。

　　禽属之善养生者,雄鸭是也。何以知之?知之于人之好尚。诸禽尚雌①,而鸭独尚雄;诸禽贵幼,而鸭独贵长。故养生家有言:"烂蒸老雄鸭,功效比参芪②。"使物不善养生,则精气必为雌者所夺,诸禽尚雌者,以为精气之所聚也。使物不善养生,则情窍一开,日长而日瘠矣③,诸禽贵幼者,以其泄少而存多也。雄鸭能愈长愈肥,皮肉至老不变,且食之与参、芪比功,则雄鸭之善于养生,不待考核而知之矣。然必俟考核④,则前此未之闻也。

【注释】

①诸禽尚雌:吃各种禽类,以雌为贵。

②参(shēn)、芪(qí):中药名,人参、黄芪。

③瘠(jí):瘦弱。

④俟(sì):等待。

【译文】

　　禽类之中善于养生的,就属雄鸭了。怎么知道呢?得知于人的好尚。各种禽类,人们都以雌为贵,而独于鸭以雄为贵;各种禽类以幼为贵，而独于鸭以长为贵。所以养生家有言："烂蒸老雄鸭，功效比参芪。"假使某种动物不善养生，则其精气必定被雌者所夺，各种禽类之所以以雌为贵，因为精气凝聚它身上了。假使某种动物不善养生，则到发情期后，天天长而天天瘦，各种禽类之所以以幼为贵，因其精气泄漏少而储存多。雄鸭能够愈长愈肥，皮肉至老不变，而且吃它可与人参、黄芪比功，那么雄鸭的善于养生，不用考核即可知道了。然而必定要考核才好确定，因为此前没有听说过。

野禽　野兽

【题解】

此款大谈"野味"之美，今天已不合时宜。对于中国人来说，地上跑的，天上飞的，几乎什么都可以吃，野禽、野兽是最好的美味。对这一点，许多西方人难以理解；尤其是把鸟当作食物，他们更加难以接受。我认为他们是对的。在进入生态社会的今天，我们更应该彻底改变李渔所谓"野禽可以时食"的陋习和观念。

野味之逊于家味者，以其不能尽肥；家味之逊于野味者，以其不能有香也。家味之肥，肥于不自觅食而安享其成；野味之香，香于草木为家而行止自若。是知丰衣美食、逸处安居，肥人之事也；流水高山、奇花异木，香人之物也。肥则必供刀俎，靡有孑遗；香亦为人朵颐[①]，然或有时而免。二者不欲其兼，舍肥从香而已矣。

【注释】

①朵颐：鼓动腮颊，即吃、嚼。见《周易·颐》："观我朵颐，凶。"

【译文】

　　野味不如家味的地方，在于它不能多么的肥美；家味不如野味的地方，在于它不能有多少香味。家味之所以肥，肥在它不自己找食吃而是坐享其成；野味之所以香，香在它以草木为家而行止自如。由此可知丰衣足食、安居乐处，是催人增肥之事；流水高山、奇花异木，是使人发香之物。肥则必供人宰割，没有剩余者；香也要被人大快朵颐，然而有时或可幸免。肥与香二者若不想兼得，只能舍弃肥而取香而已。

　　野禽可以时食，野兽则偶一尝之。野禽如雉、雁、鸠、鸽、黄雀、鹌鹑之属，虽生于野，若畜于家，为可取之如寄也。野兽之可得者惟兔、獐、鹿、熊、虎诸兽，岁不数得，是野味之中又分难易。难得者何？以其久住深山，不入人境，槛阱之入，是人往觅兽，非兽来挑人也。禽则不然，知人欲弋而往投之，以觅食也，食得而祸随之矣。是兽之死也，死于人；禽之毙也，毙于己。食野味者，当作如是观。惜禽而更当惜兽，以其取死之道为可原也。

【译文】

　　野禽可以时常吃到，野兽却只能偶尔尝一次。野禽如雉、雁、鸠、鸽、黄雀、鹌鹑之类，虽生于野外，却如同养在家里，随时随地可取。野兽之中可以得到的唯有兔、獐、鹿、熊、虎等等，一年捕捉不到几只，这样野味之中又分难易。难是指什么？因为它们久住深山，不入人境，落入陷阱，是人去寻觅野兽，而不是野兽来挑衅人。飞禽则不然，知道人想逮它们却自投罗网，因为要找食吃，找到食，祸也随之而至。这样，兽的死，是死于人；禽的死，是死于己。吃野味的人，应当这样来看。怜惜飞禽，更应当怜惜野兽，因为它的取死之道是可原谅的。

鱼

【题解】

李渔在此款中说,食鱼者首重在鲜,次则及肥,肥而且鲜,鱼之能事毕矣。这是美食家之言。惟其新鲜,才更有营养,人才长寿。要吃得美、吃得香,还要吃得鲜,吃得有营养,吃得健康。孔子说,食物定要新鲜才吃,绝不吃腐烂的食物。

鱼藏水底,各自为天,自谓与世无求,可保戈矛之不及矣。乌知网罟之奏功①,较弓矢罝罦为更捷②。无事竭泽而渔③,自有吞舟不漏之法。然鱼与禽兽之生死,同是一命,觉鱼之供人刀俎,似较他物为稍宜。何也?水族难竭而易繁。胎生、卵生之物,少则一母数子,多亦数十子而止矣。鱼之为种也似粟,千斯仓而万斯箱④,皆于一腹焉寄之。苟无沙汰之人⑤,则此千斯仓而万斯箱者生生不已,又变而为恒河沙数。至恒河沙数之一变再变,以至千百变,竟无一物可以喻之,不几充塞江河而为陆地,舟楫之往来能无恙乎?故渔人之取鱼虾,与樵人之伐草木,皆取所当取、伐所不得不伐者也。我辈食鱼虾之罪,较食他物为稍轻。兹为约法数章,虽难比乎祥刑⑥,亦稍差于酷吏。

【注释】

①网罟(gǔ):捕鱼工具。罟,渔网。

②罝罦(jū fú):捕兽工具。《吕氏春秋·季春纪》:"罝罦罗网。"注:"罦,射鹿罟也。"

③竭泽而渔：将水泽放干网鱼。《吕氏春秋·义赏》："竭泽而渔，岂不获得？而明年无鱼。"

④千斯仓而万斯箱：千斯，许许多多。箱，粮仓。《诗经·小雅·甫田》："乃求千斯仓，乃求万斯箱。"

⑤沙汰：淘汰，拣选。晋葛洪《抱朴子·明本》："夫迁之洽闻，旁综幽隐，沙汰事物之臧否，核实古人之邪正。"

⑥祥刑：善用刑罚。与"虐刑"相别。《尚书·吕刑》："王曰：'吁！来！有邦有土，告尔祥刑。'"

【译文】

　　鱼类藏在水底，自成天地，自以为与世无争，可以保证人类戈矛伤害不到它们了。哪里知道渔网的功效，较之弓箭和兽网更便捷。用不着竭泽而渔，自有让吞舟大鱼也不遗漏的方法。然而鱼类与禽兽的生死，同是一命，却觉得鱼供人食用，似乎比其他动物稍微适宜。为什么呢？水族难于穷竭而易于繁殖。胎生、卵生的动物，少则一胎数子，多则一胎数十子也就到头了。鱼的繁殖则似谷物，千斯仓而万斯箱，都寄于一腹之中。如果免于人类来淘汰它，那么它千斯仓而万斯箱地生生不已，又变得像恒河沙数那样无限。至于如恒河沙数之一变再变，以至千变万变，到头来竟然会没有一种东西可以比喻它的数量之巨，那不几乎充塞江河而使之成为陆地，舟船往来能安然无恙吗？所以渔人捕捞鱼虾，与樵夫砍伐草木，都是取所当取、伐所不得不伐。我们吃鱼虾的罪过，就比起吃其他动物稍微轻些。这里约法数章，虽然难比古代的祥刑，也不会像酷吏那样残酷。

　　食鱼者首重在鲜，次则及肥，肥而且鲜，鱼之能事毕矣。然二美虽兼，又有所重在一者。如鲟、如鳟、如鲫、如鲤，皆以鲜胜者也，鲜宜清煮作汤；如鳊、如白，如鲥、如鲢，皆以肥

胜者也，肥宜厚烹作脍①。烹煮之法，全在火候得宜。先期
而食者肉生，生则不松；过期而食者肉死，死则无味。迟客
之家，他馔或可先设以待，鱼则必须活养，候客至旋烹。鱼
之至味在鲜，而鲜之至味又只在初熟离釜之片刻②，若先烹
以待，是使鱼之至美发泄于空虚无人之境；待客至而再经火
气，犹冷饭之复炊、残酒之再热，有其形而无其质矣。

【注释】

①脍（kuài）：细切的肉。

②釜：古代的一种锅。

【译文】

　　吃鱼首先重在它的鲜，其次是它的肥，既肥又鲜，鱼的优点都在这
里了。然而鲜、肥二美都有，对于不同的鱼，侧重又有不同。如鲟、如
鲔、如鲫、如鲤，都以鲜胜，要想吃鲜，宜于清煮作汤；如鳊、如白，如鳜、
如鲢，都以肥胜，要想吃肥，宜于厚味烹治、做成鱼片。烹煮鱼的方法，
全在火候适宜。不到火候吃起来肉生，肉生则不松软；过了火候吃起来
肉死，肉死则没有味道。宴请客人的时候，其他菜肴可以事先做好，鱼
则必须活养，等客人到了马上烹治。鱼最美的味道在鲜，而鲜味又只在
刚刚出锅的片刻，若先烹治完毕等待客人，是使得鱼的至美之味在无人
享用时就散发掉了；等客人来了再回锅，犹如冷饭重热、残酒再温，有其
外形而无其内质了。

　　煮鱼之水忌多，仅足伴鱼而止，水多一口，则鱼淡一分。
司厨婢子，所利在汤，常有增而复增，以致鲜味减而又减者，
志在厚客，不能不薄待庖人耳。更有制鱼良法，能使鲜肥迸
出，不失天真，迟速咸宜，不虞火候者，则莫妙于蒸。置之镟

内^①，入陈酒、酱油各数盏，覆以瓜、姜及蕈、笋诸鲜物，紧火蒸之极熟。此则随时早暮，供客咸宜，以鲜味尽在鱼中，并无一物能侵，亦无一气可泄，真上着也。

【注释】

①镟(xuàn)：用以火蒸的炊具。

【译文】

煮鱼的水忌多，仅没过鱼身就可以了，水多一口，那鱼就淡一分。主厨的婢子，嘴馋而看重鱼汤，常常加了水而再加，以致鱼的鲜味减而又减，请客意在厚待客人，那就不能不薄待厨子了。更有烹制鱼的好方法，能使鱼的鲜与肥同时发挥，不失鱼的原味，快烧慢烧都合适，不用担心火候掌握不好，那就没有比蒸更妙的了。把鱼置入蒸盘，加陈酒、酱油各数盅，又把酱瓜、生姜及蕈、笋等增鲜佐料放在鱼上，急火猛蒸到极熟。这道菜无论早晚，招待客人都合适，因为鲜味尽在鱼中，没有别的味道可以侵夺它，也没有一种气味跑掉，可算是高招了。

虾

【题解】

由此款对虾的简短论述，可以看出李渔真是一个善于吃、巧于吃、肯于思考、肯于比较、细致入微的美食家。尤其李渔说到"善治荤食者，以焯虾之汤，和入诸品，则物物皆鲜"，非深有体会者不能道此。

笋为蔬食之必需，虾为荤食之必需，皆犹甘草之于药也。善治荤食者，以焯虾之汤，和入诸品，则物物皆鲜，亦犹笋汤之利于群蔬。笋可孤行，亦可并用；虾则不能自主，必借他物为君。若以煮熟之虾单盛一簋，非特华筵必无是事，亦且令食者索然。惟醉者、糟者，可供匕箸。是虾也者，因人成事之物，然又必不可无之物也。"治国若烹小鲜"①，此小鲜之有裨于国者。

【注释】

①"治国"句：《道德经》第六十章："治大国，若烹小鲜，以道莅天下，其鬼不神……"

【译文】

笋为蔬食之中所必需，虾为荤食之中所必需，都如同药中的甘草。善于烹制荤食的人，以焯虾的汤，掺和到其他食品之中，则各种菜都有鲜味，犹如笋汤有利于诸种菜蔬。笋可单做，也可与其他菜一起做；虾则不能单独成菜，必得与其他食物合在一起而自己却成为陪衬。假若将煮熟的虾单盛一盘，不但盛筵没有这种成格，而且令吃的人也觉得兴味索然。唯有醉虾、糟虾，可供人下箸。这样，虾这种食物，是要与其他食物配合而成菜的食物，但又是必不可少的食物。"治国若烹小鲜"，这小鲜是有裨益于国家的。

鳖

【题解】

李渔在此款中谈鳖作为食品的特性，引两句古诗"新粟米炊鱼子饭，嫩芦笋煮鳖裙羹"，并讲了自己人生中的经历，颇为生动感人。鳖，也叫甲鱼，俗称王八。鳖羹，亦属传统名吃。

"新粟米炊鱼子饭，嫩芦笋煮鳖裙羹①。"林居之人述此以鸣得意，其味之鲜美可知矣。予性于水族无一不嗜，独与鳖不相能,食多则觉口燥,殊不可解。一日,邻人网得巨鳖,召众食之,死者接踵,染指其汁者,亦病数月始痊。予以不喜食此,得免于召,遂得免于死。岂性之所在,即命之所在耶?予一生侥幸之事难更仆数②。乙未居武林③,邻家失火,三面皆焚,而予居无恙。己卯之夏④,遇大盗于虎爪山⑤,赇以重资者得免,不则立毙。予囊无一钱,自分必死,延颈受诛,而盗不杀。至于甲申、乙酉之变⑥,予虽避兵山中,然亦有时入郭,其至幸者,才徙家而家焚,甫出城而城陷,其出生于死,皆在斯须倏忽之间⑦。噫,予何修而得此于天哉!报施无地,有强为善而已矣。

【注释】

①新粟米炊鱼子饭,嫩芦笋煮鳖裙羹:出处待考。

②难更仆数:形容人或事物很多,数也数不过来。《礼记·儒行》:"遽数之不能终其物,悉数之乃留,更仆未可终也。"

③乙未:清顺治十二年(1655)。武林:今浙江杭州。

④己卯:明崇祯十二年(1639)。

⑤虎爪山:应是李渔家乡附近的一座山。

⑥甲申:明崇祯十七年(1644),清军入关。乙酉:清顺治二年(1645),清军破南京。

⑦斯须倏忽:形容变换迅速、突然。

【译文】

"新粟米炊鱼子饭,嫩芦笋煮鳖裙羹。"此诗是住在山林中的人描述其美食,以鸣得意,食味之鲜美可想而知。我生性对于水族类食品无一不好,独独于鳖不相适应,吃多了就会觉得口燥,真是不好解释。一天,邻居捕捉到一只巨鳖,请大家一起吃,一连死了数人,就是尝了几滴鳖汁的,也病了数月才痊愈。我因为不喜欢吃鳖，未被邀请，于是得免于死。难道我性之所在，就是我命之所在吗？我一生侥幸的事难以数清。乙未年（1655）我住在武林，邻家失火，三面都烧毁了，而我的房子独安然无恙。己卯年（1639）夏天，在虎爪山遇到大盗，能拿出巨资的人得免，不然立刻被杀掉。我囊中空空，料想必死，束手待毙，而大盗竟然不杀。至于甲申（1644）、乙酉（1645）之变，我虽在山中避兵，但有时也进城，最幸运的是，才离开家家就被烧了，刚出城城就陷落了，死里逃生，都在转瞬之间。噫，我有何修为而得到老天爷的惠顾厚爱！没有地方报答，只有努力行善就是了。

蟹

【题解】

蟹之美以及食蟹过程中的百般情致，简直叫李渔在此款中说尽了。林语堂在《中国人》一书中，对此亦有精彩的描绘："秋月远未升起之前，像李笠翁这样的风雅之士，就会像他自己所说的那样，开始节省支出，准备选择一个名胜古迹，邀请几个友人在中秋朗月之下，或菊花丛中持蟹对饮。他将与知友商讨如何弄到端方太守窖藏的酒。他将细细琢磨这些事情，好像英国人琢磨中奖号码一样。"蟹之美，美到何种程度？李渔说："心能嗜之，口能甘之，无论终身一日皆不能忘之，至其可嗜可甘与不可忘之故，则绝口不能形容之。"只可意会，不可言传。李渔可谓嗜蟹如命。"蟹季"到来之前，先储钱以待。自蟹初出至告竣，不虚负一夕、缺陷一时；同时，还要"涤瓮酿酒，以备糟之、醉之之用"。糟名"蟹糟"，酒名"蟹酿"，瓮名"蟹瓮"，事蟹之婢称为"蟹奴"。而且，李渔认为食蟹必须自取自食。吃别的东西，可以别人代劳，唯蟹、瓜子、菱角三种须自任其劳。"旋剥旋食则有味，人剥而我食之，不特味同嚼蜡，且似不成其为蟹与瓜子、菱角，而别是一物者。"吃的过程本身，就是一种享受。梁实秋的《雅舍谈吃·蟹》，也说到同李笠翁差不多的食蟹体验。例如，他也说"食蟹而不失原味的唯一方法是放在笼屉里整只的蒸",并且,要自己动手。

中国人把蟹作为盘中餐,到李渔所生活的明末清初,至少有两千多年的历史了。周代就有蟹酱,名叫"蟹胥",是祭祀时用的。汉代,"青州之蟹胥"已经很有名,"四时所为膳食"。隋炀帝特别喜欢吃扬州蜜蟹、糖蟹,善于拍马屁的地方官员令人驰马进贡,给皇帝尝鲜。唐宋时食蟹之风更是大盛,发明了各种各样的吃法,如唐代韦巨源《烧尾宴食单》中,记有"金银夹花平戴"的品种,"剔蟹细碎卷",即将烹熟的螃蟹剔取蟹黄、蟹肉,再用某一原料分别"卷"成。宋代蟹馔的品种更多。《东京梦华录》中记有炒蟹、渫蟹、洗手蟹、酒蟹;《梦粱录》中记有枨醋赤蟹、白蟹、枀香盒蟹、辣羹蟹、签糊斋蟹、枨醋洗手蟹、枨醋蟹、五味酒蟹、酒泼蟹等等。元代无名氏的《居家必用事类全集·饮食类》中有两道蟹馔,其一是螃蟹羹:"大者十只,削去毛净,控干。剁去小脚稍并肚厣,生拆开,再剁作四段。用干面蘸过下锅煮。候滚,入盐、酱、胡椒调和供。与冬瓜煮,其味更佳。"

予于饮食之美,无一物不能言之,且无一物不穷其想象、竭其幽渺而言之[①];独于蟹螯一物,心能嗜之,口能甘之,无论终身一日皆不能忘之,至其可嗜可甘与不可忘之故,则绝口不能形容之。此一事一物也者,在我则为饮食中之痴情,在彼则为天地间之怪物矣。予嗜此一生。每岁于蟹之未出时,即储钱以待,因家人笑予以蟹为命,即自呼其钱为"买命钱"。自初出之日始,至告竣之日止,未尝虚负一夕,缺陷一时。同人知予癖蟹,召者饷者皆于此日,予因呼九月、十月为"蟹秋"。虑其易尽而难继,又命家人涤瓮酿酒,以备糟之醉之之用。糟名"蟹糟",酒名"蟹酿",瓮名"蟹甓"。向有一婢,勤于事蟹,即易其名为"蟹奴",今亡之矣。蟹乎!蟹乎!汝于吾之一生,殆相终始者乎!所不能为汝生色者,未尝于有螃蟹无监州处作郡②,出俸钱以供大嚼,仅以悭囊易汝③。即使日购百筐,除供客外,与五十口家人分食,然则入予腹者有几何哉?蟹乎!蟹乎!吾终有愧于汝矣。

【注释】

①幽渺:幽深细密之处。

②有螃蟹无监州处:出产螃蟹而没有设监督官员的地方。后面的"作郡"指做郡官。

③悭(qiān)囊:犹言"囊中羞涩",口袋里钱少得可怜。易:换,买。汝:你(指螃蟹)。

【译文】

我对于饮食之美,没有一样东西不能论说,而且没有一样东西不穷其想象、洞彻其奥秘而论说;唯独对于螃蟹这种食物,心里酷爱,口能知其甘美,无论终身还是一日都不能忘怀,至于它的可爱、甘美以及不可忘怀的缘故,我却什么也说不出来、也不能形容。这一件事情、这一种食物,在我来说是饮食中的一段痴情,而就物而言则是天地间的一种怪物。我嗜爱螃蟹一辈子。每年在螃蟹还没有出来的时候,就储存钱等待着,因家人笑我以蟹为命,就自称这钱为"买命钱"。自螃蟹刚出来这天开始,到螃蟹下去那天为止,未尝空过一夕,缺过一时。同人知道我嗜蟹的怪癖,召我有事请我吃饭都在这段日子,我因此称九月、十月为"蟹秋"。顾虑"蟹秋"易尽而螃蟹难以为继,又吩咐家人洗瓮酿酒,以备糟蟹醉蟹之用。槽名"蟹糟",酒名"蟹酿",瓮名"蟹甓"。曾有一个奴婢,对于有关螃蟹这一套事情十分勤勉,就改其名为"蟹奴",现在已经去世了。螃蟹啊! 螃蟹啊! 你对于我的一生, 大概是会相伴始终了吧! 我所不能为你增光生色的是, 未曾在出产螃蟹而没有设监督官员的地方作郡官, 便于拿出俸钱以供大嚼一场, 仅能用可怜巴巴的几个钱来换你。即使日购百筐, 除供客外, 与五十口家人分食, 那么入我腹中能有多少呢? 螃蟹啊! 螃蟹啊! 我终归是有愧于你呀。

　　蟹之为物至美, 而其味坏于食之之人。以之为羹者, 鲜则鲜矣, 而蟹之美质何在? 以之为脍者①, 腻则腻矣, 而蟹之真味不存。更可厌者, 断为两截, 和以油、盐、豆粉而煎之, 使蟹之色、蟹之香与蟹之真味全失。此皆似嫉蟹之多味, 忌蟹之美观, 而多方蹂躏, 使之泄气而变形者也。世间好物, 利在孤行。蟹之鲜而肥, 甘而腻, 白似玉而黄似金, 已造色香、味三者之至极, 更无一物可以上之。和以他味者, 犹之以爝火助日, 掬水益河②, 冀其有裨也, 不亦难乎?

【注释】

①脍(kuài): 切得很细的肉。

②爝(jué)火助日, 掬水益河: 用小火把增加太阳的光亮, 掬一捧水增加河的水量。爝火, 小火把。

【译文】

　　螃蟹为食物中之至美者, 其美味却坏在吃它的人手里。拿它作成蟹羹, 鲜倒是鲜了, 而螃蟹的美质在哪里呢? 拿它作成蟹丝, 腻倒是腻了, 而螃蟹的真味却不存在了。更讨厌的是, 把螃蟹断为两截, 和以油、盐、豆粉而煎它, 使蟹的色、蟹的香与蟹的真味全都失掉。这都好像嫉妒螃蟹的多味, 忌恨螃蟹的美观, 从而多方蹂躏, 使它泄气而变形呀。世间的好食材, 宜于单独制作享用。螃蟹的鲜而肥, 甘而腻, 白似玉而黄似金,已创造了色、香、味三者之极致,没有哪一件食物可以在它之上。若和上其他味道,犹如用小火以助日光,掬一捧水以壮河流,希望有所裨益,不也很难吗?

凡食蟹者,只合全其故体,蒸而熟之,贮以冰盘,列之几上,听客自取自食。剖一筐,食一筐,断一螯,食一螯,则气与味纤毫不漏。出于蟹之躯壳者,即入于人之口腹,饮食之三昧,再有深入于此者哉?凡治他具,皆可人任其劳,我享其逸,独蟹与瓜子、菱角三种,必须自任其劳。旋剥旋食则有味,人剥而我食之,不特味同嚼蜡,且似不成其为蟹与瓜子、菱角,而别是一物者。此与好香必须自焚,好茶必须自斟,僮仆虽多,不能任其力者,同出一理。讲饮食清供之道者,皆不可不知也。宴上客者势难全体,不得已而羹之,亦不当和以他物,惟以煮鸡鹅之汁为汤,去其油腻可也。

【译文】

凡是吃螃蟹,只应保持整只螃蟹的原来体态,蒸熟,贮存在冰盘里,摆放在几案上,听任客人自取自食。剖一筐,吃一筐,断一螯,吃一螯,这样螃蟹的香气与美味丝毫不漏。从螃蟹的躯壳里剥出来,立即进入人的口腹,饮食的三昧,还有比这更深刻的吗?吃其他食物,都可以让人代劳,而我坐享其成,唯有吃螃蟹与嗑瓜子、吃菱角三种,必须自己动手。边剥边食才有味,人剥我吃,不但味同嚼蜡,而且似乎不成其为螃蟹与瓜子、菱角,而是别的一种什么东西了。这与好香必须自焚,好茶必须自斟,僮仆虽多,却不能靠他们代劳,是同样的道理。讲饮食清供之道的人,都不可不知。但宴会上待客,势难将螃蟹全体上席,不得已而作成蟹羹,也不应当掺和上其他东西,只用煮鸡鹅的汁为汤,去其油腻就可以了。

　　瓮中取醉蟹，最忌用灯，灯光一照，则满瓮俱沙，此人人知忌者也。有法处之，则可任照不忌。初醉之时，不论昼夜，俱点油灯一盏，照之入瓮，则与灯光相习，不相忌而相能，任凭照取，永无变成沙之患矣。此法都门有用之者。

【译文】

　　瓮中取醉蟹，最忌用灯，灯光一照，则满瓮螃蟹都变沙子，这是人人都知道的忌讳。若有办法处治，则可任照不忌。初醉的时候，不论昼夜，都点一盏油灯，照它入瓮，这样它与灯光习惯了，不相忌怕而相适应，任凭照取，永无变沙的隐患了。此法在都门有使用的。

零星水族

【题解】

　　李渔在"零星水族"中所谓"斑子鱼"、"西施舌"、"江瑶柱"等等，惟资深美食家有口福品尝，一般人可能并不熟悉。

　　梁实秋在《雅舍谈吃·西施舌》中，引郁达夫《饮食男女在福州》记西施舌云："《闽小记》里所说西施舌，不知道是否指蚌肉而言，色白而腴，味脆且鲜，以鸡汤煮得适宜，长圆的蚌肉，实在是色、香、味、形俱佳的神品。"梁实秋案曰："《闽小记》是清初周亮工宦游闽垣时所作的笔记。西施舌属于贝类，似蛏而小，似蛤而长，并不是蚌。产浅海泥沙中，故一名沙蛤。其壳约长十五公分，作长椭圆形，水管特长而色白，常伸出壳外，其状如舌，故名西施舌。初到闽省的人，尝到西施舌，莫不惊为美味。其实西施舌并不限于闽省一地。以我所知，自津沽、青岛以至闽台，凡浅海中皆产之。"从网上查到西施舌的资料，附于后：

西施舌(蛤蜊科)Coelomactra antipuata[地方名]海蚌。[形态特征]贝壳大,近三角形,壳质薄而脆。壳长多在 6 厘米以上。壳长约为壳宽的 2 倍,高约为长的 4/5。壳顶位于背缘中央稍偏前方,略高出背缘。两壳顶向前方弯曲,但不接触。壳顶前方背缘稍凹,后方背缘略凸。

予担簦二十年①,履迹几遍天下。四海历其三②,三江五湖则俱未尝遗一③,惟九河未能环绕④,以其迂僻者多,不尽在舟车可抵之境也。历水既多,则水族之经食者,自必不少,因知天下万物之繁,未有繁于水族者,载籍所列诸鱼名,不过十之六七耳。常有奇形异状,味亦不群,渔人竟日取之,土人终年食之,咨询其名,皆不知为何物者。无论其他,即吴门、京口诸地所产水族之中,有一种似鱼非鱼,状类河豚而极小者⑤,俗名"斑子鱼",味之甘美,几同乳酪,又柔滑无骨,真至味也,而《本草》、《食物》诸书,皆所不载。近地且然,况寥廓而迂僻者乎? 海错之至美,人所艳羡而不得食者,为闽之"西施舌"、"江瑶柱"二种。"西施舌"予既食之,独"江瑶柱"未获一尝⑥,为入闽恨事。所谓"西施舌"者,状其形也。白而洁,光而滑,入口呕之,俨然美妇之舌,但少朱唇皓齿牵制其根,使之不留而即下耳。此所谓状其形也。若论鲜味,则海错中尽有过之者,未甚奇特,朵颐此味之人,但索美舌而呕之,即当屠门大嚼矣⑦。其不甚著名而有异味者,则北海之鲜鲟,味并鲥鱼,其腹中有肋,甘美绝伦。世人以在鲟、鳇腹中者为"西施乳",若与此肋较短长,恐又有东家、西家之别耳。

【注释】

①担簦(dēng)：此指备历风雨游历天下。簦，雨伞。《国语·吴语》有"簦笠备雨器"语。《史记·平原君虞卿列传》："虞卿者，游说之士也，蹑跻担簦，说赵孝成王。"冒雨游说赵孝成王。

②四海：此指清初的地理观念。郭璞注《尔雅》云："凤凰出于东方君子之国，翱翔四海之外，过昆仑，饮砥柱，羽弱水，暮宿风穴。"

③三江五湖：指东南方的江河湖泊。《淮南子·本经训》："舜乃使禹疏三江五湖，辟伊阙，导廛、涧，平通沟陆，流注东海，鸿水漏，九州干，万民皆宁其性，是以称尧舜以为圣。"

④九河：中国古籍中"九河"泛指众多大河。李渔的"九河"应该是当时人们所说中国从南到北的大河。一说九河乃指黄河。

⑤状类：翼圣堂本作"状类"，有的本子作"类状"。

⑥江瑶柱：鲜贝。

⑦屠门大嚼：面对屠户之门而大嚼，解馋而已。汉桓谭《新论·琴道》："人闻长安乐，则出门向西而笑；知肉味美，则对屠门而大嚼。"三国魏曹植《与吴质书》："过屠门而大嚼，虽不得肉，贵且快意。"

【译文】

我出游二十年，足迹差不多遍及天下。四海游历其三，三江五湖则未曾遗漏其一，唯有九河未能环绕，因为它迁僻之地多，不全在舟车可以抵达之境。走过的水面既然很多，那么水族之中吃过的，自然不少，所以知道天下万物之繁多，没有比水族更甚的，载于书籍中所列诸种鱼名，不过十分之六七。常有奇形怪状，味道也不平常，渔人整天捕捞，当地人终年吃它，咨询它的名字，都不知道是什么东西。不说其他地方，就说吴门、京口诸地所产水族之中，有一种似鱼非鱼，形状类似河豚而极小的，俗名"斑子鱼"，它味道的甘美，差不多像乳酪一样，又柔滑无骨，真是一种至味啊，而《本草》、《食物》诸书，都没有记载。近的地方尚且如此，何况寥廓而迁僻的地方呢？海味之中的至美之物，人们只是美慕而吃不到的，是福建的"西施舌"、"江瑶柱"二种。"西施舌"我已经吃过了，独"江瑶柱"未曾品尝，是游闽很遗憾的事情。所谓"西施舌"，状其形而得名。白而洁，光而滑，入口呫嚅，俨然如美妇的舌头，只是少了朱唇皓齿牵制它的根部，使它留不住而立即下到喉咙里去了。这就是所谓状其形而得名。若论鲜味，则海味之中尽有超过它的，不特别奇特，品赏此味的人，只为找到美舌而呫嚅，当作屠门大嚼，精神解馋而已。其不太著名而有奇特味道的，则是北海的鲜鳜，味道可与鲥鱼并列，它的腹中有肪，甘美绝伦。世人把鲟、鳇腹中之肪称为"西施乳"，若与鲜鳜之肪比较短长，恐怕又有东家之子与西家之子的区别了。

河豚为江南最尚之物，予亦食而甘之。但询其烹饪之法，则所需之作料甚繁，合而计之，不下十余种，且又不可缺一，缺一则腥而寡味。然则河豚无奇，乃假众美成奇者也。有如许调和之料施之他物，何一不可擅长，奚必假杀人之物以示异乎？食之可，不食亦可。若江南之鲦，则为春馔中妙物。食鲥鱼及鲟鳇有厌时，鲦则愈嚼愈甘，至果腹而犹不能释手者也。

【译文】

河豚为江南最受欢迎的食物，我也吃过而觉得好。但询问它的烹饪方法，则所需要的作料非常繁杂，合而计之，不下十余种，而且又不可缺一，缺一就会发腥而寡味。其实河豚并不奇特，乃是借众多美味成就了它的奇特。有这么多调和之料，加在其他食物之中，哪一种不能有擅长之处，何必借此杀人之物以展示奇特呢？吃它可以，不吃也可以。像江南的鲦鱼，才是春天馔肴中的绝妙食物。吃鲥鱼及鲟、鳇有吃厌的时候，鲦鱼则愈嚼愈甘，直到都已吃饱了肚子还舍不得释手呢。

不载果食茶酒说

【题解】

　　李渔在《饮馔部》全文的最后，又额外补充了一款"不载果食茶酒说"——因为它不好归类于上面的《蔬食第一》、《谷食第二》、《肉食第三》任何一部分。在这里，李渔阐发了"果者酒之仇，茶者酒之敌，嗜酒之人必不嗜茶与果"的道理，此说未必科学（或者说基本不科学），聊备一说而已。

　　果者酒之仇，茶者酒之敌，嗜酒之人必不嗜茶与果，此定数也。凡有新客入座，平时未经共饮，不知其酒量浅深者，但以果饼及糖食验之。取到即食，食而似有踊跃之情者，此即茗客，非酒客也；取而不食，及食不数四而即有倦色者，此必巨量之客，以酒为生者也。以此法验嘉宾，百不失一。予系茗客而非酒人，性似猿猴，以果代食，天下皆知之矣。讯以酒味则茫然，与谈食果饮茶之事，则觉井井有条，滋滋多味。兹既备述饮馔之事，则当于二者加详，胡以缺而不备？曰：惧其略也。性既嗜此，则必大书特书，而且为罄竹之书，若以寥寥数纸终其崖略，则恐笔欲停而心未许，不觉其言之汗漫而难收也。且果可略而茶不可略，茗战之兵法，富于《三略》、《六韬》，岂《孙子》十三篇所能尽其灵秘者哉[1]？是用专辑一编，名为《茶果志》，孤行可，尾于是集之后亦可。至于曲蘗一事，予既自谓茫然，如复强为置吻，则假口他人乎？抑强不知为知，以欺天下乎？假口则仍犯剿袭

之戒;将欲欺人,则茗客可欺,酒人不可欺也。倘执其所短
而兴问罪之师,吾能以茗战战之乎? 不若绝口不谈之为
愈耳。

【注释】

①“富于《三略》”二句:《三略》,又称《黄石公三略》,是中国古代著
　　名兵书,北宋神宗元丰年间被列为《武经七书》之一,据当今学者
　　考证,《三略》成书于西汉末年,其真实作者已不可考。《六韬》,
　　又称《太公六韬》或《太公兵法》,是中国古代著名兵书,1972 年山
　　东临沂银雀山西汉墓出土了一大批竹简,其中有《六韬》残简 54
　　枚,说明《六韬》在西汉前已流传于世。《孙子》,即《汉书·艺文
　　志》所载的《吴孙子》,春秋末期吴国将领孙武所著,我国最早最
　　杰出的军事著作,大约成书于公元前 496—前 453 年间,今存十
　　三篇。

【译文】

　　水果为酒之仇,茶为酒之敌,好酒的人必不嗜茶与水果,这是确定
不移的。凡有新客入座,平时没有在一起喝过酒,不知酒量浅深,只用
果饼及糖食验证即可。拿来就吃,吃得好像很热情踊跃的,这就是茶
客,而不是酒客;拿着不吃,吃不几个就有厌倦之色的,这必是海量之
客,靠酒过日子的人。以此法试验嘉宾,百不失一。我系茶客而非酒
人,性似猿猴,以果代饭,天下皆知我的脾性。问我酒味则茫茫然,与我
谈吃水果饮茶之事,则觉得井井有条,津津有味。本书既然备述饮馔之
事,理应在茶、酒这两件事情上记述更为详尽,为什么缺而不备? 答:怕
太简略。性既喜爱,则必大书特书,而且要作罄竹之书,倘若以寥寥数
纸说个大概,则恐怕笔欲停而心不许,不知不觉我的话要洋洋洒洒而难
以收笔了。而且,水果可简略而茶不可简略,茶战的兵法,富于《三略》、
《六韬》,岂是《孙子》十三篇能说尽它的灵机奥秘呢? 因此专辑一编,名

为《茶果志》，单独印行可以，附于本书末尾也可以。至于酒这一件事，我既然说了自己茫茫然，如果勉强去说三道四，还不是借他人之口发言？难道要强不知为知，以欺天下人吗？借人之口则违犯剿袭之戒；若要欺人，则茶客可欺，酒人是不可欺的啊。倘若抓住我的短处而兴问罪之师，我能以茶战的方法去应战吗？不如绝口不谈为好。

种植部

已载群书者片言不赘，非补未逮之论，
即传自验之方。欲睹陈言，请翻诸集。

【题解】

李渔之前，我国早已有不少讲花木的书，但像李渔这样的文字却不多见。李渔自己在《种植部》标题下附一小注，说明已经记载于其他著作之中的，本书一字不说，他所说的不是补充别人没有论述的，就是讲述经过自己验证的。这充分表现出李渔自我作古、绝不食前人牙慧的为文风骨。

童寯教授《江南园林志》中说："吾国自古花木之书，或主通经，或详治疗。《尔雅》及《本草纲目》，其著者也。他若旨在农桑，词关风月，则去造园渐远。"童先生提到的其他著作还有：唐贾耽《百花谱》；宋欧阳修《洛阳牡丹记》，范成大《菊谱》、《梅谱》，赵时庚《金漳兰谱》，王贵学《王氏兰谱》，王观《芍药谱》，陈思《海棠谱》；明王象晋《群芳谱》，清初增为《广群芳谱》，等等。李渔《闲情偶寄·种植部》，既不是一部植物学的书，也不是一部博物志的书，而且也不是一部纯粹讲园林美学的理论著作；在我看来，它更像一部小品文集，里面的一篇篇文章，都是以花木为题材，构思奇特、笔调轻松、文字优美、诙谐幽雅、情趣盎然的性灵小品。

木本第一　　计二十三款

【题解】

《木本第一》题下的这篇小序，从草木性格讲到人生哲理，启人情致，发人深思，怡情益智，给人以美的享受。以下各款文字，几乎篇篇如此。

　　草木之种类极杂，而别其大较有三，木本、藤本、草本是也。木本坚而难瘁，其岁较长者，根深故也。藤本之为根略浅，故弱而待扶，其岁犹以年纪。草本之根愈浅，故经霜辄坏，为寿止能及岁。是根也者，万物短长之数也，欲丰其得，先固其根，吾于老农老圃之事，而得养生处世之方焉。人能虑后计长，事事求为木本，则见雨露不喜，而睹霜雪不惊；其为身也，挺然独立，至于斧斤之来，则天数也，岂灵椿古柏之所能避哉？如其植德不力①，而务为苟且，则是藤本其身，止可因人成事，人立而我立，人仆而我亦仆矣。至于木槿其生，不为明日计者，彼且不知根为何物，遑计入土之浅深、藏荄之厚薄哉②？是即草木之流亚也。噫，世岂乏草木之行，而反木其天年、藤其后裔者哉？此造物偶然之失，非天地处人待物之常也。

【注释】

　①植德：培养德行。

　②荄（gāi）：草根。

【译文】

草木的种类极其庞杂，而区别其大略，可以分为三类，即木本、藤本、草本。木本坚实而难以枯萎，因为它年岁较长，根扎得深。藤本的根略浅，所以体质弱而待扶持，其寿命还是以年计算的。草本的根更浅，所以经过霜打就坏死了，它的寿命最多只能达到一年。就是说，根这东西，决定了万物寿命短长之数，要想有丰富收获，先应将根扎得牢固，我从老农老圃种植之事，而悟得了养生处世的方法。人应该为生命的天长日久考虑，事事求得像木本那样扎牢根，那就会见雨露不喜，而遇霜雪不惊；这样，自己的身体，挺然独立，至于斧斤砍来生命终结，乃是天数，难道是灵椿古柏所能避免的吗？如果不努力培植德行，而只是务求得过且过、苟且偷生，那就如藤本的身体，只可依靠别人成事，别人站着我也随之站着，别人倒下我也随之倒下。至于木槿的一生，不为明日打算，它连根为何物都不知道，哪里说得上根入土的浅深、藏在土里的厚薄呢？这就是草木的末流了。噫，世间难道还缺少那种只有草本之行、反而想得到木本天年、藤本后裔的人吗？这是造物偶然的失误，不是天地处人待物的常态。

牡丹

【题解】

此款中，李渔通过武则天将牡丹从长安贬逐到洛阳的故事，塑造了牡丹倔强不屈的性格。人们当然不会把故事当作实事，但故事中牡丹形象的这种不畏强权、特立独行的品行，着实令人肃然起敬。此文叙事说理，诙谐其表，庄重其里。文章一开头，作者现身说法，谓自己起初也对牡丹的花王地位不服，等到知晓牡丹因违抗帝王意旨在人间遭受贬斥的不幸境遇之后，遂大悟，牡丹被尊为花中之王理所当然：不加"九五之尊（花王），奚洗八千之辱"（牡丹从长安贬至洛阳，走了八千屈辱之路）？并且李渔自己还不远数千里，从"秦（陕西）之巩昌，载牡丹十数本而归"(至居住地南京),以表示对牡丹"守拙得贬"品行的赞赏、理解和同情。这段幽默中带点儿酸楚的叙述,充满着人生况味的深切体验,字里行间,既流露着对王者呵天呼地、以"人"害"天"的霸权行径的不满;又表现出对权势面前不低头的"强项"品格的崇敬和钦佩,大胆地喊出:"物生有候,蓂动以时,苟非其时,虽十尧不能冬生一穗;后系人主,可强鸡人使昼鸣乎?"

　　牡丹得王于群花,予初不服是论,谓其色其香,去芍药有几?择其绝胜者与角雌雄,正未知鹿死谁手。及睹《事物纪原》①,谓武后冬月游后苑,花俱开而牡丹独迟,遂贬洛阳,因大悟曰:"强项若此②,得贬固宜,然不加九五之尊③,奚洗八千之辱乎?"韩诗"夕贬潮阳路八千"④。物生有候,蓂动以时⑤,苟非其时,虽十尧不能冬生一穗;后系人主,可强鸡人使昼鸣乎⑥?如其有识,当尽贬诸卉而独崇牡丹。花王之封,允宜肇于此日,惜其所见不逮⑦,而且倒行逆施。诚哉!其为武后也。予自秦之巩昌,载牡丹十数本而归,同人嘲予以诗,有"群芳应怪人情热,千里趋迎富贵花"之句。予曰:"彼以守拙得贬,予载之归,是趋冷非趋热也。"兹得此论,更发明矣。

【注释】

①《事物纪原》:作者佚名,或谓宋代高承撰。明代简敬刊行,李果校补,十卷五十五部,探索天文、历数、典章、制度、文艺、风俗、草木、鸟兽等等事物的起源。

②强项:不肯低头,形容刚直不屈。项,脖子。

③九五之尊:《周易·乾卦》:"九五,飞龙在天,利见大人。"九五喻

阳气盛而至于天,圣人居天位。故九五之尊指帝位。

④夕贬潮阳路八千:韩愈以阻迎佛骨而得罪唐宪宗,被贬潮州刺史,他的《左迁至蓝关示侄孙湘》有"夕贬潮阳路八千"句。

⑤葭(jiā):初生的芦苇。

⑥鸡人:古报晓之官。

⑦逮:到,及。

【译文】

牡丹得以作群花之王,我最初还不服气,认为其色其香,与芍药能差得了多少?选出最好的芍药与它一决雌雄,还不知鹿死谁手呢。等读了《事物纪原》,说武后冬天游后苑,群花都开了而唯有牡丹迟迟未开,于是把它贬到洛阳,我因此而大悟道:"如此刚烈倔强,受到贬抑固然可以理解,然而不加之以花王之尊,哪里能够洗去贬走八千里路的耻辱呢?"韩诗"夕贬潮阳路八千"。植物生长有一定的气候,初生的芦苇开花早晚也有一定的时间规律,如果不到开花时间,虽有十个尧日不能使冬天生出一穗;后来的人主,可以强迫公鸡大白天打鸣报晓吗?如果真有见识,应当尽贬诸种花卉而独崇牡丹。花王的封号,理应肇始于这一天,可惜武后她的见识达不到,而且倒行逆施。诚然如此啊!这就是武后。我从陕西的巩昌,带了十几株牡丹回来,同人写诗嘲笑我,有"群芳应怪人情热,千里趋迎富贵花"之句。我说:"牡丹因固守其拙而被贬,我带它回来,是趋冷而不是趋热呀。"这里得到此论,与我的看法更是互相发明了。

艺植之法,载于名人谱帙者,纤发无遗,予倘及之,又是拾人牙后矣①。但有吃紧一着,花谱偶载而未之悉者,请畅言之。是花皆有正面,有反面,有侧面。正面宜向阳,此种花通义也。然他种或能委曲②,独牡丹不肯通融,处以南面既生，俾之他向则死，此其肮脏不回之本性，人主不能屈之，谁能屈之？予尝执此语同人，有迂其说者。予曰："匪特士民之家，即以帝王之尊，欲植此花，亦不能不循此例。"同人诘予曰："有所本乎？"予曰："有本。吾家太白诗云③：'名花倾国两相欢，常得君王带笑看。解释春风无限恨，沉香亭北倚栏杆。'倚栏杆者向北，则花非南面而何？"同人笑而是之。斯言得无定论？

【注释】

①拾人牙后：即拾人牙慧，刘义庆《世说新语·文学》："殷中军云：康伯未得我牙后慧。"

②或：有的本子作"犹"。

③吾家太白诗：李白《清平调词》之三。李渔、李白同姓，故曰"吾家"。

【译文】

艺植牡丹之法，记载于名人谱帙里的，没有丝毫遗漏，我倘若再来论说，又是拾人牙慧了。但有要紧的一点，花谱偶尔说到却不详细，请让我畅所欲言。凡是花，都有正面，有反面，有侧面。正面应该向阳，这是种花的通例。然而其他花或许能够委曲，唯独牡丹不肯通融，让它正面向阳就能活，让它朝其他方向就会死，这是它百折不屈的本性，人主尚且不能使之屈服，谁还能使它屈服呢？我曾经把这话说给同人，有人认为我的说法迂腐。我说："不光士民之家，即使以帝王之尊，要想种植这种花，也不能不遵循这个规律。"同人诘问我说："你的理论有所本吗？"我说："有所本。我家太白诗云：'名花倾国两相欢，常得君王带笑看。解释春风无限恨，沉香亭北倚栏杆。'所谓'倚栏杆'，就是向北，那么花不是南面而是什么呢？"同人笑而称是。我这话不能作为定论吗？

梅

【题解】

你想知道中国人怎样爱梅、怎样赏梅吗？请看李渔在本文中的描绘：山游者必带帐篷，实三面而虚其前，帐中设炭火，既可取暖又可温酒，可以一边饮酒，一边赏梅；园居者设纸屏数扇，覆以平顶，四面设窗，随花所在，撑而就之。你看，爱梅爱得多么投入！赏梅赏得多么优雅！倘若爱梅、赏梅能达到这种地步，梅如有知，当感激涕零矣。在中国，通常一说到梅花就想到它的傲视霜雪、高洁自重的品格，它也因此而受到人们的喜爱。其实，远在七千年以前的新石器时代，梅就被中国先民开发利用，先是采集梅果用于祭祀，并且在烹调时以之增加酸味；大约到魏晋南北朝时期，人们才开始对梅花进行审美欣赏；到宋元时，梅花的审美文化达到鼎盛时期，一直延续至今。梅与梅花最富于中国文化特色，积淀着深厚的社会文化，代表着中国文人志士的清气、骨气与生气。梅花的这种品性，在中国古代特别受到某些文人雅士的推崇，林逋"梅妻鹤子"的故事是其典型表现。据宋代沈括《梦溪笔谈》等书载，宋代钱塘人林逋（和靖），置荣利于度外，隐居于西湖的孤山，所住的房子周围，植梅蓄鹤，每有客来，则放鹤致之。这就是以梅为妻，以鹤为子。如果一个人能够视梅为妻，那么，其爱梅达到何种程度，可想而知。

花之最先者梅，果之最先者樱桃。若以次序定尊卑，则梅当王于花，樱桃王于果，犹瓜之最先者曰王瓜，于义理未尝不合，奈何别置品题，使后来居上。首出者不得为圣人，则辟草昧致文明者，谁之力欤？虽然，以梅冠群芳，料舆情必协①；但以樱桃冠群果，吾恐主持公道者，又不免为荔枝号屈矣。姑仍旧贯,以免抵牾②。种梅之法,亦备群书,无庸置吻,但言领略之法而已。花时苦寒,即有妻梅之心③,当筹寝处之法。否则衾枕不备,露宿为难,乘兴而来者,无不尽兴而返,即求为驴背浩然④,不数得也。观梅之具有二:山游者必带帐房,实三面而虚其前,制同汤网⑤,其中多设炉炭,既可致温,复备暖酒之用。此一法也。园居者设纸屏数扇,覆以平顶,四面设窗,尽可开闭,随花所在,撑而就之。此屏不止观梅,是花皆然,可备终岁之用。立一小匾,名曰“就花居”。花间竖一旗帜,不论何花,概以总名曰“缩地花”。此一法也。若家居所植者,近在身畔,远亦不出眼前,是花能就人,无俟人为蜂蝶矣。然而爱梅之人,缺陷有二:凡到梅开之时,人之好恶不齐,天之功过亦不等,风送香来,香来而寒亦至,令人开户不得,闭户不得,是可爱者风,而可憎者亦风也。雪助花妍,雪冻而花亦冻,令人去之不可,留之不可,是有功者雪,有过者亦雪也。其有功无过,可爱而不可憎者惟日,既可养花,又堪曝背,是诚天之循吏也⑥。使止有日而无风雪,则无时无日不在花间,布帐纸屏皆可不设,岂非梅花之至幸,而生人之极乐也哉!然而为之天者,则甚难矣。

【注释】

①舆情:群众的意见和态度。

②抵牾(dǐ wǔ):矛盾。

③妻梅:宋代林逋隐居西湖,种梅养鹤,终身不娶,人称“梅妻鹤子”。

④驴背浩然:用唐孟浩然驴背得句意。

⑤汤网:《史记·殷本纪》说,商汤施仁政,让捕鸟人网开三面,留一面捕获那些不听教命的鸟。

⑥循吏:遵理守法的官吏。

【译文】

开花最早的是梅,结果最早的是樱桃。假如以次序定尊卑,则梅应当是花中之王,樱桃是果中之王,犹如最先结瓜的叫王瓜,未尝不合于义理,无奈却另立了一套品题标准,使后来开花结果者居上。若首先出道的不能叫圣人,那么开辟草昧、达致文明,又是谁的力量呢?虽然如此,因为梅花冠压群芳,料想众人意见应该认同;但以樱桃冠压群果,我恐怕主持公道的人,又不免为荔枝叫屈了。姑且仍旧依从惯例,以免发生矛盾。种梅的方法,各种书籍也记载得很详备,不用多说,只谈观赏梅花的方法吧。梅花开的时候天气正寒冷,即使有妻梅之心,也应当筹划室外过夜观梅之法。否则,被子枕头没有准备好,露宿野外就会发生困难,乘兴而来的,无不尽兴而返,即使想作驴背得句的孟浩然,也没有几次机会。观梅的装备有二种:山游观梅者必带帐房,背后、左右三面掩实而前面虚空,形制如同汤网,帐房之中多设炉炭,既可取暖,又准备温酒之用。这是一种方法。花园中观梅者设置几扇纸屏,覆盖上平顶,四面设窗,可开可闭,随梅花的所在,撑开观赏。这种纸屏不只观梅,凡是观花都如此,一年到头都可使用。屏上立一小匾,刻名"就花居"。花间竖一面旗帜,不论什么花,概用一个总名叫"缩地花"。这是一种方法。若是家居所种植的梅花,近在身边,远也不出眼前,这样,花能迁就人,不用人如蜂蝶追花了。然而爱梅之人,有两个缺陷:凡到梅花开放的时候,人的好恶不齐,天的功过也不等,风把梅花的香气吹来,但香气吹来时寒气也来了,令人开户不得,闭户不得,这叫作可爱者是风,可憎者也是风。白雪之下梅花更妍丽,雪冻而花也冻,令人去之不可,留之不可,这叫作有功者是雪,有过者也是雪。有功无过,可爱而不可憎的,唯有太阳,它既可养花,又能够晒热观花者的脊背,真是老天爷忠于职守的好官吏。假使只有太阳而没有风雪，那就无时无日不在花间，布帐纸屏都可不用，这不只是梅花的至幸，而且也是人生的极乐啊！然而，当老天爷也太难了。

蜡梅者，梅之别种，殆亦共姓而通谱者欤？然而有此令德，亦乐与联宗。吾又谓别有一花，当为蜡梅之异姓兄弟，玫瑰是也。气味相孚，皆造浓艳之极致，殆不留余地待人者矣。人谓过犹不及，当务适中，然资性所在，一往而深，求为适中，不可得也。

【译文】

蜡梅，是梅的别一品种，大概都姓"梅"而通写在谱中了吧？然而有这样的美德，也乐于与之联宗。我又认为还有一种花，应该是蜡梅的异姓兄弟，这就是玫瑰。气味差不多，都达到浓艳的极致，大概不留余地待人赏闻了。人都说，过犹不及，应当务求适中，然而由它们的资性所决定，一往而深，求为适中，不可能啊。

桃

【题解】

此款谈"桃"。桃有两种：一种以其果实满足人的口腹之欲；一种以其美色令人悦目赏心。前者是物质的，后者是精神的。李渔所重，在后者。

桃色之美，酷似美人。酷似美人的什么呢？酷似美人之面，尤其酷似醉美人之面，又尤其酷似会见情郎时的美人之面。唐崔护《题都城南庄》诗云："去年今日此门中，人面桃花相映红。人面不知何处去，桃花依旧笑春风。"按：崔护，唐朝博陵（郡治在今河北定州）人，字殷功，贞元进士,官岭南节度使。试想,一个情窦初开的女儿家,朝思暮想会见自己的心上人,一旦相见,激动、羞怯、喜悦,话难于启口,手无处可放,白皙的脸上泛起两片红晕,白里透红,红里透白,酷似两片桃红。此时恐怕是她一生最漂亮的时候。关于桃花,李渔还有一比:"色之极媚者莫过于桃,而寿之极短者亦莫过于桃,'红颜薄命'之说,单为此种。"在男权主义的社会里,一般说女人的"命"是苦的。愈是漂亮的女人,"命"往往愈是苦。于是有"红颜薄命"之说。李渔自己,一方面是个男权主义者,另一方面又表现出对女人的深切同情,从桃花想到"红颜薄命"的比喻,即是这种同情的流露。人真是最复杂的矛盾体。

凡言草木之花,矢口即称桃李,是桃李二物,领袖群芳者也。其所以领袖群芳者,以色之大都不出红白二种,桃色为红之极纯,李色为白之至洁,"桃花能红李能白"一语,足尽二物之能事。然今人所重之桃,非古人所爱之桃;今人所重者为口腹计,未尝究及观览。大率桃之为物,可目者未尝可口,不能执两端事人。凡欲桃实之佳者,必以他树接之,不知桃实之佳,佳于接,桃色之坏,亦坏于接。桃之未经接者,其色极娇,酷似美人之面,所谓"桃腮"、"桃靥"者,皆指天然未接之桃,非今时所谓碧桃、绛桃、金桃、银桃之类也。即今诗人所咏、画图所绘者,亦是此种。此种不得于名园,不得于胜地,惟乡村篱落之间、牧童樵叟所居之地,能富有之。欲看桃花者,必策蹇郊行①,听其所至,如武陵人之偶入桃源②,始能复有其乐。如仅载酒园亭,携姬院落,为当春行乐计者,谓赏他卉则可,谓看桃花而能得其真趣,吾不信也。噫,色之极媚者莫过于桃,而寿之极短者亦莫过于桃,"红颜薄命"之说，单为此种。凡见妇人面与相似而色泽不分者，即当以花魂视之，谓别形体不久也。然勿明言，至生涕泣。

【注释】

①蹇(jiǎn)：此指跛足驴。孟浩然《唐城馆中早发寄杨使君》："访人留后信，策蹇赴前程。"

②武陵人之偶入桃源：用陶渊明《桃花源记》意。

【译文】

　　凡是说到草木之花，随口就称桃李，如此看来桃李两种花，是群芳领袖啊。之所以能够领袖群芳，因其颜色大都不出红白二种，桃花为红色之极纯，李花为白色之至洁，"桃花能红李能白"一语，足以道尽桃李的能事。然而，今人所重的桃，不是古人所爱的桃；今人所重者考虑的是口腹，不曾讲究观览。大致说来，桃这种植物，中看的未必可口，不能两头都能侍奉人。凡是想叫桃子好吃，必须用其他树嫁接，不知桃之好吃，好在嫁接，桃色之坏，也坏在嫁接。未经嫁接的桃，其颜色极其娇美，酷似美人的脸面，所谓"桃腮"、"桃靥"者，都是指天然未接之桃，不是今天所谓碧桃、绛桃、金桃、银桃之类。今天诗人所歌咏、画家所描绘的，也是这种桃。这种桃不是得于名园，不是得于胜地，只有乡村篱落之间、牧童樵叟所居之地，才有许许多多。想看桃花的，必须骑着毛驴走到郊外，随其所至，如武陵人之偶入桃源，才能再得到那种快乐。如果仅仅载酒园亭，携姬院落，只考虑当春行乐，观赏其他花卉可以，要说观赏桃花而能得到它的真趣，我表示怀疑。噫，颜色之极媚者莫过于桃，而寿命之极短者也莫过于桃，"红颜薄命"之说，就是单指这个而言。凡是见到妇人面色与桃花相似而色泽也难以分辨者，就应当视为花魂，而这种花魂离开她的身体也不会太久了。但是不要明言，免得她伤心涕泣。

李

【题解】

此款文字不多,却是一篇漂亮的、情趣盎然而富有深意的小品文。

此文开头"吾家果"、"吾家花",表现了李渔一贯的幽默风格,这且不说;其中心意思是借李花之"色不可变",而赞扬了人世间坚贞守一的品格。一上来,他将梨花与桃花作了对比:"桃色可变,李色不可变也"。然后,抓住"可变"与"不可变",引经据典,生发开去。先是引用《中庸》"国有道,不变塞焉,强哉矫! 国无道,至死不变,强哉矫",重点强调"不变"的可贵品质,用朱子的话说就是:"国有道,不变未达之所守;国无道,不变平生之所守也。"接着又借《论语·阳货》"不曰坚乎,磨而不磷;不曰白乎,涅而不淄"的话,赞赏"自有此花以来,未闻稍易其色,始终一操"的美好操行。最后又以李树之"耐久"为话由,发了一番感慨:"李树较桃为耐久,逾三十年始老,枝虽枯而子仍不细,以得于天者独厚,又能甘淡守素,未尝以色媚人也。若仙李之盘根,则又与灵椿比寿。我欲绳武而不能,以著述永年而已矣。"读此文不但令人心畅,而且发人深思。好文章! 好文章!

顺便说一说:李渔讲的是李花,而其果,向为人们所关注。以往的说法是:桃养人,杏伤人,李子树下埋死人。不久前有关专家为李子平反。据科学鉴定,李子对人大有益处,其营养价值甚至在桃、杏之上。

李是吾家果,花亦吾家花,当以私爱嬖之,然不敢也。唐有天下,此树未闻得封。天子未尝私庇,况庶人乎? 以公道论之可已。与桃齐名,同作花中领袖,然而桃色可变,李色不可变也。"邦有道,不变塞焉,强哉矫! 邦无道,至死不变,强哉矫!"[1]自有此花以来,未闻稍易其色,始终一操,涅而不淄②，是诚吾家物也。至有稍变其色，冒为一宗，而此类不收，仍加一字以示别者，则郁李是也。李树较桃为耐久，逾三十年始老，枝虽枯而子仍不细，以得于天者独厚，又能甘淡守素，未尝以色媚人也。若仙李之盘根，则又与灵椿比寿。我欲绳武而不能③，以著述永年而已矣。

【注释】

①"邦有道"六句：《礼记·中庸》原文"国有道，不变塞焉，强哉矫；国无道，至死不变，强哉矫"的意思是：国家清明时，不改变未达到的志向，此乃真正强大啊！国家黑暗时，你的志向至死不动摇，此乃真正强大啊！塞，阻塞，此指尚未实现。矫，强大的样子。

②涅（niè）而不淄（zī）：涅，黑色燃料。淄，古同"缁"，黑色。《论语·阳货》："不曰坚乎，磨而不磷；不曰白乎，涅而不淄。"

③绳武：《诗经·大雅·下武》："昭兹来许，绳其祖武。"绳，继续。武，足迹。

【译文】

李子是我家果，李花也是我家花，应当以私爱宠幸她，然而我却不敢。李唐皇朝有天下，没有听说李树得以封赏。天子未尝予以私自庇护，何况庶人呢？以公道论它就可以了。李花与桃花齐名，同作花中领袖，然而桃色可变，李色不可变。"邦有道，不变塞焉，强哉矫！邦无道，至死不变，强哉矫！"自有这种花以来，没有听说稍稍改变过它的颜色，操守始终如一，染料染它也不变黑，诚然是我家之物啊。至于稍变其色，冒为李家一宗，而李家正宗也不收此类，乃加一个字以示区别的，叫作"郁李"。李树较之桃树耐久，超过三十年才开始变老，枝条虽然枯了而其果实仍不细小，因为它得天独厚，又能甘淡守素，不曾以色媚人。

如仙李那样盘根错节，则又可与灵椿比其寿命。我要承续它的脚步而没有做到，故以著述来延寿而已。

杏

【题解】

此款中李渔所谓"杏性淫"以及上款所谓"李性专"，当然是人的意识投射。但是话又说回来，文人赋诗作文，当描写自然现象时，或借物抒情，或托物起兴，舍意识投射便无所施其技。由此更可以看出李渔所写，乃是文学作品，而不是关于植物学的科学文章。在整个《闲情偶寄》中，他是把李、杏等等自然物作为艺术对象来看待的。我曾发表过一篇《论艺术对象》的文章，有一段是这样写的："艺术却绝非廉价地、无缘无故地把自然界作为自己的对象。只有如马克思所说'自然是人的身体'、自然界的事物与人类生活有着密切的本质联系时，艺术才把自己的目光投向它。譬如，艺术中常常写太阳、月亮、星星，常常写山脉、河流、风雨、雷电，常常写动物、植物，会说话的鸟，有感情的花……，但是这一切作为艺术的对象，或是以物喻人，或是借物抒情，或是托物起兴，总之，只是为了表现人类生活；不然，它们在艺术中便没有任何价值、任何意义。"

种杏不实者，以处子常系之裙系树上，便结累累。予初不信，而试之果然。是树性喜淫者，莫过于杏，予尝名为"风流树"。噫，树木何取于人，人何亲于树木，而契爱若此，动乎情也？情能动物，况于人乎！其必宜于处子之裙者，以情贵乎专；已字人者，情有所分而不聚也。予谓此法既验于杏，亦可推而广之。凡树木之不实者，皆当系以美女之裳；即男子之不能诞育者，亦当衣以佳人之裤。盖世间慕女色而爱处子,可以情感而使之动者,岂止一杏而已哉!

【译文】

　　种杏树若不结杏子的,用处女常穿的裙子系在树上,便结累累果实。我开始时不信,而试验后果然如此。凡是说到树性喜淫色,没有比杏更厉害的,我曾叫它"风流树"。噫,树木在人那里得到了什么,人为何如此亲于树木,而且如此契爱,如此动情? 情能感动物,何况对于人呢! 这树之所以必须要处女的裙子系上才灵验,是因为情贵乎专;已嫁人的,情有所分散而不能聚集专一了。我认为这个方法既能验证于杏,也可推而广之。凡不结果实的树木,都应当系上美女的衣裳;就是男子中不能生育的,也应当穿一穿佳人的裤子。世间爱慕女色、爱慕处女,可被她们的情感所打动的,岂止一种杏树而已!

梨

【题解】

　　在"梨"款中,李渔说"性爱此花,甚于爱食其果。果之种类不一,中食者少,而花之耐看,则无一不然。雪为天上之雪,此是人间之雪",说明他重精神享受甚于重口腹之欲。

　　予播迁四方,所止之地,惟荔枝、龙眼、佛手诸卉,为吴越诸邦不产者,未经种植,其余一切花果竹木,无一不经葺理;独梨花一本,为眼前易得之物,独不能身有其树为楂梨主人,可与少陵不咏海棠,同作一等欠事。然性爱此花,甚于爱食其果。果之种类不一,中食者少,而花之耐看,则无一不然。雪为天上之雪,此是人间之雪;雪之所少者香,此能兼擅其美。唐人诗云:"梅虽逊雪三分白,雪却输梅一段香。"①此言天上之雪。料其输赢不决，请以人间之雪，为天上解围。

【注释】

①"梅虽逊雪三分白"二句：此乃宋卢梅坡《雪梅》（其一）："梅雪争春未肯降，骚人阁笔费评章。梅虽逊雪三分白，雪却输梅一段香。"

【译文】

我四方迁徙，所到之地，唯有荔枝、龙眼、佛手诸种花木，是吴越各地不出产的，没有种植过，其余一切花果竹木，没有一样没有栽种葺理；独有梨花这一种，虽是眼前容易得到，却不能拥有其树而为植梨主人，这与杜甫一生不咏海棠，是一样的欠缺之事。然而我天性喜爱梨花，甚于爱吃它的果子。梨的果子种类不一，好吃的少，而梨花的耐看，则没有一种不是如此。雪是天上的雪，梨花是人间的雪；雪所缺少的是香，梨花则能两擅其美。唐人诗云："梅虽逊雪三分白，雪却输梅一段香。"这说的是天上的雪。料想它们输赢不决，请以人间之雪，为天上之雪解围。

海棠

【题解】

如果说牡丹是生在富家大户的、雍容华贵的、似乎因生性高贵而不肯屈从权威的（甚至像故事里所说敢于违抗帝王旨意）大家闺秀；如果说梅花是傲霜斗雪、风刀霜剑也敢闯的、英姿飒爽的巾帼英雄；如果说桃花（李渔所说的那种未经嫁接的以色取胜的桃花）是藏在深山人未知的处女；那么，秋海棠则好似一个出身农家的、贫寒的、纤弱可爱、妩媚多情的待字少女。李渔"海棠"款正是塑造了秋海棠的这样一种性格。他说，秋海棠较春花更媚。"春花肖美人之已嫁者，秋花肖美人之待年者；春花肖美人之绰约可爱者，秋花肖美人之纤弱可怜者"。

李渔还有一首《丑奴儿令·秋海棠》词："从来绝色多迟嫁，脂也慵施，黛也慵施。慵到秋来始弄姿。谁人不赞春花好，浓似胭脂，灿似胭脂。雅淡何尝肯欲斯？"颇有味道。

秋海棠在无论多么贫瘠的土地上都能生长，"墙间壁上，皆可植之；性复喜阴，秋海棠所取之地，皆群花所弃之地也"。李渔还讲了一个故事，更增加了秋海棠的可怜与可爱："相传秋海棠初无是花，因女子怀人不至，涕泣洒地，遂生此花，可为'断肠花'。"

"海棠有色而无香"，此《春秋》责备贤者之法①。否则无香者众，胡尽恕之，而独于海棠是咎？然吾又谓海棠不尽无香，香在隐跃之间，又不幸而为色掩。如人生有二技，一技稍粗，则为精者所隐；一术太长，则六艺皆通，悉为人所不道。王羲之善书②，吴道子善画，此二人者，岂仅工书善画者哉？苏长公不善棋酒③，岂遂一子不拈、一卮不设者哉？诗文过高，棋酒不足称耳。吾欲证前人有色无香之说，执海棠之初放者嗅之，另有一种清芬，利于缓咀，而不宜于猛嗅。使尽无香，则蜂蝶过门不入矣，何以郑谷《咏海棠》诗云"朝醉暮吟看不足，羡他蝴蝶宿深枝"④？有香无香，当以蝶之去留为证。且香之与臭，敌国也。花谱云⑤："海棠无香而畏臭，不宜灌粪。"去此者必即彼，若是，则海棠无香之说，亦可备证于前，而稍白于后矣。噫，"大音希声"，"大羹不和"⑥，奚必如兰如麝，扑鼻薰人，而后谓之有香气乎？

【注释】

①《春秋》责备贤者之法：即通常所谓"春秋笔法"。

②王羲之：东晋书法家，字逸少，琅琊临沂人（今属山东），出身贵族，官至右将军，人称"王右军"。

③苏长公：即苏东坡。

④郑谷：唐代诗人，字守愚，宜春（今属江西）人，其诗多写景咏物。

⑤花谱：分类记录各种花卉名色及有关诗文之书。如，宋代刘蒙《菊谱》，清代《广群芳谱》。

⑥大羹不和：语出《礼记·礼器》："大圭不琢，大羹不和。"不和即不调以杂味。

【译文】

"海棠有色而无香"，这是《春秋》责备贤者的笔法。否则，没有香味的多了，为什么都可宽恕，而单挑海棠的毛病？然而我认为海棠并非完全没有香味，香在隐跃之间，又不幸而被它的颜色掩盖。如人生有两种技艺，一种技艺稍粗疏，则为精细者所隐没；一种技艺太强势，六艺皆通，也全都不为人所称道了。王羲之善书，吴道子善画，这两个人，难道仅仅工书善画吗？苏东坡不善棋酒，难道他一个棋子不拈、一只酒杯不设吗？因其诗文过高，棋酒就不足称道了。我想求证前人有色无香的说法，拿刚刚开放的海棠花闻一闻，它有另一种清芬，利于缓缓去闻，而不宜于猛嗅。假使海棠完全没有香味，则蜂蝶过其门而不入了，为何郑谷《咏海棠》诗云"朝醉暮吟看不足，美他蝴蝶宿深枝"？有香无香，应当以蜂蝶的去留为证。而且香气与臭味，互相敌对。花谱说："海棠没有香气而害怕臭味，不宜灌粪。"离弃臭味的必然接近于香气，若是这样，则海棠无香之说，也可以说既被前人所否定，也被后人略微弄明白一点儿了。噫，"大音希声"，"大羹不和"，何必一定要如兰如麝，扑鼻薰人，而后才说它有香气呢？

　　王禹偁《诗话》云①:"杜子美避地蜀中,未尝有一诗及海棠,以其生母名海棠也。"生母名海棠,予空疏未得其考,然恐子美即善吟,亦不能物物咏到。一诗偶遗,即使后人议及父母。甚矣,才子之难为也。鼎革以前,吾乡杜姓者,其家海棠绝胜,予岁岁纵览,未尝或遗。尝赠以诗云:"此花不比别花来,题破东君着意培。不怪少陵无赠句,多情偏向杜家开②。"似可为少陵解嘲。秋海棠一种,较春花更媚。春花肖美人,秋花更肖美人;春花肖美人之已嫁者,秋花肖美人之待年者;春花肖美人之绰约可爱者,秋花肖美人之纤弱可怜者。处子之可怜,少妇之可爱,二者不可得兼,必将娶怜而割爱矣。相传秋海棠初无是花,因女子怀人不至,涕泣洒地,遂生此花,名为"断肠花"。噫,同一泪也,洒之林中,即成斑竹,洒之地上,即生海棠,泪之为物神矣哉!春海棠颜色极佳,凡有园亭者不可不备,然贫士之家不能必有,当以秋海棠补之。此花便于贫士者有二:移根即是,不须钱买,一也;为地不多,墙间壁上,皆可植之。性复喜阴,秋海棠所取之地,皆群花所弃之地也。

【注释】

①王禹偁:北宋诗人,字元之,巨野(今山东巨野)人,有《小畜集》。

②偏:芥子园本作"遍",《中国文学珍本丛书》本作"偏"。

【译文】

　　王禹偁《诗话》云:"杜子美避地蜀中,未曾有一诗写到海棠,因为他的生母名叫海棠啊。"生母名海棠,我才学空疏没有对此进行考证,然而,恐怕杜子美即使善于作诗,也不能事事物物都写到。一首诗偶有遗漏,就让后人议论到他的父母。过分了,才子难作呀。清朝鼎革以前,我乡杜家,海棠长得绝佳,我每年都去尽情观赏,未曾遗漏。曾经赠诗给他家:"此花不比别花来,题破东君着意培。不怪少陵无赠句,多情偏向杜家开。"似乎可以为杜少陵解嘲。秋海棠是海棠的一种,它比春海棠的花更娇媚。春花似美人,秋花更似美人;春花似已经出嫁的美人,秋花似待字阁中的美人;春花似美人之绰约可爱,秋花似美人之纤弱可怜。处女之可怜,少妇之可爱,倘若二者不可得兼,那就必将娶可怜而割可爱了。相传秋海棠最初没有这种花,因女子怀念情人,情人总也不来,涕泣洒地,于是产生了秋海棠这种花,名为"断肠花"。噫,同是一种泪,洒在林中,就变成斑竹,洒在地上,即生成海棠,泪这种东西真神奇啊!春海棠颜色极好,凡有园林的不可不备,然而贫士之家不一定都能拥有,应当用秋海棠补上。这种花有两点方便贫士栽种:移根即可,不须钱买,这是一;二是占地不多,墙间壁上,都可种植。这种花性又喜阴,秋海棠所需要的地方,都是群花所遗弃的地方。

玉兰

【题解】

李渔把玉兰花的特性、色相、美姿描绘得细致准确。每到春节过后,虽然残冬竭力抵抗着春天的脚步,但是迎春花还是冷不防从雪花丛中钻出来开放。而白玉兰从深冬起就酝酿着花苞,积蓄着力量,没等迎春花谢,就羞答答地张开小嘴向春天表达爱意。只要白玉兰开花了,人们就知道春天确实已经充塞于天地之间了。

世无玉树,请以此花当之。花之白者尽多,皆有叶色相乱,此则不叶而花,与梅同致。千干万蕊,尽放一时,殊盛事也。但绝盛之事,有时变为恨事。众花之开,无不忌雨,而此花尤甚。一树好花，止须一宿微雨，尽皆变色，又觉腐烂可憎，较之无花更为乏趣。群花开谢以时，谢者既谢，开者犹开，此则一败俱败，半瓣不留。语云："弄花一年，看花十日。"为玉兰主人者，常有延伫经年，不得一朝盼望者，讵非香国中绝大恨事？故值此花一开，便宜急急玩赏，玩得一日是一日，赏得一时是一时。若初开不玩而俟全开，全开不玩而俟盛开，则恐好事未行，而煞风景者至矣。噫，天何仇于玉兰，而往往三岁之中，定有一二岁与之为难哉！

【译文】

世上没有玉树，请用玉兰花当作玉树吧。花呈白色的非常多，大都有叶色与花色相混乱的情况发生，玉兰则未生叶而先开花，与梅一样。千条枝干、万朵花蕊，一时全都开放了，真是一件盛事。但是绝盛之事，有时也会变为遗憾之事。众花开放时，无不忌雨，而玉兰花尤其厉害。一树好花，只需一夜小雨，全都变了颜色，又会让人感觉腐烂可憎，比起没有花则更为乏趣。其他各种花，开谢有其花期，谢的已谢了，开的还在开，玉兰花则一败俱败，半瓣不留。俗话说："弄花一年，看花十日。"作为玉兰的主人，常常有期待经年，得不到一朝的观赏，岂非花香世界中的一件绝大遗憾之事？所以当玉兰花一开，便应急急玩赏，玩得一日是一日，赏得一时是一时。若初开不玩赏而等它全开，全开时不玩赏而等它盛开，那恐怕好事未行，而煞风景的事就来了。噫，老天爷同玉兰有什么仇，往往三年之中，倒有一二年与之为难呢！

辛夷

【题解】

辛夷花又名木笔花、迎春花。早春时节开放，先花后叶，色艳味香。

又可入药,且可提取香料,为益多矣。李渔此款如此贬抑辛夷,太不
公平。

　　辛夷、木笔、望春花,一卉而数异其名,又无甚新奇可
取,"名有余而实不足"者,此类是也。园亭极广,无一不备
者方可植之,不则当为此花藏拙。

【译文】
　　辛夷、木笔、望春花,同一种花而有好几种不同的名字,又没有什么
新奇之处可取,所谓"名有余而实不足",就是此类花了。园亭极广阔,
没有一种花不栽的,才可种植,不然,应当为此花藏拙。

山茶

【题解】
　　山茶的可爱,一是其性,一是其色。其性何如? 它不像桂花与玉兰
那样"最不耐开、一开辄尽",而是"最能持久、愈开愈盛",而且"戴雪而
荣"。因此,李渔赞这种花为"具松柏之骨,挟桃李之姿,历春夏秋冬如
一日,殆草木而神仙者"。其色何如? 李渔的描绘极妙:"由浅红至深
红,无一不备。其浅也,如粉如脂,如美人之腮,如酒客之面;其深也,如
朱如火,如猩猩之血,如鹤顶之珠。可谓极浅、深、浓、淡之致,而无一毫
遗憾者也。"李渔可谓山茶知音。难得! 难得!

　　花之最不耐开、一开辄尽者,桂与玉兰是也;花之最能
持久、愈开愈盛者,山茶、石榴是也。然石榴之久,犹不及山
茶;榴叶经霜即脱,山茶戴雪而荣。则是此花也者,具松柏
之骨,挟桃李之姿,历春夏秋冬如一日,殆草木而神仙者乎?

又况种类极多,由浅红以至深红,无一不备。其浅也,如粉如脂,如美人之腮,如酒客之面;其深也,如朱如火,如猩猩之血,如鹤顶之珠。可谓极浅、深、浓、淡之致,而无一毫遗憾者矣。得此花一二本,可抵群花数十本。惜乎予园仅同芥子,诸卉种就,不能再纳须弥,仅取盆中小树,植于怪石之旁。噫,善善而不能用,恶恶而不能去,予其郭公也夫①!

【注释】

①郭公:北齐后主高纬,雅好傀儡,时谓之郭公("高"、"郭"音近),因此以"郭公"喻傀儡也。

【译文】

花中最不耐开、一开就尽的,是桂花和玉兰;花中最能持久、愈开愈盛的,是山茶与石榴。然而石榴的持久,还赶不上山茶;石榴的叶经霜即会脱落,山茶则能戴雪而荣。如此说来,这种山茶花,既具有松柏的傲骨,又兼备桃李的风姿,历经春夏秋冬如一日,大概是草木中的神仙吧?况且山茶花种类极多,由浅红以至深红,无一不有。浅的,如粉如脂,如美人之腮,如酒客之面;深的,如朱如火,如猩猩之血,如鹤顶之珠。可以说达到了浅、深、浓、淡的极致,而没有一丝一毫的遗憾。得到山茶花的一二本,可抵得上群花数十本。可惜呀,我的花园仅如芥子之大,诸种花卉栽上之后,就不能再纳须弥之地种山茶花了,仅取盆中小树,种植在怪石之旁。噫,我所称善的东西却不能享用,我所厌恶的东西却不能去除,我就是傀儡郭公啊!

紫薇

【题解】

李渔在此款中抓住紫薇的特点,将其拟人化,说它知痒、知痛、知荣辱。这花也叫百日红、满堂红、痒痒树，喜光，耐旱，怕涝，生长较慢，寿命长。树姿优美，树干光滑洁净，花色艳丽；花期极长，宋代诗人杨万里诗曰："似痴如醉丽还佳，露压风欺分外斜。谁道花无红百日，紫薇长放半年花。"明代薛蕙也写过："紫薇花最久，烂熳十旬期。夏日逾秋序，新花续放枝。"故有"百日红"之称；又有"盛夏绿遮眼，此花红满堂"之赞，故又称"红满堂"；紫薇树长大以后，树干外皮落下，光滑无皮。如果人们轻轻抚摸一下，立即会枝摇叶动，浑身颤抖，甚至会发出微弱的"咯咯"响动声，所以紫薇又叫痒痒树。

人谓禽兽有知，草木无知。予曰：不然。禽兽草木尽是有知之物，但禽兽之知，稍异于人，草木之知，又稍异于禽兽，渐蠢则渐愚耳。何以知之？知之于紫薇树之怕痒。知痒则知痛，知痛痒则知荣辱利害，是去禽兽不远，犹禽兽之去人不远也。人谓树之怕痒者，只有紫薇一种，余则不然。予曰：草木同性，但观此树怕痒，即知无草无木不知痛痒，但紫薇能动，他树不能动耳。人又问：既然不动，何以知其识痛痒？予曰：就人喻之，怕痒之人，搔之即动，亦有不怕痒之人，听人搔扒而不动者，岂人亦不知痛痒乎？由是观之，草木之受诛锄，犹禽兽之被宰杀，其苦其痛，俱有不忍言者。人能以待紫薇者待一切草木，待一切草木者待禽兽与人，则斩伐不敢妄施，而有疾痛相关之义矣。

【译文】

有人说禽兽有知，草木无知。我说：不然。禽兽草木都是有知之物，只是禽兽之知，与人稍有不同，草木之知，又与禽兽稍有不同，比较起来，由人而禽兽而草木，渐蠢则渐愚而已。怎么知道？从紫薇树的怕痒知道的。紫薇树知痒则知痛,知痛痒则知荣辱利害,这就离禽兽不远了,犹如禽兽离人不远一样。有人说,树中怕痒的,只有紫薇树这一种,其余的不是这样。我说:草木的情性是相同的,只要看紫薇树怕痒,就知道无草无木不知痛痒,只是紫薇树能动,其他树不能动而已。有人又问:既然不动,怎么知道它识痛痒呢? 我说:就拿人作比喻吧,怕痒的人,一搔他,马上动,也有不怕痒的人,听任别人搔扒而不动,岂非人也有不知痛痒的吗? 由此看来,草木之受诛锄,犹如禽兽之被宰杀,其苦其痛,都有不忍言说之处。人若能像待紫薇那样待一切草木,像待一切草木那样待禽兽与人,那么人间的斩杀就不敢胡乱施用,而能体会到疾痛相关的意义了。

绣球

【题解】

原产于我国的绣球,又叫八仙花,别名阴绣球、绣球花、紫阳花、斗球;花顶生,近球形,直径可达二十厘米;花色多变,初白色,渐蓝色、粉色。此花十分漂亮,常常有人将球剪下放在瓶中或悬挂于床帐,别有一番风味。李渔此款赞美它"天工之巧,至开绣球一花而止矣"。

天工之巧,至开绣球一花而止矣。他种之巧,纯用天工,此则诈施人力,似肖尘世所为而为者。剪春罗、剪秋罗诸花亦然。天工于此,似非无意,盖曰:"汝所能者,我亦能之;我所能者,汝实不能为也。"若是,则当再生一二蹴球之人,立于树上,则天工之斗巧者全矣。其不屑为此者,岂以物可肖,而人不足肖乎?

【译文】

天工的机巧，到了开绣球这一种花是到头了。其他种类的机巧，纯用天工，绣球这种花则假施人力，似乎效仿尘世所为而去做的。剪春罗、剪秋罗诸花也一样。天工在这里，好像并非无意，大约是说："你所能做的，我也能做；我所能做的，你实在不能做了。"若是这样，就应当再生一二踢球的人，立在树上，如此，则天工的斗巧就完备了。老天爷之所以不屑为此，难道是因为物可效仿，而人不足以效仿吗？

紫荆

【题解】

李渔几句话就描绘出紫荆花的特点："少枝无叶，贴树生花，虽若紫衣少年，亭亭独立，但觉窄袍紧袂，衣瘦身肥，立于翩翩舞袖之中。"

花各有形、有性，乃大自然赋予植物万千性状之本然，犹如人之面貌各异、禀性不同；因此，牡丹不必骄傲跋扈，紫荆也不必自惭形秽。

紫荆一种，花之可已者也。但春季所开，多红少紫，欲备其色，故间植之。然少枝无叶，贴树生花，虽若紫衣少年，亭亭独立，但觉窄袍紧袂，衣瘦身肥，立于翩翩舞袖之中，不免代为踧踖①。

【注释】

①踧踖（cù jí）：局促不安的样子。《论语·乡党》："君在，踧踖如也。"

【译文】

紫荆这种花，是可以不必栽种的。但春季所开的花，多为红色而很少紫色，想完备花的色彩，所以间或栽种。然而它少枝无叶，贴在树干开花，虽然很像紫衣少年，亭亭独立，但总觉得它窄袍紧袖，衣瘦身肥，立于翩翩舞袖的队伍之中,不免替它局促不安。

栀子

【题解】

　　李渔说"栀子花无甚奇特,予取其仿佛玉兰",其实,二者只是颜色皆白,花型有点相似,实则大不相同。栀子的花,香气宜人,且可入药,又有实用价值。

　　有学者称,栀子在汉代又叫鲜支(鲜支也指丝织品,也指栀子)。栀子是茜草科栀子属常绿灌木,汉代用作黄色染料。据《史记·货殖列传》记载,当时有以种植栀子、茜草而大富者:"若千亩卮茜……此其人皆与千户侯等。"《集解》徐广曰:"卮音支,鲜支也。茜音倩,一名红蓝,其花染缯赤黄也。"《汉书·司马相如传》:"鲜支黄砾。"颜师古注:"鲜支,即今支子树也。"《说文解字》木部:"栀,黄木可染者。"段玉裁注:"栀,今栀子树,实可染黄。相如赋谓之'鲜支',《史记》假'卮'为之。"古代栀子作染料,又有药用价值;而今天则常常作为观赏植物。又,明文震亨《长物志》说栀子又称詹卜:"詹卜,俗名栀子,古称禅友,出自西域。"宋苏轼诗:"六花詹卜林间佛,九节菖蒲石上仙。"

　　栀子花无甚奇特,予取其仿佛玉兰。玉兰忌雨,而此不忌;玉兰齐放齐凋,而此则开以次第。惜其树小而不能出檐,如能出檐,即以之权当玉兰,以弥补三春恨事,谁曰不可?

【译文】

　　栀子花没有什么奇特,我取它与玉兰相似。玉兰忌雨,而栀子不忌;玉兰齐放齐凋,而栀子则次第开放。可惜它的树干小而不能出檐,如果能出檐，就可以用它权当玉兰，以补三春的遗憾，谁说不可以呢？

杜鹃　樱桃

【题解】

今天的杜鹃可不是李渔当年所谓"花之可有可无者也"，电影《闪闪的红星》中一曲优美抒情的《映山红》，深入家家户户，深入千千万万观众的心里，从而也使人们对这种别名叫作杜鹃的花也另眼看待，如今它已经是家庭养花的重要品种之一了，可谓家家映山红。

至于樱桃，倒真是"在实不在花"。樱桃含铁极富，所以营养价值很高。

杜鹃、樱桃二种，花之可有可无者也。所重于樱桃者，在实不在花；所重于杜鹃者，在西蜀之异种，不在四方之恒种。如名花俱备，则二种开时，尽有快心而夺目者，欲览余芳，亦愁少暇。

【译文】

杜鹃、樱桃这两种，它们的花可有可无。所看重樱桃的，在它的果实而不在它的花；所看重杜鹃的，在西蜀的异种，不在四方都有的平常品种。如果名花俱备，那么这两种花开时，尽有赏心悦目的花卉，想观览可有可无的花，也愁没有时间呢。

石榴

【题解】

李渔在此款中记芥子园的石榴别有风趣，令人难忘。石榴乃区区三亩芥子园花木中的主角，"榴之根即山之麓"，"榴之地即屋之天"，"榴之花即吾倚栏守户之人"。石榴不但是主角,且是功臣。

在我国北方,农家院里最常见的果树就是石榴,家种石榴,就像家里养狗一样,司空见惯。一般石榴树,齐房高,每到秋后上冻前,人们用草把整棵树捆起来,外面糊上泥,犹如给它盖上一层厚厚的被子。开春儿,把"被子"掀开。很快,它就发芽、生叶、开花、结果。先看它红艳艳的花,再看它扭着嘴、垂着头的青里透红的大石榴。

　　芥子园之地不及三亩,而屋居其一,石居其一,乃榴之大者,复有四五株。是点缀吾居,使不落寞者,榴也;盘踞吾地,使不得尽栽他卉者,亦榴也。榴之功罪,不几半乎?然赖主人善用,榴虽多,不为赘也。榴性喜压,就其根之宜石者,从而山之,是榴之根即山之麓也;榴性喜日,就其阴之可庇者,从而屋之,是榴之地即屋之天也;榴之性又复喜高而直上,就其枝柯之可傍,而又借为天际真人者①,从而楼之,是榴之花即吾倚栏守户之人也。此芥子园主人区处石榴之法,请以公之树木者。

【注释】

①天际真人:是晋人理想的人格。天际,天边。真人,道家称"修真得道"或"成仙"的人。《世说新语·容止》:"诸君莫轻道仁祖(谢尚字),企脚北窗下弹琵琶,故自有天际真人想。"

【译文】

芥子园的地盘不到三亩,而屋占三分之一,石占三分之一,还有四五株大石榴树。这样,点缀我的房屋,使之不落寞的,是石榴树;盘踞在我的园地,使我不能尽栽其他花卉的,也是石榴树。石榴树的功与罪,不是差不多各占一半了吗?然而依赖主人善于调配,石榴树虽多,并不感到累赘。石榴树本性喜欢压枝,就石榴树之根适宜于生在石头间的,从而在山上种植它,这样石榴树根就是山麓了;石榴树本性喜欢阳光,就石榴树善荫蔽的特点,从而在屋间种植它,这样石榴树就成为房屋的凉棚了;石榴树本性又喜欢拔高直上,就石榴树枝柯的可依傍的特点,于是又借它为天际真人的形象,从而在楼边种植它,这样石榴花就是我倚栏守户的人了。这就是芥子园主人调配种植石榴树的方法,请让我公布给种植树木的人们。

木槿

【题解】

李渔由木槿花的朝开暮落,悟出人生道理。花开花落是定数,人生人死是变数,此正是自然与社会的不同。

木槿又名面花、朝开暮落花、喇叭花,又称佛叠花、鸡腿蕾、白牡丹、篱障花等,为锦葵科。木槿属落叶灌木或小乔木。木槿花于夏秋季开花,朝发暮落,日日不绝,人称有"日新之德"。花色有白有紫,有米黄色,也有淡红色,纷披陆离。

木槿朝开而暮落,其为生也良苦。与其易落,何如弗开?造物生此,亦可谓不惮烦矣。有人曰:不然。木槿者,花之现身说法以儆愚蒙者也。花之一日,犹人之百年。人视人之百年,则自觉其久,视花之一日,则谓极少而极暂矣。不知人之视人,犹花之视花,人以百年为久,花岂不以一日为久乎?无一日不落之花,则无百年不死之人可知矣。此人之似花者也。乃花开花落之期虽少而暂,犹有一定不移之数,朝开暮落者,必不幻而为朝开午落、午开暮落;乃人之生死,则无一定不移之数,有不及百年而死者,有不及百年之半与百年之二三而死者；则是花之落也必焉，人之死也忽焉。使人亦如木槿之为生，至暮必落，则生前死后之事，皆可自为政矣，无如其不能也。此人之不能似花者也。人能作如是观，则木槿一花，当与萱草并树。睹萱草则能忘忧，睹木槿则能知戒。

【译文】

　　木槿花早上开黄昏落，它活得真苦。与其这么易落，是否还不如不开呢？造物主生出这种花，也可以说不惮其烦了。有人说：不然。木槿，是用它的花来现身说法以警示愚蒙者的啊。花的一天，犹如人的百年。人看人的百年，自己觉得很久，而看花的一天，则认为极少而极短了。岂不知人看人，犹如花看花，人以百年为长久，花难道不以一天为长久吗？没有一天不落的花，那么没有百年不死的人也就可知了。这是人像花的地方。花开花落的时间虽然少而短，仍然有一定不移的规律，早上开而黄昏落，绝不变幻为早上开而中午落、中午开而黄昏落；而人的生死，则没有一定不移的规律，有不到百年而死的，有不到百年的一半与百年的百分之二三十而死的；这就是说花的落有必然性，人的死则在忽然间。假使人也如木槿的生活，到黄昏必落，那么生前死后的事情，都可自己做主了，然而他做不到。这是人不像花的地方。人能够这样看，那么木槿这种花，应当与萱草一起栽种。看见萱草则能忘忧，看见木槿则能知戒。

桂

【题解】

　　李渔说："秋花之香者，莫能如桂。"可见桂花惹人喜爱，主要在其香气，而不在其形色。专家称：按花期分，桂花有八月桂、四季桂、月月桂等。但习惯上将桂花分为金桂、银桂、丹桂和四季桂。除四季桂常年开花外，其余都在秋天开花，所谓"独占三秋压群芳"。桂花别名很多：因其叶脉如圭而称"桂"；它纹理如犀，又叫木犀；以其清雅高洁，香飘四溢，被称为"仙友"；桂花又被称为"仙树"、"花中月老"。桂花通常生长在岩岭上，也叫"岩桂"；桂花开花时浓香致远，其香气具有清浓两兼的特点，清可荡涤，浓可致远，因此有"九里香"的美称；黄花细如粟，故又有"金粟"之名；桂花为"仙客"；花开于秋，旧说秋之神主西方，所以也称"西香"或"秋香"；桂花的花朵很小，但香气浓郁，被人称为"金秋骄子"；如果你仔细观察，就会发现，桂花的花朵是管状的，由五个小瓣联合组成，叫"花冠管"；汉晋后，人们开始把桂花与月亮联系在一起，编织了月宫吴刚伐桂等许多美丽的传说，故亦称"月桂"，因此，月亮也称"桂宫"、"桂魄"。桂花原产我国西南部喜马拉雅山东段，18世纪70年代由我国广州传至英国，英国皇家邱园于1789年开始栽培，以后欧洲一些国家相继引种。

秋花之香者，莫能如桂。树乃月中之树，香亦天上之香也。但其缺陷处，则在满树齐开，不留余地。予有《惜桂》诗云："万斛黄金碾作灰，西风一阵总吹来。早知三日都狼藉，何不留将次第开？"盛极必衰，乃盈虚一定之理，凡有富贵荣华一蹴而至者，皆玉兰之为春光、丹桂之为秋色。

【译文】
　　秋花的香气，没有赶得上桂花的。桂树乃月中之树，桂香也是天上之香啊。但它的缺陷之处，在于满树桂花一齐开放，不留余地。我有《惜桂》诗云："万斛黄金碾作灰，西风一阵总吹来。早知三日都狼藉，何不留将次第开？"盛极必衰，这是盈虚一定之理，凡是富贵荣华一蹴而就的，都是春光之中的玉兰、秋色之中的丹桂。

合欢

【题解】

　　此款开头，李渔即引嵇康的话说"合欢蠲忿，萱草忘忧"。合欢树植之庭院，使你解忿而欢乐，故有萱草忘忧、合欢解忿之称。此言不够科学。正像李渔所谓"常以男女同浴之水，隔一宿而浇其根，则花之芳妍，较常加倍"不科学一样。合欢，别名绒花树、马缨花、蓉花树，有诗曰："翠羽红缨醉夕阳，绵衣绯云郁甜香。深情何恨黄昏后，一树马缨夜漏长。"合欢象征吉祥、欢乐，其形清秀潇洒，其味清香迷人，当其花朵满枝、散垂如丝、羽叶纤细、雄蕊初开之时，令人赏心悦目。

　　"合欢蠲忿，萱草忘忧"①，皆益人情性之物，无地不宜种之。然睹萱草而忘忧，吾闻其语矣，未见其人也。对合欢而蠲忿，则不必讯之他人，凡见此花者，无不解愠成欢，破涕为笑。是萱草可以不树，而合欢则不可不栽。栽之之法，花谱不详，非不详也，以作谱之人，非真能合欢之人也。渔人谈稼事，农父著樵经，有约略其词而已。凡植此树，不宜出之庭外，深闺曲房是其所也。此树朝开暮合，每至昏黄，枝叶互相交结，是名"合欢"。植之闺房者，合欢之花宜置合欢之地，如椿、萱宜在承欢之所②，荆、棣宜在友于之场③，欲其称也。此树栽于内室，则人开而树亦开，树合而人亦合。人既为之增愉，树亦因而加茂，所谓人地相宜者也。使居寂寞之境，不亦虚负此花哉？灌勿太肥，常以男女同浴之水，隔一宿而浇其根，则花之芳妍，较常加倍。此予既验之法，以无心偶试而得之。如其不信，请同觅二本，一植庭外，一植闺中，一浇肥水，一浇浴汤，验其孰盛孰衰，即知予言谬不谬矣。

【注释】

①合欢蠲(juān)忿，萱草忘忧：合欢能够使人消除忿怒，萱草能够使人忘记忧愁。蠲，消除，免除。魏嵇康《养生论》："合欢蠲忿，萱草忘忧，愚智所共知也。"

②椿：指椿树，其树长寿，古人以喻父亲。萱：指萱草，北堂(母亲居所)种萱(《诗经·卫风·伯兮》有"焉得萱草，言树之背"句)，使之忘忧，故萱草与母亲联系在一起。

③荆、棣宜在友于之场：荆指紫荆，棣指棠棣，皆兄弟情谊象征。紫荆被称为"兄弟树"、"同本树"——南朝梁吴均《续齐谐记》说，紫荆台下有田氏三兄弟分家，家产分妥后，又想把紫荆树一分为三，不想紫荆树同株三荆，遂不分家。棠棣歌兄弟情谊——《诗经·小雅·常(棠)棣之华》："常棣之华，鄂不韡韡。凡今之人，莫如兄弟。死丧之威，兄弟孔怀。原隰裒矣，兄弟求矣。脊令在原，兄弟急难。每有良朋，况也永叹。兄弟阋于墙，外御其务。每有良朋，烝也无戎。"

【译文】

"合欢蠲忿，萱草忘忧"，它们都是益人情性的植物，没有地方不适宜于栽种。然而看见萱草而忘忧，我听见说过这话，没有见过这样的人。关于合欢能使人消除忿怒，则不必讯问别人，凡是见到这种花的，无不解怒成欢，破涕为笑。如此，则萱草可以不种，而合欢却不可不栽。栽合欢的方法，花谱说得不详细；不是故意不详细，是因为作谱的人，并非真能合欢的人。渔人谈种庄稼的事，农人写打柴之经，只有约略其词而已。凡要种植这种树，不宜出庭院之外，深闺曲房是它合适的栽种之所。这种树的花叶早上开晚上合，每到昏黄，枝叶互相交结，所以名为"合欢"。栽种在闺房里，是合欢之花宜于放在合欢之地，就像椿树、萱草宜于种在承欢之所，紫荆、棠棣宜于种在朋友常聚之场一样，名实相称啊。合欢树栽种于内室，则人分而树也开，树合而人也合。人既因树增添欢愉，树也因人而更加茂盛，这就是所谓人地相宜。假如把它植于寂寞之境，不是辜负了这种花吗？浇灌合欢树不要太肥，常用男女同浴之水，隔一宿浇浇它的根，那么其花之芳妍，较之平常会加倍艳丽。这是我已经验证过的方法，乃无意之中偶尔试验得到的。如你不信，请同时找两株合欢，一株栽种在庭院之外，一株栽种在闺阁之中，一株浇肥水，一株浇浴汤，检验一下它们谁盛谁衰，就知道我的话是对还是错了。

木芙蓉

【题解】

李渔说："水芙蓉之于夏，木芙蓉之于秋，可谓二季功臣矣。"木芙蓉，别名芙蓉花、拒霜花、木莲、醉酒芙蓉。芙蓉花朵极美，是深秋主要的观花树种。花形大，生于枝梢，十至十一月开花，清晨开花时呈乳白色或粉红色，傍晚变为深红色。有关专家说，木芙蓉原产于我国，四川、云南、山东等地均有分布，而以成都一带栽培最多，历史悠久，故成都又有"蓉城"之称。木芙蓉开的花一日三变，故又名"三变花"，其花晚秋始开，霜侵露凌却风姿艳丽，占尽深秋风情，因而又名"拒霜花"。自唐代始，湖南湘江一带亦种植木芙蓉，繁花似锦，光辉灿烂，唐末诗人谭用之赞曰："秋风万里芙蓉国。"从此，湖南省便有"芙蓉国"之雅称。木芙蓉花色历来被众文人所赞咏。苏东坡云："溪边野芙蓉，花水相媚好。"范成大云："袅袅芙蓉风，池光弄花影。"王安石云："水边无数木芙蓉，露染胭脂色未浓。正似美人初醉着，强抬青镜欲妆慵。"《长物志》曰："芙蓉宜植池岸，临水为佳。若他处植之，绝无丰致。"吕初泰评曰："芙蓉襟闲，宜寒江，宜秋沼，宜微霖，宜芦花映白，宜枫叶摇丹。芙蓉临水，波光花影，相映成趣，若芦枫为伴，则更相得益彰。"

水芙蓉之于夏，木芙蓉之于秋，可谓二季功臣矣。然水芙蓉必须池沼，"所谓伊人，在水一方"者^①，不可数得。茂叔之好^②，徒有其心而已。木则随地可植。况二花之艳，相距不远。虽居岸上，如在水中，谓之秋莲可，谓之夏莲亦可，即自认为三春之花，东皇未去也亦可^③。凡有篱落之家，此种必不可少。如或傍水而居，隔岸不见此花者，非至俗之人，即薄福不能消受之人也。

【注释】

①所谓伊人，在水一方：语见《诗经·秦风·蒹葭》。

②茂叔之好：茂叔乃宋代理学家周敦颐（1017—1073），字茂叔，原名敦实，亦称惇颐、濂溪先生，道州营道（今湖南道县）人，酷爱莲花，有《爱莲说》一文。

③东皇：《楚辞·九歌·东皇太一》王逸注："太一，星名，天之尊神，祠在楚东，以配东帝，故云东皇。"又，《史记·封禅书》："天神贵者太一，太一佐曰五帝，古者天子以春秋祭太一东南郊。"东皇为司春之神。

【译文】

夏天的水芙蓉，秋天的木芙蓉，可说是这两个季节的功臣了。然而水芙蓉必须有池沼，"所谓伊人，在水一方"，得不到几个。如此则周敦颐爱莲之所好，徒有其心而已。木芙蓉则随地可以种植。况且水芙蓉和木芙蓉这两种花的美艳，相距不远。木芙蓉虽居于岸上，如同在水中，说它是秋莲可以，说它是夏莲也可以，即使自认为三春之花，司春之神东皇未去也无不可。凡有篱笆的人家，这种花必不可少。如果有人在水边居住,若别人隔岸看不见他家有这种花,那么他不是至俗之人,就是薄福不能消受之人。

夹竹桃

【题解】

李渔在"夹竹桃"的名字上做文章,其实大可不必。花似桃,叶像竹,一年四季,常青不改。从春到夏到秋,花开花落,此起彼伏。迎着春风、冒着暴雨、顶着烈日,吐艳争芳,在平凡中见伟大,在朴实中饱含坚韧,这便是夹竹桃。夹竹桃的祖先在印度、伊朗,它是一种灌木,主干、枝条上有许多分枝,最小的小枝呈绿色。提起夹竹桃,总令人想到身材修长的美女——却不知所以然。

夹竹桃一种,花则可取,而命名不善。以竹乃有道之士,桃则佳丽之人,道不同不相为谋,合而一之,殊觉矛盾。请易其名为"生花竹",去一桃字,便觉相安。且松、竹、梅素称三友,松有花,梅有花,惟竹无花,可称缺典。得此补之,岂不天然凑合?亦女娲氏之五色石也。

【译文】

夹竹桃这种植物,花是不错的,而其命名却不怎么好。因为竹乃有道之士,桃则是佳丽之人,志向不同不相结交,这两种东西合而为一,实在令人感觉矛盾。请换一个名字叫"生花竹",去一个桃字,便会觉得妥帖多了。而且松、竹、梅向来称为三友,松有花,梅有花,唯独竹没有花,可说是个缺陷。有了"生花竹"补救,岂不是天然凑合吗?也是女娲氏的五色石啊。

瑞香

【题解】

笠翁总是善于以花喻人，此款又以瑞香之性而作出一篇人事文章，颇为有趣。然称瑞香为"花之小人"，是使其蒙冤也；假如站在花的立场上打官司，可告李渔此论有"挑拨离间"之嫌——夹竹桃的叶、花和树皮都有剧毒，难道就变为"花之恶人"不成？

瑞香原产我国，江南各省均有分布。其变种有金边瑞香、白瑞香、蔷薇瑞香等。金边瑞香，其繁殖可用种子随采随播，扦插极易。蔷薇瑞香又叫水香瑞香，花被裂片里面为白色，表面带粉红色；还有淡红瑞香，叶深绿色，花淡红紫色。

茂叔以莲为花之君子①，予为增一敌国，曰：瑞香乃花之小人。何也？谱载此花"一名麝囊，能损花，宜另植"。予初不信，取而嗅之，果带麝味，麝则未有不损群花者也。同列众芳之中，即有朋侪之义，不能相资相益，而反祟之，非小人而何？幸造物处之得宜，予以不能为患之势。其开也，必于冬春之交，是时群花摇落，诸卉未荣，及见此花者，仅有梅花、水仙二种，又在成功将退之候，当其锋也未久，故罹其毒也亦不深，此造物之善用小人也。使易冬春之交而为春夏之交，则花王亦几被篡，矧下此者乎？唐宋诸名流，无不怜香嗜色，赞以诗词者，皆以蚤春无花，得此可搔目痒，又但见其佳，而未逢其虐耳。予僭为香国平章②，焉得不秉公持正？宁使一小人怒而欲杀，不敢不为众君子密堤防也。

【注释】

①茂叔:宋代理学家周敦颐(1017—1073),字茂叔,酷爱莲花,有《爱莲说》一文。

②平章:见《尚书·尧典》"九族既睦,平章百姓",原意为商量处理。唐代以尚书、中书、门下三省长官为宰相,因官高权重,不常设置,选任其他官员加同中书门下平章事之名,简称"同平章事",同参国事。《新唐书·百官志》:"贞观八年,仆射李靖以疾辞位,诏疾小瘳,三两日一至中书门下平章事。"后任宰相加"平章事"衔称。

【译文】

周敦颐以莲为花中的君子,我为之增加一个对立面,说:瑞香乃花中的小人。为什么这样说?花谱上记述这种花"一名麝囊,能损伤别的花,应该在另外的地方种植"。我开始不信,拿来嗅一嗅,果然带麝味,麝则没有不损伤群花的。共同列于众芳之中,瑞香就应有朋辈之义,然而它不但不能相助相益,反而对其他花有所损害,不是小人是什么?幸亏造物主处置得当,不给瑞香制造祸端的机会。瑞香开花,必在冬春之交,这时群花摇落,诸种花卉未到繁荣的时候,能够看见这种花的,仅有梅花、水仙两种,而且这两种花又在成功将退之际,承受瑞香的锋芒未久,所以受它的毒也不深,这是造物主善于调用小人啊。假使把冬春之交换为春夏之交,那么花王之位也可能被篡夺,况且等而下之者呢?唐宋各位诗词名家,无不怜香嗜色,对瑞香作诗填词歌咏赞颂,都是因为早春无花,得瑞香可搔目痒,然而只看见它的好处,而未遇到它的肆虐。我僭越而为群花平章之事,哪能不秉公办事?宁肯使一个小人怒而欲杀,不敢不为众多君子严密提防啊。

茉莉

【题解】

李渔说，茉莉一花，单为助妆而设，南方许多女人以此花为装饰。李渔又说："妻梅者止一林逋，妻茉莉者当遍天下而是也。"诚如是也。茉莉花人见人爱，爱看其花，爱闻其味。江苏有一首著名的民歌《茉莉花》，据说清末李鸿章曾把它当国歌用。据说李鸿章去所谓"日不落帝国"出差，麻烦来了。英国人为示隆重提议奏响两国国歌，"国歌？咱大清没这玩意儿呀"，小的们乱作一团。还是中堂大人临危不惧："来段儿《茉莉花》吧，好听！"于是，江南小调《茉莉花》与不列颠天音浩荡的《天佑吾王》相映成趣。北京人尤其爱喝茉莉花茶，干脆称茉莉花为"茶叶花"。

茉莉一花，单为助妆而设，其天生以媚妇人者乎？是花皆晓开，此独暮开。暮开者，使人不得把玩，秘之以待晓妆也。是花蒂上皆无孔，此独有孔。有孔者，非此不能受簪，天生以为立脚之地也。若是，则妇人之妆，乃天造地设之事耳。植他树皆为男子，种此花独为妇人。既为妇人，则当眷属视之矣。妻梅者止一林逋，妻茉莉者当遍天下而是也。

【译文】

茉莉这种花，单为帮助女子妆饰而设，它是天生用来献媚妇人的吗？凡是花都在早上开，唯独茉莉这种花在晚上开。之所以在晚上开，是使人不得把玩，藏起来以待妇人早上化妆。凡是花，其蒂上都无孔，唯独茉莉有孔。之所以有孔，是因为若无孔不能插簪，天生用来作为立脚之地的。若是这样，则妇人的妆饰，乃是天造地设的事情。种植其他树都为男子,种茉莉花只为妇人。既为妇人,就应当视之为眷属。以梅为妻者只有一个林逋,以茉莉为妻者大概遍天下都是。

欲艺此花,必求木本。藤本一样着花,但苦经年即死,视其死而莫之救,亦仁人君子所不乐为也。木本最难过冬,予尝历验收藏之法。此花痿于寒者什一,毙于干者什九,人皆畏冻而滴水不浇,是以枯死。此见噎废食之法①,有避呕逆而经时绝粒,其人尚存者乎?稍暖微浇,大寒即止,此不易之法。但收藏必于暖处,篦罩必不可无,浇不用水而用冷茶,如斯而已。予艺此花三十年,皆为燥误,如今识此,以告世人,亦其否极泰来之会也②。

【注释】

① 见噎废食:《吕氏春秋·荡兵》:"夫有以饐死者,欲禁天下之食,悖。"饐,通"噎"。

② 否极泰来:否、泰,《周易》卦名,泰表示天地交万物通,否相反。

【译文】

想栽种这种花,必须求得木本的。藤本的一样能够开花,但可惜它过一年就死,看着它死而不能相救,也是仁人君子所不乐意做的事。木本最难过冬,我曾试验了各种收藏的方法。这种花因寒冷而死的占十分之一,因干旱而死的有十分之九,人都怕它冻死而滴水不浇,因此而枯死。这是因噎废食的做法,若有人避免打嗝而长时间不吃饭,他还能活得了吗?稍暖时少浇些水,大寒时就停止,这是不易之法。但收藏茉莉必放在暖处,竹罩必不可无,浇它不用水而用冷茶,如此而已。我种此花三十年,都是因为干燥所误,如今认识到这个道理,告诉世人,也是它否极泰来的机会。

藤本第二　计九款

【题解】

李渔真艺术家也。艺术的本性贵独创、忌雷同，李渔基于他的艺术天性，无时无刻不在贯彻这一原则。在《藤本第二》开头的这篇小序中，从批评维扬（即扬州）茶坊酒肆处处以藤本植物为花屏，到商贾者流家效户则"川、泉、湖、宇等字"为别号，似乎无意间又在申说贵独创、忌雷同这个原则。还是有人说的那句名言：第一个把女人比作花儿的，是天才；第二个，是庸才；第三个，是蠢才。

藤本之花，必须扶植。扶植之具，莫妙于从前成法之用竹屏。或方其眼，或斜其楄，因作葳蕤柱石，遂成锦绣墙垣，使内外之人，隔花阻叶，碍紫间红，可望而不可亲，此善制也。无奈近日茶坊酒肆，无一不然，有花即以植花，无花则以代壁。此习始于维扬，今日渐近他处矣。市井若此，高人韵士之居，断断不应若此。避市井者，非避市井，避其劳劳攘攘之情。锱铢必较之陋习也。见市井所有之物，如在市井之中，居处习见，能移性情，此其所以当避也。即如前人之取别号，每用川、泉、湖、宇等字，其初未尝不新，未尝不雅，迨后商贾者流①，家效而户则之，以致市肆标榜之上，所书姓名非川即泉，非湖即宇，是以避俗之人，不得不去之若浼②。迩来缙绅先生悉用斋、庵二字，极宜；但恐用者过多，则而效之者，又入从前标榜，是今日之斋、庵，未必不是前日之川、泉、湖、宇。虽曰名以人重，人不以名重，然亦实之宾也。已噪寰中者仍之继起，诸公似应稍变。

【注释】

①迨（dài）：等到。

②浼（měi）：污染。

【译文】

藤本之花，必须加以扶植。扶植的用具，莫妙于从前的成法——用竹屏。或编为方眼，或作成斜榥，因作枝叶繁盛的藤本之花的支撑架子，于是成为锦绣墙垣，使得园内园外的人，隔花阻叶，碍紫间红，可望而不可亲近，这是一种很好的形制。无奈近日茶坊酒肆，没有一个不是这样，有花的就用来种花，没有花的则以之代替墙壁。这种风习始于扬州，今日渐渐传到其他地方了。市井小民如此，高人韵士的房舍，断断不应如此。所谓躲避市井，并非躲避市井，而是躲避市井的劳劳碌碌熙熙攘攘的世情、锱铢必较斤斤皆计的陋习。眼见市井中所有之物，如同身在市井之中，相处习见，能够转移性情，这才是应当躲避的原因。就拿前人取别号来说，每每喜欢用川、泉、湖、宇等字，开初的时候未尝不新，未尝不雅，等后来商贾之流，家家户户效仿，以致街市商店的招牌、标识之上，所书姓名不是川就是泉，不是湖就是宇，因此避俗之人，不得不像除掉脏污那样摒弃它们。近来缙绅先生都用斋、庵二字，极为合宜；只是恐怕用者过多，纷纷效仿，又入从前的套路，这样，今日的斋、庵，未必不是前日的川、泉、湖、宇。虽说名以人重，人不以名重，然而名也是实之宾啊。已经名扬寰中的人们继续效仿此风，诸公似乎应该稍微改变一下了。

　　人问植花既不用屏，岂遂听其滋蔓于地乎？曰：不然。屏仍其故，制略新之。虽不能保后日之市廛，不又变为今日之园圃,然新得一日是一日,异得一时是一时,但愿贸易之人,并性情风俗而变之。变亦不求尽变,市井之念不可无,垄断之心不可有。觅应得之利,谋有道之生,即是人间大隐。若是,则高人韵士,皆乐得与之游矣,复何劳扰锱铢之足避哉?花屏之制有三^①,列于《藤本》之末。

【注释】

①花屏之制有三:按,各本都未见列花屏之制。

【译文】

有人问,种植花卉既然不可用屏,难道听任它们在地上滋生蔓延吗?我说:不然。屏仍然用,形制略微改进使之新异。虽然不能保证后日之市井,不会再变为今日之园圃,然而新得一日是一日,异得一时是一时,但愿经商者,连同他们的性情风俗都有所改变。所谓改变也不是说完全改变,市井之理念不可无,垄断之心肠不可有。觅求应得之利益,谋取有道之人生,就是人间的大隐。若是这样,则高人韵士,都乐得与他们交游了,又有什么碌碌攘攘锱铢必较的陋习需要躲避的呢?花屏之形制有三种,列于《藤本》之末。

蔷薇

【题解】

李渔说,蔷薇与“木香、酴醾、月月红诸本”,皆屏花——即所谓“结屏之花”,而以蔷薇为优。屏间之花,贵在五彩缤纷,忌单色;而蔷薇花,赤、红、黄、紫,各种颜色都有,甚至有黑色的,所以最宜屏花。

结屏之花,蔷薇居首。其可爱者,则在富于种而不一其色。大约屏间之花,贵在五彩缤纷,若上下四旁皆一其色,则是佳人忌作之绣、庸工不绘之图,列于亭斋,有何意致?他种屏花,若木香、酴醿、月月红诸本,族类有限,为色不多,欲其相间,势必旁求他种。蔷薇之苗裔极繁,其色有赤,有红,有黄,有紫,甚至有黑;即红之一色,又判数等,有大红、深红、浅红、肉红、粉红之异。屏之宽者,尽其种类所有而植之,使条梗蔓延相错,花时斗丽,可傲步障于石崇①。然征名考实,则皆蔷薇也。是屏花之富者,莫过于蔷薇。他种衣色虽妍,终不免于捉襟露肘。

【注释】

①傲步障于石崇:西晋石崇与王恺斗富。王恺做了四十里的紫丝布步障,石崇便做五十里的锦步障。步障,古书记载用以遮蔽风尘或阻挡视线的一种屏障。

【译文】

攀结花屏的花,蔷薇居首位。它的可爱之处,在于种类多、颜色不单一。大概屏间的花,其可贵在于五彩缤纷,倘若上下四方都是一种颜色,那就像是美人忌讳作的刺绣,庸常的画工也不愿绘制的图画,放在园亭斋室,有什么情致可言?其他屏花,如木香、酴醿、月月红等等,种类有限,颜色不多,若要色彩搭配得好,势必寻求别的种类相助。蔷薇的苗裔极为繁多,它的颜色有赤,有红,有黄,有紫,甚至有黑;就拿红这一种颜色来说吧,又分为几等,有大红、深红、浅红、肉红、粉红的差别。宽阔的花屏,尽可把所有种类都栽种上,使条梗蔓延相互交错,开花时争艳斗丽,可傲视当年石崇的步障了。然而细细考察一下它们的花色种类品别,则都是蔷薇。如此说来屏花的丰富,没有超过蔷薇的了。其他品种的屏花颜色虽妍,总是不免捉襟露肘。

木香

【题解】

木香本是一种中药，但是它的花非常美丽，且花密而香浓。人们盛赞它"开白花时如素缎披垂，开黄花时灿烂如锦秀"。作为屏花，此花可与蔷薇结伴，蔷薇宜架，木香宜棚，木香作屋，蔷薇作垣，二者各尽其长。

木香花密而香浓，此其稍胜蔷薇者也。然结屏单靠此种，未免冷落，势必依傍蔷薇。蔷薇宜架，木香宜棚者，以蔷薇条干之所及，不及木香之远也。木香作屋，蔷薇作垣，二者各尽其长，主人亦均收其利矣。

【译文】

木香花密而香浓，这是它稍稍胜过蔷薇的地方。然而如果结屏单靠木香，未免太冷落，势必依傍于蔷薇。蔷薇适宜于搭架，木香适宜于搭棚，因为蔷薇的枝条所能达到的地方，不如木香的远。木香作花屋，蔷薇作花墙，二者各尽其长，主人也均收其利。

酴醾

【题解】

酴醾又名佛见笑、百宜枝、独步春、琼缓带、白蔓君、雪梅墩等，古之名花，《群芳谱》谓其"色黄如酒，固加酉字作酴醾"。《牡丹亭》杜丽娘游园中有"那茶蘼外烟丝醉软"句。

酴醾之品[①]，亚于蔷薇、木香，然亦屏间必须之物，以其花候稍迟，可续二种之不继也。"开到酴醾花事了"，每忆此句,情兴为之索然。

【注释】

①酴醾(tú mí):宋人张邦基《墨庄漫录》九:"酴醾花或作荼蘼,一名木香,有二品。一种花大而棘长条而紫心者为酴醾。一品花小而繁,小枝而檀心者为木香。"

【译文】

酴醾的品位,不如蔷薇、木香,然而也是花屏之间必需的品种,因为它的花期稍迟,可以作为蔷薇、木香两种花期过后的承续。"开到酴醾花事了",每记起这句诗,便觉兴致索然。

月月红

【题解】

李渔所谓"月月红"者,即现在多数人所说的月季。俗云"人无千日好,花难四季红",而月季则四季能红、月月能红,故名。此花原产于我国,有多种名字:斗雪红、长春花、月月红、月季、四季花、瘦客、胜春、胜花、胜红……李渔在此款中还给它增加了一个名字"断续花",因为它"断而能续,续而复能断"。它属蔷薇科、蔷薇属,花容秀美,四时常开,有"花中皇后"之名,被评为我国十大名花之一。

有一则故事说,法国人弗兰西斯·梅朗 1939 年在法西斯铁蹄下培育出一种和平月季,并将它寄到美国。美国园艺家焙耶收到了这远渡重洋的品种后,立即分送美国南北各重要花圃进行繁殖,一时轰动全美。1945 年美国太平洋月季协会宣称:我们确信,当代最了不起的这一新品种月季,应当以世界人民最大的愿望"和平"来命名,我们相信,和平月季将作为一个典范,永远生长在我们子孙万代的花园里。和平月季命名的这天,正巧苏军攻克柏林,希特勒倒台。当联合国成立,在旧金山召开第一次会议时,每个代表房间的花瓶里,都有一束美国月季协会赠送的和平月季。上面有一张字条写着：我们希望"和平月季"能够影响人们的思想，给全世界以持久和平。

俗云："人无千日好，花难四季红。"四季能红者，现有此花，是欲矫俗言之失也。花能矫俗言之失，何人情反听其验乎？缀屏之花，此为第一。所苦者树不能高，故此花一名"瘦客"。然予复有用短之法，乃为市井之人强迫而成者也。法在屏制之第三幅。此花有红、白及淡红三本，结屏必须同植。此花又名"长春"，又名"斗雪"，又名"胜春"，又名"月季"。予于种种之外，复增一名，曰"断续花"。花之断而能续，续而复能断者，只有此种。因其所开不繁，留为可继，故能绵邈若此；其余一切之不能续者，非不能续，正以其不能断耳。

【译文】

俗话说："人无千日好，花难四季红。"四季能红的，现在已经有了这种花，是要矫正俗话的失误。花能矫正俗话的失误，为何人反而听信那句俗话的真实性呢？缀结在花屏上的花，月月红为第一。令人苦恼的是月月红长不高，所以这花有一个名字叫"瘦客"。但我又有利用它的短处的方法，这是被市井之人强逼而成的。这方法写在屏制的第三幅。月月红有红、白及淡红三种，结屏必须同时种植。这花又名"长春"，又名"斗雪"，又名"胜春"，又名"月季"。我在这种种名字之外，又增加一个名字，叫"断续花"。花的断而能续、续而又能断的，只有月月红。因为它所开的花不很繁茂，保留可以继续开花的潜力，因而能够保持如此绵邈的花期；其余一切种类的花之所以不能连续开，并非不能连续，正是因为它们不能断啊。

姊妹花

【题解】

"姊妹花"的得名，缘于它一蓓数花（或七、或十、或十七，不一而足）。李渔词《莺啼序·吴梅村太史园内看花，各咏一种，分得十姊妹》有云："羞独坐，致恨无聊；爱同游，为行多露。笑东风，日并香肩，青春无负。"赞其"同心不妒"。

花的命名，莫善于此。一蓓七花者曰"七姊妹"，一蓓十花者曰"十姊妹"。观其浅深红白，确有兄长娣幼之分，殆杨家姊妹现身乎？余极喜此花，二种并植，汇其名为"十七姊妹"。但怪其蔓延太甚，溢出屏外，虽日刈月除，其势犹不可遏。岂党与过多，酿成不戢之势欤①？此无他，皆同心不妒之过也，妒则必无是患矣。故善御女戎者②，妙在使之能妒。

【注释】

①不戢(jí)：不能停止。戢，止，停止，遏制。

②女戎：戎，兵也。《国语·晋语》："史苏告大夫曰，有男戎必有女戎。若晋以男戎胜戎，而戎亦必以女戎胜晋，其若之何？"

【译文】

花的命名，没有比"姊妹花"的名字更好的了。一蓓七花的叫"七姊妹"，一蓓十花的叫"十姊妹"。看它颜色浅深红白的次第区别，确实有兄长娣幼的划分，大概是杨家姊妹现身吧？我极为喜欢姊妹花，"七姊妹"和"十姊妹"两种一起栽植，汇其名为"十七姊妹"。只怪它蔓延太厉害，溢出花屏之外，虽然日刈月除，它的长势依然不可遏制。难道党羽过多,酿成了不能遏制的情势吗? 没有别的原因,都是姊妹同心、不相嫉妒之过,倘若嫉妒就必然不会出现这种弊病了。因此,善于御使女兵的,妙在使她们能够嫉妒。

玫瑰

【题解】

玫瑰比月季更可爱。李渔说它"花之有利于人,而我无一不为所奉者,玫瑰是也",而且它"令人可亲可溺,不忍暂离"。一说玫瑰,立刻令人想到乡间美女,如秦罗敷、花木兰等等。她们有一种本真的美,野性的美,质朴的美。这也许是更高形态的美。而李渔更称赞其奉献精神,"群花止能娱目,此则口、眼、鼻、舌以至肌体毛发,无一不在所奉之中"。

花之有利于人,而无一不为我用者,芰荷是也①;花之有利于人,而我无一不为所奉者,玫瑰是也。芰荷利人之说,见于本传。玫瑰之利,同于芰荷,而令人可亲可溺,不忍暂离,则又过之。群花止能娱目,此则口、眼、鼻、舌以至肌体毛发,无一不在所奉之中。可囊可食,可嗅可观,可插可戴,是能忠臣其身,而又能媚子其术者也。花之能事,毕于此矣。

【注释】

①芰(jì)荷:即荷花,或曰芙蕖,见后"草本第三·芙蕖"。

【译文】

花有利于人,全身没有一处不能为我所用的,是荷花;花有利于人,没有一点不能奉献给人的,是玫瑰。荷花利人之说,见于本部"芙蕖"款。玫瑰利于人,与荷花相同,而它令人可亲可溺、不忍一时离开,则又超过荷花。群花只能娱乐眼睛,玫瑰则口、眼、鼻、舌以至肌体毛发,无一不在它所奉献于人的范围。可作香囊可以吃,可以嗅可以观,可以插可以戴,它全身都能忠诚奉献,而又有着媚人的手段。花的所有侍奉人的本事,都集中在它身上了。

素馨

【题解】

素馨花是单薄了些,但是,难道它真有那么"可怜"吗?

素馨一种,花之最弱者也,无一枝一茎不需扶植,予尝谓之"可怜花"。

【译文】

素馨这种花,是花中最柔弱的,没有一枝一茎不需扶植,我曾称之为"可怜花"。

凌霄

【题解】

凌霄诚然可爱,但它才真有点"可怜",以其不能自立,赖攀附他物才能望见天日也。

藤花的可敬者,莫若凌霄。然望之如天际真人,卒急不能招致,是可敬亦可恨也。欲得此花,必先蓄奇石古木以待,不则无所依附而不生,生亦不大。予年有几,能为奇石古木之先辈而蓄之乎? 欲有此花,非入深山不可。行当即之,以舒此恨。

【译文】

藤本类花中之可敬者，谁也比不上凌霄。然而看着它像位远在天边的真人，仓促急切不能招来，真是可敬又可恨。要想得到这种花，必须先备好奇石古木等待它，不然它无所依附而不能生长，即使能够栽活，它也长不大。我能有多长寿命，能够预先储备下奇石古木呢？想拥有凌霄这种花，非入深山不可。要做就做，以舒解这个遗憾。

真珠兰

【题解】

李渔说，"真珠兰"之得以"兰"名，不以其形而以其香——闻之如兰花之香。这是《藤本第二》的最后一款。李渔《闲情偶寄》中这些文字，尤其是种植部谈花木的部分，都是精美小品。小品可长可短，短者数十字，如上面的《素馨》，仅26字，但仍有味道；长者则百千字不等。小品形式自由，有人称其为"自由文体"，状物、抒情、言事、写景、咏史、论文、谈古、说今……无所不可。有的学者称："小品"一词，来自佛学，本指佛经的节本。《世说新语·文学》："殷中军（浩）读小品，下二百签，皆是精微。"刘孝标注云："释氏《辨空》，经有详者焉，有略者焉；详者为大品，略者为小品。"可见，"小品"本来是就"大品"相对而言，是篇幅上的区分，而不是题材或体裁的区分。明清时，小品盛行，其最大特点是率直真切、自由随意、不拘一格，随情所至、任性而发。明代陆云龙《叙袁中郎先生小品》中说："率直则性灵现，性灵现则趣生。"

此花与叶，并不似兰，而以兰名者，肖其香也。即香味亦稍别，独有一节似之：兰花之香，与之习处者不觉，骤遇始闻之，疏而复亲始闻之，是花亦然。此其所以名兰也。闽、粤有木兰，树大如桂，花亦似之，名不附桂而附兰者，亦以其香隐而不露,耐久闻而不耐急嗅故耳。凡人骤见而即觉其可亲者,乃人中之玫瑰,非友中之芝兰也。

【译文】

　　真珠兰的花与叶,并不像兰,之所以叫兰,是因为它的香。即使香味也稍有差别,唯有一节与之相似:兰花的香,与它处久了感觉不到,忽然间遇到才闻见,疏远之后而又回到它身边才闻到,所有花也都如此。这就是真珠兰之所以叫兰的原因。福建、广东有木兰,树大如桂树,花也相似,名不附于桂而附于兰的原因,也是因为它的香味隐而不露,耐久闻而不耐急嗅的缘故。凡是人忽然遇见而马上感觉可亲的,就是人中的玫瑰,而非朋友中的芝兰。

草本第三　计十五款

【题解】

　　李渔是人本主义者,于《草本第三》这篇三百余字的小序中亦可见之。他在讲了一通人之有根与草之有根,其"荣枯显晦、成败利钝"情理攸同的事例之后,发出这样的感慨:"予谈草木,辄以人喻。岂好为是哓哓者哉? 世间万物,皆为人设。"然而,在现代西方,类似李渔这样以人为中心的人本主义(西方人称之为"人类中心主义")却是被批判的对象。他们要批判人类的"自私自利",他们主张非人类中心主义,提出超越人本主义或者说超越人道主义。中国人认为"天人合一","人道"与"天道"是一致的,害"天"即害"人"。李渔亦如是。科学发展到当今,尚未在宇宙间发现比人更高级的动物,所以我们暂且只能说人是最高的智慧;在人与自然的关系中,人处于主导地位。在宇宙历史发展到现今这个阶段上,只有人是"文化的动物",只有人有道德,懂得什么是价值,只有人能够意识到什么样的行为对人对物是"利"是"弊",而且只有人才能确定行为的最优选择。那么,现今能够超越人道主义吗? 难乎其难。人道主义本身尚未充分实现,何谈超越?

　　草本之花,经霜必死。其能死而不死,交春复发者,根在故也。常闻有花不待时,先期使开之法,或用沸水浇根,或以硫磺代土,开则开矣,花一败而树随之,根亡故也。然则人之荣枯显晦,成败利钝,皆不足据,但询其根之无恙否耳。根在,则虽处厄运,犹如霜后之花,其复发也,可坐而待也,如其根之或亡,则虽处荣朊显耀之境,犹之奇葩烂目,总非自开之花,其复发也,恐不能坐而待矣。予谈草木,辄以人喻。岂好为是哓哓者哉？世间万物，皆为人设。观感一理，备人观者，即备人感。天之生此，岂仅供耳目之玩、情性之适而已哉？

【译文】

草本之花，经霜必然会死。它之所以能够死而不死，交春而复发，是它的根还存在的缘故。常听说有的人不等到花期，而人为地预先使花开放，方法是，或者用沸水浇根，或者用硫磺代土，花开是开了，但花一败而树也随之而死，因为它的根已经死了。如此说来，人的荣枯显晦、成败得失，都不足以作为他生命长短的依据，须要看他的根是否受到损伤。根在，则虽然处于厄运，就像霜后的花，重新发达开放，指日可待，如果他的根死了，则虽然处在荣华显耀的境地，犹如奇葩烂目，终究不是自己开的花，他的重新开放发达，恐怕坐等不到了。我谈草木，动不动就以人作比喻。难道是我喜欢喋喋不休地饶舌吗？世间万物，都是为人而设。观看与感悟是一个道理，供人观看的，就是供人感悟的。老天爷生发草木，难道仅仅是供人娱乐耳目、疏放情性就完了吗？

芍药

【题解】

芍药之美，的确不亚于牡丹。百花园里，各呈其美，不必把人间"争名争位"的恶习加于其上。李渔为芍药鸣不平，谓"芍药与牡丹媲美，前人署牡丹以'花王'，署芍药以'花相'，冤哉"，诚是。这里又表现出李渔一贯的幽默："每于花时奠酒，必作温言慰之曰：'汝非相材也，前人无识，谬署此名，花神有灵，付之勿较，呼牛呼马，听之而已。'"在李渔那里，花草竹木皆有生命，皆有灵气。

　　芍药与牡丹媲美，前人署牡丹以"花王"，署芍药以"花相"，冤哉！予以公道论之。天无二日，民无二王[①]，牡丹正位于香国，芍药自难并驱。虽别尊卑，亦当在五等诸侯之列，岂王之下，相之上，遂无一位一座，可备酬功之用者哉？历翻种植之书，非云"花似牡丹而狭"，则曰"子似牡丹而小"。由是观之，前人评品之法，或由皮相而得之。噫，人之贵贱美恶，可以长短肥瘦论乎？每于花时奠酒，必作温言慰之曰："汝非相材也，前人无识，谬署此名，花神有灵，付之勿较，呼牛呼马，听之而已。"予于秦之巩昌，携牡丹、芍药各数十本而归[②]，牡丹活者颇少，幸此花无恙，不虚负戴之劳。岂人为知己死者，花反为知己生乎？

【注释】

①天无二日，民无二王：《孟子·万章上》："孔子曰：天无二日，民无二王。"

②巩昌：今甘肃陇西巩昌镇。

【译文】

　　芍药可与牡丹媲美，前人题牡丹为"花王"，题芍药为"花相"，冤枉啊！我说的是公道话。天无二日，民无二王，牡丹在花国中获得正位，芍药自然难以并驾齐驱。虽然尊卑有别，它也应当在五等诸侯之列，难道在王之下，相之上，就没有一位一座，可以用来酬谢有功之人吗？遍翻有关种植的书籍，谈到芍药，不是说"花似牡丹而狭"，就是讲"子似牡丹而小"。由此看来，前人评品的方法，或许就是由表面现象得来的。噫，人的贵贱美恶，可以用长短肥瘦评论吗？每每于芍药花期用酒祭奠，我一定温言款语安慰它说："你不是相材，前人缺乏见识，错署花相之名，花神有灵，不要计较，人们呼牛呼马，随它去，听之任之而已。"我从甘肃巩昌携带牡丹、芍药各数十株回家,牡丹活的很少,幸亏芍药无恙,没有辜负我携带之劳。岂不是人为知己者死,花反为知己者生吗?

兰

【题解】

　　李渔在此款开头即以"兰生幽谷,无人自芳"描绘兰的孤雅性格。梅、兰、竹、菊被称为中国花鸟画中的"四君子"——喻君子之品德高洁、情操美好、文质彬彬、堂堂正正。而兰的特点在于幽香、素洁、高雅,绝无半点俗气。它成为中国的一种文化符号。中国兰,分为春兰、蕙兰、建兰、寒兰、墨兰五大类,上千品种。中国许多古籍写到兰,如《孔子家语·在厄》中说:"芷兰生于深林,不以无人不芳;君子修道立德,不为穷困而改节。"宋代是中国艺兰史的鼎盛时期,有关兰艺的书籍及描述众多。还有许多研究兰的著作,如世界上第一部兰花专著是南宋赵时庚《金漳兰谱》(1233),之后有王贵学《王氏兰谱》、明代张应民《罗篱斋兰谱》、清代嘉兴人许氏《兰蕙同心录》、袁世俊《兰言述略》、杜文澜《艺兰四说》、冒襄《兰言》、朱克柔《第一香笔记》、屠用宁《兰蕙镜》、张光照《兴兰谱略》、岳梁《养兰说》等等。

　　"兰生幽谷,无人自芳"[①],是已。然使幽谷无人,兰之芳也,谁得而知之? 谁得而传之? 其为兰也,亦与萧艾同腐而已矣。"如入芝兰之室,久而不闻其香"[②],是已。然既不闻其香,与无兰之室何异? 虽有若无,非兰之所以自处,亦非人之所以处兰也。吾谓芝兰之性,毕竟喜人相俱,毕竟以人闻香气为乐。文人之言,只顾赞扬其美,而不顾其性之所安,强半皆若是也。然相俱贵乎有情,有情务在得法;有情而得法,则坐芝兰之室,久而愈闻其香。兰生幽谷与处曲房,其幸不幸相去远矣。兰之初着花时,自应易其座位,外者内之,远者近之,卑者尊之;非前倨而后恭③,人之重兰非重兰也,重其花也,叶则花之舆从而已矣。居处一定,则当美其供设,书画炉瓶,种种器玩,皆宜森列其旁。但勿焚香,香薰即谢,匪妒也,此花性类神仙,怕亲烟火,非忌香也,忌烟火耳。若是,则位置堤防之道得矣。然皆情也,非法也,法则专为闻香。"如入芝兰之室,久而不闻其香"者,以其知入而不知出也,出而再入,则后来之香,倍乎前矣。故有兰之室不应久坐,另设无兰者一间,以作退步,时退时进,进多退少,则刻刻有香,虽坐无兰之室,若依倩女之魂④。是法也,而情在其中矣。如止有此室,则以门外作退步,或往行他事,事毕而入,以无意得之者,其香更甚。此予消受兰香之诀,秘之终身,而泄于一旦,殊可惜也。

【注释】

①兰生幽谷,无人自芳:《淮南子·说山训》:"兰生幽谷,不为莫服而不芳;舟行江海,不为莫乘而不浮;君子行义,不为莫知而止休。"

②"如入芝兰之室"二句:《孔子家语·六本》:"与善人居,如入芝兰之室,久而不闻其香;与不善人居,如入鲍鱼之肆,久而不闻其臭。"

③前倨而后恭:《战国策·秦策一》载苏秦游说秦王未果,回家遭到嫂子的侮辱和耻笑。后悬梁刺股,发愤攻读,游说赵国终获成功。游说楚国途中路过洛阳,嫂子爬来见他,苏秦问:"嫂何故前倨而后恭也?"

④倩女之魂:唐陈玄佑《离魂记》写倩娘因父悔婚抑郁成病,魂离身

体随所爱的人而去,五年后才与肉体合一。

【译文】

《淮南子》说"兰生幽谷,无人自芳",确实是这样。然而,假使幽谷无人,兰的芬芳,谁能知道?谁能传布?它作为兰花,也同萧艾一样腐烂而已。《孔子家语》说"如入芝兰之室,久而不闻其香",诚然如此。然而既然不闻其香,与没有兰花的房子有何差别?虽然有却如同没有一样,兰花并非如此自处,人也并非如此对待兰花。我认为兰花的本性,毕竟喜欢与人相聚,毕竟以人闻它的香气为乐。文人的话语,只顾赞扬兰花之美,而不顾兰花性情的安适,大半都是这样。但是兰花与人相聚,贵在有情,有情务求得法;有情而得法,则坐在兰花之室愈久,就愈能闻见它的香气。兰花生在幽谷与处于幽雅之室,它的幸与不幸,相差很远。兰花刚刚开放的时候,自然应当挪移它的位置,外边的搬进来,远的放近些,低的放高些;这不是前倨而后恭,人看重兰并非看重兰本身,而是看重它的花,它的叶只是花的随从而已。兰花的位置放定,就应当供奉得好好的,书画炉瓶,种种器玩,都应森列于兰花的旁边。但是不要焚香,香一薰兰花就谢,这并非嫉妒,而是兰花的性情类似神仙,怕亲近烟火,不是忌讳香,而是忌讳烟火。若是这样,那么兰花位置的摆放和堤防的规律就得到了。然而,这都是情,而不是法,法就是专为闻香。所谓"如入芝兰之室,久而不闻其香",是因为人只知入而不知出,出乎其外再入乎其中,那么后来的香,比前要加倍了。所以有兰的房间不应久坐,应另设无兰的房子一间,以作退步,时退时进,进多退少,那就会时时刻刻有香,虽然坐在无兰之室,像依附于倩女之魂。这是法,而情在法之中了。如果只有这一间屋子,那就把门外作退步,或者到别处去做其他事情,事完了再进屋来,因为在无意中闻到,它的香气更浓郁了。这是我享受兰花香气的窍门,保密了一辈子,而泄于一旦,太可惜了。

此法不止消受兰香，凡属有花房舍，皆应若是。即焚香之室亦然，久坐其间，与未尝焚香者等也。门上布帘，必不可少，护持香气，全赖乎此。若止靠门扇开闭，则门开尽泄，无复一线之留矣。

【译文】

这个方法不只享受兰香，凡是有花房的，都应如此。就是焚香的房间也是这样，久久坐在屋里，与未曾焚香是一样的。门上的布帘，必不可少，护持香气，全靠它了。若只靠门扇开闭，那么门一开香味全都流泄，没有一点保存。

蕙

【题解】

李渔说："蕙之与兰，犹芍药之与牡丹，相去皆止一间耳。"蕙是兰的一种，却历来不受人们待见。其实蕙也是很漂亮的一种花，不必贱蕙而贵兰。自然界缺了哪一品种，都是重大损失。

蕙之与兰，犹芍药之与牡丹，相去皆止一间耳。而世之贵兰者必贱蕙，皆执成见，泥成心也。人谓蕙之花不如兰，其香亦逊。吾谓蕙诚逊兰，但其所以逊兰者，不在花与香而在叶，犹芍药之逊牡丹者，亦不在花与香而在梗。牡丹系木本之花，其开也，高悬枝梗之上，得其势则能壮其威仪，是花王之尊，尊于势也。芍药出于草本，仅有叶而无枝，不得一物相扶，则委而仆于地矣，官无舆从，能自壮其威乎？蕙兰之不相敌也反是。芍药之叶苦其短，蕙之叶偏苦其长；芍药之叶病其太瘦,蕙之叶翻病其太肥。当强者弱,而当弱者强,此其所以不相称,而大逊于兰也。兰蕙之开,时分先后。兰终蕙继,犹芍药之嗣牡丹,皆所谓兄终弟及,欲废不能者也。善用蕙者,全在留花去叶,痛加剪除,择其稍狭而近弱者,十存二三;又皆截之使短,去两角而尖之,使与兰叶相若,则是变蕙成兰,而与"强干弱枝"之道合矣①。

【注释】

①强干弱枝:《史记·汉兴以来诸侯年表序》:"而汉郡八九十,形错诸侯间,犬牙相临,秉其厄塞地利,强本干弱枝叶之势也,尊卑明而万事各得其所矣。"

【译文】

蕙之与兰,犹如芍药之与牡丹,相差都只有那么一点儿。而世上以兰为贵的人必定以蕙为贱,都是出于成见,死心眼儿。有人说蕙的花不如兰,它的香味也逊色些。我认为蕙诚然不如兰,但其所以逊于兰,不在花与香而在叶,犹如芍药之逊于牡丹,也不在花与香而在梗。牡丹系木本之花,它开放的时候,高悬在枝梗之上,得其气势则能壮其威仪,就是说花王之尊,尊于气势啊。芍药出于草本,仅有叶而没有枝干,如果得不到一件东西相扶持,它就会委顿下来而仆倒在地了,当官的没有车马随从,能自壮其威吗?蕙与兰的不相当,情况相反。芍药的叶子嫌太短,蕙的叶子偏嫌太长;芍药的叶子嫌太瘦,蕙的叶子反而嫌太肥。应当强的弱,而应当弱的强,这是它所以不相称,而大大逊于兰的原因。兰与蕙的开花,时间有先后。兰花开完蕙花继续,犹如芍药之接续牡丹,都是所谓哥哥完了弟弟继承,想废也废不了。善于种植蕙的,全在留花去叶,痛加剪除,选择它稍微窄狭而较弱的叶子,保留十之二三;又都要把它们截短,去掉两角而成尖状,使它与兰叶相仿佛,这就变蕙成兰,而与"强干弱枝"之道相合了。

水仙

【题解】

"水仙"款是一篇妙文。在李渔所有以草木为题材的性灵小品中,此文写得最为情真意浓,风趣洒脱。从此文,更可以看出李渔嗜花如命的天性。李渔自称"有四命":春之水仙、兰花,夏之莲,秋之秋海棠,冬之腊梅。"无此四花,是无命也。一季缺予一花,是夺予一季之命也。"李渔讲了亲历的一件事:丙午之春,当"度岁无资,衣囊质尽","索一钱不得"的窘境之下,不听家人劝告,毅然质簪珥而购水仙。他的理由是:宁短一岁之命,勿减一岁之花。李渔之所以对水仙情有独钟,自有其道理。除了水仙"其色其香、其茎其叶无一不异群葩"之外,更可爱的是它"善媚":"妇人中之面似桃,腰似柳,丰如牡丹、芍药,而瘦比秋菊、海棠者,在在有之;若水仙之淡而多姿,不动不摇而能作态者,吾实未之见也。"呵,原来水仙的这种在清淡、娴静之中所表现出来的风韵、情致,深深打动了这位风流才子的心。

水仙一花,予之命也。予有四命,各司一时:春以水仙、兰花为命,夏以莲为命,秋以秋海棠为命,冬以蜡梅为命。无此四花,是无命也;一季缺予一花,是夺予一季之命也。水仙以秣陵为最①,予之家于秣陵,非家秣陵,家于水仙之乡也。记丙午之春②,先以度岁无资,衣囊质尽③,迨水仙开时,则为强弩之末,索一钱不得矣。欲购无资,家人曰:"请已之。一年不看此花,亦非怪事。"予曰:"汝欲夺吾命乎?宁短一岁之寿,勿减一岁之花。且予自他乡冒雪而归④,就水仙也,不看水仙,是何异于不返金陵,仍在他乡卒岁乎?"家人不能止,听予质簪珥购之。予之钟爱此花,非痂癖也。其色其香,其茎其叶,无一不异群葩,而予更取其善媚。妇人中之面似桃,腰似柳,丰如牡丹、芍药,而瘦比秋菊、海棠者,在在有之;若如水仙之淡而多姿,不动不摇,而能作态者,吾实未之见也。以"水仙"二字呼之,可谓摹写殆尽。使吾得见命名者,必颡然下拜。

【注释】

①秣(mò)陵:古县名,今江苏南京。

②丙午:康熙五年,1666年。

③质:抵押。

④他乡:芥子园本作"地乡",误。翼圣堂本和《中国文学珍本丛书》本作"他乡",是。

【译文】

　　水仙这种花,是我的命。我有四命,各管一季:春天以水仙、兰花为命,夏天以莲花为命,秋天以秋海棠为命,冬天以蜡梅为命。没有这四种花,我就没有命了;一季缺我一种花,就是夺我一季之命。水仙以南京为最好,我的家住在南京,不是住在南京,而是住在水仙之乡啊。记得丙午之春,先是因为没有钱过年,衣服都当尽了,等水仙花开的时候,更成为强弩之末,一文钱也找不到了。想买水仙没有钱,家人说:"算了吧。一年不看这种花,也不是什么奇怪的事。"我说:"你们想要夺我的命吗?宁折一年之寿,不减一岁之花。而且我从外地冒雪而归,就是为了水仙啊,不看水仙,同不返回南京、仍然在外地过完这一年有什么两样?"家人挡不住,听任我典当了妻妾的簪子耳坠儿等首饰去购买水仙。我钟爱此花,并非嗜痂之癖。水仙花,其色其香,其茎其叶,没有一样不异于群葩,而我更取其善于媚人。妇人之中,面似桃,腰似柳,丰满如牡丹、芍药，而清瘦比秋菊、海棠者，在在有之；而如水仙之淡雅而多姿，不动不摇，而能作出优美姿态者，我实在未曾见到。以"水仙"二字称呼这样的妇人，可谓摹写得淋漓尽致。假使我见得着为水仙命名的人，必会额然下拜。

不特金陵水仙为天下第一，其植此花而售于人者，亦能司造物之权，欲其早则早，命之迟则迟，购者欲于某日开，则某日必开，未尝先后一日。及此花将谢，又以迟者继之，盖以下种之先后为先后也。至买就之时，给盆与石而使之种，又能随手布置，即成画图，皆风雅文人所不及也。岂此等末技，亦由天授，非人力邪？

【译文】

不仅南京的水仙为天下第一，而且种植此花而出售给人，也能行使造物主的职权，想叫水仙早则早，想叫它迟则迟，购买者想让水仙某日开，则某日必开，未曾先一天或后一天。等到这一拨花将谢，又有迟一拨花继续，原来是以下种之先后为开花的先后。等顾客买好了水仙的时候，店主送给盆与石叫他去种，又能随手布置，成画图小景，都是风雅文人所赶不上的。难道这样的小技，也是由老天爷所授，而非人力吗？

芙蕖

【题解】

芙蕖，即通常所谓荷花，也是李渔的一条命，而且李渔说在"四命之中，此命为最"。为什么呢？李渔说它"有五谷之实，而不有其名；兼百花之长，而各去其短"。诚哉，斯言！芙蕖从出生到老枯，不是给你悦目之娱，就是给你实用之利，对人，它真是"服务"到家了。倘若不信，李渔会把芙蕖的好，从头至尾，一条一条说给你听。其初也，荷钱出水，点缀绿波；继之，劲叶既生，日高日妍，有风既作飘摇之态，无风亦呈袅娜之姿。此讲花未开即有无穷逸致。及菡萏成花，娇姿欲滴，后先相继，自夏至秋，开个不停。此讲花之娱人。花之既谢，蒂下生蓬，蓬中结实，亭亭玉立，与翠叶并擎，可与花媲美。此讲花谢之后，莲蓬翠叶仍给人美的享受。以上讲其悦目之娱。荷叶荷花之清香异馥，还能给你退暑生凉；莲实与藕，能满足你的口腹之欲；即使霜中败叶，亦可供你裹物之用。这是它的实用之利。于此可见，芙蕖于人，乃一大功臣。

李渔还有一首《忆秦娥·咏荷风》词，赞美荷花之香："披襟坐，冷然一阵荷香过。荷香过，是花是叶，分他不破。花香浓似佳人卧，叶香清比高人唾。高人唾，清浓各半，妙能调和。"

芙蕖与草本诸花，似觉稍异；然有根无树，一岁一生，其性同也。谱云①："产于水者曰草芙蓉，产于陆者曰旱莲。"则谓非草本不得矣②。予夏季倚此为命者，非故效颦于茂叔③，而袭成说于前人也。以芙蕖之可人，其事不一而足。请备述之。群葩当令时，只在花开之数日，前此后此，皆属过而不问之秋矣，芙蕖则不然。自荷钱出水之日，便为点缀绿波，及其劲叶既生，则又日高一日，日上日妍，有风既作飘飖之态，无风亦呈袅娜之姿，是我于花之未开，先享无穷逸致矣。迨至菡萏成花④，娇姿欲滴，后先相继，自夏徂秋⑤，此时在花为分内之事，在人为应得之资者也。及花之既谢，亦可告无罪于主人矣，乃复蒂下生蓬，蓬中结实，亭亭独立，犹似未开之花，与翠叶并擎⑥，不至白露为霜，而能事不已⑦。此皆言其可目者也。可鼻则有荷叶之清香，荷花之异馥，避暑而暑为之退，纳凉而凉逐之生。至其可人之口者，则莲实与藕，皆并列盘餐，而互芬齿颊者也。只有霜中败叶，零落难堪，似成弃物矣，乃摘而藏之，又备经年裹物之用。是芙蕖也者，无一时一刻，不适耳目之观；无一物一丝，不备家常之用者也。有五谷之实，而不有其名；兼百花之长，而各去其短。种植之利，有大于此者乎？予四命之中，此命为最。无如酷好一生，竟不得半亩方塘⑧，为安身立命之地；仅凿斗大一池，植数茎以塞责，又时病其漏，望天乞水以救之。殆所谓不善养生，而草菅其命者哉。

【注释】

①谱：疑指明人王象晋编有《群芳谱》，但查无所引之文。何书待考。

②草本：芥子园本作"草木"，误。翼圣堂本和《中国文学珍本丛书》本作"草本"，是。

③茂叔：宋理学家周敦颐（1017—1973），字茂叔，甚爱莲，有《爱莲说》一文。

④菡萏（hàn dàn）：荷花的花苞。

⑤徂（cú）：往，到。

⑥擎（qíng）：向上举。

⑦能事：擅长的本领。不已：不止。

⑧半亩方塘：朱熹《观书有感》："半亩方塘一鉴开，天光云影共徘徊。"

【译文】

荷花与其他草本诸花相比，似乎觉得稍有不同；然而它们都有根无树，一岁一生，其性质是一样的。花谱说："产于水中的叫草芙蓉，产于陆地的叫旱莲。"这就不能说荷花不是草本之花了。我之所以在夏季倚荷花为命,不是故意效颦于周敦颐,而是因袭前人的成说。因为荷花的可人心意,不止一点两点。请让我详细说说。各种花卉当花期来的时候,只在那几天开放,前此或后此,凡是不在花期的时间它们都是再也不闻不问了;荷花则不然。从荷钱出水的那天,它便为池塘点缀绿波;等它的圆而有劲的叶子钻出来,一天比一天高,一日比一日妍,有风既作飘飖之态,无风也呈袅娜之姿,这样,人们在它花还未开的时候,就先享受到无穷逸致了。等到含苞欲放,娇姿欲滴,此先彼后,相继开放,自夏到秋,这段时间,在花,是它的分内之事,在人,则是应得的享受。等花谢之后,荷花也可以说无罪于主人了,却又在蒂下生出莲蓬,蓬中结子,亭亭独立,依然如同未开之花,与翠叶一起高擎于水面,不到白露为霜,它的工作就不算完事。这都是说的荷花给人眼睛的娱乐。说到它给人嗅觉的享受,则有荷叶的清香,荷花的美妙而奇异的香气,闻着它们,避暑则暑气随之而退,纳凉而凉风跟着生起。至于荷花的可人之口,不能不说到莲子与藕,这两样东西可以并列盘餐,而争相把芬芳流于食客的齿颊之间。只有霜中的败叶,零落难堪,似乎成为废弃之物了,但是把它摘下储藏起来,又可以常年用来包裹东西。这样说来,荷花,没有一时一刻,不适宜于人的耳目愉悦;没有一物一丝,不可作为家常日用。它有五谷之实,而没有其名;它兼具百花之长,而又去掉了它们的缺点。种植荷花的好处,还有比这更大的吗?我的四命之中,荷花这一命排在第一位。无奈我酷爱荷花一辈子,竟然得不到半亩方塘,为安身立命之地;仅仅开凿了一个斗大的水池,种植几株。聊以搪塞,又时时为其漏水而苦恼,只能希望老天爷给水救助。这差不多就是所谓不善养生,而草菅其命吧。

罂粟

【题解】

罂粟在李渔生活的清初只是一种好看的花,李渔还将其与牡丹、芍药并列,赞曰:"牡丹谢而芍药继之,芍药谢而罂粟继之,皆繁之极、盛之至者也。欲续三葩,难乎其为继矣。"然而一二百年之后,它在人们心目中改变了形象,成了"恶毒的美人"。为什么?其果乃提炼鸦片的原料也。鸦片对中国人的毒害尤甚,故林则徐烧鸦片,成了中华民族的大英雄。正因此,现在一提罂粟,顿觉毛骨悚然。人们很少再欣赏这种花了。

花之善变者,莫如罂粟,次则数葵,余皆守故不迁者矣。艺此花如蓄豹,观其变也。牡丹谢而芍药继之,芍药谢而罂粟继之,皆繁之极、盛之至者也。欲续三葩,难乎其为继矣。

【译文】

花中善于变化的,谁也赶不上罂粟,其次要数葵花,其余的都故守原貌而不变迁。种植罂粟花犹如蓄养豹子,要看它的变化。牡丹谢了芍药继续开放,芍药谢了罂粟继续开放,都达到繁之极、盛之至了。要想再接续上这三种花,难乎其难了。

葵

【题解】

李渔把葵和罂粟放在一起比较,说:"花之善变者,莫如罂粟,次则数葵。"又说:"花之易栽易盛,而又能变化不穷者,止有一葵。是事半于罂粟,而数倍其功者也。"则葵在某些方面又优于罂粟。

花之易栽易盛,而又能变化不穷者,止有一葵。是事半于罂粟,而数倍其功者也。但叶之肥大可憎,更甚于蕙。俗云:"牡丹虽好,绿叶扶持。"人谓树之难好者在花,而不知难者反易。古今来不乏明君，所不可必得者，忠良之佐耳。

【译文】

花之中容易栽种、容易茂盛，而又能够变化无穷的，只有葵花这一种。种植葵花只费种植罂粟的一半力气，而其功则是它的数倍。只是葵花的叶子肥大可憎，比蕙更甚。俗话说："牡丹虽好，绿叶扶持。"有人说种植花木难以弄好的是花，岂不知难的反而容易。古往今来不乏明君，所不易得到的，是忠良的辅佐啊。

萱

【题解】

萱在中华民族传统中是母慈儿孝的象征。萱，在中国有着特殊寓意，即忘忧，故又名忘忧草。古时候，游子离家，先在母亲居住的北堂种些萱草，冀其减轻思念而忘忧也。故"萱"和"萱堂"成了母亲的代称。其实，在日常生活中，萱就是金针菜，也即我们经常吃的黄花菜。

　　萱花一无可取，植此同于种菜，为口腹计则可耳。至云对此可以忘忧，佩此可以宜男，则千万人试之，无一验者。书之不可尽信，类如此矣。

【译文】

萱花一无可取，种植它如同种菜一样，为满足口腹考虑就可以了。至于说对萱可以忘忧，佩萱宜于生男孩子，经过千万人试验，没有一个灵验的。书之不可尽信，大致如此。

鸡冠

【题解】

鸡冠花,肖鸡冠,故名。李渔则认为"鸡冠虽肖,然而贱视花容矣",在他看来,鸡冠花似天上的"庆云一朵",而地上之物不如天上之物高雅,可以改为"一朵云"。其实,何必以"云"名之?苏东坡词《水调歌头·明月几时有》有云:"明月几时有,把酒问青天。不知天上宫阙,今夕是何年。我欲乘风归去,又恐琼楼玉宇,高处不胜寒。起舞弄轻影,何似在人间?"还是地上人间温暖,也更亲切。

予有《收鸡冠花子》一绝云:"指甲搔花碎紫雯,虽非异卉也芳芬。时防撒却还珍惜①,一粒明年一朵云②。"此非溢美之词,道其实也。花之肖形者尽多,如绣球、玉簪、金钱、蝴蝶、剪春罗之属,皆能酷似,然皆尘世中物也;能肖天上之形者,独有鸡冠花一种。氤氲其象而叆叇其文③,就上观之,俨然庆云一朵。乃当日命名者,舍天上极美之物,而搜索人间。鸡冠虽肖,然而贱视花容矣,请易其字,曰"一朵云"。此花有红、紫、黄、白四色,红者为红云,紫者为紫云,黄者为黄云,白者为白云。又有一种五色者,即名为"五色云"。以上数者,较之"鸡冠",谁荣谁辱?花如有知,必将德我。

【注释】

①撒:芥子园本作"撮",《笠翁诗集·收鸡冠花子》作"撒",今据此。

②朵:芥子园本作"孕",今据《笠翁诗集》改为"朵"。

③氤氲(yīn yūn):烟云弥漫的样子。唐张九龄《湖口望庐山瀑布泉》:"灵山多秀色,空水共氤氲。"叆叇(ài dài):云彩甚厚的样子。

黄庭坚《醉蓬莱》有"对朝云叆叇,暮雨霏微,乱峰相倚"句。

【译文】

我有《收鸡冠花子》一首绝句:"指甲搔花碎紫雯,虽非异卉也芳芬。时防撒却还珍惜,一粒明年一朵云。"这不是溢美之词,说的是实情。花肖似某物形状的很多,如绣球、玉簪、金钱、蝴蝶、剪春罗之类,都能酷似,然而它们都是尘世中的东西;能肖似天上的形状者,独有鸡冠花这一种。烟云弥漫的形象而浓厚迷茫的云纹,看起来,俨然是一朵祥云。而当日命名的人,却舍弃天上极美之物,而在人间搜索。鸡冠虽然像,然而低看了它的花容,请让我为它改个名字,叫"一朵云"。这种花有红、紫、黄、白四色,红的为红云,紫的为紫云,黄的为黄云,白的为白云。又有一种五色的,就叫"五色云"。以上几个名字,与"鸡冠"相比,谁荣谁辱? 花如果有知,必将感谢我。

玉簪

【题解】

玉簪和凤仙,乃中国古代女性(主要是普通百姓)的爱物。何也? 可作化妆之用。李渔特别赞扬了玉簪,谓"花之极贱而可贵者,玉簪是也。插入妇人髻中,孰真孰假,几不能辨,乃闺阁中必需之物"。李渔说它"极贱而可贵者",是否有些过誉?

花之极贱而可贵者,玉簪是也。插入妇人髻中,孰真孰假,几不能辨,乃闺阁中必需之物。然留之弗摘,点缀篱间,亦似美人之遗。呼作"江皋玉佩"①,谁曰不可?

【注释】

①江皋(gāo)玉佩:《山海经》曰:"洞庭之山,帝之二女居之。"郭璞

云:"天帝之女,处江为神,即《列仙传》所谓江妃二女也。"《列仙传》说江妃二女游于江汉之滨,遇郑交甫,赠所携佩。唐孟郊《湘妃怨》有"玉佩不可亲,徘徊烟波夕"句。江皋玉佩应指此。皋,水边的高地。玉佩,玉质的佩饰。

【译文】

花之中价钱极贱而品质可贵的,是玉簪。插入妇人发髻之中,哪是真的哪是假的,几乎不能辨别,它乃是闺阁之中必需的东西。然而留下它而不摘下来,点缀在篱笆之间,也很像美人的遗赠。叫作"江皋玉佩",谁说不可以呢?

凤仙

【题解】

凤仙是女孩染指甲用的。李渔评凤仙,说"纤纤玉指,妙在无瑕,一染猩红,便称俗物",却又觉得贬抑过甚。玉簪和凤仙在古代女性中的这两项用途,是下层妇女或女孩子带有游戏性质的一种妆饰活动而已。

凤仙,极贱之花,此宜点缀篱落,若云备染指甲之用,则大谬矣。纤纤玉指,妙在无瑕,一染猩红,便称俗物。况所染之红,又不能尽在指甲,势必连肌带肉而丹之。迨肌肉褪清之后①,指甲又不能全红,渐长渐退,而成欲谢之花矣。始作俑者,其俗物乎?

【注释】

①褪:亦有别本作"退"。

【译文】

凤仙,极贱的花,它宜于点缀篱笆,若说它可供染指甲之用,就大错特错了。纤纤玉指，妙在洁白无瑕，一染猩红颜色，就成了俗物。况且所染的红色，又不能全在指甲上，势必连肌带肉都染红。等肌肉上的红色褪去之后，指甲又不能全红，慢慢长一点儿慢慢退一点儿，而成为将谢的花了。始作俑者，该是个俗物吧？

金钱

【题解】

此文有趣之处，在于"合一岁所开之花，可作天工一部全稿"的比拟。李渔把一年四季相继所开之花，比喻为具有无穷才力之天公作文的过程：梅花、水仙是试笔之文，"气虽雄"而"机尚涩"，故花不甚大而色不甚浓；桃、李、棠、杏，文心怒发而兴致淋漓，但这时"思路纷驰而不聚，笔机过纵而难收"，故"其花之大犹未甚、浓优未至"，"横肆"而未"纯熟"；至牡丹、芍药一开，"文心笔致俱臻化境，收横肆而归纯熟，舒蓄积而磬光华"，这时似乎达到极致了；然而，秋冬之日，天公未肯告乏也，"必善刀而藏"："夏欲试其技，则从而荷之；秋而试其技，则从而菊之；冬则计穷力竭，尽可不花，而犹作腊梅一种以塞责之"。至于金钱、石竹……诸花，"则明知精力不继，篇帙寥寥，作此以塞纸尾，犹人诗文既尽，附以零星杂著者是也"，也就是说，金钱等花，只是一桌大席上主菜之间作点缀用的小菜数碟而已。此喻甚妙，令人回味无穷。读此文，不但领略了李渔的情思，而且认识了他的巧智。有的人作文以情思见长，有的人作文以巧智取胜，李渔此文，兼而有之。

金钱、金盏、剪春罗、剪秋罗诸种，皆化工所作之小巧文字。因牡丹、芍药一开，造物之精华已竭，欲续不能，欲断不可，故作轻描淡写之文，以延其脉。吾观于此，而识造物纵横之才力亦有穷时，不能似源泉混混①，愈涌而愈出也。合一岁所开之花,可作天工一部全稿。梅花、水仙,试笔之文也,其气虽雄,其机尚涩,故花不甚大,而色亦不甚浓。开至桃、李、棠、杏等花,则文心怒发,兴致淋漓,似有不可阻遏之势矣;然其花之大犹未甚,浓犹未至者,以其思路纷驰而不聚,笔机过纵而难收,其势之不可阻遏者,横肆也,非纯熟也。迨牡丹、芍药一开,则文心笔致俱臻化境,收横肆而归纯熟,舒蓄积而馨光华②,造物于此,可谓使才务尽,不留丝发之余矣。然自识者观之,不待终篇而知其难继。何也?世岂有开至树不能载、叶不能覆之花,而尚有一物焉高出其上、大出其外者乎?有开至众彩俱齐、一色不漏之花,而尚有一物焉红过于朱、白过于雪者乎?斯时也,使我为造物,则必善刀而藏矣③。乃天则未肯告乏也,夏欲试其技,则从而荷之;秋欲试其技,则从而菊之;冬则计穷乏竭,尽可不花,而犹作蜡梅一种以塞责之。数卉者,可不谓之芳妍尽致,足殿群芳者乎?然较之春末夏初,则皆强弩之末矣。至于金钱、金盏、剪春罗、剪秋罗、滴滴金、石竹诸花,则明知精力不继,篇帙寥寥,作此以塞纸尾,犹人诗文既尽,附以零星杂著者是也。由是观之,造物者极欲骋才,不肯自惜其力之人也;造物之才,不可竭而可竭,可竭而终不可竟竭者也。究竟一部全文,终病其后来稍弱。其不能弱始劲终者,气使之然,作者欲留余地而不得也。吾谓才人著书,不应取法于造物,当秋冬其始,而春夏其终,则是能以蔗境行文④,而免于江郎才尽之诮矣⑤。

【注释】

①源泉混混:《孟子·离娄下》:"原泉混混,不舍昼夜。"混混,同"滚滚"。

②罄:空。

③善刀而藏:《庄子·养生主》:"善刀而藏之。"陆德明《经典释文》:"善刀,善,犹拭也。"

④蔗境:《世说新语·排调》:"顾长康啖甘蔗,先食尾。人问所以,云:'渐至佳境。'"后因用"蔗境"比喻老来幸福或处境好转。

⑤江淹才尽:江淹(444—505),南朝梁文学家。字文通,济阳考城(今河南兰考东)人。少孤贫好学,早年即以文章著名,晚年所作诗文不如前期,人谓"江郎才尽"。

【译文】

金钱、金盏、剪春罗、剪秋罗等各种花,都是老天爷神奇化工所作的小巧文字。因为牡丹、芍药一开,造物的精华已经竭尽,想续而不能,要断又不可,因此作轻描淡写的文字,以延长气脉。我看到这儿,明白了造物纵横驰骋的才力也有穷尽之时,不能像源泉那样滚滚不息,愈涌愈出。总括一年所开的花,可作造物天工的一部全稿。梅花、水仙,是试笔的文字,气势虽雄健,而机锋还嫌涩滞,所以花不太大,颜色也不太浓。开到桃、李、棠、杏等花,则文心怒发,兴致淋漓,好像有不可阻遏的气势;然而它的花还没有特别大,味也没有特别浓,因为思路纷驰而不聚集,笔锋过纵驰而难收拢,其气势之不可阻遏者,是纵横恣肆,而非纯熟老辣。等到牡丹、芍药一开,则文心笔致都达到化境,收拢纵横恣肆而归于纯熟老辣,舒展蓄积储存而尽发光华文彩,老天爷的创造到这儿,可称之为用尽全部才华,不留丝毫余地了。然而在有见识的人看来,等不到终篇而就可能难以为继。为什么?世上难道有那种花开到树不能承载、叶不能覆盖的程度,还存在一种东西高出其上、大出其外的吗?有那种花开到众彩俱齐、一色不漏的程度,还存在一种东西红过于朱、白过于雪的吗？这个时候,假如我是造物,就必然如庄子所说"善刀而藏"了。而老天爷则不肯承认困乏,夏天想试其技艺,则从而开放荷花;秋天想试其技艺,则从而开放菊花;到了冬天计穷技竭,完全可以不开花,却还开放蜡梅这种花聊作塞责。这数种花卉,还不可说是芳香妍丽达到极致,足以成为群花殿军了吗？但比起春末夏初,都是强弩之末了。至于金钱、金盏、剪春罗、剪秋罗、滴滴金、石竹等花,则明知自己精力不继,篇幅寥寥,写了这些以塞纸尾,就像人的诗文已经作尽,附上些零星杂著而已。由此看来,造物主是个极欲驰骋才华,不肯珍惜力气的人;造物主的才华,不可穷竭而可穷竭,可穷竭而终不可完全穷竭。终归一部全篇文章,总是怕它后来稍弱。之所以不使它开始弱而最终强劲,才华气势造成的,作者想留余地而不能够。我认为才人著书,不应效仿造物,应当在秋冬开始,而春夏终结,这才能够像顾长康吃甘蔗先食尾那样渐入"蔗境",而免于江郎才尽的讥诮。

蝴蝶花

【题解】

李渔叙"蝴蝶花",妙甚、巧甚:"蝴蝶,花间物也,此即以蝴蝶为花。是一是二,不知周之梦为蝴蝶欤？蝴蝶之梦为周欤？非蝶非花,恰合庄周梦境。"在自然界,蝴蝶与花,是一对永恒的恋人。他们谁也离不开谁。他们互相爱恋,究竟是蝶恋花,抑或花恋蝶,说不清楚,也用不着说清楚。也许他们比人间的恋人更幸福。

此花巧甚。蝴蝶,花间物也,此即以蝴蝶为花。是一是二,不知周之梦为蝴蝶欤？蝴蝶之梦为周欤？非蝶非花,恰合庄周梦境①。

【注释】

①"周之梦为蝴蝶"四句:《庄子·齐物论》载:"昔者庄周梦为胡蝶,栩栩然胡蝶也。自喻适志与!不知周也。俄然觉,则蘧蘧然周也。不知周之梦为胡蝶与?胡蝶之梦为周与?周与胡蝶,则必有分矣。此之谓物化。"

【译文】

这种花巧极了。蝴蝶,是花间之物,它就是以蝴蝶为花。是一物也是二物,不知周庄周梦中变成蝴蝶呢?还是蝴蝶梦中变成庄周呢?非蝶非花,恰好合于庄周梦境。

菊

【题解】

此款把菊花须人力培养的特点说得面面俱到。

有人说菊花是中国的国花,也许是可以的。这不是说唯有菊花最美。其实,每种花都有自己独特的魅力,互相之间是不可取代的,必须百花齐放、万紫千红,才符合这个世界的本性,也才能够同中国这样一个地大物博的泱泱大国相称。因此,若要选国花,可备候选而拼死去作一番激烈竞争者,在在有之,而且恐怕到时候争得难分难解、不相上下。然而,若从花之体现人的本性、意志、爱好,体现"美"这个字的本质含义(美是在人类客观历史实践中形成的、以感性形象表现人之本质的某种特殊的价值形态)来说,恐怕菊花是绝对冠军。李渔把花分为"天工、人力"两种。例如"牡丹、芍药之美,全仗天工,非由人力";而"菊花之美,则全仗人力,微假天工"。从菊花上可以充分体现出中国人的勤与巧的品性。种菊之前,已费力几许:其未入土,先治地酿土;其既入土,则插标记种。等到分秧植定之后,防燥、虑湿、摘头、掐叶、芟蕊、接枝、捕虫掘蚓以防害等等,竭尽人力以俟天工。花之既开,亦有防雨避霜之患,缚枝系蕊之勤,置盎引水之烦,染色变容之苦。总之,为此一花,自春徂秋,自朝迄暮,总无一刻之暇。"若是,则菊花之美,非天美之,人美之也。"此言艺菊之勤。而在所有的花中,艺菊恐怕又最能表现人的巧智。哪一种花有菊花的品种这样多?上百种、上千种,都是人按照自己审美观念、审美理想"创造"(说"培育"当然也可,但这"培育",实是创造)出来的:什么"银碗"、"金铃"、"玉盘"、"绣球"、"西施"、"贵妃"……如狮子头,如美人面,如月之娴静,如日之灿烂,沁人心脾的清香,令人陶醉的浓香……数不胜数,应有尽有。再加上如陶渊明等文人墨客的题咏,菊的品位更是高高在上。就此,选菊花为国花,不是甚为合理吗?

菊花者,秋季之牡丹、芍药也。种类之繁衍同,花色之全备同,而性能持久复过之。从来种植之书,是花皆略,而叙牡丹、芍药与菊者独详。人皆谓三种奇葩,可以齐观等视,而予独判为两截,谓有天工、人力之分。何也?牡丹、芍药之美,全仗天工,非由人力。植此二花者,不过冬溉以肥,夏浇以湿,如是焉止矣。其开也,烂漫芬芳,未尝以人力不勤,略减其姿而稍俭其色。菊花之美,则全仗人力,微假天工。艺菊之家,当其未入土也,则有治地酿土之劳;既入土也,则有插标记种之事。是萌芽未发之先,已费人力几许矣。迨分秧植定之后,劳瘁万端①,复从此始。防燥也,虑湿也,摘头也,掐叶也,芟蕊也②,接枝也,捕虫掘蚓以防害也,此皆花事未成之日,竭尽人力以俟天工者也。即花之既开,亦有防雨避霜之患,缚枝系蕊之勤,置盎引水之烦③,染色变容之苦,又皆以人力之有余,补天工之不足者也。为此一花,自春徂秋,自朝迄暮,总无一刻之暇。必如是,其为花也,始能丰丽而美观,否则同于婆娑野菊,仅堪点缀疏篱而已。若是，则菊花之美，非天美之，人美之也。人美之而归功于天，使与不费辛勤之牡丹、芍药齐观等视，不几恩怨不分而公私少辨乎？吾知敛翠凝红而为沙中偶语者④，必花神也。

【注释】

①瘁：劳累过度。

②芟（shān）：除去。

③盏：杯子。

④沙中偶语：轩轾诸花之好坏。典出《史记·留侯世家》："上已封大功臣二十余人，其余日夜争功不决，未得行封。上在洛阳南宫，从复道望见诸将往往相与坐沙中语。上曰：'此何语？'留侯（张良）曰：'陛下不知乎？此谋反耳。'"

【译文】

　　菊花，就是秋季的牡丹、芍药。种类的繁衍相同，花色的全备相同，而菊花的本性能够持久，又超过牡丹、芍药。从来讲种植的书，其他花都简略，而唯独叙述牡丹、芍药与菊花详细。人都说这三种奇葩，可以等量齐观，而我却把它们分为非常不同的两种，认为有天工与人力之别。为什么？牡丹、芍药的美，全仗天工，不由人力。栽种这两种花，不过冬天灌溉肥水，夏天浇水保湿，如此而已。当它们开花时，烂漫芬芳，未尝因为人力不勤，略减其芳姿而稍逊其颜色。菊花之美，则全仗人力，稍微借助一点儿天工。栽种菊花的人家，当它还没有栽到土中的时候，就要有治地酿土的劳作；栽到土里以后，则有插标记种的事情。就是说菊花萌芽未发之先，已费去许多人力了。等到分秧植定之后，千头万绪的繁杂劳动，从此开始。防干燥，怕过湿，摘头，掐叶，去蕊，接枝，捕虫掘蚓以防虫害，这都是花还没有长成的时候，竭尽人力以待天工。就是花已经开了，也有防雨避霜的顾虑，缚枝系蕊的辛勤，置盆引水的繁杂，染色变容的苦恼，这都又是以有余的人力，弥补天工的不足。为这一种花，自春到秋，从朝至晚，总没有一刻闲暇。必须如此，它开的花，才能丰丽而美观，否则，就会同婆娑野菊一样，仅可用来点缀疏篱而已。这样说来，菊花的美，不是天使之美，而是人使之美啊。人使之美而归功于天，让它与不费辛勤的牡丹、芍药等量齐观，不几乎是恩怨不分、公私莫辨吗？我想，那些敛翠凝红而作沙中偶语、满腹牢骚发泄不满的，必定是花神。

　　自有菊以来，高人逸士无不尽吻揄扬①，而予独反其说者，非与渊明作敌国。艺菊之人终岁勤动，而不以胜天之力予之，是但知花好，而昧所从来。饮水忘源，并置汲者于不问，其心安乎？从前题咏诸公，皆若是也。予创是说，为秋花报本，乃深于爱菊，非薄之也。予尝观老圃之种菊，而慨然于修士之立身与儒者之治业②。使能以种菊之无逸者砺其身心③，则焉往而不为圣贤？使能以种菊之有恒者攻吾举业，则何虑其不掇青紫④？乃士人爱身爱名之心，终不能如老圃之爱菊，奈何！

【注释】

①尽吻揄扬：满口赞扬。

②修士之立身：品格高尚的人修身养性。《荀子·君道》："使修士行之，则与污邪之人疑之。"

③砺：磨。

④青紫：官宦富贵之服。扬雄《解嘲》："纡紫拖青。"刘良注曰："青、紫，并贵者服饰也。"

【译文】

自有菊花以来，高人逸士无不满口赞扬，而我却与他们的说法不同，并不是与陶渊明作对。栽培菊花的人终年勤劳，而不赞扬种植菊花的胜天之力，这是只知花好，而不知道这好从哪里来。饮水忘了它的源泉，并且连挑水的人都不闻不问，能够心安吗？从前题咏菊花的诸公，都是如此。我创立这些说法，为菊花述说其根本，乃是出于对菊花深深的爱，而不是菲薄它。我曾观看老园丁种菊，从而感慨修士的立身与儒家的治学。假使能以种菊的那种辛劳无逸的精神磨砺其身心，那么做什么不能成为圣贤呢？假使能以种菊的恒心攻取举业，那么何愁不登青云致富贵呢？无奈士人爱身爱名之心，终究不能如老圃之爱菊，怎么办！

菜

【题解】

此款之"菜"乃指菜花。菜花之美，在于其盈阡溢亩的气势。若论单朵，它绝比不上牡丹、芍药、荷花、山茶，也不如菊花、月季、玫瑰、杜鹃；论香，它比不上水仙、栀子、梅花、兰花。但是，它的优势在于花多势众，气象万千。每逢暮春三月，江南草长，漫山遍野，"万花齐发，青畴白壤，悉变黄金"，其洋洋大观的气魄，如大海，如长河，如星空；相比之下，不论是牡丹、芍药、荷花、山茶，还是菊花、月季、玫瑰、杜鹃，以至水仙、栀子、梅花、兰花，都忽然变得格局狭小，样态局促。这时，确如李渔所说，"呼朋拉友，散步芳塍，香风导酒客寻帘，锦蝶与游人争路，郊畦之乐，什佰园亭"。

　　菜为至贱之物，又非众花之等伦，乃《草本》、《藤本》中反有缺遗①，而独取此花殿后，无乃贱群芳而轻花事乎？曰：不然。菜果至贱之物，花亦卑卑不数之花，无如积至贱至卑者而至盈千累万,则贱者贵而卑者尊矣。"民为贵,社稷次之,君为轻"者②,非民之果贵,民之至多至盛为可贵也。园圃种植之花,自数朵以至数十百朵而止矣,有至盈阡溢亩,令人一望无际者哉?曰:无之。无则当推菜花为盛矣。一气初盈,万花齐发,青畴白壤,悉变黄金,不诚洋洋乎大观也哉!当是时也,呼朋拉友,散步芳塍③,香风导酒客寻帘,锦蝶与游人争路,郊畦之乐,什佰园亭,惟菜花之开,是其候也。

【注释】

①草本:《中国文学珍本丛书》本作"草本",翼圣堂本、芥子园本作"草木"。

②民为贵,社稷次之,君为轻:语出《孟子·尽心下》。社为土神,稷为谷神,社稷表示国家。

③塍(chéng):田埂。

【译文】

菜花是至贱之物,又不是众花的同类,本书《草本》、《藤本》中没有说到它,而单独拿它殿后,是否贱视群芳而轻蔑花事呢?我说:不然。菜果真是至贱之物,菜花也是微不足道的卑微之花,无奈累积至贱至卑而到盈千累万,那么贱者就变贵而卑者就成尊了。孟子所谓"民为贵,社稷次之,君为轻",并非民果真贵,而是民之至多至盛成为可贵了。园圃种植的花,从数朵以至数十百朵就到头了,有那种盈阡溢亩,令人一望无际的吗?答:没有。既然没有,那就应当推菜花为最盛了。时令一到,万花齐发,青畴白壤,全都变为黄金,不是诚然为洋洋大观吗!在这个时候,呼朋拉友,散步田间芳塍,香风引导酒客寻觅酒店,锦蝶与游人争路,郊畦的乐趣强过园亭十倍百倍,唯有菜花开放的时候,才是这样啊。

众卉第四　计九款

【题解】

《众卉第四》凡九款，同本书其他写物篇章一样，皆可作性情小品读。何也？因为李渔名为写物、写花，实则写人的不是以物（花草）喻人，就是寓情于物（花草），总之，都是写人的性情、世故。读了这些作品，你会感到它们在拉近人与人之间的感情。文学根本上是为沟通人与人之间的感情而存在的，不然它就没有什么意义。在《众卉第四》开头这几百字的小序中，也是以花木拟人，所谓"是知树木之美不定在花，犹之丈夫之美者不专主于有才，而妇人之丑者亦不尽在无色也。观群花令人修容，观诸卉则所饰者不仅在貌"。

草木之类，各有所长，有以花胜者，有以叶胜者。花胜则叶无足取，且若赘疣，如葵花、蕙草之属是也。叶胜则可以无花，非无花也，叶即花也，天以花之丰神色泽归并于叶而生之者也。不然，绿者叶之本色，如其叶之，则亦绿之而已矣，胡以为红，为紫，为黄，为碧，如老少年、美人蕉、天竹、翠云草诸种，备五色之陆离，以娱观者之目乎？即其青之绿之，亦不同于有花之叶，另具一种芳姿。是知树木之美，不定在花，犹之丈夫之美者，不专主于有才，而妇人之丑者，亦不尽在无色也。观群花令人修容，观诸卉则所饰者不仅在貌。

【译文】

草木之类的花卉，各有所长，有的以花胜，有的以叶胜。以花胜的则叶无足取，而且如同赘疣，例如葵花、蕙草之类就是如此。以叶胜的则可以没有花，并非没有花，叶就是花，老天爷把花的丰神色泽归并于叶而产生了它。不然，绿色是叶的本色，如果仅仅是叶，那就只是绿色就可以了，为什么使叶子的颜色为红，为紫，为黄，为碧，如老少年、美人蕉、天竹、翠云草等等，备五色之斑斓陆离，以娱乐观者的眼睛呢？即使让它成为青色、绿色，也不同于有花的叶子，而是别具一种芳姿。由此知道树木之美不定在花，犹如丈夫之美不专在有才，而妇人之丑也不全在无色。观群花，令人修饰仪容，观诸卉，则知所谓修饰者又不仅在容貌。

芭蕉

【题解】

李渔说："蕉能韵人而免于俗，与竹同功。"关于蕉叶题诗，唐代诗人韦应物《闲居寄诸弟》诗云："秋草生庭白露时，故园诸弟益相思。尽日高斋无一事，芭蕉叶上独题诗。"明代宣德青花仕女蕉叶题诗图梅瓶，即据韦诗诗意，画一仕女正手握笔管在蕉叶上题诗，一女仆捧砚墨侍立。蕉叶题诗，自是文人雅趣，带有游戏性质。

幽斋但有隙地，即宜种蕉。蕉能韵人而免于俗，与竹同功。王子猷偏厚此君^①，未免挂一漏一。蕉之易栽，十倍于竹，一二月即可成荫。坐其下者，男女皆入画图，且能使台榭轩窗尽染碧色，绿天之号^②，洵不诬也^③。竹可镌诗，蕉可作字，皆文士近身之简牍。乃竹上止可一书，不能削去再刻；蕉叶则随书随换，可以日变数题。尚有时不烦自洗，雨师代拭者，此天授名笺，不当供怀素一人之用。予有题蕉绝句云："万花题遍示无私，费尽春来笔墨资。独喜芭蕉容我俭，自舒晴叶待题诗。"^④此芭蕉实录也。

【注释】

①王子猷偏厚此君：王子猷，名徽之，乃东晋书圣王羲之的第五子。
　王子猷酷爱竹，据《世说新语》：尝暂寄人空宅住，便令种竹。或
　问："暂住何烦尔？"王啸咏良久，直指竹曰："何可一日无此君？"

②绿天之号：据说，唐代僧人怀素种植芭蕉万株，以蕉叶写字，名其
　居所为"绿天庵"。

③洵（xún）：确实。

④"万花题遍"四句：见《笠翁诗集·芭蕉二首》其二，但略有不同：
　"万花题遍示无私，费尽名笺耗却思。独喜芭蕉容我俭，自舒晴
　叶待题诗。"

【译文】

　　幽雅的书斋只要有空地，就应该种芭蕉。芭蕉能使人有韵致而免
于俗气，与竹有着一样的功效。晋人王子猷偏爱此君，未免挂一漏一。
芭蕉的容易栽种，强于种竹十倍，一两个月即可成阴。坐在它的下面，
男女都入画图，而且能使台榭轩窗尽染碧色，唐代僧人怀素名其所居芭
蕉屋为"绿天庵"，确实不错。竹可以镌诗，蕉可以作字，都是文士身边
的简牍。但竹上只可写一次，不能削去再刻；蕉叶则随书随换，可以日
变数题。尚且有时不需麻烦自己清洗，让雨水冲刷，这是老天爷授予的
名笺，不应当只供怀素一人使用。我有题芭蕉绝句说："万花题遍示无
私，费尽春来笔墨资。独喜芭蕉容我俭，自舒晴叶待题诗。"这是芭蕉的
实录。

翠云

【题解】

　　翠云即翠云草，又称龙须、蓝草、蓝地柏、绿绒草，姿态秀丽，它蓝得
发绿，绿中泛白，有荧光，很特别，这色彩简直没有道理可讲，也不好比
拟。李渔说它"尽世间苍翠之色，总无一物可以喻之，惟天上彩云，偶一

幻此";但是我总怀疑天上彩云能够呈现此色——即使"偶一幻此",概率也极低。这蓝绿色的荧光倒是很能使人悦目赏心,且引人遐想,犹如遇到童话里的蓝精灵。

草色之最蒨者①,至翠云而止。非特草木为然,尽世间苍翠之色,总无一物可以喻之,惟天上彩云,偶一幻此。是知善着色者惟有化工②,即与倾国佳人眉上之色并较浅深,觉彼犹是画工之笔,非化工之笔也。

【注释】

①蒨(qiàn):鲜明。

②化工:贾谊《鹏鸟赋》:"且夫天地为炉兮,造化为工!阴阳为炭兮,
　　万物为铜!"化工,造化为工的简化。

【译文】

草色中最鲜丽的,到翠云为止了。不但草木是这样,世间全部苍翠之色,总没有一种东西可以比喻它,唯有天上的彩云,偶尔能够变幻出这种颜色。由此可知唯有造化之工善于着色,就是与倾国倾城的绝代佳人眉上的颜色一起比较浅深,也觉得她的眉色还是画工之笔,而非化工之笔。

虞美人

【题解】

以往常常听说的是词牌《虞美人》,南唐李后主词"春花秋月何时了,往事知多少。小楼昨夜又东风,故国不堪回首月明中。雕栏玉砌应犹在,只是朱颜改。问君能有几多愁,恰似一江春水向东流",脍炙人口。通过李渔,人们又见识了虞美人花。此花又名丽春花、赛牡丹、小

种罂粟花、苞米罂粟、蝴蝶满园春，属罂粟科，姿态袅袅婷婷，俨然如中国古典美人。但其全株有毒，大概是"美人"在险恶社会环境中的一种自保手段吧。

虞美人花叶并娇，且动而善舞，故又名"舞草"。谱云："人或抵掌歌《虞美人》曲，即叶动如舞。"予曰：舞则有之，必歌《虞美人》曲，恐未必尽然。盖歌舞并行之事，一姬试舞，众姬必歌以助之，闻歌即舞，势使然也。若曰必歌《虞美人》曲，则此曲能歌者几？歌稀则和寡，此草亦得借口藏其拙矣。

【译文】

虞美人花与叶都很娇美，而且动而善舞，所以又名"舞草"。花谱说：人有时拍掌歌唱《虞美人》曲，虞美人花就会叶动如舞。我说：它跳舞可能会有，至于必须歌唱《虞美人》曲，恐怕未必尽然。歌与舞乃是连在一起的事，一个女子跳舞，众多女子必会歌唱以助兴，闻歌即舞，情势使然。倘若说必须歌唱《虞美人》曲，那么有几个人能歌唱这支曲子？歌稀则和寡，虞美人这种花也可得此为借口而藏其拙了。

书带草

【题解】

"书带草"是人们很熟悉的一种家居花草，虽算不上好看，据说却是净化室内空气的好品种。李渔词《忆王孙·山居漫兴》中有"满庭书带一庭蛙，棚上新开枸杞花"句，意境甚美。而《众卉第四》"书带草"款则记述了书带与东汉大学问家郑玄的许多故事。晋伏琛所作《三齐记》曰："郑玄教授不期山，山下生草，大如薤叶，长一尺余，坚刃异常，土人名曰康成书带。"郑玄远祖郑国曾是孔子的学生；八世祖郑崇，西汉哀帝时官至尚书仆射。他本人自幼天资聪颖，又性喜读书，勤奋好学，八九岁就精通加减乘除的算术，十六岁即精通儒家经典，详熟古代典制，文章写得漂亮，人称神童，后用其毕生精力注释儒家经典凡百余万言。

书带草其名极佳，苦不得见。谱载出淄川城北郑康成读书处①，名"康成书带草"②。噫，康成雅人，岂作王戎钻核故事③，不使种传别地耶？康成婢子知书④，使天下婢子皆不知书，则此草不可移，否则处处堪栽也。

【注释】

①淄川城北郑康成读书处：郑康成即郑玄（127—200），东汉经学家，字康成，北海高密（今属山东）人。郑康成曾游学淄川，在城北黉山建书院，授生徒500人，并引来四方很多文学之士。

②康成书带草：《三齐记》："郑玄教授不期山，山下生草，大如薤叶，长一尺余，坚刃异常，土人名曰康成书带。"

③王戎钻核：王戎家有优良李树，卖李子时，唯恐别人得到种子去栽植，总是在李核上钻个孔。见刘义庆《世说新语·俭啬》："王戎有好李，卖之恐人得其种，恒钻其核。"《晋书·王戎传》："家有好李，常出货之，恐人得种，恒钻其核。"

④康成婢子知书：郑玄家里的婢女都是读过书的。一天郑玄让一个婢女去做事而不满意。处罚她，那个婢女还辩解，郑玄更生气了，让人把她拖到泥地里罚站。过了一会，另一婢女过来看到她，就问："胡为乎泥中？"被处罚的那个婢女答到："薄言往诉，逢彼之怒。"两个婢女一问一答，都用《诗经》中的话。典见《世说新语·文学》。"胡为乎泥中？"出自《诗经·邶风·式微》："薄言往

诉,逢彼之怒。"出自《诗经·邶风·柏舟》。

【译文】

书带草的名字极佳,遗憾的是见不到。花谱记载,淄川城北有郑康成读书处,名"康成书带草"。噫,郑康成是一位雅人,岂能作王戎钻核那样的事,不使优良品种传到别处呢? 康成的婢女知书,假使天下婢女皆不知书,那么这种草就不可移植,否则处处可以栽种了。

老少年

【题解】

李渔《众卉第四》最后说到五种花:"老少年"、"天竹"、"虎刺"、"苔"和"萍"。人们可从中得出一个结论:花草有性,各呈其妙。在李渔看来,"老少年"乃草中仙品,秋阶得此,群花可废。"盖此草不特于一岁之中,经秋更媚,即一日之中,亦到晚更媚。总之后胜于前,是其性也。"一种在一般人看来并不名贵的花,李渔也重视其价值。

此草一名"雁来红",一名"秋色",一名"老少年",皆欠妥切。"雁来红"者,尚有蓼花一种,经秋弄色者又不一而足,皆属泛称;惟"老少年"三字相宜,而又病其俗。予尝易其名曰"还童草",似觉差胜。此草中仙品也,秋阶得此,群花可废。此草植之者繁,观之者众,然但知其一,未知其二,予尝细玩而得之。盖此草不特于一岁之中,经秋更媚,即一日之中,亦到晚更媚。总之后胜于前,是其性也。此意向矜独得,及阅徐竹隐诗①,有"叶从秋后变,色向晚来红"一联,不知确有所见如予,知其晚来更媚乎? 抑下句仍同上句,其晚亦指秋乎? 难起九原而问之,即谓先予一着可也。

【注释】

①徐竹隐：宋代诗人，字渊子，号似道，黄岩人，有《竹隐集》。

【译文】

这种草一名"雁来红"，一名"秋色"，一名"老少年"，都欠妥帖。叫"雁来红"的，还有蓼花，经过秋天变幻它们的颜色又不一而足，都属于泛称；唯有"老少年"三字合适，而又嫌太俗。我曾改其名叫"还童草"，似乎稍好一些。这是草中的仙品，秋日摆在台阶上，其他花就可以不要了。种植这种草的很多，观赏者也不少，然而只知其一，不知其二，我曾细玩而有所领悟。原来它不但在一年之中，经过秋天更为媚人，即使在一天之中，也是到晚上更为媚人。总之，它后期胜于前期，这是它的本性。这个心得我向来以为是我的独到见解，等阅读了徐竹隐诗，有"叶从秋后变，色向晚来红"一联，不知他是否确有与我同样的见解，知道"老少年"晚来更媚？或者下句仍同上句，其晚也指秋天？难起徐竹隐先生于九原而相请教，就承认他先我一着吧。

天竹

【题解】

天竹是室内或阳台上常常摆放的极普通的花，无论是否名贵，它是一个生命体，应该尊重。李渔说"天竹"是"竹不实而以天竹补之，皆是可以不必然而强为蛇足之事"，顺其自然而已。

竹无花而以夹竹桃代之，竹不实而以天竹补之，皆是可以不必然而强为蛇足之事。然蛇足之形自天生之，人亦不尽任咎也。

【译文】

竹不开花而以夹竹桃代替,竹不结果实而以天竹弥补,这都是可以不用必然做而勉强做的画蛇添足的事。然而"蛇足"的形状是天生的,责任不全在人。

虎刺

【题解】

"长盆栽虎刺,宣石作峰峦",只要布置得宜,"虎刺"可成一幅案头山水。物无贵贱,摆放得当,就可显示出各自的价值。

"长盆栽虎刺,宣石作峰峦"。布置得宜,便是一幅案头山水。此虎丘卖花人长技也,不可谓非化工手笔。然购者于此,必熟视其为原盆与否。是卉皆可新移,独虎刺必须久植,新移旋踵者百无一活,这一点不可不知。

【译文】

"长盆栽虎刺,宣石作峰峦"。布置得当,就是一幅案头山水。这是虎丘卖花人擅长的技艺,不能说不是化工手笔。然而买虎刺盆景的人在买的时候,必须仔细看看它是否为原盆。别的花卉都可重新移植,唯独虎刺必须原盆栽种,刚刚移植的,一百盆也活不了一盆,这一点不可不知。

苔

【题解】

苔是"至贱易生之物";然李渔却在所谓"至贱"之中,找出它自身独立的价值和个性,如苔虽易生,却并不任人随意摆布:冀其速生者,彼必故意迟之；然一生之后，又令人无可奈何矣。自然事物亦有自身的生命欲求，人不可强求，且必须尊重。

苔者，至贱易生之物，然亦有时作难：遇阶砌新筑，冀其速生者，彼必故意迟之，以示难得。予有《养苔》诗云："汲水培苔浅却池，邻翁尽日笑人痴。未成斑藓浑难待，绕砌频呼绿拗儿。"然一生之后，又令人无可奈何矣。

【译文】

苔，是最低贱而容易生长的东西，然而也有时出现困难：遇到新砌的台阶，期望它迅速生长，它必会故意延迟，以显示难办。我有《养苔》诗云："汲水培苔浅却池，邻翁尽日笑人痴。未成斑藓浑难待，绕砌频呼绿拗儿。"然而苔一旦生长之后，又令人无可奈何。

萍

【题解】

"杨入水为萍"，绝对不科学。然水上生萍，却有极多雅趣；而且古人还常常以之入诗，把它比喻为薄命之人。李渔风趣地说："不知其命之厚也，较天下万物为独甚。"其实，自然界是无所谓厚薄的。

杨入水为萍[①]，是花中第一怪事。花已谢而辞树，其命绝矣，乃又变为一物，其生方始，殆一物而两现其身者乎？人以杨花喻命薄之人，不知其命之厚也，较天下万物为独甚。吾安能身作杨花，而居水陆二地之胜乎？水上生萍，极多雅趣；但怪其弥漫太甚，充塞池沼，使水居有如陆地，亦恨事也。有功者不能无过,天下事其尽然哉?

【注释】

①杨入水为萍:苏轼《水龙吟·次韵章质夫杨花词》:"似花还似非
花,也无人惜从教坠……晓来雨过,遗踪何在,一池萍碎。"典似
来此。

【译文】

杨花入水变为萍,是花卉中第一怪事。花已经凋谢而从树上掉下
来,它的命就完了,却又变为另外一物,这东西刚开始时,大约是一物而
两次现身吧? 人以杨花比喻命薄的人,不知它的命厚,比起天下万物来
更厉害。我怎么能够身作杨花,而居于水陆二处胜地呢? 水上生浮萍,
有极多雅趣;但又嫌它弥漫得太厉害,充塞了池沼,使得居住在水中犹
如居住在陆地,也是一件遗憾的事情。有功的不能无过,天下事情都是
这样吗?

竹木第五　计九款　未经种植者不载

【题解】

李渔认为,竹木与前述花草不同,花草以花媚人,而竹木的特点恰恰是"不花",或花居于次要地位。然而,"不花"之竹木自有其使用价值和审美价值。他说了这样一种道理:"花者,媚人之物,媚人者损己,故善花之树多不永年,不若椅、桐、梓、漆之朴而能久。"犹如庄子所谓成材之木早早被人砍伐,倒是那些不成材之木无人问津,得以永年。况且,不开花的竹木也有自身的另一种美。

竹木者何? 树之不花者也。非尽不花,其见用于世者,在此不在彼,虽花而犹之弗花也。花者,媚人之物,媚人者损己,故善花之树多不永年①,不若椅、桐、梓、漆之朴而能久②。然则树即树耳,焉如花为? 善花者曰:"彼能无求于世则可耳,我则不然。雨露所同也,灌溉所独也;土壤所同也,肥泽所独也。子不见尧之水、汤之旱乎③? 如其雨露或竭,而土不能滋,则奈何? 盍舍汝所行而就我?"不花者曰:"是则不能,甘为竹木而已矣。"

【注释】

①多不永年:大多活的年岁不长。

②椅、桐、梓、漆:是四种树的名字,它们都是可以制琴瑟的好树木。椅,翼圣堂本作"椅",芥子园本作"倚",《中国文学珍本丛书》本作"柏"。《诗经·鄘风·定之方中》有"树之榛栗,椅桐梓漆,爰伐琴瑟"句,故"椅"是也。

③尧之水、汤之旱：唐尧时期的洪水、商汤时期的大旱。《孟子·滕
文公上》：“当尧之时，天下犹未平，洪水横流，泛滥于天下。”皇甫
谧《帝王世纪》：“汤自伐桀后，大旱七年，洛川竭。”

【译文】

竹木是什么？就是不开花的树啊。并非完全不开花，它被世人所
用的，不是花而是别的，因此虽然有花也像没有花一样。所谓花，乃是
媚人之物，媚人就会损己，所以善于开花的树大多活不长久，不如椅、
桐、梓、漆这些树质朴而能够活得久。既然如此，树就是树而已，还要开
花做什么？善开花的树会说：“它能无求于世是可以的，而我则不然。
雨露是相同的，灌溉为我所独有；土壤是相同的，而肥泽为我所独有。
您没有看见唐尧时期的洪水、商汤时期的大旱吗？如果雨露枯竭，而土
壤不能滋润，怎么办？为何不丢掉您那些行为而向我靠拢呢？”不善开
花的树说：“您说的是，但我做不到，我甘为竹木而已。”

竹

【题解】

此款中，李渔所讲种竹的一套方法，表明他也是深知竹者。

在我们中国，竹子历来被人们作为审美对象来欣赏，尤其受到文人
墨客的青睐。宋代大诗人苏东坡诗曰“宁可食无肉，不可居无竹”，把竹
作为脱俗之物；苏东坡的朋友文与可对竹也是情有独钟，他把自己的生
命都熔化到所画的竹子之中了。苏东坡赞云：“与可画竹时，见竹不见
人。岂独不见人，嗒然遗其身。其身与竹化，无穷出清新。庄周世无
有，谁知此凝神。”清代著名画家、扬州八怪之一的郑板桥也是爱竹到了
痴迷的程度，其画竹出神入化。他说：“盖竹之体，瘦劲孤高，枝枝傲雪，
节节干霄，有似乎士君子豪气凌云，不为俗屈。故板桥画竹，不特为竹
写神，亦为竹写生。瘦劲孤高，是其神也；豪迈凌云，是其生也；依于石
而不围于石，是其节也；落于色相而不滞于梗概，是其品也。竹其有知，

必能谓余为解人；石也有灵，亦当为余首肯。"如果有人能得到郑板桥的一幅墨竹，就如同获得一件价值连城的至宝。

　　俗云："早间种树，晚上乘凉。"喻词也。予于树木中求一物以实之，其惟竹乎！种树欲其成荫，非十年不可，最易活莫如杨柳，求其荫可蔽日，亦须数年①。惟竹不然，移入庭中，即成高树，能令俗人之舍，不转盼而成高士之庐。神哉此君，真医国手也！种竹之方，旧传有诀云："种竹无时，雨过便移，多留宿土，记取南枝。"予悉试之，乃不可尽信之书也。三者之内，惟一可遵，"多留宿土"是也。移树最忌伤根，土多则根之盘曲如故，是移地而未尝移土，犹迁人者并其卧榻而迁之，其人醒后尚不自知其迁也。若俟雨过方移，则沾泥带水，有几许未便。泥湿则松，水沾则濡，我欲留土，其如土湿而苏，随锄随散之，不可留何？且雨过必晴，新移之竹，晒则叶卷，一卷即非活兆矣。予易其词曰："未雨先移。"天甫阴而雨犹未下②，乘此急移，则宿土未湿，又复带潮，有如胶似漆之势，我欲多留，而土能随我，先据一筹之胜矣。且栽移甫定而雨至，是雨为我下，坐而受之，枝叶根本，无一不沾滋润之利。最忌者日，而日不至；最喜者雨，而雨即来；去所忌而投以喜，未有不欣欣向荣者。此法不止种竹，是花是木皆然。至于"记取南枝"一语，尤难遵奉。移竹移花，不易其向，向南者仍使向南，自是草木之幸。然移草木就人，当随人便，不能尽随草木之便。无论是花是竹，皆有正面，有反面，正面向人，反面向空隙，理也。使记南枝而与人相左，犹娶新妇进门，而听其终年背立，有是理乎？故此语只当不说，切勿泥之。总之，移花种竹只有四字当记："宜阴忌日"是也。琐琐繁言，徒滋疑扰。

【注释】

①数年：翼圣堂本和《中国文学珍本丛书》本作"数年"，芥子园本作"数日"。

②甫：刚，才。

【译文】

俗话说："早间种树，晚上乘凉。"这是个比喻。我在树木之中寻找一种能坐实这个比喻的，大概只有竹吧！种树要想它成为树阴，非十年不可，最容易活的莫如杨柳，求它成为能够遮蔽阳光的树阴，也须数年时间。只有竹子不然，移栽入庭院中，马上成为高树，能令俗人的房舍，转眼间成为雅士的穷庐。神奇呀此君，真是医界的国手啊！种竹的方法，过去流传有口诀："种竹无时，雨过便移，多留宿土，记取南枝。"我一一试验过，乃是不可尽信之书。这三者之中，唯一可遵循的，是"多留宿土"。移栽树木最怕伤根，保留的土多，那么树根的盘曲如同原样，这样移动地方而未曾移动树根的原土，就像搬动一个人连同他的卧榻一起搬走，这人醒后自己还不知已经挪动地方了。假若等雨过之后才移栽，沾泥带水，有许多不便。泥湿则土松，水沾则土潮，我想留住原土，无奈土潮湿而膨松，随锄随散，怎么保留得住？而且雨过必晴，新移栽的竹子，日晒则叶卷，一卷就是不活的征兆了。我改了口诀说："未雨先移。"天刚阴而雨还未下，乘此赶紧移栽，这时宿土未湿，而又带潮，有如胶似漆的情势，我要多留树根宿土，而宿土也能随我所愿，这样我就先胜一筹了。而且刚刚移栽好，雨就来了，这雨乃为我而下，坐而享受，竹子的枝叶根本，无一不受滋润之利。最怕太阳晒，而阳光不来；最喜欢雨淋，雨就到了；去掉所担心的投合所喜的，不可能不欣欣向荣。这方法不只种竹，是花是木都如此。至于"记取南枝"这句话，尤其难以遵奉。移栽竹、移栽花,不改变它的朝向,向南的仍使它向南,这当然是草木之幸。然而移栽草木迁就人,应当随人之便,不能尽随草木之便。无论是花是竹,都有正面,有反面,正面向人,反面向空地,这是常理。假使按它朝南的方向移栽而不合人意,犹如娶新妇进门,而听任她终年与你相背而立,有这道理吗? 所以这话只当不说,切勿拘泥。总之,移花种竹只有四字应当记住:"宜阴忌日。"那些琐细繁言,只会白白地滋生困扰。

松 柏

【题解】

"松柏"款,李渔在"老"上做文章,说其他花木皆贵少年,而独松、柏与梅,贵老贱幼。这里的老,敬其高贵也。他是以诙谐的笔调描述松柏的苍古、老成之美的。李渔说:"'苍松古柏',美其老也。"他用通常所见绘画中描写的情景作例子,戏谓后生:"欲作画图中人,非老不可。"何也? 山水画中,总有"矍铄"老者"扶筇曳杖"观山临水,而年青后生只配作"携琴捧画之流"、"挈盒持樽之辈",可见以老为美、以老为尊、以老为贵,"引此以喻松、柏,可谓合伦"。

文震亨《长物志·松》云:"松、柏古虽并称,然最高贵者,必以松为首。天目最上,然不易种。取栝子松植堂前广庭,或广台之上,不妨对偶。斋中宜植一株,下用文石为台,或太湖石为栏俱可。水仙、兰蕙、萱草之属,杂莳其下。山松宜植土冈之上,龙鳞既成,涛声相应,何减五株九里哉!"按照我们中国人的审美传统,如果说竹象征"气节"、"高雅"等等品格,荷花象征"出污泥而不染"等品格,那么松柏则象征"苍劲老成"、"坚贞不屈"、"千古不朽"等品格。岁寒而知松柏之后凋也。

"苍松古柏",美其老也。一切花竹皆贵少年,独松、柏与梅三物,则贵老而贱幼。欲受三老之益者,必买旧宅而居。若俟手栽，为儿孙计则可，身则不能观其成也。求其可移而能就我者，纵使极大，亦是五更，非三老矣①。予尝戏谓诸后生曰："欲作画图中人，非老不可。三五少年，皆贱物也。"后生询其故。予曰："不见画山水者，每及人物，必作扶筇曳杖之形②，即坐而观山临水，亦是老人矍铄之状③。从来未有俊美少年厕于其间者。少年亦有，非携琴捧画之流，即挈盒持樽之辈，皆奴隶于画中者也。"后生辈欲反证予言，卒无其据。引此以喻松、柏，可谓合伦。如一座园亭，所有者皆时花弱卉，无十数本老成树木主宰其间，是终日与儿女子习处，无从师会友时矣。名流作画，肯若是乎？噫，予持此说一生，终不得与老成为伍，乃今年已入画，犹日坐儿女丛中。殆以花木为我，而我为松、柏者乎？

【注释】

①是五更，非三老：五更、三老，古代对所敬养的老人的称呼。《礼记·文王世子》："遂设三老、五更，群老之席位焉。"郑玄注："三老、五更各一人也，皆年老更事致仕者也。"古代年老之"致仕者"，设三老、五更以尊养之。

②筇（qióng）：古书上说的一种竹子，可以作手杖。

③矍铄（jué shuò）：形容老年人精神好。

【译文】

"苍松古柏"，是赞美它的老。一切花竹都贵少年，唯独松、柏与梅三种，却贵老而贱幼。要想享受三老之益的人，必须购买旧宅居住。若等亲手栽种，为儿孙考虑是可以的，你自己就不能亲眼看到它们长成了。寻找那些可移栽而能迁就我的，即使它极大，也就是"五更"，而不是"三老"。我曾开玩笑对青年人说："想作画图中人，非老不可。十五六岁的少年,都是贱物呀。"青年人询问原因。我说:"没有看见画山水的人,每画人物,必画成扶筇曳杖的形象,即使坐着观山临水,也是老人矍铄之状。从来没有俊美少年混杂于其间的。少年也有,不是携琴捧画之流,就是捧盒持樽之辈,都是画中侍奉人的角色。"青年人要反驳我的话,总是找不到证据。用它来比喻松、柏,可谓合乎伦理。如一座园亭,所有的都是时花弱卉,没有十数本老成树木成为其间的主宰,就如同一天到晚与儿女相处,没有从师会友的时间。名流作画,肯这样吗?噫,我一辈子持此说,总是不能与老成者为伍,而今我已到年老入画的时候了,还天天坐在儿女丛中。大概以花木视我,而我就是松、柏了吧?

梧桐

【题解】

李渔此款中所叙梧桐记年,亦是人生中的一件趣事。在世界上所有的生物中,唯有人是能反思、善回忆、会想象的。动物也有记忆,而且有的记忆能力还很强,例如狗记路的本领是惊人的,远走千里,它都能找回自己主人的家。但是狗绝不能反思,亦不能回忆,因为狗不能思维,而回忆是对记忆的思维。人是能对自己的记忆进行思维的动物,而且能从对往事的思维和回味中,获得乐趣,找到满足,甚至回忆以往痛苦的事情,也能得到某种情感上的满足。李渔"梧桐"这篇短文,就记述了自己少年时在梧桐树上刻下一首五言诗这件趣事。试想,一个六十岁的老人(李渔刻印《闲情偶寄》时年六十左右)回忆起十五岁时刻在梧桐树上的小诗,是何等心情?是什么况味?

　　梧桐一树,是草木中一部编年史也,举世习焉不察,予特表而出之。花木种自何年?为寿几何岁?询之主人,主人不知,询之花木,花木不答。谓之"忘年交"则可[①],予以

"知时达务",则不可也。梧桐不然,有节可纪,生一年,纪一年。树有树之年,人即纪人之年,树小而人与之小,树大而人随之大,观树即所以观身。《易》曰:"观我生进退。"②欲观我生,此其资也。予垂髫种此③,即于树上刻诗以纪年,每岁一节,即刻一诗,惜为兵燹所坏④,不克有终。犹记十五岁刻桐诗云:"小时种梧桐,桐叶小于艾。簪头刻小诗,字瘦皮不坏。刹那三五年,桐大字亦大。桐字已如许,人大复何怪。还将感叹词,刻向前诗外。新字日相催,旧字不相待。顾此新旧痕,而为悠忽戒。"此予婴年著作,因说梧桐,偶尔记及,不则竟忘之矣。即此一事,便受梧桐之益。然则编年之说,岂欺人语乎?

【注释】

①忘年交:《南史·何逊传》:"弱冠州举秀才,南乡范云见其对策,大相称赏,因结忘年交。"《后汉书·祢衡传》:"衡始弱冠,而融年四十,遂与为交友。"

②观我生进退:语出《周易》,意思是考察庶民情况,用人施政有所进退,不失正道。

③垂髫(tiáo):指少年时代。髫,古代指孩子下垂的头发。

④燹(xiǎn):火,野火。

【译文】

梧桐这种树,是草木中的一部编年史啊,世人习焉不察,我特别加以揭示而表述出来。花木是哪年种的?几岁了?询问主人,主人不知,询问花木,花木不答。说它是"忘年交"可以,要让它"知时达务",则不可以啊。梧桐不然,有树节可纪年,长一岁,纪一年。树有树的年龄,人就纪人的年龄,树小而人也小,树大而人随它长大,观看树就能以它观看人自身。《周易》曰："观我生进退。"要想观看我的生活，就依它为根据吧。我小时候种了一棵梧桐，就在树上刻诗以纪年，每年长一节，就刻一首诗，可惜被兵火烧毁，不能作到底。还记得十五岁刻的梧桐诗云："小时种梧桐，桐叶小于艾。簪头刻小诗，字瘦皮不坏。刹那三五年，桐大字亦大。桐字已如许，人大复何怪。还将感叹词，刻向前诗外。新字日相催，旧字不相待。顾此新旧痕，而为悠忽戒。"这是我少年所作，因为说到梧桐，偶尔记起诗来，不然的话竟然忘掉了。就拿这一件事来说，便是受梧桐之益。那么编年之说，难道是欺人之语吗？

槐　榆

【题解】

　　李渔谈槐、榆，着意突出其"能荫"、纳凉的功能。槐树和榆树是中国北方最普通也十分受人欢迎的树，房前屋后、村边路旁，随处可见。它们同北方的老百姓一样的质朴、坚韧，富有亲和力。以往过着艰难生活的北方农民也时常体味到它们的好处。大槐树下纳凉是北方农村夏天的一道美丽风景；槐花不但可供蜜蜂酿蜜，还可以作为染料；槐豆经过加工处理可以食用。榆树用处也不小：榆木檩条是盖房最好的材料，老榆木家具在北方享有盛誉，榆钱儿是美味食品，掺合着榆面（用榆树里面的皮磨成的一种面）的面条，滑润可口；荒年，榆树皮还是救命的食物。

　　树之能为荫者，非槐即榆。《诗》云："於我乎，夏屋渠渠"①。此二树者，可以呼为"夏屋"，植于宅旁，与肯堂肯构无别②。人谓夏者，大也，非时之所谓夏也。予曰：古人以厦为大者，非无取义。夏日之至，非大不凉，与三时有别，故名厦为屋。训夏以大，予特未之详耳。

【注释】

①"於我乎"二句：我呀，当年房屋是多么高大啊。《诗经·秦风·权舆》："於我乎，夏屋渠渠，今也每食无余。於嗟乎！不承权舆。"於，叹词。我乎，我呀。夏，大。渠渠，高。承，继承。权舆，始初。

②肯堂肯构：《尚书·周书·大诰》："若考作室，既底法，厥子乃弗肯堂，矧肯构？"孔颖达传："以作室喻政治也，父已致法，子乃不肯为堂基，况肯构立屋乎？"后因以"肯堂肯构"或"肯构肯堂"比喻儿子能继承父业。

【译文】

树能够成为树阴乘凉的，不是槐树就是榆树。《诗经·权舆》说："於我乎，夏屋渠渠。"这两种树，可以呼为"夏屋"，植于住宅之旁，与造了一座大房子没有区别。有人说夏是大的意思，不是平常所说的夏。我说：古人以厦为大，并非无所取义。夏日到了，非大不凉，与春、秋、冬三季有别，所以称厦为屋。训夏为大，我还不曾详知为什么。

柳

【题解】

李渔此款写柳，另辟蹊径。他特别拈出柳树"非止娱目，兼为悦耳"的特点。"娱目"很好理解，那"悦耳"怎么讲呢？原来，柳树是蝉、鸟聚集之处，有柳树就会有鸟鸣悦耳。李渔还特别强调"鸟声之最可爱者，不在人之坐时，而偏在睡时"；而且鸟音只宜"晓（凌晨）听"。为什么？因为白天人多，鸟处于惴惴不安的状态，必无好音。"晓则是人未起，即有起者，数亦寥寥，鸟无防患之心，自能毕其能事，且扪舌一夜，技痒于心，至此皆思调弄，所谓'不鸣则已，一鸣惊人'者是也。"知柳又知鸟者，笠翁也。柳与鸟若有知，当为得笠翁这样的知音而高兴。

其实，在中国古代，柳是很能、也很易使人动情的一种树。一提柳，很容易使人想起古人灞桥折杨柳枝送别的场景,在交通很不发达的时代,灞桥揖别往往是生离死别。说到柳,还能使人想到《诗经》中"昔我往矣,杨柳依依,今我来思,雨雪霏霏"等字字珠玑的诗句。我想,诗人自己一定是在无限感慨之中吟诵这些句子的。还有王维的这首家喻户晓的诗:"渭城朝雨浥轻尘,客舍青青柳色新。劝君更饮一杯酒,西出阳关无故人。"那清新的柳色,更撩起离别的愁情。还有柳永词中所写"晓风残月"的"杨柳岸",也颇能触发士大夫、中下层知识分子的情思。当然,柳树也不完全是离别和伤感的代码,它还能使人联想到妙龄女子如垂柳依依的婀娜身姿和似水柔情。

柳贵于垂,不垂则可无柳。柳条贵长,不长则无袅娜之致,徒垂无益也。此树为纳蝉之所,诸鸟亦集。长夏不寂寞,得时闻鼓吹者,是树皆有功,而高柳为最。总之,种树非止娱目,兼为悦耳。目有时而不娱,以在卧榻之上也;耳则无时不悦。鸟声之最可爱者,不在人之坐时,而偏在睡时。鸟音宜晓听,人皆知之;而其独宜于晓之故,人则未之察也。鸟之防弋①,无时不然。卯辰以后②,是人皆起,人起而鸟不自安矣。虑患之念一生,虽欲鸣而不得,鸣亦必无好音,此其不宜于昼也。晓则是人未起,即有起者,数亦寥寥,鸟无防患之心,自能毕其能事。且扪舌一夜,技痒于心,至此皆思调弄,所谓"不鸣则已,一鸣惊人"者是已③,此其独宜于晓也。庄子非鱼,能知鱼之乐④;笠翁非鸟,能识鸟之情。凡属鸣禽,皆当以予为知己。种树之乐多端,而其不便于雅人者亦有一节⑤;枝叶繁冗,不漏月光。隔婵娟而不使见者⑥,此其无心之过,不足责也。然匪树木无心,人无心耳。使于种植之初,预防及此,留一线之余天,以待月轮出没,则昼夜均受其利矣。

【注释】

①弋:用带着绳子的箭射鸟。

②卯辰:早晨5点—7点。

③"不鸣则已"二句:《史记·滑稽列传》:"此鸟不飞则已,一飞冲天;不鸣则已,一鸣惊人。"

④"庄子非鱼"二句:《庄子·秋水》中说,庄子与惠施游于濠梁,庄子曰:"鯈鱼出游从容,是鱼之乐也。"惠施曰:"子非鱼,安知鱼之乐?"庄子反驳道:"子非我,安知我不知鱼之乐?"

⑤而其:翼圣堂本和《中国文学珍本丛书》本作"而其",芥子园本作"然有"。

⑥婵娟:指月亮,苏东坡《水调歌头》:"但愿人长久,千里共婵娟。"

【译文】

柳贵于枝条下垂,不垂则可以不要柳树。柳条贵长,不长则没有袅娜之致,只是下垂没有益处。柳树是招纳蝉虫的场所,各种鸟也聚集其上。长夏不感寂寞,得以不时听到乐声音响,所有的树都有功,而柳树之功最高。总之,种树不止娱目,兼为悦耳。目有时而不娱,因为躺在卧榻之上;但是耳朵则无时不悦。鸟声之中最可爱的,不在人坐着的时候,而偏在人睡的时候。鸟音宜于清早倾听,这一点人都知道;而为什么它独宜于清早听的原因,人们恐怕未曾察觉。鸟提防人逮它,无时无刻不是如此。早上五六点钟以后,人们都起来了,人一起来鸟就不安了。忧虑之心一生,虽然想要鸣叫却不能了,即使鸣叫也必无好音,这就是为什么不宜于白昼。拂晓则是人没有起来的时候,即使有起来的,也寥寥无几,鸟没有防患之心,自能完全发挥它的本事。而且它们一夜扪舌,心中发痒,到这时都想调弄舌头,所谓"不鸣则已,一鸣惊人"正是如此,这是说的为什么独宜于拂晓。庄子非鱼,能知鱼之乐;笠翁非鸟,能识鸟之情。凡是属于鸣禽,都应当以我为知已。种树之乐很多,而其不方便于雅人的地方也有一节:枝叶繁冗,不漏月光。蔽隔月亮使它看不见,这是树的无心之过,不足以为此受责。然而,不是树木无心,是人无心。假使在种植之初,就预防到这一点,留下一线之天,以待月轮出没,则可白天晚上均受其利了。

黄杨

【题解】

李渔写黄杨和棕榈,刻画了两种性格。

一种是黄杨的"知命"而无争,以"故守困厄"为当然。它每岁长一寸,不溢分毫;而遇闰年,"反缩一寸"——读者诸君对"遇闰年,反缩一寸"且莫较真儿,只把这话当作是小说家言或寓言故事,它肯定并无科学根据。请看:岁长一寸,老天爷对它已经够吝啬和苛刻了;而遇闰年不长反缩,这简直是虐待,岂非"不仁之至、不义之甚者矣"!然而,黄杨"冬不改柯,夏不易叶",顺应造化的安排而安之若素。李渔叹道:"乃黄杨不憾天地,枝叶较他木加荣,反似德之者,是知命之中又知命焉。莲为花之君子,此树当为木之君子!"

黄杨每岁长一寸,不溢分毫,至闰年反缩一寸,是天限之木也。植此宜生怜悯之心。予新授一名曰"知命树"。天不使高,强争无益,故守困厄为当然。冬不改柯,夏不易叶,其素行原如是也。使以他木处此,即不能高,亦将横生而至大矣;再不然,则以才不得展而至瘁,弗复自永其年矣。困于天而能自全其天,非知命君子能若是哉? 最可悯者,岁长一寸是已;至闰年反缩一寸,其义何居? 岁闰而我不闰,人闻而己不闻，已见天地之私；乃非止不闻，又复从而刻之，是天地之待黄杨，可谓不仁之至、不义之甚者矣。乃黄杨不憾天地，枝叶较他木加荣，反似德之者，是知命之中又知命焉。莲为花之君子，此树当为木之君子。莲为花之君子，茂叔知之；黄杨为木之君子，非稍能格物之笠翁，孰知之哉？

【译文】

黄杨每年长一寸，不多一分一毫，到了闰年反缩一寸，是受到老天爷限制的树木。种植它应该产生怜悯之心。我新给它起了个名字叫"知命树"。老天爷不让它高，强争无益，把安于困厄之境视为当然。冬天不改其枝柯，夏天不易其树叶，我行我素原本如是。假使以其他树木处于此境，即使不能增高，也要横生而至大了；再不然，则因才华不得施展而极为憔悴，不再寻求长寿了。受困于老天爷而能自全其天寿，若不是知命君子能够这样吗？最可怜悯的，是它一年长一寸也就罢了，到闰年反而缩一寸，此理哪能让人理解？年有闰而我没有闰，人家有闰年而自己没有闰年，这已经见出天地的偏心了；无奈不但不闰，又从而苛刻待它，这天地对待黄杨，可以说是不仁之至、不义之甚了。而黄杨却没有对天地不满，其枝叶比起其他树木更加繁荣，反而像是感激老天爷，这是知命之中的知命啊。莲花为花中的君子，黄杨应当是树木中的君子。莲为花中的君子，周敦颐知道；黄杨为树木中的君子，若非稍能格物的笠翁，谁能知道呢？

棕榈

【题解】

与黄杨相比，"直上而无枝"的棕榈是另一种令人尊敬的品性："植于众芳之中，而下不侵其地、上不蔽其天"，实在是所求者少，不但不损害他人,且尽量不给世界添麻烦。

　　树直上而无枝者,棕榈是也。予不奇其无枝,奇其无枝而能有叶。植于众芳之中,而下不侵其地、上不蔽其天者,此木是也。较之芭蕉,大有克己妨人之别。

【译文】

　　树干直上而无枝,这就是棕榈。我对它无枝不感到奇怪,奇怪的是它无枝而能有叶。植于众多树木之中,下不侵其地、上不蔽其天的,就是棕榈树了。比起芭蕉,大有克己与妨人的区别。

枫　柏

【题解】

　　"枫之丹,柏之赤,皆为秋色之最浓"。在李渔眼里,红叶竟是这么美!李渔词《谒金门·红叶》云:"红映彻,不辨是花是叶。细看知由霜酝结,寒山今忽热。说是相思泪血,那得许多离别?天欲怡人人不悦,好景徒虚设。"颇有情趣。

　　草之以叶为花者,翠云、老少年是也;木之以叶为花者,枫与柏是也。枫之丹,柏之赤,皆为秋色之最浓。而其所以得此者,则非雨露之功,霜之力也。霜于草木,亦有有功之时,其不肯数数见者,虑人之狎之也。枯众木而独荣二木,欲示德威之一斑耳。

【译文】

　　草里边以叶为花的,是翠云、老少年;树里边以叶为花的,是枫与柏。枫树的丹，柏树的赤，都是秋色中最浓的。而其之所以如此的原因，则不是雨露之功，而是霜之力。霜对于草木，也有有功的时候，它不肯多多表现，是怕人猥狎它。老天爷以霜使众木枯萎而独使枫、柏荣耀，是想显示其德威之一斑啊。

冬青

【题解】

李渔此款写冬青，又是在刻画一种优秀品格——"身隐焉文"。

这里用的是一个典故。故事发生在春秋时的晋国。初时，晋公子重耳受迫害出亡，介子推随从左右，忠心耿耿。后重耳登国君位，遍赏勋臣，唯不及介子推。而介子推亦不争；不但不争，反而偕母归隐。别人劝他把自己的功劳向国君陈说，他坚决不肯。冬青的品格类此："有松柏之实而不居其名，有梅竹之风而不矜其节"，李渔命其名为"不求人知树"，实可当之。

　　冬青一树，有松柏之实而不居其名，有梅竹之风而不矜其节，殆"身隐焉文"之流亚欤^①？然谈傲霜砺雪之姿者，从未闻一人齿及。是之推不言禄，而禄亦不及。予窃忿之，当易其名为"不求人知树"。

【注释】

①身隐焉文：身要隐去，哪里用说什么。《左传·僖公二十四年》：公子重耳登位后，介之推不言禄，说："言，身之文也。身将隐，焉用文之？是求显也。"

【译文】

冬青这种树，有松柏之实而不自居其名，有梅竹之风而不自矜其节,大概就是所谓"身隐焉文"的隐士之流吧? 然而谈傲霜砺雪的雄姿的,从未听说一人提到冬青。这就是所谓介子推不言俸禄,而俸禄也到不了介子推身上。我私自为此而愤愤不平,应当为它改个名字叫"不求人知树"。

卷六

颐养部

【题解】

整个《颐养部》是一篇养生论。"行乐"、"止忧"、"调饮啜"、"节色欲"、"却病"、"疗病"六个部分,继承自《黄帝内经》以来优秀的养生学思想,又根据自己的实践经验,充分阐发了独特的养生观点。有人说:李渔构建了一个庞杂的养生理论体系,《闲情偶寄》八部无一不是李渔养生理论的组成部分。《颐养部·行乐第一》云:"至于悦色娱声、眠花籍柳、构堂建厦、啸风嘲月诸乐事,他人欲得,所患无资,业有其资,何求不遂?"则《词曲部》、《演习部》、《声容部》、《居室部》诸部所述在李渔看来属颐养之道自不待言。同部又提及"灌园之乐"、"藉饮食养生",则《种植部》、《饮馔部》二部所述也属颐养之道。至于《器玩部》言及骨董、屏轴、炉瓶之类,更是颐养者追求闲适情趣不可或缺之物。《闲情偶寄》这一书名也透露全书各部均为养生怡情所设,区别在于《颐养部》总论养生,专论养生,而其他各部分论养生者必备的专门知识。此论不无道理。站在医学家的立场上看,《闲情偶寄·颐养部》是一部养生和医疗小百科。

行乐第一　计十款

【题解】

　　李渔在《行乐第一》开头的小序中,首先思考了一个非常重要的哲学问题,即生与死。这是每个人必须面对的事实和归宿。怎么办?"死"是不祥的,可怕的;但又是不可避免的。明代思想家李贽《焚书》卷四《伤逝》篇云:"生之必有死也,犹昼之必有夜也。死之不可复生,犹逝之不可复返也。人莫不欲生,然卒不能使之久生;人莫不伤逝,然卒不能止使之勿逝。既不能使之久生,则生可以不欲矣。既不能使之勿逝,则逝可以无伤矣。故吾直谓死不必伤,唯有生乃可伤耳。勿伤逝,愿伤生也。"李贽识悟了死乃任何人也不能避免的客观事实之后,得出的结论是:"勿伤逝,愿伤生也。"就是说,活着就应爱惜生命。对此,李渔的追问是:人生百年,不能无死,造物不仁乎? 仁乎? 他的结论是:"千古不仁,未有甚于造物者矣。"这个思想明显出于老子,但原意与此并不相同。《道德经》第五章曰:"天地不仁,以万物为刍狗;圣人不仁,以百姓为刍狗。天地之间,其犹橐籥乎? 虚而不屈,动而愈出。多言数穷,不如守中。"王弼注曰:"天地任自然,无为无造,万物自相治理,故不仁也。仁者必造立施化,有恩有为。造立施化,则物失其真。有恩有为,则物不具存。物不具存,则不足以备载。天地不为兽生刍,而兽食刍;不为人生狗,而人食狗。无为于万物而万物各适其所用,则莫不赡矣。若慧(通惠)由己树,未足任也。"老子原意是说,天地无所谓"仁"或"不仁",任自然而已。其实李渔在五言古诗《答病问》中也有很接近老子的说法:"死生一大数,岂为猪豚移?"它合乎"人情物理"。然而,李渔在《行乐第一》中反其意而用之,并生发出自己的一番道理。他得出一个相当现实而又有些无可奈何、自我宽慰而又不免消极的结论:"不仁者,仁之至也。知我不能无死,而日以死亡相告,是恐我也。恐我者,欲使及时为乐,当视此辈为前车也。"一句话:既然死不可避免,那么大家都来抓紧有生之年,及时行乐吧;而且老天爷以"死"来"恐我",意思也是叫我们"及时为乐"。李渔所采取的当然不失为一种可行的态度,但在今天的我们看来却不是理想的态度。

伤哉!造物生人一场,为时不满百岁。彼夭折之辈无论矣,姑就永年者道之,即使三万六千日尽是追欢取乐时,亦非无限光阴,终有报罢之日。况此百年以内,有无数忧愁困苦、疾病颠连、名缰利锁、惊风骇浪,阻人燕游①,使徒有百岁之虚名,并无一岁二岁享生人应有之福之实际乎!又况此百年以内,日日死亡相告,谓先我而生者死矣,后我而生者亦死矣,与我同庚比算、互称弟兄者又死矣②。噫,死是何物,而可知凶不讳,日令不能无死者惊见于目而怛闻于耳乎!是千古不仁,未有甚于造物者矣。虽然,殆有说焉。不仁者③,仁之至也。知我不能无死,而日以死亡相告,是恐我也。恐我者,欲使及时为乐,当视此辈为前车也。康对山构一园亭④,其地在北邙山麓⑤,所见无非丘陇。客讯之曰:"日对此景,令人何以为乐?"对山曰:"日对此景,乃令人不敢不乐。"达哉斯言!予尝以铭座右。兹论养生之法,而以行乐先之;劝人行乐,而以死亡怵之,即祖是意。欲体天地至仁之心,不能不蹈造物不仁之迹。

【注释】

①燕游:宴饮游乐。

②同庚:年龄相同。

③不仁者:《老子》第五章有云:"天地不仁,以万物为刍狗;圣人不仁,以百姓为刍狗。天地之间,其犹橐龠(tuó yuè)乎?虚而不屈,动而愈出。多言数穷,不如守中。"按老庄思想,天地任自然而自治理,无所谓"仁"与"不仁"。此与儒家不同,儒家的核心思想是"仁","仁者爱人"。李渔在此化用儒道之意,认为"不仁"就是至仁、大仁。

④康对山:即康海(1475—1540),字海涵,号对山,陕西武功人,明代文学家,前七子之一,弘治十五年(1502)状元,任翰林院修撰、经筵讲官等,后受刘瑾案牵连而免职回归乡里,以山水声伎自娱。

⑤北邙(máng)山麓:或称芒山、北山,在洛阳东北,常有贵族墓地建于此。

【译文】

可悲可叹呵!老天爷让人生于世上,一辈子也不过百岁。那些夭折之人不用说了,就以活到百岁的长寿者而言,即使三万六千天都是追欢取乐时,也并非过不完的无限光阴,总有人生尽头之日。况且这百年之内,还有无数忧愁困苦、疾病折磨、名利纠缠、惊风骇浪……阻扰你游玩宴乐,让你徒有百岁虚名而并无一年两年实实在在地享受应有之福呢!又况且这百年之内,天天传来死亡的讯息,告诉我某人比我年长,死了;某人比我年幼,死了;某人与我同岁、见面称兄道弟,也死了。唉,死是个什么东西,老天爷竟然可以明知其凶险而不避讳,天天使得最终难逃一死的人们耳濡目染这些不详之事而担惊受怕!看来没有比老天爷更残忍的了,真是千古不仁啊。虽然表面似乎如此,但内里却应另有个说道。所谓不仁,其实是至仁。老天爷知道我终有一死,而时时以死亡相告,这实在使我惊恐。使我惊恐,是在叫我以别人之死为前车之鉴,从而自己及时行乐。明人康对山曾造了一座园林,位于北邙山麓,目之所见,无非建有贵族坟墓的山丘陇岗。有人问他:"天天面对这样的景象，有何乐趣可言？"他回答说："天天面对此景，令人不敢不乐。"这话真是通达洞明之言！我曾以此为座右铭。这里讲养生之法，首先就是行乐；劝人行乐而以死亡来怵吓他，正是祖述此意。要想体察老天爷对人的至仁之心，不能不践行其不仁之迹。

养生家授受之方，外藉药石，内凭导引[①]，其借口颐生而流为放辟邪侈者则曰"比家"。三者无论邪正，皆术士之言也。予系儒生，并非术士。术士所言者术，儒家所凭者理。《鲁论·乡党》一篇[②]，半属养生之法。予虽不敏，窃附于圣人之徒，不敢为诞妄不经之言以误世。有怪此卷以《颐养》命名，而觅一丹方不得者，予以空疏谢之。又有怪予著《饮馔》一篇，而未及烹饪之法，不知酱用几何，醋用几何，醝椒香辣用几何者[③]。予曰：果若是，是一庖人而已矣[④]，乌足重哉！人曰：若是，则《食物志》、《尊生笺》、《卫生录》等书，何以备列此等？予曰：是诚庖人之书也。士各明志，人有弗为。

【注释】

①导引：古代锻炼形体的一种养生方法，修炼者按照一定的规律和方法，以自力引动肢体的运动，并配以呼吸吐纳和按摩等，属于气功中的动功。

②《鲁论·乡党》：即《论语》中的《乡党篇》，有二十七章，集中记载孔子的容色言动、衣食住行，其中涉及孔子的养生实践和主张。《鲁论》，即《论语》。

③醝(cuō)：古同"鹾"，白酒，也指盐。

④庖(páo)人：厨师。

【译文】

养生家向人传授养生之方，或外借于药石之力，或内凭于导引之术，而其假借保养生命之名却流为邪淫怪辟者则称为"比家"。这三者无论邪正，都是术士之言。术士所说的是方术，儒家所说的是道理。《论语·乡党》一篇所讲，其大半属于养生之法。我虽愚钝，却不惮浅陋窃附于圣人追随者之列，不敢以那些淫辟怪诞之言误世。有人责怪我以"颐养"命名此卷，却找不到一个丹方；我以个人才学浅陋为由而谢罪。又有人责怪我作《饮馔》篇而不谈烹饪之法，不知酱用多少、醋用多少、料酒、花椒、香料、辣椒用多少；我说：倘若如此，顶多是一个厨师，哪里值得重视呢！别人反驳我说：如你所言，则《食物志》《尊生笺》《卫生录》等书，为什么备列这些内容？我说：那些不过是厨师的著作。士人各有自己的志向，总是有所不为的。

贵人行乐之法

【题解】

什么是快乐？乐在何处？李渔在"贵人行乐之法"款中说："乐不在外而在心。心以为乐，则是境皆乐，心以为苦，则无境不苦。"这就是说，快乐是一种内心的感觉。快乐也是养生的重要内容，至少它是长寿的重要手段。俗语说，笑一笑，十年少。养生先养心，养心的关键在哪里？一是养德，二是培养快乐而平和的心态。一个生理健康和心理健康的人，必须达观，乐观，不藏怒，不宿怒，谦和待人。健康应该与快乐结盟。健康永远是与快乐联系在一起的。

不同的人，处于不同境况之下，有着不同的或苦或乐的感觉。身为平民很难想象达官贵人的快乐；反之亦如是。李渔的观点是：一个人的内心感受如何，才是苦乐感之源。这个思想至少包含百分之五十以上的真理。同样一种环境和遭际，有人以为乐，有人以为苦。《论语·雍也》中孔子称赞他的学生颜回："贤哉回也，一箪食，一瓢饮，在陋巷，人不堪其忧,回也不改其乐。贤哉回也。"像颜回这样"一箪食,一瓢饮"的"陋巷"生活,对于某些人来说可能"不堪其忧";而对于颜回,则"不改其乐",乐在其中。同样一种行为,在某人看来是乐,而对于另外的人则是苦。

若想人生快乐,还需具有非常重要的一种生活态度,即有所作为、有所寄托。一个为理想而工作(哪怕是十分辛苦地劳作)的人,是快乐的。一个无理想、无寄托的人,生活如行尸走肉,不可能有真正的快乐。

人间至乐之境,惟帝王得以有之;下此则公卿将相,以及群辅百僚,皆可以行乐之人也。然有万几在念,百务萦心①,一日之内,除视朝听政、放衙理事、治人事神、反躬修己之外,其为行乐之时有几? 曰:不然。乐不在外而在心。心以为乐,则是境皆乐,心以为苦,则无境不苦。身为帝王,则当以帝王之境为乐境;身为公卿,则当以公卿之境为乐境。凡我分所当行,推诿不去者,即当摈弃一切悉视为苦,而专以此事为乐。谓我为帝王,日有万几之冗②,其心则诚劳矣,然世之艳慕帝王者,求为片刻而不能,我之至劳,人之所谓至逸也。为公卿将相、群辅百僚者,居心亦复如是,则不必于视朝听政、放衙理事、治人事神、反躬修己之外,别寻乐境,即此得为之地,便是行乐之场。一举笔而安天下,一矢口而遂群生,以天下群生之乐为乐,何快如之? 若于此外稍得清闲,再享一切应有之福,则人皇可比玉皇,俗吏竟成仙吏,何蓬莱三岛之足羡哉③! 此术非他,盖用吾家老子"退一步"法。以不如己者视己,则日见可乐;以胜于己者视己,则时觉可忧。从来人君之善行乐者,莫过于汉之文、景;其不善行乐者,莫过于武帝④。以文、景于帝王应行之外,不多一事,故觉其逸;武帝则好大喜功,且薄帝王而慕神仙,是以徒见其劳。人臣之善行乐者,莫过于唐之郭子仪⑤;而不善行乐者,则莫如李广⑥。子仪既拜汾阳王,志愿已足,不复他求,故能极欲穷奢,备享人臣之福;李广则耻不如人,必欲封侯而后已,是以独当单于,卒致失道后期而自刭⑦。故善行乐者,必先知足。二疏云⑧:"知足不辱,知止不殆。"不辱不殆,至乐在其中矣。

【注释】

①萦(yíng)心:萦绕心间。

②冗(rǒng):多余无用。

③蓬莱三岛:海上有仙人居住的蓬莱、方丈、瀛洲三座神山。《史记·秦始皇本纪》:"齐人徐市(福)等上书言,海中有三神山,名曰蓬莱、方丈、瀛洲,仙人居之。"

④"从来人君"四句:文,指汉文帝刘恒。景,指汉景帝刘启。他们父子实行休养生息政策,创造了"文景之治"。武帝,即汉武帝刘彻,在位时国力发展,但也好大喜功、穷兵黩武,且慕神仙之道。

⑤郭子仪:又称郭令公(697—781),唐代著名军事家,安史之乱时曾率唐军及回纥援军收复洛阳、长安两京,屡建奇功,封汾阳郡王。史载他八十五而终,他所提拔的部下幕府中,有六十多人,后来多为将相;八子七婿,皆贵显当时。

⑥李广:李广(? —前119),中国西汉时期的名将,在与匈奴作战中,战功显赫,被称为"飞将军",司马迁在《太史公自序》中评价李广:"勇于当敌,仁爱士卒,号令不烦,师徒向之,作《李将军列传》。"然征战一生,结局悲惨,因失道被责,以自杀告终。

⑦自刭(jǐng)：自杀。刭，据《说文解字》："刭，刑也。"段玉裁注："刭，谓断头也。"

⑧二疏：指西汉疏广、疏受叔侄，兰陵(今山东枣庄)人。疏广，字仲翁，博通经史，汉宣帝时选为太子太傅。其侄疏受，也以贤明被选为太子家令，后升为太子少傅，世称"二疏"。《汉书·疏广传》载："广谓受曰：'吾闻知足不辱、知止不殆、功遂身退，天之道也。今仕官至二千石，宦成名立，如此不去，惧有后悔，岂如父子相随出关、归老故乡，以寿命终，不亦善乎？'"于是辞官回乡，将毕生积蓄散与乡邻。二疏去世之后，乡人在其旧宅筑一座方圆三里的土城，名"二疏城"。

【译文】

　　人间最快乐的境地，唯有帝王得以拥有、享用；以下则公卿将相以及百官群僚，都可以成为行乐之人。但他们日理万机，时时有百般公务萦心、缠身，一天到晚尽是朝廷视政、衙门办公、下治百姓、上敬神明、反躬自己而修身养性，此外还剩多少时间可以行乐呢？我说：不然。快乐不在身外而在心内。若内心快乐，无论什么境地都快乐；内心痛苦，则没有什么境地不痛苦。身为帝王，就应以帝王之境为乐境；身为公卿，就应以公卿之境为乐境。凡我分内之事而推诿不掉的，就应摈弃一切将此视为痛苦的想法，而专以所做之事为乐事。你应这么想：我做帝王，万机待理、冗事烦扰，诚然劳心；但世上美慕帝王的人们，想有片刻帝王的劳苦还得不到呢！如此，则我看作至为劳苦之事，别人则视为至为逸美之境。那些公卿将相、百官群僚，也应有同样的想法，如此，则不必在朝廷视政、衙门办公、下治百姓、上敬神明、反躬自己而修身养性之外，另寻乐境，你所身在的场所就是行乐之地。一举笔而能安定天下，一开口即可使百姓遂愿，以天下百姓之乐为乐，世间还什么快乐比得过这种快乐？假若此外稍得清闲，再享人间一切应有之福，则世间帝王可比天上玉皇，凡尘官吏可比天上仙吏，那蓬莱三岛的仙境还有什么可美慕的？上述方法也非其他妙招，其实就是我们老李家的老子李聃所谓"退一步法"。以境况不如自己的人为标准来看自己的处境，则每日所见皆为可乐之境；以境况强于自己的人为标准来看自己的处境，则时时感到愁苦忧伤。历来帝王善于行乐者，莫过于汉文帝、汉景帝；而不善行乐者，莫过于汉武帝。因为文、景二帝在帝王应做之事而外，不多一事，所以觉得安逸；汉武帝则好大喜功，且薄视帝王而倾慕神仙，因此白白费去其劳苦之心却达不到所求的快乐目的。为臣做官而善于行乐的，莫过于唐代郭子仪；不善行乐的，莫过于汉代李广。郭子仪被封为汾阳王后，志满意足，就不再追求其他的什么了，所以能够穷奢极欲地享受一个臣子所能享受的福分；李广则老是以自己名位不如别人为耻，定要封侯才肯死心，因此不惜单独抗击匈奴单于，终致迷失道路贻误战期而"引刀自刭"。因此，善于行乐者，须首先懂得知足。汉代的疏广、疏受叔侄曾说："知道满足就不会招来耻辱，知道停止就不会招来危险。"无耻辱无危险，人间至乐也就在其中了。

富人行乐之法

【题解】

　　李渔当年劝富人散财，认为那是富人行乐的好方法，也即养生的好方法。高明！今日依然如是。富人若能多学比尔·盖茨，定会找到去除烦恼的最好方法，也是行乐和养生的最好方法，因为，散财第一于社会有益，道德得以自我完成；第二内心得以自我平衡——这都有益于健康。孔子说："仁者寿。"为什么呢？因为仁者有一颗善良的心。"仁者爱人"，己所欲而欲人，己所达而达人；己所不欲，勿施于人。孟子也提倡人要有"恻隐之心、羞恶之心、辞让之心、是非之心"，总之，要有一颗善良之心。应该求得道德上的自我完善。心地善良是养生的基础。不然，烦恼无穷期，而欢乐渐行渐远，病魔也许随之而来。

　　《黄帝内经·灵枢》说："故智者之养生也，必顺四时而适寒暑，和喜怒而安居处，节阴阳而调刚柔，如是则僻邪不至，长生久视。"做好事，做善事，作公益事业，使自己的精神得以提升，使自己的内心得到净化，化解许许多多的矛盾，这也就是在精神领域"顺四时而适寒暑，和喜怒而安居处，节阴阳而调刚柔，如是则僻邪不至，长生久视"，从而延年益寿。这是富人乃至一切人养生的极佳途径。

劝贵人行乐易，劝富人行乐难。何也？财为行乐之资，然势不宜多，多则反为累人之具。华封人祝帝尧富、寿、多男，尧曰："富则多事。"华封人曰："富而使人分之，何事之有？"①由是观之，财多不分，即以唐尧之圣、帝王之尊②，犹不能免多事之累，况德非圣人而位非帝王者乎？陶朱公屡致千金，屡散千金③，其致而必散，散而复致者，亦学帝尧之防多事也。兹欲劝富人行乐，必先劝之分财；劝富人分财，其势同于拔山超海④，此必不得之数也。财多则思运，不运则生息不繁。然不运则已，一运则经营惨淡，坐起不宁，其累有不可胜言者。财多必善防，不防则为盗贼所有，而且以身殉之。然不防则已，一防则惊魂四绕，风鹤皆兵⑤，其恐惧觳觫之状⑥，有不堪目睹者。且财多必招忌。语云："温饱之家，众怨所归。"以一身而为众射之的，方且忧伤虑死之不暇，尚可与言行乐乎哉？甚矣，财不可多，多之为累，亦至此也。

【注释】

①"华封人祝帝尧"六句：华封人是传说中帝尧时住在华山一带的百姓，他们祝尧帝多寿、多富、多子，称为"华封三祝"。《庄子·

天地》："尧观乎华。华封人曰：'嘻，圣人！请祝圣人，使圣人寿。'尧曰：'辞！''使圣人富！'尧曰：'辞！''使圣人多男子！'尧曰：'辞！'封人曰：'寿、富、多男子，人之所欲也。女独不欲，何邪？'尧曰：'多男子则多惧，富则多事，寿则多辱。是三者，非所以养德也，故辞。'封人曰：'始也我以女为圣人邪，今然君子也。天生万民，必授之职。多男子而授之职，则何惧之有！富而使人分之，则何事之有！'"

②唐尧：又称帝尧，名放勋，号陶唐，出生于丹陵（在今河北保定）。我国原始社会末期的部落联盟长，后来将帝位禅让于舜。

③"陶朱公"二句：陶朱公，即范蠡，字少伯，生卒年不详，楚国宛（今河南南阳）人。越之上将军。春秋末期著名的政治家、军事家和实业家。他定居当时的商业中心陶（即今山东定陶），自称"朱公"，人们称他为陶朱公。后人尊称"商圣"。春秋时他助越灭吴复国，后急流勇退。他到陶地（今山东定陶）经商务农，十九年内三次赚下千金产业，而三次赠与朋友。

④拔山超海：拔挟泰山，超越北海。见《孟子·梁惠王上》："挟泰山以超北海，语人曰：'我不能。'是诚不能也。"

⑤风鹤皆兵：即"风声鹤唳（lì）"、"草木皆兵"两个成语的简缩。《晋书·谢玄传》记淝水之战前秦苻坚被谢玄打败，闻风声鹤唳，皆以为王师已至，觉八公山上，草木皆兵。

⑥恐惧觳觫（hú sù）之状：惧怕的样子。典出《孟子·梁惠王上》："王坐于堂上，有牵牛而过堂下者，王见之，曰：'牛何之？'对曰：'将以衅钟。'王曰：'舍之，吾不忍其觳觫，若无罪而就死地。'对曰：'然则废衅钟与？'曰：'何以废也？以羊易之！'"

【译文】

劝贵人行乐容易，劝富人行乐困难。为什么？财产是行乐的资本，但它不宜多，若多则反而成为拖累人的绊脚石。《庄子·天地》篇说华封人祝尧帝富有、长寿、多生男儿，尧帝说："富有则会多事。"华封人说："让人把财富分了，哪里还会有什么事?"由此看来，财富多而不分给大家，即使圣如唐尧、尊如帝王，也不能避免多事之累，何况那些德性不如圣人、名位不如帝王的人们呢? 春秋时人称陶朱公的富豪范蠡，屡次获得千金而又屡次散去千金，其得而必散、散而又得之故，也就是效仿尧帝的预防多事啊。要劝富人行乐，必先劝其分财；而劝富人分财，那情势如同拔起高山跨越大海，成不成，难说啊。钱财多则考虑让它运转，不运转就不能多生利息。然而不运转则已，一旦运转则须惨淡经营，会使你坐卧不宁，那劳累之情真是难以尽说。钱财多就须善于防范，不防范则成盗贼囊中之物，且常有为此送命者。但是，不防范则已，一防范就会惊魂四绕，风声鹤唳，草木皆兵，其恐惧战栗之状，不堪入目。而且钱财多必招人忌恨。常言道："温饱之家，众怨所归。"当一个人成了众矢之的时，连忧伤伤怕死都无暇顾及了，哪里还谈得上行乐呢? 多么厉害呀! 钱不可多，钱多受拖累，也就来了。

　　然则富人行乐，其终不可冀乎? 曰：不然。多分则难，少敛则易。处比户可封之世，难于售恩；当民穷财尽之秋，易于见德。少课锱铢之利①，穷民即起颂扬；略蠲升斗之租②，贫佃即生歌舞。本偿而子息未偿，因其贫也而赀之③，一券才焚，即噪冯驩之令誉④；赋足而国用不足，因其匮也而助之，急公偶试，即来卜式之美名⑤。果如是，则大异于今日之富民，而又无损于本来之故我。觊觎者息而仇怨者稀⑥，是则可言行乐矣。其为乐也，亦同贵人，可不必于持筹握算之外，别寻乐境，即此宽租减息、仗义急公之日，听贫民之欢欣赞颂，即当两部鼓吹⑦；受官司之奖励称扬，便是百年华衮。荣莫荣于此、乐亦莫乐于此矣。至于悦色娱声、眠花藉柳、构堂建厦、啸月嘲风诸乐事,他人欲得,所患无资,业有其资,何求不遂? 是同一富也,昔为最难行乐之人,今为最易行乐之人。即使帝尧不死,陶朱现在,彼丈夫也,我丈夫也,吾何畏彼哉? 去其一念之刻而已矣。

【注释】

①锱铢(zī zhū):比喻极其微小的数量。锱,一两的四分之一。铢,一两的二十四分之一。

②蠲(juān):除去,免除。

③贳(shì):赦免。

④冯谖之令誉:冯谖是战国时齐国公子孟尝君的门客,为孟尝君收债时焚烧债券而获得赞扬。《战国策·齐策》"齐人有冯谖者"章载:术士冯谖(《史记》作冯驩)为孟尝君收债于薛,焚券以招徕民心。

⑤卜式之美名:卜式,汉代河南郡人,自幼家境贫寒,放牧而致富。《汉书·公孙弘卜式兒宽传》卷五十八载:匈奴犯边,他"愿输家财半助边","复持钱二十万与河南太守,以给徙民",朝廷召拜为中郎。

⑥觊觎(jì yú):非分的希望或企图。觊,希望得到。

⑦当两部鼓吹:鼓吹是一种音乐,常用鼓、角、箫(排箫)、笳等乐器,曲目中亦常有歌词,可供歌唱。《南齐书·孔稚珪传》:"门庭之内,草莱不剪,中有蛙鸣,或问之曰:'欲为陈蕃乎?'稚珪笑曰:'我以此当两部鼓吹,何必期效仲举?'"

【译文】

那么,富人行乐,就终不可得吗? 我说:不然。多分钱财难,而少敛租税易。处于户户可以封侯的时世，难于售施恩泽；而当民穷财尽的年代，则容易显出德行。只要减轻课税使民得蝇头小利，穷苦百姓即起颂扬；只要稍稍蠲免升斗田租，贫苦佃户就会雀跃歌舞。借债人偿还了你的本金而尚未偿还利息，你怜其贫穷而予以宽免，借券刚刚焚烧，你就会得到战国时因免债而出名的冯谖那样的美誉；赋税收得不少而国用仍嫌不够，你因国库匮乏而援手相助，这急公好义之举虽偶然施行，就会博得汉代施财助军的卜式那样的好名声。果然这样，你就迥异于今日之富人而又丝毫无损于本然之故我，那些心怀鬼胎盯着你钱袋的人打消了念头而忌恨你的人也少了；如此，你就可言行乐了。你的行乐，也同贵人一样，可以不必在财务筹划计算以外别寻乐境，当宽租减息、仗义急公的时候，听贫民百姓欢欣颂扬之声，即可当作两部鼓吹的美乐；受到官府奖励称赞，就如同享用百年荣华宠爱。真是荣莫荣于此、乐莫乐于此啊。至于悦色娱声、眠花宿柳、构堂建厦、啸月嘲风诸般乐事，别人要想实现，愁的是没钱，若有资金，什么愿望不能实现呢？如此，则同一富翁，过去最难行乐之人，今日成为最易行乐之人了。即使尧帝不死，陶朱复活，他是一个大丈夫，我也是一个大丈夫，我怕他什么？只不过去掉那想不开的一念之刻而已。

贫贱行乐之法

【题解】

　　李渔在"贫贱行乐之法"中说："穷人行乐之方，无他秘巧，亦止有退一步法。"这"退一步法"，可以有两个方面的含意。

　　一是积极的。如果原来没有把自己的位置摆对，奢望过高而无法实现，于是懊恼、痛苦，甚至因此而寻死觅活，通过"退一步"而反思，回到实事求是的立场上来，得到了解脱，得到了心理平衡，重新投入实实在在的境地而创造愉快的生活。这是应该鼓励的。而且，从心理分析角度看，李渔的"退一步法"，是一种有效的心理疗法，似可与后来的弗洛伊德学说互补。

二是消极的。实即精神胜利法,也即鲁迅所谓阿Q主义,以"精神胜利"麻痹自己,而不至于为此吃不下睡不着,窝窝囊囊抑郁而死。

但是,从养生学角度去看,"退一步法"确实可以产生心理治疗作用,它使自己的内心得到平和。另外,"退一步法"还有这样一层意思:心胸要开阔。人不能一点事就寻死觅活,想不开。在穷愁潦倒之时,心要往远处想,坚信一切终会过去。在恶劣环境下,心胸开阔了,身体也就健康了。人得病有外在原因,更重要的是内在原因,把自己内心调整好了,心理十分健康,就能抵御"虚邪贼风"的侵害。《黄帝内经》说:"虚邪贼风,避之有时。"又说:"避虚邪之道,如避矢石然,邪弗能害。""夫天之生风者,非以私百姓也,其行公平正直,犯者得之,避者无殆,非求人而人自犯之"。所以,"清静则肉腠闭拒,虽有大风苛毒,弗之能害"。

穷人行乐之方,无他秘巧,亦止有退一步法。我以为贫,更有贫于我者;我以为贱,更有贱于我者;我以妻子为累,尚有鳏寡孤独之民①,求为妻子之累而不能者;我以胼胝为劳②,尚有身系狱廷,荒芜田地,求安耕凿之生而不可得者。以此居心,则苦海尽成乐地。如或向前一算,以胜己者相衡,则片刻难安,种种桎梏幽囚之境出矣③。一显者旅宿邮亭,时方溽暑④,帐内多蚊,驱之不出,因忆家居时堂宽似宇,簟冷如冰⑤,又有群姬握扇而挥,不复知其为夏,何遽困厄至此⑥!因怀至乐,愈觉心烦,遂致终夕不寐。一亭长露宿阶下⑦,为众蚊所咂⑧,几至露筋,不得已而奔走庭中,俾四体动而弗停⑨,则咂人者无由厕足⑩;乃形则往来仆仆,口则赞叹嚣嚣⑪,一似苦中有乐者。显者不解,呼而讯之,谓:"汝之受困,什佰于我,我以为苦,而汝以为乐,其故维何?"亭长曰："偶忆某年，为仇家所陷，身系狱中。维时亦当暑月，狱卒防予私逸，每夜拘挛手足⑫，使不得动摇，时蚊蚋之繁⑬，倍于今夕，听其自啮，欲稍稍规避而不能，以视今夕之奔走不息，四体得以自如者，奚啻仙凡人鬼之别乎⑭！以昔较今，是以但见其乐，不知其苦。"显者听之，不觉爽然自失⑮。此即穷人行乐之秘诀也。

【注释】

①鳏（guān）：丧妻或无妻。寡：意为少，缺少。寡妇即丧夫的妇人。

②胼胝（pián zhī）：皮肤因长期受压迫和摩擦而变硬和增厚。

③桎梏（zhì gù）幽囚：手铐脚镣的束缚禁锢。

④溽（rù）暑：盛夏酷热。

⑤簟（diàn）：竹席。

⑥遽（jù）：急，仓猝。

⑦亭长：秦汉时基层小官，刘邦就曾做过家乡的亭长。

⑧啮（niè）：咬。

⑨俾（bǐ）：使。

⑩厕足：插足，涉足。

⑪嚣嚣（xiāo）：众口谗毁。

⑫拘挛（luán）：筋骨拘急挛缩，不能屈伸。

⑬蚊蚋（ruì）：指蚊子。

⑭奚啻（chì）：何止，岂但。

⑮爽然自失：茫茫然失去主见，无所适从。

【译文】

　　穷人行乐之方，没有其他的什么秘巧，也只有退一步法。我以为自己贫穷，还有比我更贫穷的；我以为自己低贱，还有比我更低贱的；我以

妻儿为拖累，还有鳏寡孤独之人，想求妻儿拖累而不可得的；我以田间
耕作手脚磨起老茧为辛劳，还有身系牢狱而使田地荒芜、想要得到耕地
凿井之平安劳作而不能的。倘心里这样想，则苦海尽成乐地。假若往
高处比，拿强于自己的人作标准来衡量，你心里就得不到片刻安宁，被
囚禁戴枷锁的种种苦象就会显现于眼前。一位显贵之人外出住店，正
值湿热酷暑，床帐里蚊虫成群驱赶不去，想起住在家里时高堂宽屋，凉
席如冰，又有一群丫鬟挥扇趋暑，几乎忘记身处酷夏之天，何以此刻骤
然困厄在这样的地方！因为总是想着那至乐之境，愈觉心烦，致使终夜
不能入睡。同一旅店中，一个地位低贱的亭长露宿阶下，被一群饿蚊叮
咬得几乎露出筋骨，不得已而在院子里跑来跑去，让四肢不停活动而使
咬人的蚊子无处落足；看他的样子，往来奔波碌碌仆仆；听他口中念念
有词赞叹嚣嚣，好似苦中有乐。那位住店的显贵者见亭长此状而困惑
不解，把他叫过来问道："你遭的罪比我厉害十倍百倍，我感到苦，你却
觉得乐，这是为什么？"亭长说："偶然想起那年我被仇人陷害，身陷狱
中。当时也是大热天，狱卒为防我私逃，每夜都把我手脚捆起来，使我
动弹不得。那时蚊虫比今夜多上数倍，我只能任它叮咬，连稍稍躲避的
可能都没有。以当时的惨状与今天四体得以自如奔走相比，岂止是神
仙与凡胎、人和鬼的区别？今昔对比，所以只见其乐，不知其苦。"显贵
者听了，不觉爽然自失。这就是穷人行乐的秘诀。

　　不独居心为然，即铸体炼形，亦当如是。譬如夏月苦
炎，明知为室庐卑小所致，偏向骄阳之下来往片时，然后步
入室中，则觉暑气渐消，不似从前酷烈；若畏其湫隘而投宽
处纳凉①，及至归来，炎蒸又加十倍矣。冬月苦冷，明知为墙
垣单薄所致②，故向风雪之中行走一次，然后归庐返舍，则觉
寒威顿减，不复凛冽如初；若避此荒凉而向深居就燠③，及其

再入，战栗又作何状矣。由此类推，则所谓退步者，无地不有，无人不有，想至退步，乐境自生。予为两间第一困人，其能免死于忧，不枯槁于迍邅蹭蹬者④，皆用此法。又得管城一物⑤，相伴终身，以扫千军则不足，以除万虑则有余。然非善作退步，即楮墨亦能困人⑥。想虞卿著书⑦，亦用此法，我能公世，彼特秘而未传耳。

【注释】

①湫隘(jiǎo ài)：低洼狭小。

②垣(yuán)：矮墙。

③燠(yù)：暖，热。

④迍邅蹭蹬(zhūn zhān cèng dèng)：艰险难行。迍邅，难行的样子。蹭蹬，险阻难行。

⑤管城：即管城子，毛笔。唐韩愈《毛颖传》："秦皇帝使(蒙)恬赐之汤沐，而封诸管城，号曰'管城子'。"宋黄庭坚《戏呈孔毅父》："管城子无食肉相，孔方兄有绝交书。"

⑥楮(chǔ)墨：纸墨。楮，指纸。

⑦虞卿：战国时赵国的名士，邯郸(今属河北)人，长于战略谋划。《史记·平原君虞卿列传》："虞卿者，游说之士也。蹑𫏋担簦说赵孝成王。一见，赐黄金百镒、白璧一双；再见，为赵上卿，故号为虞卿。"《汉书·艺文志》有《虞氏春秋》十五篇，今失传。

【译文】

不仅内心苦乐如此，即使锻炼身体也是这样。如夏日酷热，明知是室矮屋小所致，此时你偏到骄阳之下走上一遭，然后回到屋内，会觉得暑气渐消，不像此前酷热难熬；倘若害怕低矮小屋而到高堂大室纳凉，等你回来，炎热似蒸，又加十倍了。冬天严寒，明知是墙垣单薄所致，故意到风雪之中走一趟，然后回到室内，会觉得寒冷顿减，不像此前冰冻刺骨；假如你嫌陋室荒凉而到深屋暖室烤火，等再回到陋室，那冷得打颤的情形不知会是什么样子呢。以此类推，则所谓退一步者，无处不有，无人不有。想到退一步，乐境自生。我可谓天地间第一困厄之人，之所以没有忧愁而死，不因困厄坎坷而枯槁，都是用的这个法子。又有一支笔与我相伴终身，用它横扫千军则不足，用它解除忧虑则有余。但是，若非善做退一步想，即使笔墨纸砚也能困人。想战国时虞卿穷愁著书，也用此法，只是我能将此法公之于世，而他却秘而不传。

　　由亭长之说推之，则凡行乐者，不必远引他人为退步，即此一身，谁无过来之逆境？大则灾凶祸患，小则疾病忧伤。"执柯伐柯，其则不远。"①取而较之，更为亲切。凡人一生，奇祸大难非特不可遗忘，还宜大书特书，高悬座右。其裨益于身者有三②：孽由己作③，则可知非痛改，视作前车；祸自天来，则可止怨释尤④，以弭后患⑤；至于忆苦追烦，引出无穷乐境，则又警心惕目之余事矣⑥。如曰省躬罪己⑦，原属隐情，难使他人共睹，若是则有包含韫藉之法⑧：或止书罹患之年月⑨，而不及其事；或别书隐射之数语，而不露其详；或撰作一联一诗，悬挂起居亲密之处，微寓己意，不使人知，亦淑慎其身之妙法也⑩。此皆湖上笠翁瞒人独做之事，笔机所到，欲讳不能，俗语所谓"不打自招"者，非乎？

【注释】

①执柯伐柯，其则不远：意思是说，手拿斧柄去砍伐树枝做斧柄，其准则不远，就在眼前。《诗经·豳风·伐柯》："伐柯如何？匪斧不克。取妻如何？匪媒不得。伐柯伐柯！其则不远。我觏之

子，笾豆有践。"《说文解字》："柯，斧柄也；伐，击也。"李渔所谓
"执柯伐柯，其则不远"，所引不确。

②裨益：使受益。

③孽：恶因，罪孽。

④止怨释尤：消除怨恨，解脱过失。尤，在此处为过失之意。

⑤弭(mǐ)：平息，停止，消除。

⑥惕(tì)：戒惧。

⑦省躬：反躬自省。罪己：引咎自责。

⑧韫藉(yùn jiè)：含蓄不露。

⑨罹(lí)患：遭难。

⑩淑慎其身：《诗经·邶风·燕燕》有"终温且惠，淑慎其身"句。淑
　慎，贤淑婉顺。

【译文】

由亭长的故事推而论之，则凡行乐者，不必远引他人做退一步的依据，就拿自身而言，大则灾凶祸患，小则疾病忧伤，谁无遭受逆境的经历？《诗经·豳风·伐柯》说："执柯伐柯，其则不远。"以此为比喻，更觉贴切。人的一生，奇祸大难非但不可遗忘，还应大书特书，高高悬挂起来当作座右铭。它对人的好处有三：倘祸由己出，则可痛改前非，作前车之鉴；倘祸自天降，则可不再怨天尤人，以消弭后患；至于忆昔之苦思今之甜，两相对照，可引出无穷乐境，这又是警心惕目的意外收获。倘若有人说，反省自责个人的过失，原属隐私，不便于他人共睹；那么，有包涵隐情的方法在：或只写出遭遇祸患的年月而不说具体事情，或另写出几句隐射之语而不详述情由，或书写一联一诗悬挂于起居密室、微寓其意而不使人知，这也是谨慎婉顺、修身自洁的好方法。这些都是我湖上笠翁瞒着世人暗自操作的事情，今日信笔写来，欲避讳而不能，俗话所谓"不打自招"，不是吗？

家庭行乐之法

【题解】

李渔在"家庭行乐之法"中说:"世间第一乐地,无过家庭。'父母俱存,兄弟无故,一乐也。'是圣贤行乐之方,不过如此。"诚如是。这个看法与现代人对家庭快乐和家庭伦理的看法相近。在文明社会,一个重要的字是"爱"。无论古代还是现代,人类最真挚的爱,人类社会最质朴的人伦之美,都充分表现在家庭里。首先是夫妻之爱,"有情人终成眷属"的主题历来歌咏不绝;其次是父母与子女的爱;再次是兄弟姊妹之爱。它们都是不可替代的。这中间产生过多少美丽的故事呵!一个在爱中生活的人是幸福的,爱是养生的重要途径。另一重要的字是"和",家和万事兴。"和"则乐,"和"则美,"和"则长寿。

中华民族历来重视家庭,认为家庭组织、建设得好不好,关系到整个社会的存亡与发展。儒家经典之一《大学》所讲的三纲领("大学之道在明明德,在亲民,在止于至善")和八条目("古之欲明明德于天下者,先治其国。欲治其国者,先齐其家。欲齐其家者,先修其身。欲修其身者,先正其心。欲正其心者,先诚其意。欲诚其意者,先致其知。致知在格物"),其中重要的不可缺少的一环就是"齐家"。儒家论证"若治国必先齐其家"的思想,曰:"其家不可教而能教人者,无之";"一家仁一国兴仁,一家让一国兴让";《诗》云:'桃之夭夭,其叶蓁蓁,之子于归,宜其家人。'宜其家人而后可以教国人。《诗》云:'宜兄宜弟。'宜兄宜弟,而后可以教国人。《诗》云:'其仪不忒,正是四国。'其为父子兄弟足法,而后民法之也。此谓治国在齐其家"。这里包含着今天我们需要继承和发扬的优良传统。

世间第一乐地,无过家庭。"父母俱存,兄弟无故,一乐也①。"是圣贤行乐之方,不过如此。而后世人情之好向,往往与圣贤相左②。圣贤所乐者,彼则苦之;圣贤所苦者,彼反视为至乐而沉溺其中。如弃现在之天亲而拜他人为父,撇同胞之手足而与陌路结盟,避女色而就娈童③,舍家鸡而寻野鹜④,是皆情理之至悖⑤,而举世习而安之。其故无他,总由一念之恶旧喜新、厌常趋异所致。若是,则生而所有之形骸,亦觉陈腐可厌,胡不并易而新之,使今日魂附一体,明日又附一体,觉愈变愈新之可爱乎? 其不能变而新之者,以生定故也。然欲变而新之,亦自有法。时易冠裳,迭更帏座⑥,而照之以镜,则似换一规模矣。即以此法而施之父母兄弟、骨肉妻孥⑦,以结交滥费之资,而鲜其衣饰,美其供奉,则"居移气,养移体"⑧,一岁而数变其形,岂不犹之谓他人父、谓他人母,而与同学少年互称兄弟、各家美丽共缔姻盟者哉?

【注释】

①"父母俱存"三句:《孟子·尽心上》:"君子有三乐,而王天下不与存焉。父母俱存,兄弟无故,一乐也。仰不愧于天,俯不怍于人,二乐也。得天下英才而教育之,三乐也。君子有三乐,而王天下不与存焉。"父母俱存,父母都健在。

②相左:相抵触,不一致。

③娈(luán)童:被猥亵的美少年。

④野鹜(wù):本义为野鸭。此处所谓"寻野鹜"指男人到外面寻欢。

⑤悖(bèi):背离,违反。

⑥迭更帏座:不断更换家居装饰。迭更,意为更代、替换。帏座,指带帐子、幔幕的座位。

⑦妻孥(nú):指妻子和儿女。

⑧居移气,养移体:所谓"居移气"是说居住环境的改变使得人的气

度也改变了，而"养移体"则是说奉养条件之改变使得人的体质也改变了。《孟子·尽心上》："孟子自范之齐，望见齐王之子，喟然叹曰：'居移气，养移体。大哉居乎！'"

【译文】

人世间第一乐地，莫过于家庭。孟子说："父母俱存，兄弟无故，一乐也。"足见圣贤行乐之方，也不过如此。而后来人们行乐之趋向，则与圣贤相乖离。圣贤认为快乐的，他们视为痛苦；圣贤视为痛苦的，他们反而视为至乐而沉溺其中。如抛弃现成的亲生父亲而拜他人为父，撇开同胞手足而与陌生路人结盟，躲避女色而亲近娈童，舍弃妻妾而追玩妓女……这都是极端违背情理的事情，但举世习以为常、安之若素。这原因不是别的，就是由喜新厌旧、趋异厌常之一念而起。如果真是如此，那么你与生俱来的形骸也会觉得陈腐可厌，何不一并换成新的，使你的魂魄今日附一体，明日又附一体，岂不越变越新越可爱？为什么形骸不能变化更新呢？因为生来就是如此样态。但是，若想变化更新，也自有办法。时常更换衣冠，不断变化帏帘座椅，拿镜子一照，就好像另变了一副模样。将此法用于父母兄弟、妻子儿女身上，以结交外人滥用之费，使父母、兄弟、妻儿衣饰鲜亮、奉养丰美，如孟子所言"居移气，养移体"，一年之内数变形貌，岂不如同称谓他人父母、与同学少年互道兄弟、与各家美女共结姻缘了吗？

　　有好游狭斜者①，荡尽家资而不顾，其妻迫于饥寒而求去。临去之日，别换新衣而佐以美饰，居然绝世佳人。其夫抱而泣曰："吾走尽章台②，未尝遇此娇丽。由是观之，匪人之美，衣饰美之也。倘能复留，当为勤俭克家，而置汝金屋。"妻善其言而止。后改荡从善，卒如所云。又有人子不孝而为亲所逐者，鞠于他人③，越数年而复返，定省承欢④，大异畴昔⑤。其父讯之，则曰："非予不爱其亲，习久而生厌也。兹复厌所习见，而以久不睹者为可亲矣。"众人笑之，而有识者怜之。何也？习久而厌其亲者，天下皆然，而不能自明其故。此人知之，又能直言无讳，盖可以为善之人也。此等罕譬曲喻，皆为劝导愚蒙。谁无至性⑥，谁乏良知⑦，而俟予为木铎⑧？但观孺子离家，即生哭泣，岂无至乐之境十倍其家者哉？性在此而不在彼也。人能以孩提之乐境为乐境，则去圣人不远矣。

【注释】

①好游狭斜者：不走正路的人。

②章台：原为汉长安街名，古代以章台为歌妓聚居之地。

③鞠（jū）于他人：被别人抚养。鞠，抚养。

④定省（xǐng）：子女早晚向亲长问安。

⑤畴（chóu）昔：往昔，从前。

⑥至性：天然至真之性。《后汉书·东平宪王苍传》："陛下履有虞之至性，追祖祢之深思，然惧左右过议，以累圣心。"宋代王安石《黄菊有至性》诗："黄菊有至性，孤芳犯群威。"

⑦良知：生而有之的道德智慧和品质。王阳明所谓"良知"，即是"天理"、"天则"、"道"，所谓"鄙夫自知的是非便是他本来天则"，"良知即是道"，"良知即是天理"。

⑧俟（sì）予为木铎（duó）：等待我来教育。俟，等待。木铎，以木为舌的大铃，古代宣布政教法令时，巡行振鸣以引起众人注意。

【译文】

有个不走正道喜欢寻花问柳的人，荡尽家财而不顾，他妻子迫于饥寒而求离去。临走那天，她另换新衣又戴上美丽首饰，居然是一位绝代佳人。她的丈夫抱着她哭道："我走尽烟花柳巷，未曾遇见如此娇丽美人。由此看来，不是人美与否，而是衣饰使人美啊。倘若你能留下来，我当勤俭持家，把你放入金屋。"妻子听他说得好而留下来。后来他果然改变了浪荡恶习，实现了他的诺言。还有个不孝之子被父母赶走，被他人抚养。数年后返家，侍奉父母，早晚请安，大异于往昔。他的父亲问他，他答道："不是我不爱自己的父母，只是天长日久厌烦了。现在又对抚育我的那家人的生活厌倦了，而对很久没有看见的往昔居家日子感到亲切。"众人都笑话他，有个见识高的人却同情他。为什么？日久习常而厌倦其亲人，天下皆然，但自己却不明白个中缘由；此人明白，且能直言不讳，是可以为善的人。这里所说的罕见的事例、曲折的比喻，都是为了劝导愚昧懵懂的人。谁无至性，谁乏良知，而等我来启蒙？你看小孩子一离开家，就要哭泣，难道没有什么至乐之境比他的家更强十倍的吗？因为他的至性在这儿而不在别处。人若能以孩童之乐境为乐境，那么离圣人就不远了。

道途行乐之法

【题解】

在李渔那个时代，道途之中，苦多乐少。但是李渔在"道途行乐之法"中告诉人们要在"逆旅"寻找快乐。而且，他现身说法，根据自己的经验使大家知道"不受行路之苦，不知居家之乐"。李渔当年所讲的道理，在今天很富现实意义。

到风景优美的地方去旅行，是行乐之法，也是善于养生之举。据说常常外出旅行的人比总是蜗居在家的人长寿。现在的中国，出外旅行的人越来越多，旅行不但是享受生活、享受生命、延年益寿的好方法，也是了解社会、增长见识、亲近大自然的好途径，更是释放压力的好方法。

　　"逆旅"二字,足概远行,旅境皆逆境也。然不受行路之苦,不知居家之乐,此等况味,正须一一尝之。予游绝塞而归,乡人讯曰:"边陲之游乐乎^①?"予曰:"乐。"有经其地而惮焉者曰:"地则不毛,人皆异类,睹沙场而气索,闻钲鼓而魂摇^②,何乐之有?"予曰:"向未离家,谬谓四方一致,其饮馔服饰皆同于我;及历四方,知有大谬不然者。然止游通邑大都,未至穷边极塞,又谓远近一理,不过稍变其制而已矣。及抵边陲,始知地狱即在人间,罗刹原非异物^③;而今而后,方知人之异于禽兽者几希,而近地之民,其去绝塞之民者,反有霄壤幽明之大异也。不入其地,不睹其情,乌知生于东南、游于都会、衣轻席暖、饭稻羹鱼之足乐哉!"此言出路之人,视居家之乐为乐也;然未至还家,则终觉其苦。

【注释】

①边陲(chuí):边疆。

②钲(zhēng)鼓:钲是古代的一种铜制乐器,形似钟,稍狭长,有长柄,口向上以物击之而鸣,在行军时敲。钲和鼓并称,古代行军或歌舞时用以指挥进退。

③地狱即在人间,罗刹原非异物:地狱,在中国先秦古籍中,并无地狱一说。地狱思想来源于印度的佛教,而后逐步中国化。中国化的地狱观念认为地狱是阎罗居所,有十殿阎罗,或地府十王;又有十八层地狱之说,根据生前所犯罪行的轻重来决定在不同层数的地狱受罪。罗刹,佛教中指食人肉之恶鬼,又作罗刹娑、罗叉娑、罗乞察娑、阿落刹娑,意译作可畏、护者、速疾鬼,女性罗刹称为罗刹斯(raksasi),又作罗叉私。《慧琳音义》卷二十五中记载:"罗刹,此云恶鬼也。食人血肉,或飞空,或地行,

捷疾可畏。”

【译文】

“逆旅”二字,足以概括远行所含的意思,旅境都是逆境啊。但是不受行路之苦,哪知居家之乐?此等生活况味,正需一一品味。我游极远的边塞归来,乡人问:“边陲之游快乐吗?”我说:“快乐。”有位去过那里而颇感惧怕的人说:“那是一片不毛之地,人也与我们绝不相同,看漫沙之场让人气息紧促,听钲鼓之声使人胆颤魂摇,有什么快乐可言?”我说:“过去未曾离家,错误地以为天下四方一致,各地饮食衣着都与我们相同;等游历四方之后,才知完全不是那么回事儿。但是只游交通要冲重镇大城而未到穷乡僻壤边塞极地,也可以说远近一理相差不大,只不过形制稍有变化而已。等你真正到了边陲极塞,才知地狱就在人间,阎罗恶鬼并非罕见异物;从今以后,方知人与兽相差无几,内地居民与边塞居民却有天壤之别、黑白之异。不深入那个地方,没看见那里的人情世故,哪里知道你生于东南地区、游于繁华都会、衣轻裘卧暖席、吃米饭喝鱼汤的乐趣呢!”这里说的是外出旅行者,以家居之乐为乐;但是,当尚未回家时,终觉在外之苦。

又有视家为苦、借道途行乐之法,可以暂娱目前,不为风霜车马所困者,又一方便法门也。向平欲俟婚嫁既毕,遨游五岳①;李固与弟书,谓周观天下,独未见益州②,似有遗憾;太史公因游名山大川,得以史笔妙千古③。是游也者,男子生而欲得,不得即以为恨者也。有道之士,尚欲挟资裹粮,专行其志,而我以糊口资生之便,为益闻广见之资,过一地,即览一地之人情,经一方,则睹一方之胜概,而且食所未食,尝所欲尝,蓄所余者而归遗细君④,似得五侯之鲭⑤,以果一家之腹,是人生最乐之事也,奚事哭泣阮途⑥,而为乘槎驭骏者所窃笑哉[7]？

【注释】

①“向平”二句：向平即向子平，名长，子平乃其字，西汉末东汉初人。《后汉书·逸民列传·向长传》曰：“（向长）隐居不仕，性尚中和……建武中，男女娶嫁既毕，敕断家事勿相关，当如我死也。于是遂肆意，与同好北海禽庆俱游五岳名山，竟不知所终。”唐代白居易《将归渭村寄舍弟》：“子平嫁娶贫中毕，元亮田园醉里归。”

②“李固与弟书”三句：李固（94—147），东汉大臣，字子坚，政称天下第一。冲帝即位后，任太尉，与大将军梁冀等腐朽势力斗争，桓帝即位，为梁冀所诬，逮捕治罪，遂死于狱中。《后汉书》有《李固传》。《渊鉴类函》卷三百七《李固与弟书》：“固今年五十有七，鬓发已白，所谓容身而游满腹，而去周观天下，独未见益州，而昔严夫子尝言，经有五，涉其四，川有九，游其八，欲类此矣。”

③“太史公因游名山大川”二句：太史公即司马迁（前145？—前90?），字子长，夏阳（今陕西韩城）人，西汉史学家，自二十岁从长安南下漫游，遍及江淮、中原，考察风俗，采集传说，子承父业，受腐刑而发愤写成《史记》。

④细君：妻妇的代称。《汉书·东方朔传》：“归遗细君，又何仁也！”颜师古注：“细君，朔妻之名。一说，细，小也。朔辄自比于诸侯，谓其妻曰小君。”

⑤五侯之鲭（qīng）：汉代一种杂烩的菜名。《西京杂记》卷二：“五侯不相能，宾客不得来往。娄护丰辩，传食五侯间，各得其欢心，竞致奇膳。护乃合以为鲭，世称五侯鲭，以为奇味焉。”

⑥奚事哭泣阮途：用三国魏诗人阮籍故事。《晋书·阮籍列传》：“阮籍，字嗣宗，陈留尉氏人也……籍容貌瑰杰，志气宏放，傲然

独得,任性不羁,而喜怒不形于色。或闭户视书,累月不出;或登临山水,经日忘归。博览群籍,尤好《庄》《老》。嗜酒能啸,善弹琴。当其得意,忽忘形骸。酒后每至穷途,辄恸哭而返。"

⑦乘槎(chá):乘木筏。晋张华《博物志》:"旧说云,天河与海通,近世有人居海渚者,年年八月,有浮槎来去,不失期。人有奇志,立飞阁于槎上,多赍粮,乘槎而去。"驭骏:驾驭骏马。《穆天子传》中说,穆王驾八骏之乘,西观日所入处,觞西王母于瑶池之上。

【译文】

也有视家居生活为苦而借旅行行乐的办法,可暂时娱乐于眼前而不为风霜车马所困,这是又一个方便法门。汉代向平,一旦儿女婚嫁办完,就与朋友遨游五岳;东汉太尉李固给弟弟的信中说,遍游天下而未见益州,似乎留有遗憾;太史公司马迁因为游览名山大川,使得他的史笔妙绝千古。以此而言,旅行乃男子生来就想去做的事情,若做不了,则为一大憾事。那些有道之士,尚且想要带上费用、干粮,专力实现自己的旅行志向;而我以外出糊口谋生之便为广益见闻之资,经过一地即观览一地之风情,路过一方即领略一方之名胜,而且吃了未曾吃过的食品,尝了未曾尝过的美味,把剩余的保存起来带回家送给妻妾,就如同得到古人所谓"五侯之鲭"以满足全家人的口福——这是人生最快乐的事情啊,干吗还要像三国时阮籍那样酒后穷途哭泣返家而为乘车驾骏的成仙之人所暗暗耻笑呢?

春季行乐之法

【题解】

自这一节以下一连四段文字,李渔谈春、夏、秋、冬四时行乐之法,从养生学角度说,其实应该是遵四时以养生。而李渔所强调的,则着重于人在四时都生活得愉快舒畅,即以行乐而养生。这符合《黄帝内经》的思想,所谓"人以天地之气生,四时之法成……故能以生长收藏,终而复始"，春天"以使志生，生而勿杀，予而勿夺，赏而勿罚"，所以不能"逆春气"，不然，"则少阳不生，肝气内变"。

　　李渔认为，春天是天地交欢的时令，人心至此，不求畅而自畅，犹父母相亲相爱，则儿女嬉笑自如，睹满堂之欢欣，即欲向隅而泣，泣不出也。但是，当春行乐，每每容易过情，他告诫人们要"留一线之余春，以度将来之酷夏"。在春日，就要学学孔子，同年轻人到郊外远足："莫春者，春服既成，冠者五六人，童子六七人，浴乎沂，风乎舞雩，咏而归。"到大自然吸纳天地自然之气，天人合一，生命舒展。

　　人有喜、怒、哀、乐，天有春、夏、秋、冬。春之为令，即天地交欢之候、阴阳肆乐之时也。人心至此，不求畅而自畅，犹父母相亲相爱，则儿女嬉笑自如，睹满堂之欢欣，即欲向隅而泣①，泣不出也。然当春行乐，每易过情，必留一线之余春，以度将来之酷夏。盖一岁难过之关，惟有三伏②，精神之耗，疾病之生，死亡之至，皆由于此。故俗话云"过得七月半，便是铁罗汉"③，非虚语也。思患预防，当在三春行乐之时，不得纵欲过度，而先埋伏病根。花可熟观，鸟可倾听，山川云物之胜可以纵游，而独于房欲之事略存余地。盖人当此际，满体皆春。"春"者，泄尽无遗之谓也。草木之"春"，泄尽无遗而不坏者，以三时皆蓄，而止候泄于一春，过此一春，又皆蓄精养神之候矣。人之一身，能保一时尽泄而三时皆不泄乎？尽泄于春，而又不能不泄于夏，虽草木不能不枯，况人身之浮脆者乎？欲留枕席之余欢，当使游观之尽致。何也？分心花鸟，便觉体有余闲；并力闺帏④，易致身无宁刻。然予所言，皆防已甚之词也。若使杜情而绝欲，是天地皆春而我独秋,焉用此不情之物,而作人中灾异乎?

【注释】

①向隅(yú)而泣:谓人面对墙角小声哭泣。向,对着。隅,角落。泣,小声哭。

②三伏:指初伏、中伏和末伏,一年中最热的时节。

③过得七月半,便是铁罗汉:农历七月半是三伏天,热得难受,若顺利度过七月半,便是经得起酷暑的考验,故称"过得七月半,便是铁罗汉"。

④闺帏:原指闺房的帏幕,借指妇女居住的房屋。

【译文】

人有喜、怒、哀、乐,天有春、夏、秋、冬。春天这个节令,就是天地交欢之日、阴阳肆乐之时。人的心情到了这个时候,不用故意追求畅快而自然畅快,犹如父母相亲相爱,儿女就会嬉笑自如,看见这满堂欢欣的情境,即使你想向隅而泣,也哭不出来啊。但是,每当春天行乐,往往容易过度纵情,必须保留一点春日的余情,以便度过将要到来的酷夏。一年中最难过的关口,唯有三伏天。精神的消耗,疾病的生发,死亡的降临,大都根由于此。所以,俗话所谓"过得七月半,便是铁罗汉",不是假话。想到三伏之患而要预防,就应当在三春季节行乐之时,不要纵欲过度而埋伏下病根。花开尽可看个够,鸟鸣可尽兴倾听,山川风物名胜可以纵情游览,而只有在房事情欲方面须略留余地。因为人在此时,满身充溢春情。"春",说的就是泄尽无遗。草木之"春",之所以能够泄尽无遗而不坏,是因为夏、秋、冬三季都在积蓄而只等春之一泄,而等春天一过,又都是蓄精养神的时候了。人的一身,能保证春日一时尽泄而夏、秋、冬三时都不泄吗?尽泄于春而又不能不泄于夏,即使草木也不能不枯,何况浮薄脆弱的人身呢?要想保留些床笫枕席之欢,就应该使外边的游览观光尽情尽致。为什么呢?分心于花鸟,就会觉得体力有余;纵力于房事,容易使得身体无片刻宁息。但是我所说的,都是防止过甚之言。倘若杜绝情欲,造成"天地皆春而我独秋"的局面,岂非要以这无情的东西造成人间灾异吗?

夏季行乐之法

【题解】

　　李渔说,天地之气闭藏于冬,而人身之气则闭藏于夏。他把夏季描绘得很可怕,称之为"酷夏",说假如造化只有春、秋、冬三季而无夏,那么人的死亡必然非常稀少。所以,他所谓夏季行乐,主旨是要在九夏停息不必要的活动而养生,因为九夏精气神耗费甚大,体力难以支持,故应以秋、冬、春三季做事而夏季休憩,不然,则身体精神都劳顿疲乏。李渔追忆当年山居时夏日生活,虽略带感伤,但很甜蜜,很温馨,很惬意,认为那是很好的休憩,以此劝人们要善养生,特别是夏日要休闲。

　　酷夏之可畏,前幅虽露其端,然未尽暑毒之什一也。使天只有三时而无夏,则人之死也必稀,巫、医、僧、道之流皆苦饥寒而莫救矣。止因多此一时,遂觉人身叵测^①,常有朝人而夕鬼者。《戴记》云:"是月也,阴阳争,死生分。"^②危哉斯言!令人不寒而栗矣。凡人身处此候,皆当时时防病,日日忧死。防病忧死,则当刻刻偷闲以行乐。从来行乐之事,人皆选暇于三春,予独息机于九夏^③。以三春神旺,即使不乐,无损于身;九夏则神耗气索,力难支体,如其不乐,则劳神役形,如火益热,是与性命为仇矣。《月令》以仲冬为闭藏^④;予谓天地之气闭藏于冬,人身之气当令闭藏于夏。试观隆冬之月,人之精神愈寒愈健,较之暑气铄人^⑤,有不可同年而语者。凡人苟非民社系身、饥寒迫体，稍堪自逸者，则当以三时行事，一夏养生。过此危关，然后出而应酬世故，未为晚也。追忆明朝失政以后⑥，大清革命之先⑦，予绝意浮名，不干寸禄，山居避乱，反以无事为荣。夏不谒客⑧，亦无客至，匪止头巾不设，并衫履而废之。或裸处乱荷之中，妻孥觅之不得⑨；或偃卧长松之下⑩，猿鹤过而不知。洗砚石于飞泉，试茗奴以积雪；欲食瓜而瓜生户外，思啖果而果落树头⑪，可谓极人世之奇闻，擅有生之至乐者矣。后此则徙居城市，酬应日纷，虽无利欲熏人，亦觉浮名致累。计我一生，得享列仙之福者，仅有三年。今欲续之，求为闰余而不可得矣。伤哉！人非铁石，奚堪磨杵作针⑫；寿岂泥沙，不禁委尘入土。予以劝人行乐，而深悔自役其形。噫，天何惜于一闲，以补富贵荣肥之不足哉⑬！

【注释】

①叵（pǒ）测：不可推测。叵，不可。

②"《戴记》云"四句：《戴记》即《小戴礼记》，亦称《小戴记》，也即《礼记》，相传西汉礼学家戴圣（史称小戴）编纂。《礼记》原文为："是月也，日长至，阴阳争，死生分。"戴圣的叔父戴德亦是礼学家，史称大戴。

③九夏：夏季三个月共九十天，遂名"九夏"。晋朝陶渊明《荣木》诗序有"日月推迁，已复九夏"句。

④《月令》以仲冬为闭藏：《礼记·月令·仲冬之月》："涂阙庭门闾，筑囹圄，所以助天地之闭藏也。"《月令》，《礼记》一书中的《月令》部分。

⑤铄（shuò）：熔化金属。

⑥明朝失政：明朝灭亡，失去政权。

⑦大清革命：清朝推翻明朝统治。

⑧谒(yè)客：此处谓接见客人。谒，拜见。

⑨妻孥(nú)：妻子和儿女。

⑩偃(yǎn)卧：仰面倒下。

⑪啖(dàn)：吃。

⑫磨杵(chǔ)作针：比喻艰难成事。《潜确类书》卷六十："李白少读书，未成弃去，道逢老妪磨杵，白问其故，曰：'欲作针。'白感其言，遂卒业。"杵是舂米或捶衣的木棒。

⑬荣朊(hū)：指荣华富贵。荣，草木茂盛，引申为兴盛。朊，古代祭祀用的大块鱼、肉。

【译文】

酷夏的可怕，前面虽略述其端倪，但那实际上未及夏季酷毒的十分之一。假如造化只有春、秋、冬三季而无夏季，那么人的死亡必然非常稀少，巫、医、僧、道之流大约都会失去饭碗饥寒交迫而无救了。只因多了这么一个夏季，才让人觉得人身巨测，常有朝为人夕已成鬼之慨。《小戴礼记》中说："夏季这月份，阴阳互争，生死分界。"这话危言耸听，令人不寒而栗。凡身处这个季节的人们，都应时时防病，日日怀死亡之忧。防病忧死，就应时时刻刻偷闲行乐。从来对于行乐这件事，人们都选择在三春挤出时间，而我则独独在九夏停息不必要的活动。因为三春人的精气神旺盛，即使不乐，也无损于身；而九夏则精气神耗费甚大，体力难以支持，如不行乐，则身体精神都劳顿疲乏，犹如火上浇油，这是在与性命为仇啊。《礼记·月令》把仲冬作为天地闭藏的季节。我认为天地之气闭藏于冬，而人身之气则闭藏于夏。试看隆冬时节，人的精神愈寒而愈健，与夏季暑气铄伤人体相比，不可同日而语。一般人，如果不是民事缠身、饥寒交迫，稍有闲逸，则应以秋、冬、春三季做事而夏季养生。度过夏季这一危险关口，然后出来应酬世故人情，不算晚啊。追忆明朝败亡之后而大清革命之先，我绝意于浮浪功名，不再追求点滴利禄，住在山里躲避战祸，反而以无所事事为荣。夏日不出去拜谒客人，也没有客人来访，非但不戴头巾而且连衣衫鞋子也一并不穿。有时光着身子隐匿于乱荷之中，妻儿寻觅不到；有时仰卧于长松之下，猿猴仙鹤经过而未察觉。以飞泉洗刷砚石，用积雪煮茶品赏；想吃瓜而瓜就生在屋外，想食果而果就堕落于树头，可以说那时极聚人间奇闻，独占了有生之年的至乐之境。此后，我迁居城市，应酬与日俱增、纷纷扰扰，虽然尚未达到利欲熏人的地步，然而也觉得浮名致累于身。算起来我这一辈子，得以享受神仙那样幸福的日子，只有短短三年。现在想承续它，追求它的余绪，不能够了。可悲啊！人非铁石，怎么受得了铁杵磨针那样的磨炼？人寿岂是泥沙，哪里经得住丢弃于尘土！我这里劝人行乐，也深深悔恨曾经自我奴役。噫，老天爷何以吝惜这一点闲暇时光，以弥补富贵荣华的不足呢！

秋季行乐之法

【题解】

在"秋季行乐之法"中，李渔提出应抓住秋季这个炎热退去、秋高气爽、风景媚人的好时节，及时行乐。"此时不乐，将待何时"？不久，冬季来临，霜雪交加，人的活动可就没有那么方便了。秋季行乐胜于春季，倘若说"春宵一刻值千金"，那么秋季价钱之昂贵，应比春日加十倍。如有山水名胜之地，你要乘此时效仿前人蜡屐登山尽兴游玩，不然就与美景当面错过了。有的文人喜欢伤秋、悲秋，多愁善感；有的甚至无病呻吟，为赋新词强说愁。其实更应看到秋日之美。李渔对秋日之美颇有体验。秋天确是享受生活、享受生命的好时节，也是延年益寿的好时节。但是，也应注意，按《黄帝内经》的说法："天有四时五行，以生长收藏，以生寒、暑、燥、湿、风……寒暑过度，生乃不固。故重阴必阳，重阳必阴。故曰：冬伤于寒，春必温病；春伤于风，夏生飧泄；夏伤于暑，秋必痃疟；秋伤于湿，冬生咳嗽。"所以，养生必须遵循春、夏、秋、冬"四时五行，以生长收藏"的规律：冬天不可"伤于寒"以免来春发生"温病"；春天不可"伤于风"，以免"夏生飧泄"；夏天不可"伤于暑"，以免"秋必痃疟"；而在秋天，就必须提防"秋伤于湿"，以免"冬生咳嗽"。

　　过夏徂秋①，此身无恙，是当与妻孥庆贺重生，交相为寿者矣。又值炎蒸初退，秋爽媚人，四体得以自如，衣衫不为桎梏②，此时不乐，将待何时？况有阻人行乐之二物，非久即至。二物维何？霜也、雪也。霜、雪一至，则诸物变形，非特无花，亦且少叶；亦时有月，难保无风。若谓"春宵一刻值千金"，则秋价之昂，宜增十倍。有山水之胜者，乘此时蜡屐而游③，不则当面错过。何也？前此欲登而不可，后此欲眺而不能，则是又有一年之别矣。有金石之交者④，及此时朝夕过从，不则交臂而失。何也？裋褐阻人于前⑤，咫尺有同千里⑥；风雪欺人于后，访戴何异登天⑦？则是又负一年之约矣。至于姬妾之在家，一到此时，有如久别乍逢，为欢特异。何也？暑月汗流，求为盛妆而不得，十分娇艳，惟四五之仅存；此则全副精神，皆可用于青鬟翠黛之上⑧。久不睹而今忽睹，有不与远归新娶同其燕好者哉？为欢即欲，视其精力短长，总留一线之余地。能行百里者，至九十而思休；善登浮屠者⑨，至六级而即下。此房中秘术，请为少年场授之。

【注释】

①徂(cú)：往。

②桎梏(zhì gù)：原指脚镣和手铐，引申为束缚自由的事物。

③蜡屐(là jī)：即一种涂蜡的木屐，登山鞋。宋代苏洞《题蜡屐金貂
　二亭吕巽伯表弟命赋》有"蜡屐登山去，金貂换酒来"句。

④金石之交：盟誓好友。《汉书·淮阴侯传》："今足下虽自以为与
　汉王为金石交，然终为汉王所擒矣。"

⑤襱襶(nài dài)：一种遮日的帽子。魏程晓《嘲热客》有句："闭门避
　暑卧，出入不相过。今世襱襶子，触热到人家。"

⑥咫(zhǐ)尺：形容很短的距离。周制八寸为咫，十寸为尺。

⑦访戴何异登天："访戴"即访友。南朝宋刘义庆《世说新语·任
　诞》："王子猷居山阴，夜大雪……忽忆戴安道。时戴在剡，即便
　夜乘小船就之。经宿方至，造门不前而返。人问其故，王曰：
　'吾本乘兴而行，兴尽而返，何必见戴？'"后称访友为"访戴"。

⑧鬟(huán)：古代妇女梳的环形发髻。黛：原是古代女子用以画眉
　的青黑色颜料，此处借指女人的眉。

⑨浮屠：佛塔。

【译文】

　　当夏日过去来到秋天而你身体安然无恙，就应与妻儿共庆重生之
日、互贺延寿之时。这个时候正是炎热之气刚刚退去，秋高气爽，风景媚
人，人的手脚可以伸展自如，而尚无重衣厚衫缠身裹体桎梏四肢，此时不
乐，更待何时？况且，有阻碍人行乐的两个东西不久就会来到。两个什
么东西？霜、雪。霜、雪一到，世间万物因之而变形，不但没有花，而且叶
子也少了；虽不时有月色，但难保没有冷风。倘若说"春宵一刻值千金"，
那么秋季价钱之昂贵，应比春日加十倍。如有山水名胜之地，你要乘此
时效仿前人蜡屐登山尽兴游玩，不然就与美景当面错过了。为什么？在
此之前，想登山而不可，在此之后，欲眺望而不能。如此，则又要与山水胜
景分别一载了。如有盟誓好友，当乘此时一朝一夕探望问候，不然也失
之交臂。为什么？此前，酷夏暑天不便拜访，咫尺之近如同千里之遥；此
后，风雪袭人阻遏脚步，拜亲访友岂不难于登天？这样就又负一年之约

了。至于家里姬妾,每到此时犹如久别重逢,欢乐异常。为什么?大热天汗流浃背,想要浓妆艳抹而不能,十分娇艳也只存四五分;此时则全副精神都可用在梳妆打扮之上。好久没见她们的芳姿,今日忽然目睹,岂不如远行方归、新婚燕尔一样美好?但这时男女交欢满足情欲,须视自己精力如何,总应留一线余地。能行百里的,到九十里就要想到休息;善登佛塔的,到第六级就要下来。这是房中秘术,请传授给少年场中人。

冬季行乐之法

【题解】

　　李渔在当年劝人们冬天行乐,还是采用"退一步法"。他要人们幻想更艰苦、更恶劣的环境,一对比,眼前的苦也就算不得得什么了,这也许不失为解苦治病的方法。但是更为重要的是,人必须与四时相适应,甚至与四时共进退,这才见出生命的韵律和多彩多姿的丰富。还是《黄帝内经》四时养生说的好,无论冬、夏、春、秋,要通过养生"以使志生,生而勿杀,予而勿夺,赏而勿罚";冬天养生是"使志若伏若匿,若已有得",关键词是"志若伏若匿",在辨证转化中求得统一,"内敛、收匿",积蓄力量,再求进一步的"疏放、生发"。这样,一收一放,一张一弛,相互促进而又相互为用,大"道"成矣。

　　冬天行乐,必须设身处地,幻为路上行人,备受风雪之苦,然后回想在家,则无论寒燠晦明①,皆有胜人百倍之乐矣。尝有画雪景山水,人持破伞,或策蹇驴②,独行古道之中,经过悬崖之下,石作狰狞之状,人有颠踬之形者③。此等险画,隆冬之月,正宜悬挂中堂④。主人对之,即是御风障雪之屏、暖胃和衷之药。若杨国忠之肉阵、党太尉之羊羔美酒⑤,初试或温,稍停则奇寒至矣。善行乐者,必先作如是

观,而后继之以乐,则一分乐境,可抵二三分,五七分乐境,
便可抵十分十二分矣。然一到乐极忘忧之际,其乐自能渐
减,十分乐境,只作得五七分,二三分乐境,又只作得一分
矣。须将一切苦境,又复从头想起,其乐之渐增不减,又复
如初。此善讨便宜之第一法也。譬之行路之人,计程共有
百里,行过七八十里,所剩无多,然无奈望到心坚,急切难
待,种种畏难怨苦之心出矣。但一回头,计其行过之路数,
则七八十里之远者可到,况其少而近者乎?譬如此际止行
二三十里,尚余七八十里,则苦多乐少,其境又当何如?此
种想念,非但可为行乐之方,凡居官者之理繁治剧,学道者
之读书穷理,农工商贾之任劳即勤,无一不可倚之为法。
噫,人之行乐,何与于我,而我为之嗓敝舌焦、手腕几脱。是
殆有媚人之癖,而以楮墨代脂韦者乎⑥?

【注释】

①寒燠(yù):指冷暖。晦明:指晦暗明亮。

②策蹇(jiǎn)驴:赶着跛脚驴子。

③颠蹶(jué):指行走不平稳的样子。

④中堂:厅堂。

⑤杨国忠之肉阵:以人墙挡风。五代王仁裕(880—956)所撰《开元
天宝遗事》中记述唐明皇权臣杨国忠冬日以婢妾列于身前作遮
风"肉屏"而取暖。党太尉之羊羔美酒:党太尉乃北宋太尉党进
(?—978),朔州马邑(今山西朔州)人,北宋初年军事将领。羊
羔美酒指党太尉家的美食。《绿窗新话》卷二引宋无名氏《湘江
近事》:"陶谷学士,尝买得党太尉家故妓。过定陶,取雪水烹团
茶,谓妓曰:'党太尉家应不识此。'妓曰:'彼粗人也,安有此景,

但能销金暖帐下，浅斟低唱，饮羊羔美酒耳。'谷愧其言。"

⑥楮（chǔ）墨代脂韦：楮墨，纸与墨，亦借指诗文或书画。脂韦，指
脂油及软皮，喻人之卑谄柔滑，本《楚辞·卜居》："宁廉洁正直，
以自清乎？将突梯滑稽，如脂如韦，以洁楹乎？"

【译文】

　　冬日行乐，必须设身处地，把自己想象为备受风雪之苦的路上行人，
而后回想在家时情景——如此，则无论冷热阴晴，都会有胜人百倍之乐。
曾有一幅描写风雪景象的山水画，画的是人撑着破伞，或骑头瘸驴，一个
人行走在古道之中，路过悬崖之下，石头呈现狰狞可怕的形状，人物则是
颠沛狼狈的形象。这样凶险场面的绘画，正适合在隆冬时节悬挂于中
堂。主人面对它，就是防御风雪的屏障、暖胃和衷的良药。假如像唐代
杨国忠那样以肥女肉阵遮风，或北宋党太尉以羊羔美酒御寒，乍一试或
觉温暖，稍一停，出奇的寒冷就来了。善于行乐者，必须先作这样的想法，
而后再找乐子，那么一分乐境可抵二三分，五七分乐境就可抵十分十二
分了。然而，一到乐极忘忧的地步，那快乐程度自然就逐渐减弱，十分乐
境只作得五七分，二三分乐境又只成一分了。倘若把一切苦境又从头想
起，那么快乐就会渐渐增加而完好如初。这是善于讨便宜的第一法则。
譬如赶路之人，全程共有百里，走到七八十里，所剩路途已无多少，但是，
无奈他盼望抵达之心太强烈，急切难耐，于是种种畏难怨苦之心出现了。
但回头计算一下全程里数，那七八十里的远程已经走过，何况剩下的这
点路呢！假如这时只走了二三十里，还剩七八十里，就会苦多乐少，这境
况又该怎样呢？倘能持这样的想法，不但可作行乐之方，而且凡做官者
之繁杂政务，学者之读书穷理，农工商之辛勤劳作，无一不可把它作为遵
循的法则。噫！人家行乐，与我何干？而我为之口干舌焦、手腕累断，是
有媚人的癖好，还是以笔墨作脂粉向人讨好的贱骨头？

随时即景就事行乐之法

【题解】

在李渔看来，欢乐无处不有，家里家外，坐卧行路，睡觉休憩，饮食洗浴，甚至"袒裼裸裎、如厕便溺，种种秽亵之事，处之得宜，亦各有其乐"，就看能不能找乐，会不会行乐。乐无处不在，养生随时可行，只要时时、事事保持快乐的心态和情绪，就是养生的巨大成功。古代圣贤教导人们，无论做什么事，都可以用快乐的心情处之。老子曰："甘其食，美其服，安其局，乐其俗。"就是说，无论吃什么都觉得好吃，无论穿什么都觉得漂亮，无论住什么房子都心安，无论在什么环境都得其所哉。不要同外在环境和物件较劲，而是随时随地保持快乐心态。这样，过度的嗜好和淫乱邪说都不会惑乱心志，能够长命百岁而"动作不衰"。

行乐之事多端，未可执一而论。如睡有睡之乐，坐有坐之乐，行有行之乐，立有立之乐，饮食有饮食之乐，盥栉有盥栉之乐①，即袒裼裸裎、如厕便溺②，种种秽亵之事③，处之得宜，亦各有其乐。苟能见景生情，逢场作戏，即可悲可涕之事，亦变欢娱。如其应事寡才，养生无术，即征歌选舞之场，亦生悲戚。兹以家常受用，起居安乐之事，因便制宜，各存其说于左④。

【注释】

①盥栉（guàn zhì）：梳洗。

②袒裼（tǎn xī）裸裎（chéng）：指裸露身体。袒裼，露臂。裸裎，露体。

③秽亵（xiè）：污秽。

④各存其说于左：指把各种说法备存于后。古人书写，从右至左，
　　所谓"各存其说于左"即存于"后面"（或说"下面"）。

【译文】

行乐之事有多种情形，不能一概而论。譬如，睡有睡的乐趣，坐有
坐的乐趣，行有行的乐趣，立有立的乐趣，饮食有饮食的乐趣，梳洗打扮
有梳洗打扮的乐趣，即使赤身裸体、拉屎撒尿等种种秽亵之事，处理得
法，也自有乐趣。如果能够见景生情，逢场作戏，即使可悲可泣之事，也
会产生欢娱之情。假如没有处事之才，缺乏养生手段，即使歌舞之场，
也会产生悲戚之事。这里就把居家度日常常碰到的安乐之事，如何因
势利导予以妥当处理，谈谈我的想法略备一说于下。

睡

【题解】

光"睡"，李渔就洋洋洒洒作了一篇两千余言的文章。他认为："养生
之诀，当以善睡居先。睡能还精，睡能养气，睡能健脾益胃，睡能坚骨壮
筋。"并就"睡有睡之时，睡有睡之地，睡又有可睡可不睡之人"讲出一篇大
道理来。关于睡眠养生，《黄帝内经》早有精彩论述，而且春、夏、秋、冬各
不相同："春三月，此谓发陈。天地俱生，万物以荣。夜卧早起，广步于
庭。""夏三月，此谓蕃秀。天地气交，万物华实。夜卧早起，无厌于日"。
"秋三月，此谓容平。天气以急，地气以明。早卧早起，与鸡俱兴"。"冬三
月，此谓闭藏。水冰地坼，无扰乎阳。早卧晚起，必待日光"。这里的关键
词是春、夏"夜卧早起"，秋"早卧早起"，冬则"早卧晚起"。

李渔写"睡"，是论睡眠的最详尽、最有意思、最引人入胜、最美丽的
文字之一，林语堂早就如是看，他在《生活的艺术·人生的乐趣》中曾经
引过李渔关于午睡（"午睡之乐，倍于黄昏，三时皆所不宜，而独宜于长
夏……"）的一段话，并且称赞说："他给我们讲'睡眠'，这是谈论午睡艺
术的最美丽的文字。"

　　有专言法术之人，遍授养生之诀，欲予北面事之。予讯益寿之功，何物称最？颐生之地①，谁处居多？如其不谋而合，则奉为师，不则友之可耳。其人曰："益寿之方，全凭导引②；安生之计，惟赖坐功③。"予曰："若是，则汝法最苦，惟修苦行者能之。予懒而好动，且事事求乐，未可以语此也。"其人曰："然则汝意云何？试言之，不妨互为印政④。"予曰："天地生人以时，动之者半，息之者半。动则旦，而息则暮也。苟劳之以日，而不息之以夜，则旦旦而伐之，其死也可立而待矣。吾人养生亦以时，扰之以半，静之以半，扰则行起坐立，而静则睡也。如其劳我以经营，而不逸我以寝处，则岌岌乎殆哉⑤！其年也，不堪指屈矣。若是，则养生之诀，当以善睡居先。睡能还精，睡能养气，睡能健脾益胃，睡能坚骨壮筋。如其不信，试以无疾之人与有疾之人合而验之。人本无疾，而劳之以夜，使累夕不得安眠，则眼眶渐落而精气日颓，虽未即病，而病之情形出矣。患疾之人，久而不寐，则病势日增；偶一沉酣，则其醒也，必有油然勃然之势。是睡非睡也，药也；非疗一疾之药，乃治百病、救万民、无试不验之神药也。兹欲从事导引，并力坐功，势必先遣睡魔，使无倦态而后可。予忍弃生平最效之药，而试未必果验之方哉？"其人艴然而去⑥，以予不足教也。

【注释】

①颐生：颐养生命。

②导引：中国自秦汉以来就存在的养生和治病的手段，据说华佗的佚文《中藏经》中就指出："导引可逐客邪于关节"，"宜导引而不

导引,则使人邪侵关节,固结难通。"

③坐功:是静功里最要紧的一个环节,不管是道家、佛家、儒家,都是用坐功来入静,坐功是入静的第一步。坐功有静坐功和动静兼修之坐功。中国人用以养生、安生的一种手段。

④印政:即印证。

⑤岌岌(jí)乎殆哉:形容非常危险。岌岌,山高陡峭,就要倒下的样子。殆,危险。

⑥艴(fú)然:生气的样子。

【译文】

有位专讲法术的人,到处传授其养生之法,想让我拜之为师。我问他延年益寿的功法,什么最重要? 颐养生命的场地,何处居多? 如果他的所答与我不谋而合,则我拜他为师;不然就做一般朋友而已。此人说:"延年益寿之方,全凭导引之术;安身立命之法,只靠打坐之功。"我说:"倘若如此,那么你的方法最苦,只有苦行僧才能做到。我生性疏懒而又好动,而且事事求乐,你的话我做不到。"那人说:"那么你的意见呢? 说来听听,我们不妨互相印证。"我说:"天地生育人类有其法则,一半时间让他活动,另一半则让他休息。活动在日间,日落则休息。假如白天劳作而夜里不休息,则天天劳累疲乏,离死就不远了。我们养生也有法则,一半时间纷扰,另一半静息。纷扰则行、起、坐、立,静息则睡觉。如果只让我劳顿经营,而不让我在床榻睡眠得以安逸休憩,那就极为危险,活着的日子屈指可数了。倘真如此,那么养生的秘诀,就应当以善于睡眠为先。睡眠能够补还精力,睡眠能够调养气息,睡眠能够健脾益胃,睡眠能够坚骨壮筋。如不信,就请拿无病的人和有病的人对照一下,试验印证。一个人本来没病,若让他夜间劳作,天天晚上不得安眠休息,那么他眼眶就会陷落而精气神日渐衰颓,虽然不是立即病倒,而病状已经现出来了。得病的人,长久不睡觉,就会病势日增;偶尔沉沉睡一觉,当他醒来,必会勃勃然精神大作。这样,睡觉不是睡觉,而是医病之药啊；而且不是治疗一种病，而是治百病、救万民、百试百验的神药。此刻要从事导引、致力打坐，势必要先驱赶睡魔让人没有倦态而后可。我能容忍抛弃平生最有效验的药，而去尝试那种未经验证是否有效的药方吗？"那个讲法术的人满脸不悦而去，认为我不值得教诲。

予诚不足教哉！但自陈所得，实为有而然，与强辩饰非者稍别。前人睡诗道："花竹幽窗午梦长，此中与世暂相忘。华山处士如容见，不觅仙方觅睡方①。"近人睡诀云："先睡心，后睡眼。"此皆书本唾余，请置弗道，道其未经发明者而已。

【注释】

①"花竹幽窗午梦长"四句：这诗据说是宋代诗人所作，待考。华山处士，指陈抟。五代至北宋初，高道陈抟（字图南）是著名的睡仙，常在华山高卧数月，以睡方和睡功传道。

【译文】

我的确不值得教诲。我陈述自己心得，实在是有自己的见解而为之，与那种强行辩解、文过饰非者稍微不同。前人有睡诗道："花竹幽窗午梦长，此中与世暂相忘。华山处士如容见，不觅仙方觅睡方。"近人有睡诀说："先睡心，后睡眼。"这都是书本上说烂了的话，可以置之不论，这里只说那些未曾说过而我有所发明的东西。

睡有睡之时，睡有睡之地，睡又有可睡可不睡之人，请条晰言之。由戌至卯①，睡之时也。未戌而睡，谓之先时，先时者不详，谓与疾作思卧者无异也；过卯而睡，谓之后时，后时者犯忌，谓与长夜不醒者无异也。且人生百年，夜居其半,穷日行乐,犹苦不多,况以睡梦之有余,而损宴游之不足乎? 有一名士善睡,起必过午,先时而访,未有能晤之者。予每过其居,必俟良久而后见②。一日闷坐无聊,笔墨具在,乃取旧诗一首,更易数字而嘲之曰:"吾在此静睡,起来常过午;便活七十年,止当三十五。"同人见之,无不绝倒③。此虽谑浪④,颇关至理。是当睡之时,止有黑夜,舍此皆非其候矣。

【注释】

①由戌至卯:大约指晚上 9 点至早上 5 点。戌,晚上 7 点—9 点。卯,早上 5 点—7 点。

②俟(sì):等待。

③绝倒:前仰后合地大笑。

④谑(xuè)浪:戏谑放荡。

【译文】

睡有宜睡之时,睡有宜睡之地,睡又有可睡之人与可不睡之人,请允许我逐条明晰讲述。由戌时至卯时,这是睡眠的时间。未到戌时就睡眠,称为"先时","先时"者不吉祥,可以说与那种生了病而老想躺卧床榻的人没什么不同;过了卯时还在睡眠,称为"后时","后时"者犯了忌讳,可以说与长夜不醒的人没什么两样。况且人生百年,黑夜占去一半,即使整天行乐还苦于时光不多,何况以过多的睡眠去损伤本来不足的宴乐光阴呢? 有一位名士特能睡,起床时必在午后,在这个时间之前去拜访,没有能够见到他的。我每次去他那里,必然要等很长时间才能见面。有一天闷坐无聊,见其笔墨俱在,于是就拿一首旧诗更换几个字嘲笑他:"吾在此静睡,起来常过午;便活七十年,止当三十五。"朋友们见了,没有不大笑称好的。这虽是开玩笑,却颇关至理。因为应当睡眠的时候,只在夜里,除却这个时间,都不是睡觉的时候。

　　然而午睡之乐,倍于黄昏,三时皆所不宜,而独宜于长夏①。非私之也,长夏之一日,可抵残冬之二日;长夏之一夜,不敌残冬之半夜,使止息于夜,而不息于昼,是以一分之逸,敌四分之劳,精力几何,其能堪此? 况暑气铄金②,当之未有不倦者。倦极而眠,犹饥之得食、渴之得饮,养生之计,未有善于此者。午餐之后,略逾寸晷③,俟所食既消,而后徘徊近榻。又勿有心觅睡,觅睡得睡,其为睡也不甜。必先处于有事,事未毕而忽倦,睡乡之民自来招我。桃源、天台诸妙境④,原非有意造之,皆莫知其然而然者。予最爱旧诗中有"手倦抛书午梦长"一句⑤。手书而眠,意不在睡;抛书而寝,则又意不在书,所谓莫知其然而然也。睡中三昧⑥,惟此得之。此论睡之时也。

【注释】

①长夏:长夏是指在春、夏、秋、冬换季的最后 18 天。《黄帝内经·素问·太阴阳明论》:"脾者土也,治中央,常以四时长四藏,各十八日寄治。"明代医学家张景岳说:"春应肝而养生,夏应心而养长,长夏应脾而变化,秋应肺而养收,冬应肾而养藏。"

②暑气铄(shuò)金:炙热的暑气能够融化金属。

③寸晷(guǐ):日影移动一寸的时间,形容短暂。晷,日影。

④桃源、天台诸妙境:桃源即陶渊明《桃花源记》所写之妙境。一说此桃源非彼桃源,乃指天台某地。据《太平御览》引南朝宋刘义庆《幽明录》:相传东汉永平年间,浙江嵊县人刘晨、阮肇到天台山采药迷路,遇二仙女,邀至桃源同宿,半年后两人念家,遂与仙

女依依惜别。

⑤手倦抛书午梦长：宋代蔡确《夏日登车盖亭》："纸屏石枕竹方床，手倦抛书午梦长。睡起莞然成独笑，数声渔笛在沧浪。"

⑥三昧(mèi)：佛教修行用语，意谓止息杂念，使心神平静。借指把握事物的奥妙、诀窍。

【译文】

然而午睡之乐，却要比黄昏睡眠快乐一倍。午睡对于其他三季皆有所不宜，而独适宜于长长的夏日。这并非对夏天偏爱，而是因为长夏一日可抵残冬二日，长夏一夜不敌残冬半夜；所以，若只在夜里休息而不在白天也休息，就是用一分安逸敌四分劳顿，你有多少精力受得了如此折腾？况且暑气的厉害能铄金熔石，面对它没有不疲倦的。倦极而眠，犹如饥饿了得以吃饭、口渴了能够喝水，养生的方法，没有比这更好的了。午饭之后，略微过些时间，等所吃的食物消化了，就溜达到床前。又不要故意想睡，那样就是睡了，也睡不香甜。必先处于有事可做的状态，等到事情没有做完而忽然产生睡意，那时瞌睡虫自然会来找你。古人所谓桃园、天台诸种妙境，原不是有意制造出来的，都是不知何故而自然出现了。我最喜欢旧诗中"手倦抛书午梦长"一句，手持此书而眠，意不在睡；把书放下睡着了，则又意不在书，此所谓不知其故而自然而然实现了。睡中的奥妙，唯有在这里得到了。这里说的是睡眠的适宜时间。

睡又必先择地。地之善者有二：曰静，曰凉。不静之地，止能睡目，不能睡耳，耳目两岐①，岂安身之善策乎？不凉之地，止能睡魂，不能睡身，身魂不附，乃养生之至忌也。至于可睡可不睡之人，则分别于忙、闲二字。就常理而论之，则忙人宜睡，闲人可以不必睡。然使忙人假寐，止能睡眼，不能睡心，心不睡而眼睡，犹之未尝睡也。其最不受用者，在将觉未觉之一时，忽然想起某事未行、某人未见，皆万万不可已者，睡此一觉，未免失事妨时，想到此处，便觉魂趋梦绕，胆怯心惊，较之未睡之前，更加烦躁。此忙人之不宜睡也。闲则眼未阖而心先阖②，心已开而眼未开；已睡较未睡为乐，已醒较未醒更乐，此闲人之宜睡也。然天地之间，能有几个闲人？ 必欲闲而始睡，是无可睡之时矣。有暂逸其心以妥梦魂之法：凡一日之中，急切当行之事，俱当于上半日告竣，有未竣者，则分遣家人代之，使事事皆有着落，然后寻床觅枕以赴黑甜③，则与闲人无别矣。此言可睡之人也。而尤有吃紧一关未经道破者，则在莫行歹事。"半夜敲门不吃惊"，始可于日间睡觉，不则一闻剥啄④，即是逻倅到门矣⑤。

【注释】

①两岐：分为两支，两个分岔。

②阖(hé)：合上。

③黑甜：指甜美的睡眠。《冷斋夜话》卷一："诗人多用方言。南人……又谓睡美为黑甜，饮酒为软饱。"

④剥啄：或"剥啄"，敲门声。宋代苏轼《次韵赵令铄惠酒》有"门前听剥啄，烹鱼得尺素"句。

⑤逻倅(cuì)：巡行兵。

【译文】

睡眠又必先选择地点。适宜睡眠的地点有二：安静，凉爽。不安静的地方，只能睡眼，不能睡耳。眼与耳处于两相分歧的状态，岂是让身体得以安宁的上策呢？ 不凉爽的地方，只能睡魂，不能睡身，身与魂不相附贴，乃是养生的大忌啊。至于可睡之人与不可睡之人，其区别在于"忙"、"闲"二字。按常理说，忙人应当睡觉，闲人可不必睡觉。但是如果忙人假寐，只能睡眼，不能睡心。心不睡而眼睡，就如同没有睡一样。最难受的，是在将睡未睡的时候，忽然想起某件事还没有做、某个人还没有见，都是万万不能不做、不能不见的，假若睡这一觉，未免误事又误时，想到这里，就会觉得魂牵梦绕、胆战心惊，比没睡之前还要烦躁。这话说的是忙人不宜睡。闲人睡觉则是眼睛没有合上而心先"合上"，心已打开而眼睛还没有睁开；已睡比没睡快乐，已醒比未醒更乐。这是说闲人宜于睡觉。然而天地之间能有几个闲人？倘若必须是闲人才可睡觉，那就没有可睡觉的时候了。有暂且能够让心安逸而进入梦乡的办法：凡是当天急需处理的事情，都应在上半天办完，没有办完的，就分派家人代办，使得件件事情都有着落，然后上床倚枕进入梦乡，那么就与闲人睡觉没有差别了。这话说的是可睡之人。然而还有最要紧的一个关键之处没有说破，就是不要干坏事。"半夜敲门不吃惊"，这才能够大白天稳稳睡觉，不然，则一听见敲门声，即是士兵到门抓人了。

坐

【题解】

　　谈"坐"一开始，李渔就搬出孔老夫子的话来："从来善养生者，莫过于孔子。何以知之？知之于'寝不尸，居不容'二语。"对于孔子的这两句话，不同的人可作不同的解释，或者说不同的人各自强调不同的方面。例如，朱熹《论语集注》卷六释曰："尸，谓偃卧似死人也。"居，居家。容，容仪。范氏曰：'寝不尸，非恶其类于死也。惰慢之气不设于身体，虽舒布其四体，而亦未尝肆耳。居不容，非惰也。但不若奉祭祀、见宾客而已，申申夭夭是也。'"表现出老夫子的矜持和严肃。关于寝居，佛教也有自己的说法。他们认为有"坐"才有"定"，这是内心修养的重要方法。佛家"坐定"功夫最深，乃至最后"坐化"。而李渔对孔子的话则另作别解,他所强调的是这两句话使人身心处于活泼泼的自由舒适状态的含意,即寝居也应是文明的享受,并且李渔认为这才是孔子"寝不尸,居不容"的本意。就是说,"寝居"一方面需风雅斯文(美),另一方面活泼舒适(乐)。假如人们连在家里坐卧都"好饰观瞻,务修边幅,时时求肖君子,处处欲为圣人,则其寝也,居也,不求尸而自尸,不求容而自容;则五官四体,不复有舒展之刻",活像"泥塑木雕",岂不苦煞? 李渔的结论是:"吾人燕居坐法,当以孔子为师,勿务端庄而必正襟危坐,勿同束缚而为胶柱难移。"而这个要求"宜乎崇祀千秋,而为风雅斯文之鼻祖也"。这表现了李渔养生学中的一个重要思想,即顺从自然,随意适性,自由舒坦。

　　从来善养生者,莫过于孔子。何以知之? 知之于"寝不尸,居不容"二语①。使其好饰观瞻,务修边幅,时时求肖君子,处处欲为圣人,则其寝也,居也,不求尸而自尸,不求容而自容;则五官四体,不复有舒展之刻。岂有泥塑木雕其形而能久长于世者哉?"不尸不容"四字,绘出一幅时哉圣人,宜乎崇祀千秋②,而为风雅斯文之鼻祖也。吾人燕居坐法,当以孔子为师,勿务端庄而必正襟危坐,勿同束缚而为胶柱难移③。抱膝长吟,虽坐也,而不妨同于箕踞④;支颐丧我⑤,行乐也,而何必名为坐忘⑥? 但见面与身齐,久而不动者,其人必死。此图画真容之先兆也。

【注释】

①寝不尸,居不容:语见《论语·乡党》,此言睡觉时不要像死人一样直挺挺地仰天而睡,在家里不必过分讲究容貌仪态。朱熹《论语集注》卷六释曰:"尸,谓偃卧似死人也。"居,居家。容,容仪。

②崇祀：崇拜奉祀。

③胶柱难移：胶柱原意为胶住瑟上的弦柱，以致不能调节音的高低。比喻固执拘泥，不知变通。

④箕(jī)踞：指双腿外斜而坐如箕的姿势。《庄子·至乐》："庄子妻死，惠子吊之。庄子则方箕踞，鼓盆而歌。"

⑤支颐丧我：王维《赠东岳焦炼师》有"支颐问樵客，世上复何如"句，其《山中示弟》有"山林吾丧我，冠带尔成人"句。支颐，以手托下巴。丧我，忘我。

⑥坐忘：道家离形去智的状态。《庄子·大宗师》："堕肢体，黜聪明，离形去知，同于大通，此为坐忘。"

【译文】

从来善于养生的人，莫过于孔子。怎么知道？从《论语·乡党》"寝不尸，居不容"两句话而得知。假使他喜欢妆扮以利观瞻、精心修饰边幅、时时追求像个君子、处处想要做个圣人，那么他的睡与坐，不想成为僵尸而不自觉变成僵尸模样、不追求修饰容貌而自然成了那个样子；如此，那他身上的五官四肢，就不会再有舒展自如的时候了。哪里有泥塑木雕般的形象而能长年累月存在于世间呢？"不尸不容"四个字，描绘出一幅时代圣人形象，适宜于千秋万代崇敬祭祀，而成为风雅斯文的鼻祖。我们家居起坐，应当以孔子为师，不必追求端庄而正襟危坐，不必束缚自己似胶柱而难移。手臂抱膝而悠然吟诗，虽然坐着也不妨舒展两腿箕踞着；手托腮帮而忘我，行乐而已，何必如庄子那样"坐忘"？凡是看见一个人面孔和身子一样齐整呆滞、久而不动，其人必死。此等模样就是死后图画遗容的先兆啊。

行

【题解】

以足行走，"五官四体皆能适用"，从而达到养生的目的，这是李渔此款的主旨。他认为，步行可以收到乘车策马所得不到的快乐，所谓"或经山水之胜，或逢花柳之妍，或遇戴笠之贫交，或见负薪之高士，欣然止驭，徒步为欢"，何乐而不为？而且选择步行，机动灵活，无论缓急出门都方便。假若事情不那么急，则缓步而行如坐车一般；假若遇到急事，疾疾行走如骑快马。结伴可出行，无伴也可出行。"兴言及此，行殊可乐"！

今天的保健专家也认为，行走是锻炼身体的最好方法之一。因此，人们应该把李渔的这段话挂在墙上，时时记之。

贵人之出，必乘车马。逸则逸矣，然于造物赋形之义，略欠周全。有足而不用，与无足等耳，反不若安步当车之人①，五官四体皆能适用。此贫士骄人语。乘车策马，曳履搴裳②，一般同是行人，止有动静之别。使乘车策马之人能以步趋为乐，或经山水之胜，或逢花柳之妍，或遇戴笠之贫交，或见负薪之高士，欣然止驭，徒步为欢，有时安车而待步，有时安步以当车，其能用足也，又胜贫士一筹矣。至于贫士骄人，不在有足能行，而在缓急出门之可恃。事属可缓，则以安步当车；如其急也，则以疾行当马。有人亦出，无人亦出；结伴可行，无伴亦可行。不似富贵者假足于人，人或不来，则我不能即出，此则有足若无，大悖谬于造物赋形之义耳③。兴言及此，行殊可乐！

【注释】

①安步当车：以从容的步行代替乘车。《战国策·齐策四》："晚食以当肉，安步以当车，无罪以当贵，清静贞正以自虞。"

②曳（yè）履搴（qiān）裳：拉着鞋子牵着衣裳。曳，拉，牵引。搴，取。

③悖谬：荒谬，不合常理。

【译文】

贵人出行，必乘车马。安逸倒是安逸了，对于造物者当初造人形体的本意，却略欠周全妥当。有脚而不用，等于无脚，反而不如以走路代替坐车的人，五官四肢都能各适其用。这是贫苦士人自傲之语。乘车策马与撩衣携鞋走路，一样都是行人，只有动静之别。假使乘车策马的人能以双足走路为乐，或经过山水胜景，或看到花红柳绿的艳丽，或碰见头戴斗笠的穷友，或恰逢背负柴荆的高士，欣欣然而停车下马，以徒步行走为欢，有时坐在车中而随时准备下去走走，有时又安闲踱步代替车马，他能够运用双足，又要胜过贫士一筹了。至于贫士骄人之处，不在于他有脚能走路，而在于无论缓急出门都方便可待。假若事情不那么紧急，则缓步而行如坐车一般；假若遇到急事，疾疾行走如骑快马。有人也出行，无人也出行；结伴可出行，无伴也可出行。不像富贵之人，须借别人的脚才能走路，若人家来不了，我就不能马上出去，这样有脚好似无脚，大大悖谬于当初老天爷造物赋形的本意。说到这里，会觉得行走实在是一件乐事！

立

【题解】

李渔论"立"时，认为需分"久"与"暂"，"暂可无依，久当思傍"。就是说，若久站，则"或倚长松，或凭怪石，或靠危栏作轼，或扶瘦竹为筇；既作羲皇上人，又作画图中物，何乐如之"。这里有养生问题，也有美学问题：即"立"不但要讲究"乐"（即有利于身心健康、养生），也要讲究"美"。常言道，坐有坐相，站有站相。所谓相，不但有舒适与否的问题，还有个美不美的问题，养生与审美，是常常联系着的。李渔的要求是，既要"乐"（所谓"何乐如之"），又要"美"（所谓"作画图中物"）。说到这里，李渔立刻显出诙谐幽默的本色："但不可以美人作柱，虑其础石太纤,而致栋梁皆仆也。"

立分久暂,暂可无依,久当思傍。亭亭独立之事,但可偶一为之,旦旦如是,则筋骨皆悬,而脚跟如砥^①,有血脉胶凝之患矣。或倚长松,或凭怪石,或靠危栏作轼^②,或扶瘦竹为筇^③;既作羲皇上人^④,又作画图中物,何乐如之! 但不可以美人作柱,虑其础石太纤,而致栋梁皆仆也。

【注释】

①砥(dǐ):坚石屹立。

②轼:古代车厢前面用作扶手的横木。

③筇(qióng):一种可以做手杖的竹子。

④羲皇上人:羲皇即伏羲氏,羲皇上人指太古时代的人,比喻无忧无虑、生活闲适的人。晋陶潜《与子俨等疏》:"常言五六月中,北窗下卧,遇凉风暂至,自谓是羲皇上人。"

【译文】

站立分为长久站立和短暂站立,短暂站立可以没有依傍,长久站立则须考虑扶靠。你亭亭独立站在那里,只可偶尔为之,倘时时刻刻如此,则浑身筋骨都处于悬空状态,而双足脚跟如石头一般,即会产生血脉不通胶结凝固的病患了。这时你不妨或倚长松,或靠怪石,或手凭栏杆如抓住车的扶手,或挂一根瘦竹作为筇杖;既作上古的羲皇上人,又作图画中的人物,该是多么快乐的事情! 但是,不可用美人作柱,怕她的础石太纤细,而使得栋梁倒塌下来。

饮

　　说到"饮"，不能不赞赏李渔此款所提出的关于饮酒"五贵"和"五好、五不好"的主张。"饮量无论宽窄，贵在能好；饮伴无论多寡，贵在善谈；饮具无论丰啬，贵在可继；饮政无论宽猛，贵在可行；饮候无论短长，贵在能止"，"不好酒而好客；不好食而好谈；不好长夜之欢，而好与明月相随而不忍别；不好为苛刻之令，而好受罚者欲辩无辞；不好使酒骂座之人，而好其于酒后尽露肝膈。"只有这样，才能喝得文明，富有雅趣。像时下酒桌上那样强人喝酒、斗智斗勇、非要把对方灌醉的酒风，实在不可取。另外，李时珍《本草纲目》还有一段关于饮酒的劝诫，不妨抄录于下，供饮酒的朋友参考："人知戒早饮，而不知夜饮更甚。既醉且饱，睡而就枕，热拥伤心伤目。夜气收敛，酒以发之，乱其清明，老其脾胃，停湿生疮，动火助欲，因而致病者多矣。"

　　宴集之事，其可贵者有五：饮量无论宽窄，贵在能好；饮伴无论多寡，贵在善谈；饮具无论丰啬，贵在可继；饮政无论宽猛①，贵在可行；饮候无论短长，贵在能止。备此五贵，始可与言饮酒之乐；不则曲糵宾朋②，皆凿性斧身之具也③。予生平有五好，又有五不好，事则相反，乃其势又可并行而不悖。五好、五不好维何？不好酒而好客；不好食而好谈；不好长夜之欢，而好与明月相随而不忍别；不好为苛刻之令，而好受罚者欲辩无辞；不好使酒骂坐之人，而好其于酒后尽露肝膈④。坐此五好、五不好，是以饮量不胜蕉叶，而日与酒人为徒。近日又增一种癖好、癖恶：癖好音乐，每听必至忘归；而又癖恶座客多言，与竹肉之音相乱。饮酒之乐，备于五贵、五好之中,此皆为宴集宾朋而设。若夫家庭小饮与燕闲独酌,其为乐也,全在天机逗露之中、形迹消忘之内。有饮宴之实事,无酬酢之虚文⑤。睹儿女笑啼,认作斑斓之舞;听妻孥劝诫,若闻《金缕》之歌⑥。苟能作如是观,则虽谓朝朝岁旦、夜夜元宵可也⑦。又何必座客常满,樽酒不空⑧,日藉豪举以为乐哉?

【注释】

①饮政:行酒令。

②曲蘗(qū niè):本意为酒曲,借指酒。

③戕性斧身:戕害身心。

④肝膈(gé):此处泛指内脏。

⑤酬酢(chóu zuò):主客互相敬酒。酬,向客人敬酒。酢,向主人敬酒。

⑥《金缕》:曲调名。宋梅尧臣《宛陵集》六《一日曲》有"东风若见郎,重为歌《金缕》"句。

⑦岁旦:大年初一。元宵:正月十五日,中国人的元宵节。

⑧座客常满,樽酒不空:这是三国时孔融的两句话:"座上客常满,樽中酒不空。"典出《后汉书·孔融传》:"(融)及退闲职,宾客日盈其门,常叹曰:'座上客常满,樽中酒不空,吾无忧矣!'"樽为古代盛酒的器具。樽酒不空是说家中常备美酒。

【译文】

朋友聚会宴乐之事,其可贵者有五个方面:酒量无论大小,贵在喜好;酒友无论多少,贵在健谈;酒具无论孬好,贵在够用;酒令无论宽严,贵在可行;酒时无论长短,贵在能止。有了这五贵,才说得上饮酒之乐;不然,本来是以酒待客,那酒反而成了戕身害体的工具了。我平生有五好，又有五不好。好与不好，看来相反，其实也可以并行不悖。五好、五不好是什么呢？不好酒而好客，不好食而好谈，不好长夜饮酒而好与明月相伴随不忍分别，不好苛刻酒令而好让受罚者欲辩无词，不好借酒耍疯骂骂咧咧的人而好他酒后吐真言尽露肝肠。因有这五好、五不好，所以我饮量虽不胜浅杯，而天天与酒客为徒。近日又增加了一种癖好、癖恶：癖好音乐以致每次都忘了回家，而又癖恶听客多言扰乱乐声。饮酒之乐尽在这五贵、五好之中了，这都是为宴请宾朋好友而设立的；倘若是家庭小饮与悠闲独酌，那么它的乐趣就全在逗起天然机趣的流露，以至行迹消忘而飘飘欲仙。有饮酒宴乐之实而无酬酢客套之虚。眼见孩子们笑笑啼啼，可视为孝敬父母的斑斓之舞；耳听妻儿的劝诫之声，犹如听《金缕》之歌。假若这么看，可以说是天天过年、夜夜元宵，又何必高朋满座、樽酒不空，每日以豪华之举而行乐呢？

谈

【题解】

李渔此款，涉及人的本性。人是能"群"且必须"群"的动物。能与朋友交谈，乃人生一大乐事。倘若没有朋友、没有家人，也没有可想念的人，一年到头只身生活在一个荒无人烟的孤岛上，即使有充足的食物保障，那也活不了多久。一句话：人能"群"则需"谈"，即人与人之间的交流。说话是一种快乐的艺术。与人交流疏通思想情感，这也是健康的必要条件。从养生学角度说，"谈"是"通"的一种，而"通"对于人的健康乃至对人的生存和发展来说，是十分重要的。《周易·系辞下》："穷则变，变则通，通则久。"《周易·泰卦》象辞："泰，小往大来，吉，亨。则是天地交而万物通也，上下交而其志同也。"生理上需要"通"，精神上也需要"通"。"谈"是精神之"通"。不"通"则会致病。《黄帝内经》说："自古通天者生之本，本于阴阳。天地之间，六合之内，其气九州、九窍、五藏、十二节，皆通乎天气。""天气"通，"人气"通，生理上的经络通，精神上的联络通，那么，人从精神到肉体都会非常健康。

　　读书，最乐之事，而懒人常以为苦；清闲，最乐之事，而有人病其寂寞。就乐去苦，避寂寞而享安闲，莫若与高士盘桓、文人讲论①。何也？"与君一夕话，胜读十年书"。既受一夕之乐，又省十年之苦，便宜不亦多乎？"因过竹院逢僧话，又得浮生半日闲"②。既得半日之闲，又免多时之寂，快乐可胜道乎？善养生者，不可不交有道之士；而有道之士，多有不善谈者。有道而善谈者，人生希觏③，是当时就日招，以备开聋启聩之用者也④。即云我能挥麈⑤，无假于人，亦须借朋侪起发⑥，岂能若西域之钟簴，不叩自鸣者哉⑦？

【注释】

①盘桓(huán)：原意为徘徊、逗留。此处借指与人交往。

②"因过竹院逢僧话"二句：这是唐代李涉《题鹤林寺僧舍》中的诗句。原诗为："终日昏昏醉梦间，忽闻春尽强登山。因过竹院逢僧话，偷得浮生半日闲。"

③希觏(gòu)：不常见。希，希少，希罕，希奇。觏，遇见。

④开聋启聩(kuì)：使人耳朵能够听见。此处借指开启智慧。聋，耳听不见声音。聩，生而聋也。聋、聩，说的都是耳朵听不见。

⑤挥麈(zhǔ)：谈论。麈是古书上所说鹿一类的动物，其尾可做拂尘(麈尾)。晋人清谈时，常挥动麈尾以为谈助。后因称谈论为挥麈。

⑥朋侪(chái)：朋辈。侪，辈，类。

⑦西域之钟簴(jù)，不叩自鸣：据唐刘禹锡《刘宾客嘉话录》说，洛阳有僧，房中磬子夜辄自鸣。簴，挂钟磬的架子。

【译文】

读书，是最为快乐的事情，而懒人却常以它为苦事。清闲，是最为快乐的事情，而有人却嫌它太寂寞。寻求快乐而去除痛苦，避免寂寞而享受安闲，没有比得上同高士交往、听文人讲论的了。为什么？"与君一夕话，胜读十年书。"既享受一夕的快乐，又省却十年读书的辛苦，这便宜不是占大了吗？"因过竹院逢僧话，又得浮生半日闲。"既得享半日之闲，又免去长时间的寂寞，那快乐哪里说得完呢？善于养生的人，不可不同有学问有道行的人交往；而有学问有道行的人，许多是不善言谈的，其中善于言谈者，一辈子难以见到；倘遇见，就要不失时机天天请他过来，以开智启蒙、使自己耳聪目明。即使说我能够挥麈清谈，无求于人，那也必须借助于朋友们启发，怎会如同西域传来的钟磬，能够不叩自鸣呢？

沐　浴

【题解】

李渔"沐浴"款云："盛暑之月，求乐事于黑甜（即睡眠）之外，其惟沐浴乎？潮垢非此不除，浊污非此不净，炎蒸暑毒之气亦非此不解。此事非独宜于盛夏，自严冬避冷，不宜频浴外，凡遇春温秋爽，皆可借此为乐。"很显然，通过沐浴而使得身体洁净、快乐、健康，就是养生的重要内容。而且，通过沐浴而洁净，也是一种美，更是对人、对大自然、对整个世界的一种虔诚和敬畏。但是，有的人为了事业（或某个时候太专心于事业），是可以长时间不洗澡的。据说隋朝的大学问家王通（文中子）玩命做学问"不解衣者六岁"——连衣服都不脱，定然亦不能沐浴，这大概只是个例。

　　盛暑之月，求乐事于黑甜之外，其惟沐浴乎？潮垢非此不除①，浊污非此不净，炎蒸暑毒之气亦非此不解。此事非独宜于盛夏，自严冬避冷，不宜频浴外，凡遇春温秋爽，皆可借此为乐。而养生之家则往往忌之，谓其损耗元神也^②。吾谓沐浴既能损身，则雨露亦当损物，岂人与草木有二性乎？然沐浴损身之说，亦非无据而云然。予尝试之。试于初下浴盆时，以未经浇灌之身，忽遇澎湃奔腾之势，以热投冷，以湿犯燥，几类水攻。此一激也，实足以冲散元神，耗除精气。而我有法以处之：虑其太激，则势在尚缓；避其太热，则利于用温。解衣磅礴之秋^③，先调水性，使之略带温和，由腹及胸，由胸及背，惟其温而缓也，则有水似乎无水，已浴同于未浴。俟与水性相习之后，始以热者投之，频浴频投，频投频搅，使水乳交融而不觉，渐入佳境而莫知，然后纵横其势，反侧其身，逆灌顺浇，必至痛快其身而后已。此盆中取乐之法也。至于富室大家，扩盆为屋，注水于池者，冷则加薪，热则去火，自有以逸待劳之法，想无俟贫人置喙也^④。

【注释】

①潮垢：因潮湿而成的污垢。

②元神：元气。

③解衣磅礴（páng bó）：同"解衣般礴"。用《庄子》中宋元君招画史故事。那些所谓善画者早早来到，备好纸笔，毕恭毕敬等候传唤。有一人姗姗来迟，大摇大摆直入房间，人见他"解衣般礴，裸"，宋元君赞叹道："此乃真艺术家也！"

④置喙（huì）：插嘴。

【译文】

大热天，若在甜甜睡眠之外别求乐事，那大概就数沐浴了吧？潮湿的污垢非它不能除去,汗浊污秽非它不能清洗,炎蒸暑毒之气也非它不能消解。沐浴之事并非只宜于盛夏,除却严冬为避寒冷不宜频频洗浴之外,凡遇春温秋爽时节,都可借洗浴而获得乐趣。而养生家却往往忌讳此事,说洗浴会损伤元神之气。我说,如洗浴能够损害身体,那么雨露也应当损害植物。难道人与草木有两种天性吗?但是,沐浴损身之说也并非全无缘由。让我试着说一说。初下浴盆时,还没淋过水的身子忽然遇到热水的澎湃奔腾之势,将冷身投入热水,以湿水而犯干身,这几乎好像遭到军事上的水攻。这一刺激,的确足以冲散元神,消耗精气。然而我有办法对付:怕它太激,那就缓缓而来;避免太热,则利用温水。解衣脱帽之时,先调水性之凉热,使它略微温和,由腹及胸,由胸及背。因为它温而缓,所以你会觉得有水似乎无水,已经洗浴却似尚未洗浴。等你与水性互相适应之后,再开始往浴盆加热水,边洗边加,边加边搅,使水乳交融而不觉,渐入佳境而不知,然后姿势或纵或横,身子或侧或反,逆灌顺浇,定要浑身洗个痛快而后已。这就是盆中取乐之法。至于那些豪富大家,把浴盆扩大为浴室,灌水于浴池,冷就加柴,热就去火,自有其以逸待劳之法,想来不用穷人说什么了。

听琴观棋

【题解】

　　李渔此款说,下棋完全可以消闲,但似乎难于以它行乐;弹琴可以养性,但不容易拿它求欢。因为,琴,必须正襟危坐地去弹;棋,必须摆出横刀立马般的架势去下。人一正襟危坐,筋骨就不能完全放松;人一较量输赢,也不能安闲休憩。他的结论是:与其做"弹琴弈棋"的参与者,不如做"听琴观棋"的旁观者,这表现了李渔的一种人生态度和处事方法。那么,做旁观者与做参与者,谁更快乐?李渔提倡前者,很多人更看重后者。李渔的观点只能是一家言。其实,参与者,苦也乐;旁观者,乐也不深。也许,各有其乐,可以并存?

　　弈棋尽可消闲，似难借以行乐；弹琴实堪养性，未易执此求欢。以琴必正襟危坐而弹，棋必整槊横戈以待①。百骸尽放之时②，何必再期整肃？万念俱忘之际，岂宜复较输赢？常有贵禄荣名付之一掷，而与人围棋赌胜，不肯以一着相饶者，是与让千乘之国，而争箪食豆羹者何异哉③？故喜弹不若喜听，善弈不如善观。人胜而我为之喜，人败而我不必为之忧，则是常居胜地也；人弹和缓之音而我为之吉，人弹噍杀之音而我不必为之凶④，则是长为吉人也。或观听之余，不无技痒，何妨偶一为之，但不寝食其中而莫之或出，则为善弹善弈者耳。

【注释】

①整槊(shuò)横戈：谓严阵以待。槊，长矛，古代的一种兵器。戈，也是古代的一种兵器。

②百骸(hái)：全身骨骼的泛称。骸，即骨骼。

③让千乘(shèng)之国，而争箪(dān)食豆羹者何异哉：《孟子·尽心下》："好名之人能让千乘之国。苟非其人，箪食豆羹见于色。"朱熹《孟子集注》曰："好名之人，矫情干誉，是以能让千乘之国。然若本非能轻富贵之人，则于得失之小者，反不觉其真情之发见矣。盖观人不于其所勉，而于其所忽，然后可以见其所安之实也。"千乘之国，拥有千辆战车的国家。乘，辆。箪食豆羹，形容食物很少。箪，盛饭用的竹器。豆，盛食物的器皿。

④噍(jiào)杀：意为声音急促，不舒缓。《乐记·乐本》云："乐者，音之所由生也，其本在人心之感于物也。是故其哀心感者，其声噍以杀；其乐心感者，其声啴以缓；其喜心感者，其声发以散；其怒心感者，其声粗以厉；其敬心感者，其声直以廉；其爱心感者，其

声和以柔。"

【译文】

下棋完全可以消闲,但似乎难于以它行乐;弹琴的确可以养性,但不容易拿它求欢。因为,琴,必须正襟危坐地去弹;棋,必须摆出横刀立马般的架势去下。我们筋骨完全放松的时候,何必再期待齐整肃严?万念俱忘安闲休憩的时候,难道还要去较量输赢?常常有人将富贵利禄荣誉名位弃之不顾,而与人下棋赌胜、不肯饶人一着一步,这与孟子所谓出让千乘之国而争箪食豆羹有什么区别?所以,喜欢弹琴不如喜欢听琴,善于下棋不如善于观棋。别人胜了我为之高兴,别人输了我不必为之忧伤,总是能够立于不败之地。别人弹和缓的音乐我也获吉祥之感,别人弹噍杀之音而我不必同他一起生肃杀之情,总是能够做吉祥之人。有时在观棋听琴之余,心动手痒,不妨偶尔为之,但是并非不吃不睡沉寂其中不能自拔。能够这样,就可以说是善弹善弈的人了。

看花听鸟

【题解】

"看花听鸟"、"畜养禽鱼"、"浇灌竹木"三款,李渔表述了相近的思想,即以种花喂鱼、饲养宠物来休闲娱乐,所谓"花鸟二物,造物生之以媚人者也"。侍弄花鸟虫鱼,饲养宠物,在社会发展到一定阶段,成为人们玩赏娱乐的重要部分。有的人爱鸟成癖,宁肯自己不吃鸡蛋,也要省给鸟吃。有的人嗜花如命,例如李渔为买水仙,不惜典当姬妾的首饰。李渔说,对种花喂鱼、饲养宠物这种劳碌,人们"不视为苦",总是觉得"乐在其中","督率家人灌溉,而以身任微勤,节其劳逸,亦颐养性情之一助"。

花、鸟二物,造物生之以媚人者也。既产娇花嫩蕊以代美人,又病其不能解语,复生群鸟以佐之。此段心机,竟与购觅红妆、习成歌舞、饮之食之、教之诲之以媚人者，同一周旋之至也。而世人不知，目为蠢然一物，常有奇花过目而莫之睹、鸣禽悦耳而莫之闻者。至其捐资所购之姬妾，色不及花之万一，声仅窃鸟之绪余，然而睹貌即惊，闻歌辄喜，为其貌似花而声似鸟也。噫，贵似贱真，与叶公之好龙何异①？予则不然。每值花柳争妍之日、飞鸣斗巧之时②，必致谢洪钧③，归功造物，无饮不奠，有食必陈，若善士信妪之佞佛者④。夜则后花而眠，朝则先鸟而起，惟恐一声一色之偶遗也。及至莺老花残，辄怏怏如有所失⑤。是我之一生，可谓不负花、鸟；而花、鸟得予，亦所称"一人知己，死可无恨"者乎！

【注释】

①叶公之好龙：叶公好龙在中国几乎是妇孺皆知的故事，说的是叶公子高爱龙成癖，当天上的真龙从天上降到叶公家里，叶公却吓得转身就跑，魂飞魄散。典见汉刘向《新序·杂事五》："叶公子高好龙，钩以写龙，凿以写龙，屋室雕文以写龙。于是天龙闻而下之，窥头于牖，施尾于堂。叶公见之，弃而还走，失其魂魄，五色无主。是叶公非好龙也，好夫似龙而非龙者也。"写，画。

②值：遇到。

③洪钧：指天。《文选》张华《答何劭》其二有"洪钧陶万类，大块禀群生"句。李善注："洪钧，大钧，谓天也。大块，谓地也。"

④佞（nìng）佛：媚佛，迷信佛。

⑤怏怏（yàng）：不乐的样子。

【译文】

花、鸟这两种东西，是老天爷生养它们而使人类高兴的。老天爷既化育出娇花嫩蕊以代表美人，又怕它们不能通解声音语言，故生出群鸟加以辅佐。老天爷这种用心，竟然与购寻红妆女子练习歌舞、供养饮食、给以教诲、用她们给人愉悦，考虑得一样极为周全。然而世人不知此理，视花、鸟为蠢然一物，常常奇花娱目而若无睹、耳听鸣禽悦耳而似不闻。至于他花巨资所购的姬妾，容色赶不上鲜花的万分之一，歌音不过学到鸟鸣的末着余绪，却见她们的容貌即惊叹，听她们歌舞就喜悦，只不过因为她们貌似花容而声似鸟鸣罢了。噫，以似为贵而以真为贱，这与叶公好龙有什么两样？我却不是这样。每当花红柳绿争艳之日、禽鸟歌唱斗巧争鸣之时，必然感谢上苍，歌功造物，饮必祭奠，食必陈献，好像善男信女诚心敬佛一般。夜则后于花而睡眠，晨则早于鸟而起，唯恐偶尔遗漏一声禽鸣、一种花色。等到莺老花残，我则怏怏不乐若有所失。可以说我的一生，没有辜负花、鸟；而花、鸟得到我，也可谓"一人知己，死可无恨"了！

蓄养禽鱼

【题解】

　　李渔在禽鸟中喜爱画眉和鹦鹉——鹦鹉的优势在于其羽毛美丽，而画眉之巧则在于它能用一鸟之口而代众鸟之舌；他赞赏鹤和鹿，因为它们有"仙风道骨"的高贵情貌。但是李渔非常不待见猫，而称颂狗和鸡。在此文中，他把猫、鸡、狗作了对比，认为"鸡之司晨、犬之守夜，忍饥寒而尽瘁，无所利而为之，纯公无私者也；猫之捕鼠，因去害而得食，有所利而为之，公私相半者也"。这样一对比，品格之高下，显而易见。李渔另有《逐猫文》和《瘗狗文》。前者历数家养黑猫疏于职守、懒惰跋扈、欺凌同类等罪状而逐之；后者则是在他的爱犬"神獒"为护家而以身殉职之后，表彰它鞠躬尽瘁，"其于世也寡求、其于人也多益"的"七德"、"四功"而葬之。李渔《一家言》中有关花木鸟兽的文章，写得如此有灵气、有风趣、有品位、有格调，实在难得。更值得说道的是，李渔在花鸟虫鱼中悟到哲理,也找到养生的乐趣。

鸟之悦人以声者,画眉、鹦鹉二种。而鹦鹉之声价,高出画眉上,人多癖之,以其能作人言耳。予则大违是论,谓鹦鹉所长止在羽毛,其声则一无可取。鸟声之可听者,以其异于人声也。鸟声异于人声之可听者,以出于人者为人籁^①,出于鸟者为天籁也^②。使我欲听人言,则盈耳皆是,何必假口笼中?况最善说话之鹦鹉,其舌本之强,犹甚于不善说话之人,而所言者,又不过口头数语。是鹦鹉之见重于人,与人之所以重鹦鹉者,皆不可诠解之事。至于画眉之巧,以一口而代众舌,每效一种,无不酷似,而复纤婉过之^③,诚鸟中慧物也^④。予好与此物作缘,而独怪其易死。既善病而复招尤,非殁于已^⑤,即伤于物,总无三年不坏者。殆亦多技多能所致欤?

【注释】

①人籁:人为而成的声响。

②天籁:自然界的声响,如风声、鸟声、流水声等。《庄子·齐物论》:"女闻人籁而未闻地籁,女闻地籁而未闻天籁夫!"地籁是风吹各种空窍所发出的声音。《庄子·齐物论》:"子游曰:'地籁则众窍是已。'"它的发声仅凭山石窍穴本身的条件与风的配合,受制于风,"泠风则小和,飘风则大和,厉风济则众窍为虚"。

③纤婉:纤细委婉。

④慧物:聪明之物。

⑤殁(mò):死。也作"没"。

【译文】

禽鸟以其声音愉悦于人的,有画眉、鹦鹉两种。而鹦鹉的声价之所以高出于画眉之上,人们大多癖好饲养它,就因为它能学人说话。我则坚决反对这种观点,认为鹦鹉的优势只在羽毛,其声音一无可取。鸟声之所以可听,是因为它不同于人声。鸟声不同于人声而可听,是因为人发出的声音称为人籁,鸟发出的声音则称为天籁。假使我想听人言,那么随时随地盈耳即是,何必借助于笼中之鸟?况且最善于说话的鹦鹉,其舌头比不善于说话的人还强,而它所说的也不过几句口头话。如此说来,鹦鹉被人看重和人看重鹦鹉,都是解释不清的事情。至于画眉的巧,在于它能用一鸟之口而代众鸟之舌,每学一种鸟叫,无不酷似,而且比之于被学者更加纤细委婉,真可谓鸟中聪慧之物。我喜欢与这种鸟结缘,只是奇怪它容易死掉。此鸟既易生病而又招人责怪,不是自己死了就是被他物伤害,总没有三年不出问题的。这大概是它多技多能而招致的吧?

鹤、鹿二种之当蓄,以其有仙风道骨也。然所耗不赀^①,而所居必广,无其资与地者,皆不能蓄。且种鱼养鹤,二事不可兼行,利此则害彼也。然鹤之善唳善舞^②,与鹿之难扰易驯,皆品之极高贵者,麟、凤、龟、龙而外,不得不推二物居先矣。乃世人好此二物,又以分轻重于其间,二者不可得兼,必将舍鹿而求鹤矣。显贵之家,匪特深藏苑囿,近置衙斋,即倩人写真绘像^③,必以此物相随。予尝推原其故,皆自一人始之,赵清献公是也^④。琴之与鹤,声价倍增,讵非贤相提携之力欤^⑤?

【注释】

①赀(zī)：计量。

②唳(lì)：鹤、雁等鸟高亢的鸣叫。

③倩：请。

④赵清献公：宋名臣赵抃(1008—1084)，字阅道，号知非子，衢州西安县(今浙江衢州)人，曾官殿中侍御史，人称"铁面御史"；一生为官清廉，知成都府时，仅带了一架琴和一只鹤，宋神宗赞其"匹马入蜀，以一琴一鹤自随"；死后谥号"清献"，世人尊称其为清献公。

⑤讵(jù)：岂，怎。

【译文】

鹤、鹿两种动物应当蓄养，是因为它们有仙风道骨的缘故。但是要养它们花费不低，且其居处必须宽广，没有资金和地方，都难以蓄养。而且养鱼蓄鹤，这两件事情不能同时并行，利于此而伤于彼。但鹤善于唳叫善于舞蹈，与鹿害怕打扰易于驯服，都是品格极为高贵的，麟、凤、龟、龙而外，不得不首推这两种动物。而世人喜好这两种动物，其间又要分轻重，当二者不可得兼时，必将舍鹿而求鹤。显贵人家不但把鹤深藏于花园或养置于斋厅，即使请人写真绘像也必以鹤相随。我曾考察推想其缘故，都是始于一人，就是北宋大臣赵清献公。琴与鹤身价倍增，不是因为贤明重臣提携之力吗？

　　家常所蓄之物，鸡、犬而外，又复有猫。鸡司晨，犬守夜，猫捕鼠，皆有功于人而自食其力者也。乃猫为主人所亲昵，每食与俱，尚有听其搴帷入室、伴寝随眠者①。鸡栖于埘②，犬宿于外，居处饮食皆不及焉。而从来叙禽兽之功、谈治平之象者，则止言鸡、犬而并不及猫。亲之者是，则略之

者非;亲之者非,则略之者是;不能不惑于二者之间矣。曰:
有说焉。昵猫而贱鸡、犬者,犹癖谐臣媚子③,以其不呼能
来,闻叱不去④;因其亲而亲之,非有可亲之道也。鸡、犬二
物,则以职业为心,一到司晨守夜之时,则各司其事,虽豢以
美食⑤,处以曲房,使不即彼而就此,二物亦守死弗至;人之
处此,亦因其远而远之,非有可远之道也。即其司晨守夜之
功,与捕鼠之功,亦有间焉。鸡之司晨,犬之守夜,忍饥寒而
尽瘁⑥,无所利而为之,纯公无私者也;猫之捕鼠,因去害而
得食,有所利而为之,公私相半者也。清勤自处,不屑媚人
者,远身之道;假公自为,密迩其君者⑦,固宠之方。是三物
之亲疏,皆自取之也。然以我司职业于人间,亦必效鸡犬之
行,而以猫之举动为戒。噫,亲疏可言也,祸福不可言也。
猫得自终其天年,而鸡犬之死皆不免于刀锯鼎镬之罚⑧。观
于三者之得失,而悟居官守职之难。其不冠进贤⑨,而脱然
于宦海浮沉之累者,幸也。

【注释】

①搴(qiān):拔取。

②鸡栖于埘(shí):鸡栖息在鸡窝上。埘,古代称墙壁上挖洞做成的
鸡窝。《诗经·王风·君子于役》云:"鸡栖于埘,日之夕矣,羊牛
下来。君子于役,如之何不勿思?"

③谐臣媚子:谐臣,乐工、俳优之类。

④叱(chì):大声呵斥。

⑤豢(huàn):喂养,特指喂养牲畜。

⑥瘁(cuì):疾病,劳累。

⑦迩(ěr)：近。

⑧鼎镬(huò)：古代的两种烹饪器。

⑨不冠进贤：古人帽子有贵贱官民之分，"帻"是平民百姓戴的，《晋书·舆服志》说帻是古贱人"不冠之服"；而"冠"则常常属官员贵人，《后汉书·舆服志》记有十九种冠，进贤冠是其中之一。

【译文】

家常蓄养的动物，鸡与狗之外，又有猫。鸡打鸣叫早，狗守夜看家，猫捕捉老鼠，都有功于人而自食其力。而猫独能被主人溺爱，每天吃饭时在一起，还任它入室上床、伴寝随眠。鸡栖息于鸡窝，狗睡在屋外，住与吃都不如猫。而向来叙说禽兽的功劳、谈论天下治平的征象，只说鸡、狗而不说猫。若亲近它们对，那么疏远它们就错；若亲近它们错，那么疏远它们就对。容貌不能不在这二者之间迷惑。我说：这里边自有其理。亲昵猫而贱视鸡狗，犹如癖爱俳优和宠妃，因为猫能够不呼自来而听见斥骂也不离去。因为它亲近人而人也就亲近它，并非它有可亲的品德。鸡、狗二物，则忠心于职守，一到司晨守夜之时，它们就各司其事，即使给它们美食、给它们精舍，让它们离开原职而来吃来住，它们死也不肯。人们在这个时候，也就因为鸡、狗的疏远而疏远了鸡、狗，并非鸡、狗真有可以疏远的理由。就拿鸡狗司晨守夜之功与猫捕老鼠之功相比较，也有不同。鸡司晨、狗守夜，忍受饥寒而鞠躬尽瘁，无所利求而为之，真可谓纯公无私。猫捕鼠，以去害而得到食物，有利可图，公私各半。清廉勤谨，不屑于对人献媚，都是让人疏远的行为；假公济私，亲密贴近主人，乃巩固得宠之法。如此看来，鸡、狗、猫三种动物之亲疏，皆由自取。然而以我公职于人世而言，也必须效仿鸡、狗的行为，而以猫的举动为戒。噫，亲疏可言，而祸福不可言啊。猫能够得以自终其天年，而鸡、狗则不免于刀宰锅煮的处罚。看看三种动物的得失，而领悟为官守职的艰难。那些弃官致仕而脱离于宦海沉浮牵累的人，幸运啊！

浇灌竹木

【题解】

李渔此款谈"浇灌竹木"的乐趣,在于当你看到草木欣欣向荣的时候,你会觉得不只是娱乐耳目,也感到这繁茂的草木可以为人增添祥光、生发瑞气。这时,你就能够"以草木之生死为生死",你就能够体会到"灌园之乐",乐在辛苦之中。

种花喂鱼、饲养宠物可以怡情养性;但是,它们与"玩物丧志"是邻居。但愿花鸟虫鱼、声色狗马等等,不要滑为"玩物丧志"的诱饵,而保持它们让人"怡情养性"的本性。关键在自己,你若具有一身正气,则不会"玩物丧志"。《黄帝内经》说:"正气存内,邪不可干。"

"筑成小圃近方塘,果易生成菜易长。抱瓮太痴机太巧,从中酌取灌园方。"此予山居行乐之诗也。能以草木之生死为生死,始可与言灌园之乐,不则一灌再灌之后,无不畏途视之矣。殊不知草木欣欣向荣,非止耳目堪娱,亦可为艺草植木之家,助祥光而生瑞气。不见生财之地万物皆荣,退运之家群生不遂?气之旺与不旺,皆于动、植验之。若是,则汲水浇花①,与听信堪舆、修门改向者无异也②。不视为苦,则乐在其中。督率家人灌溉,而以身任微勤,节其劳逸,亦颐养性情之一助也。

【注释】

①汲(jí):从井里打水。

②堪舆:研究地形地貌。堪,地突之意,代表"地形"之词。舆,"承舆"即为研究地形地物之意,着重在地貌的描述。

【译文】

“筑成小圃近方塘，果易生成菜易长。抱瓮太痴机太巧，从中酌取灌园方。”这是我写山居行乐的诗。倘若能够以草木的生死为生死，就可以同他谈谈浇灌园林的乐趣了，否则浇灌一次两次之后，无不视之为可怕的事情。殊不知，草木欣欣向荣，不只是娱乐耳目，也可为种植草木的人家增添祥光、生发瑞气。你没有看见生财之地万物都是繁荣景象而败落之家什么生物都不能遂愿生长吗？气运的旺与不旺，都可以有动物、植物身上得到验证。如果是这样，提水浇花与听信风水先生的话而修门改向，就没有什么差别。不把此事视为苦事，那么乐即在其中了。率领家人浇灌花木，自己也参与轻微劳作，使劳逸得以调节，对颐养性情也是很有助益啊。

止忧第二　　计二款

【题解】

《止忧第二》两款，谈如何消除忧愁，这是养生的重要方面。犹如"乐"能健身，"忧"是能够伤身的，所以要"止忧"。传说春秋时楚国伍子胥一家受迫害，他在逃亡中过昭关，又忧又急，一夜白了头。这还是轻的，只是头发白了而已；还有的人因忧愁再加上气愤和急躁，心脏病、肝病等发作，各种癌症也趁机袭来，这就是致命的了。从养生学角度看，为了健康，最好能够"忘忧"。但是忧愁能忘吗？李渔说："忧不可忘而可止，止即所以忘之也。"

而从另外的角度说，"忧"不但不能"忘"，而且是不可"忘"的。此所谓不忘，主要是不忘"忧患意识"，例如不忘国耻、族耻。"九一八"能忘吗？一个个人，一个民族，一个国家，是万万不能忘记这种"忧"、这种"耻"的。这种"不忘"，叫做具有"忧患意识"。许多国家和民族的人们都想方设法保持某种"忧患意识"，甚至以节日的形式固定下来，成为风俗。例如，印度有所谓"痛哭元旦"，这天一大清早，家家户户响起阵阵凄凄惨惨的哭声，许多人痛苦无比，涕泪横流，痛感岁月易逝，人生苦短，用哭声表达感慨。

忧可忘乎？不可忘乎？曰：可忘者非忧，忧实不可忘也。然则忧之未忘，其何能乐？曰：忧不可忘而可止，止即所以忘之也。如人忧贫而劝之使忘，彼非不欲忘也，啼饥号寒者迫于内，课赋索逋者攻于外[①]，忧能忘乎？欲使贫者忘忧，必先使饥者忘啼、寒者忘号、征且索者忘其逋赋而后可，此必不得之数也。若是，则"忘忧"二字徒虚语耳。犹慰下第者以来科必发,慰老而无嗣者以日后必生②,迨其不发、不生③,亦止听之而已,能归咎慰我者而责之使偿乎④?语云:"临渊羡鱼,不如退而结网⑤。"慰人忧贫者,必当授以生财之法;慰人下第者,必先予以必售之方;慰人老而无嗣者,当令蓄姬买妾,止妒息争,以为多男从出之地。若是,则为有裨之言⑥,不负一番劝谕。止忧之法,亦若是也。忧之途径虽繁,总不出可备、难防之二种,姑为汗竹⑦,以代树萱⑧。

【注释】

①课赋索逋(bū):征收赋税,追讨欠税。逋,拖欠。

②无嗣(sì):没有继承人,没有后代。

③迨(dài):等到,达到。

④归咎(jiù):归罪。咎,过失,罪过。

⑤"临渊羡鱼"二句:站在水边羡慕鱼,还不如回去织网。《汉书·礼乐志》和《汉书·董仲舒传》中都用了"临渊羡鱼,不如退而结网"这句话。

⑥有裨(bì):有益于。裨,增添,补助。

⑦汗竹:著述也,也叫汗青、汗简。纸未发明前,著述写在或刻在竹片上,青竹片须经火烤"出汗"始能用,故曰"汗竹"或"汗青"。文天祥诗云"留取丹心照汗青"。

⑧树萱(xuān):种植萱草。后以"树萱"为消忧之词。萱草,忘忧草。《诗经·卫风·伯兮》:"焉得谖草,言树之背。"毛传:"谖草,令人忘忧。"谖,通"萱"。

【译文】

忧愁可忘呢?还是不可忘呢?我说:可忘的不是忧愁,忧愁实在是不可忘的。那么,忧愁不能忘,如何快乐起来呢?我说:忧愁虽不可忘但可止,止忧即用以忘忧。假如有人忧愁贫苦而劝他忘记,他并非不想忘,无奈妻儿啼饥号寒急迫于内,讨税催债的人追索于外,忧愁能够忘得了吗? 要想使贫苦的人忘忧,必须先让挨饿的人忘记啼哭、挨冻的人忘记号寒、讨税追债的人忘记逼索,然后才能办到,但这必然是不可能的事。如此,那么"忘忧"二字只不过是一句空话而已。犹如安慰科举落榜的人说来年必中,安慰年老而无嗣的人说日后必会生子,等到他们没有中、没有生,也只是听之而已,还能归罪于安慰他们的人、责令其偿愿吗? 古话说:"临渊羡鱼,不如退而结网。"对那些忧愁贫苦的人进行劝慰,必当传授给他生财之法;对那些科举落第者进行劝慰,必须先给他考中的方法;劝慰老年无嗣的人,应当叫他蓄姬买妾且让姬妾不争不妒,好多生男儿。若这样,你所说的就是有用有益的话,也不负你一片劝谕之心。止忧之法,也是这样。忧愁的途径虽然繁多,总不出可以防备和难以防备两种,姑且写在这里,以代替种植忘忧草来消忧。

止眼前可备之忧

【题解】

"止眼前可备之忧"一款,说的是防备不如意事的发生。人生不如意者常八九,关键在于看人有无防备意识,以及看这不如意事可防与否;如其可防,则于未至之先,筹一计以待之。此之谓有备而无患。

　　拂意之境[①],无人不有,但问其易处不易处,可防不可防。如易处而可防,则于未至之先,筹一计以待之。此计一得,即委其事之度外,不必再筹;再筹则惑我者至矣。贼攻于外而民扰于中,其可防乎? 俟其既至,则以前画之策,取而予之,切勿自动声色。声色动于外,则气馁于中[②]。此以静待动之法,易知亦易行也。

【注释】

①拂意：不如意。

②气馁（něi）：灰心丧气，失去勇气。

【译文】

不遂心的境况，无人不有，只是须看它容易处理还是不容易处理，可以防备还是不可以防备。如果容易处理可以防备，那么在它未来之前，先谋划一个计策等着它。这计策一谋划好，就将它置之度外，不要再想；若再想，困惑自己的东西就要来了。就好比贼在城外攻，民在城内闹，哪能防备得了呢？等到不顺心的事来了，就以先前筹划好的计策对付它。切记要不动声色。倘一动声色，喜怒哀乐都会显露于外，而内心则会气馁。这是以静制动之法，知道它容易，做起来也容易。

止身外不测之忧

【题解】

"止身外不测之忧"一款中，李渔特别提出"乐"与"悲"、"福"与"祸"的关系请人们格外小心，往往"乐极悲生，否伏于泰"，不可掉以轻心，而应防祸于未然；同时李渔列出"止忧"的五种方法："一曰谦以省过，二曰勤以砺身，三曰俭以储费，四曰恕以息争，五曰宽以弥谤。"这与《黄帝内经》所谓"和喜怒而安居处，节阴阳而调刚柔，如是则僻邪不至，长生久视"的基本精神是一致的。曾国藩日记中说："忿、欲二字，圣贤亦有之，特能少忍须臾，便不伤生，可谓名言至论……养生家之法，莫大于惩忿、窒欲、少食、多动八字。"

不测之忧，其未发也，必先有兆。现乎蓍龟①，动乎四体者，犹未必果验。其必验之兆，不在凶信之频来，而反在吉祥之事之太过。乐极悲生，否伏于泰②，此一定不移之数也。

命薄之人,有奇福,便有奇祸;即厚德载福之人,极祥之内,亦必酿出小灾。盖天道好还③,不敢尽私其人,微示公道于一线耳。达者如此,无不思患预防,谓此非善境,乃造化必忌之数,而鬼神必睯之秋也④。萧墙之变⑤,其在是乎?止忧之法有五:一曰谦以省过,二曰勤以砺身,三曰俭以储费,四曰恕以息争,五曰宽以弥谤⑥。率此而行,则忧之大者可小,小者可无;非循环之数,可以窃逃而幸免也。只因造物予夺之权,不肯为人所测识,料其如此,彼反未必如此,亦造物者颠倒英雄之惯技耳。

【注释】

①现乎蓍(shī)龟:表现在蓍草与龟甲上(指占卜凶吉)。古人用蓍草与龟甲来占卜。《中庸》第二十四章:"至诚之道可以前知。国家将兴,必有祯祥;国家将亡,必有妖孽。见乎蓍龟,动乎四体。祸福将至,善必先知之;不善,必先知之。故至诚如神。"至诚之道,可以预先测知。国家即将兴盛,必然有吉祥之兆;国家将灭亡时,定会有妖孽出现。它们将呈现在蓍草、龟甲上,显示于人的四肢动作。如果祸与福将要来临,善事必然可以预先知道;不善的事也必然可以预先知道。所以至诚至信有如神示。

②否(pǐ)伏于泰:逆境伏于顺境。否,坏,不顺。泰,好,顺利。《周易·否卦》:"否之匪人,不利君子贞,大往小来。"《周易·泰卦》:"泰,小往大来,吉亨。"

③天道好还:依天道,善有善报、恶有恶报。《老子》:"以道佐人主者,不以兵强天下,其事好还。"还,报应。

④鬼神必睯(jiàn):鬼神必能窥探到。睯,窥探。

⑤萧墙之变:面对国君宫门的小墙叫萧墙。萧墙之变是说忧患来

自内部。《论语·季氏》中孔子对冉有说："……今由与求也，相夫子，远人不服而不能来也，邦分崩离析而不能守也，而谋动干戈于邦内！吾恐季孙之忧不在颛臾，而在萧墙之内也！"

⑥弥(mí)谤：止息诽谤。弥，止，息。谤，诽谤。

【译文】

不可预测的忧患，当其未发之时，必有先兆。那呈现在蓍草、龟甲上、表现在人的四肢动作上的，未必一定应验。其必可应验之征兆，不在凶信频频传来，反而在吉祥之事太多。乐极而生悲，坏事潜伏于好事之中，这是确定不移的规律。命薄的人，有奇特的福分就有奇特的灾祸；即使德行深厚能够承载福分的人，极为吉祥之中也必会酿出小灾祸。老天爷讲究恶有恶报、好有好报，不敢把好处全部私惠于某一人，微微显示出其公道之心。心地旷达的人处在这个情形之下，无不心怀忧患加以预防，认为这并非好事，而是老天爷必然忌恨的迹象、鬼神定会伺机报应的当口。萧墙之祸，就在这里吧？止忧的方法有五种：一是谦逊地反省过错，二是勤谨地磨砺身心，三是节俭而储蓄资金；四是以忠恕之心而免于纷争，五是用宽宥的态度消弭诽谤。只要遵循这些原则行事，则大忧化小，小忧化无。这倒不是因果循环的法则起作用，而使人得以私自逃脱、幸免于祸；只因老天爷生杀予夺之权不肯被人所测识，料想如此，它反而并不如此，这也是老天爷颠倒英雄的固有伎俩啊。

调饮啜第三　计六款

【题解】

　　"调饮啜"之六款，一方面申说了"调饮食"以养生的自古以来的道理；另一方面阐发了中国医家一个十分重要、直到今天人们仍然挂在嘴边不断念叨的思想，即药补不如食补。所谓"调饮食"以养生，是说：既要顺其自然——喜欢吃的多吃、不喜欢的少吃；又要控制欲望——再喜欢的食物也不要吃过量，再不爱吃而对身体有益的，也要吃一些；特别是在哀时、怒时、倦时、闷时不要急着吃……这些是自古以来再通俗、再平常不过的道理，如《黄帝内经》所说"食饮有节，起居有常，不妄作劳"，"饮食自倍，肠胃乃伤"。所谓"药补不如食补"，是说食物——五谷杂粮、各种菜蔬和肉类，是最好的药物，它们已经包含了人体所需要的众多养分，也包含了抑制和医治身体各种疾病的诸种元素。

　　在李渔看来，饮食是人生的一种审美享受，若违背这一宗旨，那就可能变成一种惩罚、一种折磨，"所好非所食，所食非所好，曾皙睹羊枣而不得咽，曹刿鄙肉食而偏与谋，则饮食之事亦太苦矣"，实则无益。这十分符合《黄帝内经》所说应保持食物营养均衡的思想："阴之所生，本在五味；阴之五宫，伤在五味。是故味过于酸，肝气以津，脾气乃绝。味过于咸，大骨气劳，短肌，心气抑。味过于苦，心气喘满，肾气不衡。味过于甘，脾气濡，胃气乃厚。味过于辛，筋脉沮弛，精神乃央。是故谨和五味，骨正筋柔，气血以流，腠理以密，如是则骨气以精。谨道如法，长有天命。"营养均衡，酸、咸、苦、甘、辛，五味调和，是非常重要的养生方法。

　　《食物本草》一书[①]，养生家必需之物。然翻阅一过，即当置之。若留匕箸之旁②，日备考核，宜食之物则食之，否则相戒勿用，吾恐所好非所食，所食非所好，曾皙睹羊枣而不得咽③，曹刿鄙肉食而偏与谋④，则饮食之事亦太苦矣。尝有性不宜食而口偏嗜之，因惑《本草》之言，遂以疑虑致疾者。弓蛇之为祟⑤，岂仅在形似之间哉！食色，性也，欲藉饮食养生，则以不离乎性者近是。

【注释】

①《食物本草》：明孝宗于弘治十六年（1503）敕命重修《本草》，两年后，刘文泰主持的《本草品汇精要》和《食物本草》编纂完成。《食物本草》共分四卷，收录食物 386 种，每种下分列性味、功效、主治及用法，并附工笔彩图，对研究中国传统食物疗法具有较高的学术价值和实用价值。

②匕箸（zhù）：中国的取食工具，筷子。宋代陆游《对食有感》有"食至举匕箸，饱则舍而起"句。

③曾皙（xī）睹羊枣而不得咽：曾皙看见所喜欢的羊枣而不能吃。《孟子·尽心下》："曾皙嗜羊枣，而曾子不忍食羊枣。"曾皙，即曾点，字皙，是鄫太子巫的曾孙，宗圣曾参的父亲，孔子的早期弟子之一。

④曹刿（guì）鄙肉食：曹刿鄙视食肉。《左传·庄公十年》："齐师伐我。公将战。曹刿请见，其乡人曰：'肉食者谋之，又何间焉？'刿曰：'肉食者鄙，未能远谋。'遂入见。"

⑤弓蛇之为祟（suì）：这里说的是"杯弓蛇影"的典故：有人以为杯中有蛇，饮而得病；后来知道那所谓杯中之蛇其实是挂在墙上的弓箭的影子。典出《晋书·乐广传》："见杯中有蛇，意甚恶之，既饮而疾。"祟，原指鬼怪或鬼怪人，借指不正当的行动。

【译文】

《食物本草》这本书,是养生家必需之物。但把它翻阅一遍,即可置之一边。若把它放在碗筷旁以备天天考索:适宜于吃的才吃,不然就互相告诫不可食用……倘如此,我怕喜欢的食物不能吃,而所吃的却并不喜欢,就像《孟子》中所说的曾晳喜欢吃羊枣,他的儿子曾参看见羊枣也不忍吃,《左传》中说的曹刿鄙视吃肉却偏要给他,那么,饮食也就太苦了。曾经有人面对食物,依其性不宜吃,他却特喜欢,惑于《食物本草》书上说的话,疑虑重重而得了病。"杯弓蛇影"的祟害,难道仅仅是形似吗?食与色,这是人的天性啊。想借饮食以养生,若不离其天性那就差不多了。

爱食者多食

【题解】

所谓"爱食者多食",是说饮食要自然而然。喜欢吃的东西,大半是身体所需要的东西。从生理健康讲,"爱食者多食"也有好处,生平爱食之物,即可养身,不必再查《本草》。若执拗"本本"上的固理,也可能有害。

生平爱食之物,即可养身,不必再查《本草》。春秋之时,并无《本草》,孔子性嗜姜,即不撤姜食①,性嗜酱,即不得其酱不食,皆随性之所好,非有考据而然。孔子于姜、酱二物,每食不离,未闻以多致疾。可见性好之物,多食不为祟也。但亦有调剂君臣之法,不可不知。"肉虽多,不使胜食气②。"此即调剂君臣之法。肉与食较,则食为君而肉为臣;姜、酱与肉较,则又肉为君而姜、酱为臣矣。虽有好不好之分,然君臣之位不可乱也。他物类是。

【注释】

①"孔子性嗜姜"二句：孔子喜欢吃姜，每顿饭都不离这样食物。《论语·乡党》："不撤姜食，不多食"，"每食必姜。"

②"肉虽多"二句：孔子说："肉虽然多，而吃它不应超过主要的食物。"语见《论语·乡党》。

【译文】

平生爱吃的食物，就可以养身，不必再查《食物本草》。春秋时，并无《食物本草》，孔子喜吃姜，吃饭时不撤姜，爱吃酱，吃饭若无酱就不吃，这都是随性之所好，而非书本考据得来。孔子对于姜、酱二物，每顿饭都离不开，没有听说他因此而得病。可见生性喜爱的食物，多吃不会有什么危害。但也应有调剂主次的原则，不可不知。孔子说："肉虽然多，而吃它不应超过主要的食物。"这就是调剂主次之法。肉与主食相比较，主食是主要的而肉是次要的；姜、酱与肉相比较，则肉为主而姜、酱为次。虽有好与不好之分，但主次之位不可乱。其他食物类似。

怕食者少食

【题解】

所谓"怕食者少食"，是说不喜欢的食物，就要少吃；因为不喜欢吃的东西，也常常是身体不宜者，所以要顺其自然而少吃，不然，食物凝滞肠胃，不能克化，即成病根，急宜消导。

凡食一物而凝滞胸膛、不能克化者，即是病根，急宜消导。世间只有瞑眩之药①，岂有瞑眩之食乎？喜食之物，必无是患，强半皆所恶也。故性恶之物即当少食，不食更宜。

【注释】

①瞑眩（xuàn）之药：若药吃了不让人眩晕，那就治不好病。这就是平常人们所谓"良药苦口利于病"。《孟子·滕文公上》引《书经》上的话："若药不瞑眩，厥疾不瘳。"

【译文】

凡是一种食物在胸膛里凝滞而不能消化，就是病根，应及早想法消滞导积。世间只有吃得让人眩晕的药物，哪里有导致眩晕的食物呢？喜欢吃的食物必不会有这毛病，大半是因为吃了自己厌恶的东西所致。所以，生性不喜欢的食物，就应少吃，不吃更好。

太饥勿饱

【题解】

"太饥勿饱"和下面的"太饱勿饥"两款，是强调"欲调饮食，先匀饥饱"。首先说的是不要饿得太厉害才吃饭，大约饿到七分而得食，斯为酌中之度；倘若饿过七分而不得食，猛吃一顿，则使脾气受伤，数月之调和，不敌一朝之紊乱矣。

欲调饮食，先匀饥饱。大约饥至七分而得食，斯为酌中之度，先时则早，过时则迟。然七分之饥，亦当予以七分之饱，如田畴之水①，务与禾苗相称，所需几何，则灌注几何，太多反能伤稼，此平时养生之火候也。有时迫于繁冗②，饥过七分而不得食，遂至九分十分者，是谓太饥。其为食也，宁失之少，勿犯于多。多则饥饱相搏而脾气受伤，数月之调和，不敌一朝之紊乱矣③。

【注释】

①田畴(chóu)：泛指田地。

②繁冗(rǒng)：繁杂，烦琐冗长。

③紊乱：扰紊，扰乱。

【译文】

要想调节饮食，先要使得饥饱均匀。大约饿到七分时吃饭，是比较适中的度，先于此时则早，后于此时则迟。然而饿到七分饥，也应吃到七分饱，犹如稻田里的水，必须与禾苗相称，需要多少，就灌入多少，太多反而伤害庄稼，这就是平时养生的火候。有时迫于繁冗事务，饿过七分还不得吃饭，甚至饿到九分十分，这就饿过了头。此时用饭，宁肯少些，切勿太多。若多，则饥饱相互争斗而使脾气受伤，几个月的调养也不敌一朝脾胃紊乱失调啊。

太饱勿饥

【题解】

"太饱勿饥"强调饮食不要饕餮太甚、失之太饱。此款与"太饥勿饱"，都是说饮食必须保持平衡、合理，不饥不饱，不暴不偏，才能健康。

饥饱之度，不得过于七分是已。然又岂无饕餮太甚①，其腹果然之时？是则失之太饱。其调饥之法，亦复如前，宁丰勿啬。若谓逾时不久，积食难消，以养鹰之法处之②，故使饥肠欲绝，则似大熟之后，忽遇奇荒。贫民之饥可耐也，富民之饥不可耐也，疾病之生多由于此。从来善养生者，必不以身为戏。

【注释】

①饕餮(tāo tiè)：传说中的一种贪吃的猛兽，常见于青铜器上，用作

纹饰,称为饕餮纹。饕餮往往成为贪吃的标志。

②以养鹰之法处之:用养鹰的办法处置。

【译文】

饥饱之间的度,上下不得超过七分。然而,就没有大吃大喝而肚子涨得滚圆的时候吗?若这样,就吃得太多太饱了。调和饥饱的方法,也如前述,宁可丰足不可欠缺。假如说饭时刚过不久,积食难以消化,就用养鹰的办法处置,故意使饥肠欲绝,就好像大丰收以后,忽然遇上大荒年。贫民之饥可以忍耐,富人之饥不可忍耐。疾病的发生常常由于这个缘故。从来善于养生的人,绝不拿性命当儿戏。

怒时哀时勿食

【题解】

"怒时哀时勿食",是说人在怒时食物易下而难消,哀时既难消亦难下,这时进食,必然有害健康,俱宜暂过一时,候其势之稍杀再吃饭。这是饮食卫生的一条重要建议。

　　喜怒哀乐之始发,均非进食之时。然在喜乐犹可,在哀怒则必不可。怒时食物易下而难消,哀时食物难消亦难下,俱宜暂过一时,候其势之稍杀①。饮食无论迟早,总以入肠消化之时为度。早食而不消,不若迟食而即消。不消即为患,消则可免一餐之忧矣。

【注释】

①稍杀:稍微减弱。

【译文】

喜怒哀乐刚起的时候,都不是进食的时机。然而在喜乐的时候还可以，在哀怒的时候则绝不可以。人在怒时食物容易下肚却难以消化，人在哀时食物既难消化也难下肚，都应暂过一时，等哀怒之势稍微消减再说。饮食无论迟早，总应该以能够入肠消化的时候为适度。早吃而不消化，还不如晚吃而及时消化。不消化就是病患，消化就可以免除一餐之忧了。

倦时闷时勿食

【题解】

疲倦时进食易瞌睡，瞌睡则食停而不下；烦闷时进食易恶心，恶心则呕逆随之。所以，要避免倦时闷时进食而导致消化不良。

倦时勿食，防瞌睡也。瞌睡则食停于中，而不得下。烦闷时勿食，避恶心也。恶心则非特不下，而呕逆随之。食一物，务得一物之用。得其用则受益，不得其用，岂止不受益而已哉！

【译文】

困倦时不要吃食物，是为了防止食后瞌睡。瞌睡则食物停于胃中，而不能往下走。烦闷时不要进食，是为了避免恶心。恶心则食物不但不往下走，而且可能跟着就会呕吐。吃一种食物，务必得到一种食物的效用。得到它的效用则受益，若得不到，岂止是不受益就完了呢！

节色欲第四　计六款

【题解】

《节色欲第四》六款,专谈节色欲以养生。李渔认为行乐之地,第一要数房中男女之事。但世人不善于处理它,往往惹起嫉妒纷争,反而成为祸害人的因由。即使有善于驾驭这种事的人,又未免过度沉溺其中,因而伤害身体,消耗精血以至枯竭,所以他从六个方面谈节色欲以保持身体健康。李渔所论,从养生学角度看,在三百多年以前,在当时中国性科学尚不发展的情况下,已经很不容易了。中国人忌谈性,尤其忌讳在公开的场合谈性,其初衷大概是怕"性乱"。其实,这不是唯物主义的科学态度。古人云,食色,性也。"食"与"色"是社会发展的两大基本原动力。问题在于如何科学地对待"性"。关于男女之事,《黄帝内经》也从人的生理生长过程谈"阴阳"调节,很有价值,值得借鉴:"帝曰:调此二者,奈何? 岐伯曰:能知七损八益,则二者可调;不知用此,则早衰也。年四十,而阴气自半也,起居衰矣;年五十,体重,耳目不聪明矣;年六十,阴痿,气大衰,九窍不利,下虚上实,涕泣俱出矣。故曰:知之则强,不知则老,故同出而名异耳。智者察同,愚者察异。愚者不足,智者有余。有余则耳目聪明,身体轻强,老者复壮,壮者益治。是以圣人为无为之事,乐恬愉之能,从欲快志于虚无之守,故寿命无穷,与天地终。此圣人之治身也。"遵从人的自然生理的运动过程,行男女之事,既是人类生存延续和发展的需要,又是人类应当享有的快乐。但是,绝不可过度,绝不可纵欲。

行乐之地,首数房中。而世人不善处之,往往启妒酿争,翻为祸人之具。即有善御者,又未免溺之过度①,因以伤

身,精耗血枯,命随之绝。是善处不善处,其为无益于人者
一也。至于养生之家,又有近姹、远色之二种②,各持一见,
水火其词。噫,天既生男,何复生女,使人远之不得,近之不
得,功罪难予,竟作千古不决之疑案哉！予请为息争止谤,
立一公评,则谓阴阳之不可相无,犹天地之不可使半也。天
苟去地,非止无地,亦并无天。江河湖海之不存,则日月奚
自而藏？雨露凭何而泄？人但知藏日月者地也,不知生日
月者亦地也;人但知泄雨露者地也,不知生雨露者亦地也。
地能藏天之精,泄天之液,而不为天之害,反为天之助者,其
故何居？则以天能用地,而不为地所用耳。天使地晦,则地
不敢不晦;迨欲其明,则又不敢不明。水藏于地,而不假天
之风,则波涛无据而起;土附于地,而不逢天之候,则草木何
自而生？是天也者,用地之物也;犹男为一家之主,司出纳
吐茹之权者也③。地也者,听天之物也;犹女备一人之用,执
饮食寝处之劳者也。果若是,则房中之乐,何可一日无之？
但顾其人之能用与否。我能用彼,则利莫大焉。参、苓、芪、
术皆死药也④,以死药疗生人,犹以枯木接活树,求其气脉之
贯,未易得也。黄婆、姹女皆活药也⑤,以活药治活人,犹以
雌鸡抱雄卵,冀其血脉之通,不更易乎？凡借女色养身而反
受其害者,皆是男为女用,反地为天者耳。倒持干戈,授人
以柄,是被戮之人之过,与杀人者何尤？人问:执子之见,则
老氏"不见可欲,使心不乱"之说⑥,不几谬乎？予曰:正从此
说参来,但为下一转语:不见可欲,使心不乱,常见可欲,亦
能使心不乱。何也？人能摒绝嗜欲⑦,使声、色、货、利不至

于前，则诱我者不至，我自不为人诱，苟非入山逃俗，能若是乎？使终日不见可欲而遇之一旦，其心之乱也，十倍于常见可欲之人。不如日在可欲之中，与若辈习处，则是"司空见惯浑闲事"矣⑧，心之不乱，不大异于不见可欲而忽见可欲之人哉？老子之学，避世无为之学也；笠翁之学，家居有事之学也。二说并存，则游于方之内外，无适不可。

【注释】

①溺：沉迷不悟，过分，无节制。

②近姹(chù)、远色：即近美色、远美色。姹，美丽，此处当美色、美女讲。

③司出纳吐茹(rú)之权：即管理吃喝拉撒、收入支出的大权。纳，入。茹，吃。

④参、苓、芪(qí)、术(zhú)：即人参、茯苓、黄芪、白术四味中药。

⑤黄婆、姹女：黄脸婆和美女。

⑥不见可欲，使心不乱：《老子》第三章有"不见可欲，使民心不乱"句，意思是说，不让老百姓看见逗起欲望的事情，民心就不乱。

⑦摒绝：摒弃、拒绝。嗜(shì)欲：喜好、欲望。

⑧司空见惯浑闲事：唐代孟棨《本事诗·情感》载，唐代司空李绅宴请刘禹锡，让歌女劝酒，刘即席赋诗《赠李司空妓》，有"司空见惯浑闲事，断尽江南刺史肠"句。

【译文】

行乐之地，第一要数房中男女之事。但世人不善处理，往往惹起嫉妒纷争，反而成为祸害人的东西。即使有善于驾驭这种事的人，又未免过度沉溺其中，因而伤害身体，消耗精血以至枯竭，性命也随之送掉。这里所说的善于处理和不善于处理，它们无益于人，是一样的。至于养生家，又有近女色和远女色二种主张，各持己见，水火不容。噫，上苍既生育了男人，何必又生育女人，使人对她们远不得，近不得，功罪难定，竟成为千古不决的一件疑案呢！假如让我来平息争吵和谤讥，作一公断，那么我会说：阴与阳二者不可相离，犹如天与地二者不可成半。天如果离开地，不只是没有了地，也同时没有了天。江河湖海不存在了，那么日月在哪里保藏？雨露往何处流泄？人只知道保藏日月的是地，不知道生育日月的也是地；人只知道流泄雨露的是地，不知道生育雨露的也是地。地能够保藏天之精，流泄天之液，而不成为天的危害、反给天以帮助，其原因何在？就是因为天能用地，而不为地所用。天叫地晦暗，则地不敢不晦暗；当天要它明亮，它又不敢不明亮。水藏在地上，而如不借助天之风，则波涛就没有依据之力而涌动起来；土附着在地上，而如不碰上天造成的气候，则草木从何处生长出来？这就是说，天这东西，就是使用地的东西；犹如男为一家之主，拥有管理收入支出的大权一样。地这东西，就是听从天所使用的东西；犹如女人准备为一人所用，执掌饮食寝处的劳作。果然是如此的话，那么房中之乐，哪能一日没有呢？但这要看这个人能不能使用。我若能使用，则利莫大焉。人参、茯苓、黄芪、白术都是死药，用死药治疗活人，犹如用枯木嫁接活树，想求得它气脉通贯，不容易做到。黄脸婆、妙龄女，都是活药，用活药治活人，犹如用母鸡抱雄卵，希望它血脉贯通，不是更容易吗？凡借女色以养身而反受其害的，都是男为女所用，地反过来成为天了。你倒拿干戈锋刃对着自己，将把柄送给人家，这是被杀戮之人的过错，如何怪得杀人者？有人可能会问：按你的看法，老子所谓"不见可欲，使心不乱"之说，不也几乎是谬误吗？我说：正是从老子学说参悟而来，但要转换一种说法：老子说"不见可欲，使心不乱"，我则稍变一下说法，谓"常见可欲，亦能使心不乱"。为什么呢？人如能摒弃、杜绝嗜好、欲望，使得声、色、货、利不到眼前，那么诱惑我的东西不来，我当然不为人利诱，假若不是逃入深山躲避世俗，能够做到吗？假使终日不见可欲之事而一旦遇到,他心思扰乱,比常见可欲之事的那些人要多十倍。还不如天天处于可欲之事当中,与那些人和事在一起习以为常,那就成为"司空见惯浑闲事"了,此时他心思不乱,不大大不同于那些寻常不见可欲之事而忽然遇见可欲之事的人吗?老子的学说,是避世无为的学说;我李笠翁的学说,是家居有事的学说。两种学说并存,则无论游走于尘世之内还是尘世之外,全都适用。

节快乐过情之欲

【题解】

"节快乐过情之欲",是说男女交欢,乐极而伤身,"此危道也",因此必须有所节制,留有余地。

乐中行乐,乐莫大焉。使男子至乐,而为妇人者尚有他事萦心,则其为乐也,可无过情之虑。使男妇并处极乐之境,其为地也,又无一人一物搅挫其欢①,此危道也。决尽堤防之患,当刻刻虑之。然而但能行乐之人,即非能虑患之人;但能虑患之人,即是可以不必行乐之人。此论徒虚设耳。必须此等忧虑历过一遭,亲尝其苦,然后能行此乐。噫,求为三折肱之良医②,则囊中妙药存者鲜矣,不若早留余地之为善。

【注释】

①搅:扰乱。挫:挫折,失败。

②三折肱(gōng)之良医:实践出真知、出技能。肱,由肘至肩的臂骨,若折断三次,自己就会有医治的经验了。语出《左传·定公十三年》:"二子将伐公,齐高强曰:'三折肱知为良医。唯伐君为

不可,民弗与也。我以伐君在此矣。三家未睦,可尽克也。克
之,君将谁与? 若先伐君,是使睦也。'弗听,遂伐公。国人助公,
二子败,从而伐之。"

【译文】

在快乐之中行房中之乐,其乐趣是最大的。假使男子到至乐之境,
而妇人还有其他事情萦绕心间,那么此时行乐,可以不用担心情欲过
度。假使男女二人都处于极乐之境,其行乐之地又无一人一物影响他
们寻欢,这就有点危险了。全面决堤的祸患,必须时时刻刻考虑到。然
而只要是能够行房中之乐的人,就不是能够忧虑祸患的人;而凡能忧虑
祸患者,就是可以不必行房中之乐的人。我的这个观点形同虚设。必
须亲身经历过这种忧虑,自己尝尝这种苦头,然后才能行此乐。噫,若
想成为久病之后的良医,囊中妙药存货不多了,不如早留余地为好。

节忧患伤情之欲

【题解】

"节忧患伤情之欲",是说"忧中行乐,较之平时,其耗精损神也加
倍",故较平时稍加节制才好。

忧愁困苦之际,无事娱情,即念房中之乐。此非自好,
时势迫之使然也。然忧中行乐,较之平时,其耗精损神也加
倍。何也? 体虽交而心不交,精未泄而气已泄。试强愁人
以欢笑,其欢笑之苦更甚于愁,则知忧中行乐之可已。虽
然,我能言之不能行之,但较平时稍节则可耳。

【译文】

当你忧愁困苦的时候,没有什么可以娱乐之事,就会想念房中之

乐。这不是自己喜好,而是时势逼迫之下造成的。但是忧愁之中行乐,与平时相比较,加倍地耗精损神。为什么?身虽然相交而心没有相交,精液未泄而气力已泄。试想,勉强愁苦人去欢笑,他的欢笑之苦更甚于忧愁之苦,这就可知忧中行乐这种事不能做。虽说如此,我能说而不能行,只是比起平时来稍稍节制而已。

节饥饱方殷之欲

【题解】

　　"节饥饱方殷之欲"是说"饥、寒、醉、饱四时",都不是男女交欢取乐的时候;尤其在"饥"与"饱"时更不可为。李渔从人体生理学的角度立论,有一定参考价值。

　　饥、寒、醉、饱四时,皆非取乐之候。然使情不能禁,必欲遂之,则寒可为也,饥不可为也;醉可为也,饱不可为也。以寒之为苦在外,饥之为苦在中,醉有酒力之可凭,饱无轻身之足据。总之,交媾者①,战也,枵腹者不可使战②;并处者,眠也,果腹者不可与眠。饥不在肠而饱不在腹,是为行乐之时矣。

【注释】

　　①交媾(gòu):性交,交配。通常指动物之间的性活动。
　　②枵(xiāo)腹:空腹,肚饥。

【译文】

　　饥、寒、醉、饱这四种情况,都不是房中取乐的适当时候。然而,假使情不自禁,定要做这事,那么寒可以做,饥不可做;醉可以做,饱不可做。因为寒之为苦在身体之外,饥之为苦在身体之中,醉有酒力可以凭借,饱却没有平时那种轻捷之身可以依据。总之,男女交媾,如同作战,饿着肚子不可战斗;男女同床,如同睡眠,吃得太饱不可与之即眠。不饥不饱,是行房中之乐的适当时候。

节劳苦初停之欲

【题解】

李渔在"节劳苦初停之欲"中所言,符合生理卫生学的基本原理;现代的性生理学,也要人们在过度疲惫时,勿急促行房事。

劳极思逸,人之情也,而非所论于耽酒嗜色之人①。世有喘息未定,即赴温柔乡者,是欲使五官百骸、精神气血,以及骨中之髓、肾内之精②,无一不劳而后已。此杀身之道也。疾发之迟缓虽不可知,总无不胎病于内者③。节之之法有缓急二种:能缓者,必过一夕二夕;不能缓者,则酣眠一觉以代一夕,酣眠二觉以代二夕。惟睡可以息劳,饮食居处皆不若也。

【注释】

①耽酒嗜色:沉溺于酒色。

②肾内之精:中医认为肾为精之舍,故曰"肾内之精"。

③胎病于内:作病于内。胎,作胎、孕育。

【译文】

劳顿过度而想休闲娱乐,是人之常情,不能叫作沉溺耽嗜于酒色的人。世上有那种劳顿之后喘息未定,就马上奔赴温柔之乡、寻床第之乐的人,这是要想使得全身的五官百骸、精神气血,以及骨中之髓、肾内之精,全都处于劳苦状态才算完啊。这是杀身取祸之道。疾病发作的早晚虽然不能确知,总是有疾病之胎孕育体内了。节制它的方法有缓与急二种:能缓的,必要过一夜两夜再说;不能缓的,则要酣睡一觉权当休息一夜,酣睡两觉权当休息两夜。只有睡眠可以消解疲劳,饮食安坐都不如它。

节新婚乍御之欲

【题解】

李渔认为,洞房花烛夜,"新婚乍御",容易"过情";"过情"则失度,失度则伤身;故应节之。

新婚燕尔①,不必定在初娶,凡妇人未经御而乍御者②,即是新婚。无论是妻是妾,是婢是妓,其为燕尔之情则一也。乐莫乐于新相知,但观此一夕之为欢,可抵寻常之数夕,即知此一夕之所耗,亦可抵寻常之数夕。能保此夕不受燕尔之伤,始可以道新婚之乐。不则开荒辟昧,既以身任奇劳,献媚要功,又复躬承异瘁。终身不二色者,何难作背城一战;后宫多嬖侍者③,岂能为不败孤军?危哉!危哉!当筹所以善此矣。善此当用何法?曰:静之以心。虽曰燕尔新婚,只当行其故事。说大人,则藐之④,御新人,则旧之。仍以寻常女子相视,而不致大动其心。过此一夕二夕之后,反以新人视之,则可谓驾驭有方,而张弛合道者矣。

【注释】

①新婚燕尔:新婚之乐。《诗经·邶风·谷风》有"宴尔新昏,如兄如弟"、"宴尔新昏,不我屑矣"、"宴尔新昏,以我御穷"句。

②御:役使,驾驭。此处指男女之事。

③嬖(bì)侍者:受宠幸而侍奉皇帝的人。嬖,宠幸。

④说大人,则藐之:向大人进言,就得藐视他。《孟子·尽心下》:

"说大人,则藐之,勿视其巍巍然。"(向大人进言,就得藐视他,不要把他看得那么巍巍然高不可及。)

【译文】

新婚燕尔之乐,不必一定在新婚之夜,凡未经交合的处女而初次与之交合,即是新婚。无论是妻是妾,是婢是妓,那新婚燕尔的情味是一样的。快乐没有比新交相知更快乐的了,只要看看这一夜的欢娱,可抵得上寻常的几夜,就知道这一夜的消耗,也可以抵得上寻常的几夜。若能保住这一夜不受新婚初交的伤害,才谈得上燕尔之乐。不然,初夜拓荒开垦,一方面既使得身体十分劳累,另一方面为讨新人喜悦又加倍承欢,就会异常疲瘁。终身不与二女交欢的,不难作背水一战;后宫藏有诸多佳丽的,哪能孤军作战而不败呢?危险啊!危险啊!应当考虑善策来应对呀。用什么办法妥善对付呢?我说:要静心。虽说是燕尔新婚,只当作例行旧事。向大人进言,就得藐视他;与新人相交,就视她为旧人。仍然以寻常女子看待,而不致过于动心。过了一夜二夜之后,反而以新人看待她,这就可以称之为驾驭有方,一张一弛,合乎规律了。

节隆冬盛暑之欲

【题解】

"节隆冬盛暑之欲"一款,李渔认为:严寒就寝,男女"贴身惟恐不密",男子易于在"倚翠偎红之际"产生交欢欲念,此时房事往往过度,从而伤身,故要节制。

最宜节欲者隆冬,而最难节欲者亦是隆冬;最忌行乐者盛暑,而最便行乐者又是盛暑。何也?冬夜非人不暖,贴身惟恐不密，倚翠偎红之际，欲念所由生也。三时苦于褦襶①，九夏独喜轻便，袒裼裸裎之时，春心所由荡也。当此二时，劝人节欲，似乎不情，然反此即非保身之道。节之为言，明有度也；有度则寒暑不为灾，无度则温和亦致戾。节之为言，示能守也；能守则日与周旋而神旺，无守则略经点缀而魂摇。由有度而驯至能守，由能守而驯至自然，则无时不堪昵玉，有暇即可怜香。将鄙是集为可焚，而怪湖上笠翁之多事矣。

【注释】

①褦襶(nài dài)：一种遮日的帽子。

【译文】

最应节欲的是隆冬时节，而最难节欲的也是隆冬时节；最忌行乐的是盛暑时节，而最便于行乐的又是盛暑时节。为什么？隆冬夜里非身贴身不暖和，贴身则惟恐不紧密，当此倚翠偎红之际，欲念就产生了。其他三季苦于衣冠束缚，唯有九夏独喜衣着轻便，袒身露体之时，春心因而激荡。当冬、夏二季，劝人节欲，似乎不近人情，然而不如此就不是保养身体之道。所谓节欲，是明确要有个度；有度，寒暑不会成为灾祸，无度，则温和也会导致病患。所谓节欲，是表示能守而不滥；能守，就是天天与女人周旋也精神健旺，无守，即使略加点缀也神魂摇荡。由有度而练到能守，由能守而练到自然，那就无论何时都可亲近女色，有闲暇即可怜香惜玉。那时将会认为拙著可以烧毁，而怪我湖上笠翁是多事之人了。

却病第五　计三款

【题解】

《却病第五》三款"病未至而防之"、"病将至而止之"、"病已至而退之"，是讲如何"却病"（即"防病"、"止病"、"退病"）的。李渔继承传统哲学和中医理论，提出了一个很精彩的思想，即通过调和阴阳而达到却病的目的。他说，疾病的发起有其因，疾病的潜伏也有其原，要杜绝其病因而破除其病原，只在一个字：和。和，在这里即讲究平衡。若失衡，即会得病。而所谓平衡，又须特别讲究内在的平衡。《黄帝内经》谈治病和养生，一个根本思想就是调和阴阳（即人身体内部的各种关系），以求得祛除疾病，颐养生命。中医学界许多人都认为，《黄帝内经》之"内"，内求之谓也，关键是要往里求、往内求，就是往内观看我们的五脏六腑，观看我们的气血怎么流动，然后内炼，通过调整气血、调整经络、调整脏腑来达到健康，达到长寿。而"内求"中最最重要的是内在的"和"。李渔特别强调"心和"，即求内在平和。求得内在平和须有一种修炼功夫；而这种功夫的关键又有一个字，曰"静"。人不"静"，无以"和"。《黄帝内经》很重视"静"，一再说"清净则志意治"、"必清必静"。"心和"也是要求精神和生理的疏通，只有疏通，才能平和，而平和也有利于疏通。平和了，疏通了，也就愉快了，健康了。掌握了"心和"这个关键，则定然"却病"有方，甚至可以"病未至而防之"。李渔还特别强调"病未至而防之"，这也就是《黄帝内经》的"治未病"："是故圣人不治已病治未病，不治已乱治未乱，此之谓也。夫病已成而后药之，乱已成而后治之，譬犹渴而穿井，斗而铸兵，不亦晚乎？"这是极其高明的卫生理论，这就是现代医学中所谓的预防医学。

病之起也有因，病之伏也有在，绝其因而破其在，只在一字之和。俗云："家不和，被邻欺。"病有病魔，魔非善物，犹之穿窬之盗①，起讼构难之人也②。我之家室有备，怨谤不生，则彼无所施其狡猾，一有可乘之隙，则环肆奸欺而祟我矣。然物必先朽而后虫生之，苟能固其根本，荣其枝叶，虫虽多，其奈树何？人身所当和者，有气血、脏腑、脾胃、筋骨之种种，使必逐节调和，则头绪纷然，顾此失彼，穷终日之力，不能防一隙之疏。防病而病生，反为病魔窃笑耳。有务本之法，止在善和其心。心和则百体皆和。即有不和，心能居重驭轻，运筹帷幄③，而治之以法矣。否则，内之不宁，外将奚视？然而和心之法，则难言之。哀不至伤，乐不至淫，怒不至于欲触，忧不至于欲绝。"略带三分拙，兼存一线痴；微聋与暂哑，均是寿身资。"此和心诀也。三复斯言，病其可却。

【注释】

①穿窬(yú)：凿穿或爬越墙壁进行盗窃。

②起讼：引起诉讼，引发官司。构难：发难问罪，构造事端。

③运筹帷幄：在军帐内对军略做全面计划。常指在后方决定作战方案。《史记·高祖本纪》："夫运筹帷幄之中，决胜千里之外，吾不如子房。"筹，谋划。帷幄，军中帐幕。

【译文】

疾病之起有其因，疾病的潜伏也有其原，要杜绝其病因而破除其病原，只在一个字：和。俗话说："家不和，被邻欺。"病有病魔，病魔不是好东西，就像凿洞穿墙的贼盗，是引发事端构造灾难的人。我的家室有所防备，怨恨诽谤之事不会生发，病魔盗贼就无从用其狡猾伎俩；如果一旦有了可乘之隙，那么它就会四处肆虐、奸诈欺瞒而祟害于我了。然而物体必先腐朽而后生虫,如能强固它的根本,使其枝繁叶茂,虫虽然多,又能把树怎么样呢?人身之中所应当调和的,有气血、脏腑、脾胃、筋骨种种方面,若必使其逐节调和,那么头绪纷杂,顾此失彼,即使穷尽整天整夜的力气,也不能防备一个微小缝隙的疏忽。防备疾病而疾病发生了,反而被病魔所暗暗耻笑。有根本解决问题的办法,即只有善于调和其心。心和,则全身百体都调和。即使有暂未调和之处,心也能够居于重位而驾驭轻微,运筹帷幄之中,而以法度有效地治理它。否则,内心不安宁,外部将怎么办?然而,调和内心的方法,很难说。悲哀不至于造成伤害,快乐不至于过分而无度,愤怒不至于想要碰撞,忧伤不至于痛苦欲绝。"略带三分拙,兼存一线痴;微聋与暂哑,均是寿身资。"这是调和内心的秘诀。三次重复这几句话,疾病大概就可以去除了。

病未至而防之

【题解】

"病未至而防之"所讲,即是李渔那个时代的"预防医学"。打一个军事学上的比方:御敌于国门之外。病尚未起,会有可病之机与必病之势,人们就要预先采用各种方法和措施(包括药物),"预发制人",把病消灭在未发之时。

病未至而防之者,病虽未作,而有可病之机与必病之势,先以药物投之,使其欲发不得,犹敌欲攻我,而我兵先之,预发制人者也。如偶以衣薄而致寒,略为食多而伤饱,寒起畏风之渐,饱生悔食之心,此即病之机与势也。急饮散风之物而使之汗①,随投化积之剂而速之消②。在病之自视如人事,机才动而势未成,原在可行可止之界,人或止之,则竟止矣。较之戈矛已发而兵行在途者,其势不大相径庭哉?

【注释】

①散风之物:指中医所谓祛风之药。

②化积之剂:指中医所谓消滞化积之药。

【译文】

所谓"病未至而防之",是说疾病虽未发作,却有可能预知得病的机象与必会得病的趋势,这时先以药物控制它,使它欲发而不得,犹如敌人想要进攻我,而我先发制人,提前给予制约。如偶尔因衣服穿少了而得风寒,略微吃多了而肠胃饱胀。风寒起于怕冷风渐起,饱胀生于悔多食心怯,这就是得病的机缘与趋势。快喝散风去寒的药物发汗,马上吃消滞化积的药剂快速消除饱胀。病魔自我审视,也如人之处事,心机才动而势头未成,原本处于可行可止之间,人服药制止它,它也就真的停止了。这比起戈矛已经发动而军队已经行进在途中,其形势不是大相径庭吗?

病将至而止之

【题解】

"病将至而止之"者,是说在"病形将见而未见,病态欲支而难支"之时,就要高度重视,以全副精神,把它消灭在萌芽状态,使之"不得揭竿而起"。

病将至而止之者,病形将见而未见,病态欲支而难支①,与久疾乍愈之人同一意况②。此时所患者切忌猜疑。猜疑者,问其是病与否也。一作两歧之念,则治之不力,转盼而疾成矣。即使非疾,我以是疾处之,寝食戒严,务作深沟高垒之计;刀圭毕备③,时为出奇制胜之谋。以全副精神,料理奸谋未遂之贼④,使不得揭竿而起者,岂难行不得之数哉？

【注释】

①支：撑持，此处可作控制解。

②乍：忽然，刚。愈：病好了。

③刀圭：指量器，此处应指医疗器械。《抱朴子内篇·金丹》："并毛羽捣服一刀圭，百日得寿五百岁。"《周易参同契》："粉提以一丸，刀圭最为神。"朱熹注《参同契》曰："粉提、刀圭未详。"

④奸谋未遂：阴险计谋未得逞。《水浒传》第四十一回有"奸谋未遂身先死，难免剜心炙肉灾"句。

【译文】

所谓"病将至而止之"，是说病状将要显现而尚未显现，病态想要控制而难以控制，这与久病乍愈的人同一种境况。这时病人切忌猜疑。猜疑，就是老是询问病了还是没病？一旦起了"病还是没病"这种两歧之念，如果医治不力，转眼间疾病就生成了。即使不是得病，我也以得病那样来处理，睡觉吃饭都严阵以待，务必以深沟高垒之计来对付；各种对症的方法和器械都备齐，时时谋划，准备出奇制胜。以全副精神，处理这个奸谋未遂的贼人，使他不能揭竿而起，这难道是难以实行、不可预测的东西吗？

病已至而退之

【题解】

"病已至而退之"是讲当疾病发生的时候不要恐惧，而要沉着冷静，理智应对。李渔认为，这理智应对包括医患两个方面：一方面医生要对症下药；另一方面患者要积极配合。而且李渔特别强调患者的作用："所谓主持之力不在卢医扁鹊，而全在病人者，病人之心专一，则医人之心亦专一，病者二三其词，则医人什佰其径，径愈宽则药愈杂，药愈杂则病愈繁矣。”

病已至而退之，其法维何？曰：止在一字之静。敌已至矣，恐怖何益？“剪灭此而后朝食”①，谁不欲为？无如不可猝得。宽则或可渐除，急则疾上又生疾矣。此际主持之力，不在卢医扁鹊②，而全在病人。何也？召疾使来者，我也，非医也。我由寒得，则当使之并力去寒；我自欲来，则当使之一心治欲。最不解者，病人延医，不肯自述病源，而只使医人按脉。药性易识③，脉理难精④，善用药者时有，能悉脉理而所言必中者，今世能有几人哉？徒使按脉定方，是以性命试医，而观其中用否也。所谓主持之力不在卢医扁鹊，而全在病人者，病人之心专一，则医人之心亦专一，病者二三其词，则医人什佰其径，径愈宽则药愈杂，药愈杂则病愈繁矣。昔许胤宗谓人曰⑤：“古之上医，病与脉值，惟用一物攻之。今人不谙脉理⑥，以情度病，多其药物以幸有功，譬之猎人，不知兔之所在，广络原野以冀其获，术亦昧矣。”此言多药无功，而未及其害。以予论之，药味多者不能愈疾，而反能害之。如一方十药，治风者有之，治食者有之，治痨伤虚损者亦有之⑦。此合则彼离，彼顺则此逆，合者顺者即使相投，而离者逆者又复于中为祟矣。利害相攻，利卒不能胜害，况其多离少合，有逆无顺者哉？故延医服药，危道也。不自为政，而听命于人，又危道中之危道也。慎而又慎，其庶几乎！

【注释】

①剪灭此而后朝食：消灭了他再吃早饭。《左传·成公二年》记载，

齐顷公攻晋,有一次,战斗打响前尚未用早饭,"齐侯曰:'余姑翦灭此而朝食。'"

②卢医扁鹊:扁鹊是中国古代名医,生于周代安王元年(前401)前后,卒于赧王五年(前310)。卢医即指扁鹊,《史记·扁鹊列传》说,扁鹊"家于卢国,因命之曰卢医也"。

③药性:指药的性质、气味和功能。

④脉理:中医所谓"脉理"应指病理、医道、医术。

⑤许胤(yìn)宗:胤宗一作引宗(约536—626),常州义兴(今江苏宜兴)人,隋唐间医学家,精通脉诊,用药灵活变通,曾说:"医者意也,在人思虑,又脉候幽微,苦其难别,意之所解,口莫能宣。"《旧唐书》有传。

⑥谙(ān):熟悉,精通。

⑦痨伤:即劳伤。中医讲五劳七伤。虚损:乃中医病症之名,由于七情、劳倦、饮食、酒色或病后失调等而引起阴阳、血气、脏腑虚亏等病症。

【译文】

所谓"病已至而退之",它的方法是什么?我说:只在一个字:静。敌人已经到了,害怕有什么用处?"剪灭此而后朝食",谁不想这么做?无奈消灭病魔不能猝然成功。宽心慢治或者可以渐渐消除疾病,若急于求成则可能病上添病了。这个时候起主要作用的,不在卢医扁鹊,而全在病人。为什么?把疾病召来的,是我,而不是医生。我这病由寒而得,就要全力去寒;我这病来自情欲,就应当一心医治情欲。最不可理解的,是病人请医生来,却不肯自述病源,而只是叫医生号脉。药性易于识见,脉理却难精到,善于用药的时常有,能洞悉脉理而所言都能切中病情的,当今世上能有几人?仅仅叫医生号脉开方,是拿性命试验医术,看看它是不是中用。所谓"起主要作用的不在卢医扁鹊,而全在病人",是说若病人的心专一,那么医生的心也专一,病人三心二意,那么医生也会拿出千百种医治途径，途径愈宽则用药也愈杂，用药愈杂则病也就愈加繁杂了。古时医生许胤宗曾对人说："古代的好医生，病状与脉理相合，只用一种药物攻治疾病。现在的人不熟悉脉理，以自己的主观情意来猜度病情，多用药物企图侥幸成功，好像一个猎人，不知兔在哪里，漫天撒网企图逮住它，这种做法也太愚昧了。"这里说的是多药无功，而未涉及它的害处。以我看来，药味多了不但不能治愈疾病，反而能够害人。譬如一个方子十味药，有治风的，有治食的，也有治痨伤虚损的。这儿合而那儿则离，那儿顺而这儿则逆，合与顺即使与病状相投，而离与逆又会在其中作祟。利害相攻，利最终不能胜害，况且它多乖离而少合和、有逆反而无舒顺呢？所以请医生、服药物，是一条危道啊。不自己做主，而听命于人，这又是危道中的危道啊。慎而又慎，这大概才差不多吧！

疗病第六 计七款

【题解】

林语堂在《吾国与吾民》中说："十七世纪李笠翁的著作中，……最后谈到富人贫人的颐养方法，一年四季，怎样排遣忧虑，节制性欲，却病，疗病，结束时尤别立蹊径，把药物分成三大动人的项目，叫做本性酷好之药，其人急需之药，一心钟爱之药。此最后一章，尤富人生智慧，他告诉人的医药知识胜过医科大学的一个学程。"林语堂所说即是《颐养部》，特别是《疗病第六》。说李渔所"告诉人的医药知识胜过医科大学的一个学程"，历史主义地看，有一定道理。不过，李渔这里所讲用这数种良药治病，大半属于"心理治疗"范畴。李渔可谓三百年前的心理治疗专家。他的"本性酷好之药"、"其人急需之药"、"一心钟爱之药"、"一心未见之药"、"平时契慕之药"、"素常乐为之药"、"平生痛恶之药"，其实都是心理药方。

"病不服药，如得中医"。此八字金丹①，救出世间几许危命！进此说于初得病时，未有不怪其迂者，必俟刀圭药石无所不投，人力既穷，而沉疴如故②，不得已而从事斯语，是可谓天人交迫，而使就"中医"者也。乃不攻不疗，反致霍然③，始信八字金丹，信乎非谬。以予论之，天地之间只有贪生怕死之人，并无起死回生之药。"药医不死病，佛度有缘人"。旨哉斯言！不得以谚语目之矣。然病之不能废医，犹旱之不能废祷④。明知雨泽在天，匪求能致，然岂有晏然坐视⑤，听禾苗稼穑之焦枯者乎⑥？自尽其心而已矣。予善病一生，老而勿药。百草尽经尝试，几作神农后身⑦，然于大黄解结之外⑧，未见有呼应极灵，若此物之随试随验者也。

【注释】

①金丹：古代方士炼金石为丹药，称金丹。晋葛洪《抱朴子·金丹》："夫金丹之为物，烧之愈久，变化愈妙；黄金入火，百炼不消，埋之，毕天不朽。服此二物，炼人身体，故能令人不老不死。"

②沉疴(kē)：久治不愈的重病。

③霍然：突然，迅速。

④祷：祈雨。

⑤晏然：安宁，安定。

⑥稼穑(jià sè)：春耕为稼，秋收为穑，泛指农业劳动。

⑦神农：即神农氏，传说中他不仅是传授人类播种五谷的农业祖先，也教给人们尝百草以药病的方法，我国古代第一部药学著作《神农本草经》就托名为神农所作。

⑧大黄：一种中药，主治便秘、痢疾、肿毒等。

【译文】

"病不服药，如得中医"。这八字金丹，救出世间多少垂危生命啊！若在病人得病之初对他讲这番话，没有不责怪这种说法迂腐的，须等到各种疗法和药剂都用到，人力穷尽，而久治不愈的病依然如故，万不得已才相信"八字金丹"并按此去做。这真可谓天人交相逼迫，才使人不得不按医道办事。当不就医不治疗而疾病却快速消除时，这才相信"八字金丹"确实不错。以我的看法，天地之间，只有贪生怕死的人，没有起死回生的药。俗语说："药医不死病，佛度有缘人。"这话说得好啊！不能把这话当成寻常谚语来看。可是生了病就不能不就医诊治，就好像大旱之年不能不去祈祷神明降雨。明知是否下雨全在老天，而非祈求所得，可是哪能安然坐等，听凭禾苗庄稼在地里枯焦呢？自尽其心罢了。我这一辈子最爱生病，到老就不再吃药。千种百样的药物我都尝试过,几乎成为神农氏的后身了,可是除大黄能够消除便秘之外,我再也没有看见其他药物一用就灵、药到病除、随试随验如大黄一样的了。

生平著书立言,无一不由杜撰①,其于疗病之法亦然。每患一症,辄自考其致此之由,得其所由,然后治之以方,疗之以药。所谓方者,非方书所载之方②,乃触景生情、就事论事之方也;所谓药者,非《本草》必载之药,乃随心所喜、信手拈来之药也。明知无本之言不可训世,然不妨姑妄言之,以备世人之妄听。凡阅是编者,理有可信则存之,事有可疑则阙之③,不以文害辞,不以辞害志,是所望于读笠翁之书者。

【注释】

①杜撰:臆造。

②方书:指专门记载或论述方剂的著作。

③阙:豁口,空隙。此处作缺讲。

【译文】

我一生著书立说,没有一种不是自己的创见,那些治疗疾病的方法也是如此。每次患一种疾病,就往往亲自考察得病的原因,找到病因,然后找出方子,用药治疗。所说的方子,并不是医书上所载的成方,而是看到眼前的病况,就事论事、对症配制的药方;所说的药,也并不是《本草纲目》必定记载的药,而是随自己喜好、信手拈来的一些药物。我明知自己所说的这些没经典依据的言论不可以拿来教导世人,可是不妨姑妄言之,以供世人姑妄听之。凡是看过我这本书的人,如果觉得道理可信就留着它,如果觉得可疑就丢掉它。不要以文害辞,也不要以辞害意,这是我对凡是阅读我李笠翁著作的人的一点希望。

　　药笼应有之物,备载方书;凡天地间一切所有,如草木、金石、昆虫、鱼鸟,以及人身之便溺、牛马之溲渤①,无一或遗,是可谓两者至备之书、百代不刊之典。今试以《本草》一书高悬国门,谓有能增一疗病之物,及正一药性之讹者,予以千金。吾知轩、岐复出②,卢扁再生③,亦惟有屏息而退,莫能觊觎者矣④。然使不幸而遇笠翁,则千金必为所攫⑤。何也? 药不执方,医无定格。同一病也,同一药也,尽有治彼不效,治此忽效者;彼是则此非,彼非则此是,必居一于此矣。又有病是此病,药非此药,万无可用之理,或被庸医误投,或为臧获谬取⑥,食之不死,反以回生者。迹是而观,则《本草》所载诸药性,不几大谬不然乎?

【注释】

①牛马之溲渤(bó):牛马的尿。

②轩、岐:轩指轩辕氏,即黄帝。岐为黄帝时大臣。今传《黄帝内经》即托二人讨论医术之语。

③卢扁:《史记·扁鹊仓公列传》:"扁鹊者,勃海郡郑人也,姓秦氏,名越人……为医或在齐,或在赵,在赵者名扁鹊。"正义曰:"又家于卢国,因命之曰卢医也。"。

④觊觎(jì yú):非分的希望、企图。

⑤攫(jué):抓取。

⑥臧获(zāng huò):古代奴婢的贱称。谬取:拿错(药)了。

【译文】

　　药柜里应备之药,都完备地记载于医书中了,凡天地之间存在的一切东西,诸如草木、金石、昆虫、鱼鸟,以及人体排泄出来的屎尿,牛溲、马渤等等,无一遗漏。这类医书真可谓天地间最为完备的书、百代不可磨灭的经典。今试把《本草纲目》一书高悬于国门之上，说如果有人能够增加一种治病的药物，以及订正某种药的药性错误，即给予千金重赏。我断言，即使医家的鼻祖黄帝和其臣岐伯重新出来，卢医扁鹊再生，也只有屏声息气悄悄地离去，没有谁敢有非分之想。可是，假使不幸遇到我笠翁，那么这份千金重赏必定被我夺取。什么原因呢？药剂没有固定的成方，治疗也没有不变的法式，同样一种病，同样一种药，完全可能医治那种病无效，而医治这种病就忽然有效；那种治疗对症而这种治疗却不对症，或者那种治疗不对症而这种治疗却对症，二者必居其一。也有这种情况：病是这种病而用的却不是这种药，按理绝不可用这种药，或被庸医误用、或被奴婢误取，吃下它不但没有死反而活了过来。以这种情况看来，那么《本草纲目》所记载的各种药物的药性，不几乎大谬不然吗？

更有奇于此者，常见有人病入膏肓①，危在旦夕，药饵攻之不效②，刀圭试之不灵，忽于无心中瞥遇一事，猛见一物，其物并非药饵，其事绝异刀圭，或为喜乐而病消，或为惊慌而疾退。"救得命活，即是良医；医得病痊，便称良药。"由是观之，则此一物与此一事者，即为《本草》所遗，岂得谓之全备乎？虽然，彼所载者，物性之常；我所言者，事理之变。彼之所师者人，人言如是，彼言亦如是，求其不谬则幸矣；我之所师者心，心觉其然，口亦信其然，依傍于世何为乎？究竟予言似创，实非创也，原本于方书之一言："医者，意也。"③以意为医，十验八九，但非其人不行。吾愿以拆字射覆者改卜为医④，庶几此法可行，而不为一定不移之方书所误耳。

【注释】

①病入膏肓(gāo huāng)：形容病情十分严重，无法医治。古人把心
尖脂肪叫"膏"，心脏与膈膜之间叫"肓"。

②药饵：即药物。晋葛洪《抱朴子·微旨》："知草木之方者，则曰惟
药饵可以无穷矣。"

③医者，意也：医的意思，就是以意为之。《后汉书·郭玉传》："医
者，为言意也。腠理至微，随气用巧，针石之间，毫芒即乖。神存
于心手之际，可得解而不可得言也。"郭玉，汉和帝时从医。

④拆字射覆：拆字，或称"测字"、"破字"、"相字"等，中国古代推测
吉凶的一种方式，主要将汉字打乱字体结构进行推断。射覆是
覆盖某一物件于瓯、盂等器具下，让人猜测里面为何物。《汉
书·东方朔传》："上尝使诸数家射覆。"颜师古注曰："于覆器之
下而置诸物，令暗射之，故云射覆。"

【译文】

更有比这更为奇怪的事情，常见有人病势严重无法救好，命悬旦
夕，百药无效，万方不灵，忽然无意中瞥见一件事物，猛然间看到一种东
西，而这种事物并非药物，这件东西也不是治病器械，病人或者因为它
引起喜悦而病症就消除了，或者由于它引起惊慌而疾病就退却了。俗
语说："救得命活，就是良医；医得病瘥，便称良药。"由此看来，这种事物
和这件东西就是被《本草纲目》给遗漏了，哪里还能称得上完备呢？ 话
虽如此，它那里所记载的是物性的常态，而我所说的则是事理的变化。
它所师法的是人，别人这样说，他也就这样说，要求它完全无误是一种
侥幸；我所效法的是心，心里觉得怎样，口里也就说得怎样，何必要依傍
世人的说法去说呢？ 不过要追求起来，我的说法看似独创，其实也非独
创，它们原本出自医书上的一句话："医者，意也。"用"以意为医"来行
医，十之八九会应验，但不是任何人都能达到此等境界。我愿那些用拆
字、射覆的方法进行占卜的人改业从医，在他们那里，大概这种"以意为

医"的方法可行，而不至于被那些凝固不变的医书所贻误了。

本性酷好之药

【题解】

"本性酷好之药"，是说以病人偏嗜偏好之物为良药。李渔讲了自己的亲身经历：他特别喜欢吃杨梅。庚午之岁，疫疠盛行，而李渔独甚。按医生的说法，杨梅性极热，患者绝不可吃。"无论多食，即一二枚亦可丧命"。而他偏要多吃。"才一沁齿而满胸之郁结俱开，咽入腹中，则五脏皆和，四体尽适，不知前病为何物矣"。

然而，李渔吃杨梅治病，可能仅仅是个案。

一曰本性酷好之物，可以当药。凡人一生，必有偏嗜偏好之一物，如文王之嗜菖蒲菹①，曾晳之嗜羊枣②，刘伶之嗜酒③，卢仝之嗜茶④，权长孺之嗜瓜⑤，皆癖嗜也。癖之所在，性命与通，剧病得此，皆称良药。医士不明此理，必按《本草》而稽查药性，稍与症左，即鸩毒视之⑥。此异疾之不能遽瘳也⑦。予尝以身试之。庚午之岁⑧，疫疠盛行⑨，一门之内，无不呻吟，而惟予独甚。时当夏五⑩，应荐杨梅，而予之嗜此，较前人之癖菖蒲、羊枣诸物，殆有甚焉，每食必过一斗。因讯妻孥曰："此果曾入市否？"妻孥知其既有而未敢遽进，使人密讯于医。医者曰："其性极热，适与症反。无论多食，即一二枚亦可丧命。"家人识其不可，而恐予固索，遂诡词以应，谓此时未得，越数日或可致之。讵料予宅邻街⑪，卖花售果之声时时达于户内，忽有大声疾呼而过予门者，知其为杨家果也⑫。予始穷诘家人⑬，彼以医士之言对。予曰：

"碌碌巫咸[14]，彼乌知此？急为购之！"及其既得，才一沁齿而满胸之郁结俱开，咽入腹中，则五脏皆和，四体尽适，不知前病为何物矣。家人睹此，知医言不验，亦听其食而不禁，病遂以此得瘥。由是观之，无病不可自医，无物不可当药。但须以渐尝试，由少而多，视其可进而进之，始不以身为孤注[15]。又有因嗜此物，食之过多因而成疾者，又当别论。不得尽执以酒解酲之说[16]，遂其势而益之。然食之既厌而成疾者，一见此物，即避之如仇。不相忌而相能，即为对症之药可知已。

【注释】

① 文王之嗜菖蒲菹（zū）：周文王喜欢吃菖蒲腌菜。《太平御览·百卉部六·菖蒲》："《说苑》曰：文公好食昌本菹（菹），本草即菖蒲。"周文王（前1152—前1056），姓姬名昌，西周奠基人。商纣时为西伯侯，建国于岐山之下，积善行仁，政化大行，因崇侯虎向纣王进谗言，而被囚于羑里，后得释归。其子武王有天下后，追尊为文王。菖蒲，为天南星科植物。菹，腌菜。

② 曾皙之嗜羊枣：曾皙特别喜欢羊枣。

③ 刘伶之嗜酒：晋代刘伶嗜酒如命。《世说新语·任诞》："刘伶恒纵酒放达，或脱衣裸形在屋中。人见讥之，伶曰：'我以天地为栋宇，屋室为裈衣，诸君何为入我裈中！'"刘伶，西晋沛国（今安徽濉溪）人，字伯伦。"竹林七贤"之一。

④ 卢仝（tóng）之嗜茶：唐诗人卢仝（约771—835），范阳人，号玉川子，喜茶，其《走笔谢孟谏议寄新茶》对饮茶描绘得淋漓尽致，与陆羽《茶经》齐名："闻道新年入山里，蛰虫惊动春风起。天子须尝阳羡茶，百草不敢先开花。仁风暗结珠琲瓃，先春抽出黄金芽。摘鲜焙芳旋封裹，至精至好且不奢。至尊之余合王公，何事

便到山人家。柴门反关无俗客,纱帽笼头自煎吃。碧云引风吹不断,白花浮光凝碗面。一碗喉吻润,两碗破孤闷。三碗搜枯肠,唯有文字五千卷。四碗发轻汗,平生不平事,尽向毛孔散。五碗肌骨清,六碗通仙灵。七碗吃不得也,唯觉两腋习习清风生。蓬莱山,在何处?玉川子,乘此清风欲归去。"

⑤权长孺之嗜瓜:唐代权长孺特别爱好吃瓜。陶宗仪《说郛》引宋人顾文荐《负暄杂录·性嗜》载:"……乃并刘邕嗜痂,权长孺嗜爪甲,鲜于叔明嗜臭虫事。"原文为"嗜爪甲",而非"嗜瓜"。权长孺,唐宪宗时为官,是当时朝廷重臣权德舆本家侄子。

⑥鸩(zhèn)毒:鸩是一种毒鸟,相传以鸩毛或鸩粪置酒内有剧毒。

⑦遽(jù):急,快速。瘳(chōu):治愈。

⑧庚午之岁:明代崇祯三年,1630年。

⑨疫疠:临床常见的主要有瘟疫、疫疹、瘟黄等。

⑩夏五:夏季五月。

⑪讵(jù):岂,怎。

⑫杨家果:杨梅。《世说新语·言语》:"杨修九岁,甚聪慧。孔君平诣其父,不在。杨修时为君平设。有果杨梅,君平以示修:'此实君家果。'"

⑬穷诘(jié):刨根追问。诘,追问。

⑭巫咸:尧帝之医师。晋郭璞《巫咸山赋》:"盖巫咸者,实以鸿术,为帝尧医,生为上公,死为贵神。岂封斯山,而因以名之乎,伊巫咸之名山……"

⑮孤注:成语"孤注一掷"的省略语。

⑯以酒解酲(chéng):以酒解醉。酲,大醉。《世说新语·任诞》:"伶跪而祝曰:'天生刘伶,以酒为名,一饮一斛,五斗解酲,妇人之言,慎不可听!'便引酒进肉,隗然已醉矣。"

【译文】

一是本性特别喜好的东西可以当药。凡是人的一生,必定有偏爱偏好的东西,如周文王特别爱好菖蒲腌菜。曾点特别喜欢羊枣,刘伶特别爱好喝酒,卢仝特别爱好喝茶,权长孺特别爱好吃瓜等,这些都是他们的嗜好。这些嗜好往往和性命连通,如果患重病时得到这种东西,都可称得上良药。医生不明此理,一定按照《本草纲目》去考查药性,稍微与症候不合,就把它当作毒药来看待,这就是奇异疾病不能遽然治愈的原因。我曾以身试之。庚午(1630)那年大规模流行,我全家都病倒了,而我更厉害。此时正是夏季五月,杨梅上市的时候,我特爱吃这种水果,比起古人爱好吃菖蒲、羊枣等这些东西,恐怕还要厉害,每次吃起来一定超过一斗。于是就问妻儿:"杨梅上市了没有?"妻儿知道杨梅已经上市但是没敢马上买来给我吃,便派人暗地里去问医生是否可吃。医生回答:"杨梅这种东西性极热,恰巧与他的病症相反。不要说多吃,就是吃一两个也可以丧命。"家里人知道我不可吃,又怕我一定要吃,于是就用假话来搪塞,说这时还买不到,过几天或许可买到。哪里想到我家住宅邻近大街,卖鲜花、水果的叫卖声时时传到屋里,忽有大声叫卖者经过我家门前,我知道是卖杨梅果的。我开始追问家人,他们才把医生的话说给我听。我说:"这个碌碌庸医,他哪里知道此中道理?赶快买去!"等把杨梅买来,才一沁润牙齿而那满胸的郁结一下子就都散发开来了。等到咽进肚里,就五脏都调和了,四肢都舒服了,简直不知先前还生过什么病了。家人看到眼前此景,才知医生的话不灵,也就听任我吃杨梅而不禁,我的病也因此得以痊愈。以此看来,没有什么病不可以自己治疗,也没有什么东西不可以当做药物。但是这样做须逐渐尝试,从少到多,看它可用就继续用,才不会拿自己的身家性命孤注一掷。也有因为特别爱好某种东西,吃得过多而致病的,那又当别论。不能完全死守着以酒解酒的说法,火上加油而加重病情。可是吃一种东西吃厌了而酿成疾病的,会一见此物就像躲避仇人一样地躲避它。可知那种不相忌惮而相融洽的东西,就是对症的药物。

其人急需之药

【题解】

"其人急需之药",是说人无贵贱穷通,皆有激切所需之物,惟其需之甚急,故一投辄喜,喜即病痊。因而,李渔认为病人急需之物,可以当药。作为心理治疗方法,似无不可;然就一般而言,真正治病,还得医生治疗。心理治疗,只可辅助。

二曰其人急需之物,可以当药。人无贵贱穷通,皆有激切所需之物。如穷人所需者财,富人所需者官,贵人所需者升擢①,老人所需者寿,皆卒急欲致之物也。惟其需之甚急,故一投辄喜,喜即病痊。如人病入膏肓,匪医可救,则当疗之以此。力能致者致之,力不能致,不妨绐之以术②。家贫不能致财者,或向富人称贷,伪称亲友馈遗,安置床头,予以可喜,此救贫病之第一着也。未得官者,或急为纳粟,或谬称荐举;已得官者,或真谋铨补③,或假报量移④。至于老人欲得之遐年,则出在星相巫医之口,予千予百,何足吝哉!是皆"即以其人之道,反治其人之身"者也⑤。虽然,疗诸病易,疗贫病难。世人忧贫而致疾、疾而不可救药者,几与恒河沙比数⑥。焉能假太仓之粟,贷郭况之金⑦,是人皆予以可喜,而使之霍然尽愈哉?

【注释】

①升擢(zhuó):提拔晋升。

②绐（dài）：欺哄。

③铨补：铨，衡量、选拔。《资治通鉴》卷第一百三十，记秦王坚对车骑大将军王猛说的一段话中有"新政侔才，宜速铨补"。

④假报量移：以假意告诉他：正考虑移换一个更高的官职。

⑤"即以其人之道"二句：用他的方法反过来对付他。朱熹《四书集注·中庸》"道不远人"注中，有"即以其人之道，还治其人之身"语。

⑥恒河沙比数：恒河是南亚大河，恒河里的沙粒无穷，无法与其比数。恒河沙数，喻无限多。《金刚经·无为福胜分第十一》："以七宝满尔所恒河沙数三千大世界，以用布施。"

⑦"假太仓之粟"二句：借皇家粮仓的米，贷富豪郭况的钱。太仓，朝廷粮仓。郭况，东汉光武帝刘秀郭皇后的哥哥，据说郭况曾以四百人制作金器，冶铸之声，传到城外。

【译文】

二是某个人急需之物，可以当药。人，无论是贵、是贱、是穷愁潦倒、是通达顺遂，都有激切需要的东西。如穷人所需要的是财，富人所需要的是官，贵人所需要的是升擢，老人所需要的是长寿，都是急急想要得到之物。只因他所需甚急，所以一给予就欢喜，一欢喜，病就痊愈了。如果这人病入膏肓，无药可治，那就应当用此法疗救他。有能力做的就去做，如做不到，不妨用些手段欺哄他。家贫不能弄到钱的，或向富人借贷，就说是亲友赠送的，放在他床头，让他高兴。这是救治贫病之人的第一着。病人未得官职的，或者快给他以钱捐官，或者谎称已向朝廷荐举；已得官职的，或者真的给他谋求一个铨补的机会，或者向他假报：已开始转任升职。至于老人想要得到长寿，就把星相巫医口里说的那些长寿之言告诉他，许他千年百年之寿，有什么可吝惜的！这都是"即以其人之道，反治其人之身"的方法。话虽这样说，治疗其他许多病容易，治疗贫穷之病困难。世人因忧愁贫穷而得病、病了又不可救药的,多得几乎可与恒河之沙数量相比。哪能借皇家粮仓的米,贷富豪郭况的钱,凡人一概使之欢喜,而让他们的病都霍然痊愈呢?

一心钟爱之药

【题解】

"一心钟爱之药",是说一心钟爱之人,可以当药。今天看来,以此方治相思病,大概是有效的。其他病,似应另当别论。

三曰一心钟爱之人,可以当药。人心私爱,必有所钟。常有君不得之于臣,父不得之于子,而极疏极远极不足爱之人,反为精神所注、性命以之者,即是钟情之物也。或是娇妻美妾,或为狎客娈童①,或系至亲密友,思之弗得与得而弗亲,皆可以致疾。即使致疾之由,非关于此,一到疾痛无聊之际,势必念及私爱之人。忽使相亲,如鱼得水,未有不耳清目明,精神陡健,若病魔之辞去者。此数类之中,惟色为甚,少年之疾,强半犯此。父母不知,谬听医士之言,以色为戒,不知色能害人,言其常也,情堪愈疾,处其变也。人为情死,而不以情药之,岂人为饥死,而仍戒令勿食,以成首阳之志乎②?凡有少年子女,情窦已开,未经婚嫁而至疾,疾而不能遽瘳者③,惟此一物可以药之。即使病躯羸弱④,难使相亲,但令往来其前,使知业为我有,亦可慰情思之大半。犹之得药弗食,但嗅其味,亦可内通腠理⑤,外壮筋骨,同一例也。至若闺门以外之人,致之不难,处之更易。使近卧榻,相昵相亲,非招人与共,乃赎药使尝也。仁人孝子之养亲,严父慈母之爱子,俱不可不预蓄是方,以防其疾。

【注释】

①狎(xiá)客：嫖客。狎，亲近而淫溺。娈童：被猥亵的美少年。

②首阳之志：首阳是山名，殷亡，孤竹君的两个儿子伯夷、叔齐隐于首阳山，宁肯饿死也不食周粟，这就是所谓"首阳之志"。《史记·伯夷列传》："武王已平殷乱，天下宗周，而伯夷、叔齐耻之，义不食周粟，隐于首阳山，采薇而食之。及饿且死，作歌。其辞曰：'登彼西山兮，采其薇矣。以暴易暴兮，不知其非矣。神农、虞、夏忽焉没兮，我安适归矣？于嗟徂兮，命之衰矣！'遂饿死于首阳山。"

③遽瘳(chōu)：突然痊愈。

④羸(léi)弱：瘦弱。羸，瘦。

⑤腠(còu)：肌肉的纹理，或肌纤维间的空隙。理：皮肤纹理，即皮肤上的缝隙。《素问·阴阳应象大论》："清阳发腠理。"《金匮要略·脏腑经络先后病脉证》："腠者，是三焦通会元真之处，为血气所注；理者，是皮肤脏腑之文理也。"

【译文】

三是一心钟爱之人，可以当药。人对自己所爱的人，必然情有独钟。常有君王得不到臣属的爱，父亲得不到儿子的爱，而极疏极远极不足爱的人，反而精神关注、性命相托，这就是情所独钟的人物。或是娇妻美妾，或是嫖客娈童，或是至亲密友，思念而不得见面、见面而不得亲昵，都可以使之得病。即使得病的原因与此无关，一到病痛难忍、百无聊赖的时候，势必想念自己心爱的人。这时忽然让他们相亲，如鱼得水，没有不耳清目明、精神陡然健旺、好像病魔已经离去一般的。上面所说各种之中，惟有女色最厉害，少年之病，大半因此。父母不知此理，误听医生的话，以近女色为戒。岂不知，所谓"色能害人"是说寻常情形；感情深厚而使病愈厉害，这是情形变化所致。人为情死，而不以情治疗他，岂不是人要饿死而仍不叫他吃东西，使他成为伯夷、叔齐那样的饿死鬼吗？凡是少男少女，情窦已开，未经婚嫁而得病，病了又不能很快治愈的，只这一种药物可以治疗。即使病躯虚弱，难以使他们相亲，只叫他（她）往来床前，使其知道所爱之人已为我有，也可以慰藉其情思之大半。犹如得到药没有吃，只是闻到它的味道，也可以内通气血，外壮筋骨，是同样的道理。至于那些闺门以外的人，招来不难，相处更容易。使相爱者贴近卧榻，相昵相亲，这不是叫人陪他，而是买来药给他尝。仁人孝子孝养双亲，严父慈母爱护儿女，都不可不预先准备这个方子，以防这种病。

一生未见之药

【题解】

"一心未见之药"，是说将病人一生未见的稀罕之物，"异书"、"宝剑"、"名酒"、"美饰"等等，当作药物来治病。此亦心理治疗之一法。

　　四曰一生未见之物，可以当药。欲得未得之物，是人皆有，如文士之于异书，武人之于宝剑，醉翁之于名酒，佳人之于美饰，是皆一往情深，不辞困顿，而欲与相俱者也。多方觅得而使之一见，又复艰难其势而后出之，此驾驭病人之术也。然必既得而后留难之，许而不能卒与，是益其疾矣。所谓异书者，不必微言秘籍、搜藏破壁而后得之。凡属新编，未经目睹者，即是异书。如陈琳之檄、枚乘之文①，皆前人已试之药也。须知奇文通神，鬼魅遇之，无有不辟者②。而予所谓文人，亦不必定指才士，凡系识字之人，即可以书当药。传奇野史，最祛病魔③，倩人读之，与诵咒辟邪无异也④。他可类推，勿拘一辙。富人以珍宝为异物，贫家以罗绮为异物,猎山之民见海错而称奇⑤,穴处之家入巢居而赞异。物无美恶,希觏为珍⑥;妇少妍媸⑦,乍亲必美。昔未睹而今始睹,一钱所购,足抵千金。如必俟希世之珍,是索此辈于枯鱼之肆矣⑧。

【注释】

①陈琳之檄:陈琳(? —217),"建安七子"之一,字孔璋,广陵射阳(今江苏淮安)人,汉灵帝末年,任大将军何进主簿,后入袁绍幕,袁绍军中文书多出其手,所作《为袁绍檄豫州文》,历数曹操的罪状,诋斥及其父祖,极富煽动力。又《魏书》:"陈琳作檄草成呈太祖(曹操),太祖先苦头风,是日疾发,卧读琳所作,翕然而起曰:'此愈我病。'"枚乘之文:枚乘(? —前140),西汉辞赋家,字叔,淮阴(今江苏淮安西南)人。《汉书·艺文志》著录"枚乘赋九篇",今仅存《七发》、《柳赋》、《菟园赋》三篇,其他疑为伪托之作。《七发》辞采华美,气势壮观,它标志着汉代散体大赋的正式形成,并在赋中形成了一种主客问答形式的文体——"七体"。近人辑有《枚叔集》)。

②辟:屏除,辟除。

③祛(qū):除去,驱逐。

④诵咒辟邪:诵咒语辟邪恶。

⑤海错:指各种海味。

⑥希觏(gòu):罕见。觏,遇见。

⑦妍:美丽。媸(chī):相貌丑陋。

⑧枯鱼之肆:卖干鱼的店铺。枯鱼,干鱼。肆,店铺。《庄子·外物》载枯辙之鱼的话:"吾得斗升之水然活耳,君乃此言,曾不如早索我于枯鱼之肆矣。"

【译文】

四是一生未见之物,可以当药。想得到而没有得到的东西,凡人都是如此。如文人学士想得到奇异的书,武士想得到宝剑,醉翁想得到名酒,美人想得到名贵首饰,他们都是一往情深,不辞劳苦困顿,而想让这些一生未见的奇异之物伴随自己。千方百计求得而使之一见,又要让他经历艰难曲折然后才拿出来,这是驾驭病人的一种手段。但是,如果已经得到了而难为他,许诺给他而最后不给,这是在加重他的病情。所谓奇异之书,不必是微言大义的珍本秘籍,搜求于密室珍藏、穿墙破壁而后得到;凡是属于新作新编,未经人们看见过的,就是异书。如陈琳的檄书、枚乘的辞赋,都是前人已经试验过的药。须知奇文通神,鬼魅遇见它,没有不藏避的。而我说的所谓文人,也不必一定指那些才子,凡是识字的人,就可用书当药。传奇野史,最祛病魔,请人朗读它,与念诵咒语辟除妖邪没有差别。其他可以类推,不必拘于一格。富人以珍宝为奇异之物,贫家以罗绮绸缎为奇异之物,山里打猎的人看见海鲜而称奇,住在洞穴里的人进入吊楼而赞异。物无所谓美恶,难得一见就是珍宝;妇人没有多少美丑妍媸之别,乍一亲近必有美感。昔日未见而今天才看到,即使一分钱买的,亦足以与千金相抵。如果必须等待希世之珍,那就是到枯鱼之肆去寻找这类东西了。

平时契慕之药

【题解】

"平时契慕之药",是说让病人最崇拜、最契慕之人与之相见,以此治病。这与让相爱之人相见治相思病差不多。也只是治病的辅助手段。

五曰平时契慕之人[①],可以当药。凡人有生平向往,未经谋面者,如其惠然肯来,以此当药,其为效也更捷。昔人传韩非书至秦，秦王见之曰："寡人得见此人与之游，死不恨矣②！"汉武帝读相如《子虚赋》而善之，曰："朕独不得与此人同时哉③！"晋时宋纤有远操，沉静不与世交，隐居酒泉，不应辟命。太守杨宣慕之，画其像于阁上，出入视之④。是秦王之于韩非、武帝之于相如、杨宣之于宋纤，可谓心神毕射，瘤痹相求者矣⑤。使当秦王、汉帝、杨宣卧疾之日，忽致三人于榻前，则其霍然起舞，执手为欢，不知疾之所从去者，有不待事毕而知之矣。凡此皆言秉彝至好出自中心⑥，故能愉快若此。其因人赞美而随声附和者不与焉。

【注释】

①契慕：爱慕。明李贽《读史·曹公》："唯愈疾，然后见魏武之爱才最笃，契慕独深也。"

②"韩非书至秦"四句：《史记·老子韩非列传》："人或传其（韩非）书至秦，秦王见《孤愤》、《五蠹》之书，曰：'嗟乎，寡人得见此人与之游，死不恨矣！'"韩非（约前280—前233），是战国晚期韩国人，法家思想的集大成者，有《韩非子》传世。秦王即嬴政，后来的秦始皇。但说上述话时尚未建立统一的秦帝国。

③"汉武帝读相如"三句：汉武帝读司马相如的《子虚赋》后说：我为何不能与此人同时呢！《史记·司马相如列传》："上（武帝）读《子虚赋》而善之，曰：'朕独不得与此人同时哉！'得意曰：'臣邑人司马相如自言为此赋。'上惊，乃召问相如。"汉武帝刘彻（前156—前87），汉王朝的第7位皇帝，16岁登基，在位五十四年（前141—前87）；司马相如（约前179—约前118），字长卿，蜀郡（今四川南充人）。西汉大辞赋家。《子虚赋》是其代表作。

④"晋时宋纤有远操"七句：宋纤，晋代隐士。远操，高远操行。《晋

书》卷九十四《隐逸传·宋纤传》载：宋纤字令艾，敦煌效谷人也，少有远操，沉靖不与世交，隐居于酒泉南山，明究经纬，弟子受业三千余人，不应州郡辟命，惟与阴颙、齐好友善。张祚时，太守杨宣画其象于阁上，出入视之，作颂曰：“为枕何石？为漱何流？身不可见，名不可求。”

⑤寤寐(wù mèi)相求：日夜相求。寤寐，醒和睡。

⑥秉彝(yí)：持执常道。秉，禀持。彝，常理。《诗经·大雅·烝民》：“天生烝民，有物有则。民之秉彝，好是懿德。”毛传：“彝，常。”朱熹集传：“秉，执。”

【译文】

五是平时契慕之人，可以当药。凡人有一辈子向往而未曾谋面的，如他欣然肯于惠顾，以此为药，其疗效更加迅捷。古人相传韩非的著作到了秦国，秦王看见后说：“我若能够见到此人与之交游，死而无憾！”汉武帝读司马相如《子虚赋》很喜欢，说：“我为何不能与此人同时呢！”晋代宋纤操行高远，性情沉静不与世人交往，隐居在酒泉，不应朝廷征召之命。太守杨宣倾慕他，画了他的像悬于阁上，进进出出看着他。秦王之于韩非，汉武帝之于司马相如，杨宣之于宋纤，可谓心神相通，昼夜思念相求。假使在秦王、汉武帝、杨宣卧病的时候，忽将这三人招致床前，那么他们会霍然起舞，握手言欢，不知不觉疾病去之无影，这是用不着等事完之后就知道的。这些都是说，他们禀赋常理常情，至爱之情发自内心，所以能够如此愉快。那些因为别人赞美而随声附和的，不属此列。

素常乐为之药

【题解】

“素常乐为之药”，是叫病人做他喜欢做的事。李渔说：“予一生疗病，全用是方，无疾不试，无试不验，徒痏浣肠之奇，不是过也。”他的经验诚然可以借鉴，但亦有夸张之嫌。

六曰素常乐为之事，可以当药。病人忌劳，理之常也。然有"乐此不疲"一说作转语，则劳之适以逸之，亦非拘士所能知耳^①。予一生疗病，全用是方，无疾不试，无试不验，徙痈浣肠之奇^②，不是过也。予生无他癖，惟好著书，忧藉以消，怒藉以释，牢骚不平之气藉以铲除。因思诸疾之萌蘖^③，无不始于七情，我有治情理性之药，彼乌能祟我哉！故于伏枕呻吟之初，即作开卷第一义；能起能坐，则落毫端，不则但存腹稿。迨沉疴将起之日^④，即新编告竣之时。一生剞劂^⑤，孰使为之？强半出造化小儿之手。此我辈文人之药，"止堪自怡悦，不堪持赠君"者^⑥。而天下之人，莫不有乐为之一事，或耽诗癖酒，或慕乐嗜棋，听其欲为，莫加禁止，亦是调理病人之一法。总之，御疾之道，贵在能忘；切切在心，则我为疾用，而死生听之矣。知其力乏，而故授以事，非扰之使困，乃迫之使忘也。

【注释】

①拘士：拘谨古板的人。

②徙痈（yōng）：移去痈疽。浣（huàn）肠：清洗肠胃。

③萌蘖（niè）：本意为萌发的新芽。萌，生芽、发芽。蘖，树木砍去后又长出来的新芽。此处喻指疾病的开端。

④沉疴（kē）：久治不愈的疾病。

⑤剞劂（jī jué）：刻镂的刀具。此处谓著述。

⑥"止堪自怡悦"二句：只能是自我愉悦，不值得作为给你的赠言。

南朝齐梁间陶弘景《诏问山中何所有赋诗以答》：“山中何所有？岭上多白云。止堪自怡悦，不堪持赠君。”史载陶弘景隐居山中不出，齐高帝下诏书询问：“山中何所有？”陶弘景以此诗相答。

【译文】

六是素常乐意去做的事，可以当药。病人忌怕劳累，是常理。然而“乐此不疲”一语说到另一面，即适度劳作可以使他逸乐，这就不是拘谨古板的人所能知道的了。我一生治疗疾病，全用这个方子，无病不试，无试不验，即使割痈洗肠这样的奇术，也比不上它。我生平没有其他癖好，只喜欢著书，忧愁借以消解，怒气借以释放，牢骚不平之气借以铲除。于是想到，各种疾病的萌发，无不始于七情六欲，我有这种治理情性的药物，它怎能祸害我呢！因此我每次得病伏枕呻吟之初，就动手去做一本著作的开卷第一件事；当还能起能坐的时候，就展纸动笔；不然则打腹稿。等病快要好的时候，也就是新著完成的时候。一生著书，谁促使我写？大半是造化这小子一手而为。这就是我辈文人的药，南朝陶弘景所谓“止堪自怡悦，不堪持赠君”。而天下之人，无不有自己乐意做的一种事情，或者迷于作诗、喜好喝酒，或者倾慕音乐、嗜好下棋，听任他去做自己喜欢的事情，不要加以禁止，这也是调理病人的一种方法。总之，对付疾病，贵在能忘；假若你切切在心、念念不忘，那么你就被疾病所用，而死生不能自主、听其自然。知道病人力乏神困，而故意给他点事做，这不是困扰他，而是逼迫他，使其忘记。

生平痛恶之药

【题解】

“生平痛恶之药”，是说病人生平痛恶之物与切齿之人，忽然为之除去，亦可当药来治病。其实这些仍是心理药方。如果一个人得了高血压，还是要吃降压药。辅之以心理疗法，当然亦是有益的。

　　七曰生平痛恶之物与切齿之人，忽而去之，亦可当药。人有偏好，即有偏恶。偏好者致之，既可已疾，岂偏恶者辟之使去，逐之使远，独不可当沉疴之《七发》乎？无病之人，目中不能容屑，去一可憎之物，如拔眼内之钉。病中睹此，其为累也更甚。故凡遇病人在床，必先计其所仇者何人，憎而欲去者何物，人之来也屏之，物之存也去之。或诈言所仇之人灾伤病故，暂快一时之心，以缓须臾之死①；须臾不死，或竟不死也，亦未可知。刲股救亲②，未必能活；割仇家之肉以食亲，痼疾未有不起者③。仇家之肉，岂有异味可尝而怪色奇形之可辨乎？暂欺以方，亦未尝不可。此则充类至义之尽也④。愈疾之法，岂必尽然，得其意而已矣。

【注释】

①须臾：极短的时间，片刻。

②刲（kuī）股救亲：割大腿上的肉救治亲人。清黄宗羲《宋元学案》有"尝刲股救亲，水浆不入口三日，哭哀于墓"语。刲，割取。

③痼（gù）疾：指经久难治愈的病。

④充类至义之尽：就同类事理作充分周密的推论。《孟子·万章下》："夫谓非其有而取之者，盗也，充类至义之尽也。"

【译文】

　　七是生平痛恶之物与切齿之人，忽然除掉，也可以当药。人有特别喜好的，就有特别憎恶的。特别喜欢的放在他面前既可治好病，难道特别厌恶的除掉，赶得远远的，就不能当作治疗久治未愈之病的灵药吗？无病的人，眼中不能容沙，去掉一个可憎之物，犹如拔去眼内之钉。病中之人看见可憎之物，它的危害更甚。所以凡遇病人在床，必先考虑他所仇恨的是何人，憎恶而想除去的是何物，此人若来要挡驾，此物尚存应除去。或者诈称所仇恨的人已因灾伤而病故,暂时让他心里痛快一下,以缓和可能很快死亡的危险;若不会很快死去,或者竟然活下来了,也未可知。割大腿上的肉救治亲人,未必能活;割仇家之肉以救治亲人,多顽固的病没有无效的。仇家之肉,难道有特殊气味可尝、有怪色奇形可辨吗?暂时骗他一下,也未尝不可。这是极其精密地推究同类事理而得出的结论。治病的方法,岂必完全一样,得其大意就是了。

　　以上诸药,创自笠翁,当呼为《笠翁本草》。其余疗病之药及攻疾之方,效而可用者尽多。但医士能言,方书可考,载之将不胜载。悉留本等之事,以归分内之人,俎不越庖①,非言其可废也。总之,此一书者,事所应有,不得不有;言所当无,不敢不无。"绝无仅有"之号,则不敢居;"虽有若无"之名,亦不任受。殆亦可存而不必尽废者也②。

【注释】

①俎(zǔ)不越庖:有一个成语叫"越俎代庖"。越,跨过。俎,古代祭祀时摆祭品的礼器。庖,厨师。主祭的人跨过礼器去代替厨师办席。典出《庄子·逍遥游》:"庖人虽不治庖,尸祝不越樽俎而代之矣。"成玄英疏:"庖人,谓掌庖厨之人,则今之太官供膳是也。尸者,太庙中神主也。祝者,则今太常太祝是也,执祭版对尸而祝之,故谓之尸祝也。樽,酒器也。俎,肉器也。"李渔所谓"俎不越庖"是说各按其本分办事,不做分外事。

②殆(dài):大概。

【译文】

　　以上诸药,都是我笠翁创立的,应当叫作《笠翁本草》。其余治病之药和医疗之方,有效而可用的很多。但医生能够说的,方剂之书可以稽考的，如果我都记录下来，将会记不胜记。还是把这些医界本身的事，留给医界分内之人去做吧。我这里越俎代庖，并非说那些药剂药方可废。总之，这本书，按事理应有的，不能不有；不该我说的，也不敢不省却。"绝无仅有"的名号，我不敢自居；而说它"虽有若无"，我也不能接受。大概它就是那种可以存留而不必尽废的书吧。

中华经典名著
全本全注全译丛书
（已出书目）